HEYNE <

MONICA JAMES

LIEBE mich wie nie zuvor

Roman

Aus dem Amerikanischen
von Ruth Sander

WILHELM HEYNE VERLAG
MÜNCHEN

Die Originalausgabe erschien 2018 unter dem Titel
Forgetting You, Remembering Me
bei CreateSpace Independent Publishing Platform.

Dieses Buch ist auch als E-Book erhältlich.

FSC
www.fsc.org
MIX
Papier aus verantwortungsvollen Quellen
FSC® C014496

Verlagsgruppe Random House FSC® N001967

Deutsche Erstausgabe 05/2020

in der Verlagsgruppe Random House GmbH,
Neumarkter Str. 28, 81673 München
Printed in Germany
Redaktion: Anita Hirtreiter
Umschlaggestaltung: Nele Schütz Design, München,
unter Verwendung von Shutterstock (Creativ Travel Projects, Epic Stock)
Satz: KompetenzCenter, Mönchengladbach
Druck und Bindung: GGP Media GmbH, Pößneck
ISBN: 978-3-453-42423-4

www.heyne.de

Zia Rosetta, Zia Giuseppina, Oma, Opa, Nonna,
Nonno, Grandma, Grandpa –
ich werde mich immer an euch erinnern.

Eins

In der Bibel heißt es ja, die Wahrheit wird euch freimachen. Aber ich muss die Ausnahme von der Regel sein, denn ich habe mich noch nie unfreier gefühlt als in diesem Augenblick.

»Lucy!« Mein Verlobter, Samuel Stone, kniet zusammengesunken mitten auf unserem Hof, und die Verzweiflung, mit der er auf dem Boden nach Antworten zu suchen scheint, ist beinahe mit Händen zu greifen. Es ist, als wäre er aus einem langen Schlaf erwacht und als der Mann zu mir zurückgekommen, den ich früher kannte. Doch der Duft seines Zwillingsbruders, der noch an meiner Haut hängt, lässt mich nicht vergessen, dass ich nicht mehr die Frau bin, die ich einst war.

»Ich bin hier, Sam.« Ich renne zu ihm. Ganz allein liegt er niedergeschmettert auf den Knien. Sein Kopf schnellt hoch, und seine Augen brauchen einen Moment, um sich auf mich zu fokussieren, weil er anscheinend immer noch in einer Vergangenheit verloren ist, an die er sich nicht richtig erinnern kann.

»Was ist los? Alles ist so … verschwommen.« Das verletzt mich zutiefst, denn bei mir ist es anders … ich erinnere mich an jedes einzelne Detail.

»Komm, lass uns reingehen, dann kann ich dich säubern.« Getrocknetes Blut klebt an seiner Schläfe und seinem Hals. Er hat gesagt, er wäre gefallen und hätte sich den Kopf angeschlagen. War es das, was seinem Gedächtnis wieder auf die Sprünge geholfen hat?

Sam starrt mich weiter so an, als versuche er zu begreifen, was hier eigentlich vor sich geht. »Warum ist Saxon da?« Und schon ist aus einem Sturm ein ausgewachsener Tornado geworden, der uns alle zerstören könnte.

»Ich erklär dir alles, wenn wir drinnen sind. Komm jetzt.« Ich reiche ihm meine Hand, weil er es ohne Hilfe nicht zurückschaffen wird. Er schaut zu unserem Haus und dann wieder hoch zu mir. Sam ist ziemlich starrköpfig – das hat sich nie geändert –, aber schließlich verschränkt er seine Finger mit meinen.

Sobald wir uns berühren, werden die Erinnerungen an die letzten Monate wach, und ich möchte mich sofort wieder von ihm lösen. Doch als ich seine Augen sehe, die mich nicht mehr voller Hass und Feindseligkeit anschauen, schiebe ich meine Bedenken beiseite.

Er atmet schwer aus, ehe er sich mühsam erhebt und vor mir aufrichtet. Dann streicht er mit dem Daumen über meine Fingerknöchel und mustert fragend mein Gesicht. »Ich habe das Gefühl, ich hätte dich seit Jahren nicht mehr gesehen.« In gewisser Weise liegt er damit nicht allzu weit daneben. »Irgendetwas … ist anders. Ich kann es sehen. Und spüren.«

Obwohl meine Finger mit seinen verflochten sind, ist meine Hand schlaff und der Körperkontakt weit entfernt von dem eines Pärchens, das kurz davor war, sich das Jawort zu geben.

Der Gedanke daran ist fast zu viel für mich, also konzentriere ich mich darauf, ihn zum Haus zu führen, denn ich brauche einen Moment, um meine Gedanken zu ordnen. Aber er bleibt stur. »Früher hast du mir alles erzählt. Nun kannst du mich nicht mal mehr ansehen.« Wie auf Kommando senke ich den Blick, was seine Behauptung bestätigt. »Red mit mir, Baby. Ganz egal, was passiert ist, wir stehen das durch. Ich liebe dich.«

Jetzt entreiße ich ihm doch meine Hand. Ich kann das nicht ertragen. »Ach Sam, lass das.«

»Was? Meiner Verlobten zu sagen, dass ich sie liebe?«

Ich streichle den Diamantring, den er mir geschenkt hat, und denke an all die bitteren Erinnerungen, die damit verbunden sind. Ich hätte ihm den Ring schon vor Wochen zurückgeben sollen.

»Lass uns reingehen«, wiederhole ich, kurz davor zusammenzubrechen. Die Atmosphäre ist drückend, aber schließlich stimmt er zu.

Wir gehen Seite an Seite, allerdings nicht mehr Hand in Hand, weil Sam gemerkt hat, dass da irgendetwas nicht stimmt. Er lässt mich in Ruhe, wofür ich ihm dankbar bin, doch ich weiß, dass die Atempause nicht allzu lang dauern wird.

Als wir in die Küche kommen, muss ich sofort daran denken, wie ich zum letzten Mal dort war. Aus Angst umzukippen, halte ich mich an der Theke fest. Die Unordnung vom Abendessen gestern bestätigt, dass alles real ist. Die Töpfe und Pfannen weichen in der Spüle ein, was zweifellos Piper zu verdanken ist, die genau das getan hat, worum ich sie gebeten hatte. Niemand hat Saxon und mich gefunden, sodass ich für ein paar wunderbare Stunden einmal wieder glücklich sein konnte. Das Problem ist nur, dass ich dieses Glück in den

Armen eines Mannes gefunden habe, der der Zwillingsbruder meines Verlobten ist.

»Ich hol nur schnell etwas Verbandszeug. Bin gleich wieder da.« Ich warte Sams Reaktion nicht ab.

Sobald ich im Flur bin, drücke ich eine Hand auf den Mund, um mein fassungsloses Wimmern zu dämpfen. Ich muss stark sein, schließlich ist das erst der Anfang. Ich wühle in den Schubladen im Bad und suche die Erste-Hilfe-Sachen heraus, die ich brauche.

Als ich den Medizinschrank wieder schließe, sehe ich mich im Spiegel und halte einen Augenblick inne, um nachzudenken. Samuel ist zu mir zurückgekommen; er ist wieder der Mann, den ich von ganzem Herzen geliebt habe. Ich streiche mir über den Nacken – den Saxon mit Küssen bedeckt hat –, und mir wird klar, dass alles sich geändert hat.

*»Frag sie, ob sie die Damen noch immer in der letzten Reihe stehen lässt …«**

Saxons Tattoo ist die Erklärung für das, was mir immer gefehlt hat, aber das Traurige ist, dass ich bis vor wenigen Minuten gar nicht wusste, mit einer Lüge gelebt zu haben. Ich schaue mich noch ein letztes Mal im Spiegel an und entdecke, dass Sam recht hat – ich sehe anders aus, weil ich anders bin.

Entschlossen laufe ich durch den Flur, um das einzufordern, was mir zusteht. Samuel sitzt an der Theke und hat den Kopf in die Hände gestützt. Er wirkt völlig fertig, und das bricht mir das Herz. »Hey.«

---

* Zitat aus: J. D. Salinger, *Der Fänger im Roggen*, übersetzt von Eike Schönfeld, Köln 2004, S. 52.

Er schreckt hoch, als hätte meine Stimme ihn in die Gegenwart zurückgeholt.

Als er sich langsam umdreht und über die Schulter blickt, liegt der Hauch eines Lächelns auf seinen Lippen. »Hey.« Ich hatte fast vergessen, wie es sich angefühlt hat, von diesem Lächeln verführt zu werden. Es hat eine Zeit gegeben, in der ich für dieses Gefühl gelebt habe, doch nun spüre ich nichts mehr.

Zögernd gehe ich zu ihm, lege das Verbandszeug auf die Theke und unterdrücke das Zittern meiner Hände. »Du bist also hingefallen?«

Sam nickt. »Ja, ich bin in der Dusche ohnmächtig geworden. Es war, als hätte ich einen Schlag auf den Kopf bekommen, und dann wurde alles dunkel.« Seine blutigen Fäuste erinnern mich daran, wie brutal er auf Saxon eingeschlagen hat. Offenbar weiß er, was wir getan haben, hat aber keine Ahnung, was uns dazu gebracht hat.

Sanft ziehe ich seine Hände unter den Hahn und spüle das Blut ab. Ich kann es kaum ertragen zu sehen, wie sehr er Saxon wehgetan hat. Sam summt, als ich über seine Knöchel streiche und das warme Wasser seine Sünden fortwäscht. »Samuel …«

»Was ist los? Du kannst mir alles sagen.«

Unfähig, mich seinem Urteil zu stellen, konzentriere ich mich auf unsere Hände. »Ich weiß gar nicht, wo ich beginnen soll«, gestehe ich traurig. Ich bin kurz davor zu hyperventilieren.

»Wie wär's mit dem Anfang?« Der praktische Sam ist wieder da.

»Wie wär's, wenn ich dich erst verarzte?« Das ist sicher die richtige Vorgehensweise. Gleich mit dem Schlimmsten zu beginnen kommt mir etwas grausam vor. Aber Sam lässt sich nicht beirren.

»Sag's mir einfach.«

Nachdem ich seine Hände gesäubert habe, stelle ich das Wasser ab und trockne sie ab. Ich tue alles, was ich kann, um ihn hinzuhalten, denn wie soll man das schrecklichste Erlebnis seines Lebens in nur wenigen Worten zusammenfassen?

»Lucy? Bitte ...« Seine Niedergeschlagenheit rührt mich, schließlich würde ich an seiner Stelle auch Bescheid wissen wollen.

Ich reiße mich zusammen und hebe langsam den Blick. In Sams sehe ich kein Urteil, bloß Neugier und ... Liebe. Mir wird übel. »Also ... an unserem Hochzeitstag hattest du einen Autounfall.« Samuel wird blass, doch ich fahre fort. »Du warst schwer verletzt. Die Ärzte waren nicht sicher, ob du es schaffen würdest.« Bei der Erinnerung daran schüttelt es mich. »Aber das hast du. Du kannst dir nicht vorstellen, wie glücklich ich war, ich hatte ... so große Angst, dich zu verlieren, Sam. Als du allerdings aus dem Koma erwacht bist, hattest du Amnesie.« Ich befeuchte meine Lippen. »Du hattest keine Erinnerung ... an mich.«

»Was?«, fragt er ungläubig und schüttelt heftig den Kopf. »Das kann nicht wahr sein.«

»Ist es aber. Sosehr ich mir auch wünsche, ich könnte etwas anderes sagen, so war es. An manche Sachen und Menschen hast du dich erinnert, an mich jedoch nicht. Und deswegen ... hast du mich gehasst. Und dass wir eine Beziehung hatten.«

»Nein.« Sam bricht in Tränen aus. »Wie ist denn das möglich? Ich weiß nicht ... ich weiß gar nicht ... oh nein.«

»Das habe ich mich auch jeden Tag gefragt, aber je mehr

ich mich bemüht habe, deine Erinnerungen zu wecken, desto mehr hast du dich zurückgezogen. Du warst ein ganz anderer Mensch. Den ich nicht wiedererkannt habe.« Eine Träne rollt über meine Wange, und ich wische sie hastig weg. »Saxon …«

Abrupt richtet Sam sich auf, einen Ausdruck von Angst und Schrecken auf dem Gesicht. »Was hat er getan?«

Diese schnelle Schuldzuweisung ärgert mich unglaublich. »Alles, er hat alles für mich gemacht. Er hat mich in dieser schweren Zeit aufgefangen … seit dieser ganze Albtraum angefangen hat.«

»Wie lange geht das schon so?«, fragt Samuel mit fest zusammengebissenen Zähnen, ohne die Dinge beim Namen zu nennen.

»Du meinst, wie lange du so gemein zu mir warst?«, entgegne ich, weil es mich empört, dass er alles, was ich gerade gesagt habe, außer Acht lässt und mich stattdessen gleich angreift.

»Nein, ich will wissen, wie lange mein Bruder es schon mit meiner Verlobten treibt«, sagt er verächtlich grinsend und haut mit der Faust auf die Theke.

Ich zucke zusammen, will aber nicht einknicken und behaupte mich. »Wie kannst du es wagen, Sam! Du hast doch überhaupt keine Ahnung! Du hast mir immer wieder das Herz gebrochen.«

»Und deshalb hast du beschlossen, mir meins zu brechen?«, entgegnet er völlig aufgebracht, steht auf und stößt den Barhocker zurück, der mit einem Poltern zu Boden fällt.

»So war das nicht.« Ich versuche, es ihm zu erklären, denn ich habe mich auf Saxon eingelassen, weil uns einige Geheimnisse verbinden und weil Sam und ich uns davor bereits voneinander entfremdet hatten. »Es ist so viel passiert. Wir haben uns beide verändert.«

»Verändert?«, schreit Sam, die Arme weit ausgebreitet. »Ich hatte verdammt noch mal mein Gedächtnis verloren! Ich wusste nicht, wer du warst, aber du wusstest, wer ich war, Lucy.«

Da irrt er sich.

Ich nehme mich zusammen und bin einfach ehrlich. »Ich dachte, das wüsste ich, aber ich habe mich getäuscht. Du hast dich nicht an mich erinnert. Du hast deine besten Kumpels aus der Highschool erkannt und sogar deine Ex-Freundin, aber wenn du mich angeschaut hast … dann mit den Augen eines Fremden. Was sagt das über unsere Beziehung aus?«

In Sam beginnt es zu brodeln. »Es tut mir leid, dass ich mich nicht mehr an dich erinnert habe. Aber das konnte ich mir ja schließlich nicht aussuchen! Du dagegen, du konntest es, und du hast beschlossen …«

Sein unbeendeter Satz führt mir wieder einmal die Wahrheit vor Augen … ich habe Sam betrogen. Und noch dazu mit seinem eineiigen Zwillingsbruder. Doch Sam ist in dieser Dreiecksgeschichte auch kein Heiliger – wir alle sind Sünder.

»Ich werde mich für das, was ich getan habe, nicht entschuldigen. Ich habe das getan, was für mich das Richtige war, und du ja auch.« Es muss sein. »Ich weiß Bescheid, Samuel … ich weiß alles.« Man hätte eine Stecknadel fallen hören können.

Ich hatte eigentlich vor, mit dieser Enthüllung zu warten, doch ich werde nicht einfach dastehen und mich als Schlampe hinstellen lassen, denn diese Geschichte hat viele Facetten.

Sam braucht keine weitere Erklärung. Sein Geheimnis ist endlich gelüftet. »Er hat es dir erzählt?« Da ich keinen Ton mehr herausbringe, nicke ich nur. Sam verschränkt die Hände im Nacken und starrt an die Decke, als könne er dort oben Antworten finden. »Was für ein verfluchtes Durcheinander.«

So gern ich mich auch mit ihm aussprechen möchte, jetzt ist nicht der richtige Zeitpunkt. Ich muss Sam verarzten und danach Sophia anrufen. Bei dem Gedanken daran habe ich einen Kloß im Hals. »Lass mich deinen Kopf anschauen, dann hole ich Sophia.«

»Wer ist Sophia?«, fragt Sam mit einem Seufzer.

»Deine Ärztin. Sie kann dir alles erklären.«

»Ich habe genug gehört«, blafft er und fährt sich mit einer Hand durch das wirre Haar.

Ich weiß, dass das alles hart für ihn ist, aber für mich ist es auch nicht gerade leicht. Alles, was ich zu wissen glaubte, ist auf den Kopf gestellt worden, ich weiß nicht mal mehr, wer ich bin. Der Mensch, den ich geliebt habe, hat mir etwas vorgemacht. Unsere ganze Beziehung war auf einer Lüge aufgebaut. Vielleicht hat er sich ja deshalb nicht mehr an mich erinnert. Unsere viel beschworene perfekte Beziehung war nur ein Abklatsch dessen, was hätte sein können.

»Du kannst weiterschimpfen, wenn ich dein Gesicht sauber gemacht habe.« Ich nehme ein Tuch, mache es nass und wische seine Kriegsbemalung ab. Ich bin überrascht, dass er mich nach seinen körperlichen Wunden sehen lässt, nachdem ich seinem Herzen eine viel größere zugefügt habe.

Während ich ihn stumm verarzte, komme ich ihm so nahe, dass es mir den Atem verschlägt. Dies ist das erste Mal seit vielen Monaten, dass er es mir erlaubt, ihn zu berühren, ohne dass er mich verflucht. »Ich hasse dich doch nicht, Lucy. Das könnte ich gar nicht«, gesteht er mit gesenktem Blick. »Du gehörst zu mir. Schon immer. Ganz egal, was du zu wissen glaubst, ich habe dich von Anfang an wirklich geliebt. Das ist der Grund für das, was ich getan habe.«

Was ich zu wissen glaube? Was soll das bedeuten?

»Wir können später darüber reden.« Ich brauche einen Moment, um einen klaren Kopf zu bekommen. Und sicher geht es ihm genauso, denn ich habe gerade eine Bombe platzen lassen. Auch er braucht Zeit, um das zu verarbeiten, was ich gerade preisgegeben habe.

»Liebst du mich nicht mehr?«, will Sam von mir wissen Ich halte das nicht länger aus, ich fange bereits an zu schniefen. »Bitte, Baby, sprich mit mir.« Meine Hände zittern unkontrollierbar, als ich mit Tränen in den Augen seine Schläfe reinige. Dankbar drückt Sam meine Finger; die Berührung ist sehr vertraut und zugleich sehr fremd. »Liebst du mich noch?«

Das sollte nicht schwer zu beantworten sein – entweder ich tu's oder nicht.

Ich bin ihm eine Erklärung schuldig, doch ich weiß nicht, was ich fühle. Mir ist gerade der Boden unter den Füßen weggezogen worden, und das Leben, wie ich es kannte, hat sich für immer verändert. Ich brauche einen Augenblick, um durchzuatmen.

Aber Sam bedrängt mich, genauso wie der alte Sam es getan hätte. »Vielleicht sollte ich besser fragen … liebst du ihn?« Eine Träne läuft mir über die Wange, diesmal wische ich sie allerdings nicht weg.

»Ich …« Ich komme nicht dazu zu antworten und mich der Wahrheit zu stellen, denn wir werden unterbrochen.

»Sophia ist unterwegs.« Sobald mein Blick Saxons begegnet, schöpfe ich neuen Mut.

Er steht im Türrahmen und sieht ziemlich lädiert aus, doch

wie immer spielt er seine körperlichen und seelischen Verletzungen tapfer herunter. Sicher hat er gehört, was Sam mich gefragt hat. Also hat er auch mitbekommen, dass ich mit der Antwort gezögert habe, und das spricht Bände. Ich würde ihn gern anfassen, tu's aber nicht. Sein verkniffener Mund und die vor der Brust verschränkten Arme zeigen mir, dass ich es lieber lassen sollte.

»Wir sind hier fertig.« Ich zucke zusammen, als mir klar wird, wie das missverstanden werden könnte.

Ich kann keine Sekunde länger in dieser Küche bleiben, sonst ersticke ich. Schnell sammle ich das Verbandszeug ein und werfe das blutige Tuch in den Müll. Saxon müsste ebenfalls verarztet werden, doch ich habe Angst, dass er mir sagt, ich soll zum Teufel gehen, wenn ich ihm meine Hilfe anbiete.

Seine Lippe ist aufgeplatzt, und er hat ein blaues Auge. Ich will mir gar nicht vorstellen, welche Wunden er sonst noch hat, weil die ekelerregende Erinnerung daran, wie Sam auf den zusammengerollten Körper seines Bruders eingedroschen hat, mich immer noch verfolgt. »Ich, äh …« Ich habe vergessen, was ich sagen wollte.

Beide Brüder schauen mich an, als könnte ich ihnen die Antworten geben, die sie beide so dringend brauchen. Doch das kann ich nicht. Ich weiß nicht, was als Nächstes kommt. Saxon schluckt. Seine abgrundtiefe Traurigkeit erschüttert mich. Dass er so leidend vor mir steht, ist allein meine Schuld.

Mein Blick wandert zu Sam. Auch er wirkt gebrochen und sehr einsam. Oh Gott … was habe ich getan?

Ich dachte, nichts wäre damit zu vergleichen, dass Sam sein Gedächtnis verloren hat, aber hier zwischen den beiden Stone-Brüdern zu stehen tut so weh und überfordert mich derart, dass ich mit der Hand über dem Mund aus der Küche renne, weil ich mich übergeben muss.

Ich schaffe es gerade noch rechtzeitig ins Bad.

Nachdem ich mich erleichtert habe, drücke ich die Toilettenspülung und spritze mir etwas Wasser ins bleiche Gesicht. Mein Spiegelbild sieht nicht besser aus als vor ein paar Minuten. Ich schaue mich an und wünsche mir, ich wüsste, was ich tun soll, doch ich habe keine Ahnung. Da ich völlig verwirrt bin, kann ich einfach keinen klaren Gedanken fassen.

Ganz egal, wie ich mich entscheide, einem von beiden werde ich wehtun. Und wie soll ich mit dem Wissen leben, dass ich jemanden verletzt habe, der nichts anderes getan hat, als mich von ganzem Herzen zu lieben? Wieder wird mir übel, aber diesmal, weil ich solche Gewissensbisse habe.

Als es an der Tür klopft, drehe ich mich so schnell herum, dass ich fast umfalle. Wer auch immer das ist, ich möchte ihm sagen, dass er weggehen soll, ich brauche nur etwas Zeit …

Doch als das Klopfen nicht aufhört und die Tür sich langsam öffnet, weiß ich, dass mir keine mehr bleibt. »Ich bin's, Lucy.«

»Piper?« Erleichtert stoße ich den Atem aus, da meine beste Freundin, Piper Green, besorgt ins Bad späht, ehe sie sich hereinwagt.

Sobald sie mich sieht – die Arme um die Taille geschlungen, die Wangen nass von Tränen –, kommt sie eilig auf mich zu. »Mein Gott, Lucy. Was ist denn passiert?« Als sie mich in die Arme nimmt, fange ich hemmungslos zu weinen an.

»Was habe ich bloß getan?«, schluchze ich haltlos an ihrer Schulter.

»Schsch… alles wird wieder gut. Was es auch ist, wir finden

eine gute Lösung.« Doch genau das ist ja das Problem – die gibt es nicht.

»Ich habe etwas Schreckliches getan …«, gestehe ich. Piper wartet ab. »Ich … Saxon und ich …« Mein Gott, wie soll ich das nur sagen, ohne total rücksichtslos zu wirken?

Piper reimt sich alles selbst zusammen. »Du hast mit Saxon geschlafen?« Getröstet von ihrer Umarmung, schließe ich die Augen und nicke. »Und bereust es jetzt?«

Natürlich weiß sie nicht, wie es dazu gekommen ist, also mache ich ihr keinen Vorwurf, dass sie diesen Schluss zieht. Denn ich weine, weil mir bewusst geworden ist, was ich da angerichtet habe, und nicht weiß, wie ich aus dieser Situation wieder rauskomme.

Ich reiße mich zusammen, löse mich vorsichtig aus ihren Armen und trockne meine tränennassen Wangen. Piper wirkt nicht entsetzt, nur sehr beunruhigt. Ich weiß, dass ich ihr alles sagen kann, aber meine Geschichte ist wirklich heftig.

»Woher wusstest du, dass ich dich brauche?«

Sie streicht mir über den Arm. »Saxon hat mich angerufen und mich gebeten, so schnell wie möglich zu kommen. Daher. Was ist los?«

Ich hätte es wissen müssen.

Saxon kennt mich besser als ich mich selbst, also erspare ich mir die quälenden Schuldgefühle und Selbstvorwürfe. »Die Antwort auf deine Frage lautet …« Piper nickt aufmunternd. Gott, steh mir bei. »Nein, ich bereue es nicht … und das ist ja gerade das Schlimme, denn das sollte ich.«

Sofort verteidigt sie mich. »Gegen Gefühle kann man nichts machen. Das ist doch bloß menschlich.« Da wäre ich mir nicht so sicher.

»Sams Gedächtnis ist wieder zurück«, unterbreche ich sie und lege all meine Karten auf den Tisch. Ihr fällt der Kiefer herunter, weil sie weiß, was das bedeutet. Zum ersten Mal in ihrem Leben ist sie sprachlos. »Er erinnert sich, Piper ...« Ich lege jedes Wort auf die Goldwaage, schließlich kann man nichts mehr zurücknehmen, was man einmal gesagt hat. »Er ist wieder ganz der Alte. Das ist das, was ich mir die ganzen letzten Monate gewünscht habe. Nur das. Aber jetzt, wo er sich wieder erinnert ...«, irgendetwas in mir stirbt, »... will ich nur noch, dass er alles wieder vergisst.«

Leise schnappt meine beste Freundin nach Luft.

»Na, findest du das immer noch menschlich? Wie würdest du eine Frau bezeichnen, die dem Mann, mit dem sie vor den Traualtar treten wollte, so etwas wünscht?«

Piper wirkt wie vor den Kopf geschlagen und sucht nach den richtigen Worten. Doch ehe sie nicht die ganze Geschichte kennt, erlaube ich es ihr nicht, mich zu trösten, obwohl ich weiß, dass sie es trotzdem versuchen wird.

Ich hole tief Luft, straffe die Schultern und gestehe, was für ein Unheil ich angerichtet habe. »Ich liebe Saxon Stone ... von ganzem Herzen und für immer ... und ich weiß nicht, was ich jetzt machen soll.«

Zwei

»Wow.« Dass Piper in der letzten Stunde nichts gesagt, ist gut, denn ich hatte viel zu erzählen.

Ich habe ihr alles haarklein berichtet – wie die Sache zwischen Saxon und mir sich hochgeschaukelt hat bis zu der weltbewegenden Enthüllung kurz vor dem Moment, in dem Sam sein Gedächtnis wiedererlangte. Selbst in meinen Ohren hörte sich die Geschichte fast wie erfunden an – und irgendwie wünsche ich mir, es wäre so. Aber dass ich darunter so leide, sagt mir, dass sie wahr ist.

Ich liebe Saxon. Von ganzem Herzen. Aber ich weiß nicht, was ich mit Sam tun soll … jetzt, wo er wieder vollkommen da ist. Ich kann nicht einfach vergessen, dass wir ein Paar waren, denn das würde bedeuten, dass ich mich selbst verleugne. Er war ein so wichtiger Teil meines Lebens – ich habe Angst vor dem, was nun kommt.

Nur eins weiß ich ganz sicher, nämlich dass ich mit Saxon reden muss. Er hat mich kaum angeschaut, und dass er mich weggeschickt hat, damit ich mich um Samuel kümmere, bereitet mir große Sorgen. Jedes Mal, wenn ich an Saxon denke, besonders an seinen melancholischen Blick, zerreißt es mich innerlich. Doch wie ich Piper gerade gestanden habe, sind mein Herz und mein Verstand sich nicht einig.

Ich sollte mir nicht wünschen, Saxon trösten zu können, doch ich tu's. Ich möchte mich in seine starken Arme werfen, weil das der einzige Ort ist, an dem ich mich sicher fühle – an dem alles irgendwie einen Sinn ergibt. Aber das geht nicht. Samuel braucht mich, und sosehr mein Herz und mein Verstand auch streiten, ich muss das Richtige tun.

»Ich muss zu Sam.«

Piper nickt gedankenverloren, denn offenbar ist sie immer noch damit beschäftigt, die Neuigkeiten zu verdauen.

Ich beschließe, mich zurechtzumachen, da ich schrecklich aussehe, also kämme ich mein langes blondes Haar zurück und wasche mir die Tränen ab. Als ich wieder halbwegs wie ein Mensch wirke, hole ich tief Luft.

»Schaffst du das?«, fragt Piper.

Ich überlege, dann zucke ich die Achseln. »Ich muss.«

»Ich stehe dir bei. Immer.« Ich weiß dieses Versprechen zu schätzen, denn ich brauche jede Unterstützung, die ich bekommen kann.

Sobald ich die Badezimmertür öffne, höre ich leise Stimmen im Wohnzimmer und weiß sofort, wer gekommen ist. Ich hätte mir etwas mehr Zeit gewünscht, aber ich schätze, *Je schneller, desto besser* ist das beste Motto für uns alle.

Nachdem ich dreimal tief durchgeatmet habe, trete ich ein. Sophia und Saxon haben die Köpfe zusammengesteckt und sind in eine Unterhaltung vertieft. Er hat eine Hand tröstend auf ihren Oberarm gelegt, weil sie sehr gerührt zu sein scheint. Samuel sitzt auf dem Sofa und starrt ins Leere. Offenbar hat Sophia ihm die ganze Geschichte bei seinem Unfall angefangen bis heute erzählt.

Eigentlich möchte ich nicht mit ihr reden, aber ich weiß,

dass sie uns die dringend benötigte Erklärung für das, was hier vorgeht, liefern kann. Sobald ich mich räuspere, um meine Stimme zu finden, drehen Saxon und sie mir die Köpfe zu. Sam rührt keinen Muskel.

»Hi, Sophia.« Als unsere Blicke sich treffen, sehe ich, dass sie es weiß. Sie weiß, was Saxon und ich getan haben, während sie höchstwahrscheinlich von Piper im Haus festgehalten wurde. Mir wird schlecht.

»Hallo«, erwidert sie knapp. Auch wenn sie mir bestimmt am liebsten die Augen auskratzen würde, bleibt sie professionell. »Ich habe gerade mit Samuel über alles gesprochen, was passiert ist. Ich denke, es wäre das Beste, wenn er mit mir ins Krankenhaus käme, damit ich ein paar Tests machen kann.«

»Ich habe Ihnen doch schon gesagt, dass ich nirgendwo hingehe«, blafft Sam, während er immer noch stur geradeaus starrt. Irgendetwas an seiner Haltung ist beinahe bedrohlich. Die Hände zwischen den gespreizten Beinen fest miteinander verschränkt, sitzt er vornübergebeugt da, als plane er den Weltuntergang.

»Sam … du solltest auf Sophia hören. Wir wissen nicht genau, was vorgefallen ist, und du hast dir den Kopf ziemlich heftig angeschlagen.« Es ist, als würde man gegen eine Wand reden, denn er gibt seine starre Haltung nicht auf.

Bis jetzt habe ich es vermieden, zu Saxon hinüberzuschauen, weil ich mich davor fürchte, was ich in seinen Augen sehen werde. Piper tritt an meine Seite. Offenbar sieht man mir meine Angst an.

»Es ist Ihre Entscheidung, Samuel, aber wenn wir herausfinden sollen, was los ist, müssen Sie mit mir ins Krankenhaus fahren. Zu Ihrem eigenen Besten. Sobald wir Sie gründlich untersucht haben, kann Ihr Leben vielleicht wieder so werden, wie es war.«

Ein dicker Kloß verstopft meinen Hals.

Das ist unmöglich, da sein Leben auf einer Lüge basierte. Ich werde ihn immer unterstützen, doch sobald es ihm wieder gut geht, müssen wir über all das reden, was Saxon mir erzählt hat. Ich möchte, dass Sam mir erklärt, warum er gelogen hat. Und sicherlich möchte er sich von mir ebenfalls einiges erklären lassen.

Aber eins nach dem anderen. Also nicke ich zustimmend, als Sam mich fragend ansieht. Jedes Mal, wenn er mich anschaut, kommt es mir so vor, als betrachte er mich mit anderen Augen. Vermutlich ist es auch so ähnlich, denn die Lucy, die er früher gekannt hat, hätte niemals mit seinem Bruder geschlafen oder an unserer Liebe gezweifelt.

»Was meinst du? Was soll ich tun?«, fragt Sam mich, was mich überrascht.

Ein schweres Ausatmen erfüllt den Raum, und ich weiß, dass es von Saxon kommt. Ich sitze in der Falle, und die einzige Möglichkeit, mich dort herauszuwinden, ist, Stärke zu zeigen und zu handeln. »Ich meine, du solltest ins Krankenhaus gehen.«

Ohne den Blick von mir abzuwenden, nagt Sam an seiner Unterlippe und überlegt. Er muss das nicht für mich tun, für ihn selbst ist es allerdings wichtig herauszufinden, was passiert ist. »Also gut, ich gehe«, lenkt er schließlich mit einem Nicken ein. »Kommst du mit?«

Das hätte ich kommen sehen müssen. Dass er mich natürlich dabeihaben möchte. Er ist ängstlich und verwirrt, und ich kann mir kaum vorstellen, wie erschreckend seine Lage für ihn sein muss. Ich würde mir nie verzeihen, wenn ich Sam in dieser schwierigen Zeit alleinließe. Und Saxon würde sich ebenfalls vorwerfen, seinen Bruder im Stich gelassen zu haben. »Selbstverständlich komme ich mit«, erwidere ich also mit einem erschöpften Lächeln.

Sam reagiert ähnlich. »Okay.«

Sophia streicht sich durch das unordentliche Haar, ein sicheres Zeichen dafür, dass sie genauso müde ist wie ich. »Prima. Dann tätige ich jetzt schnell ein paar Anrufe.« Sie lächelt, aber das Lächeln ist aufgesetzt, weil sie offenbar noch andere wichtige Dinge zu erledigen hat. »Saxon, könntest du kurz mit rauskommen?«

Sobald Sophia seinen Namen sagt, sehe ich ihm fest in die Augen. Es kommt mir so vor, als wäre es Jahre her, dass ich in diese dunkelblauen Tiefen geblickt habe. Doch er lässt sich nicht anmerken, was in ihm vorgeht, was mich völlig fertigmacht. Ich möchte unbedingt mit ihm reden, aber da Sophia und Sam bei uns sind, ist das unmöglich, also schaue ich schnell wieder weg, ehe ich in Tränen ausbreche.

Ich bin hin- und hergerissen zwischen Pflichtgefühl und Verlangen.

»Klar«, erwidert Saxon und geht mit schweren Schritten vom Wohnzimmer in die Küche.

Sam beobachtet mich aufmerksam, als ich den Blick wieder hebe und auf den Punkt richte, an dem sein Zwillingsbruder gerade gestanden hat. Sofort fühle ich mich schuldig, dass ich meine Gefühle nicht besser unter Kontrolle habe, denn das ist das Letzte, was er braucht. Ich muss mich darauf konzentrieren, ihn ins Krankenhaus zu bringen, damit wir erfahren, was geschehen ist. Alles andere muss warten.

Sam steht auf, immer noch mit nacktem Oberkörper, und ich muss wegschauen. Er bemerkt es und lächelt schief. »Dann sollte ich mir wohl besser was überziehen«, sagt er sarkastisch, und ich verstehe, warum er so verbittert ist.

Doch alle Pläne werden durchkreuzt, als die Haustür aufspringt und Kellie hereinstürmt. Ein ziemlich dramatischer Auftritt, aber von einer Frau, die das Leben ihrer Söhne zerstört hat, ist nichts anderes zu erwarten. Das ist das erste Mal, dass bei ihr nicht jedes Haar an seinem Platz ist und sie keine Designerklamotten trägt. Anscheinend kommt sie direkt von ihrem wöchentlichen Yogakurs. Greg folgt ihr auf dem Fuße.

»Sammy!«, schreit Kellie und stößt alles beiseite, was ihr im Weg steht, mich eingeschlossen.

Sam lächelt, allerdings nur schwach. Das scheint Kellie nichts auszumachen. Sie wirft die Arme um ihn und erdrückt ihn beinahe. »Du bist zu mir zurückgekommen. Wie sehr ich darum gebetet habe.«

Wieder schüttelte es mich unangenehm, so wie damals, als sie Saxon wie Dreck behandelt hat. Jetzt, wo ich weiß, was sie getan hat und wie sie ist, kann ich sie nicht anschauen, ohne mir zu wünschen, ihr gründlich die Meinung sagen zu dürfen.

Greg macht keinen Hehl daraus, dass er mich neugierig mustert, doch meinetwegen können die beiden zur Hölle fahren. »Wenn ihr mich bitte entschuldigen würdet …«

Erst da scheint Kellie mich zu bemerken, was mich nicht überrascht, da sich für sie schon immer alles bloß um Sam gedreht hat. Früher habe ich ihre Liebe zu Sam süß gefunden, aber jetzt weiß ich, dass sie ungerecht und völlig übertrieben ist.

»Lucy, Darling, wo willst du denn hin?«

In meinem Kopf höre ich die Stimme meiner Mutter, die

mich an meine guten Manieren erinnert. Ganz egal, wie gern ich Kellie und Greg aus dem Haus werfen möchte, ich schlucke meine Wut herunter und setze ein Lächeln auf.

»Ich möchte mich umziehen. Sam muss gleich ins Krankenhaus.«

Kellie streichelt Sam und fährt ihm mit einer Hand durch das wirre Haar. »Ich komme auch mit.« Es hat keinen Sinn, mit ihr zu diskutieren, daher nicke ich nur.

»Kannst du meine Eltern anrufen?«, frage ich Piper, die ihr Handy schon in der Hand hat.

Ich halte mich nicht damit auf zu warten und verlasse den Raum, doch Kellies lautes Schluchzen verfolgt mich durch den Flur bis in mein Schlafzimmer. Dort angekommen lehne ich mich an die Tür, schließe die Augen, lege den Kopf in den Nacken, atme zittrig aus und unterdrücke meine Tränen.

Worüber reden Saxon und Sophia? Er hat mir gesagt, sie würden nicht miteinander ausgehen, aber ihr vor Zorn funkelnder Blick hat mir verraten, dass sie in Saxon verliebt ist. Auch wenn er behauptet, sie seien nicht zusammen, sie so ins Gespräch versunken zu sehen, seine Hand auf ihrem Arm, macht mich ganz krank.

Das ist kleinlich und unter den gegebenen Umständen wirklich bedeutungslos, doch während ich die Halskette berühre – die eigentlich Saxon und nicht Sam mir geschenkt hat –, überkommen mich Trauer und Verlustangst.

Ich versuche, stark zu sein, wie kann man allerdings mit so etwas umgehen und nicht alles infrage stellen, was man einmal geglaubt hat? Als Letztes hat Saxon zu mir gesagt, dass er mich liebt, aber wenn das alles vorbei ist, liebt er mich dann immer noch, oder ist unsere Liebe gestorben?

Weil ich mich so gut wie möglich von meinen Sünden befreien möchte, schnappe ich mir hastig ein paar Kleidungsstücke und gehe kurz unter die Dusche. Dass Saxons Duft noch an mir hängt, lässt mich nicht vergessen, was ich getan habe und dass es kein Zurück mehr gibt, nur ein Vorwärts. Doch die Frage lautet: Vorwärts wohin? Was wartet am Horizont?

Während ich mein verknotetes Haar ausbürste, kann ich es nicht vermeiden nachzudenken – wenn ich damals gewusst hätte, was ich heute weiß, hätte ich dann dasselbe getan? Oder hätte ich mich dann anders entschieden, ohne mich um die Folgen dieser großen Kehrtwende zu scheren?

»Lucy …«

Als ich diese Stimme höre, diesen rauen, kräftigen Tenor, der meine Ängste und Zweifel immer wieder zerstreut hat, weiß ich die Antwort. Und sie lautet »Ja«. Liebe ist nur ein Wort … doch der Mann, der gerade hereingekommen ist – dieser zuverlässige, tapfere Mann –, hat mir gezeigt, was damit gemeint ist.

Unfähig, irgendwo anders hinzusehen, begegne ich Saxons Blick im Spiegel. Nun da wir endlich allein sind, kann die Welt mir gestohlen bleiben, denn er ist das Wichtigste für mich. Dafür sollte ich mich schämen, tu's aber nicht. Wie sollte ich das auch anstellen, nachdem ich weiß, dass dieser Mann mich bedingungslos liebt?

Er ist so großartig. Ein echter Hingucker. Sein dunkelblondes Haar ist zurückgekämmt, und die längeren Strähnen locken sich in seinem Nacken. Er strahlt Kraft aus und zieht in jedem Raum, den er betritt, durch sein außergewöhnliches Charisma sofort alle Blicke auf sich.

»Ich habe geklopft«, sagt er endlich, um das Schweigen zu brechen. Er glaubt, ich sage nichts, weil ich ihn nicht bei mir haben möchte. Dabei muss ich meine ganze Willenskraft aufbieten, um mich nicht in seine Arme zu werfen – so wie vor ein paar Monaten.

Doch als er die Stirn in Falten legt, bin ich mir nicht sicher, ob er mich genauso offen und freundlich auffangen würde.

»Ich wollte mit dir reden … nachsehen, ob es dir gut geht«, korrigiert er sich eilig, kommt langsam herein und schließt die Tür. Plötzlich ist meine Kehle wie zugeschnürt, und es fällt mir schwer zu atmen. »Ist alles in Ordnung?«

Er füllt den ganzen Raum und die Leere in meinem Herzen. Sein lädiertes Aussehen erinnert mich daran, dass er jeden Schlag von Sam hingenommen hat, als hätte er die Strafe verdient. Wir machen uns beide Vorwürfe wegen dem, was wir getan haben, also warum fühlt es sich so gut an, in seiner Nähe zu sein?

»Ich gehe wieder … ich wollte nur wissen …«, er schluckt und seine Unterlippe bebt, »… ob du zurechtkommst.« Er steht ein Stück entfernt und wartet auf meine Antwort.

Ich sitze an meinem Toilettentisch, die Bürste noch in der Hand, und kann den Blick nicht von seinem lösen. Ich weiß, dass ich etwas sagen sollte, aber irgendwie … traue ich mich nicht. Ich denke daran, wie schön unsere gemeinsame Nacht war, und erkenne, dass ich bloß eins tun kann.

Langsam stehe ich auf und drehe mich zu ihm um. Er ist meine Kraftquelle, mein Fels in der Brandung. Und ich weiß, was er denkt. Er fürchtet, dass das, was wir erlebt haben, nichts mehr bedeutet, nachdem Sam wieder ganz der Alte ist.

Mit einer Hand fährt er sich durch das wirre Haar und

schluckt, während ich langsam auf ihn zugehe. »Ich weiß, dass jetzt alles wieder anders ist, und das ist in Ordnung… Für mich ist nur wichtig, dass du glücklich bist, und was auch passiert, du sollst wissen, dass ich für dich da sein werde, wenn du mich brauchst…« Er schwafelt, um die Stille zu füllen, weil ich noch immer kein Wort gesagt habe. »Es tut mir leid, dass ich dich mit meinen persönlichen Problemen belastet habe. Sicher brauchst du eine Weile, um das alles zu verarbeiten, aber ich …« Ich lasse ihn den Satz nicht zu Ende bringen, denn manchmal sind Taten besser als Worte.

Überrascht schnappt er nach Luft, als ich mich auf die Zehenspitzen stelle und meine Hände in seinem Nacken verschränke. Dann betrachte ich seine vertrauten Züge, die ich nie mehr vergessen kann. »Schon gut …«, raune ich und lege einen Finger auf seine Lippen. Ganz sanft, da sie aufgeplatzt sind, doch das seidige Fleisch fühlt sich herrlich an.

»Lucy …« Fragend sieht er mich an und versucht verzweifelt herauszubekommen, was in mir vorgeht. Ich kann ihn beruhigen.

»Das hier soll keine Dreiecksgeschichte werden. Ich weiß, wen ich will … und zwar dich.« Es fällt mir nicht schwer, das einzugestehen. Er hat mich gefragt, ob ich ihn haben will, und ja, das will ich. In diesem Riesendurcheinander ist das das Einzige, was ich sicher weiß. Mir ist klar, was das über meinen Charakter sagt, aber ich brauche Saxon so dringend wie die Luft zum Atmen.

Es dauert einen Augenblick, bis er begreift. »Du willst mich? Und was ist mit Sam?«, fragt er verwirrt. Dafür liebe ich ihn noch mehr.

»Nichts. Ich habe nicht gesagt, dass es einfach sein wird,

aber das ist Liebe nie.« So nah bei ihm zu sein und die Wärme seines Körpers zu spüren steigt mir zu Kopf und macht mich so glücklich, dass ich mich wie betrunken fühle.

»Du liebst mich immer noch? Und willst mich? Nach allem, was geschehen ist?« Ich streiche über die Narbe an seiner schön geschwungenen Oberlippe und über seine Nase, dann nicke ich stumm, als hätte die Größe unseres nicht gegebenen Versprechens mir die Sprache verschlagen. »Ich ...«

»Halt die Klappe und küss mich«, flüstere ich und drücke meinen Mund auf seinen. Das lässt er sich nicht zweimal sagen. Auf einmal lichtet sich der Nebel, und ich sehe einen Lichtstreifen am Horizont.

Sobald er mich in seine Arme nimmt, bin ich für ein paar wunderschöne Momente wieder ich selbst, und alles fällt von mir ab, denn nichts ist wichtiger als das hier. Wir küssen uns wie Verrückte, ziehen und zerren aneinander, als wollten wir nie wieder voneinander lassen.

Ich versuche, vorsichtig zu sein, weil Saxon verletzt ist, aber ich kann mich einfach nicht beherrschen. Es ist, als wäre ich süchtig nach ihm. Jeder Zungenschlag, jede Berührung mit seinen begierigen Lippen lindert den Schmerz, der mich aufzufressen drohte.

Er drückt mich an seine Brust und schlingt die Arme so fest um meine Taille, dass ich wohl nie wieder von ihm loskommen werde. Mein Körper sehnt sich nach ihm und wünscht sich nichts mehr, als für immer ganz nah bei ihm zu sein, aber jetzt muss es erst einmal genug sein.

Er saugt an meiner Unterlippe und legt seine große Hand an meine Wange. Dann streicht er mit zwei Fingern darüber und löst sich mit einem letzten Kuss sanft von mir. Sofort vermisse ich den Körperkontakt, aber ich weiß, dass es Zeit ist.

Er reibt seine Nase an meiner. »Ich weiß nicht, was ich sagen soll«, gibt er zu.

»Dann sag nichts.« Ich schmiege mich an seine Brust und schwelge in seinem Duft.

»Ich dachte, du würdest ...«

»Was? Dich vergessen?« Das Geständnis bricht mir das Herz. »Es ist schwer, jemanden wie dich zu vergessen, Saxon Stone.«

»Ich verdiene dich nicht.« Er drückt mich fest an sich und stöhnt, als ich ihn auf den rasenden Puls an seinem Hals küsse.

»Was Sam mir – und dir – angetan hat, ist nicht zu entschuldigen ... aber ...«

Misstrauisch lehnt Saxon sich ein Stück zurück. »Aber was?«

Ich seufze und küsse ihn vorsichtig auf den Mundwinkel. »Aber was er auch getan hat, ich muss für ihn da sein. Das weißt du doch, oder?«

Egal, was ich fühle, ich lasse Sam nicht im Stich, wenn er mich am meisten braucht. Ja, was er getan hat ... ist unverzeihlich und traurig, doch er ist immer noch der Mann, den ich heiraten wollte. Der, den ich von ganzem Herzen geliebt habe.

Selbst wenn mein Herz jetzt überfließt vor Liebe zu einem anderen, heißt das nicht, dass meine Zuneigung zu Sam über Nacht wie von Zauberhand verschwunden ist. Er wird mir immer wichtig sein, aber nach allem, was passiert ist ... es war einfach zu viel. Ich kann ihn nicht ansehen, ohne mich an all die schrecklichen Dinge zu erinnern, die er zu mir gesagt hat.

Und dass er mich angeschaut hat wie ein Wildfremder, hat mich nicht nur gekränkt, sondern auch total fertiggemacht.

Ich weiß, was die meisten Menschen denken würden. Dass ich mit der alten Beziehung abschließen sollte, ehe ich mich in eine neue stürze. Dass ich mir Zeit lassen sollte. Aber es ist so: Ich habe schon genug Zeit vergeudet. Meine Beziehung zu Sam war auf Lügen aufgebaut. Doch das Witzige ist, dass ich durch meinen Herzschmerz gereift und stärker geworden bin. Und zwar dank des Mannes, der mich ansieht, als wäre ich für ihn das Kostbarste auf der Welt.

Aber obwohl Saxon und ich uns einig sind, haben wir viel zu bereden. »Wir haben trotzdem noch einiges zu besprechen.«

»Ich weiß«, erwidert er und streicht mir zärtlich die Haare aus dem Gesicht.

Sofort beruhige ich mich. »Im Moment möchte ich einfach bloß wissen, ob zwischen uns alles in Ordnung ist.«

Seine Miene wird ganz sanft. Er drückt seine Stirn an meine, und sein langsames Atmen ist Musik in meinen Ohren. »Es ist alles in Ordnung. Ich liebe dich.« Noch nie haben diese drei einfachen Worte mir so viel bedeutet, ich komme mir vor wie das glücklichste Mädchen auf der ganzen Welt.

»Versprichst du mir etwas?«

»Alles, was du willst«, erwidert Saxon, ohne zu zögern.

»Was auch geschieht … fahr bitte nicht weg.«

»Was soll denn passieren?«, fragt er und zieht die Augenbrauen hoch.

Wir wissen beide, dass die nächsten Wochen und Monate alles andere als leicht sein werden. Aber ganz egal, wie ich mich fühle, ich werde Sam nicht alleinlassen. Und ich weiß, dass Saxon es auch nicht tun wird.

»Versprich es mir, Saxon.«

Er zögert kurz, nickt dann allerdings. »Ich verspreche es dir.« Ich werfe meine Arme um ihn und schmiege mich an seine Brust, sein ruhiger Herzschlag stimmt mich friedlich. »Aber du musst mir auch etwas versprechen.« Meine Nackenhaare richten sich auf.

»Okay«, sage ich schließlich und löse mich aus unserer Umarmung, um ihm meine volle Aufmerksamkeit zu schenken.

Offenbar fällt ihm das, was er sagen will, schwer. »Versprich mir, dass du Samuels Lügen nicht glaubst.«

»Was?« Aber Saxon unterbricht mich.

»Ich meine es ernst … Sam verliert nicht gerne. Der Sam, den du zu kennen glaubtest, ist nicht der Sam, den ich kenne.«

»Ich bin doch keine Trophäe«, entgegne ich leicht beleidigt. »Und das hier ist kein Spiel.«

»Das weiß ich, Lucy, aber Sam wird nicht kampflos aufgeben.« Saxons Verletzungen sind der Beweis dafür. Sanft streiche ich über seine Wunden und zucke zusammen, als ich merke, wie schlimm sie sind.

»Ich weiß, dass es schwierig werden wird, aber irgendwann wird er es verstehen. Ich habe mich zwischen euch entschieden. Ich will dich«, sage ich, blind vor Liebe.

Saxon lächelt, aber sein Lächeln ist bittersüß. Er verbirgt etwas, das zu dieser Geschichte gehört, doch ich wage es nicht, ihn danach zu fragen. »Versprich es mir einfach.«

Ich lege eine Hand an seine Wange und schaue ihm in die Augen. »Ich verspreche es dir.« Wir besiegeln das mit einem Kuss, den ich sehr genieße, weil ich weiß, dass wir uns in nächster Zeit nicht mehr oft küssen werden. Den Hauch von

Dringlichkeit hinter dem Schwur führe ich auf unsere beiderseitige Anspannung zurück.

Alles wird gut, wiederhole ich wie ein Mantra.

Sam wird irgendwann einsehen, dass es so nicht weitergeht, und sich anders orientieren. Und dann gibt es ein Happy End.

Doch das Leben hat eine seltsame Art, uns zu überfallen und unsere Pläne zu durchkreuzen.

Drei

»Und Sie sagen, Sie können sich nicht mehr daran erinnern, was passiert ist, ehe Sie sich den Kopf in der Dusche angeschlagen haben?«, fragt Dr. Kepler Sam und schwenkt die Pupillenleuchte. Sams Blick folgt dem Strahl konzentriert und aufmerksam.

»Ja, genau. Als ich aufgewacht bin, hatte ich das Gefühl, ziemlich viel verpasst zu haben. Das Letzte, was ich noch genau weiß, ist, dass ich mich für meine Hochzeit angezogen habe.« Die Temperatur im Raum sinkt auf Minusgrade, und ich kaue auf meiner Unterlippe herum. »Ich habe den Eindruck, ich müsste Sie kennen, aber im Moment fühle ich mich wie in einem Traum. Alles ist so unklar.« Sam reibt sich die Stirn, seine Erschöpfung ist ihm deutlich anzumerken. Ich stehe mit dem Rücken an der Wand, während Kellie ihren Sohn bemuttert.

Ich bin schrecklich ruhig gewesen, was wohl die Alarmglocken zum Läuten gebracht hat. Der Kontrast zwischen der heutigen Szene und der vor ein paar Monaten zeigt, wie sehr sich die Lage verändert hat. Es gab eine Zeit, in der ich wild entschlossen war, mich mit Dr. Kepler anzulegen, denn ich hatte einen Muskelkrampf für ein sicheres Zeichen dafür gehalten, dass Sam wieder zu Bewusstsein kommt. Nun kann ich den Arzt nicht einmal mehr ansehen, weil ich Angst habe, dass er mich durchschaut.

Dr. Kepler steckt seine Instrumente wieder ein und seufzt gedankenverloren. »Ich denke, wir können davon ausgehen, dass Samuels Gedächtnis zurückgekehrt ist … dank Ihnen.«

Als es im Raum still wird, begreife ich, dass Dr. Kepler mich meint. »Dank mir?«, frage ich und schüttele den Kopf, weil er sich getäuscht haben muss.

Doch der Arzt klärt mich auf. »Samuel hat etwas getan, was er kurz vor dem Unfall getan hat, und das scheint einen Schalter umgelegt zu haben. Jeder, der eine Amnesie hat, reagiert anders«, fügt er hinzu, als ich ihn weiterhin völlig ungläubig anstarre. Dann wendet er sich wieder an Sam. »Woran erinnern Sie sich jetzt?«

Die Hände tief in die Taschen seiner Jeans gesteckt, zuckt Sam die Achseln. »An fast alles, außer an die Zeit nach dem Unfall.«

Wie schön für ihn.

»Das ist normal«, sagt Dr. Kepler und vermerkt etwas auf Sams Krankenblatt. »Vielleicht erinnern Sie sich mit der Zeit wieder daran. Vielleicht aber auch nicht. Solche Blackouts sind völlig normal. Und ebenso die Kopfschmerzen, die Sie bestimmt gelegentlich haben werden.«

»Also kann es sein, dass ich mich an diese Zeit nie mehr erinnere?«, fragt Sam.

Ich streiche mir übers Gesicht. Plötzlich kommt es mir vor, als wäre ich steinalt. Ich fühle mich betrogen, weil Sam das Gedächtnis an diese Zeit verloren hat, denn deshalb ist alles so, wie es ist. Wenn er sich wenigstens an die abgrundtiefe Verachtung erinnern könnte, die er mir entgegengebracht hat, würde er vielleicht verstehen, warum ich ihn nicht einfach mit offenen Armen wieder in mein Leben aufnehmen kann.

»Richtig«, sagt Dr. Kepler. Als er sieht, wie Sam die Stirn runzelt, versucht er, optimistisch zu wirken. »Am besten versuchen Sie jetzt, ein normales Leben zu führen. Und dabei ist, glaube ich, Lucy der Schlüssel.«

Ich drehe mich derart schnell zu ihm um, dass ich fast stürze. »Wie bitte?« Mein Mangel an Begeisterung entgeht Kellie nicht. Sie kneift die Augen zusammen und überlegt bestimmt, was dahinterstecken könnte.

»Vor dem Unfall waren Sie und Sam doch glücklich. In Ihrer Nähe wird er sich wieder an sein Leben gewöhnen.«

Dr. Kepler lächelt, während mir schlecht wird. »Wie ist denn das möglich? Er hat mich vergessen, aber ich soll diejenige sein, die ihn dazu gebracht hat, sich wieder zu erinnern? Das glaube ich nicht«, sage ich schneidend. Es tut mir leid, dass der Arzt meine Verwirrung und Wut abbekommt, doch ich schlage einfach blind um mich.

Kellie rutscht auf ihrem Stuhl herum und starrt mich so wütend an, als hätte ich ihrem kostbaren Sohn gesagt, er solle sich vor einen Zug stellen.

»Das Gehirn ist ein komplexes Gebilde, Lucy. Jeder Mensch reagiert anders auf Gedächtnisverlust. Ich wünschte, ich könnte Ihnen etwas anderes sagen.« Beruhigend tätschelt Dr. Kepler meinen Oberarm, denn offenbar hat er bemerkt, wie erregt ich bin. »Jetzt können wir nur noch abwarten. Sam, ich würde Ihnen gern eine Therapie bei Dr. Yates vorschlagen und Ihnen ein leichtes Sedativum verordnen, damit Sie besser schlafen können.«

Im Zimmer wird es so still, als hätte er gerade ein Todesurteil verkündet.

»Das sind doch gute Neuigkeiten«, sagt Dr. Kepler aufmunternd und schaut uns an. Plötzlich komme ich mir sehr undankbar vor. »Natürlich sind Sie enttäuscht, dass Ihr Gedächtnis nicht vollständig zurückgekehrt ist, aber offenbar erinnern Sie sich ja an das Wichtigste.« Dr. Kepler gibt sich zuversichtlich, weil alle anderen Menschen dieses außergewöhnliche Ereignis sicher gefeiert hätten. »Das ist wirklich ein Wunder. Es gibt nicht viele, die sich nach solchen Verletzungen wieder so gut erholen. Bei eng getakteter medizinischer Überwachung können Sie meines Erachtens im Handumdrehen wieder der Alte sein.«

»Hast du das gehört, Samuel?«, tönt Kellie und tupft sich mit einem weißen Taschentuch die Augen ab, während ich ein Problem wälze – gut möglich, dass Sam wieder so wird, wie er war, aber ich bin nicht mehr die, die ich war.

»Sie sind jung und stark und haben eine sehr engagierte Verlobte und eine Familie, die Sie liebt.« Das wird ja immer schlimmer. »Das ist eine perfekte Voraussetzung für eine vollständige Genesung.« Dr. Kepler versucht, uns aufzumuntern, aber mich macht das krank. »Ich sehe Sie dann nächste Woche wieder.«

Damit sind wir entlassen, und ich bin noch nie so froh gewesen, aus einem engen Raum herauszukommen.

Leider ruft Dr. Kepler uns noch etwas nach. »Es wäre schön, wenn Sie auch dabei sein würden, Lucy.« Er bemerkt mein Zögern und runzelt die Stirn. Das Bild, das sich ihm bietet, ist so anders als das bei unserer ersten Begegnung. »Natürlich nur, wenn Sie können.«

Ich bringe bloß ein Nicken zustande, als ich mich von der Wand abstoße.

Ich wünschte, ich könnte begeisterter sein, weil Dr. Kepler sich wirklich ins Zeug gelegt hat, seit diese ganze Tortur angefangen hat, aber jedes Mal, wenn er sagt, ich wäre der Grund für Sams Heilung, möchte ich schreien.

»Sie glauben also, Lucy ist der Schlüssel?« Ich falle fast über meine eigenen Füße.

Sam scheint tief in Gedanken versunken zu sein und über alles, was er gerade gehört hat, nachzugrübeln. Als ich seine gebeugte Körperhaltung sehe, komme ich mir plötzlich sehr schlecht vor. Wenn das so weitergeht, bin ich heute Abend mit den Nerven völlig am Ende.

»Ja, ich glaube, sie hat eine entscheidende Rolle gespielt. Sie ist Ihnen nie von der Seite gewichen.« Ich senke den Blick, denn obwohl das stimmt, muss ich zugeben, dass es mit meiner Treue am Ende nicht weit her war. »Manche würden wohl behaupten, dass ihre Liebe Sie zurückgeholt hat.«

Oh Gott, ich halte das nicht mehr aus. »Vielen Dank, Dr. Kepler.« Ich renne aus dem Zimmer, da ich keine Sekunde länger dort bleiben kann. Der bittere Desinfektionsgeruch im Flur kann nichts für den Brechreiz, der mich überfallen hat.

Ich stütze die Hände auf die Knie, hole dreimal tief Luft und frage mich, ob dieser Druck auf der Brust jemals nachlassen wird.

Dann sehe ich aus den Augenwinkeln etwas seidiges Schwarzes und weiß, wem das glänzende Haar gehört. Es ist das Letzte, was ich tun möchte, aber ich muss mit ihr reden. »Sophia!«, rufe ich und winke in der Hoffnung, dass sie mich auf ihrem Weg durch den Flur sieht. Und sie erkennt mich.

Mein Mund wird trocken, denn mir ist klar, dass das kein angenehmes Gespräch werden wird. Fast wünschte ich mir, wir würden Klartext reden, weil das früher oder später passieren muss. Ich habe ihr etwas weggenommen, das ihrer Meinung nach ihr gehörte. Es würde mich nicht wundern, wenn sie mir deutlich sagt, wie wütend sie auf mich ist, und ich hätte es auch verdient.

Sie bleibt stehen und mustert mich abschätzig. »Sophia, ich muss mit Ihnen reden …«

Aber sie lässt mich auflaufen. Als Antwort auf mein Friedensangebot schüttelt sie nur langsam den Kopf und durchbohrt mich mit einem tödlichen Blick.

Ich schäme mich für das, was ich getan habe, also möchte ich es ihr erklären. »Es tut mir wirklich leid …«

»Wehe, Sie entschuldigen sich, denn wir wissen beide, dass es Ihnen nicht leidtut.«

Ich mache mir nicht die Mühe, ihr zu widersprechen, weil sie recht hat. »Ja, kann sein, aber es tut mir leid, dass ich Sie verletzt habe. Ich hatte nie die Absicht …«

»Oh bitte«, ruft Sophia dazwischen, die Augen und die Lippen zusammengekniffen. »Sie flirten doch schon seit Wochen mit ihm. Ich habe bloß gehofft, dass er Sie durchschaut.« Flirten? Ich? Das wäre mir neu.

Ich schlucke, weil ich weiß, was jetzt kommt. »Was soll das heißen?«

Sophia grinst und legt mir gegenüber ihr professionelles ärztliches Mitgefühl ab. »Dass Sie eine Schlampe sind.« Ich blinzle entsetzt. »Ein Bruder hat Ihnen einfach nicht gereicht. Sie wollten beide haben.«

Das trifft mich. »Nein, das wollte ich nicht. Was zwischen

Saxon und mir passiert ist, hat sich einfach so ergeben. Ich habe das nicht geplant.« Das ist eine lahme Entschuldigung, aber schlichtweg die Wahrheit.

»Sparen Sie sich das. Oder erzählen Sie es jemandem, den es noch interessiert.« Ich habe keine Ahnung, wovon sie spricht, bis ich bemerke, wie sie mit eisigem Blick über meine Schulter sieht.

»Lucy, was geht hier vor?« Kellie scheint völlig verwirrt zu sein, allerdings bin ich sicher, dass sie eins und eins zusammenzählen kann. Sie ist mitschuldig an dem ganzen Desaster, trotzdem fühle ich mich wie die Böse.

Sophia ist betrogen worden, und das wird sie mir niemals verzeihen. »Wegen Samuel rufe ich Sie noch an. Aber ich denke, von jetzt an sollten wir uns besser hier treffen.«

»Warum?«, fragt Kellie, kommt zu mir und sieht mich fragend an, während ich nur auf meine alten Turnschuhe hinunterblicke.

»Lassen Sie sich das von Lucy erklären«, erwidert Sophia und geht mit erhobenem Kopf so dicht an mir vorbei, dass ich auf meinen wackligen Beinen rückwärtstaumle.

Sam fängt mich auf. »Ich habe dich«, sagt er und stützt mich. Das kann alles Mögliche bedeuten.

»Danke«, flüstere ich mit einem Blick über die Schulter.

Die hellen Leuchtstoffröhren betonen die grauen Punkte in seinen Augen, aber da es mir jetzt gelingt, ihm länger als fünf Sekunden in die Augen zu schauen, sehe ich, dass er genauso kaputt ist wie ich. Sein dunkelblondes Haar ist furchtbar wirr, weil er in seiner Verzweiflung immer wieder mit den Fingern hindurchstreicht. Und die Bartstoppeln komplettieren das traurige Bild. Ich glaube, ich habe ihn noch nie so verwahrlost gesehen. Auch die Augenringe und seine Blässe passen dazu.

Ich kann nicht mehr.

»Lucy, würdest du mir bitte erklären, worum es hier geht?«

Kellies Tonfall und ihre Hochnäsigkeit geben mir den Rest, und ich zische: »Nein, ich habe keine Lust dazu. Ich bin müde und will nach Hause.« Kellie fällt der Kiefer herunter, dann bewegt sie sich stumm.

So habe ich noch nie mit ihr gesprochen, und wahrscheinlich auch niemand anders. Aber ich bin auch noch nie in so einer Situation gewesen.

Gerade als Kellie sich zu fangen scheint, sagt Sam: »Ich fahre mit Lucy.« Natürlich hat seine Mutter ihn ins Krankenhaus gebracht. Greg wurde auf der Farm gebraucht, hat allerdings versprochen, so bald wie möglich nachzukommen. Meine Eltern sind zu einem Blitzurlaub in New York, doch ich habe nicht lange gebraucht, um ihnen den zu versauen, da ich meine Mutter bei mir haben möchte.

»Samuel?« Nervös legt Kellie eine Hand auf ihr Herz.

Die Finger immer noch um meinen Oberarm geschlossen, steht er unverrückbar neben mir. Ich unterdrücke meine Wehmut, weil das genau das ist, was der alte Sam getan hätte. Er wäre mit mir durch dick und dünn gegangen. »Fahr nach Hause, Mom. Du brauchst nicht auf mich aufzupassen. Ich bin ein großer Junge. Außerdem muss ich mit meiner Verlobten reden.« Mir kommt die Galle hoch.

Sam gibt ihr nicht allzu diskret zu verstehen, dass sie uns in Ruhe lassen soll, Kellie ist allerdings nicht besonders beeindruckt. Sie konnte den fremden Sam herumkommandieren, doch jetzt, wo der alte wieder da ist, erkennt sie, dass sie so nicht mehr weiterkommt. Erstaunlicherweise erleichtert mich das.

»Na gut, aber heute Abend komme ich zu euch rüber.« Wir beide wissen, dass das der beste Kompromiss ist, den wir vereinbaren können.

Sie küsst Sam auf beide Wangen und verbirgt nicht, dass sie sich darüber ärgert, dass er mich ihr vorgezogen hat. Das hat er zwar nicht offen gesagt, doch ich kann es ihr ansehen. Und nun da ich das alte, dunkle Geheimnis der Familie kenne, kann ich mir gut vorstellen, wie sehr sie es hasst, nicht Sams Nummer eins zu sein.

Sie macht sich auch nicht die Mühe, uns etwas vorzuspielen. »Du wirst mir einiges erklären müssen.«

Ich habe es satt, immer die Böse zu sein. Ich straffe die Schultern und wehre mich. »Ich glaube, das müssen wir alle.« Ihre Wut auf mich wird noch größer, doch das ist mir egal. Ohne auf eine Antwort zu warten, drehe ich mich auf dem Absatz um, weil ich weiß, dass ich am Abend noch eine Menge zu hören bekommen werde.

Die frische Luft draußen fühlt sich himmlisch an. Die Holzbank, die so viele Wochen mein Zufluchtsort war, zieht meine Aufmerksamkeit auf sich. Die Landschaft ist immer noch üppig grün, und die bunten Wildblumen stehen in voller Blüte. Ich weiß noch, wie ich überlegt habe, wie viele Tage, Stunden, Minuten und Sekunden ich dort wohl sitzen würde, und hoffe und bete, dass alles wieder gut wird.

Ich kann diesen Ausblick nicht betrachten, ohne an Saxon zu denken, der von Anfang an für mich da gewesen ist. Ich war total am Boden und untröstlich, aber er hat mir Kraft gegeben, als ich sie am nötigsten brauchte.

Ich muss einen Moment allein sein, um mich zu beruhigen, und schlendere, in Erinnerungen versunken, zu der Bank. Mit den Fingerspitzen fahre ich über das raue Holz, schließe die Augen und rufe mir ins Gedächtnis, wie ich meine Wange an Saxons Brust gepresst habe, als ich sterben wollte und er mir eindringlich zuredete. Damals hat er mir versprochen, dass alles gut werden würde, und er hatte recht.

»Lucy?« Die Stimme klingt vertraut und doch so anders. Früher habe ich Sam und Saxon unwillkürlich immer verglichen, aber inzwischen liegen für mich Welten zwischen ihnen.

Langsam öffne ich die Augen und nehme mir einen Moment Zeit, um Sam zu betrachten. Gott, wie sehr ich mir das vor ein paar Monaten gewünscht hätte. Seine Stimme zu hören. Ihn lächeln zu sehen. Ich habe sogar so getan, als wäre er da und das Ganze nichts als ein böser Traum. Aber jetzt, wo mein Wunsch in Erfüllung gegangen ist, weiß ich nicht, was ich tun soll.

»Wie findest du das, was Dr. Kepler gesagt hat?«

Er bedrängt mich nicht und bleibt in mehreren Schritten Entfernung stehen. Auch für ihn ist das alles verwirrend. »Es hat eine Zeit gegeben, in der das genau das war, was ich hören wollte.«

»Und heute …?«

»Keine Ahnung«, gestehe ich. Ich hasse es, ständig mit neuen Problemen konfrontiert zu werden.

Gequält fährt Sam sich mit beiden Händen durchs Haar. »Hilf mir zu verstehen, wie es mit uns so weit kommen konnte. Erklär mir, wieso du ihn willst und nicht mich. Nach allem, was wir zusammen durchgestanden haben, Lucy, wie kannst du das einfach wegwerfen?«

»So ist das nicht«, protestiere ich, verärgert, dass er derart wenig von mir hält. »Was du Saxon angetan hast – und mir –, ist wirklich traurig. Ich muss immer wieder daran denken, wie anders mein Leben verlaufen wäre.«

Betroffen schließt Sam die Augen. »Es tut mir leid. Verdammt leid.« Als er sie wieder aufmacht, sieht er mich mit ehrlicher Miene an. »Wenn du deshalb mit ihm geschlafen hast, verzeihe ich dir. Wir haben beide Mist gebaut und beide Fehler gemacht. Aber nun bin ich wieder ganz der Alte und will, dass alles wieder so wird, wie es war. Ich möchte nur …«

Ich kann das nicht länger ertragen. »Ich habe mit Saxon geschlafen, bevor ich die Wahrheit herausgefunden habe, Sam. Es kann nie wieder so werden, wie es war.« Der Mund ist ihm offen stehen geblieben, doch er muss es erfahren. Sprach- und haltlos lässt er sich auf die Bank fallen und schüttelt den Kopf. »Du wusstest nicht mehr, wer ich bin, Samuel. Und als wäre das nicht schon kränkend genug, hast du dich auch noch völlig unmöglich aufgeführt. Ich habe diese Person nicht gemocht. Und jetzt schlage ich mich mit der Frage herum, ob die der echte Samuel ist.«

Es gibt keinen leichten Weg, unsere Beziehung zu beenden, doch anders als Sam habe ich vor, aufrichtig zu sein. Obwohl ich weiß, was die Leute von mir denken werden. Ich bin die vielen Lügen einfach leid.

»Ihm kannst du verzeihen, aber mir nicht?«, fragt er versonnen, die Augen auf den Boden gerichtet.

»Was soll ich ihm denn verzeihen?« Eigentlich möchte ich mich neben Sam setzen und ihn trösten, weil ich ihm eine so tiefe Wunde zugefügt habe, dass sie wohl nie mehr heilen wird. Aber ich tu's nicht. Ich bin schon verwirrt genug.

Außerdem schmerzt mich sein Vorwurf. »Er hat dich doch auch angelogen. Er kannte die Wahrheit, aber feige, wie er ist, hat er kein Wort gesagt. Wenn ich an seiner Stelle gewesen wäre, hätte ich um dich gekämpft … und das habe ich ja auch.«

Ich schnaube und trete einen Schritt zurück. Seine Worte haben einen Nerv getroffen, denn tief im Inneren weiß ich, dass er recht hat. Saxon hat auch Schuld. Er hätte reinen Tisch machen müssen, hat es allerdings nicht gewagt. Beide Brüder haben mich angelogen. War die eine Lüge schlimmer als die andere?

Ich kann mich nicht entscheiden, denn ich fühle mich von beiden betrogen. Doch Saxon ist kein Feigling. Er hat um mich gekämpft. Wirklich. Er hat mir erklärt, warum er mir nichts gesagt hat, und obwohl das sein Handeln nicht entschuldigt, kommt mir Sams Verrat sehr viel schlimmer vor. »Er war nicht mit mir verlobt. Er war nicht derjenige, mit dem ich jahrelang zusammen war. Du hättest es mir irgendwann sagen können. Du hattest genug Zeit, aber stattdessen hast du mich lieber angelogen. Immer und immer wieder. Ich fühle mich hintergangen. Ahnst du überhaupt, wie sehr?« Ich greife mir an die Brust, weil mein Herz sich zusammenzieht.

»Ja, und es tut mir sehr leid! Wenn ich es ungeschehen machen könnte, würde ich es tun«, ruft Sam mit verzerrtem Gesicht. »Ich wollte es dir immer sagen.«

»Und was hat dich daran gehindert?«, kreische ich hysterisch, bremse mich jedoch, da ich die Antwort hören möchte.

»Ich hatte Angst. Ich wusste, dass ich etwas falsch gemacht hatte, aber ich habe es für dich getan, Lucy.«

Verächtlich verschränke ich die Arme vor der Brust, denn

ich habe seine Entschuldigungen dermaßen satt. »Du hast also meinetwegen gelogen?«

»Ja«, erwidert er eifrig.

»Das macht doch keinen Sinn!« Mir reicht's. Er zeigt immer mit dem Finger auf andere und hat nie selbst Schuld. »Saxon …«

»Saxon ist auch kein Heiliger!«, blafft er und springt mit geblähten Nasenflügeln auf.

Die Spannung zwischen uns ist mit Händen zu greifen, und ich habe das ungute Gefühl, dass ich kurz davor bin, die Büchse der Pandora zu öffnen. »Was willst du damit sagen?«

Sam holt tief Luft, weil die unheilschwangere Atmosphäre uns beinahe die Luft abschnürt. »Ich habe dich vor einem traurigen Leben bewahrt. Es tut mir leid, dass ich gelogen habe, aber meine Gefühle für dich sind immer echt gewesen. Mein Bruder ist ein Arsch. Ich weiß, dass die Mädels solche Jungs mögen, aber Saxon ist wirklich schlecht. War er immer schon.«

Ich werde so wütend, dass ich auf ihn zugehe, um ihm ins Gesicht zu schlagen. »Wie kannst du es wagen! Saxon ist immer ehrlich zu mir gewesen. Und hat sich von Anfang an um mich gekümmert.«

Doch Sam lässt sich nicht beeindrucken und kontert. »Oh, und warum hat er es dann nicht für nötig befunden, dir irgendwann mal zu sagen, dass er derjenige war, dem du zuerst begegnet bist, und nicht ich?« Meine Wut flaut ab, denn Sam hat einen wunden Punkt getroffen. »Er hat keinen Schneid, und er wusste, dass du mit mir besser dran bist. Deshalb hat er es dir nie gesagt.« Sam deutet auf seine Brust, und meine Gedanken überschlagen sich. »Du warst und bist einfach zu gut für ihn. Denk doch mal nach, Lucy. Wenn er behauptet, er hätte dich von Anfang an geliebt, warum hat er dich dann angelogen?« Ich kaue auf der Innenseite meiner Wange herum und wünsche mir, mich nicht mehr mit diesen Täuschungsmanövern befassen zu müssen. »Wir haben beide gelogen, aber ich scheine der Böse zu sein.«

»Bist du ja auch«, bestätige ich, allerdings wenig überzeugend. »Was du ihm angetan hast, ist schrecklich. Wir hätten beide ein ganz anderes Leben führen können, wenn du einfach die Wahrheit gesagt hättest.«

Sam lacht entnervt leise vor sich hin, da ich nicht aufhöre, seinen Zwillingsbruder zu verteidigen. »Ich habe sie verschwiegen, weil ich dich retten wollte …«, schreit er, stürmt vor und packt mich an den Armen.

»Wovor?«, brülle ich zurück und versuche, ihn abzuschütteln. Der Übergriff macht mich so was von wütend, und ich habe jetzt wirklich genug von dieser Unterhaltung. Aber Sam lässt mich nicht los und schüttelt mich wie eine Puppe.

»Vor ihm! Er ist ein …«

»Was?«, kreische ich, ohne mich darum zu scheren, dass ich inzwischen im Umkreis von hundert Meilen wohl jeden auf uns aufmerksam gemacht habe. Sam hat noch drei Sekunden, um mich aufzuklären, denn ich will keine Ausflüchte mehr hören.

Er packt mich noch fester und zieht mich so nah an sich heran, dass unsere Gesichter nur noch wenige Zentimeter voneinander entfernt sind. Er macht keinen Hehl aus seinem Groll gegen Saxon und mich, aber als er mich durchdringend anschaut, sehe ich, dass er insgeheim leidet und das bloß hinter seiner Wut versteckt. »Was du für meinen Bruder zu empfinden glaubst … was du zu wissen glaubst …« Er holt so tief

Luft, dass für mich keine mehr übrig zu bleiben scheint. »… Frag ihn doch mal nach Ivan Preston.«

»Nach wem?« Den Namen kenne ich nicht, aber ich habe das Gefühl, dass er alles, was ich zu wissen glaubte, in einem anderen Licht erscheinen lassen könnte.

»Das war Saxons bester Freund«, erklärt Sam schließlich und lässt mich los. Doch nun weiß ich nicht, was ich mit meiner Freiheit anfangen soll.

»Ja, und?«, frage ich zögernd, da ich jetzt schon eine Gänsehaut bekomme.

Sam schaut mir tief in die Augen. »Er ist gestorben.«

Mein Herz setzt für einen Schlag aus. Warum erzählt er mir das? »Oh Gott, das ist ja schrecklich.« Ich presse eine Hand auf meinen Mund.

»Ja, besonders weil …«

Diese langen Pausen gehen mir auf die längst überlasteten Nerven. »Weil?«

»Frag ihn doch einfach.«

»Was? Warum kannst du es mir nicht erzählen?« An der Stelle hätte ich die Unterhaltung beenden und meine Neugier zähmen sollen, denn es war abzusehen, dass nichts Gutes dabei herauskommen würde.

Störrisch schüttelt Sam den Kopf. »Nein, du sollst ihn erleben, wie er wirklich ist.«

Nun packe ich Sam und lasse ihn nicht los. »Und wie ist er?«

Aber mein Wutanfall legt sich wieder, als Sams Selbstsicherheit mir zeigt, dass das, was er mir sagen möchte, die besten Erinnerungen meines Lebens zerstören könnte.

»Sag's mir!« Diesmal will ich die Wahrheit erfahren, doch

als Sam dazu ansetzt, sie mir zu sagen … wünsche ich mir plötzlich, ich könnte die Zeit zurückdrehen.

»Er ist ein Ungeheuer, Lucy.« Ich habe keine Chance, Saxons Ehre zu verteidigen, denn der nächste Satz verschlägt mir den Atem und trifft mich mitten ins Herz. »Ivan Preston ist tot, weil Saxon … ihn umgebracht hat.«

Vier

Ich mache mir nicht die Mühe, den Motor abzustellen, als ich den Wagen parke und aus der Tür springe. Sam sitzt noch auf dem Beifahrersitz, und wenn er schlau ist, bleibt er dort noch eine Weile. An die Fahrt vom Krankenhaus zu meinem Zuhause, Whispering Willows, kann ich mich kaum erinnern, weil ich nur noch daran gedacht habe, dass ich Saxon finden muss, damit er diese Geschichte richtigstellt.

Was Sam mir erzählt hat, kann doch nicht wahr sein. Im Kopf höre ich immer wieder Saxons Warnung.

Versprich mir, dass du Samuels Lügen nicht glaubst.

Und das muss eine sein, denn Saxon hätte mir so etwas Wichtiges nicht vorenthalten – ganz sicher nicht.

Wie eine Irre laufe ich durchs Haus und rufe nach ihm. Verdutzt reißt er die Tür zum Gästezimmer auf, und als ich ihn sehe, weiß ich nicht, ob ich lachen oder weinen soll. »Lucy? Was ist los?«

Ich bin mit den Nerven völlig fertig und möchte mich bloß noch zusammenrollen und schlafen. »Wer ist Ivan Preston?«

Als Saxon sichtlich geschockt einen Schritt zurücktritt, kann ich es kaum glauben. Ich dachte, wenn ich ihm mit dieser Geschichte komme, würde er sagen, ich soll mich beruhigen, weil es eine vernünftige Erklärung dafür gibt. Doch er ist schlagartig kreidebleich geworden, was beweist, dass Sam nicht gelogen hat.

Ich bleibe abrupt stehen, schüttele den Kopf und schlinge die Arme um meinen Oberkörper. »Nein«, stoße ich hervor. »Bitte sag mir, dass das nicht stimmt.«

Das hier muss ein Albtraum sein.

»Komm rein«, bittet er.

Aber ich bleibe störrisch stehen. »Hast du ihn wirklich umgebracht?«, schreie ich derart schrill, dass ich meine eigene Stimme fast nicht wiedererkenne.

Saxon atmet tief aus und streicht sich mit einer Hand übers Gesicht. Dann kneift er die Augen zusammen, als könnte er so diesem Albtraum entgehen. Doch keiner von uns kann es sich leisten, noch länger zu lügen. Das stürmische Grau in seinen Augen spiegelt die angespannte Atmosphäre. »Ja, habe ich.«

»Oh mein Gott.« Bei dem Geständnis wird mir schlagartig schlecht.

»Bitte, lass es mich erklären.« Saxon kommt auf mich zu, aber ich weiche zurück, da ich den Satz nicht mehr hören will. Ich weiß gar nicht mehr, wie oft er mir in den letzten vierundzwanzig Stunden schon gesagt worden ist.

Als er merkt, dass ich vor ihm zurückschrecke, wird er so traurig, dass ich mich fast geschlagen gebe. »Wie konntest du mir das verschweigen?«

Er bläst die Backen auf und fährt sich mit den Fingern durchs Haar. »Weil ich dachte, es wäre nicht der richtige Moment, dir alles von meiner verkorksten Vergangenheit zu erzählen. Du hattest bereits genug Probleme. Da hast du dieses nicht auch noch gebraucht. Ich bin alles andere als stolz darauf, und es vergeht kein Tag, an dem ich mir nicht wünsche, anstatt Ivan im Grab zu liegen!« Ihm kommen die Tränen, doch er wischt sie hastig fort. »Ich habe kein Recht, dich darum zu bitten, aber würdest du vielleicht reinkommen?«

Wieder bin ich völlig gespalten. Mein Herz und mein Verstand sind im Widerstreit, am Ende gewinnen allerdings wie immer bei Saxon die Gefühle, und ich nicke.

Er tritt beiseite und lässt mir genug Platz, um an ihm vorbeizukommen, ohne ihn zu berühren. Das tut weh, aber ich gehe trotzdem in sein Schlafzimmer, und sein vertrauter Geruch beruhigt mich ein wenig. Ich stehe mitten im Raum und denke daran, wie Saxon mich hier ausgezogen hat und mir das Gefühl gab, die schönste Frau auf der Welt zu sein.

Bei dem Gedanken daran, wie nett er zu mir gewesen ist, als ich in meinem betrunkenen Zustand ganz verloren und einsam war, und dass er vor einer Frau in einem so traurigen Zustand nicht zurückgescheut ist, bekomme ich einen Kloß im Hals. Dann erinnere ich mich an sein Versprechen …

Wirst du bei mir bleiben?
Ja.
Versprichst du mir das?
Ja, das verspreche ich dir.
Wie lange?
Solange du willst.

»Für immer« habe ich dann statt »Gute Nacht« gesagt und bin in einen tiefen Schlaf gefallen, und von dem Augenblick an hätte ich wissen müssen, dass nichts mehr so sein würde, wie es war. Die Erinnerungen besänftigen mich, und ich hole tief Luft.

Die Tür klappt zu, aber Saxon rührt sich nicht. Stumm bleibe ich mit dem Rücken zu ihm stehen. Wir brauchen beide eine kleine Pause.

»Als ich neun war, dachte ich, ich wäre der Größte. Ich gebe mir die Schuld an Sams Benehmen; schließlich hat er es von mir gelernt. Ivan wohnte gleich nebenan und hatte zwei Wochen nach uns Geburtstag. Wir waren dumme Kinder, die immer miteinander wetteiferten und versuchten, sich gegenseitig zu übertrumpfen. Eines Tages sind Ivan und ich mit unseren BMX-Rädern herumgekurvt, und ich habe ihn zu einem Sprung angestiftet. Über eine leicht abschüssige Böschung. Das hätte er mit geschlossenen Augen geschafft.«

Saxon hält inne, während ich die Arme um mich schlinge und einer weiteren Geschichte lausche, die vielleicht mein Leben verändern wird.

»Ich bin als Erster hinüber und habe es locker hingekriegt. Also habe ich beschlossen, noch einen draufzusetzen, und ihn herausgefordert, den Sprung blind zu wagen. Er war einverstanden und hat sich seinen Pulli über die Augen gebunden. Wenn er so rüberkommen würde, sollte ich ihm all meine Comics geben. Ich habe zugestimmt, weil ich sicher war, er würde fallen und sich so lächerlich machen, dass ich in der nächsten Stunde viel Spaß gehabt hätte. Ich hätte doch nie gedacht, dass er sich verletzen würde oder dass es gefährlich sein könnte. Dann hätte ich das doch niemals vorgeschlagen.«

Endlich fasse ich den Mut, mich umzudrehen und Saxons Geschichte den Respekt entgegenzubringen, den sie verdient.

Er ist in einer qualvollen Erinnerung versunken, die er

anscheinend seit Jahren verdrängt hat. Ich befeuchte meine Lippen, weil ich ahne, dass das, was er als Nächstes sagt, mich um seine verlorene Kindheit trauern lassen wird.

»Er ist losgefahren, und ich habe zugeschaut … ich habe zugeschaut, wie mein bester Freund sich selbst umgebracht hat.« Saxons Unterlippe zittert. »Sein Vorderreifen ist geplatzt, deshalb ist er vom Fahrrad geflogen … über die Böschung. Er hat sich das Genick gebrochen. Er war sofort tot.«

Ich presse eine Hand auf den Mund. Tränen laufen mir über die Wangen.

»Das Einzige, woran ich mich noch erinnern kann, ist, dass ich über die Böschung geschaut habe und den zerschmetterten Körper meines besten Freundes sah, mit dem Pulli über den Augen. Zuerst habe ich geglaubt, er verarscht mich, aber als er sich nicht mehr bewegt hat … als mir auffiel, wie grotesk seine Glieder verbogen waren, wusste ich, was ich getan hatte.« Tief beschämt schüttelt Saxon den Kopf. »Da bin ich schnell nach Hause gefahren, habe Kellie erzählt, was passiert ist, und sie gebeten, die Polizei zu rufen. Aber das hat sie nicht getan.«

»Was hat sie denn getan?«, frage ich leise.

»Das, was die Stones immer machen … sie kaufen sich frei. Ich habe gedacht, sie täte das, um mich zu schützen, doch bald ist mir aufgegangen, dass sie es für sich selbst getan hat. Um ihr Gesicht zu wahren. Der Skandal hätte meine Eltern ruiniert, also haben sie den Prestons Geld gegeben, damit sie den Mund halten. Und das haben sie. Dann sind sie weggezogen, und wir haben nie wieder darüber gesprochen.«

Ich möchte ihn trösten, halte mich allerdings zurück. Ich will ihm die Zeit lassen, die er braucht.

Saxon lehnt am Türpfosten und fixiert einen Punkt auf dem Boden. »Ich habe immer alles falsch gemacht, das war der Beweis dafür. Und so hatte meine Mutter noch einen Grund, mich zu hassen. Sie hat mir gesagt, ich hätte in meinem ganzen Leben nichts richtig gemacht, und ich habe ihr geglaubt. Wie auch nicht? Nach dem, was ich verbrochen hatte. Daher habe ich mich nie gegen sie aufgelehnt und es zugelassen, dass sie mich wie Dreck behandelt. Weil ich so krank war zu denken, dass sie mich gerettet haben, weil sie mich mögen. Aber heute weiß ich, dass sie nur nichts mit einem so missratenen Sohn zu tun haben wollten. Ich habe eine Strafe verdient für das, was ich getan habe, stattdessen haben sie mir beigebracht, meine Gefühle zu unterdrücken. Mir wurde beigebracht, keine Schwäche zu zeigen und zu vergessen … also habe ich vergessen. Alles …«

Die nun folgende Stille ist vielsagend und sehr bedrückend.

Als ich mir das, was Saxon mir gerade mitgeteilt hat, durch den Kopf gehen lasse, fällt alles an seinen Platz, und ein ganzes neues Bild kommt heraus. »Deshalb warst du so schüchtern und introvertiert.«

Saxon senkt den Kopf, sodass sein langes Haar nach vorn fällt und sein Gesicht verbirgt. »Genau, ich habe mich abseits gehalten, da es keinen Sinn machte, mich mit jemandem anzufreunden. Irgendwann hätte ich ja doch erzählen müssen, was ich getan habe, und das spricht schließlich nicht gerade für mich. Außerdem habe ich mich nach diesem Tag auch nicht mehr für einen guten Freund gehalten. Allein zu bleiben war einfach leichter.«

Seine Qual tut mir unheimlich weh, deshalb gehe ich langsam auf ihn zu, um ihm zu zeigen, dass ich für ihn da bin, so wie er für mich da gewesen ist. »Es war nicht deine Schuld. Genauso wenig wie ich daran schuld bin, dass ich geschlagen wurde.« Jede Narbe auf meinem Körper erinnert mich schmerzhaft daran, was ich durchmachen musste, um die Person zu werden, die ich heute bin.

Der Trost lässt Saxon den Kopf heben, denn das, was ich ihm von meiner Kindheit erzählt habe, geht ihm immer noch sehr nahe. »Ich habe es dir nicht erzählt, weil die Erinnerung daran … sie führt mich zu einem sehr dunklen Ort. Ich schäme mich so für das, was ich getan hab«, bekennt er freimütig, und dafür liebe ich ihn noch mehr.

Ich verstehe seine Scham- und Schuldgefühle nur zu gut. Baby M gewesen zu sein verfolgt mich jeden Tag, denn meine Narben erinnern mich daran. Ich kenne die Antwort schon, aber ich frage trotzdem. »Hast du mit irgendjemandem gesprochen? Über das, was passiert ist?«

Er lacht, doch es hört sich nicht amüsiert an. »Und den Namen Stone noch mehr beschmutzt? Undenkbar.«

Plötzlich geschieht etwas Wunderbares. Ich schaue zum Bett und entdecke ein offenes Tagebuch. Den meisten Menschen würde dieser unschuldige Anblick nichts bedeuten, aber für mich ist er die Bestätigung, dass meine Wahl auf den Richtigen gefallen ist. Saxon und ich sind wahrhaftig zwei Hälften, die getrennt wurden und nun endlich wieder zusammengekommen sind. »Und deswegen schreibst du Tagebuch?«

Er nickt knapp. »Das ist meine Art zu sprechen und mir alles von der Seele zu reden, ohne verurteilt zu werden.« Aus genau dem Grund schreibe ich auch. »Du bist immer mein Sonnenschein gewesen, Lucy. Du hast in allem immer das Schöne gesehen. Das ist so erfrischend, wenn man sich ständig mit düsteren Gedanken herumschlägt.« Eine einzelne Träne läuft ihm über die Wange, und das gibt mir den Rest.

Nicht imstande, die Distanz zwischen uns noch einen Moment länger zu ertragen, laufe ich zu ihm, werfe mich in seine Arme und schmiege mich enger an ihn als jemals zuvor, denn diese Unterhaltung hat meine Gefühle für diesen Mann noch stärker werden lassen.

Das ist mehr als Liebe. Offenbar hat seine Bewunderung mir meine Dämonen vom Leib gehalten, und anscheinend habe ich auf ihn die gleiche Wirkung. *Egal, wie schlecht deine Erinnerungen sind, sie gehören trotzdem zu deiner Geschichte. Deinem Vermächtnis. Du solltest sie aufschreiben. So kannst du immer zurückschauen und sehen, was du alles überlebt hast. So was gehört zum Leben.* Das hat er mir mal gesagt – und ich habe es zu meinem Motto gemacht.

Er nimmt mich so langsam in die Arme, als wollte er jede Sekunde auskosten. Ich glaube, er hat wirklich gedacht, er würde das nie wieder tun dürfen. »Du bist kein Mörder. Du bist ein Überlebenskünstler. Das sind wir beide. Was da passiert ist, war ein Unfall. Du warst noch ein Kind, aber du wolltest das Richtige tun.« Ich drücke mich an seine Brust, und mir blutet das Herz, als ich merke, dass er zittert. »Und für jemanden, dem man beigebracht hat, seine Gefühle zu unterdrücken … hast du mir verdammt noch mal unglaublich schöne Augenblicke beschert. Jede Minute, die ich mit dir verbracht habe, war wundervoll. Ich liebe dich, Saxon Stone.«

Er legt seine Wange auf meinen Kopf und seufzt, offenbar ist er schwer erleichtert. »Du bist der einzige Mensch, bei dem ich mich jemals … gut gefühlt habe. Ich verdiene dich nicht.

Aber ich will dich … und zwar sehr. Es ist, als könnte ich mit dir in meinen Armen endlich richtig durchatmen.«

Wie kann man sich nicht noch mehr in einen Mann verlieben, der einem solche herzzerreißenden Geständnisse macht?

»Ich habe dir so oft sagen wollen, dass ich das war, in der Bibliothek, aber ich schätze, tief im Inneren hatte ich das Gefühl, Sam wäre besser für dich. Er hat keine verkorkste Vergangenheit. Ich bin nicht perfekt, Lucy.« Nun begreife ich, warum er geschwiegen hat. Er fühlte sich unwürdig, und irgendwie scheint er wohl geglaubt zu haben, mir damit einen Gefallen zu tun.

»Ich will auch niemanden, der perfekt ist«, erkläre ich und löse mich sanft aus seiner Umarmung. Dann lege ich eine Hand an seine Wange und streichle seine Bartstoppeln. Mit einem kaum hörbaren Stöhnen drückt er das Gesicht an meine Hand.

Dann werde ich Zeuge eines Wunders – er lächelt.

Seine vollen Lippen verziehen sich zu einem schiefen Lächeln, und das macht mir Hoffnung. »Ich verspreche dir … das war mein letztes Geheimnis. Und wenn du mich immer noch willst …« Er legt seine Hand auf meine, und ich bekomme von Kopf bis Fuß Gänsehaut. »… dann gehöre ich dir.«

Am liebsten würde ich mir die Kleider vom Leib reißen und ihn nackt anspringen. »Ich will dich«, gestehe ich offenherzig, weil es stimmt. »Aber willst du mich auch?«

Die Frage überrascht ihn, doch ich muss das wissen. Schließlich hat nicht nur er eine Last zu tragen, sondern ich auch. Das wird nicht leicht werden, doch es ist das, was ich möchte.

Saxon schweigt, was mich ziemlich nervös macht. In aller

Ruhe sieht er mich von oben bis unten an, sodass ich kaum noch die Füße stillhalten kann. Dann legt er eine Hand auf meine Hüfte und grinst, weil er merkt, dass ich erregt bin.

Gerade als ich ihn fragen will, was er vorhat, zieht er mich an sich und drückt mich an seine Brust. Sofort lasse ich mich von seinem besonderen Duft berauschen und stelle begeistert fest, dass unsere Herzen im Gleichtakt schlagen. Mein Atem kommt peinlich laut keuchend aus mir heraus, aber ich könnte es nicht verhindern, selbst wenn ich wollte, denn sein fordernder Blick geht mir durch und durch.

Unendlich langsam beugt er sich vor und schnuppert an mir. Er berührt mich kaum, doch ich stöhne bereits sehnsüchtig. Dann küsst er sich lässig an meiner Wange entlang bis zu meinem Ohr vor, knabbert an meinem Ohrläppchen und zieht es in seinen warmen Mund.

Ich wimmere vor Freude. Aber das, was er mir zuflüstert, ist noch besser. »Ich will dich, kleine Lucy Tucker. Jetzt und für immer.«

Seine wahnsinnig trägen Küsse auf meinem Hals lassen mich sehnsüchtig die Augen verdrehen. Schließlich macht er mir einen Knutschfleck, und ich liebe es. Ich will mehr. Trotzdem unterdrücke ich meine Erregung, weil sein Geständnis mich auf eine Idee gebracht hat. »Würdest du mit mir ausgehen?«

Seine Lippen hören auf zu wandern, und er schnaubt an meinem Nacken. »Du willst dich mit mir verabreden?«

»Ja.« Ich schiebe meine Finger in sein langes Haar und ziehe seinen Kopf hoch, damit ich ihm in die Augen sehen kann. »Bei all dem Durcheinander haben wir total vergessen, Spaß zu haben.« Anzüglich hebt er die Augenbrauen, was mich knallrot werden lässt. »Ich will dich kennenlernen. Keine Geheimnisse mehr.«

Er nimmt sich einen Moment Zeit, um über meinen Vorschlag nachzudenken, doch ich weiß, dass er versteht, was ich meine. Durch Sams Unfall sind wir uns wegen einer traurigen Sache nahegekommen. Aber jetzt, wo die Lage anders ist, will ich alles von ihm wissen … alles.

Unwillkürlich betrachte ich ihn von Kopf bis Fuß. Sein dunkelblondes Haar ist so lang geworden, dass ein paar Strähnen ihm in die Stirn fallen und das tiefe Grau seiner Augen betonen. Seine schön geschwungenen Lippen sind rosig und voll, und die Narbe verleiht ihm ein verwegenes Aussehen. Ich erinnere mich an das, was Sam gesagt hat, und Saxon merkt es mir an.

»Was ist los?«, fragt er und streicht mit dem Rücken zweier Finger an meinem Kinn entlang.

Ich habe gesagt, ich will keine Geheimnisse mehr. »Sam sagt, er hat gelogen, um mir ein trauriges Leben zu ersparen. Weil du ein böser Junge wärst.«

Saxon seufzt. »Und du glaubst ihm?«

»Natürlich nicht.« Ich greife nach seiner Hand und bewundere die farbenprächtigen Tattoos auf seinem Arm. Das, das ich an seiner Seite entdeckt habe, ist mir zu Herzen gegangen. Ich habe noch keine Zeit gehabt, darüber nachzudenken, dass er sich ein Tattoo hat stechen lassen, das ihn an unsere erste Begegnung erinnert. Ich streiche über die Schachdame auf seinem Unterarm, die diesen Mann noch interessanter macht. Saxon brummt leise und bekommt eine Gänsehaut.

»Ich mache ihm deswegen keine Vorwürfe. Er plappert nur das nach, was Kellie immer gesagt hat. Und ich nehme an, dass er sich aus diesem Grund für den besseren Bruder hält. In gewisser Weise ist er das ja wohl auch.«

»Bitte sag das nicht.« Ich lege eine Hand an Saxons Wange. »Ihr zwei seid völlig unterschiedlich. Auch wenn ihr Zwillinge seid, ähnelt ihr euch nicht.« Nichts wäre mir lieber, als mit Saxon ins Bett zu gehen und die Welt um mich herum zu vergessen, aber das geht nicht. Jedenfalls noch nicht. »Es gibt da noch etwas, das wir tun müssen.«

Saxon braucht keine weitere Erklärung. Er runzelt die Stirn, doch er nickt. »Keine Geheimnisse mehr, ja?«

»Genau«, bestätige ich, was mich an die Begegnung mit Sophia erinnert. »Ach übrigens, bist du sicher, dass Sophia weiß, dass ihr keine Beziehung hattet?«

Erstaunt lehnt sich Saxon ein Stück zurück. »Ja. Wieso?«

Das ist jetzt nicht leicht zu erklären. »Weil ich sie im Krankenhaus getroffen habe und sie … Schlampe zu mir gesagt hat.«

Saxon beißt die Zähne zusammen und bläht die Nasenflügel. »Was?« Er braucht einen Moment, um sich zu beruhigen, und holt dreimal tief Luft. »Hast du sie vielleicht falsch verstanden?«

Ich beiße mir auf die Unterlippe und wünsche mir, es wäre so. »Nein. Und ich werde wohl nie vergessen, dass sie mich als Schlampe beschimpft hat, die beide Zwillingsbrüder haben will.« Gott, das hört sich so hässlich an.

»Was soll das, verflucht noch mal?«, platzt es aus Saxon heraus. »Ich meine, wir …« Als er erregt mit den Händen fuchtelt, beeile ich mich, das Gespräch zu beenden. Mehr möchte ich gar nicht hören.

Hastig winke ich ab. »Okay, das reicht. Spar dir die Details.

Aber ganz egal, was du denkst, sie ist wütend und vor allem gekränkt. Auch wenn du keine Gefühle für sie hast, sie hat offenbar welche für dich. Ich denke, du solltest mit ihr reden. Das schuldest du ihr. Obwohl sie mich abgrundtief hasst und mir am liebsten die Augen auskratzen würde, wäre es das Richtige.«

Saxons Gesichtszüge entspannen sich, und er nimmt meine Hand. »Du überraschst mich immer wieder.«

Ich verschränke meine Finger mit seinen und genieße das Gefühl. »Wir wollen besser nichts beschreien. Schließlich müssen wir noch mit Sam reden.«

Das drückt die Stimmung wieder, denn wir können das Unvermeidliche nicht länger hinausschieben. »Keine Geheimnisse mehr?«, fragt Saxon noch einmal.

Je länger wir warten, desto schwerer wird es werden. Ich bin sicher, dass Sam um sich schlagen und mir niemals verzeihen wird, aber so wie Saxon Sophia eine Aussprache schuldet, schulde ich Sam eine. Er muss alles erfahren, und deshalb müssen Saxon und ich beide mit ihm reden.

Saxon streicht mit dem Daumen über meine Fingerknöchel, dann lässt er meine Hand los. Sofort vermisse ich den Kontakt. »Aber besser, wir reizen ihn nicht.« Ich nicke. Er hat recht. »Wird schon schiefgehen!«

Zusammen gehen wir durch den Flur, um Sam zu finden. Wir brauchen nicht lange zu suchen. Er ist auf der Veranda, lehnt mit einem Bier in der Hand an der Balkonbrüstung und starrt auf das, was einmal für ihn der schönste Anblick der Welt war. Meilenweit unberührtes Land, das uns gehört. Jetzt erinnert es bloß an die Leere, die wir alle in uns spüren.

»Sam?« Meine zittrige Stimme verrät meine Aufregung. Er

macht sich nicht die Mühe, sich umzudrehen. »Wir müssen reden.«

Er lacht leise vor sich hin. »Für heute ist mein Bedarf bereits gedeckt, vielen Dank.«

»Reiß dich zusammen und hör dir an, was sie zu sagen hat.« Saxons scharfe Zurechtweisung bringt das Fass zum Überlaufen.

Sam wirbelt herum und starrt seinen Bruder finster an. »Ach, bist du jetzt ihr Beschützer? Wie romantisch.«

»Sie braucht keinen Beschützer. Sie kann sehr gut für sich selbst sorgen.« Unbeeindruckt verschränkt Saxon die Arme vor der Brust.

Seine Gelassenheit scheint Sam nur noch wütender zu machen. Er stürmt vor und baut sich dicht vor seinem Bruder auf. »Du hast ja bloß darauf gewartet, dass ich einen Fehler mache, schon klar. Tja, herzlichen Glückwunsch, du hast gewonnen.« Er breitet die Arme aus.

Saxon rührt sich nicht vom Fleck, während ich am Rand warte, bereit einzugreifen, wenn die Situation sich zuspitzt. »Es mag dich überraschen, aber ich habe allen Ernstes ein Leben, das sich nicht um dich dreht.« Ich reibe mir die Stirn, weil sein Sarkasmus uns nicht weiterbringt.

Sam richtet seine Aufmerksamkeit auf mich. Ich schlucke, halte jedoch erhobenen Hauptes stand. »Aber es dreht sich um Lucy. Schon immer. Deshalb bist du weggezogen. Du hast es nicht ertragen, dass sie mich wollte und nicht dich.«

»Schluss jetzt.« Doch Sam will Saxon provozieren und hört nicht auf mich.

»Du hast bloß darauf gewartet wiederzukommen und den Retter zu spielen, oder?« Mit beiden Händen stößt er seinen

Bruder vor die Brust. Saxon atmet schwer aus, wehrt sich aber weder, noch weicht er von der Stelle. »Jetzt konntest du endlich der gute Junge sein, ja? Und von deinen Fehlern in der Vergangenheit ablenken.« Saxon reagiert nicht, obwohl Sams Worte wesentlich schmerzlicher sein müssen als sein tätlicher Angriff. »Dass sie hier ist und nicht wegläuft, zeigt mir, dass sie dir dein schlechtes Benehmen verziehen hat. Na dann, viel Glück euch beiden … du kannst die Schlampe haben.«

Ehe ich etwas dagegen tun kann, schafft es Saxon nicht mehr länger, cool zu bleiben, und voller Zorn bringt er sein Gesicht ganz nah an Sams heran. »Wenn du das nochmals über sie sagst … wird es das Letzte sein, was du von dir gibst. Verstanden?« Angewidert mustert er seinen Zwilling.

Das musste ja schiefgehen. »Stopp, das reicht!«, brülle ich und versuche, mich zwischen die beiden Brüder zu drängen. Aber keiner bewegt sich. Fast schnaubend vor Wut, starren sie sich in die Augen. »Das führt doch zu nichts. Wir werden uns jetzt alle hinsetzen und versuchen, uns wie erwachsene Menschen zu unterhalten.« Mein Vorschlag trifft allerdings auf taube Ohren.

»Ach, lass es, du widerlicher edler Ritter. Ich hätte nie gedacht, dass ich den Tag erlebe. Du hast doch alles gefickt, was nicht bei drei auf den Bäumen war.« Ich werde blass, während Saxon die herabhängenden Hände immer wieder zu Fäusten ballt und öffnet.

»Sam, hör auf!« Ich will ihn am Arm ziehen, er reißt sich allerdings sofort wieder los.

»Fass mich nicht an!«, schnauzt er und schaut zu mir. »Das Recht hast du in dem Augenblick verwirkt, in dem du für meinen Bruder die Beine breitgemacht hast!«

»Sam …«, stoße ich mit weit aufgerissenen Augen hervor, »so ist es nicht!«

Aber er hört mir nicht zu. Er will mich nicht verstehen, weil nichts, was ich sagen kann, das, was ich getan habe, ungeschehen machen wird. »Doch, genau so ist es. Als ich dich am meisten gebraucht habe, hast du mich verlassen.«

»Nein.« Mir kommen die Tränen, und eine Welle der Trauer überrollt mich. Betroffen gehe ich ein paar Schritte rückwärts und schüttele den Kopf. Aber mein Zurückweichen stachelt ihn nur weiter an.

Er kommt mir nach und packt mich an den Oberarmen. »Doch, Lucy, genau so war es.« Sein Ekel ist derart groß, dass es mich fast umhaut. »In guten wie in schlechten Tagen … das war das, was wir uns versprechen wollten. Weißt du noch?« Hilflos lasse ich mich durchschütten, als wäre ich eine Stoffpuppe.

»Lass sie los!«, höre ich Saxon vage schreien, aber Sams fester Griff verrät mir, dass er nicht die Absicht hat. Hier geht es nur um uns, endlich kommt es zur entscheidenden Kraftprobe.

»Ich habe dich was gefragt. Erinnerst … du … dich … noch?«, brüllt er und schüttelt mich noch heftiger.

»Ja!«, stoße ich weinend hervor. »Es tut mir leid.« Ich habe das hier verdient. Es war naiv zu glauben, dass diese Aussprache anders ausgehen könnte. Was ich getan habe, ist unentschuldbar, und ich muss mich damit abfinden … dass Sam mir das vielleicht ewig nachträgt. Wenn es so ist, wird ein kleiner Teil von mir mir selbst auch nie verzeihen.

Ich wollte Sams Vergebung, um die Schuld loszuwerden, die mich bedrückt, aber so funktioniert das nicht. Man kann niemandem zwingen, einem zu vergeben, ganz egal wie oft man sich entschuldigt. Und es ist ziemlich klar geworden, dass ich mich den Rest meines Lebens entschuldigen kann und es doch nie genügen wird.

»Es tut dir leid? Es tut dir leid?«, wiederholt er hämisch und lacht dabei leise vor sich hin. »Dafür ist es zu spät. Darüber hättest du nachdenken sollen, ehe du mit meinem Bruder geschlafen hast! Du bist nichts anderes als eine Sch…« Sam kann den Satz nicht zu Ende bringen, weil ihm die Luft ausgeht, als Saxon mich wegreißt. Taumelnd finde ich Halt an der Hauswand und sehe entsetzt zu, wie Saxon Sam brüllend die Faust ins Gesicht rammt.

Es knirscht so entsetzlich laut, dass mir schlecht wird. »Nein!«, kreische ich, aber es nutzt nichts, da es so enden musste.

Mit dem Handrücken wischt Sam sich den Mund ab und grinst böse, als er das Blut daran sieht. »Wurde auch Zeit, dass du mal Rückgrat zeigst!« Saxon knurrt und schlägt ihn noch einmal.

Sams Kopf fliegt mit furchtbarer Wucht nach hinten, doch Saxon prügelt weiter auf ihn ein. Offenbar will er so lange auf seinen Bruder eindreschen, bis er blutüberströmt auf dem Boden landet. Allerdings ist Sam kein Punchingball, er wehrt sich und bringt auch einen Kinnhaken an.

Der Anblick ist unbeschreiblich. Zwei Brüder, die mit Fäusten aufeinander losgehen … meinetwegen. Mir wird noch schlechter. Ich muss das beenden, und zwar sofort.

Ich stoße mich von der Wand ab und renne zu den rangelnden Brüdern. Todesmutig werfe ich mich zwischen die fliegenden Fäuste und die wüsten Beschimpfungen, hänge mich an Sams vorschnellenden Arm und zerre ihn mit aller Kraft zurück.

Das überrascht ihn so, dass er die Balance verliert und rückwärtsstolpert. Er braucht ein paar Sekunden, um sich zu fangen, dann blinzelt er überrascht, als er sieht, dass ich mich vor Saxon gestellt habe, als Schutzschild. Der flucht laut und versucht, mich beiseitezuschieben, aber ich lasse mich nicht wegdrücken.

Ich weiß, dass die beiden mir nichts tun werden, also bin ich die Einzige, die sie dazu bringen kann aufzuhören.

»Lucy?«, fragt Sam ungläubig. Die Wut in ihm brodelt noch einmal auf, bevor sie schließlich vor meinen Augen erlischt. Sam blinzelt noch einmal, doch diesmal, um seine Tränen zurückzuhalten. Dann fällt er vor mir auf die Knie, umklammert meine Beine und schaut bittend zu mir auf. »Du reißt mir das Herz heraus.« Er legt seine blutige Hand auf seine Brust. »Ihr beide.« Er richtet den Blick auf Saxon, der neben mir steht, und ich schluchze auf. Alles tut mir weh. Er hat nur um sich geschlagen, weil ich ihn so verletzt habe.

Mit zittrigen Fingern fahre ich ihm sanft durchs Haar. Ich möchte ihn trösten, aber dazu würde es viel mehr brauchen als eine zärtliche Geste. »Wir haben das nicht gewollt!«

Auch wenn das die Wahrheit ist, kann es Sams Schmerz nicht lindern. Sams Blick wird weich, und er wieder zu dem Mann, den ich einmal kannte. »Du liebst mich also nicht mehr, weil du geil auf ihn bist?«

Ich wünschte, das wäre nicht nötig, denn ganz egal, was ich sage, irgendjemand wird verletzt. Doch ich kann nicht lügen, um Sam nicht zu kränken. Das wäre viel schlimmer als die Wahrheit. Betroffen falle ich auch auf die Knie und tue das einzig Gute, was ich tun kann. Ich sage ihm die Wahrheit – die ihn zweifellos immer verfolgen wird. »Ich bin nicht … geil auf ihn, Sam, ich … liebe ihn.«

Die Wahrheit sollte dich befreien, also warum habe ich jetzt das Gefühl, keine Luft mehr zu bekommen? Dieses Schweigen ist nicht auszuhalten.

»Samuel?« Ich will ihn berühren, aber er weicht hastig zurück, als fühle er sich abgestoßen. »Sam, es tut mir so leid.« Tränen laufen mir über die Wangen, und auch mein Herz weint vor Mitleid. Schluchzend sacke ich in mir zusammen, weil ich lieber eine Lösung gefunden hätte, mit der alle gut leben können. Ich bin eine echte Heulsuse.

Schließlich habe ich die Entscheidung gefällt, die zu dieser Situation geführt hat. Also ist Sam derjenige, dem diese Tränen zustehen. Doch sein leidender Gesichtsausdruck, für den ich verantwortlich bin, wird mich den Rest meines Lebens verfolgen. »Nicht.« Er macht eine abwehrende Handbewegung.

Ich bleibe auf den Knien und sehe verschwommen, wie er sich langsam erhebt und auf mich herunteranschaut, als würde er mich nicht mehr erkennen. Und das ist wohl auch so. Dann wirft er einen Blick auf Saxon, der sich klugerweise zurückgehalten hat, um uns Zeit zu geben. Der Blick ist voller Hass. Danach dreht Sam sich um und geht ohne ein einziges Wort, aber ich schätze, es gibt auch nichts mehr zu sagen.

Ich sehe ihm nach, bis er verschwindet, erst dann rührt Saxon sich. Er kniet sich vor mich und legt seine warme Hand an meine Wange. Mit sorgenvoller Miene wischt er meine Tränen fort. »Schsch, bitte weine nicht. Der schafft das schon.«

Das lässt mich noch heftiger weinen. »Und wir?«, frage ich

leise, weil ich nicht weiß, wie man eine so herzzerreißende Geschichte überleben soll.

Saxon seufzt, offenbar hat ihn das alles genauso mitgenommen wie mich. »Wir auch.«

Da an der ganzen Sache nichts mehr zu ändern ist, schmiege ich mich in die Arme des Mannes, den ich liebe, und hoffe, dass er recht behält.

Fünf

Als ich wach werde, weiß ich nicht, welchen Tag wir haben und wie viel Uhr es ist. Das Letzte, woran ich mich erinnere, ist, dass ich in Saxons Armen geweint habe, bis ich vor lauter Müdigkeit eingeschlafen bin. Mühsam öffne ich ein Auge. Im hellen Sonnenlicht, das durch die aufgezogenen Vorhänge fällt, sehe ich, dass der Platz neben mir unbenutzt geblieben ist.

Ich bin im Gästezimmer, Saxons Zimmer, aber er hat offenbar nicht hier geschlafen. Ich nehme an, er wollte kein Salz in meine Wunde streuen, denn sie ist derart groß, dass sie sicher nicht so bald heilt. Ich habe keine Ahnung, wo Sam hingegangen ist und ob er jemals zurückkommt.

Ich rolle mich auf die Seite und greife nach Saxons Kissen. Sein Duft beruhigt mich sofort. Ich drücke das Kissen an meine Brust, schließe die Augen und frage mich, was wohl als Nächstes passiert. Ich habe mich entschieden, und auch wenn ich alles tun würde, um Sams Leid zu lindern, muss ich mit den Folgen meiner Entscheidung leben, denn ich habe gewusst, dass das nicht leicht werden würde.

Wird Saxon nach Montana zurückkehren? Er hat sein Leben einfach auf Eis gelegt. Ehe er hierhergekommen ist, hat er in Oregon eine gut gehende Autowerkstatt geleitet. Ich kann doch nicht erwarten, dass er wieder an einen Ort zieht, von dem er unbedingt wegwollte.

Auf dem Nachttisch summt irgendetwas und macht mich darauf aufmerksam, dass mein Handy auf der Mahagoniplatte liegt. Saxon muss es mir dort hingelegt haben. Diese kleinen Aufmerksamkeiten sind so lieb.

Ich streiche mir das wirre Haar aus dem Gesicht, setze mich auf und melde mich, ohne auf den Bildschirm zu schauen. »Hallo?«

»Lucy? Oh Gott, du hörst dich schrecklich an. Bist du krank?«, fragt Anna, meine Arbeitskollegin.

»So in der Art«, erwidere ich krächzend.

»Tut mir leid, dass ich dich störe, ich wollte dir nur sagen, dass Liam und Franny mit dir kommen.« Anscheinend bin ich doch noch nicht richtig wach, denn ich weiß nicht, wovon sie spricht. Mein Zögern verrät mich offenbar. »Nach Syrien.«

Mist.

Da mein Leben innerhalb von vierundzwanzig Stunden auf den Kopf gestellt worden ist, habe ich völlig vergessen, dass ich in zwei Wochen nach Syrien fliegen soll. Für drei Monate. Aber nach allem, was gerade geschehen ist, ist das unmöglich.

Mein Job ist es, Menschen in Not zu helfen, doch augenblicklich bin ich nicht in der Verfassung, für irgendjemanden da zu sein. Ich kann mir ja nicht einmal selbst helfen. Bei meiner Arbeit darf man sich keinen Fehler erlauben, und so wie ich im Moment ticke, bringe ich am Ende bloß mich und andere in Gefahr. »Ich glaube nicht, dass ich fahren kann, Anna. Hier ist etwas passiert, also …«

»Schon gut, Lucy. Du musst es mir nicht erklären.« Das ist

eine von den vielen Eigenschaften, die ich an Anna schätze. Sie ist nicht neugierig. Sie hat genug um die Ohren. Sie hat acht Kinder großgezogen, alles Mädchen. »Ich sag Terry Bescheid. Denkst du, du kannst uns anderweitig unterstützen? Wir könnten deine Fachkenntnis wirklich gut gebrauchen. Und du kennst die richtigen Leute.«

»Wer hört so was nicht gern?« Ich lächle. Was für eine schöne Ablenkung von meinem Selbstmitleid. »Schick mir alles per E-Mail, dann mach ich mich so schnell wie möglich an die Arbeit.«

Wir verabschieden uns, und ich beschließe, jetzt sofort aufzustehen. Schwerfällig und erschöpft stelle ich die nackten Füße auf den kalten Boden. Mit dieser Heulerei muss Schluss sein. Keine Tränen mehr. Ja, ich werde es versuchen.

Mit diesem Vorsatz gehe ich in mein Schlafzimmer und wundere mich nicht, dass das Bett unbenutzt ist.

Ich nehme mir Unterwäsche, ein weißes T-Shirt und meine Denim-Latzshorts und gehe unter die Dusche. Das warme Wasser fühlt sich herrlich an und löst die Verspannungen in meinen Muskeln. Die Hände an die Kacheln gedrückt, stehe ich unter dem Strahl und denke nach.

Meine Eltern werden jeden Augenblick da sein, und bei dem Gedanken daran, dass ich dann alles, was gestern passiert ist, noch einmal durchleben muss, wird mir übel. Außerdem muss ich ja auch noch mit Kellie und Greg ein Wörtchen reden. Alles in allem werden die nächsten Monate wohl furchtbar werden.

Meine einzige Rettung ist Saxon. Ich denke daran, wie ich ihn wie ein Dieb in der Nacht in einem sehr privaten Moment heimlich beobachtet habe, als er sich in dieser Dusche selbst befriedigt hat. Ich konnte mich nicht abwenden, weil der Anblick seines breiten Rückens, der Wassertropfen, die über seinen muskulösen Körper rannen, und sein atemloses Keuchen, während er sein langes, elegantes Glied rieb, einfach zu viel für mich war. Ab da hätte ich wissen müssen, dass ich in Schwierigkeiten stecke. Aber wer hätte gedacht, wie tief?

Schnell drehe ich das Wasser ab, trockne meine erhitzte Haut und ziehe mich an, denn dieses Bad weckt Erinnerungen, für die ich mich schäme. Ich sollte Sam mein Verlangen nach seinem Bruder nicht offen zeigen. Ich habe ihn schon genug verletzt.

Ich bürste mein nasses Haar, binde es auf dem Kopf zu einem Knoten zusammen und beschließe spontan, meine Hände ab jetzt möglichst bei mir zu behalten. Ja, ich habe erklärt, dass ich Saxon liebe, doch das ist kein Grund, es Sam gegenüber ständig zu zeigen.

Ich schminke mich leicht, damit ich nicht aussehe wie ein Zombie, und gehe in die Küche, weil ich einen Schluck Kaffee brauche – sofort. Als ich um die Ecke biege, falle ich fast über meine eigenen Füße, weil dort ein sehr verschwitzter und dreckiger Saxon Stone steht.

Er hat mir den Rücken zugewandt, daher merkt er nicht, dass ich ihn anstarre, als wollte ich ihn auffressen. Ich weiß, dass ich gerade beschlossen habe, mich zu benehmen, aber Herrgott noch mal, mir läuft das Wasser im Mund zusammen. Seine verblichene Jeans sitzt weit unter seiner schmalen Taille, sodass man die Venusgrübchen auf seinem schönen Rücken sehen kann. Er ist kräftig gebaut, und jeder einzelne Muskel ist gut definiert. Seine Schultern sind unfassbar breit, und als er seinen Becher hebt und einen Schluck von dem nimmt, was ich für Kaffee halte, fällt Sonnenlicht auf seinen Arm und bringt die Farben seines Tattoos zum Leuchten.

Anscheinend trägt er keine Unterwäsche, denn seine Jeans sitzt so tief, dass man seinen blanken Hintern sehen kann. Wenn er sich nur ein klein wenig drehen würde, könnte ich seine leckere Vorderseite sehen. Während ich mit schräg gelegtem Kopf gespannt dastehe und hoffe, einen Blick darauf zu erhaschen, wird mir klar, dass ich total in ihn vernarrt bin.

»Guten Morgen.« Seine selbstbewusste Begrüßung erschreckt mich so, dass ich aufschreie und beinahe hinfalle.

Jedenfalls muss ich mich an einer Stuhllehne festhalten, denn nun dreht er sich um, und das Tattoo an seiner Seite wird sichtbar. Plötzlich habe ich das Bedürfnis, mit den Fingern über die Buchstaben zu streichen und zuzusehen, wie er dabei eine Gänsehaut bekommt.

Doch dann erinnere ich mich an das Versprechen, das ich mir vorhin selbst gegeben habe, zügle meine überbordende Libido und schalte meinen Kopf ein. »Morgen. Bitte sag mir, dass das Kaffee ist.« Feixend schwenkt Saxon die frisch gefüllte Kanne.

Ich stürze mich förmlich darauf und falle ihn fast an, als er das Objekt meiner Begierde hinter seinem Rücken versteckt. »Wenn dir etwas an deinem Arm liegt, gibst du mir auf der Stelle diese Kanne.« Sein raues Glucksen reizt mich.

»Nur wenn du Bitte sagst.«

Ich bin mir nicht zu schade, um Kaffee zu betteln, besonders wenn sein bitteres Aroma sich mit dem erdigen Duft mischt, den Saxon mitgebracht hat. Das lenkt meine Aufmerksamkeit auf seine Brust, denn ich möchte wissen, warum er so gut riecht. »Was hast du gemacht?« Ich würde mir wirklich wünschen, ich könnte ein Pokerface machen, aber als ich den feinen Flaum zwischen seinen festen Brustmuskeln sehe, bekomme ich Stielaugen. Kleine Schweißtropfen hängen in den seidigen Härchen. Einer läuft gerade in der Mitte herunter und verfängt sich in den Löckchen um Saxons Bauchnabel.

Ich will mich auf irgendetwas anderes konzentrieren als auf meine Lust auf ihn und betrachte die Schmutzflecken an seiner Jeans. Am liebsten würde ich diesen erdigen Geruch, kombiniert mit seinem natürlichen männlichen Duft, in Flaschen abfüllen. »Ich habe die Tiere gefüttert«, erklärt er, während ich, immer noch völlig fasziniert von seinen ein Meter dreiundneunzig, wie ein Wackeldackel nicke. »Lucy …«

»Hm?«

»Wenn du nicht aufhörst, mich so anzuschauen, kann ich für nichts garantieren.«

»Wieso?«, frage ich geistesabwesend, unfähig den Blick loszureißen.

Als seine Bauchmuskeln sich bewegen, erfüllt ein Stöhnen den Raum. Erst als ich an Saxons Brust gepresst bin, wird mir klar, dass es von mir gekommen ist. Ich sehe auf und versinke in seinem lüsternen Blick. »Weil du genauso heiß auf mich zu sein scheinst wie ich auf dich.«

»Wahrscheinlich … ist das auch so.« Wie auf Kommando schiebt sich etwas köstlich Hartes zwischen uns. »Oh Gott …« Ich bin kurz davor, meiner fleischlichen Begierde nachzugeben, bis Saxon, praktisch wie immer, einen vernünftigen Vorschlag macht.

»Ich denke, nach gestern Abend wäre es vielleicht am besten, Zärtlichkeiten in nächster Zeit nur noch hinter geschlossenen Türen auszutauschen.« Das holt mich in die Realität zurück, obwohl es schön war, eine Weile zu träumen. Er hat recht. Sein lädiertes Aussehen beweist es.

Mit der Fingerspitze zeichne ich seine Wunden nach und wünsche mir, ich könnte sie alle verschwinden lassen. »Du hast vollkommen recht. Ich habe mir dasselbe vorgenommen. Ich bin nur … abgelenkt worden.« So wie jetzt. Die Narbe über seiner Lippe fühlt sich so schön weich an, aber ich muss aufhören, sie zu streicheln.

Sobald ich mich aus Saxons Umarmung löse, sehnt mein Körper sich nach ihm. Um damit zurechtzukommen, stehle ich ihm seinen Kaffee. Das ist zwar bloß ein trauriger Ersatz, aber es muss reichen. »Vorhin hat eine Arbeitskollegin angerufen.« Saxon, der gerade dabei ist, sich eine neue Tasse einzuschenken, hält in der Bewegung inne und wartet darauf, dass ich weiterrede. »Ich habe ihr gesagt, dass ich nicht nach Syrien fahre.« Saxon ist sichtlich erleichtert. Er hat seine Meinung beim Abendessen ja deutlich zum Ausdruck gebracht, doch unter anderen Umständen würde ich gehen. »Ich weiß, dass es gefährlich ist, aber es ist mein Job.«

Er nickt und kaut nachdenklich auf seiner Unterlippe. »Das weiß ich.«

Stumm trinken wir unseren Kaffee, obwohl es noch so viel zu besprechen gibt. Dann nehme ich all meinen Mut zusammen und bringe eins der großen Probleme, die auf uns zukommen, zur Sprache. »Ich habe mich gefragt … was jetzt passiert. Ich meine, ich weiß, dass du nach Oregon zurückmusst. Schließlich leitest du ein Unternehmen. Ich möchte nur …«

»Was?« Er lehnt am Tresen und sieht mich herausfordernd an.

Ich starre in meinen Kaffee und hoffe, in den dunklen Tiefen den Schneid zu finden fortzufahren. »Ich möchte nur vorher deinen Namen reinwaschen.«

»Was?«, fragt Saxon ungläubig grinsend.

»Nach allem, was du mir über Kellie und Sam und die Prüfungen erzählt hast, können wir doch sicher mit jemandem über diese Angelegenheit sprechen, damit man uns helfen kann, deine Zeugnisse zu korrigieren oder so.« Ich weiß nicht, ob das möglich ist, aber wir müssen es versuchen. »Ich finde es schrecklich, dass du dich deswegen so einschränken musstest. Also …«

Saxon unterbricht meinen Redeschwall, indem er einen Finger auf meine Lippen legt. »Ich finde es wunderschön, dass du das Schlimme, das in meiner Vergangenheit passiert ist, wiedergutmachen willst, doch es kümmert mich nicht mehr.«

»Sollte es aber«, murmele ich trotz des Fingers störrisch.

Er schneidet eine Grimasse. »Ich habe das hinter mir gelassen, und das solltest du auch.«

»Saxon …«

»Ehrlich, Lucy. Es würde nur alte Gefühle und Erinnerungen aufwühlen, und ich habe mir große Mühe gegeben, nicht mehr daran zu denken. Das ist es nicht wert.«

Mein Widerstand zerbricht, als ich merke, wie ernst es ihm ist. »Gut, aber glaub bloß nicht, dass Kellie ungeschoren davonkommen wird.«

»Nicht im Traum«, feixt er. Herrgott, er sieht so gut aus.

»Ich wünsche mir einfach, ich könnte etwas mehr tun. Ich hasse es, dass sie damit durchgekommen ist.« Ich weiß, dass ich alte Wunden aufreiße, aber ich kann nicht ruhig bleiben und diese Ungerechtigkeit durchgehen lassen. Kellie sollte für das, was sie getan hat, irgendwie bestraft werden oder wenigstens einen Denkzettel bekommen. Doch stattdessen genießt sie wahrscheinlich gerade ihren zweiten Long-Island-Eistee im Country Club.

Ich merke nicht, dass ich mit den Zähnen knirsche, bis Saxon meinen Kiefer streichelt. »Du kannst nicht anders, was? Du versuchst immer, die Probleme anderer zu lösen.«

»Ich mag einfach keine gemeinen Typen«, erwidere ich freimütig. »Ich trete für das ein, was ich glaube … und ich glaube an dich.«

Saxons Daumen streicht über meine Unterlippe. »Ich liebe dich. Und ich danke dir.«

»Ich dich auch. Und du kannst mir danken, wenn ich Kellie klargemacht habe, was für eine böse Hexe sie ist.« Saxons schnaubendes Lachen beruhigt mich ein wenig, aber ich bin immer noch wütend.

Prasselnder Kies verrät, dass gerade jemand vorgefahren ist, also schaut Saxon über die Schulter. Sein Seufzen lässt vermuten, dass der unbekannte Besuch meine schlechte Laune noch verschlimmern wird. »Sieht so aus, als würde dein Wunsch früher in Erfüllung gehen, als du dachtest.«

Er beugt sich nach links, damit ich sehen kann, wer gekommen ist. »Großartig«, sage ich leise, als ich Kellies und Gregs Audi Q7 sehe. Wir schauen beide zu, wie Saxons Eltern und Sam aus dem Wagen steigen. Kellie hat ihr exklusivstes Prada-Ensemble an und wirkt kampfbereit, während Greg und Sam ihr eher zögernd folgen.

Plötzlich habe ich das Gefühl, etwas wesentlich Stärkeres als Kaffee zu brauchen, also öffne ich den Kühlschrank und hole eine Flasche Wodka heraus. »Das ist einer der vielen

Gründe, warum ich dich liebe«, erklärt Saxon und reicht mir seinen Becher. Ich gieße einen ordentlichen Schluck in seinen Kaffee und mache mit meinem das Gleiche.

In dem Moment, in dem Kellie durch die Hintertür stürmt, wünsche ich mir sogar, ich hätte den Kaffee ganz weggelassen und nur das harte Zeug im Becher.

Kellie fällt fast auf die Nase und muss zweimal hingucken, als sie Saxon in meiner Gegenwart mit nacktem Oberkörper dastehen sieht. »Es ist also wahr?« Es klingt wie eine Frage, ist allerdings eher eine Anklage.

»Ob es wahr ist, dass du total lästig bist, weil du ständig deinen erwachsenen Sohn bemutterst? Doch, ja, das stimmt«, flachst Saxon, was sie noch wütender macht.

»Reiz mich nicht. Wie konntest du deinem Bruder das antun? Und du …« Sie dreht sich zu mir um und funkelt mich böse an. »Ich weiß nicht, was in dich gefahren ist, aber das muss sofort aufhören.«

»Was?«, frage ich unbeeindruckt.

»Das!« Mit einer dramatischen Geste zeigt Kellie um sich. Das könnte komisch sein, wenn es nicht so völlig verrückt wäre.

»Anscheinend hat Sam es nicht abwarten können, euch alles haarklein zu erzählen. Wobei er sicher Saxon die Schuld gegeben hat«, unterbreche ich ihre Tirade selbstsicher.

Aber Kellie fängt sich schnell und platzt mit ihrer eigenen Neuigkeit heraus. »Sam ist gestern Abend verhaftet worden. Wegen Fahrens unter Alkoholeinfluss. Sheriff Marks hatte uns Gott sei Dank gleich angerufen. Glücklicherweise kennen wir ihn seit Jahren, und er war so freundlich, dieses kleine Missgeschick zu vergessen. Das hätte sehr ernste Folgen haben können …«

»Wenn ihr euch nicht hättet freikaufen können, so wie ihr es anscheinend immer macht?«, beende ich den Satz für sie. Es macht mich krank, dass sie damit davonkommt. Sie steht nicht über dem Gesetz, und ehrlich gesagt hat es Sam nicht geholfen, dass sie ihn so behütet hat.

Saxon steht immer noch neben mir und trinkt ruhig seinen gepanschten Kaffee. Er weiß, wann er eingreifen muss, und diesmal hält er sich raus. Das ist eine Sache zwischen Kellie und mir, und ich habe vor, sie zu klären, endgültig.

Sie befingert ihren Perlenohrring, offenbar ist sie verstimmt, dass ich ihr in die Parade gefahren bin. »Entschuldigung. Ich habe nur dafür gesorgt, dass der Ruf der Familie gerettet wird. Da könnte man etwas Dankbarkeit erwarten.«

»Dankbarkeit?«, spotte ich und verschränke die Arme vor der Brust. »Wofür? Weil du ein Kind für das andere geopfert hast?«

Sie blinzelt erstaunt. »Das stimmt nicht.«

Doch ich habe diese Scheinheiligkeit so was von satt. »Spar dir das, Kellie. Ich weiß Bescheid. Ich weiß, was du getan hast, um deine Kinder zu ›retten‹.« Sarkastisch male ich Anführungszeichen in die Luft. »Nicht genug damit, dass du einen neun Jahre alten kleinen Jungen mit einem traumatischen Erlebnis alleingelassen hast, du hast ihm auch noch seine Zukunft verbaut. Sam hat genauso viel Schuld an dem, was passiert ist, aber weil du ihn immer vorgezogen hast, hat Saxons Leben sich für immer verändert. Deinetwegen waren seine Möglichkeiten eingeschränkt. Also wag es ja nicht, dich hier hinzustellen und zu glauben, dass ich mich vor dir verneige.« Am Ende meines Wutanfalls fühle ich mich nicht besser, doch ich bin froh, dass alles raus ist.

Kellie ist perplex. »Wie kannst du es wagen, so mit mir zu reden?« Ihr leichtes Zögern hat allerdings gezeigt, dass ich einen Nerv getroffen habe. »Was hast du nur getan?«, fragt sie Saxon. »Es ist dir wieder mal gelungen, diese Familie an den Rand des Verderbens zu bringen. Hoffentlich bist du nun zufrieden.«

Gerade als ich mich einmischen will, schüttelt Saxon sichtlich angewidert den Kopf. »Es gab eine Zeit, in der es mich noch interessiert hat, was du von mir denkst, aber jetzt weiß ich, dass nicht ich ein Problem habe, sondern du. Mein ganzes Leben lang habe ich in Samuels perfektem Schatten gestanden, also sollte ich dir wirklich irgendwie dankbar sein.«

Die Atmosphäre ist zum Zerreißen gespannt.

»Ich sollte dir dankbar dafür sein, dass du die schlechteste Mutter der Welt warst, denn wenn du nicht gewesen wärst, wäre ich vielleicht in dieser Scheißstadt hängen geblieben, mit einem langweiligen Bürojob, und hätte zugesehen, wie die Liebe meines Lebens mit diesem Kotzbrocken, den du so gernhast, Vater, Mutter und Kind spielt. Ich will kein Mitleid, da das Leben das ist, was man daraus macht, und ich habe viel aus meinem gemacht. Aber wenn es dir hilft, nachts gut zu schlafen, kannst du mich gerne für alles Schlimme verantwortlich machen, das geschehen ist. Mir macht das nichts aus, weil es mich schon lange nicht mehr kümmert.«

Kellie treten Tränen in die Augen. Ich lege den Kopf schief und überlege, ob es echte oder falsche sind.

»Liebling?« Greg kommt herein, bleibt wie angewurzelt stehen und lässt den Blick durch den Raum schweifen. Kellie schnüffelt, weil die Wahrheit ihr wohl wehgetan hat. »Was ist passiert?«

»Lucy hat sich in Saxon verliebt«, sagt Sam scharf in die angespannte Stille, als er in die Küche geschlendert kommt. Sein blaues Auge und seine aufgeplatzte Lippe erinnern mich an die Brutalität des gestrigen Abends, und wieder fühle ich mich unwillkürlich wahnsinnig schuldig.

Er meidet meinen Blick und geht auf geradem Weg zur Kaffeekanne. Nachdem er sich eine Tasse eingeschenkt hat, lehnt er sich an den Tresen und trinkt, als wäre er völlig sorgenfrei.

»Stimmt das, Lucy?«, fragt Greg nicht vorwurfsvoll, sondern neugierig.

Betreten nicke ich. »Ja.«

Saxon ist klug genug stillzuhalten, denn mir zu Hilfe zu kommen wäre nutzlos. Es würde nur zu noch mehr Streit führen und ihn noch mehr wie den bösen Jungen aussehen lassen.

»Ich verstehe nicht, wie das möglich ist. Wann ist das passiert?«

»Wir haben es nicht geplant. Es ist einfach geschehen«, erkläre ich. Und obwohl es sich wie die lahmste Entschuldigung der Welt anhört, ist es die Wahrheit.

»Oh, du hast also ganz zufällig bemerkt, dass du einen meiner Söhne nicht mehr liebst, dafür aber den anderen?«, fragt Kellie höhnisch, ohne ihre Verachtung zu verbergen.

»Ich erwarte nicht, dass ihr das versteht. Ich verstehe es ja selbst nicht. Aber ich weiß, dass ich Saxon liebe. Und zwar sehr.« Ich riskiere einen Blick zu Sam. Seine Miene ist versteinert, aber ein Zucken unter seinem rechten Auge verrät, dass er wütend ist.

»Und du liebst sie auch?«, fragt Greg, an Saxon gerichtet.

»Ja, das tue ich. Schon immer. Das ist der Grund für das, was ich getan habe.« Greg weiß, wovon er spricht. »Ich hatte gehofft, dass Sam weggehen würde, wenn ich ihm bei der Prüfung gute Noten beschaffe. Aber ihr beide habt dafür gesorgt, dass es nicht so gekommen ist.«

Greg räuspert sich sichtlich beschämt, während Kellie versucht, ihr Handeln zu rechtfertigen. Doch dafür ist es längst zu spät. »Es sollte nie …«

»Sei still. Ich habe ihr alles erzählt«, unterbricht Saxon sie sofort. »Sie weiß, was ich getan habe und wie ich bin, und trotzdem …«, er dreht sich zu mir um und schaut mich an, »… scheint das für sie nichts zu ändern. Sie liebt mich, obwohl ich alles andere als perfekt bin.«

»Niemand ist perfekt«, flüstere ich. Ich bin das beste Beispiel dafür.

Wir halten den Blickkontakt und schicken einander stumm Trost. Wir haben noch einen langen Weg vor uns, aber wenn Saxon bei mir bleibt, können wir alles schaffen, da bin ich sicher. Sam versteht diesen Austausch nicht, doch das war auch nicht zu erwarten.

Sein leises Klatschen erfüllt den Raum. »Was für eine schöne Geschichte. Freut mich, dass ich euch durch meinen Unfall zusammenbringen konnte.«

»Sam, es hat nichts …«

»Mach dir nicht die Mühe«, mischt Saxon sich ein, schlägt unsere Abmachung in den Wind und legt einen Arm um meine Schulter. »Es ist immer leichter, die Schuld bei jemand anders zu suchen, als sich mal an die eigene Nase zu fassen.«

Sam starrt uns so wütend an, als hätten wir ihn gerade aus dem Haus geworfen. Dann stößt er sich angriffslustig von der

Theke ab. Rasch schiebt Saxon mich aus der Gefahrenzone, bereit, die Sache endlich zu Ende zu bringen. Ich habe keine Zeit, etwas zu unternehmen, denn eine kräftige Stimme, die von Anfang an meine Rettung war, dröhnt durch die Küche.

»Das reicht jetzt, Jungs!«

Mein Vater steht im Türrahmen und betrachtet die Szene, die sich ihm bietet. Meine Mutter ist bei ihm. *Liebe ist chaotisch*, hat sie mir gesagt. Nun, das hat sich bestätigt.

Nie war ich froher, meine Eltern zu sehen, und wieder einmal retten sie mich aus einer traurigen Lage. Sie haben mich schon gerettet, als ich noch ein Niemand war, und seitdem haben sie mich bedingungslos geliebt. Ich habe ihnen noch nicht die ganze Geschichte erzählt, aber sie brauchen nur einen Blick auf mich zu werfen, um zu wissen, dass sich etwas verändert hat.

»Lucy ...« Die Augen meiner Mutter füllen sich mit Tränen, als sie mich mit dem Rücken an der Wand stehen sieht, kurz vor dem fünfhundertsten Zusammenbruch.

Ich verdiene ihre Liebe nicht, doch es fühlt sich gut an, jemanden auf meiner Seite zu haben. Leider hat Kellie kein Interesse an einer glücklichen Wiedervereinigung. »Gut, dass ihr da seid. Vielleicht könnt ihr eure Tochter zur Vernunft bringen.«

»Was sie auch beschlossen hat, ich bin sicher, dass ihr die Entscheidung nicht leichtgefallen ist«, entgegnet mein Vater schnell. Greg räuspert sich noch einmal.

Kellie, die sich beiläufig das Kleid glatt streicht, lässt sich von dem Einwurf nicht stören. »Da wäre ich mir nicht so sicher. Sie hat nämlich beschlossen, dass sie Sam nicht mehr heiraten will, weil sie jetzt angeblich ihre Liebe zu Saxon entdeckt hat.« Nie hat das Wort, das eigentlich für etwas Reines steht, schmutziger geklungen als aus ihrem Mund.

Es kommt nicht oft vor, dass meine Mutter die Beherrschung verliert, doch in diesem Augenblick ist sie kurz davor zu platzen. »Wenn du damit unterstellen willst, Lucys Gefühle wären nicht echt, dann kennst du sie nicht. Aber ich kenne meine Tochter, und ich weiß, dass sie sich diese Entscheidung nicht leicht gemacht hat. Ich nehme an, für Saxon gilt das Gleiche.«

Nie bin ich stolzer gewesen, ihre Tochter zu sein.

Meine Mom richtet ihre Aufmerksamkeit auf Sam, der den Blick senkt. »Es tut mir leid, Samuel. Ich gehe davon aus, dass du sehr gekränkt bist, aber deinen Ärger an Lucy auszulassen ist unfair. Sie ist immer für dich da gewesen, immer, und jetzt wäre es an der Zeit, dass du dich revanchierst.«

Meine Eltern schauen mich liebevoll an. Die beiden werden immer das Gute in mir sehen, selbst wenn ich es nicht kann.

Doch Kellie hält nichts von Gefühlsduseleien. »Das hat er nicht nötig. Lucy hat ihn betrogen, Maggie. Die zwei waren verlobt und wollten heiraten, falls ihr das vergessen haben solltet.«

Wieder dieses hässliche Wort. Ich sollte mich wohl daran gewöhnen, es öfter zu hören zu bekommen.

Empört stürmt mein Vater vor. Doch meine Mutter braucht keine Hilfe.

»Reg dich ab, Kellie. Ich habe nicht gesagt, dass wir es mit einer schönen Situation zu tun haben, aber wir müssen das Beste daraus machen. Lucy weiß, was sie getan hat, ich habe sie allerdings dazu erzogen, eine ehrliche junge Frau zu sein und keine Angst davor zu haben, für das einzustehen, was sie für richtig hält.« Ich liebe diese Frau so sehr.

Ich bin ein Nervenbündel, doch Saxons leise Atemzüge beruhigen mich ein wenig, also unterdrücke ich die aufsteigenden Tränen. Ich fühle mich etwas besser, seit ich weiß, dass meine Eltern meine Entscheidung unterstützen. Aber Kellie lässt sich nicht gern die Show stehlen. Und sie mag es auch nicht, dass ihr Lieblingssohn so behandelt wird, als wäre er der Zweitbeste.

Zornig starrt sie mich an und kräuselt die roten Lippen. »Ihr habt ein Flittchen ohne Moral und Anstand großgezogen. Sie hat meinem Sohn das Herz gebrochen, und es ist nur eine Frage der Zeit, bis sie mit Saxon das Gleiche macht. Er ist bloß zu blind und zu dumm, um zu sehen, dass sie uns alle hinters Licht führt.«

Mir fällt der Kiefer herunter, und im Raum herrscht Stille – die Stille vor dem Sturm.

Ich brauche ein paar Sekunden, um zu begreifen, dass sie wirklich gesagt hat, was ich glaube, gehört zu haben. Sie hat noch nie lange um den heißen Brei herumgeredet, eine Eigenschaft, die ich früher an ihr bewundert habe, jetzt macht sie mich nur noch krank.

Mit hochroten Wangen geht meine Mom auf Kellie zu, um ihr zu sagen, was sie von ihr hält. Doch dann bleibt sie abrupt stehen, weil Saxon ihr den Weg abschneidet, blinde Wut im Blick.

»Raus hier«, blafft er und baut sich mit seinen fast zwei Metern vor seiner Mutter auf.

»Wie kannst du es wagen!«, kreischt Kellie und sieht ihn durchdringend an. Er rührt sich allerdings nicht vom Fleck. »Ich bin deine Mutter. So wirst du nicht mit mir reden.«

»Meine Mutter?«, höhnt er und schüttelt den Kopf. »Du hast mich vielleicht zur Welt gebracht, aber du bist keine Mutter. Das weiß ich schon seit sehr langer Zeit.« Kellie versucht, etwas zu sagen, und schaut mich finster an, doch Saxon lässt sie nicht zu Wort kommen. »Lucy ist kein Flittchen.« Er schluckt seine Wut herunter. »Sie ist gut und rein. Und an jedem Tag, an dem sie bei mir ist …«, er zögert und holt tief Luft, »… wünsche ich mir, ein besserer Mann zu sein. Du hast keine Ahnung, wie viel Kraft sie hat, denn du bist nicht halb so stark wie sie. Und jetzt verschwinde.«

Er kocht immer noch vor Wut, und ehrlich gesagt habe ich Angst, was er tun wird, wenn Kellie nicht geht. Sam schaut schweigend zu, zu ängstlich, um etwas zu sagen, denn in diesem Moment kann man sehen, wer hier das Alphatier ist. Saxon ist ein echter Mann und beherrscht die Situation, als er das, was ihm lieb ist, verteidigt. Er hat bloß Geduld mit Sam gehabt, aber das ist nun vorbei.

Greg legt eine Hand auf Kellies Schulter, um ihr klarzumachen, dass es Zeit ist, das Feld zu räumen, doch sie schüttelt ihn ab. Sie lässt sich von Saxon nicht einschüchtern, und endlich verstehe ich, warum die beiden immer wieder aneinandergeraten – sie sind sich zu ähnlich. Beide störrisch und willensstark.

»Das ist noch nicht vorbei«, warnt sie ihren Sohn, aber Saxon schnaubt nur.

»Ist es bei dir doch nie.«

Kellie schaut zu Sam hinüber, weil sie hofft, dass er ihr zu Hilfe kommt und ein Machtwort spricht. Doch Sam ist wie Greg – passiv, und damit zufrieden, das Leben an sich vorbeiziehen zu lassen. Die Eigenschaft habe ich früher an ihm gemocht, was aber nun dazu führt, dass ich Saxons Tatkraft umso mehr bewundere.

»Du hast gehört, was Saxon gesagt hat. Ich glaube, es wäre das Beste, wenn du gehst«, schaltet sich mein Vater ein und tritt neben meine Mutter. Man sollte ihn nicht unterschätzen, so höflich er auch ist, er wird Kellie rauswerfen, wenn sie sich weigert.

»Das ist Samuels Zuhause. Ich gehe erst, wenn er mich darum bittet«, beharrt Kellie stur, aber ich bin genauso dickköpfig.

Ich stelle mich an Saxons Seite. »Es ist auch mein Zuhause, Kellie, und ich möchte, dass du es nun verlässt.« Als sie abfällig die Lippen spitzt, greife ich nach Saxons Hand. »Sofort.« Kellie wird blass, und ihr Blick schweift kurz zu unseren verschränkten Fingern.

»Du hast Schande über unsere Familie gebracht. Ihr beide habt das.«

»Diese Familie hat schon lange keine Ehre mehr.«

»Dank dir, mein Sohn«, zischt Kellie bösartig und beäugt das Tattoo auf seiner Seite.

Ihre Feindseligkeit gegenüber Saxon ist nichts Neues, doch jedes Mal, wenn sie ihr Gift verspritzt, verliere ich mehr von dem letzten bisschen Respekt, den ich noch für sie habe. Saxon reicht es jetzt, deshalb überrascht er uns mit einer Ankündigung. »Tja, dann tu ich uns allen einen Gefallen und befreie dich von dieser Belastung … ich bin nicht länger dein Sohn.«

Ich drücke seine Hand, denn egal, wie es weitergeht, ich werde immer seine Familie sein.

»Saxon …«, meldet Greg sich endlich traurig zu Wort, doch Kellie würde sich nie im Leben einfach so geschlagen geben.

»Wie du willst. Komm mit, Samuel«, sagt sie wie zu einem

Kind und erwartet, dass Sam ihr folgt, aber zu meiner Verwunderung bleibt er, wo er ist.

»Ich gehe nirgendwohin. Das hier ist mein Zuhause, und im Augenblick halte ich es für das Beste, dass du es verlässt.«

Kellie tut mir wahrhaftig ein wenig leid, denn Sam scheint der einzige Mensch zu sein, der es schafft, ihr ein menschliches Gefühl zu entlocken. Doch nachdem sie mich ein Flittchen genannt hat, bin ich dankbar, dass auch er sie bittet zu gehen.

»Komm, Schatz. Wir sollten uns alle etwas beruhigen, ehe wir Dinge sagen, die wir hinterher bereuen.«

»Dafür ist es wohl etwas zu spät«, konstatiert Saxon.

Kellie kneift die Augen zusammen und zieht die Schultern nach hinten. »Gut. Du weißt ja, wo du mich finden kannst, Sam.« Der nickt. Er sieht genauso müde aus wie ich.

Ich weiß, dass es damit noch nicht vorbei ist, noch lange nicht, aber als Kellie endlich verschwindet, kann ich wieder frei atmen. Die Finger immer noch mit Saxons verschlungen, wende ich mich ihm Schutz suchend zu. Er nimmt mich mit offenen Armen auf.

Ich weiß, dass das gegen unsere Abmachung verstößt, doch ich kann nicht anders. Meine wirren Gedanken beruhigen sich, wenn wir so vereint sind, und die Welt wird still. »Alles in Ordnung?«, fragt Saxon, und dabei rumpelt es tief in seiner Brust. Ich nicke mit der Wange an seiner weichen Haut. »Hör ihr nicht zu. Sie ist komplett verrückt.«

Ich wünschte, ich könnte ewig so bleiben, aber ich schulde meinen Eltern eine Erklärung. Ich löse mich aus Saxons warmer Umarmung, sehe zu ihm auf und lächle. Seine Kraft hat mir den Mut gegeben, meiner Mutter in die Augen zu schauen. »Möchtest du etwas Kaffee?«

Sie nickt, dann blickt sie zu Sam hinüber. Er lehnt mit gekreuzten Armen und Beinen an der Theke und scheint tief in Gedanken versunken zu sein. Ich werde schwermütig, denn wenn alles anders gekommen wäre, wären wir jetzt verheiratet, und ich wäre Mrs. Samuel Stone. Doch das Schicksal wollte es anders.

»Sam, ich freue mich wirklich sehr, dass du dein Gedächtnis wiedererlangt hast. Wir haben uns solche Sorgen gemacht …«

Die sanfte Stimme meiner Mutter scheint Sam aus seinen Gedanken zu holen. »Danke, Maggie. Ich weiß das zu schätzen. Bitte entschuldige, wenn ich Simon oder dich irgendwie gekränkt haben sollte. Ich war nicht ich selbst.«

»Du brauchst dich doch nicht zu entschuldigen. Wir sind einfach froh, dass du wieder der nette Junge von früher bist.«

Als Sam sich versteift, bereut meine Mutter ihre Wortwahl. »Damit wollte ich nicht sagen …«

»Schon gut«, unterbricht Sam sie. Schnell stößt er sich von der Theke ab, vermeidet es aber, Blickkontakt mit Saxon oder mir aufzunehmen. »Ich stell mich mal unter die Dusche. War nett, euch wiedergesehen zu haben.« Er wartet nicht ab, ob Mom oder Dad etwas erwidern, und läuft eilig aus der Küche.

Meine Mutter seufzt, und mein Vater streicht ihr tröstend über den Arm. »Er weiß, dass du es nicht böse gemeint hast, Maggie.«

»Das denke ich auch, ich wollte nur …« Sie sieht zu mir herüber und betrachtet dann Saxon. »Ich wollte nur, dass niemand verletzt wird. Danke, dass du dich für meine Tochter eingesetzt hast, Saxon.«

Das ist das erste Mal, dass sie ihn angesprochen hat, seit sie weiß, dass er nun mein Freund ist. Ich wusste nicht, wie sie reagieren würde, obwohl sie bereits lange, bevor ich es selbst gemerkt habe, gespürt hat, dass ich Gefühle für ihn habe.

»Das ist doch selbstverständlich. Ich liebe sie. Sehr sogar«, gesteht er meinen Eltern, ohne zu zögern. »Mir ist klar, dass die Situation mehr als bloß ein bisschen kompliziert ist, aber ich möchte, dass Sie wissen, dass ich alles in meiner Macht Stehende tun werde, um sie zu beschützen. Sie ist immer die Richtige für mich gewesen, und ich werde mir verdammt viel Mühe geben, der Mann zu sein, den sie verdient hat.«

Und das, genau das, ist der Grund, warum ich diesen Mann inniger liebe, als ich es jemals für möglich gehalten hätte.

Meine romantisch veranlagte Mom lächelt mit Tränen in den Augen. Dann tritt mein Vater vor, und ich weiß wirklich nicht, was er sagen wird. Er war immer überbehütend, und trotz Saxons Versprechen ahnen wir alle, dass dieses Drama nicht glatt über die Bühne gehen wird. Kellies Ausbruch war nur ein Vorgeschmack auf das, was noch kommen wird.

»Das hast du schon unter Beweis gestellt«, sagt mein Vater und streckt eine Hand aus, eine Geste, die sehr viel mehr ausdrückt, als Worte es könnten.

Starr sehe ich zu und frage mich, ob wirklich alles gut werden wird. Fest schüttelt Saxon die Hand meines Vaters, und gleich fühle ich mich etwas besser. »Danke.« Meine Mutter nickt freundlich. »Ich zieh mir besser was über. Sicher haben Sie sich viel zu erzählen.« Als er sich zu mir umdreht, wirkt er erleichtert. Er küsst mich so sanft auf die Stirn, dass ich unwillkürlich leise aufseufze.

Als er fort ist, wird es Zeit, mich den Fragen meiner Eltern zu stellen. »Mom … Dad, es tut mir so …«

Ich kann den Satz nicht zu Ende bringen, weil meine Mutter auf mich zuläuft und mich in die Arme nimmt. »Es gibt nichts, was dir leidtun müsste, Schätzchen. Man kann nicht frei wählen, wen man liebt … man wird von der Liebe einfach überfallen.« Das hört sich gut an, und genauso fühle ich mich. Trotzdem wünschte ich, meine Gefühle wären anders, denn zu wissen, dass ich Sam mit meiner Entscheidung verletzt habe, frisst mich innerlich auf. Doch nur weil er mich vergessen hat … habe ich mich wiedergefunden.

»Danke, dass ihr nicht böse seid. Ich habe so viele Leute verärgert, aber ich liebe ihn … ich kann nichts dagegen tun.« Ein Schluchzen entkommt mir. »Er ist mein Ein und Alles.«

»Ich weiß.« Aufmunternd reibt meine Mutter mir den Rücken.

»Was er getan hat, für mich …« Ich schließe die Augen und schüttle den Kopf. »Wie kann ich ihn da nicht lieben? Das wäre so, als wollte ich gegen die Natur ankämpfen. Ich weiß, zu was für einer Art Mensch mich das macht … aber er ist es wert, und noch viel mehr.«

Jedes Eingeständnis macht meine Schuld etwas kleiner. Ich bin zwar noch weit davon entfernt, mir selbst zu vergeben, doch es ist immerhin ein Anfang. »Möchtest du mir von ihm erzählen?« Die Gelegenheit, in allen Einzelheiten offen über unsere Verbindung zu reden, trägt mit dazu bei, die klaffende Wunde in meinem Herzen zu schließen.

»Liebend gern.«

Sechs

Die Sonne scheint wärmer, und die Luft ist sauberer, als ich zu den Wolken aufschaue und die Schönheit dieses Tages auf mich wirken lasse. Meine Eltern sind abgefahren, nachdem ich ihnen alles erzählt hatte. Über einige Geschehnisse haben sie sich aufgeregt, doch meistens haben sie mit mir geweint. Aber ich wollte nicht, dass sie Mitleid mit mir haben, weil ich allein für meine Entscheidungen verantwortlich bin.

Meine Mutter hatte erklärt, dass sie noch niemals stolzer auf mich gewesen ist, und mein Vater hat mich fester umarmt als je zuvor. Beide haben sich dafür entschuldigt, dass sie nicht mehr getan haben, doch sie sollten nicht traurig sein. Es ist, wie es ist, und schon, dass sie mir zugehört haben, ohne mich zwischendurch zu kritisieren oder mir Vorwürfe zu machen, war mehr, als ich mir hätte wünschen können.

Bei der Enthüllung der Geheimnisse, die ich entdeckt habe, hat meine Mom genau das gesagt, was ich erwartet hatte. Dass ich, wenn ich Saxon liebe, lernen müsse, die Vergangenheit zu akzeptieren, und nach vorn schauen solle. Es werde gute und schlechte Tage geben, aber solange Ersteres überwiege, sei ich auf dem richtigen Weg.

Und dass ich sicher selbst wisse, wie ich am besten mit dem umgehe, was Sam getan hat.

Ich werde ihm nie ganz verzeihen, dass er mich so lange angelogen hat, doch ich bin schließlich auch nicht perfekt. Dass ich mit seinem Bruder geschlafen habe und nun lieber mit Saxon zusammen sein will, beweist es. Der eine Fehler ist nicht schlimmer als der andere, und vielleicht können wir beide einander eines Tages vergeben. Wir haben uns gegenseitig verletzt, und jetzt wird es Zeit, das Beste aus der Situation zu machen.

Nachdem ich meine Eltern verabschiedet hatte, bin ich bewegungsunfähig mitten auf dem Hof stehen geblieben. Es hat etwas Erlösendes, die Sünden der Vergangenheit abzuladen. Sobald ein Geheimnis gelüftet ist, trägt man es nicht mehr allein mit sich herum.

Ich habe losgelassen, und es fühlt sich gut an.

Ich hatte fast vergessen, wie schön Stille ist. Mir gingen tausend Sachen durch den Kopf, aber jetzt habe ich ihn freibekommen. Zum ersten Mal seit langer Zeit fühle ich mich wieder wie ich selbst.

Thunder kommt den Hügel hochgerannt und bellt begeistert, weil ich in den letzten Monaten sicher wie ein Gespenst gewirkt habe. »Hey, Junge«, gurre ich und streiche ihm übers Fell, dabei fällt mir ein Ölfleck an seinem Hals auf, und ich muss lächeln. »Hast du Saxon geholfen?« Er dreht sich im Kreis und kläfft glücklich. »Sollen wir ihn suchen?«

Eilig läuft der Hund dahin zurück, wo er hergekommen ist, und eine Bö fängt sich in seinem struppigen Pelz. Mit weit geöffneten Armen folge ich ihm auf dem Fuße und erfreue mich an der Brise, die meine Wangen umfächelt. Es ist, als wäre ich kurz davor abzuheben, denn ich fühle mich leicht wie eine Feder. Ich schließe die Augen, werde schneller und lasse meine Ängste hinter mir. Vor meiner Vergangenheit kann ich nicht wegrennen, aber ich kann auf meine Zukunft zulaufen, und genau das habe ich auch vor.

Ich kenne mein Grundstück wie meine Westentasche, und sobald ich ebenen Boden erreiche, schlage ich die Augen auf und halte nach Saxon Ausschau. Thunders Ölfleck hat mir den Weg gewiesen, und ich muss nicht lange suchen.

Saxon steht in der Garage, den Kopf unter die Motorhabe meines Pick-up-Chevy gesteckt. Im Radio läuft Country-Musik, also nehme ich mir einen Moment Zeit, den Anblick, der sich mir bietet, in vollen Zügen zu genießen. Seine Jeans betont seinen knackigen Po, und die Geschicklichkeit und Selbstsicherheit, mit der er unter der Haube herumwerkelt, führt mir deutlich vor Augen, wie gut er mit den Händen ist. Ich werde rot, als mir wieder einfällt, wie diese Hände meine nackte Haut gestreichelt haben.

Als Saxon sich aufrichtet, sehe ich, dass er eine schwarze Baseballkappe verkehrt herum aufgesetzt hat. Ich habe keine Ahnung warum, aber das macht ihn noch attraktiver. Er wühlt in einer Werkzeugkiste nach irgendetwas, das er sucht, und beugt sich dann wieder unter die Haube, ohne zu merken, dass ich ihn im Blick habe und am liebsten totküssen würde. Doch plötzlich bellt Thunder zweimal und ruiniert meine Stalkerkarriere.

Da ich nicht will, dass Saxon mich dabei ertappt, wie ich ihn heimlich beobachte, gehe ich zu ihm. Ich kann es kaum erwarten, ihm alles zu berichten, was meine Eltern gesagt haben. Er hat uns in Ruhe gelassen und sich rargemacht, aber jetzt, wo wir unter uns sind, kann ich die Vorfreude darauf, ihm nah zu sein, nicht mehr unterdrücken.

Als er über die Schulter schaut, bleibt mir fast das Herz stehen. Ich werde es nie leid werden, diesen begierigen Blick zu sehen. Ich beschleunige meine Schritte, da ich nicht schnell genug zu ihm kommen kann, bleibe allerdings ein kleines Stück vor ihm stehen und schmunzle, weil er so aussieht, als hätte er Öl als neue Gesichtscreme entdeckt.

»Ist das dein Schönheitsgeheimnis? Schmieröl?« Ich deute auf sein Gesicht und lege eine Hand auf meinen Mund, um mein Kichern zu dämpfen. Als er sich mit einem Arm über die Stirn fährt, macht er alles noch schlimmer, und ich pruste los. »Das war ein großer Fehler.«

Sein heiseres Lachen schürt mein Verlangen, doch fürs Erste verbiete ich mir, ihm nachzugeben, da es so schön ist zu lachen. »Das ist wirklich gut für die Haut. Komm, ich zeig's dir.«

»Wag es bloß nicht«, warne ich ihn, immer noch lachend. Als er sich allerdings zu mir umdreht, sehe ich, dass ich keine Chance habe.

Er wird mich jagen, und das bringt all meine Nerven zum Prickeln. Ich flüchte nach links, aber er ist zu schnell. Er setzt mir nach, obwohl ich um Gnade flehe, doch wem will ich etwas vormachen, ich bin eine mehr als willige Beute. »Saxon! Nein!«, kreische ich und lache wie eine Irre.

Kaum habe ich drei Schritte gemacht, hat er mich eingefangen und hebt mich hoch. Meine Gegenwehr ist sinnlos, denn er hat nicht die Absicht, mich loszulassen. »Bist du bereit für deine Verschönerung?«

Ausgelassen trommle ich ihm auf die Schultern und versuche, seinen Annäherungen zu entgehen, doch es ist zu spät, schon reibt er sein Gesicht an meinem. Während ich quieke und kichere, schmiert er das getrocknete Öl von seiner Wange an meine. So macht er in sich hineinlachend weiter, bis in meinem Gesicht keine noch so kleine Stelle mehr frei ist.

Als er endlich von mir ablässt, trägt er eine Kriegsbemalung aus Öl, also kann ich mir vorstellen, wie ich aussehe. »Du Wüstling!«, beschwere ich mich und versuche erneut, mich zu befreien.

Aber er umarmt mich bloß fester und hebt mich noch höher. Instinktiv schlinge ich meine Beine um seine Taille, damit ich nicht falle, doch ich weiß, dass er das nicht zulassen wird. »Wow, das sieht hübsch aus«, spottet er, und ich lächle geschmeichelt.

Das Adrenalin, das durch meine Adern kreist, hat nicht nur den Überlebensinstinkt geweckt, sondern auch einen anderen Trieb. Unsere Lippen sind lediglich eine Haaresbreite voneinander entfernt, und unser Atem vermischt sich. Mein Herz schlägt wie eine Trommel, und als Saxon schwer ausatmet, ist es mit meiner Beherrschung vorbei.

Ich reiße ihm die Kappe vom Kopf und schiebe meine Finger in sein langes Haar. Er stöhnt leise, und sein Adamsapfel hüpft, als er schluckt. Ich kann dem Drang nicht widerstehen und beiße ihn in den Hals. Er brummt und legt willig den Kopf in den Nacken, als ich an seinen Haaren ziehe.

Er riecht großartig. So nach Mann. Und dieser Mann gehört mir. »Oh, verdammt Lucy«, knurrt er, reißt sich los und presst seine Lippen auf meine.

Hemmungslos erobert er meinen Mund und raubt mir den Atem. Und ich küsse ihn genauso begierig zurück, denn am liebsten würde ich ihn mir mit Haut und Haaren einverleiben. Er ist überall und doch nicht nah genug. Ich klettere an ihm hoch, damit ich ihn noch tiefer küssen kann, und als unsere Zungen sich aufreizend umkreisen, stöhne ich in ihn hinein.

Er küsst mich fast tot, weil er mich keine Luft mehr bekommen lässt. Keuchend klammern wir uns aneinander, und so eng mit ihm verschlungen, kann ich an nichts anderes mehr denken, als meinen nackten Körper an seinen zu pressen und mit ihm eins zu werden.

Er legt eine Hand um meinen Nacken, sodass die Stoppeln an seinem Kinn mich kratzen, und es fühlt sich verdammt gut an. »Ich will dich.« Genüsslich zeichnet er mit der Zunge die Konturen meines Mundes nach. Sein Feuer ist ansteckend.

»Ich dich auch«, flüstere ich kaum hörbar, denn reden ist das Letzte, was ich möchte. Er saugt an meiner Unterlippe, ehe er mich endlich wieder richtig küsst.

Zwischen uns wird es mehr als heiß, doch gerade als ich ihm sagen will, er soll mich in die Scheune tragen, löscht ein lautes Räuspern den Brand, den wir entzündet haben. Wir erstarren und öffnen die Augen, denn wir ahnen, wer unsere sehr öffentlichen Liebesbekundungen mit angesehen hat.

Es gibt keine taktvolle Art, mit so etwas umzugehen, also rutsche ich an Saxon herunter und drehe mich langsam zu Sam um. Sein gesenktes Gesicht ist so schmerzverzerrt, dass das Freiheitsgefühl, das mich vorhin noch beflügelte, von einer Sekunde auf die andere verschwindet. »Sam …«

Zischend stößt er den Atem aus und weicht einen Schritt zurück. »Ich möchte nicht mit dir streiten, Lucy.«

»Das will ich auch nicht«, erwidere ich und hebe kapitulierend die Hände. Ich wünschte, er würde mich anschauen, aber ich verstehe, dass er das im Moment nicht kann.

Schnell wische ich mir über die Lippen, als könnte ich so meinen Verrat ungeschehen machen, halte jedoch mitten in der Bewegung inne, als Saxons Verhalten sich plötzlich ändert und er sich steif von mir zurückzieht. Wieder einmal bin ich auf frischer Tat ertappt worden, und das tut niemandem gut. Also lasse ich meine Hand sinken und stelle mich den Konsequenzen.

»Ich wollte mich für alles entschuldigen, Lucy. Ich kann das, was ich getan habe, nicht mehr ändern. Keiner von uns kann das. Was ich zu dir gesagt habe, und über dich, war falsch. Bitte … verzeih mir. Ich habe kein Recht, das von dir zu erwarten, nach allem, was ich mir herausgenommen habe, aber ich brauche das.«

Mein Mund klappt auf und zu.

»Ich war einfach verdammt wütend. Und bin es immer noch. Die ganze Situation ist einfach derart verfahren. Aber du hast recht. Unser Haus ist auch dein Haus.« Endlich schaut er mich an. Er sieht so müde aus, so erschöpft. »Du hast dich entschieden …«, dass er es nicht gutheißt ist deutlich spürbar, »… deshalb denke ich, es wäre das Beste, wenn wir es verkaufen … du hast dich weiterentwickelt, und das sollte ich jetzt auch tun.«

Wow.

Er hat recht, völlig recht, ich hätte nur nicht gedacht, dass er so bald zur Einsicht kommen würde.

»Und um das zu erreichen … wäre es wohl ein guter Anfang, wenn du mir das zurückgibst, was du da am Finger hast.« Sein Blick landet auf meiner linken Hand, an der ich immer noch seinen Ring trage.

Ich schnappe nach Luft; nicht weil ich gekränkt bin, sondern weil ich vergessen hatte, dass ich ihn noch habe. Dieser Ring ist so lange ein Teil von mir gewesen, dass er fast zu mir gehört. Aber Sam hat recht. Ich wollte den Ring schon an dem Morgen zurückgeben, an dem ich in Saxons Armen aufgewacht bin, doch bei allem, was passiert ist, schien das die geringste meiner Sorgen zu sein.

Als ich wie unzählige Male zuvor mit dem Daumen über den Ring streiche, fühlt sich die glatte Oberfläche fremd und deplatziert an. Das Sonnenlicht verfängt sich in dem klaren Diamanten, ein unübersehbarer Hinweis von oben, dass es Zeit ist.

Ich streichle den Weißgoldring und bewundere ihn ein letztes Mal. Er steht für alles, was hätte sein können, aber das ist eine Ewigkeit her. Trotzdem fühle ich mich tief getroffen und schaffe es plötzlich nicht, ihn mir vom Finger zu ziehen.

Mein Verstand sagt mir, ich soll es tun, wenn ich es allerdings tue, ist das wirklich das Ende. Meine Beziehung mit Samuel wird tatsächlich vorbei sein, und ein neues Kapitel beginnt. Auf einmal bekomme ich keine Luft mehr.

»Du kannst ihn auch behalten …«

»Nein«, stoße ich zwischen zusammengebissenen Zähnen hervor, weil ich einen Moment brauche, um Atem zu schöpfen. »Ich will ihn nicht mehr. Es ist nur …« Das muss aufhören. Was ist bloß mit mir los? Kalter Schweiß steht mir auf der Stirn, denn dieser harmlose Ring scheint sich wie eine Klammer um mein Herz gelegt zu haben.

»Lucy?« Saxons Verwirrung darüber, dass ich es nicht fertigbringe, etwas zurückzugeben, das mir nicht gehört, belastet mich noch mehr, also schotte ich mich von meiner Umgebung ab.

Man kann nicht frei wählen, wen man liebt … man wird von der Liebe einfach überfallen.

Die Worte meiner Mutter hallen in meinem Kopf wider, und das Chaos lichtet sich langsam. Wenn ich bei dieser Rückgabe nicht ein gewisses Verlustgefühl hätte, würde ich meine Gefühle für Sam infrage stellen. Und meine moralischen Ansichten. Als er ihn mir gegeben hat, war ich schwer verliebt in ihn. Und der Ring stand für das, was ich mir zu wünschen glaubte, doch jetzt führt er mir nur vor Augen, wie sehr sich alles verändert hat.

Veränderung ist niemals leicht, und eins der schwersten Dinge im Leben ist Loslassen … aber erst wenn ich genau das tue, kann ich neu anfangen. Ich hole tief Luft, öffne die Augen und verabschiede mich von der Person, die ich einmal war.

Als ich den Ring vom Finger ziehe, fällt mir eine Last von den Schultern, und ich lächle. Wie kann etwas so Kleines wie das, was ich mir gerade vor die Augen halte, nur so schwer wiegen?

Durch den Ring schaue ich Sam an. Ein Kreis hat kein Ende, aber unsere Beziehung schon. »Hier.« Er wirkt fast enttäuscht, doch ich tadele mich für den dummen Gedanken.

Endlich nimmt Sam mir den Ring ab und steckt ihn in die hintere Tasche seiner Hose. »Ich werde bei Mom wohnen … bis wir herausgefunden haben, was wir tun wollen.«

»Das musst du nicht.« Ich bin überrascht, als Saxon das sagt, was mir auf der Zunge liegt. »Ich gehe. Ich ziehe in ein Hotel, bis ihr euch geeinigt habt.«

Bei der Vorstellung blutet mir das Herz, denn ich möchte nicht, dass er weggeht. Ich weiß, dass er irgendwann wieder nach Oregon zurückmuss, um zu klären, wie es weitergehen soll, aber ich hatte gehofft, ich könnte mit ihm gehen.

»Lucy scheint über diesen Vorschlag genauso begeistert zu sein wie du. Keine Sorge, ich komme schon klar.«

Dass Saxon und Sam halbwegs höflich miteinander umgehen, zeigt, dass wir zusammenleben können. Es wird nicht einfach werden, aber das hier ist ebenso Sams Zuhause wie meins. Ich kann ihn nicht einfach rauswerfen. »Niemand geht irgendwohin«, erkläre ich mit fester Stimme. Beide Brüder schauen mich erstaunt an. »Wir haben ein großes Haus. Ich bin sicher, dass wir alle unter einem Dach wohnen können, ohne uns gegenseitig umzubringen.« Ungläubig hebt Saxon die Augenbrauen, doch ich ignoriere ihn. »Also, was sagt ihr dazu?«

Sam scheint über meinen Vorschlag nachzudenken, während Saxons Miene ausdruckslos bleibt. »Wenn du dir sicher bist. Besser, als bei Mom zu wohnen.«

»Ich bin mir sicher«, erwidere ich hastig, geblendet von der neu erwachten Hoffnung, dass das wirklich klappen könnte. »Schließlich sind wir alle erwachsen.«

»Sax?« Sam gibt auf, und ich kann nur hoffen, dass Saxon vernünftig ist, denn mehr können wir nicht erwarten.

Als Saxon zögert und, die Arme über der breiten Brust verschränkt, darüber nachdenkt, ob es möglich ist, dass wir alle zusammenwohnen, fasse ich schnell nach seiner Hand. »Bitte«, flehe ich ihn leise an, denn das ist ein Kompromiss, bei dem jeder gewinnt.

Gerade als ich denke, dass ich den Kampf verloren habe, überrascht er mich und beweist, warum ich ihn so sehr liebe. »Na gut.«

»Danke.« Ich werfe mich in seine Arme, und der Riss in meinem Herzen beginnt zu heilen.

Er umarmt mich widerstrebend, und obwohl die Ausgangssituation alles andere als ideal ist, kann ich nur so damit anfangen, mich umzuorientieren. Ich habe versprochen, Sam nie im Stich zu lassen, und wenn er sang- und klanglos gegangen wäre, hätte ich mich gefühlt, als wollte ich mich feige drücken. Als wollten Saxon und ich uns einfach davonstehlen. Ich erwarte nicht, dass wir eine große glückliche Familie sein werden, aber das Zusammenleben wird klappen – dafür werde ich sorgen.

Ich weiß ja, dass ich an allem schuld bin, und werde versuchen, es so gut wie möglich wiedergutzumachen. Und das hier ist ein guter Anfang.

»Dann rufe ich Mom an und sag ihr, dass ich bleibe.« Ich spüre, wie Saxons Muskeln sich verspannen, doch er sagt kein Wort.

Als Sams Schritte verklingen, was darauf schließen lässt, dass wir wieder allein sind, löse ich mich aus Saxons Umarmung und sehe zu ihm auf. Seine zusammengebissenen Zähne verraten, dass er sauer ist. »Ich weiß«, seufze ich. »Aber was hätte ich denn machen sollen? Ich kann ihn doch nicht aus seinem eigenen Haus werfen.«

»Ich habe angeboten zu gehen«, sagt er vorwurfsvoll mit schmalen Lippen.

»Das ist auch keine Option. Ich will nicht, dass du woanders hingehst.« Ich greife nach seinen Händen. »Es tut mir leid, dass ich dich dazu gedrängt habe, aber ich weiß nicht, wie ich sonst mit meiner Entscheidung leben kann, ohne ständig von Schuldgefühlen geplagt zu werden.« Er atmet tief aus.

»Bitte sei nicht böse auf mich. Es ist ja nur für kurze Zeit. Morgen früh suche ich mir als Erstes einen Immobilienmakler.«

»In Ordnung.« Dankbar drücke ich ihm die Hände, doch obwohl er gerade eingewilligt hat, bilde ich mir nicht ein, dass ihm diese Konstellation gefällt.

Ich weiß, es sieht so aus, als wollte ich alles gleichzeitig haben, aber es stimmt, dass ich wahrscheinlich mit mir selbst nicht leben könnte, wenn ich Sam einfach den Rücken zukehren würde. Bestimmt lässt er uns in Ruhe, und wir werden ihn auch nicht stören.

Es wird schon klappen, sage ich mir selbst, das muss es einfach.

* * *

Ich erwache in einem leeren Bett.

Nachdem wir beschlossen hatten, alle zusammenzuwohnen, bin ich offiziell zu Saxon ins Gästezimmer gezogen und habe versucht, nicht daran zu denken, wie seltsam es ist, dass Sams Zimmer, unser altes Schlafzimmer, am anderen Ende des Flurs liegt, denn wenn wir das durchziehen wollen, müssen wir uns so normal wie möglich benehmen.

Ich habe ein paar Sachen umgeräumt und war danach hundemüde, doch aus meinem Nachmittagsschläfchen ist offenbar eine ausgewachsene Siesta geworden. Als ich mein Handy vom Nachttisch nehme, sehe ich, dass es kurz nach elf ist. Ich habe wieder allein geschlafen, wie ein Blick auf das unberührte Bett neben mir zeigt.

Offenbar ist Saxon nach wie vor sauer auf mich und muss sich wohl erst noch an unser Arrangement gewöhnen. Ich kann nur hoffen, dass wir jetzt, wo wir uns geeinigt haben, miteinander auskommen. Sicher ist das viel verlangt, aber ich muss es versuchen.

Ich strecke mich und beschließe, Saxon zu suchen, weil ich wissen will, ob es ihm gut geht. Er war furchtbar still, als ich meine Sachen bei ihm untergebracht habe. Ich dachte, er wäre bloß in Gedanken versunken, doch dass er sich nicht blicken lässt, deutet darauf hin, dass hinter seinem Schweigen mehr steckt.

Auf Zehenspitzen gehe ich durch den dunklen Flur. Weder Lampen noch der sanfte Schein des Fernsehers weisen mir den Weg. Das Haus fühlt sich leer an, und ich frage mich, ob ich womöglich allein bin. Ich könnte es den Männern nicht verdenken, wenn sie rausgegangen wären, um einen klaren Kopf zu bekommen. Unsere Leben sind völlig durcheinandergewirbelt worden.

Gerade als ich in die Küche gehen will, sehe ich etwas Rotglühendes auf der vorderen Veranda. Mein Herz setzt einen Schlag aus, so sehr freut es mich, dass Saxon noch da ist. Ich öffne die Haustür, spähe um die Ecke und sehe ihn geistesabwesend in einem Schaukelstuhl sitzen.

Er zieht an seiner Zigarette und starrt auf den Horizont. Plötzlich habe ich das Gefühl, einen intimen Moment zu stören, also trete ich einen Schritt zurück, um wieder nach drinnen zu gehen. Doch er hat mich bereits bemerkt. »Hey.«

Ich bin dankbar, dass er noch mit mir redet. »Hey.« Ich schließe die Tür hinter mir, und die Holzbohlen knarren unter meinen bloßen Füßen, als ich mich in den Schaukelstuhl neben ihn setze.

Angesichts des Ausblicks verstehe ich, warum Saxon so gebannt war. Es ist wunderschön hier draußen. Unser Land erstreckt sich meilenweit, und an ruhigen Abenden wie diesem ist es nicht schwer zu glauben, der einzige Mensch auf der Welt zu sein.

Ich werde diese Ranch sehr vermissen. Ich war hier so lange daheim. Aber zuhause ist da, wo die Liebsten sind, und mein Liebster sitzt neben mir. »Bist du mir immer noch böse?« Ich sehe keinen Sinn darin, lange um den heißen Brei herumzureden.

Er seufzt tief und schaut weiter nach vorn. Ich will ihn nicht drängen. Das habe ich heute schon genug getan. »Nein, ich bin dir nicht böse«, erwidert er schließlich und nimmt noch einen Zug.

»Warum schaust du mich dann nicht an?« Taten sagen mehr als Worte, und im Moment zeigt er mir die kalte Schulter. Ich beschließe, ihm die Zeit zu geben, die er braucht, denn er hat das Gleiche für mich getan.

Trotzdem macht das Warten mich nervös, also bediene ich mich aus dem Marlboro-Päckchen, das auf seiner Armlehne liegt. Ich kann die Zigaretten, die ich in meinem Leben geraucht habe, an einer Hand abzählen, aber verzweifelte Situationen erfordern verzweifelte Maßnahmen, und ich muss etwas mit meinen Händen tun.

Kaum dass ich inhaliert habe, huste ich heftig, doch das Nikotin beruhigt meine Nerven. Endlich schaut Saxon mich an, und in dem Augenblick habe ich das Gefühl, wieder atmen zu können, obwohl ich keuchend nach Luft ringe. »Wie wär's, wenn du die Laster mir überlässt?«

Als er mir die Zigarette wegnehmen will, wehre ich mich dagegen und ziehe noch etwas stärker daran. »Ich weiß, dass du glaubst, ich wäre ein guter Mensch, aber das bin ich nicht.«

Er grinst schief. »Ja, natürlich kannst du böse sein, doch tief in dir bist du viel zu weich. Du kannst gar nicht anders.«

Das ist zweideutig gemeint und bezieht sich bestimmt auf den heutigen Tag. »Was sollte ich denn machen? Ihn rausschmeißen? Und auf die Straße setzen?«

Saxon schnaubt und schnappt gleich wieder ein. »Er wäre ja wohl kaum auf der Straße gelandet.«

»Bei deiner Mutter zu wohnen ist genauso schlimm. Vielleicht sogar noch schlimmer. Das weißt du doch«, kontere ich. Ich drücke die Zigarette aus, weil mir davon im Magen noch flauer wird, als es mir sowieso schon war. So viel zu meinem Ausflug ins Lasterhafte.

Saxon schaukelt vor und zurück und raucht seine Zigarette zu Ende, ehe er wieder etwas sagt. »Ich traue ihm nicht. Er hat etwas vor.«

»Was?«, frage ich ungläubig. »Du bist ja paranoid. Aber ich mache dir keinen Vorwurf daraus«, füge ich hastig hinzu, als er sofort nach einer neuen Zigarette greift.

Er zündet sie an, inhaliert und stößt eine Rauchwolke aus. »Er hat zu schnell aufgegeben. Ich kenne meinen Bruder. Er führt etwas im Schilde.«

»Vielleicht will er nur weiterkommen, so wie wir«, gebe ich zu bedenken, da ich Saxon nicht glauben will.

Aber natürlich ist er anderer Meinung. »Du siehst immer bloß das Gute in den Menschen.«

»Weil ich nicht in einer Welt leben möchte, in der man sich ausschließlich auf das Schlechte konzentriert. Das hatte ich bereits, und es war total schrecklich. Da will ich nie wieder hin.«

»Darin unterscheiden wir uns. Ich bin Realist, du dagegen …« Als ich mich mit erhobenen Augenbrauen zu ihm umdrehe, kneift er schnell die Lippen zusammen.

»Na, was bin ich? Eine unverbesserliche Träumerin, die daran glaubt, dass man ein glückliches Leben führen kann?«, fauche ich erregt.

»Ich will mich nicht mit dir streiten. Nicht wegen diesem Kotzbrocken.« Er fährt sich mit einer Hand durchs Haar, und ich kann meine Empörung nicht verbergen.

»Kotzbrocken? Er ist dein Bruder, falls du das vergessen haben solltest.« Ich springe so abrupt auf, dass der Schaukelstuhl nach hinten schnellt. »Der Mann, um den ich mich kümmern sollte. Daran erinnerst du dich doch noch, oder? In der Scheune hast du mir gesagt, ich soll hinter ihm herlaufen, weil du es dir nie verzeihen würdest, wenn er sich unseretwegen etwas antut.«

Saxon schaut zum Himmel empor und seufzt. Wir sind alle emotional erschöpft, und so dünnhäutig, wie ich im Moment bin, breche ich vermutlich gerade einen Streit vom Zaun. Aber ich kann das nicht so stehen lassen, ich muss ihm sagen, wie ich das finde.

»Tja, ich werde ihn nicht einfach aus meinem Leben verbannen. Das hier wird nicht ewig dauern. Aber du und ich …«, mit zwei Fingern deute ich zuerst auf Saxon und dann auf mich, »wir … also, ich dachte, das wäre für immer. Aber wenn wir das hier nicht hinkriegen, dann ist dieses *für immer* vielleicht auch bald vorbei. Ich geh jetzt ins Bett.« Ich warte nicht auf eine Antwort, weil ich nichts mehr hören will.

Erbost gehe ich durch den Flur und beschließe zu duschen, um meine schlechte Laune loszuwerden. Im Badezimmer ziehe ich mich aus und stelle den Regler auf heiß. Obwohl ich wütend bin, kann ich nicht aufhören zu zittern, denn ich bin völlig durchgefroren.

Der Wasserstrahl fühlt sich herrlich an, wie kleine Finger, die die Verspannungen aus meinen müden Muskeln massieren. Wenn das gegen mein aufgewühltes Inneres doch auch helfen könnte! Stöhnend stütze ich mich an den Fliesen ab. Ich weiß, dass ich überreagiert habe, aber ich bin es leid, mich die ganze Zeit so verängstigt und überfordert zu fühlen.

Ich möchte wieder normal leben können. Wann wird das endlich aufhören?

Ich muss mich bei Saxon entschuldigen. Ich hätte meinen ganzen Frust nicht an ihm auslassen sollen. Er hat mir immer nur geholfen, während ich ihn anscheinend ständig bloß verletze. Ich nehme die Vanilleseife, produziere ordentlich Schaum und versuche, all das Hässliche abzuwaschen, das an mir klebt.

Vor meinen Augen taucht wieder das Bild auf, wie Saxon nackt unter dieser Dusche gestanden hat. So wie ich mich gerade aufgeführt habe, kann ich von Glück reden, wenn ich ihn jemals wieder in all seiner männlichen Pracht zu sehen bekomme. Mich leise selbst verfluchend, seife ich mich rasch weiter ein, weil ich mich so bald wie möglich wieder mit ihm versöhnen möchte.

Eine dichte, wohlriechende Vanille-Dampfwolke umhüllt mich, deshalb schreie ich erschrocken auf, als ich eine leichte Berührung am Rücken spüre und bemerke, dass ich nicht mehr allein bin.

»Ich versuche, mein Bestes zu geben.« Meine Gebete sind erhört worden, denn hinter mir steht Saxon. Angesichts seiner Aufrichtigkeit verraucht mein Ärger auf der Stelle, und ich lasse mich willig streicheln. »Das mit uns beiden ist für immer,

Lucy. Entschuldige, dass ich dir Anlass gegeben habe, daran zu zweifeln.« Er presst seinen nackten Körper an meinen, und ich bin im siebten Himmel. »Verzeihst du mir?«

Genüsslich schließe ich die Augen. »Nur wenn du mir verzeihst, dass ich an meinen Träumen hänge.«

Er legt einen Arm um meine Hüften. »Genau das liebe ich ja an dir. Dass du immer das Gute in den Menschen siehst. Das lässt mich glauben, dass es für mich noch Hoffnung gibt.«

»Sag doch nicht so was. Du bist auch gut. Deshalb liebe ich dich ja.« Ich schmiege mich an ihn und spüre, wie sein Glied hart wird. Es ist fast zu schön, um wahr zu sein. Ich schäme mich nicht einmal mehr wegen meiner Narben, denn bei ihm vergesse ich, dass ich welche habe.

Vorn von einem warmen Wasserstrahl und hinten von Saxon verwöhnt, entfährt mir ein zufriedener Seufzer. Das scheint ihn anzustacheln, denn er brummt leise und knabbert zärtlich an meinem Hals.

Dann greift er an mir vorbei zur Seife, schäumt meine nasse Haut weiter ein und massiert dabei meinen Nacken, ein unbeschreiblich schönes Gefühl. Anschließend wendet er seine Aufmerksamkeit meinem Dekolleté zu und arbeitet sich bedächtig zu meinem Busen vor.

Die Seifenblasen machen seine Hände herrlich schlüpfrig. Als er auf meine harten Nippel stößt, knurrt er, umfasst meine Brüste und umkreist eine Spitze. »Oh Gott«, wimmere ich, lehne mich zurück und reibe mich unwillkürlich an seiner inzwischen strammen Erektion.

Rau stößt er den Atem aus, lässt sich aber nicht aufhalten, sondern wandert weiter nach unten. Meine Haut brennt. In kleinen Kreisen gleitet er über meine Rippen, ehe er mir den Bauch wäscht. Als er mit einem Finger die Form meines Nabels nachzeichnet, stöhne ich auf, und er beißt mir in den Hals.

Ich bin jetzt schon total angeturnt, aber als er sich noch tiefer vorwagt und meinen Venushügel einseift, stoße ich einen ungezügelten Schrei aus, der sich mit dem Rauschen des Wassers vermischt. Automatisch spreize ich sehnsüchtig die Beine. Er stöhnt zufrieden und streicht mit drei Fingern über sein nun gut zugängliches Ziel.

Es ist nicht nur von der Seife feucht, und wenn er in den nächsten fünf Sekunden nicht irgendetwas unternimmt, werde ich bestimmt sterben. Er merkt, wie verzweifelt ich bin, und leckt Wassertropfen von meinen Schultern, während er überraschend schnell einen Finger in meine glühende Scheide schiebt.

Ich zucke zusammen – halb vor Schreck, halb vor Verlangen, aber es fühlt sich himmlisch an, und ich will mehr. Ich brauche mehr.

Ich greife hinter mich, umfasse sein dickes Glied und fange an zu reiben. Es ist heiß, prall, und oh Gott, ich will es in mir haben. Saxon knurrt begeistert, hört allerdings nicht mit seinem erregenden Fingerspiel auf. Nimmt sogar noch einen Finger dazu und dehnt mich, um zu sehen, wie weit ich bin, doch ich bin bereit.

Er ist überall. Sein Mund lutscht und nagt an meinem Puls, und seine immer tiefer vordringenden Finger treiben mich in den Wahnsinn. Sein Daumen befasst sich mit meiner hypersensiblen Klitoris. Und während er mich mit einer Hand unten verrückt macht, knetet er mit der anderen meine Brüste und streift immer wieder meine harten Nippel. Ich bin kurz davor zu kommen.

»Saxon«, jammere ich bebend. Es ist fast zu viel.

Doch er lässt sich nicht drängen, macht nur immer schneller. Jeder tiefe Stoß könnte der Jackpot sein, denn ich winde mich schon in den Fängen des nahenden Orgasmus. »Du bist so wunderschön«, flüstert er an meinem Hals.

»Du auch«, keuche ich mühsam. »Aber bitte … fick mich jetzt.« Gott vergebe mir, dass ich so etwas sage, aber ich muss Saxon zeigen, dass auch gute Mädchen böse sein können. Und manchmal sogar richtig nuttig.

Mit einem Zischen zieht er seine Finger aus mir heraus und dreht mich derart schnell um, dass ich Sternchen sehe. Dann hebt er mich hoch, knallt mich mit dem Rücken an die Wand, und wir küssen uns wie verrückt. Er drückt sein Glied an meinen Schoß, und ich weiß, was er will. Um ihm das zu zeigen, schiebe ich mich vorsichtig ein Stück über ihn. Unsere Lippen lösen sich voneinander, weil wir beide stöhnen müssen. Endlich sind wir miteinander verbunden.

Er bewegt sich nicht, damit meine Muskeln sich an seine Größe gewöhnen können. Fragend schaut er mich an. Mein Gott, er ist so schön. Sein nasses Haar hat einen honigbraunen Ton, und zurückgestrichen betont es seine markanten Züge. Seine Lippen sind geöffnet, und sein schwerer Atem streichelt meine Wangen.

Endlich steckt er tief in mir, und es fühlt sich großartig an. »Ich liebe dich, kleine Lucy Tucker.« Ich habe keine Chance, etwas zu erwidern, denn er drückt seinen Mund auf meinen und beginnt, die Hüften zu bewegen. Ich halte mich gut fest, denn ich weiß, dass das hier kein sanfter Ritt wird.

Er packt mich an den Hüften und stößt zu. In diesem Winkel trifft er genau die richtigen Punkte, und ich schreie vor Lust. Allein die Kraft, die er aufbringt, um mich zu halten und so zu stimulieren, ist erregend.

Ich schlinge die Beine um seine Taille und genieße die enge Reibung. »Oh verdammt«, stöhnt Saxon und steigert sein Tempo.

Er ist wie ein Wilder, und die Geräusche, die er von sich gibt, lassen mich alles um mich herum vergessen. Ich kann nicht anders, ich schaue auf die Stelle, an der wir vereint sind, und sehe völlig fasziniert zu, wie wir zusammen kommen.

»Siehst du das?« Er stöhnt und stößt immer rascher und heftiger zu. »Das gehört dir. Alles an mir ist dein.« Ich weiß, dass er es im übertragenen Sinn meint, denn hier geht es nicht nur um eine körperliche Verbindung, sondern auch um den überwältigenden Drang, sich nie mehr voneinander zu trennen. »Ich gehöre dir, und du gehörst mir. Für immer.« Er bohrt sich tief in mich hinein und reizt jedes Mal meinen G-Punkt. Ich finde es fast unmöglich, nicht zu kommen. »Alles in Ordnung?« Ich nicke und beiße mir auf die Unterlippe, weil er so gut ausgestattet ist.

Bei jedem Stoß rutsche ich so schnell an der Wand hoch, dass meine Brüste wippen. Begierig saugt Saxon sich an einer fest, da traue ich mich und spieße mich förmlich selbst auf. Er flucht vor Staunen, und ehe ich mich's versehe, habe ich ihn ganz in mich aufgenommen.

Schnell liebkost er meine aufgeblühte Klitoris, was mir ein lautes Wimmern entlockt, und während er mir an genau der richtigen Stelle einheizt, rammt er sein Glied immer wieder in mich, bis ich ekstatisch seinen Namen schreie.

Ich bin fix und fertig, doch er feixt bloß, zieht sein Glied aus mir heraus und dreht mich um. Dann drückt er sanft meine Beine auseinander und dringt wieder in mich ein. Ich beuge mich vor und stütze mich an der Wand ab, da er meine Hüften umklammert hat und gnadenlos weitermacht.

Die animalischen Geräusche, die er dabei ausstößt, und das Klatschen, mit dem unsere erhitzten Körper aufeinanderprallen, lassen mich wünschen, ich könnte gleich noch mal kommen. Seine Finger tun mir weh, aber ich liebe diesen Schmerz – er gibt mir das Gefühl, lebendig zu sein. Also komme ich ihm bei allen Stößen entgegen, obwohl ihre Wucht mir die Tränen in die Augen treibt.

»Ich liebe dich«, sagt er immer wieder trotz des fast mörderischen Tempos.

»Ich dich auch«, versichere ich, die gespreizten Hände an die Fliesen gedrückt, denn ich habe Angst, sonst zu geschwächt zu sein.

»Für immer«, schnauft er, kurz bevor ein unaufhaltsames Grollen aus seinem Brustkorb kommt und er sich hastig zurückzieht.

Ich zittere vor Anstrengung, und obwohl ich noch erregt bin, bin ich froh, dass es vorbei ist. Doch Saxon sieht das anders. Keuchend schlingt er einen Arm um meinen Bauch und dreht mich herum.

Er ist so schön mit seinen geröteten Wangen und der gebräunten Haut, die sich über seinen Muskeln spannt. Am liebsten würde ich ihn auffressen. »Was …?« Aber ich kann meine Frage nicht zu Ende bringen, denn er hat meine Gedanken gelesen und kniet sich hin, weil er offenbar genau das mit mir vorhat.

»Ich bete dich an«, erwidert er, steckt sein Gesicht zwischen meine Beine und hält Wort.

Namaste.

Sieben

Ich kreuze die Beine. Das köstliche Brennen im Schritt erinnert mich daran, was Saxon letzte Nacht mit mir angestellt hat. Ich habe mich niemals verruchter gefühlt als unter dieser Dusche, und als wir schließlich herauskamen, überhitzt, ausgepumpt und vollkommen befriedigt, sind wir ins Bett gefallen und haben zum ersten Mal als Paar eine Nacht Seite an Seite verbracht. Ich kann mich nicht erinnern, jemals so fest geschlafen zu haben.

Als ich wach wurde, stieg die Sonne gerade über den Horizont. Ich brachte es nicht über mich, meinen leise schnarchenden Freund zu wecken, denn er sah so friedlich aus. Also habe ich geduscht und mir meinen Laptop geschnappt, weil ich arbeiten musste.

Ich maile Anna die Tabellen, die sie haben wollte, und versende dann noch ein paar E-Mails. Es tut mir immer noch leid, dass ich nicht nach Syrien gehen kann, aber sobald sich die Lage bei mir beruhigt hat, werde ich meine Arbeit wieder aufnehmen. Während ich auf die Antworten meiner Freunde aus Übersee warte, beschließe ich, den nächsten Punkt auf meiner Liste in Angriff zu nehmen.

Ich habe mir einige Immobilienmakler herausgesucht und sie per Mail kontaktiert. Es gibt eine Maklerin, die mir besonders gut gefällt, doch das ist nicht allein meine Entscheidung. Ich habe keine Ahnung, wo Sam ist, was beweist, dass unsere WG funktioniert. Jeder kommt und geht, wie er will, sodass wir uns wahrscheinlich kaum sehen werden.

Als ich mir auf dem Bildschirm Häuser anschaue und dabei mit dem Kuli auf die Kante der Frühstückstheke klopfe, trägt die Luft mir einen verführerischen Duft zu, der nicht nur meine Geschmacksknospen anspricht, sondern auch wesentlich spezifischere Körperteile. »Guten Morgen.« Saxon haucht mir einen Kuss auf die Schläfe und blickt über meine Schulter. »Was machst du?«

Ich ignoriere den Drang, an seinem Hals zu schnuppern, und antworte ihm. »Ich habe dir doch gesagt, dass ich mich nach Maklern umsehen würde.«

»Das weiß ich, aber warum guckst du dir Häuser an?«

»Na, das macht man eben, wenn man sein Haus verkaufen will«, erwidere ich schmunzelnd. Doch als Saxon um die Theke herumgeht und demonstrativ mir gegenüber stehen bleibt, wird mir klar, dass ihm das nicht gefällt. »Was hast du denn? Willst du nicht, dass ich das Haus verkaufe?«

Mit einer Hand fährt er sich durch das wirre Haar. Das Sonnenlicht fällt auf seinen nackten Oberkörper, ich habe allerdings Wichtigeres zu tun. »Doch. Natürlich. Aber willst du etwa hierbleiben? In Montana?«

Bestürzt öffne ich den Mund, weil ich begreife. »Oh, ich weiß nicht. Ich dachte bloß …«

»Dass du weiter hier lebst?«, fällt er mir ins Wort, während ich hastig von meinem Hocker springe und zu ihm laufe.

»Nein, ich will bei dir sein.« Ich lege eine Hand an seine stopplige Wange.

»Und ich lebe in Oregon. Hier gibt es nichts, was mich anzieht.« Als ich die Augenbrauen hochziehe, grinst er. »Abgesehen von dir.« Nun sind wir also endlich an dem Punkt angelangt, der früher oder später zur Sprache kommen musste.

»Ich weiß. Nur, ich habe immer in Montana gewohnt. Meine Eltern sind hier. Piper. Und meine Pferde.« Saxon nickt, er versteht mein Dilemma, aber seine Zurückhaltung zeigt, dass er trotzdem nicht die Absicht hat, sein Leben aufzugeben und an den letzten Ort auf der Welt zu ziehen, an dem er wohnen möchte.

»Vielleicht sollten wir es mit einer Fernbeziehung versuchen«, witzelt er, und ich klatsche ihm spielerisch auf die Brust.

»Wie wär's, wenn ich erst das Haus verkaufe und wir dann alles Weitere bereden?«, schlage ich vor. Ich weiß, dass uns das nicht viel Zeit verschafft, aber meines Erachtens sollten wir erst ein wenig zur Ruhe kommen, bevor wir uns damit auseinandersetzen.

Saxon legt einen Arm um meine Taille und zieht mich an sich. Ich unterdrücke ein Seufzen, als ich aus nächster Nähe mit seinem guten Aussehen konfrontiert werde. »In Ordnung. Trotzdem muss ich irgendwann nach Oregon zurück.«

»Wann denn?«, frage ich ängstlich. Ich kann nicht verbergen, wie sehr mich das beunruhigt.

»Schon bald.« Natürlich. Ich bin unglaublich selbstsüchtig gewesen, aber allein der Gedanke daran, dass er mich allein lassen wird, lässt mich fast hyperventilieren. »Hey, ist doch halb so schlimm. Ich bleib auch nicht allzu lange weg.«

»Jede Trennung von dir dauert mir zu lange.«

Träge verzieht er die sinnlichen Lippen und flachst: »Aber Liebe wächst doch mit der Entfernung.«

»Ich vermisse dich bereits, wenn du in ein anderes Zimmer gehst. Ich will mir gar nicht vorstellen, wie ich mich fühle, wenn du in einem anderen Staat bist.« Das mag melodramatisch klingen, ist allerdings die Wahrheit. »Du möchtest mich doch nicht quälen, oder?«

Er lacht heiser, und ich bekomme am ganzen Leib eine Gänsehaut. »Nie im Leben.« Er nimmt mich in die Arme. »Du könntest ja mitkommen.«

Überrascht blinzle ich. »Nach Oregon?«

»Ja. Natürlich nicht gleich für immer. Nur um herauszufinden, ob es nicht trotz allem möglich sein könnte, dass du dich in die Gegend verliebst und nie wieder wegwillst.«

Wenn ich meine Angelegenheiten geregelt habe, wird nichts mich davon abhalten können. Das schulde ich Saxon. Schließlich ist er für mich hiergeblieben. »Ja, ich denke, das könnte ich.«

»Das ist immerhin besser als ein Nein.«

»Siehst du, das nennt man einen Kompromiss.« Saxon lacht und küsst mich zärtlich. Ich bin süchtig nach diesem Mann, und mit jedem Kuss wird es schlimmer.

»Ich schlage dir noch einen Kompromiss vor …« Keine Ahnung, worauf er hinauswill, aber er grinst schelmisch.

Ich will ihn gerade auffordern weiterzureden, als Sam hereinkommt. Er hat noch dasselbe an wie gestern, und sein ungepflegtes Äußeres deutet darauf hin, dass es bei ihm sehr spät geworden ist. Oder sehr früh – je nachdem, von welchem Standpunkt aus man es betrachtet. »Oh shit, tut mir leid.« Er will sich umdrehen und wieder gehen, doch ich bremse ihn.

»Schon gut.« Wenn das hier klappen soll, müssen wir aufhören, so einen Eiertanz aufzuführen. Vorsichtig löse ich mich aus Saxons Umarmung, da ich taktvoll sein möchte, auch wenn ich der Meinung bin, dass wir uns normal verhalten sollten.

Der riesengroße Knutschfleck an Sams Hals verrät mir, dass er schon dabei ist, sich mit der neuen Normalität abzufinden. »Wo bist du gewesen?« Schnell beiße ich mir auf die Zunge, weil das wesentlich anklagender herauskam, als es gemeint war.

»Aus«, erwidert Sam mit einem aufreizenden Grinsen.

Verständlich. Er ist mir keine Rechenschaft mehr schuldig. Er kann hier ein und aus gehen, wie er will. Trotzdem bin ich bestimmt blass geworden, als ich ihn gesehen habe. »Prima, das freut mich.« Warum fühle ich mich dann, als hätte ich soeben einen Schlag in die Magengrube bekommen? »Können wir, wenn du dich frisch gemacht hast, vielleicht darüber reden, welchen Makler wir nehmen?«

Sofort verschlechtert sich seine Laune, aber er nickt. »Sicher. Ich geh nur schnell unter die Dusche.« Auf dem Weg dahin nimmt er sich einen Apfel. Unwillkürlich schaue ich auf die Stelle, an der er gestanden hat, als er versucht hat, sich zusammenzureimen, was in drei Teufels Namen hier vorgeht.

Saxons Körpersprache ist nicht misszuverstehen. »Ich lass euch dann mal allein.«

»Halt.« Ich klammere mich an seinen Unterarm. Ich kann ihm nicht vorwerfen, dass er sauer auf mich ist. Ich bin ja selbst böse auf mich. »Es tut mir leid. Ich weiß nicht, was in mich gefahren ist. Ich hatte einfach … Ich habe nicht damit gerechnet, dass ich so reagiere. Das war wohl die Macht der Gewohnheit.«

»Kein Problem. Ich versteh schon.« Doch die Wut, die von ihm ausstrahlt, straft seine Worte Lügen.

»Ich versuche, mein Bestes zu geben.« Ich benutze dieselben Worte, die er gestern Abend benutzt hat, und hoffe, dass sie ihm etwas verdeutlichen, das ich mir selbst nicht erklären kann.

Sie haben den gewünschten Effekt, denn seine Schultern sacken wieder herab. »Ich weiß. Das Ganze ist nur so verdammt schräg.« Erneut zieht er mich in seine Arme. »Das geht jetzt noch nicht mal eine Woche so, und er spielt bereits den Frauenhelden? Das kaufe ich ihm nicht ab. Das mit uns beiden ... das hat sich ganz langsam entwickelt. Aber er hat offenbar die erste Tussi gebumst, die ihm über den Weg gelaufen ist.«

Ich schlucke meinen Ekel über dieses sehr deutliche Bild herunter. »Vielleicht ist das seine Art, sich weiterzuentwickeln«, biete ich als Erklärung an. Doch Saxon bezweifelt das. Ich ahne, was er sagen will, also halte ich ihm den Mund zu. »Keine weiteren Verschwörungstheorien, ja? Was er tut und mit wem, geht mich nichts an. Ich will bloß dieses Haus verkaufen und alles hinter mir lassen ... um mit dir gehen zu können.«

Saxon drückt einen Kuss in meine Handfläche. »Gut. Aber je schneller du das hinkriegst, desto besser.«

»Ganz deiner Meinung.« Ich verschränke meine Hände in seinem Nacken und grinse, weil mir eine großartige Idee gekommen ist. »Wie wär's, wenn du dein Versprechen einlöst und heute Abend mit mir ausgehst? Ich möchte etwas trinken. Vielleicht sogar etwas zu viel.« Ich zwinkere neckisch, obwohl ich wahrscheinlich dabei so aussehe, als hätte ich etwas im Auge.

Wieder lacht Saxon sein heiseres Lachen. »Du bist ganz

schön gerissen.« Er küsst mich auf die Nasenspitze. »Einverstanden, wir gehen aus.«

Plötzlich fühle ich mich wie eine alberne Sechzehnjährige. Hastig unterdrücke ich den traurigen Gedanken daran, wie anders mein Leben verlaufen wäre, wenn ich damals gewusst hätte, was ich heute weiß. »Super!«, juble ich, denn ich fühle mich wieder etwas besser. »Aber du solltest wissen …«, ich klimpere mit den Wimpern, »… dass ich dich nachher vernaschen werde«, flüstere ich warnend hinter vorgehaltener Hand.

Saxon fährt sich mit der Zunge über die Oberlippe und schaut mich so lüstern an, als könnte er durch meine Klamotten hindurchsehen. »Sehr schön, ich freu mich schon drauf.« Alles, was er sagt, ist als Kompliment für mich gedacht.

»Ich kann es kaum erwarten.« Das ist die Wahrheit.

Nach dem unangenehmen Vorfall vorhin möchte ich mich nur noch auf das Positive konzentrieren. Ich wollte doch, dass Sam sich anders orientiert. Trotzdem hat sein Auftritt einen bitteren Nachgeschmack hinterlassen. Also sage ich mir, ein Schritt nach dem anderen. Das alles gehört dazu, wenn man neu anfangen will und aus den Fehlern lernen möchte, die wir alle gemacht haben.

* * *

»Wir sind uns also einig?«

Ich nippe an meinem dritten Glas Rotwein und blättere in Hayley Regans Portfolio. Ihre Verkaufszahlen sind beeindruckend, es sieht so aus, als würde jedes Haus, das sie auf den Markt bringt, innerhalb weniger Tage den Besitzer wechseln. Und eine schnelle Abwicklung ist genau das, was wir wollen.

Sam und ich haben den ganzen Nachmittag damit verbracht, uns den richtigen Makler auszusuchen. Im Moment ist die Nachfrage nach Häusern nicht besonders groß, daher möchten wir jemanden engagieren, der sich in dem Geschäft gut auskennt. Außerdem haben wir uns vorsichtig an das Thema herangetastet, was wir mit unseren Besitztümern tun sollen, und auch unserem gemeinsamen Bankkonto.

Alles in allem gibt es viel zu besprechen.

Saxon ist verschwunden, was ich ihm nicht verdenken kann. Ich weiß, dass ihm unser Arrangement nicht behagt, aber je eher wir all das hinter uns bringen, desto eher können wir alle nach vorne sehen. Sam und ich sind höflich miteinander umgegangen, doch die unterschwellige Spannung zwischen uns ist immer noch zu spüren.

»Ja, Hayley, sind wir«, erwidere ich, während Sam bloß erleichtert aufseufzt.

»Großartig. Dann telefoniere ich etwas herum und organisiere eine Besichtigung. Lassen Sie mich nur wissen, welcher Tag Ihnen beiden am besten passt. Schönen Tag noch!« Die Maklerin packt ihre Unterlagen zusammen und lässt uns allein.

»Ach? Wir sollen beide dabei sein?«, fragt Sam, nachdem sie gegangen ist. Er nimmt sein Budweiser von den Lippen. Ich würde mir am liebsten selbst in den Hintern treten. »Ich dachte …«

»Wenn wir es nicht schaffen, etwas so Einfaches zusammen zu machen, können wir uns auch gleich hier trennen«, blaffe ich ihn an, woraufhin er sichtlich verärgert sein Bier hinunterstürzt.

Er hat recht. Ich muss diesen Ausrutscher wettmachen und

die Stimmung retten. »Stimmt. Tut mir leid, Sam. Es ist bloß alles so …«

»… verdammt schräg.« Seltsame Wortwahl, wenn man bedenkt, dass Saxon sich genauso ausgedrückt hat. Die zwei sind sich ähnlicher, als sie wahrhaben wollen.

»Oh ja.« Ich greife nach meinem Wein und leere mein Glas mit einem einzigen raschen Schluck. Sofort schenkt Sam mir nach. Anscheinend sieht man mir mein schlechtes Gewissen an.

»Ich kriege es immer noch nicht in den Kopf, aber ich muss. Du willst es ja so.« Er trinkt noch etwas Bier und scheint seine Worte abzuwägen. »Ich kann dich schließlich nicht zwingen, mich zu lieben.« Mein Herz zieht sich zusammen, und ich senke betroffen den Blick. »Es tut mir nur leid, dass ich schuld daran bin, dass du damit aufgehört hast.«

»Lass das.« Ich schüttle den Kopf, bei mir drohen schon wieder alle Dämme zu brechen.

»Entschuldige. Ich gebe mir wirklich Mühe.«

Als ich das Beben in seiner Stimme höre, fasse ich instinktiv über den Tisch und ergreife seine Hand. »Ich weiß. Das ist für uns alle nicht leicht.« Dankbar drückt er meine Finger, und ich sehe nichts Schlimmes darin, ihn getröstet zu haben.

»Wirst du es vermissen?« Als ich ihn verständnislos anschaue, lächelt er genau so, wie er früher gelächelt hat. »Ich meine das Haus. Du hast doch so gern hier gewohnt.«

Ehrlich gesagt habe ich noch nicht viel darüber nachgedacht, doch als ich mich in der Küche umsehe, dem Raum, der unzählige viele schöne Erinnerungen birgt, wird mir klar, dass es so sein wird. »Ja. Das hier war schließlich mein erstes eigenes Zuhause.«

»Wir hatten auch unsere guten Zeiten, oder?«

»Oh ja.« Vielleicht ist es wichtig für Sam, sich an vergangene Zeiten zu erinnern, damit er begreift, dass sie wirklich vorüber sind.

»Ich werde das Haus auch vermissen. Und dich«, fügt er vielsagend hinzu, als wollte er abschätzen, wie ich auf dieses Bekenntnis reagiere.

Ich sollte keine Gewissensbisse haben, weil Sam immer ein wichtiger Teil meiner Vergangenheit bleiben wird. »Ich werde dich auch vermissen.« Doch er hält meine Hand ein bisschen zu fest, und es fühlt sich falsch an, den Körperkontakt so lange zu halten, also entziehe ich mich ihm sanft. Und schon ist diese seltsame Spannung wieder da, die wohl nie mehr ganz weggehen wird.

Weil ich irgendetwas tun muss, drehe ich mein Handy herum und sehe, dass es kurz nach sieben ist. Saxon hat weder geschrieben noch angerufen, und ich habe keine Ahnung, wo er ist. Hat er unsere Verabredung vergessen? So wie ich ihn kenne, wartet er wahrscheinlich darauf, dass ich mich melde, und lässt mir die Zeit, die ich brauche, um alles zu klären.

Sam bemerkt, dass ich auf mein Handy schaue. »Erwartest du einen Anruf?«

Ich drehe das Handy wieder um und nicke. »Ja.« Ich sehe keine Veranlassung, ihm zu sagen, von wem. Aber Sam hat schon immer in mir lesen können wie in einem Buch.

»Falls du auf Saxon wartest, ich habe gehört, wie er mit Sophia telefoniert hat.«

»Was?« Ich kann mir den bissigen Ton nicht verkneifen.

Sam nickt und nippt lässig an seinem Bier. »Während du mit Anna geredet hast, war ich draußen, um die Pferde zu füttern, und da habe ich gehört, wie er sich mit ihr gestritten hat. Für mich sah es so aus, als würde sie ihm Vorwürfe machen.«

»Mist«, fluche ich, und ich habe erneut ein ungutes Gefühl.

»Ich wollte nicht lauschen, aber er hat etwas davon erwähnt, dass sie gesagt hätte, du wärst eine Schlampe.« Ich beiße mir auf die Unterlippe, denn ich habe mich noch nie so gedemütigt gefühlt. »Ich bin ziemlich sicher, dass er zu ihr gegangen ist, um ihr gründlich die Meinung zu sagen. Das Ganze hat sich nicht gut angehört. Er könnte eine Weile fort sein.«

Verdammt noch mal. Warum hat er mir das nicht gesagt? Sicher, ich war beschäftigt, und wahrscheinlich hat er nicht stören wollen, aber das wäre doch wichtig gewesen.

»Sei nicht böse auf ihn. Ich hätte dasselbe getan. Lass ihnen Zeit, ihren Streit beizulegen. Das ist die einzige Möglichkeit für Sophia, über all das hinwegzukommen.«

Spricht er etwa aus eigener Erfahrung? Ich bekomme Kopfschmerzen und reibe mir die Schläfen.

»Wie wär's, wenn wir uns eine Pizza bestellen? Dann können wir noch eine Liste von den anstehenden Aufgaben machen.« Als ich zögere, schneidet er eine Grimasse. »Ich weiß doch, wie gern du Listen aufstellst.«

Alles in mir drängt mich, Saxon zu suchen, aber dann schaltet mein Verstand sich ein, denn Sam hat recht. Habe ich Saxon nicht selbst gesagt, er soll mit Sophia reden? Dass er ihr das schuldet? Sieht so aus, als hätte ich mir diesen Abend selbst versaut.

»Mit Salami und Ananas?«

»Daran erinnerst du dich noch?«, frage ich überrascht.

Lächelnd steht er auf. »Wie hätte ich diese absolut ekelhafte Kombination vergessen können?«

Ich muss lachen. Ich hätte nie gedacht, dass er in meiner Gegenwart noch einmal so entspannt sein würde. Es fühlt sich gut an, dieses kleine Stück Normalität mit ihm zu erleben. »Wenn du noch Anchovis dazu bestellst, bin ich mit dabei.«

Sam verzieht das Gesicht, und ich kichere. Er durchsucht die Krimskramsschublade, wie wir sie genannt haben, weil sie alles Mögliche enthält, von Speisekarten bis hin zu Heftzwecken. Als er den Flyer von Paulos herauszieht, werde ich ganz wehmütig.

Mir fällt wieder ein, dass die Pizzeria zu dem wenigen gehörte, das Sam auf dem Heimweg vom Krankenhaus wiedererkannt hat. An unser Lieblingsrestaurant hat er sich erinnert, aber an mich nicht.

Sam bestellt, während ich nachdenklich meinen Wein trinke. Das alles wird bald vorbei sein, also warum habe ich das Gefühl, dass es gerade erst angefangen hat?

* * *

Meine kaum angerührte Pizza liegt vor mir, während ich zum tausendsten Mal mein Handy checke. Es ist fast Mitternacht, und ich habe immer noch nichts von Saxon gehört.

Wenn das, was Sam mitbekommen hat, wirklich wahr ist, ist Saxon jetzt seit mehr als sieben Stunden mit Sophia zusammen. Was in Gottes Namen machen sie noch zusammen? Je mehr ich darüber nachgrüble, desto mehr schnürt es mir die Kehle zu.

Sam war wunderbar, und es ist uns gelungen, die meisten Angelegenheiten ohne zu viel Streit oder beleidigtes Schweigen zu klären. Aber ich war nicht ganz bei der Sache – in Gedanken bin ich bei Saxon. Ich weiß, dass ich ihn nicht einschränken sollte, doch langsam mache ich mir Sorgen.

Als Sam aufsteht, um sich noch ein Bier zu holen, beschließe ich, Saxon schnell eine Nachricht zu schicken. Anscheinend müssen wir unsere Verabredung verschieben. ☹

Ich sollte ihn in Ruhe lassen, denn diese Sache ist schwierig und braucht Zeit, aber irgendetwas fühlt sich falsch an. Ich weiß, dass ich wahrscheinlich nur paranoid bin, trotzdem werde ich mich besser fühlen, wenn ich von Saxon gehört habe.

Als mein Handy summt, springe ich fast vom Stuhl. Siet sooo au ... Ich kneife die Lippen zusammen und schaue mir die Nachricht noch einmal an, für den Fall, dass ich nicht richtig sehe. Nachdem ich mehrere Stunden auf einen Computerbildschirm gestarrt habe, ist es durchaus möglich, dass ich schiele.

Doch als ich die Nachricht dreimal gelesen habe, kommt es mir immer noch so vor, als wäre Saxons Handy einem Fünfjährigen in die Hände gefallen. Wo bist du?, tippe ich so eilig, dass meine Finger kaum mitkommen.

Sam hockt sich an die Theke und fixiert das Handy, das ich inzwischen fest umklammere. »Alles in Ordnung?« Ich nicke hastig, so hastig, dass es mich verrät. Doch als mein Handy wieder summt, ist mir völlig egal, ob er meine Aufregung bemerkt.

Bin veraredt.

Bitte? Mit wem? Mit Sophia? Aber wo auch immer er sich rumtreibt, er ist offenbar betrunken. Mir kommt die Galle hoch, und ich springe auf. Ich bin so wütend, dass ich den beiden die Augen auskratzen könnte.

»Wow, was ist denn los?«

»Wo sind die Autoschlüssel?«, frage ich und fege einige Papiere vom Tisch, um sie zu finden.

»Beruhige dich, Lucy.« Aber ich will mich nicht beruhigen. Nicht, bevor ich Saxon gefunden habe und weiß, was zum Teufel er macht.

»Hier.« Sam hält die Schlüssel hoch und umschließt sie dann mit einer Hand. Ohne zu zögern, stürze ich mich auf ihn, um sie ihm abzunehmen. »Du hast zu viel getrunken, Lucy. Komm, ich fahr dich.«

Sein Vorschlag macht mich noch wütender, als ich ohnehin schon bin, denn ich habe bereits vor Stunden aufgehört zu trinken. »Mir geht's gut. Aber danke.«

Als ich mein Handy hinten in die Hosentasche stecke, versucht Sam, mich zu trösten. Doch dafür ist es zu spät. »Er ist doch schon ein großer Junge.«

»Das weiß ich!«, fauche ich und habe sofort ein schlechtes Gewissen, weil ich so auf ihn losgegangen bin. Als er sichtlich gekränkt die Stirn runzelt, versuche ich, mein Benehmen wiedergutzumachen. »Tut mir leid, Sam, aber ich muss gehen.«

»Wie du willst«, erwidert er und dreht mir den Rücken zu. Ich habe gerade alle Fortschritte, die wir gemacht haben, gefährdet, aber darüber kann ich morgen noch nachdenken, erst muss ich Saxon finden.

Während ich zu meinem Jeep laufe, antworte ich auf Saxons zweideutige Nachricht. Ich komme. Sag mir, wo du bist.

Ich starte den Wagen, ohne so richtig zu wissen, wo ich hinwill. Ich könnte natürlich zu Sophia fahren. Wenn Saxons Motorrad vor der Tür steht, weiß ich wenigstens Bescheid.

Das Warten ist eine Tortur. Ich trommle mit den Fingern aufs Lenkrad und versuche, mein Handy durch reine Gedankenkraft zum Klingeln zu bringen. Als der Bildschirm endlich hell wird, schreie ich allen Ernstes vor Erleichterung auf. Doch die Antwort bereitet mir noch mehr Bauchschmerzen. Ich reiite was Wilds.

Er reitet was Wildes? Meint er das wörtlich? Oh Gott, ich presse die Hand auf den Mund, damit ich mich nicht übergebe. Ist das Wilde, das er reitet … Sophia? Er ist betrunken, und sie ist eine verschmähte Frau auf dem Kriegspfad. Was gäbe es für eine bessere Rache?

Das kann nicht sein.

Als mir die Tränen kommen und ich zornig auf das Lenkrad einschlage, zieht eine Sternschnuppe über den sternenklaren Himmel, sicher ein Zeichen von oben. »Denk nach«, sage ich zu mir selbst. Saxon würde mich niemals betrügen. Das weiß ich. Aber wo zum Teufel ist er? Und warum reitet er etwas Wildes …

Eine zweite hell leuchtende Sternschnuppe folgt der ersten und schreibt fast an den Himmel, was ich eigentlich schon wusste, doch offenbar brauchte ich diesen Anstoß, um es aus dem Unterbewusstsein zu holen.

Ich fahre los, rase die Zufahrt hinunter und danke dem Universum, dass es mir wieder einmal den richtigen Weg gewiesen hat.

***

Als ich auf den Schotterweg einbiege und den hellen Schein sehe, der aus der Scheune dringt, atme ich erleichtert auf. Ich hab's geschafft. Saxon ist einmal mit mir zum Sawbuck Saloon gefahren, nachdem Sam und ich eine unserer zahlreichen Auseinandersetzungen gehabt hatten. Damals dachte ich, ich wüsste, wie kompliziert das Leben sein kann. Doch nun ist mir klar, dass das bloß ein Spaziergang war verglichen mit dem Hindernislauf, der mir jetzt bevorsteht.

Ich parke, mache mir aber nicht die Mühe, den Wagen abzuschließen, sondern springe sofort heraus, um Saxon zu suchen. Die Gäste, die draußen stehen und rauchen, sind entspannt, die Atmosphäre ist ruhig, und wenn ich besser gelaunt wäre, würde ich innehalten und in Erinnerungen schwelgen, doch das kann ich auch noch tun, nachdem ich meinen Mann da herausgeholt habe.

Im Türrahmen halte ich an, lasse den Blick schweifen und hoffe, Saxon zu entdecken. In der Country-Bar geht es hoch her, denn Johnny Cash dröhnt aus den Lautsprechern. Die zerschlissenen Cowboystiefel hängen nach wie vor von der Decke, und auch die Lichterketten funkeln noch freundlich, aber nichts kann meine Laune verbessern.

Ich stelle mich auf die Zehenspitzen und versuche, in dem Meer aus namenlosen Gesichtern in dieser Bar Saxon zu finden. Ich schaue nach rechts, um zu sehen, ob er vielleicht auf dem mechanischen Bullen reitet – dem, der mich nicht abschütteln konnte –, auf dem sitzt allerdings irgendeine Blondine, die offenbar ihre Cowgirl-Träume auslebt.

Er muss hier sein. Ich habe gedacht, mit dem Wilden, das er reitet, hätte er den Bullen gemeint, und ich kann nur beten, dass das stimmt. Als wir zum ersten Mal hier waren, waren wir nicht verabredet, aber im Nachhinein betrachtet wohl doch etwas mehr als bloß zwei Freunde, die zusammen ein Bier trinken gehen wollten. Zwischen uns ist immer »etwas mehr«

gewesen. Ich war nur zu stur und zu blind, um es zu bemerken.

»Verflixt«, murmele ich und trete beiseite, als ein Pärchen sich an mir vorbeischiebt.

Während ich gerade mein Handy aus der Hosentasche ziehen will, um Saxon anzurufen, höre ich lautes Gebrüll und den berüchtigten »Trink! Trink! Trink!«-Sprechchor, und plötzlich ahne ich, wo er sein könnte.

Vorsichtig dränge ich mich durch die Menschenmenge zum Hinterzimmer, wo eine Gruppe von ungefähr fünfzehn Leuten sich um ein Fass versammelt hat, das als provisorischer Tisch dient. Der ist voller leerer Gläser, und mitten in der Gruppe steht kein anderer als mein verschollener Freund.

Er sieht ganz furchtbar aus. Sein Haar ist wirr und zerzaust und sein graues T-Shirt vorn fleckig von dem Bier, das er verschüttet hat. Gerade tut er, was seine Zuschauer fordern, führt ein riesengroßes Glas an die Lippen und kippt das Bier herunter, als würde es morgen keins mehr geben. Doch meine Aufmerksamkeit richtet sich auf die anhängliche Blondine an seiner Seite, die sich bei genauerem Hinsehen als seine Ex-Freundin Laura Rose entpuppt.

Saxon hat sie mal kurz erwähnt, aber ehrlich gesagt, habe ich mich nie besonders für sie interessiert. Ich weiß nur noch, dass sie einen gewissen Ruf hatte, dem sie immer noch gerecht zu werden scheint, denn das bisschen Stoff, das sie am Leib hat, deutet darauf hin, dass sie nach wie vor scharf auf Männer ist und ein Auge auf Saxon geworfen hat.

Damit ich für einen Kampf gerüstet bin, wenn es sein muss, binde ich mir die Haare auf dem Kopf zusammen und marschiere zu Saxon, der triumphierend die Arme hebt, nachdem er sein Glas geleert hat. Laura stellt sich auf die Zehenspitzen und drückt ihm einen Kuss auf die Wange. Lieber Gott, vergib mir, denn ich werde gleich sündigen.

In meinen Denim-Latzshorts, dem gestreiften T-Shirt und den Chucks wirke ich völlig fehl am Platz, aber wehe, irgendjemand kommt mir in die Quere. Vierschrötige Kerle schlagen Saxon auf die Schulter und drängen ihn weiterzumachen, doch sein leichtes Schwanken verrät, dass er schon mehr als genug getrunken hat.

»Gefällt dir deine Verabredung?«, frage ich schnippisch, während ich mich zwischen drei schmierigen Kerlen hindurchzwänge, die mich fast mit ihrem Bier bekleckern. Wenn sie mich anrühren, stoße ich ihnen mein Knie in den Schritt.

Saxons glasige Augen versuchen, sich auf mich zu konzentrieren, aber als es ihnen endlich gelingt, stehe ich bereits mit vor der Brust verschränkten Armen vor ihm. »Luceee«, lallt er und will mich umarmen, doch eigentlich fällt er eher ungeschickt auf mich.

»Lass uns nach Hause fahren.« Ich versuche, ihn zu stützen, aber er ist verdammt schwer. Ich schlinge einen Arm um seine Taille, er reißt mich allerdings fast um.

Schnell hält er sich an einer Wand fest und findet sein Gleichgewicht wieder. Mein Gott, er stinkt nach Bier und Zigaretten und einem widerlichen Nuttenparfum. »Ich habe dich vermisst, Baby. Komm, trink einen mit mir.«

»Ich denke, für dich reicht es heute«, erwidere ich, immer noch eng an seiner Seite.

»Ich hätte nicht gedacht, dass du dir so etwas bieten lässt, Sax. Der Junge, den ich in der Highschool gekannt habe, hat sich nichts vorschreiben lassen.« Lauras aufstachelnde Worte zerren an meinen bereits blank liegenden Nerven. Herausfordernd starre ich sie an.

Ihr Kleid ist weiß und praktisch durchsichtig. Ich bin ziemlich sicher, dass sie darunter nackt ist. Wenn ich mir vorstelle, dass sie sich an Saxon herangemacht hat, würde ich ihn am liebsten in eine Wanne setzen … und desinfizieren. »Tja, er hat sich verändert. Gott sei Dank hat er eingesehen, dass er einiges falsch gemacht hat.« Das zielt auf sie, was sie auch merkt.

Verärgert wirft sie das lange Haar über die Schulter. »Warum bist du überhaupt hier? Wollest du nicht seinen Bruder heiraten?«

Saxon versteift sich und drückt sich von der Wand ab. »Ich brauche etwas zu trinken.«

Ich halte ihn am Arm fest. »Saxon, bitte.« Ich möchte, dass er mit diesem unsäglichen Theater aufhört und mit mir heimkommt. Doch er will nicht.

»Bitte was?«, blafft er und reißt sich los. »Ich bin hier, um mich zu vergnügen. Das wollte ich eigentlich zusammen mit dir tun, aber du wolltest ja lieber die Nacht mit meinem verfluchten Bruder verbringen!« Es wird still um uns herum, denn die Menschen spüren, dass sich ein handfester Streit anbahnt.

»So ist es nicht, und das weißt du auch. Wir haben nur alles durchgesprochen.«

»Ja klar. Für wie blöd hältst du mich?« Er stapft an mir vorbei zur Bar. Der Teufel soll ihn holen, ich werde es nicht zulassen, dass er mir Schuldgefühle einredet, wenn ich nichts Unrechtes getan habe.

Ich laufe ihm nach und stelle mich ihm in den Weg. Er ist

betrunken und unsicher auf den Beinen, also kann er mir nicht entkommen. »Du musst endlich in deinen Dickschädel bekommen, dass wir nichts mehr miteinander haben.« Als er bloß spöttisch schnaubt und versucht, an mir vorbeizukommen, klammere ich mich an seinen Oberarm. »Wag es ja nicht, mich so stehen zu lassen. Es tut mir leid, wenn du den Eindruck hattest, dass ich dich versetzt habe, aber Sam hat gesagt ...« Sobald ich den Namen ausspreche, läuft Saxon rot an vor Wut.

»Oh ja, lass hören, was hat der großartige Sam gesagt?« Er breitet die Arme aus und wartet.

Diese Melodramatik gefällt mir ganz und gar nicht. »Benimm dich nicht so schrecklich und hör mir zu!«

»Ich habe genug gehört«, blafft er und stürmt zur Bar.

»Saxon!« Doch ich weiß, wann ich verloren habe. Wenn ich ihn jetzt nicht in Ruhe lasse, wird das Ganze nur in einem riesigen Krach enden.

Ich hole tief Luft und beschließe, draußen zu warten, denn die laute Musik und die noch lauteren Gäste bereiten mir Kopfschmerzen. Ich schlängele mich zwischen den Betrunkenen hindurch und nehme mir vor, dem nächsten, der mir an den Hintern fasst, eine zu langen.

»Und ich dachte, ich wüsste, wie man Stimmung macht. Da habe ich mich wohl getäuscht.« Laura ist mir gefolgt.

Hastig drehe ich mich um und kneife die Augen zusammen. »Vergleich mich bloß nicht mit dir«, schnauze ich sie an, während sie hochnäsig an ihrem Bier nippt.

»Dabei sind wir uns doch so ähnlich.« Sie tritt unangenehm nah an mich heran, aber ich bleibe standhaft. »Wir sind beide aggressive, selbstsichere Frauen, die wissen, was sie wollen.«

»Und was will ich?« Ich beschließe mitzuspielen.

Doch als sie sich vorbeugt und ihr widerlich süßer Atem meine Wangen streift, verspüre ich plötzlich den Drang zu fliehen und verfluche meinen Starrsinn. »Du möchtest, dass jeder Mann in dieser Stadt dir nachläuft.« Sie streicht mit zwei Fingern an meinem Hals entlang. Schnell stoße ich ihre Hand weg. »Die Unschuld vom Lande spielst du wirklich gut. Sicher fressen dir alle Männer aus der Hand.«

Ich stehe total perplex da. Reglos vor Staunen über diese absolut falsche Einschätzung.

Da ich völlig aus dem Konzept gebracht bin, fällt mir zuerst keine Antwort ein. Aber als Laura versucht, mich zu küssen, kommt wieder Leben in mich, und ich weiche entsetzt und angewidert zurück. »Ich spiele das nicht.« Ich fasse nach den Trägern meiner Jeansshorts. »Ich bin so, und es beleidigt mich, dass du offenbar glaubst, ich würde gern Männer aufreißen. Wenn du mich jetzt bitte entschuldigen würdest …«

Ich dränge mich an ihr vorbei, bleibe aber bei ihren nächsten Worten abrupt stehen. »Warum sollte ich das nicht glauben? Na komm schon, zwei Brüder … alle Achtung. Du scheinst eine Geheimwaffe zwischen deinen Beinen zu haben, Süße. Nutz es aus. Vielleicht können wir uns ja gegenseitig das eine oder andere beibringen. Oder noch besser, uns zusammentun bei diesen Zwillingen, die du unter deiner Fuchtel hast.«

Nun sehe ich buchstäblich rot. Wutentbrannt drehe ich mich zu Laura um und bringe mein Gesicht dicht an ihres heran. Ihr Feixen verrät mir, dass ihr meine Aggressivität gefällt. »Fick dich doch selbst«, fauche ich empört. Trotzdem beschleicht mich der Gedanke, dass sie vielleicht recht hat. Schließlich habe ich mit Sam *und* Saxon geschlafen. Wenn mich das nicht zur Schlampe macht, dann weiß ich es auch nicht.

Mein Ausbruch beeindruckt Laura nicht. Wenn überhaupt, stachelt er sie noch an. Sie leckt sich über die glänzenden Lippen. »Ich weiß noch was Besseres … wie wär's, wenn ich deinen Freund ficke? Er schien nichts dagegen zu haben, als ich mich an seinem Schw…«

Ich lasse nicht zu, dass sie etwas so Dreckiges sagt, also ohrfeige ich sie derart hart, dass ich fürchte, mir die Hand gebrochen zu haben. Doch das ist es mir wert. Die Menge klatscht und johlt, damit wir uns weiterstreiten, aber ich will mich keine Sekunde länger mit Laura befassen.

Schnell fasse ich den Ausgang ins Auge, denn wenn ich nicht sofort gehe, kann ich für nichts mehr garantieren. Draußen laufe ich die drei Holzstufen hinunter und atme tief durch, um meine Lungen mit frischer Luft zu füllen. Doch danach fühle ich mich auch nicht besser, und vor lauter Zorn treten mir Tränen in die Augen. Ich will einfach nur noch nach Hause.

»Oh hallo, du süßes Ding. Brauchst du eine Mitfahrgelegenheit?«, sagt eine Stimme ganz in meiner Nähe.

Jetzt, da ich wieder halbwegs bei Verstand bin, merke ich, dass niemand sonst auf dem Parkplatz ist. Ein verliebtes Pärchen knutscht auf der Veranda, aber die beiden sind kurz davor, sich die Kleider vom Leib zu reißen, also bin ich auf mich allein gestellt.

Vor mir baut sich ein riesiger Mann auf und versperrt mir den Weg zum Auto. Ich bekomme einen Riesenschreck, denn er sieht aus wie ein Serienmörder. »Nein, alles gut. Vielen Dank.« Ich versuche, mich an dem Typen vorbeizudrücken, doch er hält mich blitzschnell am Arm fest. »Lass mich los!«, zische ich, denn das ist nicht der beste Zeitpunkt, mir blöd zu kommen.

Aber der Mann verstärkt seinen Griff nur. »Erst wenn du mit zu meinem Truck gekommen bist.« Ich kann nichts dazu sagen, weil er bereits anfängt, mich zu seinem Pick-up zu zerren.

»Nimm deine Hände weg!«, kreische ich und schlage um mich wie eine Irre, doch es ist sinnlos. Der Kerl ist fast fünfzig Kilo schwerer als ich.

»Ja natürlich … nachdem ich in deiner engen Muschi gewesen bin.«

Das soll mir Angst machen, bewirkt aber das genaue Gegenteil. Am liebsten würde ich ihm die Augen auskratzen und ihm die Eier abschneiden. »Du blödes Arschloch!« Ich drücke die Fersen so fest in den Kies, dass es mir an den Fußsohlen wehtut, doch wenn ich mich nicht wehre, wird er seine Drohung wahr machen.

»Oh, eine kleine Raubkatze. Ich mag es, wenn sie wild sind.« Er stürzt sich auf mich und versucht, mich über seine Schulter zu werfen, aber irgendwie schaffe ich es, mich zu befreien. Gerade als ich ihm so fest in die Eier treten will, dass er nie wieder irgendjemanden anfällt, sehe ich aus den Augenwinkeln eine schnelle Bewegung und höre ein hässliches Knirschen.

Ich schreie auf und drehe mich erstaunt um, als der Blödmann vor mir mit blutender Lippe rückwärtstaumelt – Saxon hat ihm einen Kinnhaken verpasst.

»Du Drecksau!«, brüllt er und stürzt sich so ungestüm auf den Kerl, als wollte er ihn umbringen. Er schlägt ihn zu

Boden, kniet sich auf seine Schultern und drischt immer wieder auf ihn ein. Es scheint ihm egal zu sein, wohin er trifft, Hauptsache, es blutet.

»Hör auf!« So schnell ich kann, laufe ich zu ihm, um diese brutale Prügelei zu beenden. »Saxon! Lass das! Du bringst ihn noch um!« Aber genau das scheint er zu wollen, denn er ignoriert mich, und jedes Mal, wenn der Mann, der mich angegriffen hat, versucht, sich aufzurichten, schickt Saxon ihn erneut zu Boden.

Meine Schreie haben viele Menschen angelockt, die nun alle bloß gaffend herumstehen und sich über die Vorstellung freuen. »Ruft die Polizei!«, schreie ich und hänge mich an Saxons erhobenen Arm, um ihn davon abzuhalten, noch einmal zuzuschlagen. Doch er schüttelt mich ab, als wäre er besessen, und ich lande mit einem dumpfen Geräusch auf dem Po im Kies.

Das schmerzhafte Stöhnen, das mir entfährt, scheint Saxon aus seinem Blutrausch zu holen, denn er dreht sich mitten in der Bewegung um und reißt die Augen auf, als er mich mit Tränen in den Augen auf dem Boden sitzen sieht. »Oh Gott …«, keucht er und schaut zwischen mir und dem bewusstlosen, blutüberströmten Mann unter ihm hin und her. »Was habe ich getan?«

Er wischt sich das Blut von den Händen und kriecht auf mich zu, aber ich weiche instinktiv vor ihm zurück. Sein wilder Blick macht mir Angst. Als er das sieht, schämt er sich und hebt ergeben die Hände.

»Es tut mir leid. Ich würde dir nie etwas tun. Das weißt du doch.« Das Gesicht schmerzverzerrt, kniet er vor mir und fleht mich an. »Lucy …«

Völlig verstört ziehe ich die Knie an und umklammere sie. Ich brauche etwas Zeit, um mich zu fangen.

Erinnerungen an meine Kindheit, in der ich bewusstlos geschlagen wurde, ziehen vor meinem inneren Auge vorbei. Ich wimmere, und meine Narben fangen an zu jucken. »Alles in Ordnung?«, fragt eine freundliche Stimme. Ich habe nicht einmal mehr genug Energie, um aufzuschauen.

»Ja«, murmele ich, eine Wange an meine Knie gedrückt. Die Vergangenheit ist vorbei. Und so soll es auch bleiben. »Hat dieser Mann Sie belästigt?«

»Ich bin ihr Freund, verdammt noch mal!«, blafft Saxon, aber ich höre seine Stimme wie aus weiter Ferne.

Mein Herz rast immer noch, und durch meine Adern kreist immer noch reichlich Adrenalin, doch sobald ich mich ein wenig beruhigt habe, wende ich das Gesicht Saxon zu. Er kniet nach wie vor in Bittstellung vor mir. Der Anblick bricht mir das Herz. »Sam hat mir gesagt, dass er gehört hat, wie du mit Sophia telefoniert hast«, sage ich leise, um da anzuknüpfen, wo wir aufgehört haben. Ich muss herausfinden, warum das alles passiert ist.

Sofort verändert sich Saxons Verhalten. Er beugt sich vor und packt mich an den Armen. »Versteh das bitte nicht falsch«, sagt er verzweifelt. »Ich habe nur das getan, was du wolltest. Ich habe ihr alles erklärt. Du hast gesagt, ich schulde ihr das, und du hattest recht. Mehr ist nicht passiert.«

»Das weiß ich doch«, besänftige ich ihn und streiche sanft über die Hände, die meine Oberarme umklammern.

»Wirklich?« Ich nicke. »Woher?«

Vorsichtig löse ich seine bebenden Finger, denn sie tun mir weh. Ein paar Blutflecken bleiben zurück. »Weil ich dir vertraue. So wie du auch mir vertrauen solltest.« Es war dumm von mir, auch bloß eine Sekunde zu glauben, dass er aus anderen Gründen zu Sophia gefahren ist. Ich kenne ihn. Und ich weiß, dass er mich liebt.

Er leckt sich über die Oberlippe und tastet mit der Zunge nach seiner Narbe. »Warum hast du mich nicht angerufen? Ich habe darauf gewartet. Stundenlang.«

»Weil ich dachte, dass du mit Sophia noch etwas zu bereden hättest, und ich wollte euch nicht stören. Wieso hast du mich nicht angerufen?«

Er seufzt schwer. »Aus dem gleichen Grund. Ich dachte, ich trinke etwas und warte darauf, dass du dich meldest. Ich bin hierhergefahren, da ich wusste, wie viel Spaß du beim letzten Mal in dieser Bar hattest. Dann habe ich gewartet und gewartet, und als du nicht angerufen hast … habe ich angefangen, mir schreckliche Dinge vorzustellen. Deshalb dachte ich, es wäre eine gute Idee, mich zu besaufen.«

Wir haben beide Rücksicht aufeinander genommen, doch offensichtlich zu viel. Das sollte uns eine Lehre sein.

»Saxon …« Ich zögere, denn er muss mir glauben, weil ich wohl nicht die Kraft habe, so eine Nacht noch einmal durchzustehen. »Ich liebe dich. Ich habe mich für dich entschieden. Aber wenn unsere Beziehung funktionieren soll, musst du mir vertrauen. Ich weiß, dass unsere augenblickliche Situation total verworren ist, aber ich wollte es so haben, damit wir weiterkommen. Miteinander. Ich hätte dich anrufen sollen. Es tut mir leid. Und es tut mir auch leid, dass ich gedacht habe, du wärst mit Sophia hier.« Ich möchte ehrlich sein.

Saxon rümpft die Nase. »Mit Sophia? Warum?« Mein Schweigen verrät mich. »Mein Gott … Lucy, Nein.« Erregt schüttelt er den Kopf und legt beide Hände an meine Wangen. »Das würde ich doch niemals tun.«

»Inzwischen weiß ich das. Aber einen kurzen Moment dachte ich, dass du vielleicht doch …«

»Was denn, mein Schatz?« Das Kosewort wärmt mir das Herz.

»Dass du vielleicht doch gedacht hast, ich wäre die Mühe nicht wert.« Da es keine blutigen Kämpfe mehr gibt, zerstreut sich die Menge und lässt uns allein.

Saxon ist sein Schmerz deutlich anzusehen. Aber es sind die inneren Wunden aus der Vergangenheit, die ihm am meisten wehtun. Vorsichtig zieht er mich auf seinen Schoß, und ich setze mich rittlings auf ihn. »Bitte glaub das niemals, nie. Ich bin derjenige, der nichts wert ist. Du bist ein guter Mensch, Lucy. Ein sehr guter. Und ich weiß, warum du so nett zu Sam bist. Ich habe nur … große Angst.«

»Angst?« Er nickt. »Wovor?«

Tränen sammeln sich in seinen Augen, und jede einzelne tut mir in der Seele weh. »Dich zu verlieren. Ich habe Angst davor, dass du eines Tages wach wirst und dich fragst, ob du dich wirklich richtig entschieden hast. Du hast Sam geliebt, und ein kleiner Teil von dir wird niemals damit aufhören. Ihr beide habt eine Geschichte. Damit kann ich nicht konkurrieren.«

»Oh nein, Saxon. Wir haben auch eine Geschichte.« Ich schiebe meine Finger in sein Haar und ziehe sein Gesicht nah an meins heran. »Ich werde dich niemals verlassen. Ich gehöre zu dir. Das war schon immer so. Mit dir zusammen zu sein macht mich so … glücklich. Ich liebe dich mehr, als ich jemals irgendjemanden geliebt habe. Du bist mein Seelenverwandter. Schon immer. Aber ich möchte nicht mehr kämpfen. Ich möchte einfach bloß, dass das alles vorbei ist. Und deshalb …«

Er legt einen Finger auf meine Lippen und nickt. »Ich weiß. Nur bitte … verlass mich nicht.« Als ihm eine Träne über die Wange läuft, kann ich nicht mehr und werfe aufschluchzend die Arme um seinen Hals.

Kein Wunder, dass er so reagiert nach allem, was er erlebt hat – all den Vorwürfen, die er sein ganzes Leben lang gehört hat. Seine Familie hat ihn im Stich gelassen. Sein Bruder hat ihn auf unverzeihliche Weise belogen und betrogen. Sicher hat er gedacht, ich würde am Ende das Gleiche tun. Aber ich bin anders. Ich weiß, wie es ist, am Boden zu liegen. Ich habe es erlebt. Und das würde ich ihm nie antun. Niemals.

»Ich werde dich nicht verlassen«, verspreche ich unter Tränen. »Ich liebe dich. Ich liebe dich. Ich liebe dich.« Er birgt das Gesicht an meinem Hals und drückt mich so fest an sich wie noch nie.

Man sagt, echte Männer weinen nicht – tja, wer auch immer das gesagt hat, er hatte unrecht. Dieses Weinen ist wunderschön, ehrlich und reinigend.

»Es tut mir leid«, flüstert er und küsst meinen Hals, meine Schläfe, mein Haar. »Bitte verzeih mir. Ich hatte mich nicht mehr im Griff. Ich war ganz versessen darauf, den Kerl … umzubringen, der es gewagt hat, dich anzurühren. Und das hätte ich auch getan … wenn du nicht gewesen wärst. Ich liebe dich.«

Selbst als die Polizei kommt und ich haarklein berichten muss, was vorgefallen ist, bleibe ich auf Saxons Schoß sitzen. Die Beamten loben ihn für sein mutiges Eingreifen, und als sie mich fragen, ob ich Anklage erheben möchte, sage ich natürlich Ja.

Ich bin viel zu erschöpft, um Auto zu fahren, und Saxon ist viel zu betrunken, also rufen wir ein Taxi. Auf dem Heimweg lassen wir einander nicht eine Sekunde los. Ich habe keine Ahnung, was der morgige Tag bringt, ich kann nur hoffen, dass wir ihn gemeinsam angehen.

Acht

Als ich aus der Dusche steige, fühle ich mich wie eine alte Frau. Mir tut alles weh. Nach der Rückkehr vom Sawbuck Saloon sind wir beide ins Bett gefallen und haben uns aneinandergeklammert, als wollten wir uns nie mehr loslassen.

Zu erschöpft, um irgendetwas anderes zu tun, bin ich eingeschlafen, und ich war dankbar, dass Saxon immer noch tief und fest schlummerte, als ich aufgestanden bin. Die Falten in seinem Gesicht deuteten darauf hin, dass er schlecht geträumt hat, aber etwas Schlaf ist besser als gar keiner, also habe ich ihn nicht geweckt.

Ich bin endlos lange unter der Dusche geblieben und habe die vergangene Nacht Revue passieren lassen. Ich könnte alles auf den Alkohol schieben, doch das wäre falsch. Betrunken oder nicht, Saxon hat einfach gesagt, wie es ihm geht.

Ich werde für ihn und unsere Beziehung kämpfen, so eine Nacht möchte ich allerdings nie wieder erleben. Nachdem wir so offen miteinander geredet haben, hoffe ich, dass wir nun weiterkommen.

Ich wische den beschlagenen Spiegel ab und betrachte mein müdes Gesicht. Ich erkenne mich nicht wieder. Meine Augen haben ihren Glanz verloren. Dieses Haus kann gar nicht schnell genug verkauft werden.

Ehe ich losgebraust bin wie eine Wahnsinnige, ist es Sam und mir irgendwie gelungen, uns zu einigen. Es wird nie wieder so sein, wie es einmal war, aber das will ich auch gar nicht. Solange wir miteinander auskommen, bin ich zufrieden. Als ich nach meiner Feuchtigkeitscreme greife, fällt mir etwas Lilafarbenes an meinem Arm auf.

Zuerst denke ich, ich hätte mich getäuscht, doch als ich mich vorbeuge und genauer hinschaue, schnappe ich erschrocken nach Luft und weiche einen Schritt zurück. Dann strecke ich den Arm aus und betrachte die blutunterlaufenen Fingerspuren an meinem Bizeps. Am anderen Arm bietet sich das gleiche Bild.

»Mist«, fluche ich leise und versuche, die blauen Flecke wegzurubbeln oder vielleicht abzuwaschen. Doch das geht nicht. Es ist nicht zu übersehen, dass Saxon mich gestern Abend etwas zu hart angefasst hat. Bestimmt hat er das nicht gewollt, aber trotzdem: Wenn er diese Blutergüsse sieht, wird das ganze Durcheinander noch schlimmer.

Mein Make-up ist im Schlafzimmer, und meine Klamotten auch, also wickle ich mich in ein Handtuch, schleiche auf Zehenspitzen durch den Flur und bete, dass Saxon noch nicht wach ist. Ich öffne die Tür und schaue entnervt an die Decke, als die Dielen unter meinem Gewicht knarzen.

Anschließend spähe ich ins Zimmer und atme erleichtert auf, denn Saxon schläft immer noch tief und fest. Jetzt kommt der schwierige Teil. Vorsichtig tappe ich in den Raum, weil ich denke, dass ein bestimmtes T-Shirt mir helfen könnte. Ich habe eins mit etwas längeren Ärmeln, das ich anziehen möchte.

Ständig zwischen der Kommode und dem Bett hin und her

blickend, pirsche ich mich mit angehaltenem Atem voran. Dann ziehe ich ganz vorsichtig, um keinen Lärm zu machen, eine Schublade auf.

Ich brauche sie nur ein kleines Stück zu öffnen, da das T-Shirt ganz vorn liegt. Als meine Finger die weiche Baumwolle berühren, atme ich endlich aus, ich habe mich allerdings zu früh gefreut, denn ein Rascheln im Bett verrät, dass ich erwischt worden bin.

»Hallo.« Saxons schlaftrunkene Stimme ist heiser und rau, doch das ist ja kein Wunder nach der letzten Nacht.

»Hallo«, erwidere ich zögernd.

Ich stehe da wie ein Kind, das mit der Hand in der Keksdose ertappt worden ist. Aber wenn ich mir nun einfach mit dem Rücken zu ihm ein T-Shirt überziehe, schöpft er sicher Verdacht. Also tue ich gar nichts.

»Bist du böse auf mich?« Seine Unsicherheit bedrückt mich. Mein Gott, wie sind wir bloß in diesen Schlamassel geraten?

»Nein, Saxon, natürlich nicht.«

»Warum siehst du mich dann nicht an?« Dem Mann entgeht aber auch gar nichts.

Ich kann alles noch schlimmer machen, indem ich mich nicht zu ihm umdrehe, oder ich tu's und hoffe, dass es gut geht. Ich entschließe mich für Letzteres. Langsam drehe ich mich um und zurre das Handtuch um mich herum fest. Es gibt mir ein trügerisches Gefühl von Sicherheit.

Unsere Blicke treffen sich, und es kommt mir so vor, als könnte er meine Gedanken lesen. Ich beiße mir auf die Unterlippe und schaue weg, weil ich nicht lügen kann. Sofort springt er aus dem Bett und kommt mit schweren Schritten auf mich zu.

»Es tut mir furchtbar leid, Lucy. Mein Benehmen gestern Abend war …« Mitten im Satz bricht er ab. »Herrgott, was ist denn das?« Ehe ich ausweichen kann, streicht er sanft mit dem Daumen über meinen Arm. Ganz anders als gestern Nacht. »Wer war das?« Als ich stumm bleibe und mir fast die Unterlippe abkaue, zischt er: »Ich?«

»Du warst nicht du selbst«, erwidere ich leise, doch er zieht scharf den Atem ein und tritt einen Schritt zurück.

»Versuch nicht, Entschuldigungen für mich zu finden. Ich habe dir wehgetan, verdammt noch mal!« Beschämt deutet er auf meine blauen Flecken. »Und ich habe dich auch noch geschubst. Oder?« Seine Erinnerungen scheinen wegen seines starken Alkoholkonsums etwas verschwommen zu sein, aber nichtsdestotrotz ist ihm bewusst, dass der Abend nicht gut gelaufen ist.

»Ja.« Die Stille im Raum ist so laut, dass ich das Bedürfnis habe, mir die Ohren zuzuhalten.

Hilflos sehe ich zu, wie Saxon sich mit beiden Händen durchs Haar fährt, rückwärtstaumelt und auf der Bettkante zusammensackt. »Ich bin ein Ungeheuer«, sagt er und schüttelt immer wieder den Kopf.

Das ist genau das, was Sam über ihn gesagt hat, doch Saxon irrt sich, und ich werde ihm nicht erlauben, sich für schlecht zu halten. »Nein, bist du nicht.« Ich laufe zu meinem in sich zusammengesunkenen Freund und setze mich neben ihn. »Sieh mich an.« Als er sich nicht rührt, lege ich meine Hände an seine Wangen und zwinge ihn dazu, mir in die Augen zu schauen. »Hör auf. Die letzte Nacht war ganz furchtbar, aber das hier …«, ich halte ihm meinen Arm hin, er wendet allerdings beschämt den Kopf ab, »… das war ein Unfall«, sage ich eindringlich. »Das hast du nicht gewollt. Und das Gleiche gilt für das Schubsen.«

»Sagt die Freundin mit dem Misshandelte-Frauen-Syndrom.« Er reißt sich von mir los. Seine Schuld wiegt so schwer, dass wir beide fast daran ersticken. Er steht auf und beginnt, wie ein Tiger im Käfig hin und her zu laufen. Ich sehe zu und wünsche mir, ich wäre im Bett geblieben. »Tut mir leid zu sagen reicht da nicht mehr.«

»Dann lass es«, entgegne ich mit fester Stimme. »Ich habe die Entschuldigungen so was von satt.«

Glücklicherweise hört er daraufhin mit dem Herumtigern auf und bleibt mitten im Zimmer stehen. »Ich werde mir das selbst nie verzeihen.«

»Tja, das kenne ich auch.« Obwohl ich damit nicht auf die vergangene Nacht anspiele, scheint ihn das etwas zu beruhigen. »Wir haben alle Dinge getan, auf die wir nicht stolz sind, aus diesem Grund sollte man aus seinen Fehlern lernen, damit man sie nicht noch mal macht.«

Alle bekommen eine zweite Chance, gleich am nächsten Tag, und das ist bei uns heute.

Wie hypnotisiert schaue ich zu, wie seine nackte Brust sich hebt und senkt. »Was ich gelernt habe …«, er kommt auf mich zu und fällt auf die Knie, »… ist, dass ich dich verehre. Ich werde mich nicht mehr entschuldigen. Weil ich nichts mehr vermasseln werde. Das verspreche ich dir. Wenn ich eins in meinem Leben richtig gemacht habe, dann, dass ich dir mein Herz geschenkt habe.« Er schlingt seine Arme um meine Waden und legt seinen Kopf auf meine Knie. Mein Gott, das ist eine bedingungslose Kapitulation.

Ich streiche durch seine seidigen Haare und seufze, weil das

Ende dieser Geschichte endlich in Sicht ist. Unsere Beziehung war nicht einfach, doch die Umstände sind ja auch außergewöhnlich, deshalb möchte ich daran festhalten und sie wachsen und gedeihen sehen.

Gerade als die Stimmung ruhiger wird, springt die Tür auf, und Sam stürmt herein. Diesen Blick kenne ich. Er verheißt nichts Gutes. »Du Mistkerl!«

Überrascht, dass Sam in unser Schlafzimmer kommt, zuckt Saxon zusammen, fängt sich aber schnell. Als sein Bruder mit geballten Fäusten auf ihn zukommt, springt er auf und streckt einen Arm aus, um Sam auf Abstand zu halten. »Was willst du?«

»Ich will, dass du gehst. Sofort!« Völlig unbeeindruckt drückt er die Brust an Saxons abwehrende Hand.

»Sam, das reicht!« Ich stehe auch auf und stelle mich neben Saxon. Dieser Irrsinn darf nicht weitergehen. Es war eine dumme Idee, ihn darum zu bitten zu bleiben. Einer von uns muss gehen.

»Nein, diesmal nicht. Ich habe gehört, was du getan hast«, brüllt Sam und mustert mich kurz von oben bis unten. Automatisch verschränke ich die Arme vor der Brust und bedecke die Blutergüsse mit den Händen, aber es ist zu spät.

»Du lieber Gott! Hat es sich bereits rumgesprochen? Wer hat es dir gesagt? Unsere liebe Mutter?« Mit mordlustigem Blick versucht Sam voranzukommen, doch Saxon stößt ihn zurück. »Du kannst mir keine Vorwürfe machen, die ich mir nicht schon selbst gemacht habe.« Kellie hat Sam informiert? Spioniert sie mir jetzt etwa nach?

»Warten wir's ab!«

»Es reicht! Ihr müsst jetzt aufhören zu streiten!«, mische ich mich ein und stelle mich zwischen die beiden Brüder – wo ich immer zu stehen scheine.

»Sie hätte sich verletzen können! Sie hat ja sogar blaue Flecken«, blafft Sam und fixiert Saxon über meinen Kopf hinweg.

»Meinst du, das wüsste ich nicht?«

Sam kocht vor Wut, und als er beschließt, mich in den Streit miteinzubeziehen, bekomme ich einen Teil davon ab. »Ich habe dir gesagt, dass er ein schlechter Mensch ist. Deshalb habe ich das alles getan! Um dich zu beschützen … vor dem da.« Er packt meinen Oberarm und schüttelt mich sanft, aber ich befreie mich aus seinem Griff.

Hinter mir ist ein animalisches Knurren zu hören. »Gut. Lass uns das ausfechten – ein für alle Mal. Komm mit nach draußen. Sofort.«

»Nein, Saxon!« Ich wirbele herum und schüttle erregt den Kopf. Nach der letzten Nacht halte ich es nicht aus, noch eine Prügelei zu sehen.

Aufgebracht umfasst Saxon meinen Nacken und zieht mein Gesicht nah an seins heran. »Vertrau mir.« Ich möchte ihn zurückhalten, doch nach dem gestrigen Abend, nachdem wir herausgefunden haben, dass wir einander vertrauen müssen, wenn unsere Beziehung eine Chance haben soll, habe ich keine andere Wahl, als ihn gehen zu lassen.

Ich nicke, aber meine Lippen beben vor Angst. Zärtlich küsst er meine Furcht fort. Dann zieht er sich eine Jeans und ein T-Shirt über und marschiert aus dem Raum. Sam nimmt die Herausforderung an und folgt ihm dicht auf den Fersen. Ich bin noch in das Handtuch gewickelt, also laufe ich wie eine Irre durchs Zimmer und streife mir ein Sommerkleid über.

Rasch binde ich meine Haare auf meinem Kopf zu einem Pferdeschwanz zusammen, spare mir die Schuhe und renne barfuß durch die Hintertür nach draußen. Als ich Saxon und Sam mitten auf dem Hof stehen sehe, eile ich voller Angst die Stufen hinunter. Im Augenblick scheint es den beiden zu genügen, einfach nur zu reden, doch ich bleibe an der Seitenlinie, bereit einzugreifen, falls es nötig sein sollte.

»Ich könnte ja sagen, dass es mir leidtut, aber das wäre gelogen«, verkündet Saxon. Das fängt nicht gut an. »Ich habe diese Frau …«, er deutet auf mich, »… vom ersten Moment an geliebt. Das hast du gewusst, allerdings hat es dich nicht gekümmert. Also wenn es nach dem Schicksal geht, müsste ich jetzt auf der Sonnenseite des Lebens stehen.«

Sam beißt die Zähne zusammen und hält erstaunlicherweise den Mund.

»Ehrlich gesagt sind wir beide doch wegen Lucy hier. Ich liebe sie. Und du liebst sie auch.« Als Sam nicht widerspricht, schaue ich betroffen zu Boden. »Aber eins sollte uns klar sein. Sie hat die Wahl, und aus irgendeinem sonderbaren Grund hat sie sich für mich entschieden.« Saxon deutet auf seine Brust, während Sam tief ausatmet. »Wenn sie dich gewollt hätte, hätte ich mich damit abgefunden, denn ich will nur eins, nämlich dass sie glücklich ist.«

»Das will ich auch«, erklärt Sam, während ich mich bemühe, mich von meiner Schuld nicht niederdrücken zu lassen.

»Dann akzeptier doch ihre Entscheidung. Du bist noch hier, weil Lucy viel zu gut ist. Aber pass bloß auf …« Drohend tritt Saxon einen Schritt vor. »Wenn ich auch nur eine Sekunde den Eindruck habe, dass du ein falsches Spiel spielst, dann bringe ich dich um. Obwohl du mein Bruder bist.«

Sam grinst, doch es ist kein angenehmes Grinsen. Ich bin wirklich verblüfft, dass er nicht mehr sagt. Aber ich schätze, auch er hat gemerkt, wie ernst Saxon es meint.

»Wenn Kellie vernünftig ist, bleibt sie hier weg. Sag ihr, sie soll ihre Nase nicht in meine Angelegenheiten stecken. Es ist zu spät, um die besorgte Mutter zu spielen. Das kauft ihr doch keiner mehr ab.«

»Ich bin nicht dein Botenjunge. Sag es ihr doch selbst.«

»Gut.« Saxon verschränkt die Arme vor seiner breiten Brust. »Ich dachte, du hättest mehr Taktgefühl, aber ich werde es ihr schon klarmachen.«

Trotz all ihrer Fehler liebt Sam seine Mutter. Er bleibt immer noch ruhig, doch seine Haltung macht mir Sorgen. Ist das nur die Ruhe vor dem Sturm?

»Ich weiß, dass die Ärzte glauben, Lucy hätte dafür gesorgt, dass es dir wieder besser geht, aber wenn du ihre Gutherzigkeit ausnutzt ...« Saxon wischt sich mit einer Hand über den Mund, als schäumte er vor Wut. »Dann reiße ich dir das Herz heraus und stopfe es dir in den Rachen.« Ich werde blass, denn ich fürchte, dass das keine leere Drohung ist. »Ich beobachte dich. Ich traue dir nicht. Lucy kannst du vielleicht an der Nase herumführen, aber ich durchschaue dich. Das habe ich immer schon. Mich kannst du nicht verarschen, Samuel. Wir haben dasselbe Blut, ob es uns gefällt oder nicht. Aber Lucy ... ist mein Herz.« Er drückt eine Faust auf seine Brust, und mir kommen die Tränen. »Wenn du meinem Herzen wehtust, haben wir ein Problem. Verstanden?«

Ich schmelze förmlich dahin, und ich kann nichts dagegen tun, weil ich mich gerade noch mehr in Saxon Stone verliebe.

Der Ausgang dieser Auseinandersetzung steht auf Messers

Schneide. Mein Blick wandert zwischen den beiden Brüdern hin und her, und ich bete, dass Saxon nicht wieder einen blutigen Kampf anfängt. Doch dann nickt Sam plötzlich, und ich weiß nicht, ob ich lachen oder weinen soll. Kann es wirklich so einfach sein?

Anscheinend ja. »Und was passiert jetzt?«

»Jetzt gehe ich rein, dusche und führe mein Mädchen aus, weil ich es ihm schulde.« Ich kann mir das Lächeln nicht verkneifen. Öffentlich als »sein Mädchen« bezeichnet zu werden ist mehr als befreiend. »Und du wirst nicht jammern und klagen. Du wirst es ertragen wie ein Mann und dich zur Abwechslung mal für jemand anders freuen. Mir gefällt dieses Arrangement nicht, und ich weiß ganz genau, dass es dir auch nicht gefällt. Aber du musst lernen, damit zu leben, denn ich werde keine Rücksicht auf dich nehmen und mich so verhalten, wie ich möchte.«

»Und ich hatte gehofft, du würdest mich leid werden und abhauen. Darin bist du ja gut.« Die Bemerkung sitzt, doch verglichen mit Saxons Drohung ist sie eher harmlos.

»Ich habe einen guten Grund zu bleiben.« Saxon dreht sich zu mir um und sieht mich liebevoll an. »Lucy ist das Einzige, was mir wichtig ist.« Ich möchte zu ihm laufen und mich ihm in die Arme werfen, halte mich aber zurück. »Und von nun an möchte ich nie wieder darüber reden.«

Saxon wartet auf eine Antwort von Sam, doch er bekommt keine. Stattdessen fixiert sein Bruder ihn mit einem Blick, bei dem mir eiskalt wird. »Okay.«

Saxon nickt knapp, aber eins ist klar: Wenn Blicke töten könnten, stünde Saxon nicht mehr aufrecht. Hinter meinem Rücken kreuze ich die Finger und hoffe, dass es jetzt wirklich vorbei ist. Ich habe keine Kraft mehr zu kämpfen. Ich möchte bloß noch nach vorne schauen.

Saxon scheint zufrieden zu sein, denn er dreht sich um und kommt auf mich zu. Ich bleibe still stehen, weil ich nicht weiß, was er vorhat. »Ich gehe duschen.« Er küsst mich auf die Stirn und steigt so lässig die Stufen hinauf, als hätte es nicht soeben eine heftige Auseinandersetzung gegeben.

Sam und ich verdauen schweigend, was Saxon gerade gesagt hat. Er hat sich ziemlich hart ausgedrückt, aber es gibt keine nette Art, solche Dinge zu sagen. »Bist du dir sicher?«, bricht Sam die Stille.

»Ja«, flüstere ich und wünsche mir, es gäbe eine Lösung, die für alle gut ist.

»Ich habe immer nur gewollt, dass du glücklich bist … mit uns ist es also wirklich vorbei?«

Ich nicke langsam. »Aber trotz allem habe ich dich geliebt, Sam.« Ich weiß, dass er sich wie ein Versager fühlt, doch meine Gefühle für ihn waren echt. »Ich werde nie vergessen, was wir zusammen hatten. Du bist ein Teil von mir.«

Sam schnaubt verärgert, diese Endgültigkeit gefällt ihm offenbar nicht. »Pass bloß auf, was du dir wünschst.«

»Was soll das heißen?«, frage ich, während meine Nackenhaare sich sträuben.

Er dreht mir den Rücken zu und stopft die Hände tief in seine Hosentaschen. »Dein Umgang färbt auf dich ab.«

Er kann sich seine dämlichen Ratschläge an den Hut stecken. »Meinst du etwa den Umgang mit einem liebevollen, ehrlichen, integren Menschen? Vielleicht solltest du das selbst mal versuchen.« Seine Reaktion interessiert mich nicht, denn ich habe ihm nichts mehr zu sagen.

Ich mache auf dem Absatz kehrt, steige die Stufen hinauf und beschließe, einen Irish Coffee ohne Kaffee zu trinken. Als ich den Schnapsschrank durchsuche, summt mein Handy. Ich nehme es von der Theke und lächle, als ich sehe, wer anruft.

»Kannst du reden?«

»Im Moment schon. Hallo, Piper.«

Die letzten paar Tage sind mehr als verrückt gewesen, und so wie ich Piper kenne, hat sie mich in Ruhe gelassen, weil ich da allein durchmusste.

»Ich wollte dir Zeit geben, damit du Ordnung in dein Leben bringen kannst.«

»Ich weiß. Du brauchst es mir nicht zu erklären. Ich hab's verstanden. Wie geht es dir? Ich vermisse dich.« Mir kommt es vor, als hätte ich ewig nichts mehr von meiner besten Freundin gehört.

»Ich vermisse dich auch. Mir geht's gut. Ich war nur in Sorge um dich.«

Endlich finde ich eine Flasche Whiskey, und als ich den Deckel abschraube, erfüllt ein torfiger Geruch die Luft. »Bei mir ist alles in Ordnung. Ich nehme einfach einen Tag nach dem anderen in Angriff.« Ich gieße mir einen Schluck von der bernsteinfarbenen Flüssigkeit ein und frage mich kurz, ob ich nicht vorher etwas essen sollte.

Doch als Piper fragt: »Und wie geht's Sam?«, verwerfe ich den Gedanken und kippe den Whiskey herunter.

»Uäh«, krächze ich mit verzerrtem Gesicht ins Telefon und lecke mir über die Lippen. »Entschuldigung. Das mit dem Whiskey war wahrscheinlich keine gute Idee.«

»Du weißt aber schon, dass es erst neun Uhr früh ist?«

»Ja natürlich«, erwidere ich seufzend und fülle mein Glas

noch einmal. »Ich habe wirklich keine andere Entschuldigung als die, dass ich es vorhin für eine gute Idee gehalten habe.«

»Ist es so schlimm?«

Ich kippe den nächsten Schluck herunter, und er brennt so, dass mir die Tränen kommen. »Du kannst es dir nicht vorstellen. Ich dachte, Saxon und Sam würden aufeinander losgehen, aber jetzt scheinen sie sich geeinigt zu haben. Jedenfalls im Moment«, füge ich hinzu.

»Du musst mir alles erzählen. Hast du heute Abend schon etwas vor?«

»Saxon will mit mir ausgehen.« Unwillkürlich lächle ich, weil sich das so schön normal anfühlt.

»Wow«, juchzt Piper hörbar überrascht. »Wir müssen uns wirklich so bald wie möglich treffen. Kommt Sam denn damit zurecht?« Und schon habe ich auch wegen meiner Gewissensbisse einen schlechten Nachgeschmack im Mund.

Ich lasse mich auf einen Barhocker fallen und schenke mir noch ein Glas ein. »Nein, aber er hat nichts dazu zu sagen. Er weiß Bescheid. Ich habe mit ihm gesprochen.«

»Und wie hat er reagiert?«

»Nicht besonders gut, aber es war ja klar, dass das alles nicht leicht werden würde. Vielleicht hätte ich es ihm schonend nach und nach beibringen sollen, doch ich hatte keine Lust auf noch mehr Lügen.« Wieder schütte ich Whiskey in mich hinein, allerdings hilft er nicht gegen die Magenschmerzen.

»Stimmt. Und außerdem solltest du aufhören, so selbstlos zu sein. Du hast deinen Märchenprinzen verdient.«

Ich würde ihr gern glauben. »Ich hoffe es. Ich komme mir nur so vor, als wäre ich die Böse in dieser Geschichte. Deshalb habe ich auch …«

»Was?«, unterbricht sie mich.

Ich entferne das Etikett von der Whiskeyflasche und gebe es zu. »Ich habe Sam gesagt, er kann hierbleiben, als er angeboten hat auszuziehen.« Oje, es laut auszusprechen macht noch deutlicher, wie verfahren die Situation ist.

»Was?«

»Ich weiß, aber was sollte ich machen? Ich konnte ihn doch nicht aus seinem eigenen Haus werfen und dann mit Saxon hier das glückliche Paar spielen.«

Piper seufzt, und mir ist klar, dass die meisten Menschen so reagieren würden, wenn sie wüssten, wie dumm ich mich benommen habe. »Du bist zu gut für diese Welt, Lucy.«

»Aber zu seiner Mutter war ich nicht nett.«

Sofort ist Pipers Neugier geweckt. »Oh mein Gott, was hat die alte Hexe getan?«

Ich schnaufe spöttisch, ich brauche definitiv noch einen Drink. »Tja, was hat sie getan? Sagen wir einfach, ich stehe jetzt ganz oben auf ihrer Abschussliste, aber nicht unter meinem Namen, sondern als ›das Flittchen‹.«

»Dieses … Miststück.«

»Schon gut. Was sie von mir hält, kümmert mich nicht. Ich denke bloß an das Positive.«

»Zum Beispiel …«

Ich bin dankbar, dass wir das Thema wechseln, besonders da ich nun über meinen Liebsten reden kann. »Zum Beispiel daran, wie großartig Saxon ist. Dass ich bald das Haus verkaufe.« Ich beiße mir auf die Unterlippe und frage mich, ob ich beichten soll, was mich bedrückt. »Und dass ich vielleicht dann … umziehe.« Gespannt warte ich auf Pipers Reaktion.

»Wohin denn?«

Los jetzt. »Ich weiß nicht genau. Vielleicht nach Oregon?«

»Oh verdammt. Wirklich?«

Es ist das erste Mal, dass ich es überhaupt in Betracht ziehe, doch es scheint unvermeidlich zu sein, weil Saxon dort wohnt. Aber mein Zuhause ist hier.

»Ich werde dich vermissen.«

Ich lege die Stirn in Falten, denn das Gefühl kenne ich nur zu gut. »Ich dich auch. Aber es steht noch nicht fest«, sage ich eher zu meiner als zu ihrer Beruhigung. Bislang ist nichts entschieden, daher nehme ich mir vor, mich erst wieder mit dem Thema zu befassen, wenn es nicht anders geht.

»Tja, wie auch immer, du schuldest mir einen Mädelsabend.«

»Stimmt.« Das hört sich so einfach und normal an. Ein Abend, der mich von diesem Theater ablenkt.

»Wie auch immer du dich entscheidest, ich freue mich für dich. Außerdem …«, Pipers Stimme wird verträumt, »… habe ich Saxon schon immer lieber gemocht.«

Ihr veränderter Tonfall macht mir bewusst, wie unsensibel ich bin. Piper schwärmt bereits seit Ewigkeiten für Saxon; sie ist sogar auf ihn zugegangen, doch da er ein echter Gentleman ist, hat er ihr gesagt, er fühle sich geschmeichelt, liebe aber eine andere – und damit meinte er mich. »Es tut mir leid, Pipe. Ich wollte ihn dir nicht …«

»Stopp. Sag es nicht. Ich brauche keine Erklärung. Bloß von Sam … Er soll mir erklären, warum er sich so unmöglich benommen hat.«

»Piper«, sage ich warnend. Sie und Sam haben sich nie richtig leiden können, und sie hat oft gesagt, dass ich etwas Besseres verdient hätte. Doch ihre Direktheit wird alles nur schlimmer machen.

»Okay, okay … ich halte den Mund. Vorerst. Aber eines Tages schnappe ich ihn mir.« Dagegen kann ich nichts tun, also lasse ich mich nicht auf einen Streit ein. »Ich hab dich lieb.«

»Ich dich auch.«

»Und sieh zu, dass du Spaß hast. Hin und wieder darf man ruhig selbstsüchtig sein.«

Nach dem Gespräch fühle ich mich besser. Piper hat es schon immer verblüffend leicht geschafft, mich aufzumuntern. Ich nehme mir vor, ihr als kleines Dankeschön ein paar Cupcakes zu schicken.

Als ich den nächsten Schluck herunterstürze, dringt eine verführerische Stimme an mein Ohr. »Fängst du bereits so früh am Morgen damit an?«

Saxon kommt durch die Tür, und ich brauche einen Moment, um mich zu sammeln. Sein nasses Haar ist nach hinten gekämmt, als hätte er es sich mit den Fingern aus dem markanten Gesicht gestrichen. Er ist ganz in Schwarz – schwarzes T-Shirt mit V-Ausschnitt und schwarze zerrissene Jeans –, was seine Tattoos noch bunter leuchten lässt. Seine Füße sind nackt, und wer hätte gedacht, dass Füße sexy sein können. Doch noch während ich diesen attraktiven Mann bewundere, wird mir klar, dass Saxon der Inbegriff davon ist, was man darunter versteht.

»Ja«, quetsche ich nach einigem Räuspern und drei Anläufen hervor.

Er schlendert – ja, schlendert – mit einem Grinsen im Gesicht auf mich zu. Wenn er nicht aufhört, mich so anzuschauen, springe ich über die Theke und zerre ihn zu Boden. Dicht vor mir bleibt er stehen. Offenbar hat er gemerkt, wie sehr er mir gefällt.

Er beugt sich vor, stützt sich auf die Ellbogen und zieht die Whiskeyflasche zu sich heran. Dann führt er sie an die Lippen, und ich bin neidisch auf die Flasche. Sein Adamsapfel hüpft, als er einen Schluck nimmt. Verstohlen klappe ich meinen Mund wieder zu. Mit dem Handrücken wischt Saxon sich über die Lippen und schiebt die Flasche dann wieder mir zu. »Hm, der ist gut. Alles in Ordnung?«, fragt er, während ich immer noch wie versteinert dasitze.

»Äh, ja. Ich habe gerade mit Piper gesprochen.«

Saxon grinst. »Wie geht es ihr?«

»Du kennst sie doch.« Er lacht, und es ist Musik in meinen Ohren. Ich möchte die Stimmung nicht verderben, aber ich muss es einfach loswerden. »Danke, dass du mit Sam geredet hast.«

»Gern geschehen.« Er nimmt meine Hand. »Und jedes Wort war ernst gemeint.«

»Ich habe so ein Glück.« Ich werde es nie leid werden, ihn lächeln zu sehen. »Piper möchte sich gern mit mir treffen. Ich habe das Gefühl, sie ewig nicht mehr gesehen zu haben.«

Saxon zieht meine Finger an seine Lippen und küsst sie zärtlich. »Wie du willst.«

»Ich dachte, wir beide wollten ausgehen?« Erstaunt hebe ich die Augenbrauen.

»Das können wir ja verschieben.«

Obwohl ich mich wirklich gern mit Piper treffen möchte, habe ich mich auch darauf gefreut, den Abend mit Saxon zu verbringen. »Vielleicht können wir das eine ja mit dem anderen verbinden.«

Saxon lacht in sich hinein, und das sonore Brummen geht mir durch und durch. »Hört sich interessant an und ist wahrscheinlich nicht ungefährlich, aber von mir aus, ich mach mit, wenn es das ist, was du möchtest.«

In meinem Bauch kribbelt es wie schon lange nicht mehr. Ich möchte mich fallen lassen und einfach ich selbst sein. »Vielen Dank.« Ich springe auf und küsse ihn über die Theke hinweg. Er schmeckt sehr lecker, nach Zahnpasta.

Doch jedes Mal, wenn ich mir eine kurze Atempause gönne, habe ich sofort wieder ein schlechtes Gewissen. »Glaubst du, dass Sam auf dich hört?«

»Fürs Erste«, erwidert Saxon und streicht über meine gerunzelte Stirn. »Aber er ist, wie er ist. Er tut nur, was er will.« Bevor ich meine Besorgnis zum Ausdruck bringen kann, beruhigt Saxon mich. »Immerhin kann nun niemand mehr sagen, dass ich ihn nicht gewarnt hätte. Jetzt geh und mach dich fertig. Damit wir aus diesem Haus rauskommen. Wir werden wie ein ganz normales Paar in die Stadt fahren und uns amüsieren.«

Ich quieke begeistert, schlage mir dann aber schnell beschämt auf den Mund. Ich habe mich angehört wie ein überdrehter Teenager. Saxon grinst und zieht meine Hand sanft wieder herunter. »Es ist ein Verbrechen, diese Lippen zu verstecken. Dann kann ich sie ja nicht küssen.« Es ist wirklich unfair, dass er so cool bleiben kann, während ich fast durchdrehe. Aber wenn das das normale Leben mit Saxon ist, dann bitte.

***

»Wie lustig!«, schreit Piper und dreht sich im Kreis, während wir für unsere Drinks anstehen. »Das sollten wir jedes Wochenende machen.«

Saxon lacht, schlingt einen Arm um meine Taille und zieht mich an sich. »Normalerweise müsstest du dann aber auch jemanden mitbringen.«

Piper wirft ihm einen Luftkuss zu. »Wieso denn, wenn ich euch hab?« Saxon und ich verzichten auf eine Antwort, weil Piper schon vor einigen Runden aufgehört hat, vernünftig zu sein.

Es war ein sehr schöner Tag. Saxon hat mir nicht verraten, wo wir hingehen würden, doch dass er eine Überraschung für mich hat, hat alles noch aufregender gemacht. Wir haben bei Patsy's zu Mittag gegessen – meinem Lieblingsburgerrestaurant in der Stadt. Sobald ich dort in den Pilzburger mit einer Extraportion Zwiebeln gebissen habe, ging es mir gut.

Saxon hat sich kaputtgelacht, dass ich eine so große Portion bestellt habe. Aber wenn ich etwas derart Köstliches bekommen kann, lasse ich es mir nicht entgehen. Es hat eine Stunde gedauert, doch ich habe diesen Burger vertilgt, sehr zur Freude von Saxon, der meinte, er mag keine Frauen, die nur Salat essen.

Da ich zu viel in mich hineingestopft hatte, haben wir einen kleinen Spaziergang gemacht. Zuerst war es ein wenig seltsam, mich öffentlich mit Saxon zu zeigen. Schließlich waren die Leute in der Stadt daran gewöhnt, mich mit Sam zu sehen.

Es war unser erster Auftritt als Paar, also habe ich meine Bedenken beiseitegeschoben, die Sonne genossen und mich gefreut, dass der Mann an meiner Seite meine Hand nicht ein einziges Mal losgelassen hat. Ich sehe keine Ähnlichkeiten mehr zwischen Saxon und Sam, weil sie völlig unterschiedlich sind. Als Saxon hier angekommen ist, habe ich die beiden unwillkürlich immer verglichen, doch nun denke ich kaum noch an Sam, wenn ich mit Saxon zusammen bin.

Das werde ich mir wohl nie verzeihen, aber dass ich es schaffe, mich weiterzuentwickeln, lässt mich hoffen, dass ich vielleicht eines Tages meinen Frieden finde.

Nach dem langen Spaziergang haben wir Piper abgeholt. Saxon hat meinen Jeep vom Sawbuck Saloon geholt, während ich mich fertig gemacht habe. Nach allem, was gestern Nacht passiert ist, habe ich mich gefragt, wie er sich verhalten würde, doch offensichtlich möchte er genauso gern vorankommen wie ich.

Piper war ganz aus dem Häuschen, als wir sie abgeholt haben. Kaum dass sie ins Auto gesprungen war, hat sie mich ganz fest an sich gedrückt. Es war schön für mich, dass meine beste Freundin endlich mit meinem Freund einverstanden ist und wir alle zusammen etwas unternehmen können.

Saxon hat sich nicht entlocken lassen, wo er uns hinbringen würde, und als wir vor den großen weißen Toren ankamen, konnte ich meine Freude nicht verbergen. Er hat uns zum Rodeo gebracht. Da war ich schon seit Jahren nicht mehr, obwohl ich mit meinen Eltern sehr gern hingegangen bin. Also war ich natürlich aufgeregt.

Wir haben Plätze in der ersten Reihe genommen, wo die meisten nur ungern sitzen, aber ich nicht. Ich liebe es, nah am Geschehen zu sein, und es macht mir nichts aus, etwas schmutzig zu werden. Als ich das erregte Johlen der Menge hörte, habe ich Saxon in den Arm genommen und ihm für die schönste Verabredung meines Lebens gedankt.

Fasziniert von den Darbietungen, habe ich endlich meine Sorgen vergessen. Wir haben alle begeistert zugesehen und gejubelt. Die Gewissensbisse, die ich vorher hatte, waren verschwunden, und nichts fühlte sich normaler an, als mit meinem Freund und meiner besten Freundin einem Rodeo zuzuschauen.

Offen, wie sie ist, hat Piper sich mit einem Mädchen angefreundet, deren Freund zu den Reitern gehörte. Dieses Mädchen hat uns zu einer Party eingeladen, an der alle Mitwirkenden und Helfer nach der Show teilnehmen würden, deshalb sind wir jetzt da.

Eine alte Scheune hinter dem Stadion ist in eine sehr schicke Mehrzweckhalle verwandelt worden, in der reichlich Bier fließt und alle ihren Spaß haben. Das ist genau das, was ich brauchte.

Ich schmiege mich an Saxons Seite. Ich bin beschwipst, aber nicht so betrunken wie Piper. Er küsst mich auf den Scheitel und hört Piper zu, die alle möglichen Orte für unsere nächste »Verabredung« aufzählt. Saxon fällt überall auf. Das war schon immer so. Er hat etwas an sich, das die Menschen magnetisch anzieht … so wie die katzenfreundliche Thekenbedienung, die ihm seine Getränke anscheinend am liebsten auf ihren Titten servieren würde.

»Was möchtet ihr?«

»Ich hätte gern ein Budweiser«, meldet sich Piper, doch die Barkeeperin beachtet sie kaum.

»Und du, mein Großer?«

»Nur ein Root Beer, vielen Dank.« Saxon soll uns fahren. Gestern Nacht hat er wohl genug Bier für einen ganzen Monat getankt. »Lucy?« Der eifersüchtige Blick der Barkeeperin entgeht mir nicht.

»Einen Dirty Martini«, sage ich und frage mich sofort, warum zum Teufel ich einen Drink bestelle, den ich noch nie probiert habe. Mir hat einfach der Name gefallen. Saxon ist sichtlich überrascht, grinst allerdings, während die Barkeeperin das Gesicht verzieht. Mich überkommt das verrückte Verlangen, ihr mal gründlich die Meinung sagen, aber ich rede beruhigend auf mich ein.

Anscheinend hat diese Thekenbedienung trotzdem bemerkt, dass ich sie nicht leiden kann, denn sie kräuselt verärgert die Lippen, ehe sie sich umdreht, um uns die Drinks zu holen.

Ich habe keine Ahnung, warum ich so eifersüchtig bin. Bei Sam hatte ich das nie. Doch Saxon ist eben nicht Sam. Was ihn angeht, bin ich extrem besitzergreifend und möchte, dass jeder weiß, dass er mir – und nur mir – gehört.

Piper hakt sich bei mir ein. »Ich helfe dir, sie umzubringen«, flüstert sie mir ins Ohr. Das verrät mir, dass ich nicht sehr gut darin bin, meine Gefühle zu verbergen. Glücklicherweise scheint Saxon nichts zu bemerken.

»Wo kommt das her?«, frage ich möglichst unauffällig. »Warum möchte ich ihr am liebsten die Augen auskratzen?«

Piper platzt vor Lachen. »Weil du ihn liebst. Ganz einfach. Alles gut«, versichert sie mir, während ich mich frage, ob das wirklich normal ist. Als Saxon für unsere Getränke bezahlt, streicht ihm die Barkeeperin absichtlich über die Hand. Meine Fingernägel haben Halbkreise in meinen Handflächen hinterlassen, aber ich widerstehe dem Drang, meine Fantasien in die Tat umzusetzen.

»Du brauchst dir keine Sorgen zu machen. Auch wenn ich mindestens fünfzig Frauen gesehen habe, die ihn mit den Augen verschlungen haben.«

Ich zerre an meinem Halstuch. »Wenn du mich aufheitern willst, solltest du mir vielleicht etwas anderes erzählen.«

Piper schmunzelt über meine unglaubliche Naivität. »Er hat doch bloß Augen für dich.« Erleichtert atme ich aus und lächle in mich hinein.

Saxon reicht uns unsere Drinks, hält dann aber inne und schaut mit hochgezogenen Augenbrauen zwischen uns hin und her. »Wieso habe ich den Eindruck, dass ich in Schwierigkeiten stecke?«

Piper reißt ihm ihr Bier aus der Hand und sagt feixend: »Weil es so ist.« Dann stolziert sie davon und überlässt es mir, ihm ihre kryptischen Worte zu erklären.

Achselzuckend greife ich nach meinem Cocktail. »Ich glaube, sie hat als Kind zu viel Klebstoff geschnüffelt.« Saxon schmunzelt beruhigt.

Dann schiebt er seine Finger zwischen meine und führt uns zu einem riesigen Heuballenhaufen. Das Ambiente ist sehr ländlich und gefällt mir ausgezeichnet. Wir setzen uns. Als ich mich mit meinen Cowboystiefeln im Schneidersitz niederlasse und an meinem grässlichen Drink nippe, merke ich, dass Saxon mich beobachtet.

Verlegen kratze ich mich an der Nase und frage: »Was ist?«

»Nichts«, erwidert er. Aber sein Gesichtsausdruck zeigt mir, dass das nicht stimmt.

»Sag's mir.«

Er überlegt, ob er das, was er denkt, mit mir teilen soll, und ich bin dankbar, als er es tut. »Ich bin nur … Ach egal. Du wirst mich auslachen.«

»Nein!« Da er mich misstrauisch ansieht, lächle ich und verspreche: »Zumindest werde ich versuchen, es nicht zu tun.«

Er wird ernst, greift nach meiner Hand und streicht mit dem Daumen über meine Fingerknöchel. »Ich bin einfach bloß … glücklich. Ich habe schon so lange darauf gewartet, aber in der Realität ist es noch viel besser, als ich es mir vorgestellt habe.«

»Warum sollte ich dich deshalb auslachen?«, frage ich, denn niemals, nie, würde ich mich über ein so ehrliches Geständnis lustig machen.

»Eigentlich hatte ich mir eine ganze Rede überlegt. Und die begann so …«, er räuspert sich, »… fass mal mein T-Shirt an.« Ich hebe die Augenbrauen, weil ich nicht sicher bin, ob er das wirklich will. Doch er klärt mich gleich auf. »Weißt du, woraus es besteht? Aus einem magischen Stoff, der dich für immer an mich bindet«, sagt er mit einem Augenzwinkern.

Ich klappe den Mund auf und zu und kneife schließlich die Lippen zusammen, damit ich nicht in hysterisches Gelächter ausbreche. Doch es nutzt nichts, denn ich kann mich nicht mehr beherrschen. Das ist typisch Saxon. Ich habe so viele Tränen vergossen, dass es für ein ganzes Leben reicht, und jetzt ist es Zeit zu lachen.

»Du hast doch gesagt, du würdest nicht lachen«, sagt er anklagend mit einem Grinsen.

»Ja, aber das war, bevor du diesen kindischen Witz gemacht hast.« Ich kichere so heftig, dass mir die Tränen kommen.

Saxon tut so, als wäre er entsetzt. »Machst du dich etwa über mich lustig?«

Nach Luft ringend, fasse ich mir an die Seiten. »Ja, sieht so aus.« Sein amüsierter Gesichtsausdruck macht mich bloß noch alberner.

»Das reicht. Jetzt gebe ich dir mal einen echten Grund dafür.« Er erwischt mich unvorbereitet, daher kann er mich ohne Mühe auf seinen Schoß ziehen. Ich weiß, was mir blüht, aber es ist zu spät, um um Gnade zu flehen, denn er fängt schon damit an, mich erbarmungslos durchzukitzeln.

»Hör auf!«, schreie ich und winde mich. Doch das ermuntert ihn nur, mich weiter zu quälen. »Okay, okay, es tut mir leid«, keuche ich atemlos. Aber als er endlich aufhört, kann ich den Mund nicht halten. »Ich wusste ja gar nicht, dass du so schnell beleidigt bist.«

»Tja, das wär's dann.« Er setzt noch einen drauf und kitzelt mich von Kopf bis Fuß.

Jeder, der uns sieht, würde denken, dass wir komplett verrückt geworden sind, doch das ist mir egal. Ich habe noch nie so viel Spaß gehabt.

»Gib auf!«, fordert Saxon und kitzelt mich weiter.

»Niemals!«

»Gut, dann machen wir es anders«. Gerade habe ich mich noch auf seinem Schoß gewunden, und nun liege ich auf dem Rücken und Saxon auf mir, unsere erregt atmenden Brüste stoßen aneinander, und unser Atem vermischt sich. Mit einer Hand hält er meine Arme über meinem Kopf an den Handgelenken fest, und ich wimmere sehnsüchtig unter seinem Gewicht. Die Stimmung hat sich blitzschnell gedreht, und meine Atemlosigkeit hat einen ganz anderen Grund.

Sein Haar fällt nach vorn, als sein begieriger Blick mein Gesicht mustert und sich dann nach unten richtet. »Jetzt, wo ich dich habe, lasse ich dich nicht mehr gehen.« Er meint das todernst.

Aber ich empfinde es nicht als Drohung. »Sehr schön. Denn ich fühle mich bei dir sehr wohl.« Dieser Mann ist einfach unwiderstehlich. Als er lächelt und mir sein Grübchen zeigt, schmelze ich förmlich dahin. Wir sind in einem Raum voller Menschen, doch außer uns existiert niemand. So werde ich mich wohl immer fühlen, wenn wir zusammen sind.

Ich weiß nicht, was über mich gekommen ist, aber ich beschließe, nun nicht weiter darüber nachzudenken. »Bring mich nach Oregon.«

»Bitte?« Ich habe ihn überrascht. Eine schöne Abwechslung. Er löst seinen Griff, aber ich bewege mich nicht.

»Ich möchte nach Oregon«, wiederhole ich, falls er mich nicht richtig verstanden hat.

»Jetzt? Um dort zu leben?« Kichernd lege ich eine Hand an seine Brust. Er richtet sich auf, und ich folge seinem Beispiel.

»Beruhige dich, Cowboy. Ich möchte mir nur anschauen, was du tust. Und wo du wohnst. Danach sehen wir weiter.« Als er mich reglos anstarrt, bekomme ich Angst und lecke mir über die Lippen. »Ich dachte, das würde dich freuen.«

»Ja natürlich«, schreit er, als hätte er einen Stromstoß bekommen, »Ich bin bloß etwas erstaunt.«

»Warum?«

»Weil du hier zu Hause bist.«

»Das habe ich auch gedacht. Aber Häuser kann man wechseln. Und das mit uns …«, ich lege meine Hand auf sein Herz, »… ist für immer.« Ungläubig schüttelt Saxon den Kopf.

Er hat das nicht erwartet. Und ich eigentlich auch nicht. Ich habe mich nicht entscheiden können, weil ich Angst hatte, aber das bin ich leid. Ich muss das versuchen, denn am Ende will man doch einfach nur mit demjenigen zusammen sein, der einen zum Lachen bringt. Saxon hat mir ein neues Leben geschenkt, und ich kann es kaum erwarten, es mit ihm zusammen zu genießen.

Die Musik ändert sich, und das Licht wird gedimmt. Saxon

legt seine Hand auf meine. Das Lied könnte nicht besser ausgesucht sein. »Möchtest du mit mir tanzen?« Zu überwältigt, um zu antworten, nicke ich bloß.

Als er aufsteht und mir eine Hand reicht, ergreife ich sie. Sobald ich ihn berühre, wird mir klar, dass alles, was vorher war, nicht mehr zählt. Dies ist unsere zweite Chance, und ich habe die Absicht, sie zu nutzen.

Saxon führt mich zum Tanzboden und lächelt, als ich plötzlich nervös schlucke. Ich kann mich nicht daran erinnern, wann ich das letzte Mal getanzt habe. »Ich halte dich«, raunt er, zieht mich an sich und übernimmt die Führung.

Ich lehne mich an ihn und lasse mich von ihm und der Musik verführen. Er hält mich fest und tanzt langsam mit mir zu dem schönsten Lied auf der Welt. Aber als er sich auch noch herabbeugt und mir den Refrain von *Amazed* von Lonestar ins Ohr säuselt, wird dieses Lied für immer zu unserem.

Als er singend seine Liebe erklärt und mir versichert, dass alles gut werden wird, kommen mir die Tränen. Schnell drücke ich meine Wange an seine Brust und schlinge die Arme um seinen Hals. So wiegen wir uns im Takt der Musik, während Saxon mich mit seinem schönen Tenor umgarnt.

Endlich tiefenentspannt, schließe ich die Augen. Doch an der Schwelle zum Paradies wird mir etwas klar, was ich wohl schon immer gewusst habe. Ich möchte den Rest meines Lebens mit diesem Mann verbringen, denn Saxon Stone ist genauso erstaunlich, wie es in der Hintergrundmusik beschrieben wird.

Neun

Drei Wochen später

Obwohl wir auch mit Saxons Motorrad einen Roadtrip hätten machen können, um uns die wunderschönen Gegenden anzusehen, die unser Land zu bieten hat, haben wir beschlossen, lieber nach Oregon zu fliegen.

In den vergangenen drei Wochen ist nicht viel passiert. Sam hat Hayley Regan angerufen, aber sie ist acht Wochen in Urlaub. Schön für sie. Wir haben keinen Sinn darin gesehen, einen anderen Makler zu beauftragen, denn so wie der Markt im Moment ist, brauchen wir eine Meisterin ihres Fachs.

Da wir beide nicht mit dem Zweitbesten vorliebnehmen wollten, waren wir mit einer unangenehmen Lage konfrontiert. Bis zu Hayleys Rückkehr würden wir zusammen in dem Haus festsitzen, das wir einmal unser Heim genannt haben.

Ich habe Sam zu allen Arztbesuchen begleitet. Ich habe es sogar auf mich genommen, mit zu Sophia zu gehen, wenn ich musste. Dr. Kepler hat gesagt, Sam würde es schon viel besser gehen und die Kopfschmerzen, die er in letzter Zeit hat, gehörten zum Heilungsprozess dazu.

Ich habe mich gefreut, dass Sam sich erholt, doch obwohl

Saxon und Sam einander inzwischen tolerieren, habe ich irgendwie auf die nächste Hiobsbotschaft gewartet.

Jede Nacht, wenn Saxon und ich im Bett gelegen haben, habe ich an unsere Verabredung gedacht und überlegt, ob ich nicht unsere Sachen zusammenpacken und mit ihm nach Oregon fahren soll. Es wäre doch schön, etwas Zeit für uns zu haben. Da sich in Montana nichts tat, dachte ich, die Wartezeit wäre eine gute Gelegenheit, mir anzuschauen, wo Saxon wohnt.

Und deshalb sitzen wir jetzt in einem Taxi und fahren auf dem Weg zu Saxons Haus eine reizende kleine Straße entlang. »Gibst du mir einen Tipp?«, frage ich, die Nase ans Fenster gedrückt, um all die hübschen Häuser am Straßenrand bewundern zu können.

Er schmunzelt und lässt mich wie immer die Antwort selbst finden. »Wenn du errätst, welches Haus es ist, gebe ich dir einen Kuss.« Das motiviert mich.

Ehrlich gesagt weiß ich nicht, was ich mir davon versprochen habe herzukommen. Eigentlich bin ich nie richtig aus Montana heraus gewesen. Ja, ich wurde in L.A. geboren, aber das ist lange her, und ich erinnere mich nicht gern daran. Bislang hat Portland, Oregon, sich als geschäftige Stadt in einer erstaunlich üppigen grünen Umgebung präsentiert.

Da wir uns in einem urbanen Umfeld mit viel mehr Autos und Menschen als in Montana befinden, ist alles sehr kompakt. Üblicherweise sehe ich meilenweit keine Menschenseele. Aber hier scheinen überall Leute zu sein. Daran werde ich mich gewöhnen müssen. Und an den Lärm.

Die Straße, durch die wir gerade fahren, ist Gott sei Dank viel ruhiger als die näher am Zentrum, also hoffe ich sehr, dass

Saxon hier wohnt. Beeindruckt von ihrer Schönheit, mustere ich die alten Häuser. Das Viertel scheint bürgerlich und sicher zu sein, und als wir an einem blühenden Rosengarten vorbeikommen, kann ich mir mit einem Mal vorstellen, selbst einen zu pflegen.

Der Gedanke kommt mir aus heiterem Himmel, und ich wundere mich selbst darüber.

»Tja, deinen Kuss wirst du wohl nicht bekommen.« Saxons amüsierte Stimme reißt mich aus meiner Träumerei, und ich merke, dass wir angehalten haben, was nur eins bedeuten kann.

Neugierig betrachte ich das zweistöckige viktorianische Gebäude direkt vor meinem Fenster. Es ist eierschalenweiß gestrichen und hat eine reizende kleine Veranda, zu der ein paar Stufen hinaufführen. Mitten im Hof steht eine große Kiefer, die perfekt ins Bild passt, da sie nicht allzu hoch ist.

»Ich hoffe, dein Schweigen bedeutet etwas Gutes.« Ich nicke begeistert und schnalle mich ab.

Sobald meine Cowboystiefel den Boden berühren, beginnt meine Haut zu kribbeln, und ich kann nicht mehr aufhören zu lächeln. Ich schirme meine Augen vor der hellen Sonne ab, lege den Kopf in den Nacken und betrachte Saxons Haus. Es ist wunderschön.

Meine Füße bewegen sich wie von selbst und tragen mich zu den Stufen. Dicht davor bleibe ich stehen und lasse den Anblick auf mich wirken. Die in einem natürlichen Ton gestrichene Veranda verleiht dem Haus einen altertümlichen Hauch. Die hölzerne Haustür hat eine Glasscheibe, und plötzlich sehe ich vor mir, wie Saxon herausschaut und die Welt an sich vorbeiziehen lässt.

Kiefernduft steigt mir in die Nase, und sofort fühle ich als Landei mich gut. Aufgeregt laufe ich die Stufen hoch. Da ich immer noch verwundert um mich blicke, merke ich erst, dass Saxon mir nicht gefolgt ist, als es mir zu still wird.

Ein Gefühl der Ruhe überkommt mich, und ich drehe mich langsam um.

Saxon steht vor den Stufen, unser Gepäck im Schlepp, und schaut mit einem Blick zu mir hoch, den ich nicht deuten kann. »Alles in Ordnung?« Ich fürchte, dass er mich doch lieber nicht dahaben möchte. Aber dann nickt er und lächelt verhalten. Ich schlendere über die Veranda, lehne mich an das Geländer und genieße die Aussicht. »Warum schaust du mich dann so an?«

Er zuckt die Achseln, und es hört sich absurd an, doch hier wirkt er größer, fast wie ein Riese, vielleicht weil er nach Hause gekommen ist.

»Ich habe mir das nur so oft vorgestellt. Dass du auf meiner Veranda stehst«, erklärt er mir lächelnd.

Wie kann es sein, dass es ihm nach wie vor gelingt, mir den Atem zu rauben? »Willkommen daheim.« Er wirkt sehr glücklich und atmet tief durch. »Na komm. Ich zeige dir alles.«

Noch ein letztes Mal erfreut er sich daran, mich auf seiner Veranda stehen zu sehen, dann nimmt er meinen Koffer und steigt die Stufen hinauf. Als er oben ankommt, stoße ich mich vom Geländer ab und empfange den Mann, den ich mehr liebe als mein Leben.

Ich bin so aufgeregt, dass ich die ganze Zeit dümmlich grinse. Saxon ignoriert mein idiotisches Verhalten und holt seine Schlüssel hervor. Als er einen ins Schloss steckt, trete ich gespannt von einem Fuß auf den anderen. Mit einem rauen

Kichern öffnet er die Tür, und ich erstarre in Ehrfurcht. Der Blick ins Haus lässt mich nach Luft schnappen.

Ein bunter Regenbogen erregt meine Aufmerksamkeit. Als ich sehe, wo er herkommt, kann ich nicht anders, als über die schöne Architektur zu staunen. Ein Buntglasfenster sorgt für den Farbenregen, und fast kommt es mir so vor, als wäre ich diesem Regenbogen gefolgt, um am Ende diesen Schatz zu finden.

Saxon betritt das Haus. Seine Motorradstiefel wirken im Kontrast mit den glänzenden Holzdielen dunkler als sonst. Er geht in das in Schwarz und Braun möblierte Wohnzimmer und durch einen weißen Bogengang ins Esszimmer.

Ich stehe immer noch wie angewurzelt da, zu ängstlich, um die Schwelle zu überschreiten, denn wenn ich das tue, gehe ich womöglich nie wieder weg. Saxon wirft seine Schlüssel auf den Esstisch und bekommt nicht mit, dass ich mich nicht gerührt habe. Ihn in seiner gewohnten Umgebung zu sehen gibt mir das Gefühl, unbeschränkten Zugang zu einem Leben zu bekommen, das ich verpasst habe.

»Warum kommst du nicht rein? Trau dich.« Seine amüsierte Aufforderung beendet mein ungläubiges Starren, und ich wage einen weiteren Schritt in meine Zukunft. Meine Stiefel klackern laut auf dem Fußboden, und ich frage mich, ob ich sie ausziehen sollte. »Hey.« Saxon kommt zu mir und nimmt mich an der Hand. »Das ist ebenso gut dein Haus wie meins.«

Er führt mich herum und zeigt mir alles. Die Wände sind weiß gestrichen und haben einen blaugrauen Ziersteifen, der für Farbe und Gemütlichkeit sorgt. Die Küche hat zwei Erkerfenster, die den kleinen Raum öffnen und ihn direkt zu meinem Lieblingsplatz in diesem Haus machen. Jedenfalls bis ich in das große Schlafzimmer im Obergeschoss komme.

Es ist schlicht möbliert und typisch für Saxon. Ein schwarzer Überwurf liegt auf dem riesigen Bett. Die Lampe an der linken Seite verrät, dass er dort schläft. Ein sehr schönes Bild über dem Bett fällt mir ins Auge, und ich überlege, was es wohl darstellen soll. Saxon lässt meine Hand los, damit ich mich umsehen kann.

Ich drehe mich im Kreis und schaue in jede Ecke. Alles hier gefällt mir. Der Schrank sieht groß genug aus, um mein Zeug aufnehmen zu können, falls es jemals so weit kommt. Meine Güte, ich bin ja gar nicht mehr zu bremsen. Ich bin noch keine fünf Minuten hier und denke schon daran, hier einzuziehen.

Das Bett sieht einfach zu einladend aus, also werfe ich mich kreischend bäuchlings auf die Matratze. Als mich Saxons besondere Duftnote empfängt, weiß ich, dass es eine Art Wunder brauchen wird, mich hier wieder wegzubekommen.

»Daran könnte ich mich gewöhnen.«

Mit glühenden Wangen drehe ich mich auf den Rücken, setze mich auf und streiche mir das Haar aus dem Gesicht. Arme und Beine gekreuzt, lehnt Saxon am Türpfosten und beobachtet mich mit seinem begierigen Blick. Ich klopfe auf den Platz neben mir, denn nichts wünsche ich mir mehr, als mich mit ihm in diesem großen, leeren Bett zu wälzen.

»Ich kann immer noch nicht glauben, dass du da bist. In meinem Haus. Und in meinem Bett.« Er schluckt schwer.

»Ich liebe dein Haus. Und dein Bett.« Ich streiche über den seidigen Überwurf und beiße mir auf die Unterlippe. »Und dich.« Knurrend stößt er sich vom Türrahmen ab und springt aufs Bett. Ich schreie und falle vor lauter Schreck wieder auf den Rücken.

Sofort legt er sich auf mich und übersät meinen Hals, meine Wangen und meine Nase mit Küssen. »Ich liebe dich. Danke, dass du gekommen bist.«

»Danke, dass du mich eingeladen hast.«

»Das ist auch dein Zuhause, Lucy. Ich möchte nicht, dass du so tust, als gehörte es nur mir. Benimm dich so, als wäre es unseres.« Sein schöner, schwerer Körper drückt sich an genau den richtigen Stellen an mich, und ich frage mich beschämt, ob es unmoralisch wäre, das Bett einzuweihen, bevor wir uns den Rest angeschaut haben.

»Das ist so schön. Bloß wir beide.« Ich streiche ihm durchs Haar. Das heisere Stöhnen, das ihm entfährt, trägt nicht dazu bei, meine Lust auf Sex zu dämpfen, aber ich beschließe, eine Lady zu sein und erst mit ihm zu schlafen, nachdem wir etwas gegessen haben.

»Ja, das ist es«, bestätigt er und reibt das Gesicht so an meinem Hals, dass sich augenblicklich jeder Gedanke an Essen verflüchtigt und ich nur noch eins im Kopf habe. »Jetzt habe ich dich ganz für mich und weiß nicht, wie ich meine Hände bei mir behalten soll.« Seine heißen Küsse führen dazu, dass ich sehnsüchtig die Beine breitmache.

»Dann streichle mich doch.« Ich habe den richtigen Zeitpunkt, mich zurückzuhalten, verpasst. Saxon lacht leise vor sich hin und küsst mich auf die Halsgrube, ehe er sich weiter nach unten vorarbeitet.

Mein Kleid hat keinen tiefen Ausschnitt, aber als Saxon den Ansatz meiner anschwellenden Brüste liebkost, wünsche ich es mir plötzlich. Er gibt mir keine Gelegenheit, das störende

Kleidungsstück loszuwerden, denn seine Lippen und seine Hände wandern begierig an mir herunter.

Als er meinen Bauch erreicht, bin ich bereits atemlos vor Vorfreude. Unfähig, den Blick abzuwenden, sehe ich zu, wie er mich dort küsst. »Ich habe gedacht …«, er streicht mit den Händen über meine Seiten und hält am Saum meines Kleides inne, »… dass wir bei der Arbeit vorbeifahren, damit ich meinen Truck holen kann.« Seine Finger spielen mit der Spitzenbordüre, bevor er sie an meinen Schenkeln hochschiebt. »Dann zeige ich dir die Sehenswürdigkeiten von Oregon. Wie wäre das?«

Ich stöhne begeistert, doch das liegt nicht an seinem Vorschlag, sondern an seinen Händen und seinem begierigen Mund, der sich nun an meine Unterwäsche presst. Das ist so erregend, dass ich gleich schreie, wenn er mich nicht auszieht.

»Lucy?«

Verflucht soll er sein … er genießt es, mich zappeln zu lassen.

Er gibt mir keine Chance zu antworten, denn mir bleibt die Luft weg, als er mir den Slip einfach zerreißt. Doch mein erschreckter Aufschrei verwandelt sich schnell in ein leises Wimmern, als er mich an der richtigen Stelle küsst.

Ich drücke den Rücken durch, spreize die Beine und biete mich ihm an. Das scheint ihm sehr zu gefallen. Lässig leckt er noch einmal über das Zentrum meiner Lust, und ich habe das Gefühl, vor Wonne zu sterben. Dann verführt er mich zärtlich, mich noch weiter zu öffnen, und als ich es tue, genießt er den Anblick in vollen Zügen.

Ohne den Blick von mir zu lösen, legt er meine Beine über

seine Schultern und befeuchtet zwei Finger. Als er sie in mich einführt, bäume ich mich auf und schließe die Augen.

»Ich bin zu Hause, Schätzchen«, sagt er, ehe er mich küsst und sich bis zum Anschlag in mir vergräbt.

In der nächsten Stunde vermittelt er mir einen Eindruck davon, was mich erwartet. Wenn das Leben mit ihm so ist, dann bin ich dabei und gehe nie mehr von ihm weg.

***

Ich habe das Gefühl, dass der Taxifahrer ganz genau weiß, was wir da gerade gemacht haben. In Montana war es wegen unserer Wohnsituation ein bisschen schwer, ein erfülltes Liebesleben zu haben. Doch hier kennt uns niemand, und es gibt keinerlei Einschränkungen. Und ich habe vor, das in vollen Zügen zu genießen.

Ich bin völlig befriedigt und glühe von Kopf bis Fuß.

Saxon erklärt mir, woran wir vorbeikommen, aber ehrlich gesagt habe ich mich bereits in die Stadt verliebt. Und sein Haus ist perfekt. Vielleicht etwas kleiner als das, an das ich gewöhnt bin, aber ich kann mir gut vorstellen, mich hier einzuleben.

Die Stimmung zwischen Saxon und mir ist so entspannt, dass ich unwillkürlich überlege, ob es damit zu tun hat, dass er weit, weit weg ist von dem Ort, den er nie als seine Heimat betrachtet hat. Als der Fahrer in ein Industriegebiet einbiegt, ahne ich, dass es nicht mehr lang dauern wird.

Saxon hat mir erzählt, dass ein Mann namens Gus ihm die Firma vermacht hat, als er an Krebs gestorben ist. Ich habe diesen Mann nicht gekannt, aber ich wünschte, ich hätte es, weil er offenbar ein guter Mensch war. »Halten Sie hier rechts«, sagt Saxon. Der Taxifahrer stoppt, und ich sehe mich gespannt um.

Das verblichene Schild, das vor der Garage hängt, bestätigt mir, dass ich am richtigen Ort bin.

Bei Gus.

Ich muss lächeln. Obwohl Saxon der rechtmäßige Eigentümer ist, hat er Gus nicht verdrängen wollen.

Saxon bezahlt, während ich dem Fahrer danke und aussteige. Das Klima hier ist sehr viel milder als das in Montana. Ich habe gelesen, dass Oregon unter anderem für seine heftigen Regenfälle bekannt ist. Hand in Hand gehen wir auf die Werkstatt zu, und ich habe den Eindruck, dass Saxon stolz darauf ist.

Alles sieht genau so aus, wie ich es mir vorgestellt habe. Neue und alte Autos stehen auf dem Hof, und vor uns sehe ich drei große Reparaturhallen und links ein kleines Haus. Vielleicht Saxons Büro? Kfz-Mechaniker in blauen Overalls stehen gebückt unter Motorhauben und schrauben zu Rockmusik daran herum. Die entspannte Atmosphäre deutet darauf hin, dass Saxon kein schlechter Chef ist.

Der schrille Pfiff, den er gerade ausstößt, verrät seiner Belegschaft, dass der Boss wieder da ist. »Aufgepasst!« Die drei Angestellten drehen sich grinsend zu ihm um.

»Sax!« Sie legen ihre Werkzeuge weg und kommen überrascht auf uns zu. »Du bist wieder da!«. Ich trete schnell beiseite, als sie sich mit öligen Händen abklatschen und einander kräftig auf den Rücken schlagen.

»Habt ihr mich etwa vermisst?«, scherzt Saxon. Alle lachen und sind froh, ihn zu sehen. Offensichtlich sind sie nicht nur Arbeitskollegen, sondern auch Freunde.

Ein jüngerer Mann mit einem rasierten Schädel und einem Nackentattoo blickt mich an und feixt. »Und wen haben wir da?«

Strahlend zieht Saxon mich an sich. »*Das* ist Lucy.« Ich frage mich, warum er das so betont hat, und als alle grinsen, als hätte Saxon etwas ganz Besonderes mitgebracht, scharre ich verwirrt mich den Füßen.

»*Die* Lucy?«, fragt ein älterer Mann aus der Gruppe. Saxon nickt und zieht mich noch enger an sich. Also irgendjemand sollte mir sagen, was hier los ist. »Wir dachten, er hätte sich das bloß eingebildet, aber mein Gott, er hatte recht ... du bist wirklich ...«

»Das reicht, Felix.« Lächelnd legt Saxon eine Hand auf die Brust des Mannes. »Sie ist gerade erst angekommen. Ich will nicht, dass sie es bereut.«

»Nein, nein, lass ihn reden«, mische ich mich ein und löse mich aus Saxons Griff. »Was bin ich?«

Der Mann, der offensichtlich Felix heißt, wird blass und sieht Saxon verlegen an. »Du hast vergessen zu erwähnen, dass sie auch temperamentvoll ist.«

»Ich bin ziemlich sicher, dass er gesagt hat, sie wäre anstrengend, das könnte man doch so auslegen. Nicht, Saxon?«, sagt der Dritte im Bunde und unterdrückt ein Lächeln. Bei ihm steht *Hogan* auf dem Overall. Er ist mein neuer bester Freund.

Langsam verschränke ich die Arme vor der Brust und schaue mit dem Fuß klopfend zu Saxon auf, damit er mir das erklärt. Doch als er mich verlegen ansieht, muss ich lachen. Sofort entspannt er sich. »Erwischt.« Ich schmunzle. »Ich bin geschmeichelt, dass du mit deinen Freunden über mich geredet hast, obwohl ich offenbar nicht nett zu dir war.«

Hogan grinst und hebt kapitulierend die Hände. »Ich mag sie.«

Saxon zieht mich wieder an sich und küsst mich. »Ich auch«, sagt er rau in einem Tonfall, der mir durch und durch geht.

Ehe wir uns in diesem Kuss verlieren können, räuspern sich die drei Jungs drängend. »Ich bin Hogan. Das ist Felix. Und der da ist Kid.« Erfreut, sie kennenzulernen, winke ich allen zu.

Kid, der jüngste von den dreien, streckt seine schmierige Hand aus. »Ich möchte der Frau, die es geschafft hat, diesen harten Kerl zum Lächeln zu bringen, gern die Hand schütteln.«

Trotz seiner dreckigen Finger schlage ich begeistert ein. »Erzähl mir mehr von ihm«, verlange ich ziemlich direkt. Ich kann kaum glauben, wie einfach es ist, mit diesen Kerlen zu reden. Und so kann ich einiges über Saxon erfahren.

»Wir sind nur hier, um den Truck zu holen. Ihr könnt euch dann nach der Arbeit anfreunden.« Unbeeindruckt buhen wir alle.

»Wie lange bleibst du?«, fragt Felix und wischt seine Hände an einem verschmierten Tuch ab.

»Weiß ich noch nicht. Aber hoffentlich lange genug, um euch alle besser kennenzulernen, denn ich habe das Gefühl, dass ihr mir bei einem Bier und einer Pizza viel erzählen könntet. Besonders über den hier«, sage ich und blicke mit unschuldigem Augenaufschlag zu Saxon auf, der mit einem schiefen Grinsen den Kopf schüttelt.

»Wie wär's mit heute Abend?«, fragt Kid.

Obwohl das unsere erste gemeinsame Nacht allein sein würde, finde ich die Idee, mit Saxons Freunden herumzuhängen und ganz normale Dinge zu tun, großartig.

Gerade als ich zustimmen will, höre ich eine höchst verführerische Stimme, die die Stimmung sofort kippen lässt. »Was ist mit heute Abend?« Saxon versteift sich, und als ich den Grund dafür sehe, wird auch meine Laune gedämpft.

Eine wunderschöne Frau kommt aus dem kleinen Haus, das ich für Saxons Büro gehalten habe. Die Sonne beschließt, genau in diesem Moment hinter einer Wolke hervorzukommen und ihren Auftritt noch glanzvoller zu gestalten.

Als Erstes fällt mir auf, dass diese Frau verdammt gut aussieht, wie ein Model. Sie ist groß und langbeinig und hat dichtes kohlrabenschwarzes Haar. Sie trägt Motorradstiefel, schwarze Jeansshorts und ein AC/DC-T-Shirt, das sie vorne verknotet hat, sodass man ihre gut definierten Bauchmuskeln sehen kann. Sie ist frech, energisch und das Gegenteil von mir. Plötzlich komme ich mir in meinen Cowboystiefeln und dem weißen Sommerkleid ziemlich dämlich vor.

Sofort verbiete ich mir diese verrückten Gedanken, weil die Frau offensichtlich hier arbeitet und höchstwahrscheinlich nur eine Angestellte ist. Doch leider hält diese falsche Hoffnung bloß knapp drei Sekunden, weil die Schwarzhaarige an mir vorbeirauscht und Saxon ungeniert auf die Wange küsst.

»Hey, Chef«, sagt sie so anzüglich, dass ich schlucken muss.

»Hallo, Cleo.« Die Begrüßung ist Saxon offenbar unangenehm, aber er macht keine Szene daraus. Ich dagegen würde gern eine Szene machen, denn am liebsten möchte ich diesem Weibsbild die Augen auskratzen.

»Hallo, ich bin Lucy.« Genauso gut hätte ich ihr eine reinhauen können, denn diese Vorstellung war nur dazu gedacht, mir zu zeigen, dass ich die Finger von Saxon lassen soll.

Cleo, die für meinen Geschmack immer noch viel zu dicht

an Saxon steht, dreht sich zu mir um und lächelt. Aber es ist kein warmes Lächeln. »Ach, du bist der Grund, warum das Geschäft hier zusammengebrochen ist.«

»Cleo!«, knurrt Saxon, was ihr allerdings völlig egal ist. Arrogant hebt sie die Augenbrauen und starrt mich herausfordernd an.

»Was? Ist doch wahr. Du warst monatelang weg. Wenn ich nicht gewesen wäre …«

»Wer bist du denn eigentlich?«, unterbreche ich sie und kneife verärgert die Augen zusammen.

Sie hat doch glatt die Frechheit zu lachen. »Siehst du das da?« Sie deutet auf das Schild, das ich beim Kommen gesehen habe. Ich mache mir nicht die Mühe zu antworten, wenn sie mir etwas sagen will, soll sie es tun. »Das hier ist mein Laden.«

Sie muss verrückt sein. Schließlich kann sie nicht Gus sein. Ich bin kurz davor, die Beherrschung zu verlieren. »Was zum T…«

»Sie ist Gus' Enkelin«, mischt sich Saxon ein, da er merkt, dass ich gleich explodiere. Cleo grinst selbstgefällig.

Na prima.

»Ja verdammt, das bin ich, und mein Großvater wäre bitter enttäuscht von dir, Saxon.«

Vergib mir, Gus, doch deine Enkelin wird gleich Probleme bekommen. »Es tut mir leid, wenn Saxons Abwesenheit das Geschäft in irgendeiner Weise beschädigt hat. Aber das ist meine Schuld.« Ich lege eine Hand auf meine Brust. »Nicht seine. Er ist nur weggeblieben, weil ich ihn darum gebeten habe.« Ich werde nicht dabeistehen und es zulassen, dass diese Frau Saxon Schuldgefühle einredet. Wenn sie wütend ist, soll sie es an mir auslassen. Wir beide werden sowieso aneinandergeraten, wenn sie nicht aufhört, ihm schöne Augen zu machen.

Cleo gefällt mein Ton nicht, doch sie kann mich mal. »Das ist wirklich sehr nobel von dir, aber dass er den Retter in der Not gespielt hat, hat uns einiges gekostet.«

»Wie viel schuldet er dir? Ich komme dafür auf.« Ich fasse in meine Handtasche, um mein Scheckbuch herauszuholen, Saxon hält mich allerdings davon ab.

»Du wirst nichts dergleichen tun. Jetzt beruhig dich mal, Cleo. Alles ist gut. Und vergiss nicht, dass dein Großvater mir die Firma überschrieben hat.« Er deutet mit dem Daumen auf sich. »Dein Job ist es, die Bücher zu führen. Sonst nichts. Verstanden?« Als Cleo den Mund aufmacht, weil sie wohl protestieren will, sagt er noch einmal: »Verstanden?«

Da klappt sie mit einem tiefen Aufstöhnen den Mund zu, sieht mich jedoch so zornig an, dass man weiß, was sie denkt. »Ja, verstanden, Boss«, erwidert sie schließlich. »Aber könntest du mir freundlicherweise fünf Minuten deiner Zeit schenken, ehe du wieder für drei Monate verschwindest?«

Das ist nicht ganz korrekt, denn Saxon war zwischendurch da, um nach dem Rechten zu sehen. Doch ich komme zu dem Schluss, dass es wohl am besten ist, den Mund zu halten.

Saxon schaut mich fragend an. Cleo hat nicht gesagt, was sie in diesen fünf Minuten von ihm will, und sie scheint mir der Typ Frau zu sein, der gern nach einem Streit Sex hat. Bei dem Gedanken erbleiche ich. Trotzdem nicke ich, da er meine Erlaubnis nicht braucht, aber es ist schön, dass er Rücksicht auf mich nimmt.

Saxon seufzt und küsst mich auf die Schläfe, bevor er an Cleo vorbei zu dem Haus stapft, das ich immer noch für sein

Büro halte. Cleo dagegen bleibt stehen und durchbohrt mich mit Blicken – falls ich noch nicht begriffen haben sollte, dass sie mich nicht ausstehen kann.

Dann dreht sie sich auf dem Absatz um und folgt Saxon. Als sie endlich weg ist, atme ich erleichtert auf.

Die Jungs sind sonderbar ruhig geblieben, daher frage ich mich, ob Saxon und Cleo öfter streiten. Schließlich lächelt Kid mich aufmunternd an. »Kümmere dich nicht um sie. Sie ist einfach eine blöde Zicke.«

»Das habe ich schon begriffen.« Es hat wohl keinen Zweck, es zu leugnen.

»Ich schätze, sie ist bloß eifersüchtig.«

»Eifersüchtig? Weswegen?«

Mein Blutdruck steigt, und meine Handflächen werden feucht. »Hör auf, Kid.« Felix schüttelt verstohlen den Kopf, doch es ist schon zu spät.

»Warum sollte sie eifersüchtig sein?« Als die drei Männer stumm bleiben und einander betreten ansehen, wird mir klar, dass das, was auch immer sie mir sagen werden, nicht gut sein kann. »Sicher hat Saxon auch erwähnt, wie stur und hartnäckig ich sein kann.« Anscheinend hat er ihnen alles über mich erzählt, also sollten sie von meinem Dickkopf ebenfalls wissen.

Kid und Felix blicken weiterhin verlegen zu Boden, doch Hogan rückt endlich mit der Sprache heraus, da er ahnt, dass ich nicht lockerlassen werde. »Sie ist eifersüchtig, weil Saxon sich für dich entschieden hat.«

Was in drei Teufels Namen soll das heißen?

»Ich habe nicht gewusst, dass er sich entscheiden musste.«

»Musste er auch nicht«, stellt Hogan hastig klar, und sofort fühle ich mich etwas besser. Aber das ist schnell vorüber. »Sie war immer in ihn verliebt, und ich glaube, einmal … hat er nachgegeben. Hat er dir das nicht erzählt?«

»Nein, hat er nicht«, entgegne ich und zähle innerlich bis fünf.

»Du brauchst dir keine Sorgen zu machen, Lucy. Saxon ist völlig verändert.« Und genau das macht mir Angst. Wie war er denn dann vorher?

Ich dachte, wenn ich hierherkomme, klärt sich alles, doch es sieht so aus, als würde sich, wenn eine Tür zugeht, eine andere öffnen und ein Gespenst entlassen, das uns an die Sünden unserer Vergangenheit erinnert.

Zehn

Im Haus ist es ganz still – aber die Ruhe ist trügerisch.

Nachdem wir die Werkstatt verlassen hatten, hat Saxon mir die Sehenswürdigkeiten von Oregon gezeigt, doch ich habe nur daran gedacht, was genau Hogan damit gemeint haben mag, dass Saxon bei Cleo »nachgegeben« hätte. Als ich meinen Freund gefragt habe, ob alles okay ist, und mit einer Erklärung rechnete, hat er bloß die Achseln gezuckt und gesagt, Cleo sei eine Nervensäge und ich solle mich nicht darum scheren, was sie sagt. Das war's. Keine Begründung dafür, warum sie mich so herablassend behandelt hat.

Ich wollte nachhaken, aber da Saxon meine Privatsphäre immer respektiert hat, dachte ich, jetzt müsste ich mich bei ihm revanchieren. Leider habe ich diesen Vorsatz bloß knapp eine Stunde durchgehalten, denn als wir zu seinem Haus zurückgekommen waren, wurde er sehr still und ging mir aus dem Weg. Also habe ich ausgepackt und ihn in Ruhe gelassen, die er offenbar braucht, doch als ich ihn hinten auf dem Balkon entdeckt habe, wo er, in Gedanken versunken, eine rauchte, war es vorbei mit meiner Rücksichtnahme.

Sein Schweigen bringt mich dazu, mir in meiner Fantasie mehr als deutliche Nacktszenen mit ihm und Cleo vorzustellen. Oh Gott, ich glaube, mir wird schlecht.

Unruhig laufe ich im Schlafzimmer hin und her, unfähig, das Bett auch bloß anzusehen, weil ich zu viel Angst davor habe, was meine sehr lebhafte Vorstellungskraft mir dann vorgaukeln wird. Ich bin mit den Nerven völlig fertig, deshalb schreie ich laut auf, als ich aus Versehen fast mit Saxon zusammenstoße, und drücke eine Hand auf mein hämmerndes Herz.

»Entschuldige, ich wollte dich nicht erschrecken.« Er steht an der Tür, strategisch günstig, falls man schnell wieder wegkommen will.

»Schon gut.« Meiner Stimme ist nicht zu trauen. Und meiner Stimmung auch nicht. Ich warte darauf, dass er sich mir endlich öffnet, aber ich werde schwer enttäuscht.

»Die Jungs haben sich gerade gemeldet. Sie kommen gleich. Ich fahre schnell zum Supermarkt, um ein paar Dinge zu kaufen. Brauchst du irgendwas?«

Ist das sein Ernst? Wirklich? Wir werden einfach so tun, als ob nichts wäre? Nein verdammt.

»Was ich brauche, ist, dass du mir erzählst, was hier eigentlich los ist.« Mein Taktgefühl hat mich schon vor drei Stunden verlassen.

Saxon seufzt und fährt sich mit einer Hand durchs Haar. »Was willst du denn hören?«

»Die Wahrheit«, entgegne ich. »Ich habe keine Ahnung, was das heute sollte. Bitte erklär es mir.« Er lässt die Hand auf seinem Kopf liegen und scheint nach Worten zu suchen. Das kann doch nicht so schwer sein. »Dieses Schweigen ist schlimmer als alles, was du sagen könntest.«

Ein abgehacktes Schnauben kommt aus seinem Mund. Er ist sichtlich verärgert, dass ich ihn so bedränge. »Ich habe dir nichts davon gesagt, weil es nicht wichtig war«, bringt er endlich heraus und breitet entnervt die Arme aus.

»Wovon hast du mir nichts gesagt?« Ich will alles wissen, ganz egal wie schrecklich es ist.

»Willst du es wirklich in allen Einzelheiten hören, Lucy?«, blafft er und drängt sich an mir vorbei. »Das kannst du dir doch sicher auch ohne Hilfe vorstellen.«

Verärgert laufe ich ihm hinterher. »Ich möchte nur wissen, warum deine Freunde denken, Cleo wäre sauer auf mich, weil du mich ihr vorgezogen hast.«

Mit verspanntem Kiefer schüttelt Saxon den Kopf. »Da irren sie sich. Ich habe nie zwischen euch gestanden. Ich habe immer bloß dich gewollt! Verstehst du das nicht? Ich liebe dich, seit ich sechzehn war!« Ich weiche einen Schritt zurück, da sein Zorn mir Angst macht.

»Ist das etwa meine Schuld?« Das hat sich beinahe anklagend angehört. »Falls du es vergessen haben solltest, bis vor ein paar Wochen habe ich nichts davon gewusst.«

»Natürlich ist das nicht deine Schuld.«

Stumm stehe ich da und bereue es, dass dieses Gespräch zu einem Streit geworden ist, denn ich wollte eigentlich nur Antworten auf meine Fragen. Ich begreife nicht, warum Saxon so abweisend ist. Doch bereits einen Moment später lenkt er wieder ein. »Hier …«, er stürmt zu seinem Nachttisch und reißt die Schublade auf, »… lies sie.« Er wirft erst ein Tagebuch aufs Bett und kurz darauf ein zweites. »Ich war immer in dich verliebt, aber ich habe nie behauptet, ein Heiliger gewesen zu sein.«

»Was soll das heißen?« Ich habe ein flaues Gefühl im Magen. Sams Bemerkung über Saxons Sexleben fällt mir wieder ein. Und Laura in der Bar hat auch angedeutet, Saxon hätte nichts dagegen unternommen, dass sie sich an ihn herangemacht hat.

Oh Gott. Ich presse eine Hand auf meinen Mund.

Saxon stürmt auf mich zu und beugt sich zu mir herab, sodass wir auf Augenhöhe sind. »Das heißt, ich war betrunken, Cleo war high, und da ist es passiert. Das war Monate, bevor du mich angerufen hast. Du kannst doch nicht jedes Mal sauer werden, wenn wir einer von den Frauen begegnen, mit denen ich geschlafen habe.« Als ihm klar wird, was er da gerade preisgegeben hat, schließt er ganz kurz die Augen.

»Oh? Ich muss also auf Schritt und Tritt damit rechnen?« Plötzlich komme ich mir so unbedarft vor. So unerfahren. »Und ich war nicht sauer, aber jetzt bin ich's.«

»Ich habe sie nicht gezählt«, gesteht er endlich, was mich nur noch mehr verunsichert. »Ich wünschte, ich könnte jedes einzelne Mal ungeschehen machen, weil es nichts zu bedeuten hatte. Ich habe das alles bloß getan, um die Leere in mir zu füllen, aber keine von diesen Frauen hat das geschafft. Tut mir leid wegen heute.« Sein Zorn beginnt zu verrauchen. »Ich war einfach bloß wütend auf mich selbst. Ich will nicht, dass eine dumme Aktion im Suff alles zerstört, was zwischen uns ist.«

»Warum hast du mir das nicht einfach gesagt, statt mich auf Abstand zu halten?«

»Ich weiß es nicht.« Er richtet sich wieder auf. Wir sind beide verbittert und böse aufeinander.

Doch ich glaube, ich kann ihn verstehen. Er ist nicht stolz auf das, was er getan hat, und ich auch nicht. »Ich habe so vieles nicht mitbekommen«, gebe ich zu und wünsche mir, es wäre anders.

»Über etwas so Dummes zu streiten bringt uns nicht weiter. Wir müssen nach vorn schauen, nicht zurück. Es tut mir leid, dass ich es dir nicht einfach gesagt habe, aber es war mir peinlich. Ich habe viele Dinge getan, die ich bereue.«

Genauer möchte ich es gar nicht wissen, doch ich kann wohl davon ausgehen, dass Cleo nur die Spitze eines Eisbergs ist.

»Ich muss erst noch lernen, wie man eine Beziehung führt. Ja, ich habe mit vielen Frauen geschlafen, aber keine war wie du.«

Ich seufze und schüttele den Kopf, weil sich das so anhört, als wäre er bloß auf Sex aus. Langweile ich ihn vielleicht schon? Wenn er daran gewöhnt ist, dass die Frauen bei ihm Schlange stehen, bin ich dann vielleicht bald nicht mehr interessant für ihn? »War es dumm zu glauben, dass das mit uns beiden klappen könnte?«, frage ich leise und hasse es, meine eigene Unsicherheit durchklingen zu hören.

Zischend stößt Saxon den Atem aus und tritt einen Schritt zurück. Offenbar habe ich ihn verletzt. »Jedenfalls packe ich dich nicht in Watte – wie Sam.« Ich schlucke, als er den Namen erwähnt. »Sicher werde ich deine Gefühle verletzen und dir dummes Zeug erzählen, das du nicht hören willst, denn für mich gehört es zu einer Beziehung dazu, ehrlich zu sein und nichts zu verschweigen. Das habe ich heute gelernt. Ich habe keine Ahnung, was ich tun soll, und ich werde sicher hin und wieder Mist bauen, aber ich hoffe sehr, dass ich aus meinen Fehlern lerne und sie nicht wiederhole.«

Er hat vollkommen recht, im Moment kann ich allerdings nicht klar denken. »Wie viele Frauen waren es denn? Grob geschätzt.« Ich muss damit aufhören, doch ich kann nicht. Es treibt mich um. Aber damit muss man rechnen, wenn man sich auf jemanden einlässt, oder?

»Was spielt das für eine Rolle?«

»Es ist mir wichtig, weil ich mich darauf einstellen muss, dass du beim nächsten Mal, wenn wir eine von deinen Ex-Freundinnen treffen, wieder kein Wort mehr sagst.« Manchmal vergesse ich, dass das alles für Saxon und mich noch neu ist. Ich habe einfach das Gefühl, ihn bereits mein ganzes Leben lang zu kennen. Doch wenn so etwas geschieht, erinnert es mich daran, dass wir erst ganz am Anfang stehen.

»Ich kann an einer Hand abzählen, mit wie vielen Männern ich bislang geschlafen habe. Sogar an einem Finger.« Ich halte jetzt keinen bestimmten hoch.

»Ja, mit meinem Bruder«, schnauzt er. »Das brauchst du mir nicht unter die Nase zu reiben.«

»Also, ich wollte bloß wissen, wer Cleo ist. Und nun habe ich mehr erfahren, als mir lieb ist.« Ich habe keine Ahnung, wie diese Unterhaltung zu einem Streit ausufern konnte, doch ich bin völlig angepisst.

»Ich hab's vermasselt. Entschuldigung. Ich hätte es dir sagen sollen, aber ich hatte Angst davor, dir von meiner Vergangenheit zu erzählen, auf die ich nicht gerade stolz bin. Du bist so gut und rein. Ich warte ständig darauf, dass du deine Entscheidung bedauerst.«

Das ist nicht das erste Mal, dass er das sagt. Deshalb wird es Zeit, ihm einfach ein für alle Mal den Kopf zu waschen. »Saxon, ich bin kein Engel.« Als er mir widersprechen will, halte ich ihn davon ab. »Ich weiß, dass du das glaubst, aber es stimmt nicht. Ich habe Sam betrogen, noch dazu mit seinem eigenen Bruder. Also stell mich nicht auf ein Podest, weil ich dort nicht hingehöre.« Ich brauche Zeit, um mich zu beruhigen, denn wenn ich in meinem augenblicklichen Zustand weiterrede, werde ich am Ende noch weglaufen.

Glücklicherweise klingelt es an der Tür, sodass wir uns nicht noch länger streiten.

Saxon rührt sich nicht vom Fleck, offensichtlich möchte er die Diskussion fortsetzen, doch das muss warten. Ich rausche an ihm vorbei, da ich es nicht ertrage, noch einen Moment länger in diesem Zimmer zu sein, ohne schreien zu wollen. Meine nackten Füße klatschen laut auf der Treppe und verraten, wie wütend ich bin.

Trotzdem gebe ich mir, als ich die Tür öffne, große Mühe, mit meiner schlechten Laune nicht den Abend zu verderben. »Willkommen in diesem Irrenhaus.« Felix, Kid und Hogan lachen, aber es ist ihnen deutlich anzusehen, dass sie wissen, dass sie ein Minenfeld betreten. Ich gehe beiseite und lasse sie herein, hätte allerdings auch nichts dagegen, wenn sie sich umdrehten und wieder gingen.

»Danke«, sagt Kid, der Mutigste von den dreien, als er die Schwelle übertritt. Hogan und Felix schauen einander zögernd an, folgen ihrem Kollegen dann aber.

Die Getränke, die sie dabeihaben, lassen darauf schließen, dass uns eine lange Nacht bevorsteht. »Wo soll ich das hintun?« Felix hält ein Sechserpack Bier hoch.

»Gib her, ich tu's in den Kühlschrank. Macht es euch bequem.« Sie reichen mir das Bier, doch von der Flasche Tequila trennt Kid sich nicht. Sieht so aus, als wollte er früh anfangen. Und nach dem Tag, den wir hinter uns haben, schließe ich mich ihm vielleicht sogar an.

Ich stelle das Bier in den Kühlschrank und frage mich, was

ich unseren Gästen zum Essen anbieten könnte. Wenn ich nicht so in Gedanken gewesen wäre, hätten wir eigentlich auf dem Heimweg an einem Supermarkt vorbeifahren können – mein Fehler. Ich gönne mir eine Atempause und gehe zum Fenster, das auf eine Anhöhe blickt. Ich würde mir wünschen, dass ich diese idyllische Landschaft unbefangener genießen könnte.

Saxon und ich haben uns schon öfter gestritten, aber der Streit heute kommt mir wie unser erster richtiger Kampf vor. Ich verstehe immer noch nicht ganz, warum die Situation so eskaliert ist, doch offenbar gibt es in Saxons Vergangenheit vieles, für das er sich schämt, deshalb schottet er sich so ab. Aber geht uns das nicht allen so?

Eine Ablenkung wäre nicht schlecht, also nehme ich mir ein Bier und hoffe, dass Felix nichts dagegen hat. Als ich ins Wohnzimmer komme, sehe ich, dass die Jungs draußen auf der Veranda sitzen und rauchen. Sie haben die Köpfe zusammengesteckt und unterhalten sich gedämpft. Keine Ahnung, warum. Ich beschließe, etwas Musik aufzulegen, in der Hoffnung, dass etwas Stimmung aufkommt.

Es wundert mich nicht, dass Saxon altmodisch ist und eine Menge Platten besitzt. Ich gehe in die Hocke und schaue mir, beeindruckt von der Vielfalt, die Auswahl an. Als ich eine Platte von Johnny Cash sehe, greife ich, ohne nachzudenken, zu. Ich habe schon seit Ewigkeiten keinen Plattenspieler mehr bedient, daher ziehe ich sehr vorsichtig die Scheibe aus der Hülle und lege sie auf den Drehteller.

Das Knistern, bevor das Lied beginnt, erinnert mich sehr an früher. Ich beschließe, der Musik zu lauschen, und mache es mir auf dem Ledersofa bequem. Dann nippe ich an meinem gestohlenen Bier und schaue aus dem Buntglasfenster, hinter dem die Sonne allmählich dem Mond Platz macht.

Ich bereue es nicht, hergekommen zu sein, aber plötzlich bekomme ich Heimweh. Ich vermisse die Ruhe. Obwohl es in Oregon nicht so hektisch zugeht wie in vielen anderen Staaten, ist es doch schnelllebig für ein Mädchen vom Land. Aus diesem Grund würde mir wahrscheinlich auch ein Spaziergang nicht helfen.

Zu Hause könnte ich meilenweit laufen, ohne irgendjemandem zu begegnen. Ich schätze, das habe ich für selbstverständlich gehalten, und nun sehne ich mich nach dieser Einsamkeit. Sieht so aus, als würde meine Laune sich so bald nicht bessern, also sollte ich vielleicht nach oben gehen, damit ich nicht für schlechte Stimmung sorge. Ich bin sowieso keine gute Gesellschaft und möchte eigentlich nur noch lesen.

Ich komme mir vor wie eine echte Spielverderberin, aber die Entscheidung ist richtig, deshalb nehme ich mir einen Stift und einen Zettel aus der Schublade hinter mir. Dann stelle ich das kaum angetrunkene Bier auf den Tisch und schiebe den Zettel darunter. Es steht bloß *Ich schulde dir etwas* darauf. Dieser einfache Satz kann so viel bedeuten.

Müde und traurig steige ich die Treppe hinauf.

* * *

Irgendwo im neunten Kapitel von Jane Austens *Emma* bin ich eingeschlafen. Saxon ist nicht heraufgekommen, um nach mir zu sehen, nachdem er bemerkt hat, dass ich nach oben gegangen bin, aber ich habe auch etwas Zeit für mich gebraucht, so wie er früher am Tag.

Ich kann jetzt verstehen, warum er so reagiert hat. Das, was wir in unserer Kindheit und Jugend erlebt haben, verfolgt uns beide. Aus diesem Grund haben wir große Angst, etwas falsch zu machen. Die Bedingungen, unter denen wir zusammengekommen sind, sind nicht gerade ideal, doch unsere Liebe fühlt sich richtig an, so als hätte es sie schon immer geben sollen.

Ehe ich eingenickt bin, ging mir andauernd ein und derselbe Gedanke durch den Kopf. Wenn ich irgendetwas aus dem heutigen Tag gelernt habe, dann ist es Folgendes: Ich war nicht fair zu Saxon, und ich habe mir vorgenommen, ihm das zu sagen.

Im Zimmer ist es dunkel, die einzige Lichtquelle ist der Vollmond, der durch die Spitzengardinen späht. »Wie viel Uhr ist es?«, frage ich mit heiserer Stimme.

»Kurz nach eins. Entschuldige, ich wollte dich nicht wecken.«

»Kein Problem. Hast du nicht.« Ich rechne damit, dass Saxon das Licht anmacht, aber er tut es nicht. Anscheinend sind wir beide damit zufrieden, im Dunkeln verborgen zu bleiben.

»Lucy … wegen heute.«

Schnell unterbreche ich ihn. Ich setze mich auf und finde ihn auch ohne Licht, denn sein Herzschlag ist der einzige Anhaltspunkt, den ich brauche. »Nichts. Ich möchte dir etwas sagen.« Er sitzt auf der Bettkante, deshalb schmiege ich mich von hinten an ihn und lege die Wange an seinen Rücken. »Es tut mir leid, Saxon.«

Er versteift sich, daher beeile ich mich, ihn zu besänftigen.

»Ich kann mir nicht erklären, warum unser Streit sich so zugespitzt hat, aber eins weiß ich jetzt, nämlich dass die früheren Partner für uns beide ein heikles Thema sind.« Saxons schweres Atmen verrät, dass er besorgt ist. »Aus diesem Grund möchte ich es uns etwas leichter machen. Mir war nicht bewusst, was du meinetwegen ertragen musstest. Es war falsch von mir, dich zu bitten, mit Sam unter einem Dach zu leben.«

»Lucy …«

»Wenn wir zurückgehen …«, ich zögere, will das Nächste aber unbedingt loswerden, ehe ich den Mut verliere, »… ziehe ich wieder bei meinen Eltern ein. Oder miete mir eine Wohnung. Mal sehen. So lange, bis wir herausgefunden haben, wie es weitergeht. Die Wut, die mich gepackt hat, als ich erfahren habe, dass du mit Cleo und auch anderen Frauen …« Unfähig, den Satz zu beenden, schlucke ich. »Das hat mich verrückt gemacht. Ich kann mir gar nicht vorstellen, wie es für dich sein muss, Sam und mich zusammen zu sehen. Dafür solltest du wirklich einen Preis bekommen.«

»Du bist mein Preis«, erwidert er leise mit hängendem Kopf. Und schon verliebe ich mich gleich noch mal in ihn.

»Ich möchte nicht mehr streiten.«

»Ich auch nicht.« Die Welt gerät langsam wieder ins Lot.

Ich knie mich hin, schlinge die Arme um Saxons Oberkörper und mache mich am obersten Knopf seines Hemdes zu schaffen. Er geht so leicht auf, dass man weitermachen müsste. Also nehme ich mir den nächsten vor. »Ich will gar nicht in Watte gepackt werden.« Jetzt sind drei Knöpfe offen. »Ich möchte, dass du ehrlich zu mir bist …« Ich reibe die Nase an seinem Hals. »Ganz egal, wie schlimm es auch ist.« Ich knöpfe den letzten Knopf auf und lege seine breite Brust frei. »Ich kann damit umgehen.«

Ich beiße ihn in den Hals, ziehe ihm das Hemd aus und

schwelge in seinem männlichen Duft. »Es interessiert mich nicht, mit wie vielen Frauen du geschlafen hast.« Ich züngle an seinem Nacken entlang und freue mich über sein Stöhnen. »Hauptsache, ich bin die letzte.« Ich krabble auf seinen Schoß, setzte mich rittlings auf ihn, und er legt seine Hände auf meine Hüften.

Der Schleier der Dunkelheit erlaubt es mir, ohne Angst, rot zu werden, weiterzureden. »Ich bin sexuell nicht besonders erfahren …«

»Das ist mir egal.« Seine raue Stimme geht mir durch und durch.

»Ich weiß, aber zeig mir doch … was dir gefällt.« Damit habe ich mich weit aus dem Fenster gelehnt, allerdings will ich einfach alles über ihn erfahren.

»Ich mag dich. Mir gefällt alles, was du mit mir machst, weil ich … dich liebe.« Seine Lippen sind nur eine Haaresbreite von meinen entfernt, wenn ich ihn jedoch küsse, verliere ich die Beherrschung, und diesmal möchte ich die Führung übernehmen, so wie er sonst. Spontan streife ich mir das Nachthemd über den Kopf. Nun bin ich nackt, bis auf meinen Slip, und selbst der stört mich plötzlich.

In der Dämmerung kann ich sehen, wie Saxons begieriger Blick über meinen Körper gleitet und in meinem Schritt landet. Ich muss Saxon berühren. Ihn mir einverleiben. Zärtlich streichle ich seine weichen Bartstoppeln und lege seine Hand auf meine Brust. Das hier ist meine Show, und er lässt mich bestimmen.

Der vielversprechende Druck zwischen meinen Beinen ist alles, was ich brauche, um meine Scheu zu überwinden und das Gefühl zu genießen, mit diesem Mann zusammen zu sein.

Lässig schaukele ich vor und zurück. Ich habe es nicht eilig, uns bleibt noch die ganze Nacht. Unzählige Minuten, Stunden und Jahre, um zu lernen, was es bedeutet, zueinanderzugehören.

»Gefällt dir das?« Aufreizend beuge ich mich vor und nage an einem Punkt, unter dem sein Puls rast.

Er stöhnt und packt mich fester. »Ja.«

»Und das?« Ich schiebe meine Finger in sein langes Haar und ziehe seinen Kopf zurück, damit ich besser an seinen Hals herankomme. Dann lasse ich mich von meiner Zunge leiten und liebkose ihn genüsslich. Als ich an der Grube zwischen seinen Schlüsselbeinen ankomme, muss ich Luft holen.

»Ja«, erwidert er atemlos. Inzwischen beult eine stramme Erektion seine Jeans aus.

Ich verschränke meine Hände in seinem Nacken, lehne mich zurück und biete ihm meine bloßen Brüste dar. »Und die hier?« Er antwortet mir, indem er meine linke Brust in seinen warmen, weichen Mund nimmt und mit der Zunge träge die sich aufrichtende Spitze umkreist.

Nichts wünsche ich mir mehr, als mich ihm hinzugeben, doch darum geht es hier nicht. Ich will, dass wir uns Zeit nehmen und uns auf jede erdenkliche Weise miteinander vereinen.

Eine Hand noch in seinem Nacken, mache ich ihm mit der anderen verständlich, dass er meine Brust wieder loslassen soll. Er gehorcht. Selbst im Schatten kann ich sein Begehren sehen, und es stachelt mich an. Mit zwei Fingern streiche ich über seine Unterlippe, damit er mir Einlass gewährt. Brav öffnet er seinen schönen Mund, und ich stecke meine Finger hinein. Dann schiebe ich sie vor und zurück, während seine

Zunge mit ihnen spielt und sie befeuchtet. Genau das wollte ich von ihm. Und es erinnert mich so sehr daran, wie er mich unten leckt, dass ich ein Seufzen unterdrücken muss.

Sobald meine Finger nass genug sind, ziehe ich sie zufrieden wieder hervor. Dann traue ich mich und schiebe sie demonstrativ in meinen Slip, wo sich unsere Sekrete mischen, während ich mich wimmernd immer weiter vortaste.

Ein leises Knurren dringt aus Saxons Brust.

»Gefällt es dir zuzuschauen?«, frage ich keuchend und beschleunige das Spiel meiner Finger. »Mir hat es sehr gefallen, dir zuzusehen.« Die Erinnerung daran, wie er unter der Dusche masturbiert hat, erregt mich noch mehr.

»Du machst mich wahnsinnig«, erwidert er mit gesenktem Kopf, weil er sich nichts von dem, was sich auf seinem Schoß abspielt, entgehen lässt.

Seine Reaktion gibt mir das Selbstvertrauen, das ich brauche, um mich weiter zu befriedigen. Seine Finger wären mir sehr viel lieber, doch mich dabei von ihm beobachten zu lassen, ist eine ganz neue Erfahrung, und ich möchte sie machen. Ich streichle mich selbst und genieße es, seinen heißen Atem auf meinem nackten Körper zu spüren.

Die pralle Beule zwischen uns scheint noch größer zu werden, als ich dagegenstoße, und ich weiß, dass Saxon seine ganze Willenskraft aufbieten muss, um mich nicht aufs Bett zu werfen und über mich herzufallen. Begeistert spiele ich mit meiner lustvollen Klitoris, erlaube es mir aber nicht zu kommen.

Während ich mich hemmungslos selbst verwöhne, befreie ich Saxon von seinem Gürtel und öffne den obersten Knopf seiner Jeans. Voller Vorfreude vibriert die Luft zwischen uns, als ich die Hüften hebe, damit ich seinen Reißverschluss herunterziehen kann. Sofort fasst auch er zu und reißt mir mit einem Ruck den Slip weg. Normalerweise ist er ein Gentleman, doch im Bett kann er auch dominant sein, wenn es sein muss, und ich liebe das.

Seine Aggressivität stachelt mich an. Ich kann es kaum noch erwarten, dass er meine Finger ersetzt. Hastig reißt er sich seine Jeans herunter, und als er sein heißes, hartes Glied an mich presst, entfährt mir ein ungezähmtes Stöhnen.

Das hier ist mein Moment, aber es wird nicht mehr lang dauern, bis Saxon übernimmt und das tut, was wir uns beide wünschen. Er schiebt eine Hand zwischen uns und findet meine Klitoris.

Meine Finger reichen nicht mehr, also hebe ich die Hüften und umfasse sein Glied. Dann halte ich mich an seinem Hals fest, führe ihn in mich ein und stülpe mich ganz langsam über ihn. Er stöhnt und packt mich fester, gestattet es mir aber immer noch, mich nach Belieben an seiner prächtigen Ausstattung zu bedienen.

Ich bin weit gedehnt, und so Haut an Haut mit ihm zu sein ist wie ein Wunder, das wahr geworden ist. Als er tief in mir steckt, verharre ich reglos, weil ich das Gefühl auskosten möchte. »Ich liebe dich«, keuche ich kurz vor dem Kommen.

Er legt seinen Kopf da, wo mein Herz ist, auf meine Brust und seufzt. »Ich dich auch.«

Nachdem meine Muskeln sich angepasst haben, beginne ich, mich in den Hüften zu wiegen, und lege beide Hände an seine Wangen, um sein Gesicht an meins heranzuziehen. Der Vollmond kommt aus seinem Versteck und beleuchtet unsere innige Vereinigung. Unwillkürlich lächle ich. Das ist alles, was ich mir jemals wünschen werde. Jetzt und in alle Ewigkeit.

Wir bewegen uns langsam, denn wir haben keine Eile. Wir haben noch die ganze Nacht und den Rest unseres Lebens. Wir zeigen dem andern, dass wir ihn innig lieben, und es ist wunderschön.

Saxon beugt sich vor und küsst mich zärtlich auf die Lippen. Danach schiebt er seine Zunge vorsichtig in meinen Mund und fängt an, mich leidenschaftlich zu küssen, während ich meine Arme um seine Schultern lege und ihn lüstern reite.

Sein besonderer Duft ist noch stärker geworden, und ich will ihn überall an mir haben. Stöhnend drücke ich meine Brust an seine. Als Saxon meine Hüften packt und mich dirigiert, werden unsere Küsse immer wilder, und ich klammere mich an ihn, während er brummend in meine Unterlippe beißt.

»Oh, verdammt, Lucy«, schreit er in meinen Mund. »Sag, dass das für immer ist. Dass das niemals aufhört.« Nach dem heutigen Tag brauchen wir beide die Versicherung, dass diese Beziehung hält.

Ich drücke aufs Tempo, hebe die Hüften und schiebe mich immer wieder über ihn. »Es wird immer besser. Das verspreche ich dir.« Und ich meine es ernst. Erneut brummt er zufrieden, und wir steuern ungezügelt auf den Höhepunkt zu.

Wir lassen uns beide fallen, geben und nehmen völlig hemmungslos. Er saugt an meiner Brust, während ich mich stöhnend zurücklehne und er sich so tief wie möglich in mir vergräbt.

Ich bin ganz kurz davor zu kommen, es ist nicht mehr

aufzuhalten, und als Saxon in genau dem richtigen Winkel zustößt, kann ich nicht anders, ich explodiere. Keuchend hämmert er wie ein Wilder auf mich ein, während ich weich werde und mich von einer Woge der Lust davontragen lasse, ohne meine Schreie dämpfen zu können.

Seine Begierde und seine unartikulierten Laute machen den Nachhall noch schöner, und als ich spüre, wie er sich versteift und sich selbst dem Orgasmus nähert, tue ich etwas, über das ich morgen nachdenken werde. Ich halte ihn davon ab, sich von mir zu lösen. »Nein, lass es zu. Ich möchte dich nachher noch in mir haben.«

Erstaunt reißt er die Augen auf und öffnet schwer atmend den Mund, weil er versucht, sich zurückzuhalten. Aber ich will das nicht. »Du bist mein Zuhause, Saxon. Und für immer ist nicht lang genug, deshalb ist jede Sekunde wichtig.«

Willig öffne ich mich ihm, und meine überstrapazierten Muskeln schreien gequält, aber glücklich auf. Wieder knurrt Saxon leise, und seine Bewegungen werden fahrig und unkontrolliert. Doch es ist den Schmerz mehr als wert, denn er kommt mit einem heiseren Schrei und pumpt, beide Hände auf meinen Hüften, sein Sperma bis auf den letzten Tropfen stürmisch in mich hinein. »Ich verspreche, dich ewig zu lieben … jeden einzelnen Tag.«

Atemlos und völlig befriedigt, sacke ich auf ihm zusammen. Er nimmt mich fest in die Arme und übersät mein Gesicht und meinen Hals mit Küssen. So verharren wir bis tief in die Nacht, weil wir einander versprochen haben, für immer zusammenzubleiben, und dieses *für immer* beginnt heute.

Elf

Zwei Wochen später

Die letzten zwei Wochen waren absolut perfekt. Ich benutze dieses Wort nicht gern, schon gar nicht nach dem, was wir durchgemacht haben, aber kein anderes beschreibt unser Zusammenleben besser.

Nachdem wir uns geliebt hatten, sind wir in unseren ersten echten Tiefschlaf gefallen, weil uns eine Last von den Schultern genommen worden war. Wer hätte gedacht, dass ein Streit alles besser machen könnte, doch genau das ist geschehen.

Wir haben uns treiben lassen und die Freiheit genossen, an einem Ort, an dem uns niemand kennt, ein ganz normales Paar zu sein. Saxon hat mich herumgeführt und mir alles gezeigt, was Oregon zu bieten hat. Nach unserer Sightseeingtour hat er mich überraschend aufgefordert, einen Rucksack zu packen. Ich hatte keine Ahnung, wo er mit mir hinwollte, aber ich wusste, dass mir die Überraschung bestimmt gefallen würde, und so war es dann auch.

Für mich war es völlig neu, dass es in Portland trotz des regen Nachtlebens nur einen Steinwurf entfernt von der Stadt viel Grün mit Wanderwegen gibt, die in ein reines Paradies führen. Es gab keine Menschenseele weit und breit, und das war genau das, was ich brauchte. Saxon hat gemerkt, dass mir die Abgeschiedenheit von Montana fehlt, also hat er sich etwas einfallen lassen.

Wir haben einen Weg genommen, der an prachtvollen alten Bäumen und hohen Wasserfällen vorbei über Fußgängerbrücken führte, die es uns erlaubten, ruhige türkisfarbene Flüsse zu überqueren. Die Landschaft war derart friedlich und unberührt, dass ich mich in sie verliebt habe. In der Nacht haben wir gecampt und uns vor einem hell brennenden Feuer aneinandergekuschelt. Dann haben wir uns unter den Sternen geliebt, und mir war so, als hätte ich endlich meinen Sehnsuchtsort gefunden.

Wir haben zu Hause gegessen, uns Filme angeschaut, auf der Veranda gesessen und bis zum frühen Morgen geredet. Die meisten Menschen würden unsere zwei Wochen zusammen wohl als langweilig und ereignislos bezeichnen, aber für mich waren sie ganz normal, denn ich vermisse die gewohnte entspannte Lebensweise. Ich weiß immer noch nicht, was ich tun will, doch im Moment genieße ich einfach nur die Ruhe.

Saxon ist zur Arbeit gegangen, nachdem Cleo wegen eines angeblichen Notfalls angerufen hat, den er sich anschauen müsse. Er wollte nicht gehen, da er nun allerdings wieder daheim ist, ist es bloß natürlich, dass er sich wieder so um die Werkstatt kümmert wie üblich.

Ich habe derweil auch etwas Arbeit nachgeholt, denn der Krieg in Syrien scheint schlimmer zu werden. Ich habe alle geeigneten Ansprechpartner kontaktiert und warte jetzt darauf zu erfahren, was ich tun kann, um zu helfen. Ich weiß, dass mein Boss von mir erwartet, hinzufahren und zwischen den verschiedenen Parteien zu vermitteln, doch im Moment kann ich die USA einfach nicht verlassen. Aber ich bin entschlossen, hier genauso nützlich zu sein, wie ich es dort sein könnte.

Dann beschließe ich, Saxon zu überraschen, weil er immer derjenige ist, der für uns kocht, und richte dabei in der Küche ein Chaos an. Auf dem Speiseplan steht ein vegetarisches Risotto mit Kräuterbrot. Außerdem möchte ich einen Pfirsichauflauf machen, denn wir beide lieben Nachtisch. Immerhin habe ich die Küche bislang noch nicht in Brand gesetzt. Das ist schon mal etwas.

Ich koche gern, kenne mich allerdings in dieser Küche nicht aus. Aber sonst würde es wohl nur halb so viel Spaß machen.

Voller Mehl bestäubt, summe ich ein Lied im Radio mit, weil ich mich prächtig amüsiere. Ich kann mich gar nicht mehr erinnern, wann ich das letzte Mal etwas so Banales getan habe. Als ich, in Gedanken versunken, in einem Topf mit Milch rühre, erfüllt ein köstliches Aroma die Küche, das nichts mit dem Essen zu tun hat, das ich gerade vorbereite.

»Ich bin zu Hause, Schatz«, säuselt Saxon, schlingt die Arme um mich und drückt mir einen Kuss auf die Wange. So kitschig das auch klingt, es ist schön zu hören. »Oooh, du machst einen Auflauf für mich?«

»Ich habe dich vermisst. Wie war dein Tag?« Ich lehne mich an ihn, schließe die Augen und genieße die Umarmung.

»Alles okay. Aber viel Arbeit.« Er scheint erschöpft zu sein, und das besorgt mich.

»Geht es dir gut?« Ich werfe ihm einen Schulterblick zu. Er ist voller Öl. Ich muss schmunzeln.

»Ja klar. Aber ich glaube, ich muss einen neuen Mechaniker einstellen. Die Jungs kommen mit der Arbeit nicht nach. Morgen muss ich wieder hin«, sagt er seufzend mit schuldbewusster Miene.

Ich drehe mich um und lege die Arme um seinen Hals. »Du bist doch nicht mein Babysitter«, beruhige ich ihn.

»Ich weiß, aber ich würde gern bei dir bleiben«, erwidert er mit einem umwerfenden Lächeln. »Wir wollten doch Zeit miteinander verbringen, deshalb habe ich Gewissensbisse, wenn ich dich hier allein lasse.«

Ich bin gerührt, aber er braucht sich keine Vorwürfe zu machen. »Sei doch nicht dumm. Ich komme auch allein zurecht. Heute habe ich zum Beispiel etwas Arbeit nachgeholt, die Wäsche gewaschen, und jetzt koche ich das Abendessen.«

Er schmunzelt. »Wie kann etwas so Langweiliges sich so gut anhören?«

»Weil wir endlich zusammen sind.«

»Daran könnte ich mich gewöhnen«, entgegnet er und streicht mir mit dem Daumen über die Wange.

»Ich mich auch«, erwidere ich ernsthaft. Im Moment haben wir unser Zuhause gefunden. Und ich habe nichts dagegen, glückliches Pärchen zu spielen, bis ich mich wieder der Realität stellen muss. Als ich Saxons verschmierte Arbeitskleidung sehe, rümpfe ich die Nase. »Aber daran, dass du so schmutzig nach Hause kommst, werde ich mich wohl nie gewöhnen. Ab nach oben.« Ich deute auf die Treppe, damit er sich vor dem Essen schnell duscht.

Er grinst. »Du willst mich doch bloß nackt sehen.« Da kann ich nicht widersprechen.

Ein Mann, der keine Angst hat, sich die Hände schmutzig zu machen, hat einen gewissen Reiz, und Saxon macht es praktisch unwiderstehlich. Unwillkürlich starre ich auf seine Lippen, die durch die dunklen Ölflecke in seinem Gesicht noch rosiger wirken.

Er beugt sich herab und reibt seine Nase an meiner. »Du kannst gern nachkommen.« Dann küsst er mich kurz, ehe er mir sein prächtiges Hinterteil zudreht.

Nachdem ich diesem verlockenden Anblick widerstanden habe, koche ich weiter. Ich bin dankbar dafür, etwas zu haben, das mich ablenkt. Sonst wäre ich vielleicht doch versucht gewesen, sein Angebot anzunehmen. Ich bekomme einfach nicht genug von ihm.

Schnell konzentriere ich mich wieder auf meine Milch, unterdrücke den Gedanken, dass Saxon sich gerade auszieht, mache den Auflauf fertig und stelle ihn in den Ofen. Ich freue mich schon auf den süßen Duft, der bald durch die Küche ziehen wird.

Sie sieht aus, als hätte eine Bombe eingeschlagen. Also beschließe ich, ein paar Schüsseln abzuwaschen und die Spülmaschine einzuräumen. Gerade als ich das heiße Wasser laufen lasse, klingelt mein Handy. Mit seifigen Händen greife ich danach und klemme es mir zwischen Schulter und Ohr. »Hallo«, sage ich, ohne vorher auf den Bildschirm geschaut zu haben. »Hallo?«, wiederhole ich, da niemand antwortet.

»Lucy …«

Mir wird eiskalt, denn den Tonfall kenne ich noch von dem Tag, an dem sie mir die schlimmste Nachricht meines Lebens überbracht hat.

»Mom? Was ist passiert?« Mein Herz beginnt, so heftig zu hämmern, dass ich es fast nicht aushalte.

»Es geht um Sam, Schatz.«

Ich schlucke. »Was ist mit ihm?«

»Er ist im Krankenhaus. Er ist auf dem Trecker ohnmächtig geworden.« Ich schließe die Augen und schreie innerlich. »Die Ärzte führen gerade einige Tests durch. Seine Kopfschmerzen sind schlimmer geworden, daher machen sie sich Sorgen. Er fragt nach dir, Schätzchen.«

Mir dreht sich alles, und plötzlich kann ich nicht mehr atmen. »Geht es ihm gut?«

»Ja, einigermaßen. Er hat sich nur ein paar Knochen gebrochen. Aber diese Blackouts … die sind nicht gut. Es ist ganz allein deine Entscheidung, ob du zurückkommst, ich dachte allerdings, du solltest es wissen.« Meine Mom würde nie von mir verlangen, dass ich etwas tue, was ich nicht möchte, doch an ihrem Ton merke ich, dass sie meint, ich sollte besser nach Hause fahren.

»Danke, dass du mich angerufen hast«, sage ich mit belegter Stimme. Ich kann nicht glauben, dass das wieder von vorne losgeht.

»Gern geschehen, meine Süße. Wie läuft es denn in Oregon?« Bis vor einer Minute war hier alles perfekt. Es ist wie verhext. Jedes Mal, wenn ich dieses Wort denke, scheint etwas furchtbar Schlimmes zu passieren.

»Großartig. Ich finde es sehr schön hier, aber ich schätze, nach diesem Unglück sollte ich zurückkommen.« Das ist der Augenblick, in dem meine Mutter eingreifen und mir sagen würde, ich solle bleiben, wenn sie das meinte, doch ihr Schweigen spricht Bände.

»Tu, was du für richtig hältst. Ich hab dich lieb.«

»Ich dich auch.« Völlig verwirrt von der Neuigkeit, die ich gerade erhalten habe, beende ich das Gespräch.

Ich weiß, was ich tun sollte, aber ich möchte es nicht tun.

Nur, wie kann ich hierbleiben, wenn Sam verletzt ist und nach mir fragt? Das geht nicht. Ich habe keine Wahl. Die Entscheidung ist längst gefällt. Ich muss zurück.

»Lucy? Was hast du vor? Willst du die ganze Küche unter Wasser setzen?« Schnelle Schritte kommen auf mich zu, doch Saxon könnte sich genauso gut in Zeitlupe bewegen, denn ich versuche immer noch zu begreifen, wie mein Leben innerhalb von zwei Minuten so zerstört werden konnte.

Kopfschüttelnd sacke ich an der Theke zusammen und presse eine Hand auf den Mund. »Hey, was hast du denn?«

Sanft berührt Saxon meine Wange, damit ich ihn anschaue. »Deine Hand ist nass.« Das ist unter den gegebenen Umständen eine ziemlich dumme Bemerkung, ich habe allerdings das Gefühl, mich auf etwas anderes konzentrieren zu müssen, sonst weine ich mir noch die Augen aus. Das kann doch nicht sein.

»Du hast das Wasser laufen lassen.«

»Ach ja?«, murmele ich geistesabwesend.

Er nickt und sieht mich ganz besorgt an. »Was ist passiert?«

Tja, was? Ich muss ihn verlassen und zu Sam zurückgehen.

Wann wird das endlich aufhören? Und wann werde ich aufhören, mich schuldig zu fühlen? Wann bin ich so weit, dass ich ein Leben ohne Kummer und Reue führen kann?

Ich schulde Saxon eine Erklärung. Und noch viel mehr. Doch ganz egal, wie ich es ihm beibringe, es läuft auf dasselbe hinaus – ich verlasse Oregon und weiß nicht, wann ich wiederkomme. Der Gedanke lässt bei mir alle Dämme brechen, ungehindert laufen mir die Tränen über die Wangen. »Ich muss zurück … nach Hause.« Das tut so weh, auch wenn ich nicht erwartet hatte, dass es leicht werden würde.

»Nach Hause? Du meinst Montana?«, fragt Saxon nach

einer kurzen Pause und wischt meine Tränen mit seinem Daumen fort.

»Ja.«

Er leckt sich über die Unterlippe. »Gefällt es dir hier denn nicht? Habe ich etwas falsch gemacht?«

Seine Selbstzweifel und die automatischen Selbstvorwürfe führen dazu, dass ich die Arme um ihn werfe, um ihm seine Unsicherheit zu nehmen. »Nein, natürlich nicht. Du bist wundervoll.« Ich drücke ihn fest an mich. »Ich liebe es, hier zu sein. Und ich liebe dich … aber ich muss hin, weil Sam …«

Saxon versteift sich, und ich schließe die Augen, um die Tränen aufzuhalten. »Er ist im Krankenhaus. Er ist wieder ohnmächtig geworden. Aber diesmal hat er auf einem Trecker gesessen. Mein Mom hat gerade angerufen … Er fragt nach mir …«

»Dann musst du zu ihm.« Saxons Reaktion verschlägt mir die Sprache.

»Was?«, bekomme ich dennoch heraus. Hastig löse ich mich von ihm, denn ich muss ihn anschauen, um sicherzugehen, dass ich richtig gehört habe.

»Ich versteh das.«

Meine Lippen bewegen sich stumm, weil ich nicht weiß, was ich sagen soll. Ich hatte erwartet, dass er explodiert, wie es sein gutes Recht gewesen wäre, doch stattdessen steht er ruhig vor mir und lässt mich gehen. Ich verdiene diesen Mann nicht. Wirklich nicht.

»Bist du nicht böse auf mich?«, frage ich leise und ängstlich.

»Nein, ich bin dir nicht böse.« Richtig glücklich wirkt er allerdings auch nicht. »Ich verstehe, warum du gehen musst, aber … diesmal komme ich nicht mit.«

Überrascht halte ich mich an der Theke fest, weil ich Angst habe umzufallen. »Wie meinst du das? Du willst hierbleiben?«

Seine Zunge streicht über die Narbe an seiner Oberlippe. Das ist typisch für ihn, wenn er nachdenkt. »Ja. Ich verstehe, warum du gehen musst, und du musst verstehen, warum ich bleiben muss.« Das bricht mir nicht nur das Herz, sondern lässt auch meine ganze Welt zusammenbrechen.

Ich verstehe Saxon, aber ich schaffe das nicht ohne ihn. Allerdings war es selbstsüchtig von mir anzunehmen, dass er einfach seine Sachen packen und mitkommen würde. Er ist doch gerade erst nach Hause zurückgekehrt. Trotzdem macht die Vorstellung, ohne ihn fahren zu müssen, mir große Angst.

»Ich komme so schnell wie möglich zurück.« Selbst in meinen Ohren hört sich das Versprechen lahm und verzweifelt an.

Die Hände tief in den Taschen vergraben, schüttelt Saxon den Kopf. »Komm erst wieder, wenn du dazu bereit bist. Ich laufe dir nicht weg.« Warum hört sich das an wie ein Abschied?

»Du weißt aber, dass ich wiederkomme, oder?« Plötzlich habe ich einen schalen Geschmack auf der Zunge, deshalb stelle ich mich auf die Zehenspitzen und schaue ihm tief in die Augen. »Ja?«

Sein Schweigen ist Antwort genug. »Nein, Lucy, das weiß ich nicht. Aber es ist in Ordnung. Ich will nur, dass du glücklich bist.«

»Hier zu sein macht mich glücklich«, erkläre ich fest trotz der Tränen in meinen Augen.

»Dann bleib.«

»So einfach ist das nicht«, erwidere ich und senke den

Blick. »Wie kann ich hierbleiben, wenn Sam verletzt ist? Er fragt nach mir.«

Saxon seufzt und tritt einen Schritt zurück. »Beim ersten kleinen Problem rennst du zu ihm. Früher oder später wird dir dabei die Luft ausgehen.« Er ist sichtlich verärgert. Ich möchte ihn trösten, aber was kann ich sagen? »Jetzt fahre ich dich erst mal zum Flughafen.«

Ich bin auf einer emotionalen Achterbahnfahrt, und ich möchte aussteigen. »Du willst, dass ich sofort gehe?« Meine Unterlippe bebt, doch ich unterdrücke es hastig.

»Es gibt sicher noch einen Nachtflug, den du nehmen kannst.« Oh Gott. Ich schlinge meine Arme um meine Taille und wünsche mir, ich könnte bleiben.

Wieder bin ich hin- und hergerissen. Wenn ich bleibe, werde ich mir das niemals verzeihen. Aber wenn ich gehe, werde ich es für den Rest meines Lebens bereuen. Wie gern würde ich eine Münze werfen und die Entscheidung dem Schicksal überlassen. Aber anscheinend steht mein Schicksal bereits in den Sternen.

»Es tut mir leid, Saxon.«

»Schon gut.« Ich spüre, wie tief enttäuscht er ist, und hasse mich dafür, dass ich der Grund dafür bin. »Du solltest nur wissen, dass ich dich liebe. Und dass ich für dich da bin. Immer.«

Ich ertrage das nicht länger und werfe mich an seine Brust. Ich werde das Gefühl nicht los, dass diese Entscheidung die Welt, wie ich sie kenne, aus den Fugen geraten lässt. »Ich dich auch. Von ganzem Herzen. Ich bin so schnell wieder da, dass du gar nicht dazu kommst, mich zu vermissen.« Die ganze Unterhaltung ist gezwungen, und nun muss ich endlich den

Mund halten, denn ich rede zu viel und mache alles bloß noch schlimmer.

»Das ist unmöglich«, sagt Saxon bedauernd und küsst mich auf die Stirn. Ich klammere mich derart fest an ihn, als wollte ich ihn nie mehr loslassen. Doch er löst sich sanft aus meinen Armen, und diese Trennung tut weh. »Geh packen. Ich schaue im Internet nach Flügen.« Die Aufforderung ist so endgültig, so kühl, und obwohl ich ihr nicht folgen möchte, weiß ich, dass er recht hat.

Während ich ihm nachschaue und mich frage, was zum Teufel ich gerade mache, geht Saxon ins Wohnzimmer und fährt seinen Laptop hoch.

* * *

Als ich zu Hause ankomme, ist es schon spät. Natürlich merke ich, wie falsch sich das inzwischen anhört, insbesondere nachdem ich Saxon gesagt habe, dass ich bei meinen Eltern wohnen würde, wenn ich wieder in Montana bin. Doch unter diesen Umständen habe ich keine andere Wahl.

Ich betrete das leere Haus, mache alle Lichter an und hoffe, dass mir dann wärmer wird. Die einsame Lage, für die ich diese Ranch früher so geliebt habe, macht jetzt nur deutlicher, dass ich ganz allein bin. Gott, wie ich Saxon vermisse. So sehr, dass ich kaum Luft bekomme.

Nach einem tränenreichen Abschied bin ich als gebrochene Frau an Bord gegangen, ich hatte das Gefühl, ein Stück meines Herzens in Oregon zu lassen. Der Flug hat mir Zeit zum Nachdenken gegeben, doch je länger ich gegrübelt habe, desto schlechter habe ich mich gefühlt. Ich wollte gar nicht in dieses Flugzeug, aber was blieb mir übrig?

Vor langer Zeit habe ich Sam von ganzem Herzen geliebt, und es fällt mir schwer, ihn im Stich zu lassen, wenn er mich am meisten braucht. Das klingt vielleicht so, als wäre ich schwach und töricht, doch in Wahrheit würde ich mir so vorkommen, wenn ich *nicht* zu ihm ginge.

Eins steht allerdings fest: Dies ist das letzte Mal. Ich kann das Saxon und mir nicht länger antun.

Ich schwanke ständig zwischen dem, was richtig ist, und dem, was ich möchte. Früher oder später muss ich Farbe bekennen und Nein sagen. Aber heute ist nicht der richtige Tag dafür, und damit, dass ich mich mehr nach Saxon sehne, als ich es für menschenmöglich gehalten hätte, werde ich mich auch erst morgen befassen.

Die Totenstille im Haus verstärkt jedes Geräusch. Außerdem ist es hier drinnen kälter als früher. Ich vermisse Saxons Wärme und seinen Zuspruch, also beschließe ich, duschen zu gehen, und hinterlasse beim Ausziehen eine Kleiderspur.

Minutenlang stehe ich unter dem brühheißen Wasserstrahl, doch mir ist immer noch kalt bis in die Knochen. Außerdem habe ich ein mulmiges Gefühl, so als ob etwas Schlimmes bevorstünde. Ich weiß nicht, warum; ich habe einfach den Eindruck, dass sich von einer Sekunde auf die andere alles wieder ändern wird.

Ich möchte mich nicht länger mit diesen düsteren, beunruhigenden Gedanken beschäftigen, deshalb trockne ich mich ab und tappe zu Saxons Zimmer – unserem Zimmer. Sobald ich die Tür öffne, empfängt mich sein vertrauter Duft, und meine Sehnsucht wird so unerträglich groß, dass mir Tränen in die Augen treten.

Als ich mich umsehe, werde ich an all das Schöne erinnert,

das wir erlebt haben, und wünsche mir, es käme mir nicht so vor, als wäre es weit weg und nicht mehr zu erreichen. Oh mein Gott, wenn das die nächsten Wochen so weitergehen soll, halte ich das nicht einen Tag durch.

Ich schlüpfe ins Bett, streiche über Saxons Seite und seufze. Ohne ihn fühlt sich alles dermaßen groß und leer an. Ich rutsche rüber, weil ich dort schlafen möchte, wo er liegen würde, wenn er hier wäre. Natürlich ist das kindisch, aber irgendwie fühle ich mich ihm so näher.

Ich kuschele mich in die Kissen, bin jedoch alles andere als schläfrig. Trotz meiner großen Erschöpfung bin ich zu nervös, um abzuschalten. Also ziehe ich meine Reisetasche um das Fußende herum zu mir heran und wühle darin nach meinem Handy und meinem Tagebuch. Dann schicke ich Saxon einen Gute-Nacht-Gruß. Kein Wunder, dass nichts zurückkommt.

Nachdem ich etwa zwanzig Minuten Löcher in den Bildschirm gestarrt habe, schalte ich das Handy aus und beschließe, etwas in mein Tagebuch zu schreiben. Das habe ich schon eine ganze Weile nicht mehr getan, was ziemlich ungewöhnlich ist, aber die Stimmen in meinem Kopf waren verstummt. Saxon bringt meine Dämonen zum Schweigen. Das habe ich nur nie begriffen.

Ich öffne das braune ledergebundene Buch und schlage eine neue Seite auf, um den Dämonen freien Lauf zu lassen, damit sie hoffentlich wieder verstummen und mir einen Moment Ruhe gönnen.

***

Liebes Tagebuch,
es ist eine Weile her, doch ich hatte nicht das Bedürfnis, meine

Gefühle niederzuschreiben, weil ich jemanden gefunden habe, dem ich sie erzählen kann. Saxon und ich sind unter ganz schrecklichen Umständen zusammengekommen, allerdings haben wir aus etwas Schlechtem etwas sehr Schönes gemacht.
Ich bin wieder in Montana, und er ist in Oregon. Ich verstehe, warum er dortgeblieben ist, wirklich, aber das heißt nicht, dass ich ihn deswegen weniger vermisse. Ich weiß, er ärgert sich darüber, dass ich Sam nicht gehen lassen kann, und es ist sein gutes Recht, sauer zu sein. Gott, ich bin ja selbst wütend auf mich.
Sam hat einen Unfall gehabt und nach mir gefragt. Ich schätze, ich würde weder ihm noch irgendjemand anders meine Hilfe verweigern, wenn er sie dringend bräuchte … doch jetzt reicht's. Damit muss Schluss sein.
Gott verhüte, dass so etwas noch einmal passiert, sonst werde ich mir diesen Eintrag wieder ansehen und mir ins Gedächtnis rufen, was ich geopfert habe, um herzukommen.
Saxon ist nun meine Zukunft. Ich muss einfach die Vergangenheit hinter mir lassen und nach vorne schauen. Aber warum kommt mir das viel schwieriger vor, als es sollte?

Zwölf

Ich glaube nicht, dass ich mich jemals an dieses Krankenhaus gewöhnen werde. Ich bin unzählige Male hier gewesen, doch jeder Besuch ist mir unangenehmer als der vorherige.

Meine Turnschuhe quietschen auf dem glänzenden Linoleum, als ich zum Empfangstresen gehe. Es ist traurig, dass ich die Frau dahinter mit Namen kenne. »Er ist in Raum drei.« Und noch trauriger ist, dass sie weiß, warum ich komme.

»Danke, Jean. Wie geht's ihm?«

Mit einem schiefen Lächeln zuckt sie die Achseln. »Er ist ein recht beliebter Patient.« Ich will gar nicht wissen, was sie damit meint.

Bilder davon, wie er mit einer übereifrigen Krankenschwester geflirtet hat, fluten mein Hirn und wecken Erinnerungen, die ich lieber für immer verdrängt hätte. »Nochmals vielen Dank.«

Auf dem Weg zu Sams Zimmer überrollt mich eine Welle der Nostalgie, aber sie fühlt sich nicht gut an. Wenn ich auf die Lucy zurückblicke, die ich einmal war, und bedenke, wie ich heute bin, fällt es mir schwer zu glauben, dass es sich um dieselbe Person handelt. Ich bin durch diese Flure gegangen, ohne zu wissen, was die Zukunft bringen würde, doch in gewisser Weise ist es nun genauso.

Diese ständige Unsicherheit bringt mich noch ins Grab. Ich reibe mir über die Brust, weil mein Herz sich vor Sehnsucht verzehrt. Doch als ich Sams Zimmer betrete, wird der Schmerz noch größer, denn ihn in einem Krankenbett sitzen zu sehen setzt Ängste frei, die ich fest unter Verschluss gehalten hatte.

»Lucy …« Mit großen Augen schiebt er sich an seinen Kissen hoch. »Du bist gekommen.« Das allerdings ist neu. Anders als früher ist er offenbar froh, mich zu sehen. Die Ironie des Ganzen entgeht mir nicht.

»Ja, natürlich. Meine Mutter hat angerufen und mir berichtet, was passiert ist. Geht's dir gut?« Ich sehe mich um, weil ich eigentlich damit rechne, Kellie zu entdecken, die ihren Sohn umschwärmt. Doch erstaunlicherweise ist sie nicht da.

»Jetzt schon«, erwidert er und winkt mich zu sich. Ich trete näher an sein Bett heran. Er hat einen Gips am rechten Arm und ein paar Schrammen im Gesicht, aber abgesehen davon sieht er nicht allzu schlecht aus. Ohne auf seine Antwort einzugehen, setze ich mich auf einen Stuhl neben seinem Bett. Das, was er als Nächstes sagt, kann ich allerdings leider nicht ignorieren. »Ist Saxon nicht mitgekommen?« Es ist eine ganz unschuldige Frage, trotzdem möchte ich sie nicht beantworten.

Da Schweigen jedoch schlimmer ist, als die Wahrheit zu sagen, schüttele ich den Kopf. »Nein, er ist in Oregon geblieben.« Sam versucht nicht einmal, seine Erleichterung zu verbergen.

»Dann danke ich dir umso mehr.« Ich schrecke zurück, denn ohne den Gipsarm wäre er wohl aus dem Bett gesprungen und hätte mich umarmt.

»Schon gut.« Eine unbehagliche Stille breitet sich aus.

Die Sprachlosigkeit zwischen uns bestätigt nur, wie weit wir auseinandergedriftet sind. Früher hatten wir uns immer etwas zu erzählen, aber nun scheinen wir uns bloß noch anzuschweigen.

Ich räuspere mich und versuche, mich normal zu verhalten. »Deine Kopfschmerzen sind also schlimmer geworden? Und die Blackouts häufiger?«

»Ja. Ich warte noch auf die Ergebnisse der Untersuchungen. Sie müssten bald vorliegen. Wirst du … bei mir bleiben?« Beklommen kaue ich auf meiner Unterlippe herum, deshalb korrigiert er sich eilig. »Ich meine, so lange, bis der Arzt damit kommt?«

Ich atme leise aus. »Natürlich, aus diesem Grund bin ich ja da.« Verdammt, ich muss mich wirklich entspannen. Beruhigt lässt Sam die Schultern sacken und grinst mich an.

Ich halte mich an der Stuhlkante fest, um meine überwältigende Sehnsucht zu unterdrücken. Obwohl ich vor längerer Zeit aufgehört habe, Sam mit Saxon zu vergleichen, erinnern mich manche Eigenheiten immer wieder daran, dass die beiden Brüder sind – wie zum Beispiel dieses schiefe Grinsen.

»Ist alles in Ordnung?«, fragt Sam mit einem Blick auf meine weiß hervortretenden Fingerknöchel.

»Das sollte ich dich fragen.« Ich versuche, die Stimmung zu lockern, bevor ich als Nächste in einem Krankenbett lande.

»Lucy?« Als Kellie ins Zimmer kommt, erscheint mir dieser Ausweg jedoch plötzlich sehr verlockend.

Erstaunt bleibt sie stehen und mustert mich prüfend von Kopf bis Fuß. Sicher sucht sie nach Spuren von Saxon. Aber ich lasse mich von ihr nicht ins Bockshorn jagen. Ich straffe die Schultern, um ihr klarzumachen, dass sie jetzt nichts Falsches sagen sollte.

Aus den Augenwinkeln sehe ich, wie Sam leicht den Kopf schüttelt. Er weiß ebenfalls, dass ich mir von seiner Mutter nichts bieten lassen werde. Wenn sie auch nur ein böses Wort über Saxon sagt, gehe ich.

Seine Warnung scheint anzukommen, denn Kellie richtet den Riemen ihrer Chanel-Tasche aus, stöckelt an mir vorbei zu ihm und küsst ihn auf die Stirn. »Wie geht es dir heute, mein Schatz?«

»Schon viel besser.« Unangenehm berührt frage ich mich, wie es zu dieser wundersamen Genesung kommen konnte.

Zärtlich streicht Kellie ihrem Sohn das lange Haar aus dem Gesicht. »Wunderbar. Dann wollen wir hoffen, dass du heute gehen darfst. Dein Vater und ich haben dein altes Zimmer wiederhergerichtet.«

Mir wird ganz anders. Ich werde keinen Fuß über die Schwelle der Stones setzen, auf gar keinen Fall. Ich bin hergekommen, um mich um Sam zu kümmern, aber wenn das bedeutet, dass ich jeden Tag Kellie um mich habe, bin ich raus.

Sam scheint meine Gedanken sehr viel besser lesen zu können, als ich dachte, denn er schüttelt entschlossen den Kopf. »Nein, ich gehe zu mir nach Hause.« Als Kellie protestieren will, wehrt er ab. »Lucy ist doch da. Und außerdem haben wir verdammt viel zu organisieren. Danke für das Angebot, Mom, aber ich kann nicht.«

Wenn Blicke töten könnten, würde ich auf der Stelle leblos umfallen.

Kellie zupft am Kragen ihres weißen Hemdblusenkleids und kneift die Lippen zusammen. »Und für wie lange? Bestimmt läuft sie bei der ersten Gelegenheit wieder zu deinem Bruder zurück.« So versetzt man jemandem, dem es nicht gut geht, noch einen weiteren Tiefschlag.

»Sie kann bleiben, solange sie will. Ich bin einfach dankbar, dass sie da ist.« Ich bin erstaunt über Sams Antwort, denn es scheint ihm ernst zu sein. Wir schauen uns an, und er grinst noch einmal. Daran muss ich mich erst noch gewöhnen.

»Lucy?« Aber woran ich mich nicht gewöhnen werde, ist, die Stimme von Saxons Ex zu hören.

Ich hole tief Luft, ehe ich Sophias neugierigem Blick begegne. Ihre Schönheit wirft mich immer noch um. »Hi.«

»Ich wusste nicht, dass Sie wieder da sind«, sagt sie sichtlich verwundert.

»Nur vorübergehend.« Es gibt keinen Grund, ausweichend zu antworten. Schließlich sind wir weit über Small Talk hinaus.

Was ihr auf der Zunge liegt, ist deutlich zu sehen, doch sie bleibt professionell. »Wie geht es Ihnen heute, Sam?«

»Besser. Wann kann ich heim?«

Schmunzelnd blättert Sophia durch die Akte in ihrer Hand. »Ich habe gute Neuigkeiten. Alle Tests waren in Ordnung.«

»Und was ist mit den Kopfschmerzen?«

»Die waren zu erwarten und sind völlig normal. Die Ohnmacht könnte mehrere Gründe haben, aber ohne eindeutige Resultate ist schwer zu sagen, was genau dazu geführt hat. Wir werden Ihren Zustand beobachten und Ihnen ein paar Medikamente verschreiben, dann sehen wir weiter. Und das bedeutet …«, sie schlägt die letzte Seite der Akte um und schaut wieder auf die erste, »… dass wir Sie entlassen.«

Nie hat Sam glücklicher ausgesehen. Kellie dagegen …

»Was halten Sie davon, dass Sam allein nach Hause will? Ich habe ihm gesagt, es wäre am besten, wenn er bei mir wohnt.«

Störrisch schüttelt Sam den Kopf. »Ich bin nicht allein daheim. Lucy ist bei mir. Stimmt doch, oder?« Alle Aufmerksamkeit richtet sich auf mich.

Die Angst hinter Sams unsicherer Frage lässt mich einmal nicken. »Ja, das ist richtig. Deshalb bin ich ja gekommen.«

Sam strahlt, während Kellie so wirkt, als wollte sie mir die Augen auskratzen. »Und wie lange soll das so gehen? Du läufst doch bestimmt weg, sobald es schwierig wird. Das kennen wir ja schon.«

Ich springe auf, um dieser Frau ein für alle Mal zu sagen, was ich von ihr halte, Sam ist allerdings schneller. »Das reicht jetzt. Lucy brauchte nicht zu kommen, aber sie ist da. Ich lasse es nicht zu, dass du so schreckliche Dinge zu ihr sagst, damit sie ihre Entscheidung rückgängig macht. Und nun geh bitte. Ich möchte mich anziehen, und dann fahren wir nach Hause.«

Nicht nur mir, sondern auch Kellie bleibt der Mund offen stehen. »Samuel …«

Doch er will kein Wort mehr hören. »Ich sagte, geh.« Da schimmert der alte Samuel durch.

Erregt legt Kellie eine Hand vor den Hals, denn sie ist sichtlich bestürzt, dass er so mit ihr umspringt. Sophia räuspert sich. »Kann ich eine Minute mit Ihnen sprechen?«

Ich bin immer noch schockiert über das, was gerade geschehen ist, und als Sam mich erwartungsvoll ansieht, wundere ich mich erneut, weil Sophia offensichtlich mit mir gesprochen hat. Ich brauche einen Moment, um meine Stimme wiederzufinden. »Sicher.« Ich schnappe meine Tasche und frage mich, was sie von mir will, als ich ihr nach draußen folge.

Mit lauten Schritten geht sie über den Flur und führt mich weiß Gott wohin. Ich habe keine Ahnung, worüber sie mit mir reden will, und ich habe ein ungutes Gefühl bei der Sache. Wie sehr ich mir wünschte, ich wäre nicht so empfindlich. Aber so bin ich nun mal.

Ich habe weder die Kraft noch die Geduld für einen Streit, daher kann ich, als sie mich in ihr Zimmer bittet, bloß hoffen, dass das Gespräch bald vorbei sein wird. Sie bedeutet mir, Platz zu nehmen. Ich würde viel lieber stehen bleiben, aber ihre Körpersprache verrät, dass sie mit dem, was sie loswerden möchte, nicht anfangen wird, bis ich mich gesetzt habe.

Ich lasse mich auf dem Lederpolster nieder und zucke zusammen, als sie die Tür schließt und uns einsperrt. »Ich will gleich auf den Punkt kommen. Ich glaube, es ist gut für Sam, dass Sie hier sind.« Als Sophia keine Anstalten macht, sich mir gegenüber hinzusetzen, drehe ich mich zu ihr um. Sie lehnt steif an der Tür. »Er hatte in den letzten Wochen wirklich zu kämpfen, und heute ist der erste Tag, an dem er mir glücklich vorkommt. Bei seinen Verletzungen kann er nicht einfach eine Wunderdroge nehmen. Man sagt, Lachen ist die beste Medizin, und in Sams Fall könnte das stimmen.«

Ich blase die Backen auf und versuche, das zu verdauen.

»Als Sams Ärztin kann ich Ihnen nur sagen, wie der Stand der Dinge ist, wie Sie dann damit umgehen, müssen Sie selbst entscheiden.« Sie stößt sich so abrupt von der Tür ab, als wollte sie sich auf mich stürzen. »Aber als jemand, der Sie mal respektiert hat …«, sie kichert und setzt sich in ihren hochlehnigen Lederstuhl, »… sage ich Ihnen, Sie schulden es Sam zu bleiben.« Anscheinend habe ich es nicht nötig, mir selbst Vorwürfe zu machen, es gibt genug andere, die mir das abnehmen.

»Begleiten Sie ihn zu seinen Therapiesitzungen und helfen Sie ihm zu verstehen, was falsch gelaufen ist. Das könnte Ihnen beiden guttun, denn Gott weiß, dass eine Menge falsch gelaufen ist.« Was dabei ganz oben auf ihrer Liste steht, ist kein Geheimnis.

Ihr selbstzufriedenes Lächeln ärgert mich, deshalb stehe ich auf. Ich muss mir diesen Mist nicht länger anhören. »Danke für Ihren Rat.«

»Grüßen Sie Saxon von mir.« Ich balle die Hände zu Fäusten. Ich weiß, dass sie mich reizen will, und es funktioniert. Aber ich unterdrücke den Drang, ihr die wunderschönen Haare herauszureißen, und lächle.

»Natürlich. Bis dann!« Ich warte nicht auf ihre Antwort, denn ich bin kurz vor dem Platzen und brauche nicht mehr viel, um zu explodieren.

Sobald ich auf dem Flur bin, atme ich zweimal tief durch, um mich zu beruhigen. Ich darf es nicht zulassen, dass Sophia oder Kellie mich aus dem Gleichgewicht bringen. Ich muss mich zusammenreißen und mich den Folgen meiner Entscheidung stellen. Das Bedürfnis, nach Oregon zu fliehen, ist groß, doch ich kann nicht immer weglaufen, wenn es schwierig wird.

»Lucy?« Zum ersten Mal seit langer Zeit sorgt Sams Stimme dafür, dass ich mich etwas besser fühle.

Als ich mich gefangen habe, drehe ich mich zu ihm um. Er steht ein Stück weit entfernt und trägt eine zerrissene Jeans und ein schwarzes T-Shirt. Ganz anders als der alte Sam, aber mittlerweile ist ja wohl ziemlich klar, dass wir nicht mehr dieselben Menschen sind wie früher.

»Alles in Ordnung?«

Ich nicke. »Hm-hm. Alles gut. Sollen wir gehen?« Ich klimpere mit den Wagenschlüsseln, und seine Lippen verziehen sich zu diesem schiefen Grinsen.

»Ja, lass uns schnell abhauen. Sonst lässt meine Mutter mich noch verhaften.« Ein leises Lachen entfährt mir, und es fühlt sich gut an. Eilig gehen wir nach draußen, da wir beide wissen, dass Sam das nur halb im Scherz gesagt hat.

Am Wagen angekommen, wirft Sam seinen Rucksack auf den Rücksitz und streckt die Hand nach den Schlüsseln aus, weil er fahren will, doch ich winke ab. Anscheinend hat er vergessen, dass sein rechter Arm in einem Gips steckt. »Oh, nein danke. Mir wird ja schon an einem guten Tag schlecht, wenn du fährst. Wenn du dich hinters Steuer setzt, verziere ich sicher den ganzen Innenraum mit meinem Frühstück … und dem Abendessen von gestern.« Sam grinst und zuckt die Achseln, aber er versteht mich. Das ist das erste Mal, dass ich von früher gesprochen habe, ohne voller Trauer oder Reue zurückzuschauen.

Als wir im Wagen sitzen, ist die Atmosphäre aus irgendeinem Grund nicht so beklemmend, wie ich befürchtet habe. Ich lasse den Motor an und fahre mit fast durchdrehenden Reifen los, denn ich kann es nicht erwarten, diesen Ort hinter mir zu lassen.

Sam schaut versonnen aus dem Fenster, was mich an die Fahrt vor einigen Monaten erinnert, als ich ihn auch aus dem Krankenhaus geholt habe. Ein unbekanntes leises Lied aus dem Radio füllt die Stille und erlaubt es uns, unseren Gedanken nachzuhängen.

Nach zehn Minuten seufzt Sam und lehnt den Kopf an die Kopfstütze. »Wie geht es Sax?« Beinahe stoße ich mit einem entgegenkommenden Auto zusammen, korrigiere mich aber gerade noch rechtzeitig.

Es scheint eine ganz gewöhnliche Frage ohne jede Spur von Feindseligkeit zu sein, sodass sie die Stimmung zwischen uns ausnahmsweise nicht trübt. Trotzdem habe ich Angst, dass sich das ändert, wenn ich von Saxon rede. Und ich habe nicht die Nerven für einen weiteren Streit.

Wieder liest Sam meine Gedanken und schaut zu mir herüber. Ich schlucke schwer, umklammere das Lenkrad und wappne mich für das, was auch immer jetzt kommt. »Lucy, ich möchte, dass du ein Teil meines Lebens bleibst. Und dass du hier bist, beweist, dass es dir mit mir genauso geht. Damit das klappt …« Ich schlucke noch einmal, denn ich bin am Rande eines Zusammenbruchs. »Muss ich es akzeptieren, dass du mit Saxon zusammen bist.«

Was soll ich denn jetzt sagen?

Vielleicht war es doch keine so schlechte Idee, dass Sam fährt, weil mir plötzlich schwindlig wird.

Das ist ein großes Zugeständnis – ein sehr großes sogar. Ich riskiere einen schnellen Seitenblick und registriere verwundert, dass Sam das anscheinend ehrlich gemeint hat. Könnte es sein, dass ich endlich eine Atempause bekomme? Ohne nachzudenken, räuspere ich mich und versuche, dieses quälende Hin und Her ein für alle Mal zu beenden. »Er ist … ein guter Mensch.«

Ich rechne damit, dass Sam anfängt zu toben und mit Flüchen um sich zu werfen. Doch stattdessen wartet er nur ruhig darauf, dass ich fortfahre. Also rede ich weiter. »Du wärst wirklich stolz auf ihn. Er hat es in Oregon weit gebracht.«

»Das ist schön zu hören. Gefällt es dir da?«

Ich kann nicht glauben, dass wir diese Unterhaltung tatsächlich führen, beschließe jedoch mitzumachen und hoffe, dass dies der Anfang von etwas Neuem ist. »Oh ja. Ich liebe Montana, aber …« Ich habe immer noch ein schlechtes Gewissen, weil ich glücklich bin, obwohl ich weiß, dass ich dir das Herz gebrochen habe, füge ich im Stillen hinzu.

»Ich versteh schon«, unterbricht er mich und schüttelt den Kopf. »Du brauchst es mir nicht zu erklären.«

»Es tut mir leid, Sam.« Mit einem Mal habe ich das Gefühl, seine Freundlichkeit nicht zu verdienen.

»Warum entschuldigst du dich?«

Ich zucke die Achseln und behalte die Straße im Auge, da ich große Angst habe, woanders hinzuschauen. »Ich glaube, ich werde mich ewig schuldig fühlen.«

Er seufzt schwer. »Ich mich auch, Schatz.« Ich umklammere das Lenkrad noch fester, und er stößt, offenbar beschämt über den Ausrutscher, entnervt den Atem aus. »Aber ich will nicht, dass du dich schuldig fühlst, weil du glücklich bist«, fährt er hastig fort, da er das offensichtlich loswerden will. »Ich kenne dich. Du stellst das Wohl anderer immer über dein eigenes. Du sollst wissen, dass ich das schaffe.« Ich bin sprachlos. »Wenn du mit Saxon zusammen sein möchtest, wenn er derjenige ist, der dich glücklich macht … dann unterstütze ich dich. Es wird mir immer verdammt schräg vorkommen, aber ich möchte dich nicht aus meinem Leben verdrängen. Du warst nicht nur meine Verlobte, sondern auch meine beste Freundin. Und das möchte ich nicht verlieren.«

Ich weiß nicht mehr, was ich denken oder sagen soll. Bloß eins ist sicher, eine Last ist mir von den Schultern genommen. »Ich auch nicht«, presse ich mühsam hervor.

»Dann lass uns noch einmal von vorn anfangen.« Sein Ledersitz quietscht, als er sich zu mir umdreht. Ich kann ihn immer noch nicht anschauen. »Wir haben beide Dinge getan, die uns leidtun, aber die sollen in der Vergangenheit bleiben. Wo sie hingehören.«

Ist das ein Traum? Ich möchte mich kneifen, um mich zu vergewissern, dass ich mir das nicht einbilde. »Du verzeihst mir also?«

»Es gibt nichts zu verzeihen. Ich weiß, dass du das nicht mit Absicht gemacht hast. Ihr beide nicht.« Seine Aufrichtigkeit macht mich fertig und führt zu einer sehr unschönen Reaktion.

»Sam …« Ich presse einen Handrücken gegen meinen Mund, um mein Wimmern zu unterdrücken. Ich habe so lange darauf gewartet, dass er das sagt, und nun, wo es so weit ist, weine ich verdammt noch mal.

»Hey, hey«, raunt er und legt eine Hand auf mein Bein. Diesmal schrecke ich nicht zurück. »Ich wollte dich nicht zum Weinen bringen.«

Endlich gönne ich ihm schniefend einen Seitenblick. »Ich weine vor Freude.« Ich habe Angst, von der Straße abzukommen, also halte ich am Rand und lasse den Tränen freien Lauf. Das ist lächerlich, ich bin bloß so froh und erleichtert. Was Sam mir gerade mitgeteilt hat, kam von Herzen – von dem Mann, den ich einmal geliebt habe.

»Schsch, weine nicht.« Aber je mehr er mich tröstet, desto hemmungsloser schluchze ich. »Komm her.« Es ist zu spät, um zu protestieren, doch selbst wenn ich die Chance hätte, könnte ich mich nicht rühren. Sam beugt sich über die Mittelkonsole und zieht mich in seine Arme.

Es fühlt sich fremd an, eine Umarmung, die sonst ganz

natürlich war, kommt mir jetzt seltsam vor. Aber trotz dieses neuen Reizes ist mir seine Berührung, sein Duft noch vertraut, und zu meiner Überraschung empfinde ich beides als angenehm.

Ich bin misstrauisch, wenn das, was Sam gesagt hat, allerdings wahr ist, muss ich ihm entgegenkommen. Ich möchte ihn auch nicht aus meinem Leben verdrängen. Ich habe nie geglaubt, dass das möglich ist, und da sich mir nun die Gelegenheit bietet, ihn zu behalten, möchte ich sie mit beiden Händen ergreifen. Das kurze Aufblitzen seines früheren Ichs im Krankenhaus lässt mich hoffen, dass wir Freunde sein können. Also traue ich mich. Ich schlinge meine Arme um ihn, schmiege mich an seine Brust und heule wie ein Schlosshund.

Ich fühle mich, als wären mir meine Sünden vergeben worden, und als Sam aufseufzt und mich auf den Scheitel küsst, merke ich, dass es ihm genauso geht. Ich lasse mich eine ganze Weile von ihm halten und genieße unsere Versöhnung – ich dachte, ich hätte ihn für immer verloren.

Als meine Tränen doch noch versiegen, lässt Sam mich los. »Wie wär's, wenn ich fahre? Ich verspreche auch, zehn Meilen unter der Höchstgeschwindigkeit zu bleiben.«

Damit bringt er mich zum Lachen. »Okay.« Ich richte mich auf, wische mir die Tränen ab und fühle mich schon viel besser.

Sam lächelt. Mein Gott, wie sehr ich das vermisst habe. Dann springt er aus dem Auto, was mich daran erinnert, dass ich auch aussteigen muss. Als ich die Tür öffne, streicht Wind über meine Haut, und ich atme tief ein, weil ich endlich wieder Luft bekomme. Alles erscheint mir größer und schöner, als würde ich die Welt mit anderen Augen sehen. Es ist strahlend blauer Himmel, und die grünen Hügelketten davor wirken fast lebendig. So fühlt es sich also an, wenn man eine zweite Chance bekommt?

Ich habe die ganze Fahrt Zeit, darüber nachzudenken, und diesmal verbiete ich mir das Grübeln nicht.

* * *

Ich sitze mitten im Zimmer, unserem alten Schlafzimmer, und suche meine Sachen zusammen. Sam hat das meiste, was ihm gehört, bereits verstaut und war so nett, auch ein paar Umzugskisten für mich mitzubringen, für den Fall, dass ich bald zurückkomme. Ich betrachte die Pappkisten und finde es schwer zu glauben, dass man ein Leben so sauber und ordentlich wegpacken kann. Das macht man sich sicher nur vor, denn so einfach kann es nicht sein.

Unser Leben passt nicht in eine Kiste – also, meins jedenfalls nicht –, das ist ja gerade das Schöne am Menschsein. Wir müssen Fehler machen, um zu lernen, und was ich gelernt habe, ist, dass Sam und ich Freunde sein können. Und auch diese Freundschaft wird nie in irgendeine Schublade passen, denn für die meisten ist es einfach unmöglich, mit dem oder der Verflossenen befreundet zu bleiben, wenn man die ganze Zeit angelogen wurde. Die meisten Menschen würden mich als schwach und wankelmütig bezeichnen. Doch ich denke, ich habe mich mit diesem Hin und Her abgefunden, damit endlich Ruhe ist.

Seit Monaten war ich nicht mehr so klar im Kopf. Erstaunlich, dass Sam dazu nötig war, denn eigentlich hat er die Kettenreaktion in Gang gesetzt, die zu dem jetzigen Zustand geführt hat.

Was auch geschehen ist, Sam hat mich zu der Person gemacht, die ich heute bin. Ja, er hat gelogen, und was er getan hat, ist nicht zu entschuldigen, doch ich komme darüber hinweg, wenn er das ebenfalls schafft. Im Auto scheint er ehrlich gewesen zu sein, und es ist unbeschreiblich, wie erleichtert ich war, als ich das Gefühl hatte, dass dieses Theater nun bald vorbei ist.

Ich bin nicht naiv. Sam hat recht. Diese Geschichte wird immer verdammt schräg sein, aber wenn wir das wirklich hinbekommen, wenn wir den anderen in Frieden leben lassen können … ich wage nicht mal, mir das vorzustellen, denn dann wäre mein Leben perfekt.

Ich will unbedingt mit Saxon reden, doch jedes Mal, wenn ich ihn anrufe, springt die Mailbox an. Ich möchte mir meine gute Laune nicht verderben, also weigere ich mich zu glauben, dass er mich ignoriert. Höchstwahrscheinlich hat er viel Arbeit. Sobald ich diesen Berg Kleidung sortiert habe, versuche ich es noch einmal.

Gerade als ich dabei bin, Sweatshirts aufzufalten, von denen ich nicht einmal wusste, dass ich sie hatte, kommt Sam mit zwei Bechern Kaffee ins Zimmer. Er ist immer noch freundlich und gluckst rau, als er mich zwischen meinen Klamottentürmen sieht. »Gut, dass ich einen Schuss Whiskey reingetan habe.« Er schließt die Tür, umgeht das Kleiderchaos und reicht mir eine Tasse.

Ein starker schwarzer Kaffee ist genau das, was ich brauche, also halte ich mir den Becher unter die Nase und schnuppere daran. »Du hast schon immer den besten Kaffee gemacht.«

»Oh, vielen Dank.« Er setzt sich auf den Boden und streckt die langen Beine aus. Ich bin dankbar, dass die Atmosphäre zwischen uns immer noch etwas unterkühlt ist. »Morgen hole ich dir noch ein paar Kisten«, sagt er und nippt an seinem Kaffee, während er mein Zeug beäugt.

»Ich kann nicht glauben, dass das alles in den Schrank gepasst hat.«

Er nimmt ein flauschiges rotes Sweatshirt mit einem Rentier-Aufdruck und hebt amüsiert die Augenbrauen. »Ich auch nicht.«

Kichernd entreiße ich ihm das peinliche Kleidungsstück. »Hey, mach dich bloß nicht darüber lustig. Den habe ich beim Wichteln bekommen.« Ich habe es nicht übers Herz gebracht, ihn wegzuwerfen, schließlich ist es der Gedanke, der zählt.

Doch Sam ist nicht so gefühlsduselig wie ich. »Die Person, die dir das geschenkt hat, hasst dich offenbar«, verkündet er und feixt, als ich nach Luft schnappe, als wäre ich entsetzt. Ich habe noch nicht einmal die Hälfte meiner Garderobe eingepackt, daher beschließe ich zwei Haufen zu machen: einen mit Sachen, die ich behalten will, und einen mit denen, die ich abgeben möchte. Ich habe keine Ahnung, wo ich hinziehe, also wäre es wohl eine gute Idee, nicht zu viel Gepäck zu haben.

»Wie hast du herausgefunden, was du mitnehmen und was du spenden willst?« Ich puste mir das Haar aus dem Gesicht. Das hier wird die ganze Nacht dauern.

Sam beugt sich vor und zieht ein Paar grässliche Plüschpantoffeln hervor. »Also zuerst habe ich alles weggeworfen, was wie ein kleiner Orang-Utan aussah.«

Ich pruste los und laufe rot an, denn diese Modesünde aus den frühen 2000er-Jahren war damals der letzte Schrei. »Die waren im Angebot«, versuche ich den Spontankauf zu rechtfertigen.

»Ich kann mir auch denken, warum«, entgegnet Sam und gluckst wieder. »Die legen wir am besten auf den Haufen mit den Spenden.« Lässig wirft er die Pantoffeln über die Schulter. Die Feindseligkeit zwischen uns ist verschwunden, und obwohl diese entspannte Unterhaltung sich hauptsächlich um meine höchst fragwürdigen Kaufentscheidungen dreht, macht es mir nichts aus.

Als Sams Blick auf eine Jeansjacke voller Aufnäher fällt, komme ich ihm zuvor. »Die behalte ich definitiv.« Ich befingere den Stoff und verliere mich in den vielen wunderschönen Erinnerungen, die daran hängen. »Die habe ich angehabt ...«

»... als wir zum ersten Mal miteinander ausgegangen sind«, beendet er den Satz für mich. »Das weiß ich noch.« Die Stimmung, die gerade noch so entspannt war, kippt plötzlich. Ich bereue es, damit angefangen zu haben, doch Sam lächelt und scheint in seine eigenen Gedanken versunken zu sein. »Du warst so nervös. Aber ich auch.« Mit einem Finger streicht er über den Rand seines Bechers. Ich war sicher, dass du mich durchschauen würdest, dass ich dir reinen Wein einschenken müsste. Und ich hätte es auch tun sollen«, fügt er mit gesenktem Blick hinzu. »Es tut mir wirklich leid, Lucy.«

»Schon gut.« Und diesmal meine ich es wirklich. »Ich dachte, wir wollten das Vergangene ruhen lassen.«

»Stimmt, ich fühle mich nur so beschissen wegen dem, was ich getan habe«, gesteht er und riskiert einen Blick in meine Richtung.

Doch ich will unsere neu gewonnene Einigkeit nicht aufs Spiel setzen, indem ich über etwas rede, das wir hinter uns lassen wollen. »Tja, das solltest du auch.« Er fühlt sich getroffen und lächelt unsicher. »Wir können darüber reden, bis wir schwarz werden, aber mir reicht's. Lass uns an die Zukunft denken und uns auf die Erinnerungen freuen, die wir noch sammeln müssen.«

Als Sam langsam nickt, atme ich durch. »Du warst immer die Klügere.« Ich lache, sehe allerdings keinen Grund, ihm zu widersprechen.

Stumm sortieren wir meine Klamotten, bis es an der Haustür klingelt. Ich erwarte niemanden, doch als Sam sich räuspert und aufsteht, wird mir klar, dass er mit diesem Klingeln gerechnet hat. »Ich hoffe, es macht dir nichts aus. Ich habe jemanden eingeladen.«

»Natürlich nicht.« Als Sam aber stocksteif stehen bleibt und keine Anstalten macht zu öffnen, beginne ich zu ahnen, dass meine Meinung sich womöglich ändern wird, wenn ich sehe, wer vor der Tür steht. Wieder klingelt es, länger diesmal, damit man weiß, dass der unbekannte Besuch sich nicht abwimmeln lassen wird.

»Schön. Bin gleich wieder da.« Ich nicke und wende mich wieder meinen Klamotten zu, ohne über seinen plötzlichen Stimmungsumschwung nachzudenken.

Als ich die Sachen, die ich behalten will, in ordentlichen Stapeln aufschichte, vibriert das Handy in meiner hinteren Hosentasche. Schnell ziehe ich es heraus. Saxon ruft an. Sofort vergesse ich Sams seltsames Gebaren und konzentriere mich auf das Gespräch. »Ich vermisse dich. Ich liebe dich. Wo bist du gewesen? Hallo? Habe ich dir schon gesagt, dass ich dich vermisse?«, stoße ich atemlos hervor.

Er belohnt mich einem tiefen, rauen Lachen, das mir durch

und durch geht. »Ja hallo. Tut mir leid, dass ich deine Anrufe verpasst habe. Alles in Ordnung?«

»Jetzt ja«, erwidere ich und schließe die Augen, um seiner schönen Stimme besser lauschen zu können. Ach, wie sehr ich ihn vermisst habe. Wie viel Sehnsucht ich hatte. »Wie geht's dir?«

»Gut. Es gab nur viel zu tun. Und wie sieht es bei dir aus?« Sein knapper Ton verrät, dass er sich Sorgen macht, denn die Antwort kann so oder so ausfallen.

Ich schaue auf das Chaos vor mir und zucke die Achseln. »Ich packe gerade.«

»Wirklich?«

»Ja, Sam hat bereits alles ausgeräumt. Mir hat er ein paar Kisten übrig gelassen, also bin ich jetzt in meinem alten Zimmer und teile mein Leben in zwei Haufen auf.« Ich schaue zwischen den Sachen zum Behalten und denen zum Weggeben hin und her, und plötzlich habe ich eine Erleuchtung. Ich kann nicht glauben, dass ich nicht schon früher darauf gekommen bin. »Aber weißt du was? Ich nehme gar nichts mit.« Ich knie mich hin und schiebe die zwei Haufen zu einem riesigen Berg zusammen. »Ich brauche nichts davon, bloß meine Zahnbürste, Wäsche zum Wechseln und meine Cowboystiefel, den Rest kann ich mir nach und nach zulegen.«

Ein Energiestoß durchzuckt mich, als das endlich geklärt ist.

»In dem Aufzug würde ich dich gern jeden Tag sehen«, flachst Saxon, und mir wird glühend heiß.

»Na, dann komm her und ich tu dir den Gefallen.« Sein Schweigen lässt darauf schließen, dass das nicht zur Debatte steht. Ich hasse diese Distanz zwischen uns, und damit meine ich nicht die tatsächliche Entfernung. Ich beschließe, erst zu sprechen und dann zu denken, und weihe ihn ein. »Sam und ich haben uns unterhalten … er freut sich für mich. Für uns.« Ich warte auf eine Reaktion, aber vergebens. Also rede ich weiter. »Er hat akzeptiert, dass ich nun mit dir zusammen bin. Und das bin ich, Saxon. Dass ich hierhergekommen bin, lässt es vielleicht nicht so aussehen, aber mein Herz ist in Oregon geblieben … bei dir.«

Ich bin so angespannt, dass ich kaum Luft bekomme, und kaue nervös an der Innenseite meiner Wange, während ich darauf warte, dass Saxon etwas erwidert, ganz egal was.

»Das hat er gesagt?«

»Ja«, erwidere ich ein wenig zu enthusiastisch. Das ist immerhin besser als eine Schimpftirade auf Sam. »Er hat gesagt, wenn du derjenige bist, der mich glücklich macht, wird er mich unterstützen. Er hat sich für alles entschuldigt. Ich weiß, dass das nicht reicht … aber es ist ein Anfang.« Ich spiele mit dem Feuer, doch wenn ich Saxon nicht erkläre, was ich empfinde, kommen wir, fürchte ich, in nächster Zeit nicht weiter. »Ich möchte einfach die Vergangenheit vergessen und nach vorne schauen. Herzukommen und mich mit Sam und dem, was zwischen uns passiert ist, auszusöhnen fühlt sich an wie ein erster Schritt. Ich brauche das, damit wir weitermachen können. Ich muss wissen, dass Sam zurechtkommt … und das wird er. Genau wie wir.«

Diese Rede habe ich schon hundert Mal gehalten, auf tausend unterschiedliche Arten, doch diesmal ist sie ein wenig anders. Sam ist mir auf halbem Wege entgegengekommen, und das ist besser als der Standpunkt, den er noch vor ein paar Wochen hatte.

»Und du glaubst ihm? Dass es für ihn in Ordnung ist, wenn wir zusammen sind?«

Ich versuche, nicht zu optimistisch zu klingen. »Ja, das tue ich. Wirklich.«

Saxon seufzt, und ich sehe praktisch vor mir, wie er sich mit den Fingern durch das wirre Haar fährt und sich tief in Gedanken auf die Unterlippe beißt. Ich weiß, dass er Zweifel hegt, und das aus gutem Grund, aber irgendetwas tief in mir sagt mir, dass es diesmal tatsächlich klappt.

»Wie kannst du so sicher sein?« Gerade als ich antworten will, schickt mir der Himmel ein Zeichen, und ich frage mich, ob ich lachen oder lieber weglaufen soll. »Lucy?«

Ich sage nichts mehr, denn ich finde nicht die richtigen Worte, um das zu beschreiben, was ich vor mir sehe.

»Lucy, du erinnerst dich doch an Alicia, oder?« Sam füllt die Stille, denn mir bleibt vor lauter Verblüffung der Mund offen stehen. Wie könnte ich diese Frau vergessen? Sie sieht genauso aus, wie ich sie Erinnerung habe – billig und boshaft.

Ich habe die Ex-Freundinnen der Gebrüder Stone seit Jahren nicht mehr gesehen, und nun scheinen sie in Scharen aus der Versenkung zu kommen.

»Alicia? Also Alicia Bell?«, fragt Saxon, der offenbar genauso baff ist wie ich.

Ich finde meine Stimme wieder und antworte. »Ja genau. Und deshalb kann ich so sicher sein«, erwidere ich auf seine ursprüngliche Frage und hoffe, dass sein Misstrauen damit endgültig zerstreut ist. Alicia war früher mit Sam zusammen, und obwohl er sein Gedächtnis verloren hatte und das mit ihnen nicht lange gehalten hat, hat er sich an sie erinnert, aber nicht an mich. Und jetzt scheint er sich auch wieder an sie zu erinnern.

Die kleine Reisetasche, die sie dabeihat, und die Art, wie sie sich an Sam schmiegt, deuten darauf hin, dass die Funken, die damals zwischen ihnen geflogen sein müssen, wieder zum Sprühen gebracht worden sind. Sie denkt, sie hat gewonnen. Das ist ja unerträglich. Alicia ist Sams neue Freundin? Wow. Ich dachte, er hätte etwas mehr Klasse. Sind die beiden wirklich wieder zusammen?

Egal, das geht mich nichts an. Und dieser Auftritt kommt genau zum richtigen Zeitpunkt, denn er belegt meine Behauptung, dass wir uns alle weiterentwickeln. Leider verschlechtert sich Sam dabei, doch das ist seine Entscheidung, und so wie er meine Wahl respektiert, muss ich seine akzeptieren.

Ich erinnere mich an meine gute Erziehung, stehe auf und winke halbherzig. »Aber sicher.« Ich sehe keinen Sinn darin, freundlich mit Alicia zu plaudern, denn wir zwei haben uns nie ausstehen können, also warum sollte ich jetzt damit anfangen, nett zu ihr zu sein.

»Alicia wird heute Nacht hierbleiben«, eröffnet Sam mir und beobachtet mich genau. Wahrscheinlich hat er Angst davor, wie ich reagiere, weil sie mir das letzte Mal, als wir uns begegnet sind, genüsslich unter die Nase gerieben hat, dass mein Verlobter sich zwar an sie, aber nicht an mich erinnert hat.

Que será, será. So etwas kommt vor, wenn man sich weiterentwickelt. Keiner kann etwas dafür. »Fantastisch. Dann lass ich euch mal in Ruhe.«

Sam blinzelt erstaunt, fasst sich aber schnell. Alicia dagegen ist mehr als froh, mich gehen zu sehen. Schwungvoll wirft sie ihre Tasche aufs Bett und macht es sich gemütlich.

Hastig türme ich meine Klamotten in einer Ecke des Zimmers zu einem unordentlichen Haufen auf, da ich sie alle loswerden will. Doch das kann bis morgen warten. »Viel Spaß. Und benehmt euch gut.« Ich verkneife mir ein Grinsen.

Das Handy immer noch ans Ohr gedrückt, verlasse ich das Zimmer und laufe über den Flur in mein neues Schlafzimmer. Sobald ich dort in Sicherheit bin, werfe ich mich aufs Bett und kichere wie eine Irre. »Warum lachst du so?«, fragt Saxon, anscheinend besorgt um meine geistige Gesundheit. Aber seine Frage belustigt mich nur noch mehr, und ich gackere lauter.

Saxon erlaubt es mir, diesen Wahnsinn auf meine Weise zu verarbeiten, und wartet, bis mein ausgelassenes Gelächter zu einem halbwegs gefassten Kichern geworden ist und ich tief ausatme, um mich, so gut es geht, wieder zu beruhigen. »Ich lache, weil das genau das ist, was ich angekündigt habe. Sam orientiert sich neu. Seine Partnerwahl ist zwar etwas seltsam, aber weißt du was? Das ist nicht mein Problem. Ich bin hier, da er mich gebeten hat zu kommen. Er möchte immer noch mit mir befreundet sein, und als seine Freundin werde ich ihm in dieser schwierigen Zeit beistehen.«

Ich sitze auf dem Bett, greife nach Saxons Kissen und drücke es an meine Brust. »Aber eins sollst du wissen, währenddessen werde ich mein Zeug zusammenpacken, alles klären und dann …«

»Ja, was dann?« Sein schweres Atmen verrät seine Anspannung.

»Und dann werden wir leben, verdammt noch mal.« Das ist nicht die vornehmste Ausdrucksweise, aber meine feste Absicht. Dies ist ein erster Schritt für uns alle, und ich kann es kaum erwarten, weitere zu machen.

»Das gefällt mir«, raunt Saxon, und schon ist alles wieder gut.

»Ich liebe dich.«

»Ich dich auch.«

Ich bin wunschlos glücklich, denn diese drei kleinen Worte, so aneinandergereiht, sind das mächtigste Versprechen der Welt, sie können dein Leben für immer verändern. So wie bei Saxon und mir – wir werden immer zusammenbleiben.

Wir verabschieden uns wesentlich zuversichtlicher, als wir uns begrüßt haben. Dann lege ich mich aufs Bett, starre an die Decke und genieße das Gefühl, mein Ziel erreicht zu haben. Nachdem ich das drückende, beunruhigende Schuldgefühl abgestreift habe, gehört die Welt mir.

Als ich übertrieben lautes Stöhnen höre, das nichts der Fantasie überlässt, greife ich nach meinem iPod, drehe die Lautstärke hoch und verschränke die Hände hinter dem Kopf. Noch nie hat sich das Leben so gut angefühlt.

Dreizehn

Ein Sonnenaufgang hat wahrhaftig etwas Magisches. Er ist der Beweis dafür, dass das Leben weitergeht, und heute war das Schauspiel besonders faszinierend. Als ich aufgestanden bin, habe ich mich fast wie neugeboren gefühlt. Ich habe mich geduscht und danach in Ruhe meinen Kaffee getrunken, während ich über den Hof geschaut habe. Ich werde diese Ranch vermissen, denn ich habe neben der bitteren auch viele schöne Erinnerungen an sie.

Bestimmt wird dieses Haus eine andere Familie glücklich machen, so wie mich früher. Aber für mich wird es Zeit, weiterzuziehen und einen neuen Hafen zu finden, einen anderen Ort, den ich mein Zuhause nennen kann.

Nachdem ich auf einem Zettel, den Sam unter ein Telefonbuch geschoben hatte, Hayley Regans Kontaktdaten gefunden habe, habe ich ihr eine E-Mail geschickt. Ich möchte dieses Anwesen gern sofort auf den Markt bringen, wenn sie aus dem Urlaub zurück ist. In der Zwischenzeit werde ich, wie versprochen, meine Sachen zusammenpacken und mich auf den Umzug vorbereiten. Deshalb sitze ich jetzt auf dem Küchenfußboden und räume Töpfe und Pfannen in Kisten. Die Sachen aus der Besteckschublade zu sortieren habe ich schon vor einer Stunde aufgegeben, denn wenn ich noch einen Löffel sehe, könnte es sein, dass ich ihn mir ins Auge ramme.

Viele der Dinge in dieser Küche sind praktisch ganz neu und unbenutzt, weil wir zur Verlobung einen Haufen Küchenutensilien bekommen haben, von denen wir nur die ganz normalen täglich benutzt haben. All das andere Zeug – wie zum Beispiel dieser Tajine-Topf – hat einfach bloß Platz weggenommen.

Ich lasse Sam gern aussuchen, was er haben möchte, und nehme mir, was übrig bleibt. Ich weiß nicht, wo ich landen werde, daher ist weniger mehr. Außerdem denke ich, ich sollte mir lieber alles neu kaufen.

Die schwerfälligen Schritte, die durch den Flur tappen, deuten darauf hin, dass die Person, die gleich auftauchen wird, dringend einen Kaffee braucht. »Oh Gott, muss das so hell sein?«

Als ich Sam sehe, muss ich lachen. Sein Haar steht in alle Richtungen ab, und seine Augen sind noch halb zu. »Ich habe gerade frischen Kaffee gekocht.«

Erschrocken zuckt er zusammen. Meine Stimme scheint ihn aus einer Art Trance geholt zu haben. »Danke.« Suchend sieht er sich um, entdeckt mich in dem Chaos auf dem Boden und erschrickt noch einmal. Dann fängt er sich halbwegs und stößt einen Pfiff aus. »Wow, wie lange war ich weg?«

Die Küche sieht aus, als hätte dort eine Bombe eingeschlagen, deshalb kann ich es ihm nicht verdenken, dass er glaubt, er hätte tagelang geschlafen. »Ich dachte, ich fange mal an, hier einzupacken. Aber da habe ich mich wohl übernommen.« Sam lacht und steuert schnurstracks auf den Kaffee zu.

Er schenkt sich eine Tasse ein und nimmt einen großen

Schluck. Ich packe weiter, bin mir aber bewusst, dass er mich nicht aus den Augen lässt. »Ich habe nicht geahnt, wie schwer das werden würde. Wir haben so viele Sachen. Sollen wir nicht einfach alles teilen? Oder …«

Er unterbricht mich mit einem Kopfschütteln. »Nein, nimm du einfach alles. Ich will nichts davon haben.«

Einen Stieltopf in der erhobenen Hand, halte ich mitten in der Bewegung inne. »Nein, das wäre nicht fair. Das gehört doch uns beiden.«

Sam atmet tief aus und lässt den Blick über die Dinge wandern, die vor ihm ausgebreitet liegen. »Und genau aus diesem Grund möchte ich nichts davon haben.« Er meint es nicht böse, er hat nur kein Interesse mehr an so etwas. Ich kann das nachvollziehen.

Er schenkt noch einen Kaffee ein und schafft das Kunststück, sich mit einer Tasse in jeder Hand neben mich auf den Boden zu setzen und mir eine anzubieten. Dankbar nehme ich ihm die Tasse ab. Dann blicken wir über das Durcheinander, und uns dämmert, dass das erst der Anfang ist. »Wir sollten zur Bank gehen und unser gemeinsames Konto auflösen.«

Er hat recht. »Lass uns das auf die Liste setzen.«

Sam greift nach einer Glasschale und zieht die Augenbrauen hoch. »Wer hat uns denn das geschenkt?«

Die reich verzierte Kristallschale mit den goldenen Griffen, die nur zur Dekoration taugt, kann bloß von einer Person kommen. »Deine Mutter.«

»Ah«, sagt Sam, »das hätte ich mir denken können. Tja, die kann sie wiederhaben. Die ist ja grottenhässlich.« Er tut so, als würde es ihn schütteln, und stellt die Schale in eine Kiste. Es ist schön, den »alten« Sam wiederzuhaben.

Er hilft mir, das Durcheinander zu beseitigen, das ich angerichtet habe, und es ist sehr ermutigend, dass wir Hand in Hand arbeiten, ohne dass wir uns gleich anschreien. Während ich die gläsernen Rührschüsseln in Noppenfolie wickle, räuspert Sam sich mehrmals. »Tut mir leid, wenn wir dich wach gehalten haben.«

Fast lasse ich eine Schüssel fallen, denn damit habe ich nicht gerechnet. Eigentlich möchte ich über die vergangene Nacht weder nachdenken noch reden, aber ich schätze, wenn wir Freunde bleiben wollen, sollten mir solche Themen nicht so peinlich sein, dass ich mir wünsche, ich wäre weit weg. »Sei nicht albern.« Ich winke ab und hoffe, dass ich lockerer klinge, als ich mich fühle. »Ich habe nichts gehört.« Das stimmt sogar im Großen und Ganzen, denn ich bin eingeschlafen, während mein iPod mir meine Lieblingslieder vorgespielt hat.

Sam nickt. Offenbar ist ihm dieses Thema genauso peinlich wie mir.

Stumm arbeiten wir weiter, jeder mit seinen eigenen Gedanken beschäftigt. Doch da er es nun angesprochen hat, beschließe ich, die Frage zu stellen, die mir auf der Zunge liegt. »Bist du wieder mit Alicia zusammen?«

Sam hört auf zu packen und schaut mich an. Ich kann mir nicht erklären, warum mein Magen sich unter diesem Blick plötzlich nervös zusammenzieht. »Ich weiß nicht. Aber wir sind uns wieder nähergekommen, als ich mein Gedächtnis verloren hatte«, gesteht er und mustert mich scharf. Das wundert mich nicht. Ich hatte keine Beweise, aber einen Verdacht. Während ich überlege, was ich von dieser Enthüllung halten soll, überrascht Sam mich wieder. »Würde es dir etwas ausmachen?«

»Nein, natürlich nicht«, erwidere ich hastig, doch ein kleiner Teil von mir ist anderer Meinung. Allerdings nicht der eifersüchtige Teil, sondern der, der gehofft hat, Sam würde eine Frau finden, die ihn verdient. Aber damit habe ich nichts zu tun. »Du kannst dir aussuchen, wen du willst. Ich sage nichts dazu.« Ergeben hebe ich die Hände, denn ich bin die Letzte, die mit Steinen werfen wird.

Meine Antwort scheint ihn zu besänftigen. »Ich möchte dich um einen Gefallen bitten.«

»Schieß los.« Dass er zögert, beunruhigt mich ein wenig, also schnappe ich mir doch noch das Besteck und beginne, es zu sortieren.

»Ich … ach Scheiße.« Ich werfe einen verstohlenen Blick auf ihn und frage mich, was er wohl auf dem Herzen hat. Langsam stößt er den Atem aus, ehe er fortfährt. »Ich möchte mich bei allen Leuten entschuldigen, die ich gekränkt habe.«

»Oookay«, sage ich mit lang gezogenem O.

»Bei dir natürlich zuerst.«

»Sam …«

»Nein, lass mich ausreden.«

Ich nicke.

»Ich dachte, ich lade meine und deine Eltern zum Abendessen hier ein.« Er hält etwas zurück, und ich kann mir vorstellen, was es ist. »Würdest du … würdest du auch Saxon Bescheid geben, dass er kommen soll?« Da ist sie … die unvermeidliche Frage. Ich wusste, dass sie kommen würde, doch ich habe schon so viel von Saxon verlangt. Diese Bitte könnte das Fass zum Überlaufen bringen.

Als ich allerdings sehe, wie sehr Sam sich quält, kommt es mir so vor, als hätte ich keine andere Wahl. »Ich versuche mein Bestes, aber wahrscheinlich nutzt es nichts. Sicher würde er lieber von dir eingeladen werden.«

»Ich weiß. Du hast recht, und ich würde es auch tun, wenn ich nicht davon ausgehen müsste, dass er auflegt, bevor ich auch nur drei Worte gesagt habe.« Seine Befürchtung ist berechtigt, denn Saxon ist störrisch wie ein Esel. »Ich möchte ja bloß, dass du ihm sagst, ich hätte gern eine zweite Chance, unsere Meinungsverschiedenheiten beizulegen. Jetzt, wo alle Bescheid wissen, wünsche ich mir nur noch, meinen Bruder wiederzuhaben. Ich weiß, dass ich das nicht verdiene, trotzdem …«

Ich lasse es nicht zu, dass er so weiterredet. »Ich spreche mit ihm.«

»Ehrlich?« Dankbar reißt Sam die Augen auf.

»Ja. Ich kann dir zwar nichts versprechen …«

Diesmal unterbricht er mich. »Ich danke dir, Lucy.« Ehe ich dazu komme, etwas zu erwidern, drückt er mich fest an sich. Es fühlt sich immer noch seltsam an, von ihm umarmt zu werden, auch wenn es sich um eine rein freundschaftliche Geste handelt.

Ein lautes Räuspern deutet allerdings darauf hin, dass irgendjemand nicht dieser Ansicht ist. »Störe ich?« Hastig lösen wir uns voneinander, was echt lächerlich ist, schließlich haben wir nichts Falsches getan.

»Nein, natürlich nicht. Lucy und ich sind gerade beim Packen.«

Alicia lehnt am Türpfosten. Sie trägt nichts weiter als Sams Lieblingsbasketballtrikot – das einmal mein Lieblingskleidungsstück war, wobei ich es eher aus nostalgischen Gründen getragen habe. Rasende … Eifersucht steigt in mir auf, doch ich unterdrücke sie hastig, weil sie völlig fehl am Platze ist. Wieder fühle ich mich überrumpelt und unangenehm berührt.

Überreizt beschäftige ich mich damit, die letzten Küchenutensilien zu verpacken. Dass Sam mir dabei sehr genau auf die Finger schaut, macht das innere Kribbeln nicht besser.

»Was muss man tun, damit man hier einen Kaffee bekommt?« Alicias Unverschämtheit ist eine willkommene Ablenkung, denn ich habe keine Ahnung, was mit mir los ist.

»Die Kanne steht auf der Theke«, blaffe ich mit erhitzten Wangen. Ich will diese Frau nicht in meinem Haus haben. Auch wenn es mir nicht mehr lange gehört, solange es meins ist, will ich sie hier nicht mehr sehen. Ich stehe möglichst lässig auf und wische nicht vorhandene Fusseln von meinem T-Shirt. Die Art, wie Sam zu mir aufschaut, macht mich noch unsicherer. »Ich gehe die Pferde füttern.« Sie sind bereits versorgt, mir fällt nur kein besserer Vorwand ein.

»Ich helfe dir«, sagt Sam und macht Anstalten aufzustehen.

Doch ich schüttele den Kopf und mache eine abwehrende Handbewegung. »Nein, ich schaff das schon. Wenn du hier fertig bist, sollen wir dann vielleicht zur Bank fahren? Und Hayley habe ich auch geschrieben. Am besten erledigen wir alles so schnell wie möglich.«

Sam guckt erstaunt, nickt aber schließlich. »Sicher. Wenn du das möchtest.«

»Ja, das möchte ich«, bestätige ich eilig. Er wirkt gekränkt, aber darauf kann ich keine Rücksicht mehr nehmen.

Das stand doch auf der Liste, die wir abarbeiten wollten, auch wenn Sam sich offenbar mit etwas so Wichtigem und Endgültigem lieber mehr Zeit lassen würde. Allerdings ist das genau das, was ich brauche, um die Dämonen zu bändigen, die wieder anfangen, sich zu rühren. Ohne zu begreifen, woher meine plötzliche Angst kommt, entschuldige ich mich rasch und dränge mich an Alicia vorbei, die keinen Millimeter zur Seite geht.

Ihr Moschusduft bleibt mir in der Nase hängen und unterstreicht, dass dieses Trikot und viele andere Dinge mir nicht mehr gehören. So fühlt sich also das Ende eines Lebensabschnitts an. Warum habe ich dabei nur so ein ungutes Gefühl?

***

Zu beschämt und verwirrt, um den Kopf zu heben, habe ich mich in mein Zimmer zurückgezogen. Sam und ich sind wie besprochen zur Bank gefahren. In dem Augenblick, in dem wir auf der gepunkteten Linie unterschrieben und unser gemeinsames Konto aufgelöst haben, steht mir der kalte Schweiß auf der Stirn. Ich habe keine Ahnung, warum ich so reagiere. Ich vermute, weil damit das Ende … offiziell besiegelt wird.

Diese Schweißausbrüche hatte ich bereits öfter. Zum Beispiel als ich Sam seinen Ring zurückgegeben habe. Und als ich den riesigen Knutschfleck gesehen habe, den er Alicia zu verdanken hatte.

Sam ist so lange ein fester Bestandteil meines Lebens gewesen, dass der Gedanke, ihn für immer gehen zu lassen, mir plötzlich das Herz zerreißt. Dabei stelle ich meine Entscheidung gar nicht infrage, denn ich will mit Saxon zusammen sein, doch etwas loszulassen, das ich so genau kenne, jagt mir eine Riesenangst ein.

Als es an der Tür klopft, schreie ich erschreckt auf, aber dann zwinge ich mich, mich zu entspannen. »Herein.«

Sam öffnet die Tür und späht ins Zimmer. Es ist verständlich, dass er vorsichtig ist. Diesmal ist er derjenige, der freundlich ist, während ich meine schlechte Laune nicht in den Griff bekomme. »Hey. Ich dachte, ich schau mal nach dir. Ist alles in Ordnung?«

Ich lege mein Tagebuch neben mich und nicke. »Ja, mir geht's gut.« Sam überlegt kurz, ehe er es wagt hereinzukommen.

Er sieht dem Sam, in den ich mich verliebt habe, so ähnlich, dass es schwer ist, nicht von einer Welle der Nostalgie überrollt zu werden und darin zu versinken. »Ich mache mir Sorgen um dich. Wenn es dir zu viel wird oder zu schnell geht, können wir gern langsamer machen.«

»Nein, ist schon gut.« Obwohl ich ihm für den Vorschlag dankbar bin, kann ich mich nicht darauf einlassen. Nicht gerade jetzt. Je schneller wir alles hinter uns bringen, desto besser ist es letzten Endes. Es ist sinnlos, das Unvermeidliche hinauszuzögern. Ich muss einfach aufhören, die Mimose zu spielen, und mich zusammenreißen.

»Ich weiß, dass das alles ziemlich schräg ist, aber ich bin da, wenn du reden möchtest.« Sanft streicht er mir über den Fußknöchel, um seinem Angebot Nachdruck zu verleihen, und ich ziehe das Bein nicht weg.

»Danke. Das bedeutet mir viel.«

»Ich hab's ernst gemeint, als ich gesagt habe, ich möchte, dass wir Freunde bleiben.« Das weiß ich, und ich dachte, genau das hätte ich mir gewünscht, doch inzwischen bin ich mir da allerdings nicht mehr so sicher.

Ist zu viel passiert, um das erreichen zu können? Oder sollte ich besser fragen, schaffe ich es, danebenzustehen und zuzusehen, wie Sam sein Leben lebt, ohne für den Rest meines Lebens der Vergangenheit nachzutrauern? Ich kann mir nicht erklären, warum ich diese düsteren Gedanken nicht loswerde; ich weiß nur, dass ich in diese Abwärtsspirale gerutscht bin, als ich Alicia in Sams Trikot gesehen habe. Eigentlich will ich nur wieder da rauskommen.

Ich würde gern mit Saxon reden, doch wie soll ich ihm das beibringen, ohne dass es sich so anhört, als bereute ich meine Entscheidung.

»Ich habe Piper angerufen und sie gefragt, ob sie mir verzeihen kann, dass ich so gemein zu ihr war«, gesteht Sam zu meiner Überraschung.

»Und was hat sie geantwortet?«

Er zieht eine Grimasse, das kann nichts Gutes bedeuten. »Sie will darüber nachdenken … auf dem Weg zum Singtunes.«

»Der Karaoke-Bar?«, frage ich. Ich kann mir das Grinsen nicht verkneifen.

»Genau. Eine ziemlich harte Bedingung, aber ich habe Ja gesagt. Es ist immerhin ein Anfang.« Das stimmt, und ich bewundere Sam für sein Friedensangebot.

»Sie wollte heute Abend hin, aber ich …«

»Was?«

Er zögert und überlegt offensichtlich, wie viel er mir verraten soll. »Ich wusste nicht, ob du Lust dazu hast. Ich habe versucht, höflich abzulehnen, aber du kennst sie ja. Auf dem Ohr ist sie taub. Sie kommt gleich.«

Da ich nicht länger Trübsal blasen möchte, schüttele ich den Kopf. »Nein, alles gut, lass uns gehen.«

»Bist du sicher?«

»Ja. Außerdem wird Piper uns sowieso hinschleppen.« Sam

lacht, und schon wieder reißt mich ein endloser Strom von Erinnerungen mit, der mir den Atem verschlägt.

»Na gut, wenn du unbedingt willst. Auf jeden Fall wäre es schön, mal wieder auszugehen. Ich kann mich gar nicht mehr erinnern, wann ich das letzte Mal etwas so Normales getan habe.« Aufmunternd zieht er an meinem kleinen Zeh, ehe er sich zum Gehen wendet. »Ich dusche nur schnell und ziehe mich um.«

Eine unausgesprochene Frage hängt in der Luft, und obwohl ich kein Recht habe, sie zu stellen, kann ich mich nicht bremsen. »Kommt Alicia auch mit?«

Sichtlich verblüfft über meine Direktheit, legt Sam den Kopf schief. »Nein«, erwidert er schließlich und erlöst mich von meinem Elend. »Wir werden bloß zu dritt sein … dabei fällt mir ein.« Ich warte mit angehaltenem Atem. »Ich habe mit meinen Eltern gesprochen, wegen des Abendessens, bei dem ich reinen Tisch machen will. Sie sind sehr dafür. Meine Mom möchte sich auch bei dir und deinen Eltern entschuldigen.«

»Bei mir?« Vor lauter Überraschung falle ich fast aus dem Bett.

»Ja. Sie weiß, dass sie unrecht hatte. Sie möchte, dass sich alles wieder einrenkt.«

Ich seufze schwer. Was bleibt mir übrig? Alle außer mir wollen zu der Party kommen, was mich ziemlich kindisch aussehen lässt. Es wird Zeit, endlich einen Schlussstrich zu ziehen. »Okay. Ich rufe meine Eltern an. Wann soll das Essen stattfinden?«

»Nächsten Samstag? Würde dir das passen?« Es ist lobenswert, dass Sam es so eilig zu haben scheint, seine Fehler wiedergutzumachen.

»Ja, das geht in Ordnung. Lass mich mit meinen Eltern sprechen, dann berichte ich dir, was sie gesagt haben.«

»Großartig.« Unschlüssig wiegt er sich auf seinen Füßen vor und zurück. Ich weiß, worauf er wartet, aber ich kann ihm keine Antwort auf seine stumme Frage geben. Ich bin noch nicht so weit.

Ich werde mit Saxon reden. Ich muss nur erst herausfinden, was ich ihm sagen soll.

Sam sieht, wie ich mich verschließe, und nickt knapp. »Gut. Dann gehe ich wohl besser duschen.« Ich wünschte, ich könnte diese Bedrücktheit ablegen. Vielleicht ist ein Abend in einer Karaoke-Bar genau das, was Sam und ich brauchen.

Er steht immer noch abwartend da, doch als ich mit einem losen Faden an der Bettdecke spiele, versteht er den Wink und geht. Tief ausatmend greife ich nach meinem Handy und lasse einen Finger über Saxons Namen schweben. Sag es ihm doch einfach!, feure ich mich an, damit ich mich traue und dazu durchringe. Aber ich habe Angst, dass Saxon der Kragen platzt und er mich zum Teufel jagt.

Wenn ich Sam verzeihen will, ist das meine Sache, Saxon muss das nicht tun. Ich fürchte, wenn ich ihn bitte, wieder nach Montana zu kommen, so wie damals, als Sam im Krankenhaus war, fährt er nicht mehr sofort los. Er wird merken, wie irrational ich auf Sams neues Leben reagiere, und es missverstehen.

Stöhnend werfe ich mein Telefon wieder auf die Matratze und verfluche den Tag, an dem ich auf die Idee gekommen bin, ich könnte alles gleichzeitig haben.

* * *

»Spuckst du es jetzt aus, oder muss ich Gewalt anwenden?« Ich reiße den Blick von meinem unangetasteten Bier los und schmunzele. Es wundert mich, dass Piper so lange gebraucht hat, mich zu fragen, was mich bedrückt.

Wir sitzen in einer Nische im Singtunes, und obwohl eine fröhliche, lockere Stimmung herrscht, beiße ich nach wie vor, tief in Gedanken versunken, die Zähne zusammen. Wie erwartet hat Piper es Sam nicht leicht gemacht. Aber damit hatten wir auch nicht gerechnet.

Zu Sams Ehrenrettung muss ich sagen, dass er sehr geduldig war und ruhig zugehört hat, wie Piper ihn dafür ausgeschimpft hat, dass er sich mir und allen anderen gegenüber wie ein echtes Arschloch aufgeführt hat. Nach seiner zwanzigsten Entschuldigung schien sie endlich zufrieden zu sein und hat sich lieber damit befasst, vor Hunderten von Fremden aus vollem Hals zu singen.

Sie hat mich gebeten mitzumachen, aber ich konnte kaum sprechen, geschweige denn Liedertexten auf einem Bildschirm folgen und sie dann auch noch zum Besten geben. Sam ist meine Niedergeschlagenheit ebenfalls aufgefallen, deshalb hat er mich unzählige Male gefragt, ob es mir gut geht. Doch die Sache ist die: Je öfter er mich fragt, desto trauriger werde ich.

Ich sollte mich freuen, dass wir es geschafft haben, auszugehen und halbwegs normale Dinge wie diese zu tun, aber mein ungutes Gefühl geht einfach nicht weg. Ganz egal, wie sehr ich mich darum bemühe. Sam steht wartend an der Bar. Offenbar lässt er mir ein bisschen Zeit, um mit Piper darüber zu reden, was mir fehlt. Doch das weiß ich ja selbst nicht.

»Keine Ahnung, was mit mir ist. Ich dachte, ich würde glücklich sein, aber ich fühle mich einfach …« Ich zucke die Achseln und suche nach dem richtigen Wort.

»Wie?« Als ich Piper nur mit leerem Blick anschaue, stellt sie eine andere Frage. »Was ist passiert, dass du ein Gesicht machst wie drei Tage Regenwetter?«

Unwillkürlich kichere ich. »Das ist es ja. Eigentlich nichts. Alles lief wunderbar. Bis ich erfahren habe, dass Sam und Alicia …« Piper erschauert und presst eine Hand vor den Mund, als müsste sie sich übergeben. »Sie sind wohl wieder zusammen, und das ist gut für ihn. Es ist genau das, was ich wollte. Aber heute Morgen …« Ich schlucke und fühle mich unfassbar dumm, als ich es laut ausspreche. »… hat Alicia in meinem Lieblingstrikot in meiner Küche gestanden. Und irgendwie hat mich das verrückt gemacht. Keine Ahnung, warum.« Es tut gut, mir das von der Seele zu reden, bringt mich der Lösung meines Problems allerdings auch nicht näher.

Während Piper über mein Geständnis nachdenkt, rutsche ich unruhig auf meinem Platz herum. Ich kann mir denken, wie sich das anhört. Als passte es mir nicht, dass Sam sich von mir gelöst hat, doch so ist es nicht, ehrlich.

»Und als wir dann unser gemeinsames Konto aufgelöst haben, hatte ich das Gefühl, jeden Augenblick eine Panikattacke zu bekommen. Was ist bloß falsch bei mir?« Verlegen schlage ich beide Hände vors Gesicht.

Piper zieht sie wieder herunter. Kleinlaut schaue ich sie an. »Nichts ist falsch bei dir.«

»Warum benehme ich mich dann, als wäre ich verrückt geworden?«

Piper lächelt, was mich hoffen lässt, dass ich vielleicht doch nicht völlig unzurechnungsfähig bin. »Das ist ganz normal. Du und Sam, ihr habt sehr schöne Zeiten miteinander erlebt. Du warst sehr lange in ihn verliebt, und jetzt, wo ihr beide nach vorne schaut, ist das nicht leicht zu ertragen.«

»Warum?«

»Weil du dich bei Sam sicher gefühlt hast. Ihr wart es gewohnt, zusammen zu sein, aber damit müsst ihr beide jetzt aufhören. Du bist hergekommen, weil er dich darum gebeten hat, doch irgendwo musst du eine Grenze ziehen. Du darfst nicht immer wieder zu ihm laufen, wenn etwas schiefgeht. Ihr müsst beide lernen, ohne den anderen zu leben.«

»Ich kann ohne ihn leben«, behaupte ich, obwohl ich tief im Inneren weiß, dass sie recht hat.

»Natürlich, es wird nur etwas dauern. Du kannst nicht erwarten, dass das über Nacht klappt.«

»Ich liebe Saxon.« Ich muss es laut sagen, da ich es hören muss.

»Das bestreitet doch niemand, Lucy. Aber zuerst wolltest du für immer mit Sam zusammenbleiben. Bevor das alles passiert ist, hast du nicht daran gezweifelt, dass du bis ans Ende eurer Tage mit ihm ein glückliches Leben führen würdest. Das hat sich nun geändert, aber trotzdem ist es ganz normal, dass du wieder alte Gewohnheiten annimmst. Und dass alte Gefühle hochkommen.«

Ich zucke zurück und wackle aufgeregt mit einem Finger. »Es sind keine alten Gefühle im Spiel, absolut keine. Nur eine Art Schuldgefühle.«

Piper kippt ihren Gin Tonic herunter und zuckt die Achseln. »Alte Gewohnheiten lassen sich bloß schwer ablegen. Aber je eher du sie loswirst, desto besser für dich.«

»Du würdest Sam als eine Angewohnheit bezeichnen?«, frage ich und kaue nachdenklich auf meiner Unterlippe.

»Ja«, entgegnet Piper unverblümt. »Geschiedene Paare müssen sich ihre Kinder teilen und können den Ex-Partner nie richtig loswerden, um es mal so zu sagen, und du und Sam, ihr werdet euch auch immer etwas teilen müssen.« Verständnislos ziehe ich die Augenbrauen hoch. »Saxon«, erklärt sie. Ich stoße den Atem aus. Sie hat recht.

»Also musst du Sam gehen lassen, wenn du den Rest deines Lebens mit Saxon verbringen willst, den alten Sam, mit dem du so viele Erinnerungen teilst, weil er immer dein Ex-Freund sein wird und sonst deine Beziehung vergiften könnte. Du kommst nicht weiter, wenn du in der Vergangenheit festsitzt.«

Nachdenklich nippe ich an meinem Bier. »Das wird nicht einfach für dich. Du fängst ganz neu an. Gib deinem Verstand und deinem Herzen etwas Zeit, um hinterherzukommen.«

»Ich habe das Gefühl, ich werde verrückt.« Ich fahre mir mit den Fingern durchs Haar.

»Und ich würde mir Sorgen machen, wenn du nicht gelegentlich die Nerven verlieren würdest. Liebe ist nicht einfach. Dazu kommen noch die besonderen Umstände, da ist es nur natürlich, dass dir hin und wieder Zweifel und Fragen kommen. Wir sind Gewohnheitstiere, Lucy. Du bist bloß durchgedreht, weil du Alicia in einem Trikot gesehen hast, das einmal deins war. Genau wie Sam. Das sind offene Wunden, aber wenn du erst einmal gelernt hast, nicht mehr daran zu rühren, wirst du sie vergessen. Das geht nur nicht so schnell.«

Ich lehne mich zurück und denke kurz über alles nach, was Piper gerade gesagt hat.

Bei Sam habe ich mich sicher gefühlt, und bei Saxon ist es

genau andersherum. Sam ist mir vertraut, aber ich muss ihn mir abgewöhnen, so wie man sich eine süchtig machende Droge abgewöhnt. Ich muss lernen, ohne ihn zu leben. Vielleicht habe ich dabei Rückfälle, aber ich werde alles tun, um sozusagen einen kalten Entzug zu schaffen.

»Sam hat mich gebeten, in seinem Namen mit Saxon zu sprechen«, verrate ich. »Er möchte sich entschuldigen und glaubt, ich hätte eine bessere Chance, zu Saxon durchzudringen. Ich komme mir bloß so vor, als würde ich ständig nehmen und nie etwas zurückgeben.«

Protestierend schnalzt Piper mit der Zunge. »Ich schätze, das ist eine gute Idee. Schließlich ist Sams Familie auch Saxons. Wenn das mit euch klappen soll, muss Saxon sich meiner Meinung nach klar darüber sein, dass Sam immer ein Teil deiner Vergangenheit sein wird ... wobei Vergangenheit das wichtige Wort ist. Er kann nicht erwarten, dass du das, was du mit Sam hattest, einfach unter den Teppich kehrst. Sam hat dich zu der Frau gemacht, die du heute bist. Ihr alle drei müsst miteinander klarkommen, wenn das Ganze funktionieren soll.« Ich reiße meine Cocktailserviette in Fetzen, weil ich etwas tun muss, sonst stelle ich mich in eine Ecke und schlage mit der Stirn gegen die Wand.

»Ich kenne dich, Lucy. Du bringst es nicht fertig, Sam ganz aus deinem Leben auszuschließen. Dass du hier bist, ist der beste Beweis dafür, aber du musst eine Balance finden. Mach es dir nicht zu schwer. Tu, was du kannst und was sich richtig anfühlt. Du möchtest mit Saxon zusammen sein, aber auch mit Sam befreundet bleiben, und es gibt keinen Grund, warum du nicht beides schaffen solltest. Nimm dir eine Auszeit. Und zieh Grenzen. Es ist fast unmöglich, mit Saxon weiterzukommen, wenn du emotional noch an Sam hängst. Pass nur auf, wie viel Kontakt ihr habt, und verändere die Beziehung, damit sie nicht so ähnlich ist wie die, die ihr früher hattet. Deswegen hat es dich so gestört, als du Alicia gesehen hast. Schluss mit den alten …«

»… Gewohnheiten«, beende ich den Satz für sie. Mir brummt der Kopf. »Du denkst also, obwohl ich Sam nicht mehr liebe, hänge ich noch emotional an ihm?«

Piper nickt, als wäre das selbstverständlich. Du lieber Himmel. »Ich wäre überrascht, wenn du ihn einfach von heute auf morgen nicht mehr leiden könntest, besonders da er jetzt wieder ganz der Alte ist. Wenn es so wäre, wäre eure Beziehung ja nicht viel wert gewesen.«

Wieder hat sie mich verblüfft. »Seit wann bist du so weise?«

Grinsend hält sie ihr leeres Glas hoch. »Schieb es auf den Gin. Und meine Talkshow-Erfahrung.«

Anscheinend muss ich mich also erst daran gewöhnen, mit meinem Ex befreundet zu sein. Aber Piper hat recht. Sam ist eine Angewohnheit. Wann immer ich ein Problem hatte, bin ich zu ihm gekommen, nun wird es Zeit, mein Leben selbst in die Hand zu nehmen.

Sam schlängelt sich mit einem Tablett, auf dem drei Bier stehen, zu uns durch und nähert sich zögernd. Ich kann es ihm nicht verdenken. Der arme Kerl fragt sich wahrscheinlich, was ihn erwartet. Piper schnappt sich ein Glas und wiegt sich im Takt eines Popsongs, den ein sehr engagierter Gast gerade herausschmettert.

Als das Lied zu Ende ist, krempelt sie die Ärmel hoch und feixt. Was hat sie jetzt vor?

Wir erfahren es, als der Showmaster verkündet: »Okay, die

Nächsten sind Piper, Lucy und … Horst.« Ich reiße die Augen auf und pruste los. Sam fällt der Kiefer herunter.

»Was ist?«, fragt Piper unschuldig und nimmt noch einen Schluck Bier. »Du hast gesagt, du möchtest dich dafür entschuldigen, dass du so ein Horst warst.«

Ehe wir uns wehren können, springt sie auf, hakt uns unter und zerrt uns, begleitet von begeisterten Pfiffen und Rufen, die sie sichtlich genießt, zur glitzernden Bühne. Sam und ich haben keine Chance, also folgen wir ihr unsicher, weil wir nicht wissen, was uns erwartet.

Der Showmaster ist ein junger Mann, der sich mit einem Hawaiihemd geschmückt hat. Er feuert die bereits johlende Menge weiter an, indem er Pipers Arm nach oben reißt, als hätte sie einen Boxkampf gewonnen. Sie sonnt sich natürlich in dieser Aufmerksamkeit, während Sam und ich uns ansehen und unwillkürlich anfangen zu grinsen. »Wollt ihr weiterrocken?«, fragt der Showmaster mit einer Geste, die Ozzy Osbourne stolz gemacht hätte.

Sam neigt sich mir zu und flüstert mir ins Ohr: »Ich gebe dir fünfhundert Dollar, wenn du mich von dieser Bühne schubst und mir den anderen Arm brichst.«

Ich pruste los. »Kommt nicht infrage. Soll ich hier oben etwa allein bleiben?« Sein heiseres Lachen sorgt dafür, dass meine Nackenhaare sich aufstellen, doch ich denke an Pipers Worte und versuche, Grenzen zu ziehen.

Nachdem der Showmaster jedem von uns ein Mikrofon gegeben hat, drängen wir uns vor einem Bildschirm zusammen. Über das Publikum zu blicken ist mehr als einschüchternd, und ich frage mich, was dieses Meer aus namenlosen Gesichtern wohl von uns denkt, wenn es uns so sieht. Für Zuschauer wirken wir wahrscheinlich ganz normal, wie drei Freunde, die sich einen schönen Abend machen wollen. Vielleicht gibt es ja noch Hoffnung für uns.

Doch dann, als die unverkennbaren ersten Takte meines absoluten Lieblingslieds aus den Lautsprechern dringen, vergesse ich alles um mich herum und gebe mich ganz der Musik hin. Ich schaue Piper an und kann gar nicht mehr aufhören zu lächeln.

Ich weiß, warum sie dieses Lied gewählt hat, und ich liebe sie noch mehr, weil sie an mich glaubt, denn der Song, den sie so passend ausgesucht hat, ist *Don't Stop Believin'* von Journey. Das ist mein Lied, und obwohl ich noch nie zuvor Karaoke gesungen habe, bin ich gleich in meinem Element.

Sobald der Text auf dem Bildschirm erscheint, fange ich an zu singen, aber ich brauche die Hilfe nicht, denn ich kenne ihn auswendig. Sam steht zwischen Piper und mir, und ich bin erstaunt, dass er mitmacht und sogar Spaß dabei hat, denn normalerweise würde er so etwas niemals tun. Kurz bevor wir zum Refrain kommen, wird mir klar, dass Piper recht gehabt hat. Damit sich etwas ändert, müssen wir dafür sorgen, dass unsere Freundschaft keine Ähnlichkeit mit unserer Beziehung hat.

Das hier beweist, dass ich alles haben kann – eine Freundschaft mit Sam und eine Liebesbeziehung mit Saxon. Bestimmt werde ich Mist bauen und wahrscheinlich viele Tage wie diesen haben, aber wenn ich es schaffe, mir selbst treu zu bleiben, kann ich nach und nach aus meinen Fehlern lernen.

Als das berüchtigte Gitarrensolo anfängt, nicken Piper und ich uns zu … wir verstehen uns auch ohne Worte. Schnell drehen wir einander den Rücken zu, benutzen Sam als Stütze und tun so, als wären unsere Mikrofone Gitarren. Sam lacht in sich hinein und lässt uns gewähren.

Dann grölen wir den Refrain. Ich habe mich noch nie so sehr damit identifiziert wie in diesem Moment. Ich werde nicht aufhören, an mich zu glauben, denn darum geht es im Leben. Als das Lied zu Ende ist, reißt Piper die erhobene Faust nach unten wie ein Rockstar aus den Achtzigern.

Aufgewühlt, atemlos und haltlos lachend, schauen Sam und ich einander an. Der Adrenalinstoß, den wir bekommen haben, weil wir völlig unerwartet in einem Raum voller Fremder als Sänger auftreten mussten, ist uns zu Kopf gestiegen, doch als ein Ausdruck, den ich als Sehnsucht erkenne, über sein Gesicht huscht, weiß ich, was zu tun ist.

Sobald er einen Schritt auf mich zumacht, strecke ich einen Arm aus und lege meine Hand auf seine Brust. Sein Herz rast, aber ich weigere mich, das auf etwas anderes zurückzuführen als darauf, dass wir uns gerade die Seele aus dem Leib gebrüllt haben. Nachsichtig schaut er auf meinen Arm herunter. Ich habe eine Grenze gesetzt.

Piper verbeugt sich vor ihrer neu gewonnenen Fangemeinde, also überlasse ich ihr das Rampenlicht, gebe dem Showmaster mein Mikrofon zurück und springe von der Bühne. Während ich mich auf geradem Weg zur Tür durch die applaudierende Menge schiebe, hole ich mein Handy aus der Hosentasche.

Die frische Luft kühlt meine glühenden Wangen, als ich mit bebenden Fingern etwas tue, das ich schon vor Stunden hätte tun sollen. Sobald ich seine raue Stimme höre, schmelze ich dahin. »Hey du.«

Ich brauche einen Moment, bis ich etwas herausbekomme, denn Saxon Stone raubt mir den Atem. »Selbst hey.«

»Warum bist du so außer Atem?«

Ich gehe die Straße hoch, weg von den lauten, angetrunkenen Kneipengästen, weil ich kein Wort von dem, was er sagt, verpassen will. »Ich bin in einer Karaoke-Bar.«

»Ach.«

Ich weiß, wie sich das anhört, wo ich doch eigentlich hier bin, um Sam durch eine schwierige Zeit zu helfen, doch ich will nichts vor Saxon verheimlichen. »Ja, Piper hat Sam und mich hergeschleppt.« Die Verbitterung meines Freundes ist durch das Telefon zu spüren. »Aber bevor du voreilige Schlüsse ziehst, sollst du wissen, dass ich mich heute schlecht gefühlt habe, weil Alicia in Sams altem Basketballtrikot in meiner Küche gestanden hat … dem, das ich immer anhatte. Und als Sam und ich unser gemeinsames Konto aufgelöst haben, dachte ich, ich würde in Ohnmacht fallen.«

»Okay …« Saxons Ton ist kühl geworden, doch er wird gleich verstehen, warum ich das alles preisgebe.

»Ich habe mich nicht getraut, dich anzurufen, weil ich mich wegen dieser Reaktionen geschämt habe. Den ganzen Tag habe ich mich gefragt, wie das passieren konnte.« Ich bleibe stehen und lehne mich mit dem Rücken an eine Ziegelmauer. »Dann hat Sam mir erzählt, dass er nächsten Samstag zu einem Abendessen auf unserer Ranch einlädt, um sich bei all den Menschen zu entschuldigen, die er verletzt hat, und ich habe mich gefragt, ob du vielleicht kommen möchtest.« Hastig rede ich weiter, da ich Angst habe, mein Anliegen nicht mehr vortragen zu können, wenn ich ins Stocken gerate.

»Sam möchte sich auch bei dir entschuldigen, aber ich weiß, dass ich schon sehr viel von dir verlangt habe, also liegt es an dir, ob du kommst oder nicht. Wie du dich auch entscheidest, ich stehe hinter dir. Hundertprozentig. Ich wollte dir nur sagen, dass ich mich so schlecht gefühlt habe, weil ich endlich loslasse. Sam ist eine Angewohnheit, die ich endlich ablegen muss.« Danke, Piper! »Aber ich kann ihn nicht ganz aus meinem Leben verbannen. Wie soll das gehen? Jedes Mal, wenn ich dich anschaue, werde ich an ihn erinnert. Also müssen wir, wenn wir zusammenbleiben wollen, ein Gleichgewicht finden und Grenzen setzen. Mag sein, dass ich emotional immer noch an Sam gebunden bin, aber ich liebe ihn nicht. Ich liebe dich. Von ganzem Herzen. Sicher hört sich das so an, als wollte ich das Beste aus zwei Welten, aber es kann funktionieren. Es muss.« Erst danach schöpfe ich Luft. Kann mich bitte mal jemand loben?

Nach meinem Redeschwall brauche ich eine kleine Atempause.

Saxon schweigt, und ich kann es ihm nicht übel nehmen. Aus mir sind gerade in weniger als einer Minute all die Gedanken herausgesprudelt, die ich mir den Tag über gemacht habe. Doch als das Schweigen andauert, beginne ich mir Sorgen zu machen. Ich habe ihn bereits so oft zu etwas gedrängt, trotzdem muss er nun aktiv werden. Was er auch tut, ich halte zu ihm. Wenn er sich nicht mit Sam vertragen will, habe ich wenigstens versucht, Frieden zu stiften.

Ungeduldig tappe ich mit einem Fuß auf den Boden und warte darauf, dass er etwas von sich gibt, ganz egal was. Und je länger ich warte, desto nervöser werde ich. Gerade als ich traurig denke, dass ich ihn überfordert habe, sagt er etwas, das mir demonstriert, warum ich ihn aus so vielen Gründen liebe. »Was hast du gesungen?«

Ich platze vor Lachen. »Na, meinen Lieblingssong von

Journey.« Er lacht leise vor sich hin, und ich bin dankbar, dass wir nach diesen Enthüllungen noch Scherze machen können. »Du kommst also?«

»Ich denke darüber nach«, erwidert er.

»Das ist immerhin besser als eine direkte Absage.« Ich will nicht länger darüber reden und es lieber genießen, ihn am Telefon zu haben. »Ich vermisse dich. Sehr.«

»Ich dich auch.« Und wieder schweigen wir uns an, wie so oft in letzter Zeit. Wir reden nicht über unsere Trennungsängste, doch die Umstände erlauben es uns auch nicht, zusammen zu sein. Jedenfalls noch nicht. »Ich höre besser auf. Ich habe noch etwas Papierkram zu erledigen.«

»In Ordnung«, sage ich merklich enttäuscht. »Dann bis morgen?«

»Klar. Ich liebe dich.«

Ich schließe die Augen und schwelge in dem Gefühl, von Saxon Stone begehrt zu werden. »Ich dich auch.« Wie immer ist er der Erste, der auflegt, denn ich mag es nicht, Tschüss zu sagen.

Ich brauche einen Moment, um mich zu sammeln, denn heute habe ich vieles lernen müssen. Das Gespräch mit Piper hat mir geholfen, einen klaren Kopf zu bekommen. Selbst wenn Saxon Sam nicht auf halbem Wege entgegenkommt, freue ich mich, dass Sam und ich uns einig geworden sind. Ein kleiner Teil von mir ist froh zu wissen, dass er so oder so in meinem Leben bleiben wird. Wir haben noch einen weiten Weg vor uns, aber ich freue mich auf diese Reise, weil ich nie aus den Augen verlieren werde, warum ich mich dazu aufgemacht habe.

Vierzehn

Wenn jemand denken würde, wir wären ausgeraubt worden, könnte man ihn verstehen, denn in den letzten Tagen haben Sam und ich das Haus von oben bis unten gesäubert. Das Nötigste ist dageblieben, doch alle persönlichen Dinge haben wir eingepackt oder gespendet.

Ich muss zugeben, dass es eine befreiende Wirkung hatte. Meinen Schrank zu leeren war fast so, als würden sich auch alle angesammelten Probleme in Luft auflösen. Und je mehr ich wegwarf, desto leichter fühlte ich mich. Meine Eltern waren damit einverstanden, dass ich das, was ich im Moment nicht brauche, in ihrem Haus lagere, bis ich herausgefunden habe, was ich tun werde.

Sam hat im Moment keine Kopfschmerzen mehr. Aber obwohl wir gar nicht mehr streiten, sondern gut miteinander auskommen, weiß ich immer noch nicht, was ich machen soll, wenn das Haus verkauft ist. Jetzt wo sich die Situation entspannt hat, würde es mich total stressen, mir ein neues Leben in einem anderen Staat aufzubauen.

Andererseits bin ich für eine Fernbeziehung nicht geschaffen.

Ich vermisse Saxon. Jede Sekunde. Obwohl bei mir alles gut läuft, kann ich meine neue Freiheit nicht in vollen Zügen genießen. Ich möchte das alles mit Saxon teilen, muss mir aber immer wieder ins Gedächtnis rufen, dass er schon vor mir ein Leben hatte – das er offenbar nicht aufgeben will.

Doch einer von uns muss irgendwann etwas opfern, das er liebt, damit wir zusammen sein können. Ich kenne das Sprichwort *Die Heimat ist dort, wo das Herz ist*, aber in meinem Fall trifft beides auf Montana zu. Seufzend gebe ich den Vorsatz auf, mir das Haar hochzustecken, und greife stattdessen nach meiner Bürste.

Heute ist das Abendessen mit den Eltern. Irgendwie habe ich Angst davor, mit allen zusammen in einem Raum zu sein, denn beim letzten Mal wäre fast der Dritte Weltkrieg ausgebrochen. Aber Sam hat darauf bestanden und seine Therapeutin auch. Sehr zu meiner eigenen Verwunderung habe ich ihn, wie von Sophia vorgeschlagen, zu seinen Therapiesitzungen begleitet und zugehört, wie er sich seine Sünden von der Seele geredet und seine Enttäuschung in allen Einzelheiten geschildert hat.

Zuerst hatte ich das Gefühl, in seine Privatsphäre einzudringen, weil das Ganze einer Paartherapie ähnelte. Nach und nach hat sich allerdings herausgestellt, dass viele seiner Sorgen und Ziele mit mir zu tun haben. Er bereut, was er getan hat, und glaubt, wegen seiner Lügen nicht weiterkommen zu können, obwohl er sich bemüht, nach vorn zu schauen. Es ist schön zu wissen, dass ich nicht die Einzige bin, die sich Gedanken um die Zukunft macht.

Während ich mir vor dem Badezimmerspiegel die Haare bürste, wandern meine Gedanken zu Saxon. Wie sehr ich mir gewünscht habe, dass er heute Abend kommt, trotzdem habe ich ihn bei unserem letzten Telefonat nicht darauf angesprochen. Dass er das Abendessen nicht mehr erwähnt hat, seit ich ihn dazu eingeladen habe, ist Antwort genug.

Es ist seine Entscheidung, und ich respektiere sie, auch wenn ich insgeheim hoffe, er würde seine Meinung ändern. Je länger wir getrennt sind, desto schwieriger wird es, mich an seine Berührung und seinen Duft zu erinnern. Sam ist auf dem Weg der Besserung, doch da ich nun hier bin, wäre es dumm, hin und her zu fliegen, weil Hayley bald aus dem Urlaub zurück ist. Aber wie soll ich das meinem schmerzenden Herzen beibringen?

Tröstend reibe ich über die Stelle, an der es schlägt, als die Badezimmertür aufgeht. Im Spiegel sehe ich Sam hereinkommen. »Alles in Ordnung?«

Schnell lasse ich meine Hand sinken und nicke. »Ja. Ich habe nur zu viel Erdbeer-Käsekuchen gegessen.«

Sam lacht und bleibt hinter mir stehen. »Der Partyservice hat tolle Sachen geliefert.«

Da wir unsere Küche schon halb ausgeräumt haben, hielten wir es für besser, uns das Essen bringen zu lassen. Und jetzt könnten wir ganze Völkerstämme verköstigen. Sam meint, ich hätte übertrieben, doch ich habe vor, alle so vollzustopfen, dass sie heute Abend keinen Ärger machen.

Ich habe keine Ahnung, wie das ausgehen wird. Meinen Eltern hat es nicht gefallen, dass Kellie mich als Flittchen beschimpft hat, und ich glaube, sie werden ihr das so schnell nicht verzeihen. Der einzige Grund, aus dem sie die Einladung angenommen haben, ist, dass Sam sie gebeten hat zu kommen. Trotz allem, was zwischen uns passiert ist, liegt er ihnen am Herzen.

Als ich genauer hinschaue, sehe ich, dass Sam eine blaue

Seidenkrawatte in der Hand hält. »Würde es dir etwas ausmachen?«

»Nein, natürlich nicht.« Ich lege die Bürste auf den Waschbeckenrand, drehe mich um und nehme sie ihm ab. »Das hast du noch nie gekonnt.« Er lacht leise vor sich hin und macht sich nicht die Mühe, mir zu widersprechen, denn ich habe recht.

Ich stelle mich auf die Zehenspitzen, schlinge die Krawatte um seinen Hals und stelle den Kragen seines ordentlich gebügelten Hemdes hoch. »Ich wusste gar nicht, dass wir uns so chic machen sollen. Ich komme mir fast falsch angezogen vor«, flachse ich. Ich trage ein kleines Schwarzes, aber es ist sehr schlicht im Vergleich zu Sams modischem Outfit.

»Du siehst nett aus«, sagt Sam. Das ist das unverbindlichste Wort in der englischen Sprache, doch es macht mir nichts aus.

Als ich seine Krawatte binde, kann ich nicht umhin zu bemerken, dass er mein Lieblingsrasierwasser benutzt hat. Der Duft erinnert mich an den Tag, an dem ich es, soweit ich mich erinnere, zum letzten Mal an ihm gerochen habe – eine Woche vor unserer Hochzeit. Schnell schüttle ich den Gedanken ab und konzentriere mich auf meine Aufgabe.

Sams sanfter Atem streift meine Wangen, während er mich eindringlich mustert. Ihm so nahe zu sein lässt meine Hände plötzlich anfangen zu zittern. »Schon fertig«, stottere ich und winde mich beschämt, weil ich mich anhöre wie ein pubertierender Teenager. Mit einem angespannten Lächeln auf den Lippen trete ich hastig einen Schritt zurück.

»Danke.« Ich denke, dass er nun wieder gehen wird, aber er bleibt und streicht mir zärtlich eine Haarsträhne aus dem Gesicht. »Nicht nur für das Binden, sondern auch dafür, dass du zurückgekommen bist. Ich glaube, ich habe diese Woche echte Fortschritte gemacht, und das habe ich wohl dir zu verdanken.«

»Nein, Sam, das hast du ganz allein geschafft.« Ich mache eine abwehrende Handbewegung, weil ich nichts mit seinem Erfolg zu tun haben möchte, doch er ist hartnäckig.

»Dass du hier bist, gibt mir Kraft, Lucy.« Seine Fingerspitzen liegen nach wie vor auf meiner Wange, deshalb weiche ich langsam noch einen Schritt zurück. Ich freue mich für ihn, dass er mich allerdings so ungeniert streichelt, verwischt die Grenzen, und das gefällt mir nicht.

»Dafür sind Freunde doch da.« Das ist der blödeste Spruch der Welt, aber in unserem Fall der einzige Grund, warum ich hier bin.

Sam nickt und lässt die Schultern hängen. »Tja, ich freue mich, dass wir Freunde sein können.«

»Ich mich auch.« Von einer Sekunde auf die andere ist mein Mund trocken.

Obwohl Sam und ich uns darauf geeinigt haben, nur noch Freunde zu sein, lassen mich Augenblicke wie diese glauben, dass ich mir vielleicht etwas vormache. Dann fallen mir Pipers kluge Worte wieder ein und erinnern mich daran, dass das normal ist. Wir sind noch dabei, die Grenzen abzustecken.

Das Läuten der Türglocke kommt genau zum richtigen Zeitpunkt. Ich stöhne auf, schiebe meine Sorgen beiseite und konzentriere mich darauf, den Abend zu überleben.

»Fertig?«

»Nein.«

Sam lächelt, doch es wirkt nicht sehr überzeugend. Das ist kein guter Anfang. »Wir sehen uns dann draußen.« Schnell geht er aus dem Bad, und sobald er weg ist, atme ich tief durch.

Immer wenn ich denke, dass wir weitergekommen sind, passiert so etwas wie das gerade und lässt mich erneut daran zweifeln, dass wir Freunde sein können. Aber darüber kann ich später noch nachdenken, denn schon schrillt Kellies unverkennbare Stimme durch den Flur.

Ich tupfe mir etwas Gloss auf die Lippen, streife meine hochhackigen Riemchenschuhe über und setze mein Pokerface auf. Ich habe keine Ahnung, was mich erwartet, aber ich will dabei meine schönsten Schuhe anhaben. Ich wische meine schweißnassen Hände vorn an meinem Kleid ab und hole zweimal tief Luft, ehe ich ins Wohnzimmer gehe, wo Sam seiner Mutter gerade den Pelzmantel abnimmt. Als sie mich sieht, verziehen ihre rot geschminkten Lippen sich abfällig, aber sie hat sich gleich wieder im Griff. Kellie Stone ist eben eine Schauspielerin und wird heute Abend keine Ausnahme machen.

»Lucy, meine Liebe, hallo. Du siehst sehr hübsch aus.« Sie streckt die Arme nach mir aus. Sam und Greg stehen hinter ihr und halten den Atem an.

Ich denke daran, warum ich diesem Abendessen zugestimmt habe, bezwinge den Drang wegzulaufen und drücke sie kurz an mich. »Danke fürs Kommen. Euch beiden.« Greg nickt sichtlich erleichtert, dass ich mitgespielt habe.

Nachdem ich mich aus Kellies Umarmung gelöst habe, in der ich mir wie eine Fliege in einer Venusfalle vorkam, biete ich unseren Gästen an, ihnen etwas zu trinken zu holen, doch Sam mischt sich ein. »Ich mach das schon. Was möchtet ihr?« Ich könnte seinen Gips als Vorwand benutzen, um ihm zu helfen, aber er hat längst bewiesen, dass er sehr gut allein zurechtkommt.

»Ich hätte gern ein Glas Weißwein.«

»Für mich bitte ein Bier, mein Sohn.«

Als Sam mich anschaut, bin ich kurz davor, einen Wodka zu bestellen – pur. Nervös ringe ich die Hände. »Ich nehme auch Wein. Danke.« Er nickt und fragt mich mit einem Blick, ob es in Ordnung ist, wenn er mich mit seiner lieben Mutter allein lässt. Ich lächle zustimmend.

Als er fort ist, versuche ich, eine höfliche Konversation in Gang zu bringen, weiß aber nicht, was ich sagen soll. Solange Sam und ich zusammen waren, fiel es mir nicht schwer, mich mit Greg und Kellie zu unterhalten, doch das ist eine Ewigkeit her. Das war vor Saxon, und wenn ich nur an ihn denke, lege ich schon traurig die Stirn in Falten.

»Was auch immer du gekocht hast, es riecht köstlich«, sagt Greg, um die Stille zu durchbrechen.

»Ach, wir haben beschlossen, uns das Essen bringen zu lassen. Die meisten Küchenutensilien sind bereits verstaut, daher war es …« Ich komme nicht dazu, den Satz zu beenden, denn Kellie legt ihre Maske ab und zeigt ihr wahres böses Gesicht. Greg räuspert sich verlegen.

Tja, damit habe ich den Abend wohl verdorben.

Wieder läutet es, und ich danke dem Himmel für die Rettung. »Wenn ihr mich bitte entschuldigen würdet.« Ohne auf eine Antwort zu warten, renne ich praktisch zur Tür.

Schon beim ersten Blick auf mich wissen meine Eltern, dass irgendetwas nicht stimmt. »Ich habe den Motor angelassen … du brauchst es bloß zu sagen.« Das ist genau das, was ich hören wollte, und ich entspanne mich augenblicklich.

»Danke, aber mit diesen hohen Absätzen komme ich nicht weit.« Ich drücke meinen Dad fester als je zuvor in meinem Leben.

»Wie geht es meinem kleinen Mädchen?«, fragt er an meinem Ohr. Ich zucke die Achseln.

Meine Mutter scheint sich genauso unwohl zu fühlen wie ich. »Hallo, meine Süße.«

»Hi, Mom.« Auch sie umklammere ich, als wollte ich sie nie mehr loslassen. »Danke, dass ihr gekommen seid. Das bedeutet Sam sehr viel.«

»Nichts zu danken.« Sie möchte noch sehr viel mehr sagen, aber wir alle wissen, dass die Wände heute Abend Ohren haben. Also nimmt sie nur meine Hand, und gleich fühle ich mich besser. Nichts geht über die Stimme einer Mutter, also jedenfalls nicht über die meiner Mutter, denn als wir ins Wohnzimmer kommen und Kellie sehen, wird uns klar, dass sie das Gegenbeispiel ist.

»Maggie. Simon. Wie schön, euch wiederzusehen.« Das meint sie natürlich nicht ernst, doch alle machen mit bei dieser Farce. Meine Mom küsst Kellie auf die Wangen, während Greg meinem Vater die Hand schüttelt. Es geht sehr gesittet zu, die unterschwellige Spannung ist allerdings noch da, und wir spüren sie alle.

»Oh, hey«, sagt Sam, der mit den Drinks in der Hand ins Zimmer kommt. »Ich habe gar nicht gehört, dass es geklingelt hat.«

»Komm, ich helfe dir.« Hastig nehme ich ihm das Weinglas ab, weil ich fürchte, dass es ihm gleich aus der Hand fällt.

»Danke. Ich kann es kaum erwarten, dass der wieder runterkommt.« Er deutet auf seinen Gips.

»Ich bin beeindruckt, was du damit alles schaffst.« Sam grinst anzüglich. Ich brauche einen Moment, aber als mir klar wird, was ich da gerade gesagt habe, rudere ich mit hochrotem Kopf zurück. »Oh mein Gott, damit wollte ich nicht …«

»Schon gut. Ich weiß, was du gemeint hast.« Beruhigend streicht er mir über den Arm, während ich am liebsten vor lauter Scham im Erdboden versunken wäre.

»Du lieber Gott«, wispere ich und kippe das ganze Glas Wein herunter. Beleidigt schnalzt Kellie mit der Zunge, da ich soeben ihre Ration Alkohol getrunken habe. Aber sie sollte sich besser daran gewöhnen, denn ich werde nichts mehr mit ihr teilen.

Sam reicht seinem Dad das Bier und geht erneut in die Küche, um hoffentlich die ganze Flasche Wein zu holen. Ich fahre mir mit einer Hand durchs Haar und bin fast froh, dass mein Dad und Greg sich unterhalten. Doch als ich dem Blick meiner Mutter begegne, überläuft mich ein Schauer – so als wäre sprichwörtlich jemand über mein Grab gegangen.

Ausnahmsweise weiß ich nicht, was sie denkt, aber ich habe das Gefühl, dass das, was sie mir sagen möchte, mir wahrscheinlich nicht gefallen würde. Doch meinetwegen kann dieser Abend ruhig im Chaos enden.

***

Das Essen hat köstlich gerochen – nur schade, dass mir der Appetit vergangen ist, ehe die Hauptspeise auf den Tisch kam.

Alles lief gut, bis Kellie mich gefragt hat, wieso wir nicht das Silberbesteck aufgedeckt hätten, das sie uns zur Verlobung geschenkt hat. Dabei wusste sie verdammt gut, warum, sie wollte mich bloß vorführen. Sam ist mir zu Hilfe gekommen, wofür ich sehr dankbar war, doch als meine Mutter mich wieder mit diesem seltsamen Blick gemustert hat, hatte ich plötzlich keinen Hunger mehr.

Ich muss sie unbedingt fragen, was sie hat, aber bis jetzt hatten wir nicht eine Minute für uns allein. Mich hält es kaum noch auf dem Stuhl, als ich darauf warte, dass Greg mit seinem Schweinebauch fertig wird, damit ich mich zurückziehen kann, um Kaffee zu machen. Dann will ich meine Mutter mit in die Küche nehmen.

Kaum dass Greg seine Gabel auf dem Rand seines Tellers abgelegt hat, springe ich auf und sammle das Geschirr ein. »Ich koche etwas Kaffee. Kannst du mir helfen, Mom?« Ich schaue sie scharf an, denn das war keine Bitte. Sie nickt und tupft sich mit ihrer Serviette sorgfältig die Mundwinkel ab.

»Lass mich doch helfen.« Sam macht Anstalten aufzustehen, deshalb lege ich ihm rasch eine Hand auf den Arm und halte ihn davon ab.

»Nein, schon gut. Außerdem sind vier Hände besser als drei«, stichle ich mit einem Blick auf seinen Gips. Er lacht leise vor sich hin und tätschelt meine Hand.

»Na gut.«

Erleichtert will ich den Atem ausstoßen, doch er bleibt mir im Halse stecken, als ich sehe, dass Kellie uns mit einem leisen Lächeln beobachtet. Sicher ruft mich gleich jemand vom *Guinnessbuch der Rekorde* an, weil ich meine Hand so blitzschnell von Sams Arm weggerissen habe, wie es sicher sonst keiner schaffen könnte. Mein Abgang ist alles andere als graziös, aber ich habe mich bereits damit abgefunden, dass dieser Abend ein Reinfall wird.

Entnervt stelle ich das Geschirr ins Spülbecken, stütze mich am Rand ab und sacke zusammen. Als meine Mom hereinkommt, rechne ich damit, dass sie etwas sagt, allerdings schweigt sie, und das macht mich noch nervöser. »Was gefällt dir nicht?« Es hat keinen Zweck, um den heißen Brei herumzureden.

»Lucy, meine Süße …« Leichtfüßig kommt sie zu dem Spülbecken, auf das ich mich stütze. »Dir ist doch klar, dass Samuel immer noch in dich verliebt ist, oder?«

»Was?« Ich hatte befürchtet, dass sie das sagt.

»Das ist nicht zu übersehen.«

Ich schließe die Augen, senke den Kopf und seufze. »Er ist nicht verliebt in mich, er liebt mich. Und das ist normal. Unsere Gefühle werden nicht einfach über Nacht verschwinden.« Pipers Ratschläge geben mir die Kraft, die ich brauche.

»Also liebst du ihn auch noch?«

Mein Herz schlägt ohrenbetäubend laut. »Er wird mir immer wichtig sein, aber ich liebe ihn nicht mehr. Ich liebe Saxon.« Als ich genug Mut gefasst habe, öffne ich die Augen und drehe mich zu meiner Mutter um.

Ich wusste, dass ich in ihrem Blick keinen Vorwurf entdecken würde. »Ich weiß, dass du Saxon liebst, Schatz, doch ich denke, du machst dir etwas vor, wenn du glaubst, du würdest Sam nicht mehr lieben.«

»Nein«, stoße ich hervor und schüttele den Kopf. Wovon redet sie? »Ich habe ihn wahnsinnig gern, aber ich liebe ihn nicht.« Ich ignoriere, dass die Grenze dazwischen fließend ist, und tue ganz unschuldig.

Sacht nimmt meine Mutter mich in die Arme und streicht mir über den Rücken. »Ich finde, du solltest dir etwas Zeit fern von Saxon *und* Sam nehmen. Die Gefühle, die du für

Saxon hast, sind noch neu, doch ich glaube, dass du mit Samuel enger verbunden bist, als dir bewusst ist.«

Ich drücke den Kopf an ihre Schulter, damit ich nicht laut widerspreche, und erlaube es mir nicht zusammenzubrechen. »Du hast dich, ohne dir eine Atempause zu gönnen, gleich wieder in eine innige Beziehung gestürzt. Man muss dich bloß mit Saxon zusammen sehen, um zu erkennen, dass er der Richtige für dich ist.« Mir geht das Herz auf. »Dieser Junge würde einfach alles für dich tun, damit du glücklich bist. Aber bist du so kurz nach Samuel schon bereit für eine solche Verpflichtung?«

»Warum fragst du mich das erst jetzt?« Ich möchte sie nicht kritisieren, doch dies ist das erste Mal, dass wir über meine Beziehung zu Saxon sprechen.

»Weil ich dich heute das erste Mal mit Samuel gesehen habe … also dem alten Samuel. Wir konnten nicht wissen, ob er jemals wieder so sein würde wie früher, was dir die Wahl in gewisser Weise leichter gemacht hätte, aber da er nun wieder der Samuel ist, in den du dich verliebt hast und den du heiraten wolltest, ist die Lage, fürchte ich, nicht mehr so eindeutig, wie es schien.«

Ich möchte ihr von meiner Reaktion auf Alicia erzählen, und davon, wie ich mich in der Bank gefühlt habe, aber ich bremse mich, weil ich Angst habe, dass das nur bestätigt, was sie vermutet.

»Du wirst dagegen ankämpfen, Lucy. Ich kenne dich. Aber früher oder später wirst du keine Kraft mehr dazu haben. Ich bitte dich bloß, ehrlich zu dir selbst zu sein. Mehr kannst du nicht tun. Das schuldest du dir … und Saxon und Samuel ebenso.«

Jede Faser in meinem Körper spannt sich abwehrend, doch

ein winziger Teil von mir weiß, dass sie recht hat. Ich habe keinen Zweifel daran, dass ich Saxon liebe und mit ihm zusammen sein will, aber es gibt noch so viele Fragen. Er hat sein eigenes Leben, weit weg von mir – möchte ich wirklich zu ihm ziehen und mich aus Liebe zu ihm von allem, was mir vertraut ist, trennen?

Ich würde das gern mit hundertprozentiger Sicherheit bejahen, doch dass ich mir nicht vorstellen kann, aus Montana wegzugehen, beweist, dass es nicht so einfach ist.

»Nimm dir etwas Zeit. Wenn die beiden dich lieben, werden sie nichts dagegen haben.« Ich stecke in der Klemme und wusste es gar nicht. Aber eins weiß ich genau, dass ich untröstlich bin, wenn ich ohne Saxon leben muss.

Was ich für ihn empfinde ist so anders als das, was ich für Sam empfunden habe, und ich erkläre es auf die einzige Weise, die mir einfällt. *Man kann nicht frei wählen, wen man liebt … man wird von der Liebe einfach überfallen.* Nie haben die Worte meiner Mutter mehr Sinn ergeben.

Ich habe nicht vergessen, dass ich eines Abends, der schon lange zurückliegt, genauso an ihrer Schulter geweint habe. Damals hat sie mir gesagt, dass man Liebe nicht verstehen kann. Dass sie einen erwischt, wenn man es am wenigstens erwartet, weil sie unbequem, chaotisch und rücksichtslos ist. Dass sie keine Entscheidung ist, sondern ein Versprechen – das Versprechen, dass jemand diese unbequeme, chaotische, rücksichtslose Liebe mit dir teilt.

Und mein Herz sagt mir, dass Saxon schon immer dieser Jemand war.

»Versprich mir bloß, dass du wirklich gründlich nachdenkst, bevor du etwas unternimmst.«

»Ich versprech's«, sage ich gedämpft, zu ihrer Schulter gewandt.

»Alles in Ordnung hier?« Sams besorgter Tonfall lässt mich schniefend die Tränen zurückdrängen und verstohlen die Augen trocknen.

»Ja, natürlich. Wir unterhalten uns nur ein bisschen. Danke, Samuel. Wir kommen gleich.« Meine Mutter sagt stets das Richtige.

»Geht es dir gut, Lucy?«, fragt er leise, weil ich mich immer noch an die Schulter meiner Mutter drücke.

»Sicher.« Ich bin stolz auf mich, da ich es schaffe, mich zusammenzureißen. Sam zögert, doch als er endlich wieder geht, atme ich tief aus. »Wir sollten besser den Nachtisch servieren.« Ich löse mich aus der Umarmung und fülle die Kaffeemaschine, während meine Mutter im Kühlschrank nach dem Dessert sucht. Sie lässt mich kurz in Ruhe, damit ich mich sammeln kann, aber ich bezweifle, dass ich heute Abend noch einen klaren Gedanken fassen kann. Ich dachte, ich hätte alles geklärt, offenbar ist dem allerdings nicht so.

Ich warte darauf, dass der Kaffee durchläuft, und merke gar nicht, dass meine Mom geht und Sam ihren Platz einnimmt. Als ich sein Spiegelbild im Küchenfenster sehe, halte ich überrascht die Luft an.

Es ist unmöglich, diesen Sam nicht mit dem zu vergleichen, den ich kannte, und daher ist es auch schwer, sich nicht an all die glücklichen Momente zu erinnern, die wir in dieser Küche erlebt haben. Meine Mom hat recht. Es wäre einfacher gewesen, wenn Sam der selbstsüchtige, grausame Mistkerl geblieben wäre, der er war, als er aus dem Koma erwacht ist. Auch deshalb habe ich mich so schnell in Saxon verliebt. Er hat mir gezeigt, was aus mir werden könnte – nämlich die Person, die ich heute bin.

Doch da Sam wieder ganz der Alte ist, bekomme ich die glücklichen Erinnerungen nicht mehr aus dem Kopf. Obwohl er mich angelogen hat, kann ich nicht leugnen, dass ich ihn von ganzem Herzen geliebt habe. Und nun weiß ich nicht mehr, was ich empfinde. Bloß, dass ich ihn nicht mehr so liebe wie früher, er mir jedoch sehr wichtig ist. Und dafür hasse ich mich selbst.

Ich brauche einen neuen Anfang, weit weg von hier und den Erinnerungen an gestern.

Entschlossen straffe ich dich Schultern und drehe mich um. Doch mein neu gewonnener Mut verlässt mich gleich wieder, als Sam mit einem breiten Grinsen auf mich zuschlendert.

Die warnenden Worte meiner Mutter hallen in meinem Kopf wider, und plötzlich bekomme ich keine Luft mehr. Ich muss hier raus. »Wenn du mich bitte entschuldigen würdest.« Abrupt mache ich auf dem Absatz kehrt und stürme aus der Hintertür. Ich weiß, dass er mir folgen wird, daher streife ich hastig die Schuhe ab und renne los.

Ich wünschte, ich könnte ewig so laufen, denn der Wind in meinen Haaren und der Boden unter meinen nackten Füßen befreien mich von einer schweren Last auf meiner Seele. Trotzdem weiß ich, dass an jeder Ecke, um die ich biege, Sam auf mich wartet. Bis ich herausgefunden habe, was ich will, werde ich ihm nicht entkommen können, weil ich vor mir selbst auch nicht davonlaufen kann.

Es ist Vollmond, meine Lieblingszeit. Wenn der Himmel so schön erleuchtet wird, liegt für mich Magie in der Luft. Wie ein Fingerzeig von oben fällt ein heller Schein auf die Scheune, die gerade in Sicht kommt. Ohne zu zögern, steure ich darauf zu, denn sie ist meine Zuflucht – mein Hafen.

Im Haus lauern überall Erinnerungen an Sam, in der Scheune erinnert allerdings alles an Saxon und seinen Duft. Und das brauche ich jetzt.

Schnell gehe ich darauf zu, bleibe dann aber doch stehen, schaue zu den Sternen empor, hole tief Luft und genieße einfach diesen Moment.

Du wirst dagegen ankämpfen, Lucy. Ich kenne dich. Aber früher oder später wirst du keine Kraft mehr dazu haben.

»Nein«, schreie ich leise. Ich schüttele den Kopf und weigere mich, den Worten meiner Mutter zu glauben. Ich werde nie aufhören, dagegen anzukämpfen, denn Saxon hat mir so vieles gezeigt, für das es sich zu kämpfen lohnt.

»Als ich dich sah, habe ich mich verliebt, und du hast gelächelt, weil du es wusstest.« Die Zeit bleibt stehen, und der Hauptgrund ist die tiefe, raue Stimme, die gerade für mich diese wunderbaren Zeilen aus einer Verdi-Oper rezitiert hat.

Das Leben wird doch wohl nicht so grausam sein, mir eine derart poetische Begrüßung als echt vorzugaukeln. Langsam drehe ich mich um. Der Mond versteckt sich, fast so als fürchte er sich vor dem, was er sonst mit ansehen müsste. Ich blinzle verdutzt, da ich Angst habe, dass die Gestalt vor mir sich jeden Moment in Luft auflöst, denn sie kommt mir vor wie ein Traumbild.

Auch vor unserem ersten Kuss hat Saxon aus einem Gespräch zwischen Liebenden rezitiert – er hat immer gewusst, wie man mich herumbekommt.

»Tut mir leid, dass ich zu spät bin.«

»Saxon?« Ich muss mich vergewissern, dass er wirklich da

ist. Doch das schiefe Grinsen um diese sündhaft weichen Lippen ist nicht zu verkennen. »Was machst du hier?«, stammle ich. Anscheinend hat die emotionale Überlastung in meinem Hirn einen Kurzschluss ausgelöst.

Verlegen scharrt er mit seinen Motorradstiefeln und steckt die Hände tief in die Taschen seiner Jeans. »Ich bin hier, weil mir ein Teil von meinem Herzen fehlt, und ich möchte es wiederhaben.«

War seine Stimme früher auch bereits so verführerisch? Höchstwahrscheinlich. Als er auf mich zuschlendert wie ein wandelnder Sexgott, frage ich mich, ob er schon immer diese pure Männlichkeit und Kraft ausgestrahlt hat. Wohl anzunehmen.

Mit großen Augen erwarte ich ihn. »Ich bin da. Also hol es dir zurück.« Das ist ein Befehl, den er nur zu gern befolgt.

»Oh, das habe ich vor.« Als er sich mir nähert, späht der Mond hinter den Wolken hervor und beleuchtet ihn in all seiner Herrlichkeit. Er ist ein echter Hingucker, und ich verschlinge ihn fast mit den Augen.

Dann ist er bei mir, schiebt seine großen Hände in mein Haar und zieht meine Stirn an seine. Sein warmer Atem heizt mir ein, und ein kehliges Stöhnen entfährt mir. Ich bebe vor Freude, endlich wieder mit meiner anderen Hälfte vereint zu sein.

»Lucy …« Er saugt meinen Duft ein. All meine Nervenenden stehen in Flammen, und ich bin kurz davor dahinzuschmelzen. Doch er lässt sich Zeit zu schwelgen und frischt, genau wie ich, zuerst sein Gedächtnis auf.

Ich kann es kaum erwarten, dass er mich küsst, aber dieses einfache genüssliche Wiederfinden ist wesentlich sinnlicher, als ich gedacht hätte. Er reibt seine Nase an meiner und packt mein Haar fester. Ich möchte ihm so viel sagen, doch nichts könnte beschreiben, wie ich mich in diesem Augenblick fühle.

Ohne Eile lässt Saxon sich auf die Knie sinken, schlingt die Arme um meine Taille und legt seine Wange an meinen Bauch. Diese Kapitulation gibt mir den Rest. Zärtlich zupfe ich an seinen wirren Haaren. »Ich habe dich so sehr vermisst.«

Er brummt zustimmend und drückt sich enger an mich. »Ich dich auch. Ist alles in Ordnung? Ich habe gesehen, dass du aus dem Haus gerannt bist.«

»Jetzt ist alles gut«, raune ich.

Er legt den Kopf zurück und schaut mich durch seine langen Wimpern an. »Kommst du mit mir?«

»Wohin du willst.« Ich meine es ernst, und er steht lächelnd auf.

Saxon verschränkt seine Finger mit meinen und führt mich in die Scheune. Sobald meine Augen sich an das Dämmerlicht aus den rustikalen Wandlampen gewöhnt haben, überfällt mich die Erinnerung an unser letztes Zusammensein hier, und ich hole tief Luft.

Er presst seine Brust an meinen Rücken und steckt mich an mit seiner Hitze. Daraufhin beugt er sich vor, haucht mir drei Küsse auf den Nacken und saugt sanft an einem Pulspunkt. Wehrlos lehne ich den Kopf zurück und gebe mich diesem unbeschreiblich schönen Gefühl hin.

Er riecht einfach himmlisch, nach zuhause, und ich habe keinerlei Zweifel mehr. Saxon hat mir gezeigt, wie ich sein möchte, aber noch wichtiger ist, dass ich mit ihm zusammen sein will, weil er ein Teil von mir ist. Jetzt, wo er da ist, werde ich ihn nie mehr gehen lassen.

Entschlossen drehe ich mich um, da ich ihn mit Haut und Haaren spüren möchte. Wir brauchen keine Worte, denn unsere Körper ergänzen sich wie Yin und Yang. Ich stelle mich auf die Zehenspitzen und drücke meine Lippen auf seine. Und schon verliere ich den letzten Rest Selbstbeherrschung und verschlinge ihn förmlich.

Dass er sehnsüchtig in meinen Mund stöhnt, schürt das Feuer in mir, und ich zerre an seinen Haaren, weil es mir nicht schnell genug gehen kann. Da schiebt er mir seine Zunge in den Mund, und ich überlasse mich seiner Führung.

Sein dichter Dreitagebart kratzt über meine Haut, doch das Brennen feuert mich nur noch mehr an. Begierig zeichnet er meine Lippen nach, und ich kann nicht glauben, dass ich so lange ohne seine Küsse leben konnte. Ich umklammere die Locken in seinem Nacken und drücke mich an seine Brust, da ich ihn so nah wie möglich spüren möchte. Saxon merkt, wie erregt ich bin, und hebt mich mit einer einzigen geschmeidigen Bewegung hoch. Hastig schlinge ich meine Beine um ihn und halte mich fest, während er mich durch die Scheune trägt.

Unsere Küsse werden immer stürmischer, und als er mich auf den Heuballen absetzt, kann ich sein T-Shirt gar nicht rasch genug herunterbekommen. Wir trennen uns bloß gerade so lange, um seinen Oberkörper frei zu machen, ehe wir uns wieder streichelnd und küssend aufeinander stürzen. Dann fasst Saxon energisch nach dem Saum meines Kleides und zieht es mir über den Kopf.

Zischend verlagert er das Gewicht auf die Fersen und betrachtet mich von Kopf bis Fuß. Eilig fasse ich hinter mich und hake meinen BH auf. Als meine Brüste hervorquellen, kommt ein Stöhnen über seine schönen Lippen. Lüstern öffnet er den obersten Knopf seiner Jeans, und ich ergötze mich an dem Anblick.

Das Spiel der Muskeln unter seiner sonnengebräunten Haut ist so verführerisch, dass ich mich kaum davon abhalten kann, ihm mit der Zunge zu folgen. Er hat am ganzen Körper Tattoos, und als ich das betrachte, das ich am liebsten mag, muss ich an all das denken, was wir durchgemacht haben, um genau diesen Moment zu erleben.

Er streicht sich mit einer Hand durchs Haar und schaut mir tief in die Augen. »Ich liebe dich.« Es klingt wie ein Schwur, und mir wird warm ums Herz.

»Ich dich auch. Versprich mir, dass du mich nie mehr gehen lässt.« Das kann vieles bedeuten, aber ich überlasse es seiner Interpretation.

Saxons Brust hebt und senkt sich, weil er tief ein- und ausatmet. »Ich versprech's.«

Nachdem das geklärt ist, krabble ich auf ihn zu, stecke die Finger in die Gürtelschlaufen seiner Jeans, ziehe ihn an mich heran und sehe zu ihm auf, während ich seinen Reißverschluss öffne. Seine harten Bauchmuskeln ziehen sich so verlockend zusammen, dass ich nicht mehr widerstehen kann. Ich erliege der Versuchung und presse meine Lippen darauf. Zuerst tue ich nichts weiter, sauge nur seinen ureigenen Duft ein und weide mich daran, doch als er eine Gänsehaut bekommt, bin ich nicht mehr zu bremsen und mache mich über sein wohl definiertes Sixpack her.

Sein Stöhnen spornt mich an. Beide Hände um seine Taille gelegt, wandere ich an seinem göttlichen Oberkörper weiter nach unten, umkreise seinen Bauchnabel, lecke über das Tattoo an seiner Seite und schiebe schließlich eine Hand in seine

Jeans, um sein pralles Glied zu umfassen. Er atmet so schwer aus, dass seine Muskeln unter meiner Zunge nachgeben.

Er ist ein sehr aufmerksamer Liebhaber und achtet immer darauf, dass zuerst meine Bedürfnisse befriedigt werden, doch diesmal möchte ich ihn bis an seine Grenze treiben. Ich ziehe seine Jeans herunter und lege mit angehaltenem Atem jeden köstlichen Zentimeter seiner gebräunten Haut frei.

Als sein Glied hervorschnellt, lasse ich mir einen Moment Zeit, den Anblick zu bewundern. Ich hätte nie gedacht, dass ich einmal sexuell so freizügig sein würde, aber bei Saxon habe ich keinerlei Hemmungen. Langsam nehme ich seinen Penis in den Mund und revanchiere mich für das, was er so oft bei mir macht.

Er ächzt und streicht mir das Haar aus dem Gesicht. Es turnt mich an, dass er mir zusehen will. Er ist prächtig ausgestattet, also muss ich mir große Mühe geben, wenn ich ihn so gut wie möglich befriedigen will. Deshalb lasse ich mich auch nicht aufhalten, als mir die Tränen kommen, weil er so groß ist.

Saxon streichelt mein Gesicht und meinen Hals und summt leise vor sich hin. Dieses leichte Vibrieren erregt mich so, dass ich die Beine aneinanderreibe, um mir Erleichterung zu verschaffen. »Komm her.« Ich habe keine Chance zu widersprechen, denn schon hebt er mich hoch und presst seine Lippen auf meine.

Während wir uns wie verrückt küssen, legt er mich auf den Rücken und greift zwischen uns, um mir den Slip auszuziehen. Sobald ich nackt bin, umkreist er mit zwei Fingern meinen Schoß, ehe er dort Zuflucht sucht. Begierig komme ich ihm mit den Hüften entgegen und stöhne lustvoll.

Trotzdem löst er sich von mir, aber bloß, um sich an meinem Hals entlang zu meinen Brüsten vorzuküssen. Dann gleitet er weiter nach unten, und ich weiß, wo er hinwill, doch ich möchte mich mit ihm verbunden fühlen – nicht nur körperlich, sondern auch seelisch. Also nehme ich sein Gesicht in beide Hände und ziehe ihn wieder nach oben.

Er hat genau das richtige Gewicht. Ich verflechte meine Finger in seinem Nacken und heiße ihn willkommen, indem ich die Beine spreize. Er schiebt sich zwischen sie, schaut mir tief in die Augen und dringt in mich ein. Ein Ächzen entfährt uns, als wir uns vereinen. Doch er vergräbt sich nicht gleich vollends in mir, sondern wartet und lässt mir Zeit, damit wir diesen Moment gemeinsam auskosten können.

Sein lang gewordenes Haar fällt nach vorn und rahmt sein markantes Gesicht, und ich lege unwillkürlich eine Hand an seine Wange. Er schmiegt sich an sie, als wäre er vollkommen zufrieden. Wenn wir so miteinander verbunden sind, hören und sehen wir nichts mehr. Und es gibt keine Ängste oder Fragen, weil die Welt um uns herum ausgeblendet ist.

Es war dumm, das hier infrage zu stellen, denn *das* bin ich. Saxon ist nicht bloß meine andere Hälfte; wir sind eins. Ich verdränge meine Zweifel endgültig, hebe die Hüften und öffne mich ihm glückselig. Sofort schiebt er sich weiter vor, denn wir beide sind unserer Leidenschaft hilflos ausgeliefert.

»Oh Gott«, wimmere ich, während ich unter seinen trägen Stößen erschauere. Eilig verschließt er meinen Mund mit seinen Lippen und züngelt im gleichen Takt. Ich lasse mich fallen – ich denke nicht mehr, ich fühle nur noch.

Immer wieder taucht er in mich ein, er ist überall. Es fühlt sich etwas anders an, so als hätten wir während unserer Trennung unser Gewissen erforscht, aber seit wir wieder zusammen sind, scheint alles perfekt zu sein. Demütig birgt er das Gesicht in meiner Halsgrube.

»Du bist meine Welt, Lucy. Wenn wir zwei zusammen sind, ergibt alles einen Sinn.« Offenbar geht es ihm genauso wie mir. Ich frage mich, wie ihm das klar geworden ist. Doch das kann er mir morgen noch erklären, denn jetzt beschleunigt er sein Tempo, und ich bin hin und weg.

Als er dann noch meine Klitoris liebkost, kann ich nicht mehr und komme mit einem lauten Schrei. Ungerührt hämmert er weiter auf mich ein und knurrt immer lauter, doch als er sich zurückziehen will, schlinge ich Arme und Beine um ihn, da ich will, dass er bei mir bleibt.

»Scheiße«, keucht er, die Lippen an meinem Puls, als er sein Sperma in mich hineinspritzt. »Ich liebe dich.« Ich schließe die Augen und lasse mich genüsslich von den abebbenden Wellen durchschütteln. Ich will nie wieder aus dieser Scheune heraus. Saxon ist erschöpft, und als er sich entspannt, drücke ich ihn ganz fest an mich … denn ich möchte ihn nie mehr loslassen.

Fünfzehn

Es ist erstaunlich, was eine gute Nachtruhe bewirken kann. Doch während ich über die schwach hervortretenden Umrisse einer Hautrötung streiche, die wie ein Knutschfleck aussieht, wird mir klar, dass sie dem Mann zu verdanken ist, neben dem ich geschlafen habe.

Nachdem wir uns entwirrt hatten und leider in die Realität zurückkehren mussten, habe ich gesagt, wir sollten besser ins Haus zurückgehen, schließlich hätten wir Gäste. Saxon schien der Vorschlag genauso wenig zu gefallen wie mir, doch am Ende hat er zugestimmt.

In dem Augenblick, in dem wir Hand in Hand durch die Hintertür hereinspaziert kamen, wussten alle, was wir gerade getan hatten. Aber es war mir gleichgültig. Das Gespräch mit meiner Mom hat mich verstört, doch dass Saxon meinetwegen wieder nach Hause gekommen ist – so wie damals, als Sam im Krankenhaus war –, beweist, dass sie sich täuscht. Jetzt, wo Saxon zurück ist, hat sich der Nebel gelichtet, und alles ist sonnenklar.

Ich ignorierte die große Enttäuschung, die sich auf Sams Gesicht abzeichnete, als er Saxon sah, denn sein Bruder ist seinetwegen gekommen. Ja, ich habe ihn darum gebeten, aber in Sams Namen. Dass er nun hier ist, zeigt, dass er bereit ist, seinem Bruder eine Chance zu geben. Egal, was er sagt, tief im Inneren weiß ich, dass er sich mit Sam versöhnen möchte oder zumindest zu einem höflichen Miteinander kommen will. Schließlich sind die beiden trotz allem blutsverwandt.

Ich erwarte nicht, dass wir wie eine große, glückliche Familie zusammenleben, meine allerdings immer noch, dass die beiden sich aussprechen müssen, damit wir alle nach vorne schauen können.

Ich binde gerade mein nasses Haar auf dem Kopf zu einem Knoten zusammen, als sich die Badezimmertür öffnet. Ich hatte ganz vergessen, wie schön es ist, morgens als Erstes von meinem Mann begrüßt zu werden. Er trägt eine Jeans und sonst nichts. »Morgen«, sagt er gähnend.

»Guten Morgen.« Er lehnt sich an den Türrahmen und schaut zu, wie ich meinen Lipgloss auftrage. »Willst du den ganzen Tag da stehen bleiben?«

»Ja«, erwidert er mit einem schiefen Grinsen.

Ich verdrehe die Augen, schiebe die Hülle wieder über den Stift und drehe mich um. Die Luft knistert vor Spannung. »Ich bin froh, dass du da bist. Ich könnte einen starken Mann gebrauchen«, scherze ich, würde es aber gern zurücknehmen, als Saxon die Muskeln spielen lässt.

»Wofür denn?«

In Gedanken haue ich mir selbst eine herunter, damit ich wieder zur Vernunft komme. »Ich wollte ein paar Umzugskisten zu meinen Eltern bringen … bis ich mich entschieden habe, was ich tun will.«

Saxon verbirgt seine Enttäuschung darüber, dass ich das immer noch nicht weiß, und nickt. »Klar. Können wir machen.«

»Außerdem möchte ich beim Büro der Maklerin vorbeifahren, um herauszufinden, wann sie wieder zurück ist.«

Seine Enttäuschung verfliegt, und er lächelt. »Gute Idee. Ich muss nur noch duschen, dann können wir los.«

Er knöpft seine Jeans auf, was mich in die Flucht schlägt, denn wenn er erst nackt ist, werden wir nirgendwo hingehen. Er hält mich am Handgelenk fest. »Du könntest mir doch den Rücken einseifen.«

Ich muss über seinen Einfallsreichtum lachen. »Vielleicht später. Erst mach ich Kaffee.« Er seufzt übertrieben, belohnt mich jedoch mit einem umwerfenden Grinsen. Ich lasse ihn bei seiner Morgentoilette allein, meine schmutzigen Gedanken folgen mir allerdings in die Küche.

Während ich zuschaue, wie der Kaffee durchläuft, habe ich plötzlich das Gefühl, nicht mehr allein zu sein. Solche Antennen für Sam zu haben war früher toll, aber jetzt ist es nur noch verwirrend. »Hey, ich koche gerade Kaffee.« Ich werfe einen Blick über die Schulter und sehe, dass er voller Heu ist. Ich werde blass, weil mir wieder einfällt, dass ich gestern auch voller Heu war … und splitterfasernackt.

»Und ich habe gerade die Pferde gefüttert«, erklärt er, während ich ihn weiter anstarre.

»Großartig.« Plötzlich aus dem Gleichgewicht gebracht, nehme ich drei Becher aus dem Oberschrank.

»Saxon ist also gekommen?« Ich stelle mich mit den Bechern so ungeschickt an, dass sie mir fast aus den Händen fallen.

»Ja, das ist er.« Sam muss selbst entscheiden, wie er darauf reagiert, denn ich habe keine Ahnung, was ich sonst noch dazu sagen soll. Ich weiß nicht, ob er möchte, dass ich bei seinen Versöhnungsversuchen dabei bin, ich kann mir bloß denken, dass einiges von dem, was er besprechen will, sehr privat ist.

»Ich schätze, ich sollte dir danken.«

Ich reiße mich zusammen und begegne seinem neugierigen Blick. »Oh nein. Ich habe bloß deine Einladung weitergeleitet, Saxon ist aus eigenem Antrieb gekommen.«

Sam ist sichtlich überrascht. »Wow.« Nachdenklich verschränkt er die Hände auf dem Kopf. Ich kann es ihm nicht verdenken. Das ist eine unerwartete Neuigkeit.

Damit er Zeit hat, sie zu verarbeiten, mache ich den Kühlschrank auf, hole die Milch heraus und fülle stumm Kaffee in die Becher.

»Und? Was habt ihr heute vor?«, fragt Sam.

»Wir wollten bei meinen Eltern vorbeifahren und ein paar Kisten in den Keller stellen.«

»Oh, cool. Das ist eine gute Idee. Hier sieht es ja langsam etwas traurig aus.« Ich bin dankbar, dass er Witze reißt.

Ich werfe zwei Zuckerstücke in seinen Kaffee, rühre ihn um und reiche ihn Sam. »Und dann dachte ich, ich schaue mal bei Hayleys Büro vorbei. Sie beantwortet meine E-Mails nicht.«

Sam unterbricht sich beim Trinken. »Ja, weil sie in Urlaub ist und noch eine Weile weg sein wird.«

»Ich weiß, aber ich dachte, ich könnte mit einem ihrer Kollegen sprechen, damit alle wissen, dass wir das Haus gern so schnell wie möglich loswerden wollen.«

Als Sam betroffen auf seine Stiefelspitzen starrt, wird mir klar, wie unsensibel das war. Vielleicht gewöhnt er sich ja langsam an die Vorstellung zu verkaufen, doch das heißt nicht, dass ich es unbedingt erwähnen sollte.

»Entschuldige, das war etwas hart ausgedrückt.«

Sam winkt ab. »Nein, nein, du hast ja recht.« Er schluckt und sieht wieder auf. »Mir fällt es immer noch ein wenig schwer, das zu verdauen, das ist alles. Ich werde diese Ranch vermissen, weißt du?« Natürlich weiß ich das, doch je eher wir das schaffen, desto leichter wird es sein. »Das hier war unser Traumhaus. Ich kann mir nicht vorstellen, dass ich noch einmal so etwas finde.«

»Die Heimat ist dort, wo das Herz ist, Sam.« Das wird mir langsam klar.

Er seufzt tief. »Und was ist, wenn dein Herz an einem Haus hängt?« Seine Frage überrumpelt mich, weil ich weiß, was er meint.

Dieses Haus hat einen so großen Platz in unserem Leben eingenommen, dass es schwierig ist, ihm nicht nachzutrauern, wenn es weg ist. Doch ich habe meinen Frieden damit geschlossen, und irgendwann wird Sam das auch gelingen. Stumm trinken wir unseren Kaffee, aber die Stimmung ist wieder unbehaglich geworden.

»Hm, der Kaffee riecht gut.« Das nasse Haar locker zurückgekämmt, kommt Saxon in die Küche geschlendert. Als er Sam sieht, versteift er sich abrupt. Das fängt nicht gut an, ich halte mich allerdings raus, denn das ist nicht meine Sache.

Sam wirkt genauso unangenehm berührt wie sein Bruder, beendet das unbeholfene Schweigen aber Gott sei Dank. »Hey, Sax.«

Saxon atmet einmal tief durch. Wahrscheinlich hatte er sich damit abgefunden, dass Sam und er sich nie wieder verstehen werden, bis ich daherkam und ihm einen Strich durch die Rechnung gemacht habe.

Das bedrückt mich, doch ich kann es nicht ändern.

»Hey«, erwidert er schließlich und steuert direkt auf den Kaffee zu, aber erst nachdem er mich auf die Stirn geküsst hat. Früher wäre ich ihm ausgewichen, jetzt allerdings nicht mehr.

Sam lässt seinen Kaffee eine Weile im Mund, ehe er ihn herunterschluckt. »Also … ich weiß, dass ihr für heute einiges vorhattet, aber ich habe mich gefragt …« Ich warte mit angehaltenem Atem, weil er seinen Bruder angesprochen hat.

Saxon wartet darauf, dass er fortfährt.

»Ich habe mich gefragt, ob du mir bei ein paar Sachen hier helfen würdest. Ein zusätzliches Paar Hände wäre nicht schlecht.«

Saxon denkt über die Frage nach, und ich kann es ihm nicht verdenken. Dass Sam ihn und nicht mich um Hilfe gebeten hat, ist ein sicheres Zeichen dafür, dass er sich allein mit seinem Bruder unterhalten will. Saxon schaut mich an, da er wissen möchte, was ich davon halte. Doch das geht mich nichts an. Wie er sich auch entscheidet, mir ist es recht.

»Mit dem hier werde ich wohl doppelt so lange brauchen, die Scheune und die Garage auszuräumen.« Sam hält seinen Gips hoch. »Und je schneller wir fertig sind, desto eher kann Lucy zu Hayley gehen und den Verkauf vorantreiben.«

Immer noch hin- und hergerissen leckt Saxon sich über die Oberlippe. Ich kann nur vermuten, dass es seltsam für ihn sein muss, die höfliche Seite seines Bruders zu erleben. Saxon hat schon vor langer Zeit akzeptiert, dass sein Verhältnis mit Sam hoffnungslos zerrüttet ist, doch jetzt macht sein Bruder Anstalten, die lange tot geglaubte Beziehung wiederzubeleben.

Ohne den Blickkontakt mit mir abzubrechen, nickt Saxon. »Okay.«

Ich kann mir ein Lächeln nicht verkneifen. Natürlich ist er

in erster Linie meinetwegen so lammfromm. Er möchte, dass ich glücklich bin, und weiß, dass er sich dazu mit Sam arrangieren muss. Aber noch wichtiger ist, dass er – wenn auch bloß zu einem kleinen Teil – die Einladung angenommen hat, weil er selbst es wollte. Das ist ein Fortschritt. Und egal, was geschieht, ich bin einfach dankbar, dass wir so weit gekommen sind.

Sam wirkt überrascht. »In Ordnung, toll.« Als Saxon nicht reagiert, räuspert sich Sam. »Wir treffen uns dann draußen.« Er sieht mich an und grinst. Er macht das für mich. Beide Brüder schlucken meinetwegen ihren Stolz herunter. Die Warnung meiner Mutter klingt mir in den Ohren, aber wenn Sam mich so sehr liebt, dass er sich daranmacht zu retten, was noch zu retten ist, mache ich gern mit.

Saxon legt den Kopf schief, presst die Lippen zusammen und versucht offensichtlich herauszufinden, was ich denke. Doch das spielt keine Rolle. Wichtig ist bloß eins – die Familie. Und ob uns das passt oder nicht, wir werden immer eine Familie sein.

Ich fasse nach Saxons Hand, und sofort bin ich beruhigt. Sam schaut sich das an und nickt ergeben. Dann geht er aus der Hintertür, doch ausnahmsweise bleibt keine Bitterkeit zurück. Saxon und ich kommentieren das nicht weiter, wir verstehen uns auch ohne Worte.

»Ich fahre allein zu meinen Eltern. Ich habe auch ein paar kleinere Kisten, die ich bei ihnen abladen kann.«

»Und was ist mit der Maklerin?«

»Das kann warten. Wahrscheinlich ist es sowieso besser, das Haus halbwegs herzurichten, ehe sie wieder vorbeikommt.« Wir wissen beide, dass ich damit nur Zeit gewinnen will. Aber wenn Sam und Saxon dieses Haus als Austragungsort brauchen, um ihre Differenzen beizulegen, warte ich so lange mit dem Verkauf.

Saxon nickt und zieht mich an meinen Gürtelschlaufen zu sich heran. »Na gut.« Wieder sieht er mir tief in die Augen und streicht mir mit dem Daumen über die Wange. Wenn er mich weiter so lüstern anschaut, schmelze ich noch dahin. »Ich liebe dich.«

Das kann ich gar nicht oft genug hören. »Ich dich auch.«

Er brummt zufrieden, und ich genieße es, dass er jedes Mal, wenn ich ihm das gestehe, erstaunt zu sein scheint. Er küsst mich kurz auf die Lippen, bevor er Sam nach draußen folgt.

Vorsichtig hole ich Luft und beobachte durchs Fenster, wie er auf die Scheune zugeht. Er wirkt nicht wie ein gebrochener Mann, sondern eher wie ein von Hoffnung beflügelter.

Als er aus meinem Sichtfeld ist, beschließe ich zu tun, was ich angekündigt habe, und ebenfalls die Geister der Vergangenheit zu vertreiben, denn heute ist ein neuer Tag.

* * *

»Tut mir leid, Dad, es dürften nicht mehr allzu viele sein«, sage ich kleinlaut, als ich sehe, dass mein Vater für meine zahlreichen Kisten noch etwas mehr Platz frei macht.

Nachdem ich mit Sam geredet hatte, habe ich beschlossen, die meisten Möbel zu verkaufen. Ich kann den Keller meiner Eltern schließlich nicht in eine Müllhalde verwandeln. Außerdem wird es Zeit, neu anzufangen. Ich habe vor, das Geld mit Sam zu teilen, befürchte aber, dass er es nicht annehmen wird.

Ich bin die ganze Zeit neugierig, wie es zwischen den Brüdern läuft, widerstehe allerdings der Versuchung und rufe

Saxon nicht an. Sicher haben Sam und er sich viel zu erzählen, und wenn die beiden aufeinander losgegangen wären, hätte wohl einer von ihnen oder die Polizei inzwischen bei mir angerufen.

»Ach, meine Kleine, dieses Haus gehört dir doch genauso gut wie uns«, erwidert mein Vater, um mir mein schlechtes Gewissen zu nehmen. Trotzdem fühle ich mich schrecklich. Auch wenn ich glaube, dass er recht hat, denn es ist gut möglich, dass ich hier wieder einziehe, um zu überlegen, was ich möchte. Aber eins nach dem anderen.

»Vielen Dank. Ich schulde euch beiden eine Reise nach Hawaii oder so was, weil ihr die besten Eltern auf der Welt seid.« Mein Vater lacht.

Nachdem er eine Ecke leer geräumt hat, staple ich dort meine Kisten. Es fällt mir immer noch schwer zu glauben, dass mir so viel Zeug gehört, doch ich habe wohl zeit meines Lebens alles gesammelt, denn ich hätte nie gedacht, dass ich das Zuhause verlassen würde, das Sam und ich uns geschaffen haben. Allerdings ist die Nostalgie nicht so schlimm wie früher, und das zeigt, dass alles endlich in die richtige Richtung geht.

»Wer möchte Eistee?« Meine Mom kommt mit einem silbernen Tablett in den Händen die Treppe herunter, und mein Dad läuft schnell zu ihr, um es ihr abzunehmen. Seine Ritterlichkeit bringt mich zum Schmunzeln.

Als meine Mutter mich anschaut, wende ich hastig den Blick ab, denn seit unserer Unterhaltung gestern bin ich ihr aus dem Weg gegangen. Ich kann es mir nicht erklären, aber ich gehe davon aus, dass ihre Ermahnungen bei mir einen Nerv getroffen haben.

Mein Dad stürzt seinen Eistee in einem Schluck herunter, und gleich darauf begreife ich, warum. »Ich hol deine restlichen Sachen.«

»Vielen Dank. Und denk an Hawaii«, scherze ich und wende mich wieder meinem Kistenstapel zu. Als seine Schritte auf der Treppe verklingen, wird mir bewusst, dass ich mit meiner Mom allein bin. Ich hasse die Befangenheit, die ich neuerdings in ihrer Nähe verspüre.

»Möchtest du auch etwas Eistee, Süße?«

Ich muss mich in den Griff bekommen, doch jedes Mal, wenn ich es versuche, lähmen mich ihre Worte. »Nein, danke.« Ich beschäftige mich mit den Kisten, um Ordnung in das Durcheinander zu bringen.

»Lucy, es tut mir leid, wenn ich dich gestern Abend verärgert habe. Das wollte ich nicht.«

Ich schließe die Augen, da ich mich wie die undankbarste Tochter der Welt fühle. »Hast du nicht.«

»Warum siehst du mich dann nicht an?«

Touché.

Ich mache dieser Dummheit ein Ende und drehe mich langsam um. Das Schuldbewusstsein steht mir ins Gesicht geschrieben.

»Wie geht's Saxon?«

»Großartig.«

»Es ist also alles in Ordnung?«

»Mehr als das«, erwidere ich eilig, was meine Aufregung noch steigert.

Meine Mutter wirkt nicht so, als würde sie mir glauben. »Ich bin jedenfalls für dich da. Jederzeit. Ich weiß, dass du meine Ansprache gestern Abend nicht hören wolltest, aber ich bin immer auf deiner Seite. Auch wenn dir das, was ich sagen muss, nicht gefällt, ich tue es, weil ich dich liebe. Ich will einfach nicht, dass du …«

Plötzlich bricht mein Ärger aus mir heraus, und ich kann meine Zunge nicht im Zaum halten. »Wenn du mich liebst, würdest du damit aufhören. Du hast recht deutlich zum Ausdruck gebracht, wie du über die Sache denkst, also brauchst du mich nicht noch mal daran zu erinnern, dass du das Ganze für eine pubertäre Schwärmerei hältst.« Betroffen öffnet meine Mutter den Mund, und sofort fühle ich mich ganz furchtbar, weil ich sie beleidigt habe. Ich habe keine Ahnung, was über mich gekommen ist.

»Ich will einfach nicht, dass du verletzt wirst.«

Seufzend fahre ich mir mit einer Hand durchs Haar. Ich schäme mich, dass ich den einzigen Menschen angeschnauzt habe, der stets zu mir gehalten hat. »Ich werde nicht verletzt. Ich weiß, was ich tue.«

Meine Mutter nickt stumm, doch meine vorwurfsvolle innere Stimme, die sich immer wieder meldet, lässt sich nicht zum Schweigen bringen. Wen möchte ich eigentlich überzeugen? Sie oder mich?

Glücklicherweise klingelt in diesem Moment mein Handy und hält mich davon ab, über diese schwierige Frage nachzudenken. Als ich das Telefon hervorhole, muss ich lächeln. »Hey«, sage ich etwas zu begeistert.

»Selbst hey.« Saxons sanfte Stimme hüllt mich umgehend in eine schützende Blase. »Wie geht es voran?«

Ich lasse den Blick über den Kistenstapel schweifen und lache. »Na ja. Langsam. Und wie läuft es bei euch?« Gespannt warte ich darauf, wie seine Antwort ausfällt.

»Deswegen melde ich mich.« Pause. Ich halte die Luft an. »Ich habe mich gefragt, ob es dir gefallen würde, wenn wir zusammen grillen?«

»Grillen?«, wiederhole ich, für den Fall, dass ich mich verhört haben sollte.

»Ja«, bestätigt Saxon. »Sam hat das vorgeschlagen.«

»Ehrlich?« Ich weiß, dass ich nicht gerade gesprächig bin, aber mir fehlen die Worte. Sam möchte grillen, und Saxon hat nichts dagegen? Was genau ist da heute passiert? Doch das kann ich später noch fragen. »Einverstanden, tolle Idee. Soll ich am Supermarkt vorbeifahren und ein paar Sachen mitbringen?«

»Wenn es dir nichts ausmacht. Ich verspreche auch, dass mein Steak deinen Veggie-Burger nicht berühren wird.« Ich grinse, kann es allerdings immer noch nicht fassen.

»Okay. Ich werde nicht mehr allzu lang brauchen.«

»Alles gut. Lass dir Zeit.« Jetzt bin ich wirklich sprachlos. »Wir sehen uns dann. Ich liebe dich.«

»Ich dich auch«, quetsche ich mühsam hervor, ehe die Verbindung abbricht. Noch lange, nachdem der Anruf vorbei ist, starre ich auf den Bildschirm und frage mich, ob ich ihn mir wirklich nicht eingebildet habe.

In Saxons Stimme war nicht ein Hauch von Feindseligkeit, und wenn ich es nicht besser wüsste, würde ich denken, dass Sam und er gut miteinander zurechtkommen.

»Ist alles in Ordnung?« Die besorgte Stimme meiner Mutter macht mir klar, wie meine Reglosigkeit wirkt.

»Äh, ja, ist es«, sage ich wahrheitsgemäß. »Das war Saxon. Er hat Sam dabei geholfen, den Hof aufzuräumen, und wollte wissen, ob wir zusammen grillen sollen«, verrate ich.

»Prima. Es ist ein schöner Abend für ein Barbecue.« Meine Mutter hat recht. Doch selbst wenn es regnen oder schneien würde, würde ich mich gern nach draußen setzen und zugucken, wie Saxon und Sam einträchtig grillen. »Geh nur. Ich kümmere mich um diese Kisten.«

»Nein, das mach ich schon.«

»Ich bestehe darauf«, beharrt meine Mom, weil sie versteht, dass dieser Abend sehr wichtig für mich ist.

Obwohl ich ihr vorhin fast den Kopf abgerissen hätte, lässt sie sich nicht davon abhalten, die beste Mutter auf der Welt zu sein. Spontan gehe ich auf sie zu und werfe die Arme um sie. Wenn das so weitergeht, bin ich bis Weihnachten mit den Nerven am Ende.

»Verzeih mir.« Ich brauche nicht näher zu erklären, was genau ich meine, denn sie weiß es. Wie immer.

»Ich liebe dich, Schätzchen. Ich will nur, dass du glücklich bist.«

Dankbar schmiege ich mich an sie, da es sehr lange her ist, dass ich so froh war.

***

Der Duft von gegrilltem Fleisch weht durch die Hintertür. Obwohl ich seit einer Weile wieder vegetarisch lebe, läuft mir das Wasser im Mund zusammen. Doch das könnte auch daran liegen, dass ich bei meiner Rückkehr gesehen habe, wie Saxon und Sam zusammen und nicht gegeneinander gearbeitet haben, was meiner Hoffnung auf ein glückliches Leben gehörigen Auftrieb gegeben hat.

Davon habe ich geträumt. Doch es im Wachzustand wirklich vor sich zu sehen ist etwas völlig anderes.

Die beiden haben nicht nur einen Großteil des Gerümpels aus der Garage geräumt, sondern es auch geschafft, das übrig Gebliebene zu ordnen. Ich habe versucht, keine große Sache daraus zu machen, aber als ich ganz für mich allein war, habe ich tief Luft geholt.

Das ist großartig. Einfach großartig. Ich dachte schon, ich würde es nie und nimmer erleben. Ich hätte nicht geglaubt, dass Saxon und Sam im selben Raum sein könnten, ohne einen Streit vom Zaun zu brechen. Doch in den letzten Stunden haben sie sich nicht angeschrien oder auch nur angefangen, sich zu zanken. Ich habe bloß zwei Brüder gesehen, die gut miteinander auskommen.

Ich werde mir nichts vormachen und erwarten, dass sie über Nacht allerbeste Freunde werden, aber ich genieße diesen Abend, weil es seit Monaten nicht mehr so friedlich zugegangen ist.

Schwere Schritte auf der Hintertreppe warnen mich, also höre ich auf, ins Leere zu starren, und mache meinen griechischen Salat fertig. »Wow, wie viele Leute erwartest du denn?«, flachst Sam, als er in die Küche kommt.

»Haha, sehr lustig«. Ja, ich habe genug Essen eingekauft, um eine kleine Armee zu verköstigen, aber ich bin glücklich, und wenn ich glücklich bin, koche ich gern. »Ihr drei, Piper, Saxon und du, habt das in Nullkommanichts weggefuttert.«

Sehr zufrieden mit mir drehe ich mich um, schnappe dann aber nach Luft, da Sam mit bloßem Oberkörper hereingekommen ist. Er steht vor dem offenen Kühlschrank, kramt mit einer Hand darin herum und ahnt nichts von meiner plötzlichen Beklommenheit. So wie auch ich sie nicht habe kommen sehen.

Schnell wende ich die Augen ab und schneide hastig in eine Tomate, treffe allerdings leider meinen Daumen. »Verdammt!«, kreische ich, lasse das Messer fallen und laufe zum Spülbecken, um den blutenden Schnitt unter kaltes Wasser zu halten.

»Lucy? Bist du in Ordnung?«

Ich verfluche meine Ungeschicklichkeit und nicke. »Ja, alles gut. Ist nur ein Kratzer.« Doch Sam glaubt mir nicht. Sofort ist er an meiner Seite, um den Schaden zu begutachten.

»Lass mich mal sehen.« Mir bleibt keine Wahl, denn er hat bereits nach meiner Hand gegriffen. Seine Berührung ist sehr vertraut und bloß auf ehrliche Sorge zurückzuführen. Unsere Schultern drücken sich aneinander, als er sich vorbeugt und mit seinem Daumen über meinen streicht. »Tut das weh?«

»N-nein.« Ich will mir nicht eingestehen, dass mich etwas anderes beschäftigt als diese offene Wunde. »Mir geht's gut.«

Sams männlicher Duft versetzt mich zurück in eine Zeit, in der alles noch anders war. Ein Geruch sollte nicht die Macht haben, Erinnerungen zu wecken, die man für lange vergessen hielt, aber man kann nichts dagegen tun. Ich weiß noch, wie ich an Sams Halsbeuge geschnuppert habe, wenn er den ganzen Tag draußen gewesen war und meinen Lieblingsduft mitbrachte. Den, der so typisch für ihn ist. So stark und berauschend.

»Ich denke, du wirst es überleben«, sagt er, und ich bin froh, dass er nicht merkt, was in mir vorgeht. Erst als er mich loslässt, bekomme ich wieder Luft. Ich sehe zu, wie er ein Stück Küchenpapier von der Rolle reißt. »Gib mal her.« Selbst wenn ich es gewollt hätte, ich habe keine Gelegenheit, mich zu wehren, denn er zieht meine Hand einfach an sich und wickelt meinen Daumen ein. »Damit du nicht ausblutest«, erklärt er amüsiert, aber ich kann seine Erheiterung nicht teilen. Mir ist schwindlig, und das hat nichts mit meiner Verletzung zu tun.

Lächelnd drückt Sam auf den provisorischen Verband, während ich schweigend dastehe.

Seine nackte Brust ist lediglich wenige Zentimeter von mir entfernt, und obwohl ich weiß, dass es falsch ist, kehrt mein Blick bloß für einen kurzen Moment zu ihr zurück. Und das ist eine Sekunde zu lang, denn nicht nur sein Duft erinnert mich an früher, sondern auch seine gebräunte Haut.

Lebhafte Erinnerungen daran, wie ich mich Haut an Haut mit ihm vereint habe, überkommen mich, und ich halte mich an seinem Bizeps fest, um nicht auf die Nase zu fallen. Aber als ich sein warmes, weiches Fleisch berühre, wünsche ich mir fast, ich wäre ohnmächtig geworden.

»Du kippst mir doch nicht um, oder?« In diesem Moment ist alles möglich, aber ich schüttle den Kopf.

»Nein, alles gut. Danke für deine Hilfe.« Sanft entziehe ich Sam meinen Daumen und hoffe, dass meine vorübergehende geistige Umnachtung nicht aufgefallen ist.

»Gern geschehen.« Ich halte diese Nähe nicht länger aus, also trete ich zwei Schritte zurück. Samuel Stone ist mir zu nahe gekommen, und einen einzigen schlimmen Moment lang habe ich mich wieder zu ihm hingezogen gefühlt. »Ich geh jetzt duschen.«

»Gute Idee.« Sam zieht die Augenbrauen hoch. Schon erhole ich mich etwas. »Du riechst etwas streng.« Sein heiseres Lachen macht mir mein Dilemma noch einmal bewusst.

»Danke für die Warnung. Alicia wird gleich da sein. Kannst du sie in Empfang nehmen?«

»Alicia kommt?« Ich wollte nicht, dass meine Frage so streng klingt, aber sie hat sich tatsächlich stark nach Inquisition angehört.

Geistesabwesend kratzt Sam sich an den Rippen. »Ja. Das ist doch in Ordnung, oder?«

»Natürlich, klar. Mehr als in Ordnung.« Dieser Wahnsinn muss aufhören. Sofort. »Ich kümmere mich um sie. Geh duschen. Das Essen ist bald fertig.«

Sam nickt und küsst mich ohne Hintergedanken leicht auf die Wange. Eine rein platonische Geste, aber mein Herz, dieses verräterische Ding, zieht sich vor Freude zusammen. »Danke. Ich beeil mich.« Ich habe keine Zeit, noch etwas zu sagen, denn Sam geht fröhlich vor sich hin pfeifend ins Bad.

Nun pocht es nicht nur in meinem Finger, sondern auch in meinem Kopf. Wenigstens in einem Fall kenne ich den Grund.

»Hast du ein Tablett für all das Fleisch? Lucy?« Ich kann bloß raten, was Saxon denkt, als er mich völlig verdattert mitten in der Küche stehen sieht. »Du blutest ja.« Er kommt zu mir gelaufen und zieht meine Hand genauso an sich, wie Sam es gerade getan hat.

»Es geht mir gut. Ich habe mir nur in den Daumen geschnitten. Alles in Ordnung. Es blutet nicht mehr.« Ich nehme das Papiertuch ab, damit er sich davon überzeugen kann. Die Sorge in seinen blaugrauen Augen rührt mich so sehr, dass ich sofort mit meinen irren Träumereien aufhöre.

Saxon ist der Mann, den ich liebe. Der Mensch, mit dem ich zusammen sein will. Daran habe ich keinerlei Zweifel. Also warum habe ich in Sams Nähe immer wieder diese kurzen Rückfälle? Ich dachte, das wäre vorbei, aber es scheint schlimmer zu werden, und das gefällt mir nicht.

Als Saxon seine Lippen auf den Schnitt drückt, um den Schmerz wegzuküssen, bin ich tief bewegt. »Danke. Du bist zu gut zu mir.«

»Das ist nicht möglich.« Er wird mich wohl immer auf ein Podest stellen, aber ich habe es nie weniger verdient als in diesem Moment.

Weil ich gern das Thema wechseln möchte, wühle ich in den Plastiktaschen, um die Alu-Tabletts hervorzuholen, die ich im Supermarkt gekauft habe. »Hier bitte. Glücklicherweise denke ich mit.«

Sein Grinsen ist zu schön, um es zu beschreiben. »Piper deckt gerade den Tisch. Soll ich irgendetwas für sie mitnehmen?«

Da der Sommer zu Ende geht, kann man keine lauen Abende mehr genießen, doch es ist immer noch schön draußen, deshalb haben wir beschlossen, im Freien zu essen. »Schon gut. Ich komme gleich. Ich mach nur noch den Salat fertig.«

Saxon nickt und küsst mich sanft auf die Stirn. Er scheint zufrieden zu sein, und ich denke, das hängt mit dem zusammen, was zwischen Sam und ihm passiert ist. Ich hatte noch keine Gelegenheit, ihn danach zu fragen, aber man muss kein Genie sein, um zu erkennen, dass beide Brüder besser gelaunt sind.

»Ich liebe dich«, sagt Saxon auf dem Weg zur Tür.

»Ich dich auch«, flüstere ich, doch er ist bereits weg.

Da ich den Abend nicht ruinieren will, konzentriere ich mich darauf, das Essen vorzubereiten, und suche alles zusammen, was wir brauchen. Dann trage ich meinen fertigen Salat, den Kartoffelsalat und den Krautsalat nach draußen. Als ich vorsichtig mit einem Fuß nach den Treppenstufen taste, kommt Piper mir lachend zu Hilfe.

»Du hast wie immer viel zu viel Essen gemacht, ich liebe das.«

Ihre Fröhlichkeit ist ansteckend. »Und das ist noch nicht mal die Hälfte.«

Saxon steht am Grill, nippt an einem Bier und schaut dem Fleisch beim Garwerden zu. Ich muss schmunzeln, als ich sehe, dass meine vegetarischen Burger und Würste in einem eigenen Bereich liegen.

»Oh Gott, schaff mal Platz.« Piper tut so, als wäre sie genervt, und ich freue mich über ihre Verspieltheit.

Als wir die Salate auf den Tisch stellen, neigt sie sich mir zu und flüstert mir ins Ohr: »Warum sind Sam und Saxon plötzlich so dicke? Ich hatte mich auf ein Blutbad eingestellt. Ich bin fast etwas ein wenig enttäuscht.«

Ich lache. »Sam will sich wieder mit Saxon vertragen. Er möchte auch weiterkommen.«

»Und das hat nichts mit dir zu tun?« Beinahe lasse ich einen Salat auf den Rasen fallen.

Sobald ich mich wieder im Griff habe, schüttle ich den Kopf. »Nein, natürlich nicht. Warum denkst du das?«

»Weil Saxon alles tun würde, damit du glücklich bist, und es ist offensichtlich, dass du Sam nicht ganz aus deinem Leben ausschließen kannst, also denke ich, dass diese erneute Verbrüderung nur deinetwegen stattgefunden hat.« Das hört sich etwas anders an als ihre offenen Worte neulich.

»Ich glaube, du hast zu viele Krimis gelesen«, entgegne ich leichthin. Ich weigere mich, das zu glauben. Zuerst meine Mom und nun sie, ich muss einmal darüber schlafen.

»Ich könnte ein ganzes Schwein essen.« Meine Innereien ziehen sich angewidert zusammen, als ich Alicia in einem pinken Bikinioberteil und Shorts auf der hinteren Veranda entdecke. »Nimm's mir nicht übel, Lucy.«

»Tu ich nicht, Alicia«, erwidere ich, obwohl ich ihr am liebsten eine Plastikgabel in den Arm rammen würde.

»Ich hoffe, es macht dir nichts aus, ich habe mich selbst reingelassen«, erklärt sie und kommt die Treppe heruntergestöckelt.

»Natürlich nicht. Sam ist unter der Dusche. Aber er sollte gleich da sein.«

»Oh, ich weiß. Ich habe ihn gesehen«, entgegnet Alicia und stakst grinsend zum Tisch.

Das ist absolut ekelhaft, doch ich ignoriere den Drang, mir die Flasche Rotwein an den Mund zu setzen, die Piper auf dem Tisch abgestellt hat. »Ich hole schnell das restliche Essen.« Ich stürme an Alicia vorbei und hoffe, dass das Bild, wie sie Sam im Bad beobachtet, wieder aus meinem Hirn verschwindet.

Mehrere Schüsseln auf den Unterarmen balancierend, schaffe ich es gerade zwei Schritte weit, ehe ich es bereue, dass ich alles gleichzeitig tragen wollte. »Warte, ich helfe dir.«

Sam kommt in die Küche gelaufen und rettet die Brötchen davor, über den Boden zu purzeln. »Danke, ich …« Doch alles Weitere bleibt mir im Halse stecken, als ich das Hemd sehe, das er angezogen hat. Ich habe es ihm letztes Jahr zum Geburtstag geschenkt. Mir hat das blau-schwarze Karo so gut gefallen, weil es das Blau in seinen Augen betont. So wie auch jetzt gerade.

»Kein Problem«, sagt er lächelnd. »Das sieht alles sehr gut aus. Du hast schon immer gewusst, wie man ordentlich auftischt.« Noch mehr Erinnerungen erträgt mein Herz nicht.

»Hoffen wir, dass es so gut schmeckt, wie es aussieht. Kannst du die letzte Schüssel nach draußen bringen?« Ich versuche, halbwegs normal zu wirken, aber sicher merkt er, dass irgendetwas nicht stimmt.

Alicia hat es sich gemütlich gemacht und fläzt sich auf einer Sonnenliege, während sie auf ihrem Handy herumwischt und Piper und Saxon über einen Witz lachen. Die Szene vor mir wirkt ganz alltäglich, doch meine Gefühle sind es nicht. Ich möchte nicht länger darüber nachgrübeln, also stelle ich schnell alles ab und greife nach dem Wein.

»So früh fängst du bereits an?«, fragt Saxon neben einem riesigen Tablett voller Fleisch.

»Ich muss mich betäuben, ich glaube, ich habe gerade einen von Alicia Bells Nippeln gesehen.« Ich kippe ein Glas Wein herunter, während Saxon in wieherndes Gelächter ausbricht. »Das ist ja wohl kaum das richtige Wetter für einen Auftritt im Bikini, aber ich trinke darauf, dass sie sich erkältet und früh nach Hause gehen muss.«

Verstohlen schaut Saxon zu Alicia hinüber und kneift abgestoßen die Lippen zusammen. »Sie hat mich gebeten, ihr Steak durchzubraten … aber es ist medium«, flüstert er mir verschwörerisch zu.

Und schon löst mein Ärger sich in Luft auf.

Die Hände voller Schüsseln und Würzsoßen, kommt Sam die Stufen heruntergelaufen. Statt der Feindseligkeit, mit der Saxon ihn früher gemustert hat, sehe ich jetzt nur noch Gelassenheit.

»Lasst uns essen«, sagt Sam und verteilt seine Sachen auf dem Tisch. »Diese Steaks sehen großartig aus, Sax.«

Mit angehaltenem Atem warte ich auf Saxons Antwort.

»Jedes Essen sieht großartig aus, wenn man zu faul zum Kochen ist.«

Mit einem breiten Grinsen nimmt Sam zwei Bier aus der Kühlbox, reicht Saxon ein Budweiser und zuckt die Achseln. »Getroffen, du Arsch. Also her damit. Ich habe Hunger.«

Verblüfft klappe ich den Mund auf und zu, weil ich nicht weiß, wie ich auf den neuen scherzhaften Ton zwischen den zwei Brüdern reagieren soll. »Ich bin doch nicht deine Mutter, verdammt.«

»Und dafür bin ich echt dankbar«, kontert Sam und schlürft sein Bier, während Saxon grinst.

Es wird dauern, bis ich mich daran gewöhnt habe, die beiden so zu sehen, aber es ist unheimlich schön. Ich vergesse meinen kleinen Aussetzer und genieße das neue Miteinander.

Wir alle bedienen uns an den angebotenen Speisen, denn die entspannte Atmosphäre sorgt für großen Hunger. Sam häuft Kostproben von allem auf zwei Teller und trägt sie zu Alicia. So gehässig es sich auch anhört, ich bin dankbar, dass ich nicht neben ihr sitzen muss.

Saxon legt einen Burger und zwei Würstchen auf meinen Teller. »Das Essen ist serviert, Milady.«

»Oh, herzlichen Dank, mein Herr.«

»Bäh, hört sofort auf mit dem Gesäusel.« Piper unterstreicht ihre Forderung, indem sie mit zwei Fingern auf ihren offenen Mund deutet. Vollkommen zufrieden mit ihrem Vorschlag, rücke ich an Saxon heran.

Während wir essen, schweift Pipers Blick zwischen Alicia, Saxon und mir hin und her. Rasch ziehe ich meinen Wein näher heran, weil ich das Gefühl habe, dass ich ihn gleich brauche. »Warum ist die eigentlich hier?«

»Piper«, stoße ich aus einem Mundwinkel hervor. Doch meine Warnung stößt auf taube Ohren.

»Was? Ich spreche doch bloß aus, was wir alle denken. Ist es nicht ein bisschen kalt für einen Bikini?«

Saxon lacht und macht sich über sein Steak her, sagt aber nichts. Nachdem Piper das Thema allerdings so freimütig zur Sprache gebracht hat, möchte ich die Gelegenheit nutzen. »Was hältst du eigentlich von ihr?« Zögernd zuckt Saxon die Schultern.

»Ach, komm schon. Wir sagen es auch keinem weiter.« Piper scheint genauso gespannt zu sein wie ich, doch Saxon lässt uns schmoren. »Lucy wird dir unter dem Tisch einen blasen, wenn du es uns verrätst.«

»Piper!« Ich laufe knallrot an und bereue es plötzlich, so neugierig gewesen zu sein.

Saxon grinst und stößt mich mit der Schulter an. Offensichtlich gefällt es ihm, mich so zappeln zu sehen. »Ich habe noch nicht drüber nachgedacht.«

Ich unterdrücke meine Verlegenheit und warte ungeduldig darauf, dass er weiterredet. Aber das tut er nicht. »Und …?« Piper fuchtelt mit den Händen, um ihm klarzumachen, dass wir ihn so nicht davonkommen lassen werden.

»Und das ist alles. Alicia Bell hatte schon in der Highschool einen schlechten Ruf. Und das hat sich nicht geändert. Was auch immer das soll« – er deutet auf die kichernde Alicia –, »es ist nur eine Ablenkung für Sam.«

»Eine Ablenkung?«, frage ich naserümpfend.

Er nickt und steckt sich ein Stück Tomate in den Mund. »Ja. Die macht alles mit. Das ist eine, mit der man sich gut die Zeit vertreiben kann.«

»Ist das etwa eine Umschreibung dafür, dass sie auch gern die Beine breitmacht?«, fragt Piper halb im Scherz.

Saxon verzieht den Mund. »Ich möchte nicht schlecht über sie reden, aber …«

Sein abruptes Innehalten reizt mich. »Aber was?« Anscheinend versucht er, höflich zu sein, doch dafür ist es längst zu spät.

Als er merkt, dass ich keine Ruhe geben werde, seufzt er. »Aber sie ist nicht du. Sie ist sogar das genaue Gegenteil von dir, und ich denke, deshalb behält Sam sie bei sich.« Nun bedauere ich meine Sturheit. »Es tut mir leid. Ich hätte nichts dazu sagen sollen.«

Doch in dem Punkt hat er sich geirrt. Ich bin froh, dass er sich geäußert hat. »Nein, sag das nicht. Wenn wir zusammenbleiben wollen, müssen wir ehrlich zueinander sein.« Saxon senkt den Blick, und ich frage mich, warum.

»Er kann es unmöglich ernst mit ihr meinen. Wie denn, wenn du ihre Vorgängerin warst?« Das erklärt Saxons Verhalten.

Piper lässt die Gabel, die auf dem Weg zu ihrem Mund war, überrascht in der Luft schweben, als sie dieses Geständnis hört. Sie sprachlos zu sehen macht mir etwas Angst.

Ich habe das Gefühl, die Stille durchbrechen zu müssen, aber keine Ahnung, was ich sagen soll. So lächerlich sich das auch anhören mag, am Ende entscheide ich mich dafür, das Einzige zu tun, was mir passend erscheint. »Ähm, ich schätze, ich sollte dir für dieses Kompliment danken.«

Saxon küsst mich auf die Schläfe. »Ich sage nur die Wahrheit.« Dieses Gespräch hat mir genug Stoff zum Nachdenken gegeben, sodass mir der Appetit auf weitere Enthüllungen vergangen ist.

Relativ schweigsam widmen wir uns unserem Essen, unterhalten uns nur oberflächlich und überlassen es dem Radio, die Stille zu füllen. Fühle ich mich jetzt besser, weil ich weiß, dass Saxon Alicia auch für eine Lückenbüßerin hält? Ich schiebe meinen Teller von mir weg, da ich plötzlich keinen Bissen mehr herunterbekomme.

»Oh mein Gott! Den liebe ich!« Alicia springt auf und beginnt, zu einem Popsong zu tanzen. Wobei ich den Begriff »tanzen« im weitesten Sinne gebrauche, denn sie wirft ihr langes Haar so heftig hin und her und lässt so anzüglich die Hüften kreisen, dass ich mich frage, ob wir nicht ins Haus gehen sollten, damit Sam und sie kurz allein sein können.

Saxon schaut über die Schulter zu ihr hinüber, schüttelt den Kopf und greift nach seinem Bier. Gut zu wissen, dass ich nicht die Einzige bin, die diese Frau für eine dumme Zicke hält. »Du hasst sie.«

»Waaas?« Mein lang gezogener, schriller Schrei bestätigt seine Behauptung.

Er lacht und legt einen Arm um meine Schultern. »Es steht dir ins Gesicht geschrieben.«

»Hassen ist vielleicht etwas zu viel gesagt«, widerspreche ich nicht sehr überzeugend.

»Sei ehrlich.« Wenn er mir so kommt, habe ich keine andere Wahl.

»Ich denke bloß, dass Sam etwas Besseres haben könnte. Alicia ist nicht die Richtige für ihn.« Sobald sie mir über die Lippen gekommen sind, bereue ich meine Worte, aber nun sind sie heraus, weil Saxon keine Lügen hören wollte.

»Er wird nie die Richtige finden, Lucy. Jedenfalls in deinen Augen.«

Ich drehe mich zu ihm und hebe die Augenbrauen. »Was soll das heißen?«

»Das heißt, dass ich davon ausgehe, dass dir keine Frau gefallen wird, die er nach Hause bringt. Ihr zwei habt eine gemeinsame Geschichte. Da ist es ganz normal, dass du immer etwas zu mäkeln haben wirst.«

Ich blinzle überrascht. Reden wir wirklich so über diese Sache, als sprächen wir über das Wetter?

Früher hätte Saxon dieses Thema gemieden wie der Teufel das Weihwasser, doch jetzt scheint es ihm überhaupt nicht mehr unangenehm zu sein. »Was genau ist heute eigentlich zwischen Sam und dir passiert? Warum bist du so … gelassen?« Ich hatte vor, die Frage etwas taktvoller zu stellen, aber ich muss wissen, was hier vorgegangen ist.

Saxon lächelt und küsst mich auf die Nasenspitze. »Wir haben … geredet. Zum ersten Mal im Leben. Wir haben über alles gesprochen. Ich möchte nicht, dass du denkst, wir hätten uns hingesetzt und uns bei ein paar Bier wieder vertragen, denn so jung sind wir nicht mehr. Aber bei einem sind wir uns einig.«

Mit einem Mal wird mir heiß. »Und das wäre?«

»Wir wollen beide, dass du glücklich bist. Und wir wollen dich beide in unserem Leben haben. Deshalb müssen wir lernen, miteinander auszukommen. Also werden wir es versuchen. Unsere Beziehung wird niemals einfach sein, doch dass ich ihm keinen Kopfstoß mehr verpassen möchte, nur weil er dich ansieht, ist schon ein Fortschritt, denn glaub mir, ich sehe alles.«

Ich lecke mir über die auf einmal trocken gewordenen Lippen und starre ihn verdutzt an. Ist das wirklich wahr? Damit hätte sich mein Traum erfüllt. Warum kommt es mir dann so vor, als gäbe es einen Haken?

»Fällt es dir schwer?«, quetsche ich hervor und bin stolz auf mich, da es mir gelingt, einen ganzen Satz auszusprechen.

»Verdammt schwer«, bestätigt Saxon. »Aber die Liebe lässt einen verrückte Dinge tun … wie etwa zu akzeptieren, dass du Sam in deinem Leben brauchst, damit du glücklich bist.«

Beschämt blicke ich zu Boden und fühle mich wie ein verwöhntes reiches Töchterlein. Ich will alles. Ich könnte es leugnen, doch Saxon hat recht.

»Hey«, er legt zwei Finger unter mein Kinn und bringt mich dazu, ihn anzuschauen, »ist schon in Ordnung. Ich verstehe das. Hauptsache, du willst mich und sonst keinen …«

»Natürlich will ich dich!«, sage ich ein klein wenig zu enthusiastisch. Aber er soll wissen, dass ich mich, wenn es hart auf hart käme, für ihn entscheiden würde – immer. Meine Liebe zu ihm … bestimmt mein ganzes Leben, und ich habe keine Angst mehr, denn er wird immer mein Licht in der Dunkelheit sein.

Er lächelt und streicht mit dem Daumen über meine Unterlippe. »Gut. Damit kann ich leben.« Das war's dann? Wir reiten in den Sonnenuntergang und leben vergnügt bis an unser seliges Ende? »Theoretisch sollte dich das glücklich machen.«

Saxons Bemerkung macht mir bewusst, dass ich die Stirn gerunzelt habe. »Tut es auch. Sehr glücklich sogar«, erwidere ich und schüttle die trüben Gedanken ab. »Ich möchte nur nicht, dass ihr es meinetwegen macht, keiner von euch. Ich solltet es euretwegen tun. Weil ihr es wollt.«

»Ich will dich, Lucy, und wenn das bedeutet, dass ich dafür ein paar Opfer bringen muss, dann ist es eben so.«

Meine Schuldgefühle werden immer stärker, denn anscheinend habe ich mich in eine Sackgasse hineinmanövriert. Ich bin einer Entscheidung darüber, was ich nach dem Verkauf des Hauses tun will, immer noch nicht näher gekommen. Und da ist Saxon, bereit, alte Streitigkeiten beizulegen, damit ich glücklich bin. Ich verdiene ihn nicht. Ich verdiene keinen von beiden.

»Aber du hast recht. Ich will es auch selbst. Ich habe es satt, mit Samuel zu kämpfen, und ehrlich gesagt war es heute auch irgendwie nett. Ich werde ihm nie ganz trauen, ich glaube allerdings, er meint es ernst. Ich glaube, er will wirklich, dass wir glücklich sind. Wer hätte gedacht, dass dieser selbstsüchtige Mistkerl imstande wäre, nicht bloß an sein eigenes Wohl zu denken?«

Wow. Ich brauche einen Augenblick, um das zu verarbeiten.

»Das kannst du vergessen, dass ich mich jemals wieder mit Kellie aussöhne. Wir machen einfach einen Schritt nach dem anderen, okay? Ich kann Sam ertragen, und ihm scheint es umgekehrt genauso zu gehen, also haben wir wohl schon etwas erreicht. Wer weiß, was die Zukunft noch bringt.«

Mir fällt der Kiefer herunter. Hastig klappe ich den Mund wieder zu. Das ist völlig … unglaublich. Obwohl ich es kaum erwarten kann, ganz genau zu hören, worüber die beiden gesprochen haben, reicht mir das fürs Erste. Mehr habe ich nicht gewollt.

Unfähig, mich zu bremsen, schlinge ich die Arme um Saxons Nacken und drücke ihn fest an mich. »Ich liebe dich … wie verrückt. Danke.«

Er schmunzelt und hält mich fest. »Ich dich auch. Und du brauchst mir nicht zu danken. Dank lieber dir selbst, dafür dass du nie aufgegeben hast. Keinen von uns beiden. Wenn du Sam verzeihen kannst … dann … kann ich es wohl auch.«

Tränen drohen die Schleusentore zu sprengen, denn das ist der beste Kompromiss, der mir jemals angeboten wurde. Ja, ich habe das Gefühl, dass ich alles auf einmal haben will, aber wenn es in diesem Fall dazu führt, dass Saxon und Samuel irgendwie wieder miteinander in Kontakt kommen, dann gut so!

Über Saxons Schulter hinweg erhasche ich einen Blick auf Piper und stelle erstaunt fest, dass sie sich auch Tränen aus den Augen wischt. Also vergesse ich meine Zukunftsängste, denn heute wagen wir alle einen neuen Anfang … und ich habe nicht vor, mir diesen Tag von Zweifeln vermiesen zu lassen.

Sechzehn

Drei Tage später

»Oh ja, schlag mich … so … genau da, oh, ah, du großer böser Junge!«

Niemand möchte beim Aufwachen so etwas hören, doch in den letzten drei Tagen sind wir mehr oder weniger immer mit diesen Worten geweckt worden.

»Ne, ernsthaft?«, stöhne ich und drücke mir ein freies Kissen aufs Gesicht.

Das Einzige, was mich ein wenig aufheitert, ist Saxons heiseres Lachen. »Das muss ich ihm lassen; er hat Stehvermögen.«

»Großartig«, murmele ich unter meinem Kissen. Es ist wirklich klasse, ein sicheres Zeichen dafür, dass Sam vorankommt, ich wünschte mir nur, er wäre nicht so laut dabei. Ich habe überhaupt nichts dagegen, dass er sich sexuell auslebt, ich möchte bloß nicht dauernd unter die Nase gerieben bekommen, was für ein toller Hengst er ist. Das ist etwas Privates, doch so, wie Alicia sich aufführt, wundert es mich, dass unsere Nachbarn sich noch nicht wegen Lärmbelästigung beschwert haben.

Leider erinnert mich eine völlig humorlose innere Stimme ständig daran, dass Sam und ich nie so lauten Sex hatten, aber sie kann mir gestohlen bleiben, denn in Whispering Willows läuft alles gut, und ein Gefühl der Ruhe hat sich ausgebreitet.

An dem Abend, als wir das Barbecue gemacht haben, dachte ich noch, ich würde bloß träumen. Doch die letzten Tage haben bewiesen, dass es Wunder gibt. Am Anfang war es ein wenig gewöhnungsbedürftig zuzuschauen, wie Saxon und Sam sich freundlich unterhielten. Ich habe ständig darauf gewartet, dass sie wieder aneinandergeraten, aber nichts ist passiert. Nachdem die Brüder jahrelang entfremdet waren, ist es wunderschön mitzubekommen, wie sie sich weiterentwickeln. Es ist, als würde man einem Schmetterling beim Schlüpfen zusehen.

Obwohl die zwei noch weit davon entfernt sind, Freunde zu werden, kommen sie miteinander aus, und das war alles, was ich wollte.

Manche würden sagen, ich habe Glück, und das habe ich wohl auch. Aber ich will es nicht beschreien, denn gerade jetzt, trotz Alicias übertriebener Auftritte, läuft es bilderbuchmäßig. Und zu allem Überfluss habe ich noch diesen Mann an meiner Seite.

»Ich glaube, er ist bald fertig.« Gerade als ich das Kissen wegziehen will, scheint Sam von vorn anzufangen. »Nein, doch nicht.«

»Ach du lieber Himmel!« Ich presse das Kissen noch fester an mich, um nichts mehr zu hören.

Doch Saxon gönnt mir die Pause nicht und zerrt so heftig daran, dass ich keine Chance habe. Als er es mir vom Gesicht reißt, lege ich schmollend die Arme vor die Augen, um das helle Tageslicht auszublenden. Allerdings geht das nur so lange gut, bis Saxon mich auf die Halsbeuge küsst und das Versteckspiel beendet.

»Ich kann nicht glauben, wie gut du riechst«, raunt er an meinem Hals.

»Und ich kann nicht glauben, wie gut du dich anfühlst«, entgegne ich und schmiege mich an ihn.

Schnell rollt er sich auf mich und bedeckt mein Gesicht und meine Lippen mit Küssen. »Ich habe mir noch nicht die Zähne geputzt.« Ich will den Kopf wegdrehen, doch er hält sanft meinen Kiefer fest.

»Das ist mir egal.« Vorsichtig schiebt er seine Zunge in meinen Mund und raubt mir den Atem. Dieser Mann küsst nicht einfach – er bringt den ganzen Körper zum Prickeln, und schon bald sehne ich mich nach mehr.

Saxon merkt, wie erregt ich bin, und schiebt eine Hand zwischen uns, um mich durch meinen Slip zu streicheln. Erfreut über die Hitze, die ihn dort erwartet, summt er in meinen Mund, und das kehlige Vibrieren geht mir durch und durch. Lüstern spreize ich die Beine, aber leider klingelt sein Handy und verdirbt die Stimmung.

Früher hätte er das Klingeln ignoriert. Doch in letzter Zeit scheint er sehr viel zu telefonieren. Ich habe keine Ahnung, mit wem, und wenn ich danach frage, sagt er, es wäre nur jemand von der Arbeit. Sonst nichts, deshalb habe ich ständig Bilder vor Augen, auf denen meist auch ein hübsches Mädchen mit rabenschwarzen Haaren zu sehen ist.

»Verdammt.« Saxon stöhnt, greift über mich hinweg, schaut auf den Handybildschirm und leckt sich über die Oberlippe. Ich weiß, was er sagen wird, also komme ich ihm zuvor.

»Schon gut. Geh nur ran.«

Sein Bedauern ist offensichtlich, trotzdem löst er sich hastig von mir und springt auf. »Hey. Warte einen Moment.«

Ich setze mich auf, lehne mich an das Betthaupt und sehe zu, wie er nach seiner Jeans sucht. Schnell schlüpft er hinein und läuft durch die Tür, ohne sich damit aufzuhalten, den Reißverschluss zuzumachen. Seufzend reibe ich mir über die Brust, weil ich wieder Herzschmerzen bekomme.

Ich erwarte nicht, dass Saxon jedes kleine Detail seines Lebens mit mir teilt, aber ich weiß, dass er etwas vor mir verbirgt. Dieses Flüstern und dieses Bedürfnis, allein zu sein, wenn er telefoniert, sind ein sicheres Zeichen dafür, dass irgendetwas nicht stimmt.

Ich habe ihn unzählige Male gefragt, ob alles in Ordnung ist. Und die Antwort war immer die gleiche. »Alles ist gut.« Dennoch werde ich das Gefühl nicht los, dass das alles andere als richtig ist.

Enttäuscht trample ich die Bettdecke weg und beschließe, zu duschen und zu arbeiten, denn auf der Welt sieht es nicht gut aus. Unglücklicherweise wird es wohl immer Kriege geben, doch in letzter Zeit versteht keiner sich mehr mit dem anderen. Meine E-Mails sind nicht gut aufgenommen worden, also wäre es jetzt an der Zeit, meine Hilfe vor Ort anzubieten.

Seufzend schnappe ich mir meine Klamotten und mache mich auf zum Bad. Saxon ist nirgends zu sehen, was mich nur noch misstrauischer macht. In Gedanken versunken, achte ich nicht auf meine Umgebung und stoße mit Sam zusammen.

»Oh, Mist.« Er stützt mich, weil ich mich krampfhaft bemühe, meine Klamotten nicht fallen zu lassen.

»'tschuldigung, ich habe nicht aufgepasst.« Während ich noch versuche, mich zu rechtfertigen, denke ich plötzlich, ich sollte es mir lieber sparen, denn Samuels harte Brust ist direkt vor meinem Gesicht. Wow. Ist er schon immer so muskulös gewesen? Egal, sein nackter Oberkörper erinnert mich daran, dass ich nichts als einen Slip und ein bauchfreies Top anhabe.

Sofort bedecke ich mich mit den Händen und kreuze die Beine, aber es ist zwecklos. Sam lacht und zwinkert mir amüsiert zu. »Keine Sorge, das ist nichts Neues für mich.«

Ich laufe von oben bis unten rot an. Dann reiße ich mich zusammen und schneide eine Grimasse. »Möchtest du zuerst ins Bad? Du hast es sicher nötiger.«

Er schmunzelt erheitert. Punkt für mich. »Da fällt mir ein …« Als er sich mit den Fingern durch das wirre Haar fährt, sehe ich vor mir, wie Alicia das tut. »Was habt ihr zwei eigentlich heute Abend vor?«

»Wie kommst du denn jetzt darauf?«, erwidere ich verunsichert.

Er lacht leise vor sich hin, und sofort ist die Situation entschärft. »Alicia hat Geburtstag, und sie möchte zum Auftritt einer Band gehen. Ich habe mich gefragt, ob ihr beide vielleicht mitkommen wollt.«

»Zum Auftritt einer Band? Seit wann gehst du zu so was?«, erwidere ich schnippisch und verschränke die Arme vor der Brust.

»Eigentlich gar nicht. Deshalb möchte ich ja, dass ihr dabei seid und mir erklärt, was ich machen soll.«

Ich kann mir ein Lächeln nicht verkneifen. »Aber dann schuldest du mir was.«

»Das heißt also ja?« Er sieht aus, als würde er sonst auf Knien darum bitten.

»Aber nur, weil ich es kaum erwarten kann zu sehen, wie du dich windest.«

»Oh, vielen Dank.«

»Deine Entscheidung«, ziehe ich ihn unnachgiebig weiter auf.

»Ich bin dafür, dass ihr uns begleitet«, erwidert er. Bei der Art, wie er mich mustert, fällt mir wieder ein, dass wir diese Unterhaltung besser fortsetzen sollten, wenn ich ordentlich angezogen bin. »Ich danke dir, Lucy«, sagt er und wird ernst. »Alicia hat nicht viele Freunde und möchte euch wirklich besser kennenlernen.«

Ich beiße mir auf die Zunge und widerstehe der Versuchung, ihn darüber aufzuklären, warum sie so unbeliebt ist. »Kein Problem und danke für die Einladung.«

Sam nickt erfreut, doch dann huscht ein rätselhafter Ausdruck über sein Gesicht. Ich habe keine Ahnung, warum, aber er macht mir klar, dass ich mich duschen und anziehen sollte.

»Hey.«

Ich erschrecke, als ich Saxon am Ende des Flurs sehe, das Handy locker in der herabhängenden Hand. Ich kann nur raten, was in ihm vorgeht, als er mich in meiner Unterwäsche bei einem seltsamen Zusammentreffen mit seinem halb nackten Bruder ertappt.

»Hey, Saxon«, grüßt Sam ihn lässig.

Obwohl die beiden sich zusammengerauft haben, gefällt es Saxon offenbar nicht, dass ich so dürftig bekleidet vor meinem Ex-Verlobten stehe. Und ich kann es ihm nicht verdenken. Schuldbewusst schaue ich ihm in die Augen. Seine Miene ist undurchdringlich, doch sein verspannter Kiefer deutet an, dass er wütend ist. Ich muss das klären.

»Wenn du mich dann bitte vorbeilassen würdest …« Ich setze meinen Weg ins Bad fort, an der Tür schaue ich allerdings über die Schulter Saxon an. »Kommst du?« Das brauche ich nicht zweimal zu fragen, er ist mir bereits auf den Fersen.

Er gibt mir nicht mal die Chance, mich auszuziehen, sondern stürzt sich sofort auf mich, hebt mich hoch und drückt mich mit dem Rücken gegen die Wand. Dann schiebt er begierig seine Zunge in meinen Mund und stellt nach dem, was er gerade gesehen hat, unmissverständlich klar, zu wem ich gehöre. »Ich sollte nicht eifersüchtig sein, das weiß ich, aber ich bin es, verdammt noch mal«, knurrt er und verschlingt mich mit Haut und Haaren.

Ich wimmere, weil seine Aggressivität mich anmacht. »Du hast keinen Grund, eifersüchtig zu sein«, sage ich, da ich es selbst hören möchte. »Ich gehöre dir. Für immer. Ich will dich. Und nur dich.« Er löst sich von meinen Lippen und beißt in meine pulsierende Halsschlagader. Ich stöhne begeistert auf.

»Herrgott, du treibst mich in den Wahnsinn.« Das könnte ich auch sagen.

Ich will ihn in mir haben und nie wieder loslassen. Er erkennt, wie verzweifelt ich bin, und stellt mich auf dem Boden ab. Sofort reiße ich mir das Top herunter und schreie auf, als er meinen Nippel in seinen warmen Mund saugt.

Hektisch zerre ich seine Jeans herunter und ächze, als ich sein pralles Glied streife. Ehe ich mich von meinem Slip befreien kann, ist Saxon zur Stelle und zerreißt ihn.

Mein Verlangen nach diesem Mann ist grenzenlos, und unsere Liebe stellt alles, was davor war, in den Schatten. »Jetzt bist du dran mit Schreien.«

Voller Vorfreude beiße ich mir auf die Unterlippe. Doch als er vor mir niederkniet und meine Beine auseinanderschiebt, wird mir klar, dass er vorhat, mich öfter schreien zu lassen.

***

Ich sehe doppelt, also verspreche ich mir, nur noch eine E-Mail zu schreiben, bevor ich Feierabend mache.

Nach unserer gemeinsamen Dusche habe ich den ganzen Tag gearbeitet. Ich wollte mit meinen Kollegen telefonieren, doch wegen der schlechten Verbindung war es einfacher und schneller, Mails zu schicken. Es bringt mich um, dass ich nicht bei ihnen sein kann, deshalb mache ich mich hier nützlich. Obwohl ich mich mit diesem Kompromiss abgefunden habe, fühle ich mich trotzdem schuldig.

Ich seufze und reibe mir die Schläfen, während ich auf eine Antwort von einem Kollegen aus Syrien warte.

»Hast du dich eigentlich einmal von deinem PC weggerührt, seit ich dich zuletzt gesehen habe?«

»Nein«, erwidere ich mit geschlossenen Augen und stütze den Kopf auf die Hände.

»Na dann.« Saxon fasst nach meinen Schultern und massiert meine verkrampften Muskeln. Ich würde ihm alles versprechen, damit er nie wieder aufhört.

»Oh Mann, das fühlt sich so gut an«, stöhne ich und lockere mich. Er knetet tief in die Knoten hinein, um sie zu lösen.

»Es wäre immer noch möglich, für heute Abend abzusagen, wenn es dir zu viel wird. Dann könnte ich so weitermachen … aber du müsstest dich ausziehen.« Das klingt verlockend, aber ich habe Sam versprochen, dass wir kommen, und da gerade alles so gut läuft, möchte ich keinen Sand ins Getriebe streuen.

»Ich wünschte, das könnten wir, aber ich habe versprochen, dass wir mitgehen.«

Saxon schien von der Idee, mit Sam und Alicia auszugehen,

genauso begeistert zu sein wie ich, nachdem ich mich hingesetzt und genauer darüber nachgedacht hatte, was ich uns da eingebrockt habe. Sam hat nichts davon gesagt, dass irgendjemand anders dabei sein wird, schließlich hat er zugegeben, dass Alicia keine Freunde hat, deshalb würde ich mich schrecklich fühlen, wenn wir jetzt einen Rückzieher machten.

»Okay. Wie du willst. Doch ehe wir gehen, habe ich noch eine Überraschung für dich.«

Ich reiße die Augen auf. »Ich mag keine Überraschungen.« In meinem Leben gab es bereits mehr als genug.

Als Saxon sich vorbeugt, kitzelt sein warmer Atem mich hinterm Ohr. »Diese schon, glaub mir.«

Ich lege eine Hand auf seine und nicke. »Aber die Massage machst du noch irgendwann.«

Er lacht leise vor sich hin und küsst mich auf den Hals. »Versprochen.«

Ich will aufstehen, zu meiner Überraschung drückt Saxon mich allerdings auf den Stuhl zurück und verbindet mir mit einem Tuch die Augen. »Wieso darf ich nichts sehen? Du führst mich doch jetzt nicht in einen roten Raum, in dem ich dich Meister nennen muss, oder? Nicht, dass ich dagegen etwas einzuwenden hätte«, überlege ich laut.

»Vielleicht später«, erwidert Saxon geheimnisvoll und vielversprechend.

Ich überlasse ihm die Kontrolle und erlaube es ihm, mich zu führen, während meine Aufregung immer größer wird. Er drückt sich von hinten an mich, damit ich mich auf dem Weg durchs Haus nirgends stoße. Als kühle Luft meine Haut streift, begreife ich, dass wir draußen sind.

Ich habe keine Ahnung, was Saxon vorhat, aber ich kann es

kaum erwarten, es herauszufinden. »Ich nehme das Tuch jetzt ab«, flüstert er mir ins Ohr. Ich bleibe stehen und warte gespannt.

Es wundert mich nicht, dass Saxon die Enthüllung hinauszögert, um mich noch länger auf die Folter zu spannen. Ungeduldig trete ich von einem Fuß auf den anderen. Sein raues Lachen bringt all meine Nervenenden zum Kribbeln. »Ich dachte, du magst keine Überraschungen.«

»Tu ich auch nicht, aber vielleicht bringst du mich ja dazu, meine Meinung zu ändern.«

»Vielleicht«, erwidert er unergründlich, ehe er den weichen Stoff von meinen Augen entfernt.

Ich brauche einen Moment, um mich an das dämmrige Licht zu gewöhnen, doch nachdem ich mehrmals geblinzelt habe, sehe ich etwas, das mir den Atem verschlägt. »Saxon … oh mein Gott. Das ist wunderschön.« Wirklich.

»Gefällt es dir?«

»Ob es mir gefällt? Ich liebe es.« Meine Füße setzen sich wie von selbst in Bewegung und tragen mich die Treppe hinunter, während ich die Arme ausbreite. Mit den Fingerspitzen streiche ich an Hunderten Sonnenblumen entlang, die in unzähligen hohen Glasvasen auf dem Hof arrangiert sind. »Wann hast du das gemacht?«

»Heute. Weil du so ausgesehen hast, als könntest du später etwas Farbe vertragen.«

Mitten auf dem Hof bleibe ich stehen, weil ich einen Augenblick brauche, um das alles in mich aufzunehmen. Eine rot-weiße Picknickdecke liegt ein paar Schritte vor mir, und links daneben steht ein Weidenkorb. Überall sind leuchtende Sonnenblumensträuße verteilt, die sofort die Laune heben.

Als ich zum Haus zurückschaue, sehe ich, dass die Veranda mit Sternenlichterketten dekoriert ist, die das malerische Bild perfekt machen. Doch der schönste Anblick ist eindeutig Saxon, der mit einem schiefen Lächeln auf den vollen Lippen an einem Holzpfeiler lehnt.

»Ich kann nicht glauben, dass du das getan hast. Hast du dich deshalb den ganzen Tag rargemacht? Ich dachte schon, ich stinke.«

Saxon lacht und drückt sich vom Holzpfeiler ab. »Nein, du duftest ganz wunderbar. Hast du Hunger?« Mein knurrender Magen antwortet für mich.

Saxon kommt die Treppe heruntergeschlendert, nimmt meine Hand und führt mich zu der Picknickdecke. Der sanfte Schein der Lichterketten hüllt uns in einen romantischen kleinen Kokon, der nur für uns da ist. Ich hocke mich auf meine Unterschenkel, streiche über die Sonnenblumenblüten in meiner Nähe und muss an das erste Mal denken, dass ich diese Blumen gesehen habe – als ich hinter Saxon auf seinem Motorrad saß, weil er mich nach einem der vielen schlechten Tage wieder einmal gerettet hat.

Saxon kniet sich hin und greift in den Korb. Erst da wird mir klar, wie hungrig ich bin. Da ich den ganzen Tag am Computer geklebt habe, habe ich vergessen, mich zu bewegen oder zu essen. Das ist so fürsorglich. So typisch Saxon. »Ich hoffe, du hast dir nicht zu viel Mühe gemacht. Doch, offenbar schon …« – ich deute auf die schöne Szene vor mir –, »… aber hoffentlich hast du nicht auch noch gekocht.«

Er grinst amüsiert, und ich verstehe, warum, als er zeigt, was in dem Korb ist. »Oh mein Gott.« Ich lache. »Kaum denke ich, ich könnte dich nicht noch mehr lieben, gehst du los und machst so was.« Und mit *so was* meine ich, dass er eine riesige Papiertüte hervorzieht, die randvoll ist mit dem besten mexikanischen Essen, das es im Staate Montana gibt. Doch das Allerbeste ist die Flasche Dr. Pepper, die er dazustellt. »Also, du weißt wirklich, wie man mich herumkriegt.«

»Oder erträgt«, flachst er und reicht mir die Flasche. »Hier ist dein Sieben-Lagen-Burrito mit der Extraportion Zwiebeln.« Grinsend überreicht er mir mein Festmahl.

»Ich gebe dir einen dicken Kuss, wenn ich mit den Zwiebeln fertig bin.«

»Du könntest mich doch auch jetzt schon küssen«, wendet er ein.

»Ja, stimmt.« Ich presse meine Lippen auf seine und erschaudere genüsslich. »Hmmm … du schmeckst wirklich gut. Danke für alles. Womit habe ich das verdient?« Und damit meine ich nicht bloß das Essen.

»Einfach, weil du bist, wie du bist«, erwidert er und küsst mich auf die Nasenspitze. Mir geht das Herz auf. Saxon streckt die langen Beine aus und trinkt einen Schluck Bier. »Wie läuft's bei der Arbeit?«

Ich seufze und wickle meinen Burrito aus. »Nicht besonders gut. Auf der Welt wird es immer Konflikte geben, aber in letzter Zeit scheint keiner mit keinem zurechtzukommen.«

Offenbar tief in Gedanken versunken, verzieht Saxon die Mundwinkel. »Aus diesem Grund freue ich mich umso mehr, dass es uns glückt.«

Da ich Angst habe, an meinem Burrito zu ersticken, kaue ich ordentlich, außerdem brauche ich eine Weile, um über seine Worte nachzudenken. »Ich mich auch.« Irgendetwas bedrückt ihn. Man sieht es ihm an. »Wegen heute Morgen …«

Er unterbricht mich. »Ist schon gut, Lucy. Ich muss nur über … diese dumme Eifersucht hinwegkommen, mit der ich über dich wache. Ich weiß, dass du mich liebst, es ist bloß manchmal nicht leicht für mich.«

»Das verstehe ich vollkommen.« Ich greife nach seiner Hand und schiebe meine Finger zwischen seine. »Endlich ist dir klar, dass ich dich liebe. Das freut mich so. Davon abgesehen versuchen wir alle, so gut wie möglich mit dieser ziemlich verfahrenen Situation umzugehen. Und ich persönlich denke, dass es uns sehr gut gelingt.«

Saxon nickt, offenbar habe ich ihn beschwichtigt. Doch in seinen Augen flackert immer noch etwas. Gerade als ich ihn danach fragen will, klingelt sein Telefon – wieder einmal. Als er in seine Tasche fasst, wird die Frage nach diesem »Etwas« noch drängender.

»Bin gleich wieder da.« Schnell steht er auf und geht außer Hörweite.

Ich seufze, denn mir ist der Appetit vergangen, und lege den kaum angerührten Burrito wieder in die Papiertüte. Dann versuche ich herauszufinden, worüber Saxon sich so verstohlen unterhält. Aber er dreht mir den Rücken zu, als könnte er meinen neugierigen Blick spüren.

Hat er etwa Geheimnisse vor mir? Er wirft mir einen Schulterblick zu, ehe er Richtung Haus geht, was mein ungutes Gefühl noch verstärkt.

Unfähig, still sitzen zu bleiben, stehe ich auf, denn mein Herz zieht sich zusammen. Ich muss hier weg, also suche ich Zuflucht in den Ställen. Erinnerungen an Situationen wie diese überkommen mich, deshalb tue ich das Einzige, was mir, seit ich reiten gelernt habe, zu einem klaren Kopf verhilft.

Potter, mein Pferd, wiehert, als er mich sieht und meine Unruhe spürt. Automatisch lege ich ihm die Trense um, steige auf seinen nackten Rücken und drücke die Oberschenkel an seinen muskulösen Rumpf. Dann schnalze ich zweimal mit der Zunge, um ihn vorzuwarnen, dass ich galoppieren will. Er weiß, was ich brauche. Wir beide genießen es, unseren Freiheitsdrang auszuleben.

Ich nehme die Zügel auf, beuge mich vor und hole tief Luft, als er losstürmt. Nichts als eine riesige leere Fläche begrüßt uns. Wie auf Autopilot führe ich ihn in die Berge. Dort waren wir schon früher, und die Erinnerungen daran sind so frisch, als wäre es erst gestern gewesen.

Der Wind fährt mir durchs Haar, und sofort lässt meine Anspannung etwas nach. Das Terrain ist holprig, doch im Laufe der Jahre haben wir beide gelernt, auf diesem Boden vorsichtig zu sein. »Ruhig, mein Junge«, raune ich und ziehe leicht an den Zügeln, um ihn zu bremsen. Er gehorcht.

Ich mustere meine Umgebung. Die unberührte Weite erfüllt mich mit dem Frieden, den ich suche. Wir fallen in einen Trab, und obwohl ich seit Jahren hier lebe, staune ich immer noch, wie schön diese Landschaft ist. Aber das Schönste von allem ist der Moment, in dem mein Blick auf die Stelle fällt, wo Saxon und ich uns zum ersten Mal geküsst haben. Das werde ich nie vergessen.

Ich fasse mir an die Lippen und denke daran, wie sanft und unsicher er sie berührt hat. Ich war so dumm zu glauben, dass dieser Kuss mein Leben nicht verändern würde. Doch er hat nicht nur mein Leben verändert, sondern auch mich. Saxon hat die Welt, wie ich sie kannte, in Trümmer gelegt, aber es macht mir nichts aus, auf den Ruinen zu tanzen, weil ich mich nie lebendiger fühle als in seiner Gegenwart.

Ich steige ab und binde Potter an einen Baum, neben dem er zufrieden anfängt zu grasen. Hier sieht es ganz anders aus als beim letzten Mal. Meine nackten Füße sinken tief im Gras ein, und ich schwelge in dem Gefühl, auf so direkte Art mit Mutter Natur verbunden zu sein.

Ich schlinge die Arme um meine Taille, schließe die Augen und kehre in die Vergangenheit zurück. Saxons Worte sind mir so präsent, als hätte er sie gerade erst ausgesprochen.

Lass uns so tun, als gäbe es kein Morgen. Was jetzt auch passiert, ab morgen sind es nur noch Erinnerungen. Ich konnte spüren, wie er dabei am ganzen Leib gezittert hat.

Auch ich fange an zu zittern und stöhne. Saxon hat mich immer geliebt. Ich war nur zu blind, um es zu sehen. Doch jetzt sind mir, bildlich gesprochen, die Augen geöffnet worden, und ich will verdammt sein, wenn ich es zulasse, dass sich irgendetwas unserer glücklichen Zukunft in den Weg stellt.

»Was machst du hier draußen?«, fragt mich Saxon mit weicher Stimme.

»Hier hast du mich geküsst. Genau hier. Weißt du noch?«

»Aber natürlich«, erwidert er leise, und zusammen hängen wir unseren Erinnerungen nach.

Mit immer noch geschlossenen Augen halte ich das Gesicht gen Himmel und atme tief ein. »Von dem Moment an war unser Schicksal besiegelt.«

»Das war es bereits lange vorher.« Er hat recht. Schon als wir uns das erste Mal begegneten und berührten, hat meine Welt sich für immer verändert. »Ist alles in Ordnung? Du bist einfach weggegangen.«

Ich seufze und beschließe, mich diesmal nicht so leicht abspeisen zu lassen. »Mit wem hast du telefoniert?«

»Das war nur jemand ...«

»Sag jetzt bloß nicht *von der Arbeit.*«

Er schweigt verblüfft.

»Du verbirgst irgendetwas vor mir, und ich kann mir nicht helfen, ich habe das Gefühl, dass du es mir verschweigst, weil dein Geheimnis alles verändern wird.«

Ich hoffe, dass er meine Befürchtungen zerstreut und mir sagt, ich würde überreagieren, doch er tut nichts dergleichen, deshalb macht sich tief in meinem Inneren ein Gefühl der Angst breit. Ich kann das nicht länger aushalten, also öffne ich die Augen und drehe mich zu ihm um. Mit schuldbewusster Miene starrt er auf seine verschrammten Motorradstiefel hinunter.

»Sag mir einfach, worum es geht. Ich gebe dir einen Freifahrtschein. Was es auch ist, ich werde damit fertig. Aber bitte lüg mich nicht an oder verschleiere die Wahrheit, denn wir sind schon so oft getäuscht worden, dass es für ein ganzes Leben reicht.«

Er denkt so lange über meinen Vorschlag nach, dass ich mich frage, was um Himmels willen er getan haben mag. Kalter Schweiß steht mir auf der Stirn, und ich schlucke schwer. »Oh Gott, Saxon, was ist los?«

»Nichts, Lucy, gar nichts. Ich schwör's.« Einen Moment später liege ich in seinen Armen, und er drückt mich mit aller Kraft. »Alles in Ordnung. Alles wird gut.« Ich dachte, das wäre es bereits.

Ich löse mich aus seiner Umarmung und schüttele den Kopf, ich will es unbedingt wissen. »Ich glaube dir nicht.«

Traurig lässt er die Schultern hängen. Ich ertrage das nicht. Ich weiß nicht, warum, aber mein Bauchgefühl sagt mir, dass Cleo bei der Sache eine Rolle spielt. Ich habe vom ersten Moment an gewusst, dass sie Ärger bedeutet, aber ich hätte nie gedacht, dass sie die Macht hat, einen Keil zwischen uns zu treiben. »Hat es etwas mit … Cleo zu tun?« Saxon spannt die Kiefermuskeln an.

Ich warte darauf, dass er mich beruhigt, doch das tut er nicht. Er steht einfach nur stumm herum, die Hände tief in den Taschen vergraben. Mir wird schlecht. »Antworte mir, Saxon. Was hast du getan?«

Zischend stößt er den Atem aus und weicht einen Schritt zurück. »Ich habe nichts getan.«

»Dann sag mir, was zum Teufel hier vorgeht.«

»Warum denkst du automatisch, dass es etwas mit Cleo zu tun hat?«

»Weil ich offenbar nicht wissen soll, mit wem du sprichst, wer auch immer es ist. Also wenn du nicht noch eine andere am Start hast …«

»Eine andere?«, blafft er verärgert. »Ich habe keine andere, nur dich, Lucy.«

»Dann sag mir, was los ist!«

Er stöhnt entnervt und beginnt, hin und her zulaufen. Die eben noch schönen Erinnerungen an diesen Ort werden nun von Fragen und Zweifeln überschattet. Ich lasse Saxon die Zeit, die er ganz offensichtlich braucht, denn wenn ich ihn weiter bedränge, wird er bloß einschnappen.

»Ja, ich muss dir etwas sagen, aber …« Er bleibt stehen und fährt sich mit beiden Händen durch das wirre Haar. »Aber dann wirst du …« Der Satz bleibt unvollendet, denn sein Handy klingelt und bringt wieder einmal alles durcheinander.

Saxon wirkt hin- und hergerissen, doch am Ende siegt die Höflichkeit gegenüber der oder dem Unbekannten am anderen Ende der Leitung. Er zieht sein Telefon aus der hinteren Hosentasche, macht dann allerdings zu meiner Überraschung ein erleichtertes Gesicht. »Es ist Sam«, erklärt er und geht ran.

Das Herz schlägt mir bis zum Hals, doch ich zwinge mich, ruhig und vernünftig zu sein. Was er mir auch sagen muss, ich werde … was? Es kann nicht gut sein, aber die Frage lautet: Wie schlecht ist es wirklich?

Saxon nickt und brummt mehrmals zustimmend, ehe er sagt: »Kein Problem. Dann kommen wir dahin.« Er beendet das Gespräch und lässt mich schmoren, während er sein Handy wieder wegsteckt. »Der Plan hat sich geändert. Sam hat Alicia zum Abendessen ins Diana's eingeladen.«

»Was?« Meine mühsam gewonnene Ruhe verflüchtigt sich abrupt. Verwirrt über meinen plötzlichen Ausbruch, hebt Saxon die Augenbrauen. Ich reiße mich zusammen und frage: »Wir gehen also nicht zu der Band?«

»Nein. Sie werden gerade fertig. Sam möchte, dass wir uns im O'Malley's treffen, dem Irish Pub um die Ecke.« Innerhalb von fünf Minuten ist aus meinem perfekten Abend eine Scheißnacht geworden.

Diana's, das chicste italienische Restaurant in der Stadt, ist zufällig mein Lieblingslokal. Sam und ich sind regelmäßig dort hingegangen und haben es bald als »unser zweites Wohnzimmer« bezeichnet. Doch nun hat die Vorstellung, dass Alicia dort ein Tiramisu in sich hineingeschaufelt hat, mir weitere Besuche vergällt.

Und dann das O'Malley's. Das war nicht »unser zweites Wohnzimmer«, weil Sam Pubs hasste. Doch wenn Alicia etwas von ihm möchte, tut er es anscheinend. Das sollte mir nichts ausmachen, kränkt mich aber. Wir waren jahrelang zusammen, und er konnte seine festen Angewohnheiten nicht einmal einen Abend zurückstellen. Für Alicia dagegen, die er erst seit Kurzem kennt, ist er nur zu gern bereit, die gemeinsamen Erinnerungen durch neue zu ersetzen, und zwar an einem Ort, wo ich immer schon mal mit ihm hingehen wollte.

»Wir müssen nicht hin, wenn du nicht willst.«

»Oh doch, wir gehen«, schnauze ich. Ich bin mehr als aufgewühlt, und es wäre besser, zu Hause zu bleiben und herauszufinden, was genau Saxon vorhat. Aber wenn Sam unbedingt ein neues Kapitel aufschlagen möchte, dann bin ich dabei. Eine seltsame Vorahnung erfasst mich, und ich kann sie nicht abschütteln. »Ich wollte immer schon ins O'Malley's. Aber dein Bruder wäre ja lieber gestorben, als in einer Bar erwischt zu werden, in der es keinen Wein für hundert Dollar gibt.«

»Ja, weil er ein arrogantes Arschloch ist.«

Wider Willen pruste ich los und fühle mich sofort besser. Ich möchte mich nicht mit Saxon streiten. Also werde ich ihn nicht drängen. Ich hoffe, dass ich nicht naiv bin, wenn ich ihm glaube, dass es keine anderen Frauen in seinem Leben gibt. »Lass uns das hinter uns bringen.«

Saxon wirkt erstaunt, weil er wohl damit gerechnet hat, dass ich ihn durch die Mangel drehe, doch er nickt zögernd. »Okay.« Als ich mich umdrehe, packt er mich hastig am Oberarm. »Ich verspreche, dass ich dir alles erzähle. Ich brauche nur … etwas Zeit.«

Die Zeit scheint der Feind zu sein, der an jeder Ecke auf

mich lauert, aber ich habe ja gewusst, dass es mit Saxon nicht einfach werden würde. Als er mich an sich zieht, sehe ich in seinen Augen nichts als Liebe, und das bestärkt mich darin, dass er diese und alle anderen Anstrengungen wert ist.

***

Als ich ins O'Malley's komme, werde ich aus einem unerfindlichen Grund noch wütender auf Sam. Doch vor allen Dingen bin ich sauer auf mich selbst. Ich wollte in diesen Pub gehen, seit er eröffnet hat, aber weil Sam nicht hinwollte, habe ich klein beigegeben und nicht mehr davon angefangen.

Saxon umfasst meine Hand fester und führt mich durch die lärmende Menge. Er würde überall mit mir hingehen – das hat er immer wieder bewiesen. Es ist verrückt, dass ich so böse auf Sam bin, aber dass er Alicia ins Diana's und danach hierher geführt hat, macht mich echt sauer.

Wieder kann ich mein ungutes Gefühl nicht richtig beschreiben. Ich bin nicht eifersüchtig, sondern eher verletzt, dass er sein Verhalten und seine Ansichten für jemanden geändert hat, den er erst so kurze Zeit kennt.

»Da vorne sind sie.« Mit dem Kinn deutet Saxon auf eine Ecke weiter hinten, wo mehrere Menschen sich mit erhobenen Gläsern lachend zuprosten.

Das O'Malley's ist genau so, wie ich es mir immer vorgestellt habe – der Alkohol fließt in Strömen, die Atmosphäre ist lebhaft und die vorherrschende Farbe Grün. Die lange Bar ist gut sortiert, doch die vielen mit dunklem Lager gefüllten Biergläser zeigen, dass Guinness das meistgeorderte Getränk ist.

Ein irisches Volkslied dröhnt aus den Lautsprechern und

animiert die Gäste zum Mitsingen. Sie bilden einen gemischten Haufen, um dem Sam früher einen großen Bogen gemacht hätte, aber sieh an, da ist er; Arm in Arm mit seinen Nachbarn trällert er den Refrain eines Liedes, dessen Text er, wie ich dachte, überhaupt nicht kennt. Alicia steht natürlich im Mittelpunkt und zieht viel Aufmerksamkeit auf sich, weil sie zur Feier des Tages ein Krönchen und eine Schärpe trägt. So wie sie sich aufführt, könnte man meinen, sie würde ihren Junggesellinnenabschied feiern. Bei dem Gedanken gibt es mir einen Stich.

Als wir uns der enthemmten Meute nähern, drücke ich Saxons Hand. »Ach du Scheiße, ist das dein Doppelgänger, Mann?«, sagt ein rothaariger Mann neben Sam, als er Saxon sieht.

Sam folgt seinem Blick und strahlt ehrlich erfreut übers ganze Gesicht. Das ist immer noch gewöhnungsbedürftig. »Hey, da seid ihr ja. Ist es hier nicht großartig?«

Ich verkneife mir eine schnippische Erwiderung und nicke höflich. »Herzlichen Glückwunsch zum Geburtstag, Alicia«, brülle ich, damit sie mich trotz der Musik und der lautstarken Unterhaltungen hört.

Das Geburtstagskind tänzelt herbei und wirft seine Arme um Saxon. Er versteift sich peinlich berührt, während ich mich kaum davon abhalten kann, diesem Weib die Haare einzeln auszureißen. »Daaanke, dass du gekommen bist«, lallt sie offensichtlich betrunken.

»Dank lieber Lucy«, erwidert Saxon und löst ihre Finger einen nach dem anderen von seinem Hals.

Ihr Blick schweift zu mir, und sie lächelt, als hätte sie Mitleid mit mir. »Wie schöööön, dass ihr kommen konntet.« Tröstend tätschelt sie mir den Arm, wie man es tut, wenn man jemandem sein Beileid ausspricht. Verwirrt schaue ich auf ihre Hand herunter. »Das ist bestimmt schwer …«

»Komm, wir holen dir schnell ein Glas Wasser«, mischt Sam sich ein, greift um ihre Taille und stützt sie, damit sie nicht auf mich stürzt. Die Eile, mit der er sie unterbrochen hat, lässt mich darüber nachgrübeln, was sie mir wohl sagen wollte. Doch das finde ich nicht mehr heraus.

»Sie braucht kein Wasser. Hier.« Irgendein Mann, der wie ein Holzfäller aussieht, reicht Alicia ein hohes Schnapsglas mit etwas Klarem darin. Sam lacht, als sie den Drink herunterkippt, und klopft dem Kerl auf die Schulter. Wer ist dieser Mensch vor mir? Er sieht aus wie Sam, aber er ist definitiv nicht der Sam, den ich einmal kannte.

»Möchtest du etwas trinken?«, flüstert Saxon mir ins Ohr. Ich nicke eifrig. »Was darf es denn sein?«

»Irgendetwas, das mich sofort umhaut.« Er lacht leise vor sich hin und küsst mich auf die Wange. Es entgeht mir nicht, dass Sams gute Laune sich schlagartig verschlechtert.

Saxon schiebt sich durch die Menge und lässt mich bei der Geburtstagsrunde zurück. Sam scheint es nicht zu stören, dass Alicia sich auf den Schoß des Holzfällers gehockt hat, obwohl noch genügend Plätze frei sind.

»Möchtest du dich setzen?« Mit dem Kopf deutet er auf einen Tisch mit Stühlen.

»Gern.« Alicia und ihre Clique scheinen nicht zu merken, dass wir uns zurückziehen, sodass ich mit Sam allein bin. Er zieht einen Stuhl für mich vor – wahrscheinlich die Macht der Gewohnheit.

Dann suchen wir beide nach Worten, was wieder einmal

bestätigt, wie sehr wir uns verändert haben. Unwillkürlich drehe ich mich um und halte Ausschau nach Saxon. Doch er ist noch nicht einmal bis zur Bar vorgedrungen, denn eine Truppe singender Iren hat ihn in ihren Chor aufgenommen. Ich kichere hinter vorgehaltener Hand. Anzüglich zieht Saxon die Augenbrauen hoch. Dafür werde ich bezahlen müssen, wenn wir wieder allein sind. Schon bei dem Gedanken bekomme ich heiße Wangen.

»Und? Sieht das Haus immer noch wie ein Blumenladen aus?«

Das erinnert mich an die unzähligen Sonnenblumen, und ich muss lächeln. »Ja.«

»Ich hätte nie gedacht, dass Sax romantisch sein kann, aber anscheinend holen Sie in allen das Gute hervor, Ms. Tucker.« Verlegen rutsche ich auf meinem Stuhl herum. »Ich freue mich für dich, Lucy.« Offenbar spürt er, wie unbehaglich ich mich fühle.

»Danke. Das bedeutet mir viel. Ich freue mich auch für dich. Du und Alicia, ihr scheint …« In dem Moment kreischt Alicia auf, als säße sie am Spieß, deshalb belasse ich es dabei zu sagen: »… viel Spaß miteinander zu haben.« Ich weigere mich zu glauben, dass die beiden ein Paar sind, denn ich bin ziemlich sicher, dass Alicia den Holzfäller gerade mit einem Lapdance beglückt.

»Sam nickt und beginnt, das Etikett von seiner Bierflasche zu knibbeln, doch wegen seines Verbandes kommt er nicht weit. »Dieser verdammte Gips. Ich kann es nicht erwarten, dass er runterkommt.«

»Wie lange wird das denn noch dauern?«

Er zuckt die Achseln. »Ich bin mir nicht sicher. Ich hoffe,

dass es bald so weit ist. Ich weiß ja, dass du so schnell wie möglich ausziehen möchtest.«

Damit erwischt er mich auf dem falschen Fuß, denn momentan sehe ich das anders. Ja, ich möchte gern umziehen, doch da Saxon und Sam gut miteinander auskommen, bleibe ich gern so lange wie nötig. Außerdem habe ich, wenn ich länger bleibe, auch mehr Zeit herauszufinden, was ich tun möchte.

»Ich habe keine Eile. Außerdem antwortet Hayley nicht auf meine E-Mails. Vielleicht müssen wir uns ein anderes Maklerbüro suchen.«

Sam nickt nachdenklich. »Vielleicht. Ich dachte nur, nach Saxons Neuigkeiten …«

Ich horche auf, doch Sam scheint seine Worte bereits zu bereuen. »Neuigkeiten?«

»Ja.«

Der neue Sam ist mir fremd, aber ich kenne den alten, und der ist gerade wiederaufgetaucht und hat durchblicken lassen, dass er etwas weiß, was ich nicht weiß. »Was für Neuigkeiten?«

Um mich hinzuhalten, trinkt Sam ganz langsam sein Bier. So leicht kommt er mir nicht davon. Aber gerade als ich dazu ansetze, ihn ins Verhör zu nehmen, sorgt ein Song, der zu viele Erinnerungen weckt, für eine wundervolle Stille im Pub. Mein Herz beginnt zu rasen, und ich verfluche das Schicksal und alle Engel im Himmel.

Als ob der Abend nicht schon schlimm genug gewesen wäre, wird die Reise in die Vergangenheit auch noch unterstützt, indem unser Lied erklingt, das zufällig ein Liebeslied ist. *Nothing Compares to You* von Sinéad O'Connor. Das haben wir gehört, als ich entjungfert wurde … von Sam, nach unserer

Abschlussballfeier. Und das sollte auch bei unserem ersten Tanz als Mann und Frau gespielt werden.

Aber meine damalige Unbeholfenheit ist nichts im Vergleich mit der heutigen. Ich wünschte, ich könnte die Erinnerung daran verdrängen, wie Sams Finger über meine Haut glitten, als er mich ausgezogen hat, und wie sanft der Druck seiner Lippen war, als er mich mit Küssen bedeckte. Aber ich schaffe es nicht. Ich kann ihn immer noch riechen und schmecken. Er ist und bleibt ein Teil von mir.

»Wollen wir tanzen?« Seine vorsichtige Frage klingt wie beim Abschlussball. Bilder davon, wie gut wir auf und neben der Tanzfläche aufeinander abgestimmt waren, stürmen auf mich ein und rauben mir den Atem. »Nur ganz kurz. Ein letztes Mal.«

Das fühlt sich sehr falsch an, doch ein verräterischer kleiner Teil von mir lässt mich nicken. »In Ordnung.« Sam scheint überrascht zu sein, dass ich zugestimmt habe.

Als er meine Hand nimmt, spüre ich ein leichtes Flattern im Bauch. Hastig unterdrücke ich das Gefühl, denn ich sollte es nicht haben. Ein paar Pärchen schwofen mitten auf der kleinen Tanzfläche, also beschließe ich, mich möglichst unauffällig unter sie zu mischen. Doch für Saxon bin ich natürlich so unauffällig wie ein bunter Hund.

Schuldbewusst sehe ich ihm in die Augen, und er bleibt wie angewurzelt stehen, ohne sich darum zu scheren, dass er den Weg zur Bar blockiert. Die anderen Gäste weichen ihm aus, denn seine Körpersprache ist eindeutig. Er ist verärgert, hält sich aber zurück und schaut uns nur genau zu. Was sieht er?

Mit vor der Brust verschränkten Armen beobachtet er mich

wie ein Falke. Wir sollten uns nicht täuschen, er mag stillhalten, aber wenn Sam eine falsche Bewegung macht, wird das böse enden.

Sanft zieht Sam mich so nah an sich, dass wir nur noch eine Haaresbreite voneinander entfernt sind, legt eine Hand um meine Taille und schließt die Finger der anderen um meine rechte. Ich atme tief durch, lasse die Dämonen außen vor und konzentriere mich auf das Hier und Jetzt. Dann fangen wir an, uns im Takt der Musik zu wiegen.

Wir bleiben für immer zusammen, hat Sam gesagt, nachdem wir uns geliebt hatten. Und damals habe ich ihm geglaubt. Aber ein Sturm dauert nicht ewig – und das war es bei uns. Also warum habe ich plötzlich das Gefühl, jeden Augenblick davongetragen zu werden?

Unsere Körper sind völlig im Einklang, schließlich kennen wir uns in- und auswendig. Als ich mich der Musik hingebe, komme ich ins Grübeln. Habe ich mir heute Abend doch etwas vorgemacht? Bin ich eifersüchtig, dass Sam sich für eine andere ändert, aber nicht für mich? Denn dass er hier ist, beweist, dass er es kann. Außerdem hat sich nach unserem Zusammenstoß heute Morgen, als ich seinen nackten Brustkorb gesehen habe, bedauerlicherweise etwas in mir geregt. Ich schäme mich so.

Trotzdem kann ich nicht abstreiten, dass ich mich tief im Inneren nach ihm sehne, wenn ich ihm nahe bin, so wie jetzt. So war es schon immer. Ich werfe einen Blick auf Saxon. Er durchschaut mich. Er weiß, dass ich mit meinen Gefühlen kämpfe und Angst davor habe, was passiert, weil ich mir nicht sicher bin, ob ich diese Sehnsucht unterdrücken kann.

Sams Stimme holt mich in die Gegenwart zurück. »Das

werde ich vermissen«, raunt er und schnuppert an meinem Haar. Saxon kneift die Augen zusammen, rührt sich aber nicht vom Fleck. Was geht ihm durch den Kopf?

»Ich bin doch nicht dabei zu sterben. Ich werde immer noch da sein. Also können wir auch weiter zusammen rumhängen.« Ein Witz, die perfekte Ablenkung. Etwas Humor wird mir helfen, mich auf etwas anderes zu konzentrieren als auf seine flachen, hypnotisierenden Atemzüge.

»Das weiß ich, aber wenn du wegziehst, wird es schwer mit dem gemeinsamen Rumhängen.«

»Sei nicht so melodramatisch«, sage ich lachend. »Ich zieh doch nur zu meinen Eltern. Das ist nicht allzu weit weg.«

Als Sam sich versteift, richten sich meine Nackenhaare auf. »Oh.«

Wer hätte gedacht, dass zwei Buchstaben eine so starke Wirkung haben können? »Was bedeutet dieses Oh?«

»Ach nichts. Vergiss es.«

Damit erreicht er natürlich genau das Gegenteil. »Nichts da.« Ich lehne mich zurück, damit ich ihm ins Gesicht schauen kann, und als er meinem Blick ausweicht und angelegentlich seine Schuhe betrachtet, weiß ich, dass irgendetwas nicht stimmt. »Samuel? Was ist los?«

Er schließt die Augen und seufzt peinlich berührt. Doch er weiß, dass ich keine Ruhe geben werde. Zögernd hebt er die Lider und schaut mich kleinlaut an. »In Wirklichkeit ziehst du nach Oregon.« Erstaunt blinzle ich. »Stimmt doch, oder?«, fragt er, als er meine Reaktion sieht.

»Nein, tu ich nicht«, erwidere ich erbleichend. »Wer hat das gesagt?«

»Lucy, ich denke, du solltest besser ...«

»Wer hat das gesagt, Sam?«, unterbreche ich ihn, weil er die Unterhaltung, die er angefangen hat, offenbar beenden möchte.

Wir bewegen uns kaum noch, doch aus irgendeinem Grund ist der Tanzboden jetzt voller Paare, die uns den Fluchtweg abschneiden – und mich nicht zu Saxon durchlassen. Sam ist hin- und hergerissen, so viel ist klar, deshalb frage ich mich, was genau er über diese mir völlig unbekannte Angelegenheit weiß.

»Als wir die Garage aufgeräumt haben, habe ich zufällig mitbekommen, wie Saxon telefoniert hat. Da hat er der Person am anderen Ende gesagt, dass er dich noch nicht davon überzeugt hätte, zu ihm zu ziehen, du aber bald einwilligen würdest. Das war schon vor drei Tagen. Ich habe einfach angenommen, dass er inzwischen mit dir geredet hat. Und da ihr zwei so glücklich gewirkt habt, dachte ich … verdammt, tut mir leid. Ich dachte, auch wegen der Autowerkstätten hätte er mit dir gesprochen.«

»Es ist nur eine«, berichtige ich ihn, doch Sam schüttelt langsam den Kopf.

»Nein, es sind mehrere. Saxon hat noch zwei Kfz-Betriebe in Oregon gekauft. Hat er dir das nicht erzählt?«

Ich kann kaum sprechen. »Nein.«

»Scheiße … Lucy, tut mir wirklich leid. Das wusste ich nicht. Ich habe gedacht, bei einer so wichtigen Entscheidung würde er dich nach deiner Meinung fragen. Schließlich betrifft sie auch deine Zukunft.«

»Das hätte ich auch gedacht«, erwidere ich gepresst. Die Wände kommen auf mich zu. Ich muss weglaufen, ehe ich ersticke. Eilig löse ich mich von Sam, kehre ihm den Rücken und suche den nächsten Ausgang. Doch zuerst gibt Sam mir noch den Rest.

Er packt mich am Handgelenk, zieht mich an sich und flüstert mir ins Ohr: »Ich weiß nicht, wer Cleo ist, aber mit der telefoniert er immer. Ich finde, das solltest du wissen.« Tränen treten mir in die Augen. Abrupt reiße ich mich los. Ich muss hier raus, und zwar sofort.

Nichts ist jetzt wichtiger, als einen Ausgang zu finden, also drängle ich mich rücksichtslos zur Tür durch, als ich ein rotes Hinweiszeichen entdecke, und entschuldige mich bei den Menschen, die ich auf dem Weg dahin anremple. Draußen kommt es mir furchtbar kalt vor, doch das könnte auch an dem Schock liegen, der mir in die Knochen gefahren ist.

Ich schlinge meine Arme um mich und versuche, meine Gedanken zu ordnen. Die Gesprächsfetzen, die Sam aufgeschnappt hat, ergeben keinen Sinn, wenn man nicht weiß, worum es geht. Saxon hat die Angelegenheit mir gegenüber mit keinem Wort erwähnt, und ich muss wissen, warum.

»Lucy.« Saxon ist aus der Puste, und ich ahne, dass es auch mir den Atem verschlagen wird.

»Hast du noch eine Werkstatt gekauft? Oder sogar zwei?« Es wird Zeit, auf den Busch zu klopfen. Wahrscheinlich ist es ganz gut, dass ich ihm den Rücken zukehre, sonst würde ich wohl die Nerven verlieren. Sein Schweigen verrät ihn. »Ein einfaches Ja oder Nein reicht.«

»Ja«, erwidert er schließlich.

»Warum hast du mir das nicht gesagt?«

»Weil gerade so viel passiert.«

»Und aus genau diesem Grund hättest du mit mir darüber reden sollen.«

»Bitte … schau mich an.«

Seine Niedergeschlagenheit rührt mich, also tue ich ihm den Gefallen und drehe mich um. »Warum wolltest du mir das verheimlichen?«

Er senkt den Blick. So wie beim Barbecue, als ich ihm sagte, dass wir ehrlich zueinander sein müssen, wenn wir zusammenbleiben wollen. Damals habe ich mich gefragt, warum er so reagiert hat – jetzt weiß ich es.

»So einfach ist es nicht. Ich habe die Werkstätten ja noch nicht gekauft, aber es ist mir angeboten worden.« Mit einer Hand streicht er sich übers Gesicht. »Zwei enge Freunde von Gus wollen aufhören. Sie sind kurz davor pleitezugehen. Sie sind bereit, zum Selbstkostenpreis zu verkaufen. So haben wir alle etwas davon. Gus' Freunde werden vor Schulden bewahrt, und ich kann mein Geschäft vergrößern und für die Zukunft vorsorgen. Unsere Zukunft.«

»Unsere Zukunft? In Oregon? Wenn du noch mehr Werkstätten kaufst, heißt das, dass du dortbleiben willst. Du kannst ja kaum eine Werkstatt allein lassen, schon gar nicht drei. Aber ich habe mich noch nicht entschieden. Das weißt du. Und jetzt fühle ich mich, als würde ich dazu gezwungen.«

»Das stimmt nicht«, widerspricht er kopfschüttelnd.

»Sam hat mir gesagt, dass du mit Cleo gesprochen hast. Du dagegen hast behauptet, sie hätte nichts damit zu tun.«

»Hat sie ja auch nicht! Sie hat zwar den Kontakt zu Gus' Freunden hergestellt, aber den Deal mache ich.« Er deutet mit einem Daumen auf sich. »Das ist meine Chance, mir endlich eine Zukunft aufzubauen. Eine schöne, in der ich vergessen kann, was ich verpasst habe, und mich auf das konzentriere, was vor mir liegt.«

Sofort fühle ich mich schuldig, weil mir klar ist, dass er von seinem schlechten Start ins Leben spricht. Trotzdem hätte er es mir sagen müssen. »Das verstehe ich, aber mir kommt es so vor, als bliebe mir jetzt keine Wahl mehr. Wenn ich nicht umziehe … verliere ich dich.«

»Du hast immer eine Wahl gehabt. Und ich würde dich auch niemals zwingen, etwas zu tun, das du nicht tun möchtest.« Resigniert lässt er die Schultern sinken.

Das ist nicht wahr, und seine Fehleinschätzung kränkt mich. »Mit wem hast du gesprochen, als du gesagt hast, du hättest mich noch nicht davon überzeugt, zu dir zu ziehen, aber ich würde bald einwilligen?«

»So war das nicht gemeint«, verteidigt er sich hastig, was mich noch mehr ärgert.

»Ach, und wie war es gemeint? Denn so, wie ich es sehe, ist eins ziemlich klar. Du hast mich angelogen, Saxon. Nicht nur wegen dieser Sache, sondern auch als ich dich nach Cleo gefragt habe.«

Verärgert breitet er die Arme aus. »Als du mich nach Cleo gefragt hast, wolltest du doch eigentlich wissen, ob ich mit ihr geschlafen habe!« Es ist zwecklos, das zu leugnen.

Wir stehen mitten auf dem Gehweg und waschen unsere schmutzige Wäsche. Wie konnte es so weit kommen? »Das ist also dein Geheimnis? Dafür hast du Zeit gebraucht? Um mich zu zwingen, nach Oregon zu ziehen, obwohl du weißt, dass ich noch nicht dazu bereit bin? Bist du deshalb zurückgekommen? Hatte es am Ende gar nichts mit Sam zu tun?«

Er stürzt auf mich zu und legt beide Hände an meine Wangen. »Ich werde immer deinetwegen kommen. Alles andere ist mir egal. Ich habe mit der Bank telefoniert, als ich über dich gesprochen habe. Ich brauchte einen Kredit, deshalb habe ich ihnen gesagt, was sie hören wollten. Aber ich würde dich niemals zu irgendetwas zwingen. Das weißt du.«

Meine Augen füllen sich mit Tränen, da wir offenbar in einer Sackgasse stecken. Und das, was er als Nächstes sagt, bestätigt es. »Trotzdem sollte dir die Entscheidung nicht so schwerfallen. Ich würde Himmel und Hölle in Bewegung setzen, um mit dir zusammen zu sein … du versuchst nicht mal, zu mir zu kommen. Wenn es dir in Oregon nicht gefällt, können wir ja wieder hierherziehen. Aber du willst gar nicht weg aus Montana. Weißt du, wie ich mich dabei fühle?«

»Montana ist mein Zuhause. Schon immer«, flüstere ich. »Wegzuziehen bedeutet, dass ich mein Mom zurücklasse, meinen Dad, Piper …«

»Und Sam«, vervollständigt Saxon die Reihe, während ich verblüfft zurückweiche.

»Wie meinst du das?«

Er gibt auf und lässt mich los. »Wir alle haben Geheimnisse. Ich nehme an, dass ich dir nichts gesagt habe, weil ich wusste, dass es so enden würde. Tief in meinem Innern habe ich gewusst, dass du hier nie weggehen wirst, wegen …«

Ich schlucke, denn mein Mund ist plötzlich trocken geworden. »Weswegen? Verrat mir das Geheimnis.«

Er atmet tief einmal durch, ehe er enthüllt, was uns beide umtreibt. »Wegen Sam. Ich weiß, dass du ihn immer noch … liebst.«

»Nein.« Es dreht mir den Magen um, und ich habe Angst, dass ich mich übergeben muss.

Doch Saxon schüttelt den Kopf und macht eine abwehrende Handbewegung. »Bitte nicht. Du machst dir etwas vor, wenn du glaubst, es wäre nicht so. In den letzten drei Tagen habe ich ständig gehofft, du würdest mir beweisen, dass ich mich irre. Dass du mit mir ein neues Leben anfangen möchtest, fern von der Vergangenheit, in Oregon, wo du wirklich von vorn anfangen kannst, weit weg von Samuel, doch du willst nicht. Wenn du hierbleibst, wirst du nie über ihn hinwegkommen. Aber vielleicht ist ja das dein Problem. Vielleicht willst du das überhaupt nicht.«

»Nein, Saxon … ich liebe dich.« Tränen laufen mir über die Wangen, Saxon ist allerdings unbeeindruckt.

»Das sind doch nur Worte, Lucy. Was zählt, sind Taten.«

Ich bin kurz davor zu hyperventilieren, doch ich muss es wissen. »Heißt das, du machst mit mir Schluss?«

Stumm schaut er zu Boden und leckt über seine Narbe. »Ich weiß nicht, was ich tun soll.«

»Nein.« Schnell trete ich näher an ihn heran und zwinge ihn, mich anzusehen, indem ich ihn am Kinn fasse. »Das lasse ich nicht zu. Lieber gehe ich mit dir und versuch's.« Aber meine Zustimmung kommt zu spät und wirkt auch nur halbherzig.

Saxon befreit sich aus meinem Griff. Das hat er noch nie getan. »Ich will nicht, dass du mitkommst. Nicht aus diesem Grund. Ich will, dass du kommst, weil du dich für mich entschieden hast. Endgültig. Ich verstehe, dass Sam immer ein Teil deines Lebens sein wird … aber … aber ich glaube einfach nicht mehr, dass ich jemals imstande sein werde, mit dem zu konkurrieren, was ihr beide gehabt habt.«

Eine Welt bricht für mich zusammen, und alles, was mir einfällt, sind die Worte meiner Mutter.

Du wirst dagegen ankämpfen, Lucy. Ich kenne dich. Aber frü-

her oder später wirst du keine Kraft mehr dazu haben. Ich bitte dich bloß, ehrlich zu dir selbst zu sein. Mehr kannst du nicht tun. Das schuldest du dir … und Saxon und Samuel ebenso.

Sie hat recht. Wie immer. Sie kennt mich besser, als ich mich selbst kenne.

»Ich werde niemals imstande sein, dir etwas Neues zu zeigen, denn all deine ersten Male … hast du mit meinem Bruder gehabt. Das Einzige, was ich dir anbieten kann, ist wegzuziehen und neu anzufangen …« Er meidet meinen Blick, da er die Unsicherheit darin nicht sehen möchte. »Immerhin habe ich mir verdammt viel Mühe gegeben, damit du mich liebst. Du hast mich mal gefragt, ob wir dumm sind, weil wir glauben, dass es mit uns klappen könnte. Vielleicht … ist das so.«

»Nein«, wimmere ich und bemühe mich, nicht zusammenzubrechen. »Bitte tu das nicht. Bitte verlass mich nicht.«

Doch was er dann sagt, zerreißt mich innerlich. »Das tu ich nicht … du lässt mich im Stich. Bis du dir über deine Gefühle für Sam klar geworden bist, kann ich nicht mehr in deiner Nähe sein. Es tut zu weh. Es bricht mir das Herz.« Ich weine bittere Tränen der Reue, denn nie habe ich mich mehr geschämt als in diesem Moment. »Ich kann nicht einfach dastehen und zusehen, wie er dich mir wegnimmt. Nicht schon wieder.«

»Ich will ihn nicht«, erkläre ich eilig und hoffe, dass Saxon mir glaubt, weil es stimmt. »Ich will mit dir zusammen sein.«

»Und ich mit dir. Aber nicht so. Nicht, wenn du so hin- und hergerissen bist. Ich habe gesehen, wie ihr miteinander getanzt habt – ihr seid automatisch im Einklang. Und ich habe gesehen, wie ihr euch anschaut. Außerdem läufst du immer wieder zu ihm, wenn er Hilfe braucht. Du kommst nicht von ihm los.« Ich möchte widersprechen, doch Saxons müder Seufzer bremst mich. »Streit es ab, solange du willst, aber du weißt, dass ich die Wahrheit sage. Du sehnst dich nach ihm und nach euren Erinnerungen, all diesen Erinnerungen. Dagegen werde ich nie ankommen. Ich hätte das schon vor langer Zeit tun sollen …«, er schluckt, und mein Herz bricht in tausend Stücke, »… aber ich habe gehofft, ich könnte gut genug für dich sein.«

Ich darf nicht zulassen, dass er das denkt, deshalb ergreife diesmal ich die Initiative und sinke bittend auf die Knie. »Du bist gut genug für mich. Mehr als das.« Schluchzend schlage ich die Hände vors Gesicht und schüttle den Kopf. »Bitte … tu das nicht. Ich kann nicht … ich kann nicht …« Aber ich finde keine Worte, um den Schmerz zu beschreiben, der in mir wütet. Das alles ist meine Schuld. Ganz allein meine Schuld.

Saxon fällt auch auf die Knie, nimmt mich in die Arme und tröstet mich, sodass ich mich noch schrecklicher fühle. Was zum Teufel mache ich da? Ich bin ganz sicher, dass ich ihn liebe, doch das winzige Samenkorn des Zweifels, das mir eingepflanzt wurde, geht langsam auf.

Ich wollte mir einreden, dass das, was ich für Sam empfinde, normal ist. Weil ich über ihn und das Ende unserer Beziehung erst noch hinwegkommen muss, doch ich scheine mich nicht richtig von ihm zu entlieben.

»Es tut mir leid, dass ich dir nichts davon gesagt habe. Ich war noch dabei, meinen Mut zusammenzunehmen, da ich möglichst viele Erinnerungen anhäufen wollte, schöne Augenblicke, an die ich zurückdenken kann, falls es so kommen würde, wie es ja nun gekommen ist. Ich liebe dich, Lucy.

Mehr, als du dir denken kannst, verdammt noch mal. Und deshalb … lasse ich dich gehen. Ich habe gelernt, dass man Reisende nicht aufhalten soll.«

»Nein, ich weigere mich, das zu akzeptieren. Ich werde immer einen Weg zu dir finden«, flüstere ich an seinem Hals.

Er stöhnt und drückt mich fester an sich. »Ich habe mich in dich verliebt, weil du mich mochtest, als ich mich selbst nicht mochte. Jetzt sollte ich mich wohl revanchieren. Ich schlafe heute Nacht in einem Hotel, damit wir beide unsere Gedanken ordnen können. Ich muss sowieso noch einiges klären.«

»Wann musst du dich entscheiden?«, frage ich mit einer Stimme, die klingt, als käme sie von sehr weit her.

»Die Papiere sind fertig. Ich muss nur noch unterschreiben. Aber ich wollte erst mit dir reden. Tut mir leid, dass ich es nicht schon früher getan habe.« Er küsst mich auf den Scheitel und saugt meinen Duft ein.

Das erklärt seine Heimlichtuerei. Er wollte das Unvermeidliche nur hinauszögern und hat auf den richtigen Moment gewartet. Mein Herz tut so weh, dass ich nicht mehr atmen kann.

»Entschuldige, Sax. Ich dachte, sie wüsste Bescheid.« Sam ist ehrlich betrübt, doch es ist zu spät.

»Schon gut. Ich bin schuld. Kannst du dafür sorgen, dass sie sicher nach Hause kommt?« Ich kneife die Augen zusammen und wünsche mir, das alles wäre ein böser Traum.

»Kommst du nicht mit zurück?«

»Nein.«

»Mann, ich denke, du solltest …«

Doch Saxon will nichts mehr hören. »Bitte, Sam, versprich es mir einfach.«

»Okay.« Wieso habe ich den Eindruck, dieses Versprechen wiegt so schwer, dass es unser Schicksal ändern könnte?

Da bin ich also – wieder einmal zwischen den beiden Brüdern. Nur dass ich mir nicht mehr so sicher bin wie vorher. Trotzdem muss ich nicht nach Hause gebracht werden. Auch wenn ich die Welt um mich herum im Moment vergessen möchte, es ist meine Welt, und ich habe vor, alles, was ich darin falsch gemacht hatte, wiedergutzumachen.

Ich löse mich aus Saxons Armen, stehe langsam auf und wische mir die Tränen ab. Es gibt bloß noch eins, was ich tun kann. »Ich komme allein nach Hause.« So viel ist sicher.

Siebzehn

Zwei Tage später

Liebes Tagebuch,
ich halte das nicht länger aus. Ich vermisse Saxon nicht nur, ich kann nicht mal an ihn denken, ohne dass ich mich zusammenrollen will und die Welt um mich herum vergessen möchte. Nach allem, was Sam getan hat, sollte ich ihn hassen. Das weiß ich. Doch ich tu's nicht. Die meisten Menschen würden mich als schwach bezeichnen, weil ich ihn trotz seiner Lügen wieder in mein Leben gelassen haben, aber wenn sie an meiner Stelle wären – was würden sie tun?
Es ist schwer, jemanden zu hassen, der sich so viel Mühe gibt, sich zu ändern.
Er ist lieb und nett zu mir, so wie früher, genau so, wie der Mann, den ich einmal geliebt habe, und obwohl ich ihm sehr dankbar bin, möchte ich bloß allein sein.
Zwischen Saxon und mir herrscht Funkstille. Offenbar brauchen wir beide Zeit, um zu begreifen, was genau schiefgelaufen ist. Von ihm getrennt zu sein ist eine Qual, aber ich brauche diesen Druck. Ich sollte nicht so zerrissen sein … doch ich kann es nicht ändern. Ich glaube, meine Mom und Saxon haben recht. Ich … liebe Sam wirklich. Es macht mich krank,

das niederzuschreiben, denn es beweist, wie maßlos selbstsüchtig ich bin.

Ich liebe ihn nicht so wie früher, da bin ich mir sicher, aber ich liebe ihn. Und bis ich herausgefunden habe, was für eine Art Liebe das ist, bin ich hier vielleicht am besten aufgehoben.

Ich sollte Saxon von ganzem Herzen lieben, und solange ich das nicht kann, muss ich mich von ihm fernhalten. Ich darf ihn nicht noch mehr verletzen. Also bleibt mir nur eins, irgendwie zu klären, was ich für Sam empfinde.

Ein Klopfen an der Tür unterbricht meine Gedanken, auf die ich nicht besonders stolz bin. Doch sie überfallen mich trotzdem immer wieder. »Ich wollte dir eine Kleinigkeit bringen. Du hast seit zwei Tagen nichts mehr gegessen.« Sam steht mit einem Teller im Türrahmen.

»Danke«, sage ich mit einem bemühten Lächeln und schließe mein Tagebuch. Leise tritt er ein und reicht mir ein Sandwich. Beim Gedanken an Essen zieht sich mein Magen zusammen, deshalb will ich den Teller auf dem Nachttisch abstellen, halte aber inne, als ich sehe, dass darauf wegen der anderen mit ähnlichem Schicksal kein Platz mehr ist.

Also stelle ich ihn seufzend neben mir aufs Bett.

»Du musst etwas essen.« Mit besorgter Miene lässt Sam sich am Fußende nieder.

»Ich weiß. Aber schon bei der Vorstellung … kommt es mir hoch.« Wie auf Kommando grummelt mein Magen, und mir wird noch schlechter.

Sam streicht mit einer Hand über seine Bartstoppeln, was mich wünschen lässt, dass er sich rasieren würde. So ist er Saxon zu ähnlich, und mein Herz und mein Hirn ertragen das nicht.

»Hast du ihn angerufen?«

Ich kann meine Verzweiflung nicht verbergen. »Nein.«

»Hier.« Er greift in die Tasche seiner Jeans und zieht sein Handy hervor. »Nimm das. Rede mit ihm. Ich bin sicher, dass ihr euch einigen könnt.« Aber das ist ja das Problem – ich weiß nicht, wie das gehen soll, und bis ich einen Ausweg gefunden habe, sollte ich ihn besser in Ruhe lassen.

Ich hätte nie gedacht, dass eine Zeit kommen würde, in der Sam mich dazu ermuntert, mich mit Saxon zu versöhnen, doch genau das hat er in den vergangenen zwei Tagen getan.

»Vielen Dank. Ehrlich. Aber ich kann ihn mit meinem eigenen Handy anrufen.« Ich drücke Sams Hand herunter, weil mir bei seinem Angebot schon wieder speiübel wird.

»Warum tust du es dann nicht? Ihr quält euch doch beide.«

»Ich bin sicher, dass es ihm gut geht. Schließlich war es seine Entscheidung, in ein Hotel zu ziehen.« Auch wenn ich Saxons Beweggründe vollkommen verstehe, scheint es mir sehr viel einfacher zu sein, als Erster wegzugehen.

»Ja, und das ist völlig verrückt. Ich wünschte, du würdest mir verraten, was passiert ist«, sagt Sam mit gerunzelter Stirn. Ich ziehe die Knie an die Brust.

Das werde ich ihm auf keinen Fall sagen. Noch mehr Komplikationen kann ich nicht gebrauchen. Wenn Sam den Grund für unser Zerwürfnis erfährt, sind alle Fortschritte, die wir als Freunde gemacht haben, in Gefahr. Auch wenn ich diejenige zu sein scheine, die mit dieser neuen freundschaftlichen Beziehung nicht zurechtkommt – nicht er.

»Nichts Besonderes. Mach dir keine Sorgen. Ich fange mich schon. Geh doch zu Alicia. Es bringt nichts, wenn wir beide hier herumsitzen und Trübsal blasen.« Ich will ihn fortscheuchen, erstarre aber mitten in der Bewegung, als ich seine Leichenbittermiene sehe. »Was ist los? Seit wann ist schlechte Laune ansteckend?« Es ist nicht gerade die beste Zeit für Scherze, aber ich halte dieses Heulen und Zähneklappern nicht länger aus.

Sam zerrt an einem losen Faden am Bettüberwurf. »Ich glaube, sie hat an dem Abend im Pub mit einem anderen Kerl rumgemacht. Seitdem geht sie mir aus dem Weg.«

»Wie kommst du darauf?« Ich war so mit mir selbst beschäftigt, dass ich seinen Kummer gar nicht bemerkt habe.

»Weil ich sie in einer kompromittierenden Situation gesehen habe, bevor ich gegangen bin. Man brauchte keine große Fantasie, um sich auszumalen, wie es weitergehen würde.«

»Oh.« Gern würde ich sagen, ich sei überrascht, aber das bin ich nicht.

»Ach, ist schon gut. Das musste ja früher oder später so kommen.«

Ich lehne mich ans Betthaupt und hebe die Augenbrauen. »Wirklich?«

»Mit ihr kann man Spaß haben, aber das ist auch schon alles. Sie war nur ein Zeitvertreib.« Saxons weise Worte fallen mir wieder ein. Er hatte recht. Doch wann hat er das nicht?

»Ich denke, ich werde mich mal eine Weile nur mit mir selbst beschäftigen. Und mir überlegen, was ich als Nächstes mache.« Genau das habe ich auch vor.

Mein Handy klingelt und erschreckt mich zu Tode. Hastig schnappe ich es mir und hoffe, dass wie durch Wunder Saxon dran ist. Aber er ist es nicht. »Hallo, Mom.«

»Tut mir leid, Schatz. Hattest du jemand anders erwartet? Ich kann mich noch mal melden, wenn du erst noch ein anderes Gespräch führen musst.« Sofort fühle ich mich wie ein echtes Miststück.

»Nein, entschuldige. Mir geht's bloß nicht gut.«

»Nimmst du meine Anrufe deshalb nicht entgegen?« Stimmt. So war's. Ich brauchte Zeit. Doch ich kann ihr nicht ewig aus dem Weg gehen.

Ich drücke das Telefon an meine Brust und schaue verlegen zu Sam hinüber. »Das ist meine Mom. Würde es dir etwas ausmachen, mich kurz allein zu lassen?«

»Natürlich nicht.« Sanft streicht er mir über den Fußknöchel, dann geht er aus dem Zimmer.

Ich hole tief Luft und beruhige mich, so gut ich kann. »Hey, tut mir leid. Ich bin wieder da.«

»War das Saxon?« Einer Mutter entgeht nichts.

»Nein, das war Sam.«

Die Zeit bleibt stehen. »Ist alles in Ordnung?«

Ich kann sie nicht länger täuschen. Sie muss endlich erfahren, dass sie die ganze Zeit recht hatte. »Nein.« Es wundert mich, dass ich die Tränen zurückhalten kann. Meine Mom wartet geduldig. »Saxon und ich haben eine Auszeit genommen … glaube ich. Aber wenn ich ehrlich bin, weiß ich eigentlich gar nicht, was wir gerade machen. Alles lief großartig, bis vor zwei Tagen, als ich herausgefunden habe, dass er ein tolles geschäftliches Angebot bekommen hat.«

»Das sind ja wunderbare Neuigkeiten.«

Ich nicke, schlucke den Kloß im Hals herunter und fahre fort. »Ja. Aber es bedeutet, dass er erst mal nicht aus Oregon wegkann.«

»Oh, ich verstehe.« Doch das tut sie nicht. Jedenfalls noch nicht.

»Ich bin sehr stolz auf ihn, aber dann muss ich umziehen, wenn ich bei ihm sein will.« Ich reibe mir die Schläfe, denn von diesem Geständnis bekomme ich wieder Kopfschmerzen. »Ich sollte mich nicht so schwer damit tun, aber ich kann nicht anders. Und Saxon ...« Ich hole tief Luft. »Und Saxon scheint zu denken, dass das etwas mit ... Sam zu tun hat.« So, ich habe es gesagt. Nun kann sie mich verurteilen. Ich habe es verdient.

Doch sie tut nichts dergleichen. »Und was denkst du?«

Ich betrachte die gut gemeinten Essenshäppchen um mich herum und gestehe: »Ich weiß es nicht. Und ich hasse mich selbst dafür. Saxon ist gekränkt, und wenn ich könnte, würde ich ihm seine Schmerzen nehmen, aber ich bin der Grund dafür. Ein kleiner Teil von mir stimmt ihm zu. Ich schäme mich so, und ich weiß, dass wir beide schon vor Wochen eine ähnliche Unterhaltung geführt haben, aber alles ...«, mir bricht die Stimme, denn ich habe es wieder einmal vermasselt, »... ist völlig durcheinander.«

»Ach, Schatz.«

Ich möchte nicht, dass sie böse auf mich ist. »Ich weiß. Ich bin auch von mir enttäuscht.«

»Ich bin nicht von dir enttäuscht.«

Ich schniefe, um die Tränen am Aufsteigen zu hindern. »Nicht?«

»Nein. Außenstehende würden wahrscheinlich nicht verstehen, warum du solche Schwierigkeiten hast. Immerhin ist Saxon wundervoll.«

»Das ist er«, stimme ich ihr hastig zu.

»Doch bevor das alles passiert ist, warst du glücklich mit Sam. Und obwohl er ein paar schreckliche Dinge gesagt und getan hat, ist es nicht leicht für dich, jemandem den Rücken zu kehren, den du fast dein halbes Leben lang geliebt hast. Sam bedeutet Sicherheit. Du müsstest nicht weggehen. Und dein Haus verkaufen.«

»Aber …« Wieder schniefe ich, weil sie das, was ich nicht auf den Punkt bringen konnte, in nur drei Worten zusammengefasst hat. *Sam bedeutet Sicherheit.*

»Aber du bist nicht mehr dieselbe wie früher … und zwar wegen Saxon.«

»Und was verrät das über mich? Warum fällt es mir dann so schwer, Sam gehen zu lassen?« Meine Mutter versucht, mich aufzumuntern, doch ich möchte, dass sie mir mein Gefühlschaos erklärt. »Jedes Mal, wenn ich denke, ich weiß jetzt, was ich empfinde, bringen alte Erinnerungen alles wieder durcheinander.«

»Weil … du sie beide liebst.«

Entsetzt zucke ich zusammen. »Oh nein. Das … geht nicht. Was wäre ich, wenn das wahr wäre?« Der Gedanke macht mich ganz krank. Ich gebe ja zu, dass ich Sam wahnsinnig gernhabe. Aber dass ich ihn liebe? Das ist nicht möglich.

»Das ist doch nur menschlich«, erwidert meine Mutter freundlich. Aber ich will nicht, dass sie Entschuldigungen für mich findet.

Ich springe aus dem Bett, ignoriere den plötzlichen Schwindel und beginne, hin und her zulaufen, da ich nicht mehr still sitzen kann. Während ich mir mit einer Hand durchs Haar fahre, versuche ich, in meinem Kopf Ordnung zu schaffen. »Ich will nicht mit Sam zusammen sein. Ich liebe Saxon. Er ist derjenige, den ich will.«

Mein Blick fällt auf die Bettseite, auf der er immer geschlafen hat, und das Verlangen, das mich überfällt, ist so stark, dass es mich fast umbringt. »Aber mit Saxon muss ich neu anfangen … und das macht mir Angst. Weil mein Leben zerstört ist, wenn es mit ihm nicht klappt.

Plötzlich wird mir leichter ums Herz. Kann es sein, dass ich vorankomme?

»Lass dich auf das Chaos ein, Lucy. Ich weiß, dass ich dir schon einmal gesagt habe, dass Liebe chaotisch ist, aber ich finde, im Moment solltest du besonders häufig daran denken.«

»Saxon ist mein Chaos«, gestehe ich und wische mir die Tränen ab. Ich habe so viele vergossen, dass es jetzt wirklich reicht.

»Irgendwann findest du deine Antwort. Du musst dir nur sicher sein. Lass dir Zeit. Für wen du dich auch entscheidest, die beiden werden warten, denn du bist es wert. Vergiss das nie.«

Eine einzelne Träne quillt noch hervor, da ich so froh bin, diese Mutter zu haben. »Ich danke dir«, flüstere ich. »Was soll ich nun tun?«

»Das kann ich dir nicht sagen, aber ich weiß, dass du die richtige Entscheidung treffen wirst.«

»Ich vermisse ihn. So sehr.« Ich brauche nicht zu erklären, wen ich meine.

»Dann ruf ihn doch an«, entgegnet sie, als wäre es das Natürlichste auf der Welt.

»Was soll ich denn sagen? Entschuldige, dass ich dir immer wieder das Herz gebrochen habe?«

»Wie wär's mit Hallo?«

Schniefend lache ich ins Telefon. »Danke, du bist die beste Mutter der Welt.«

»Diesen schönen Titel verdanke ich bloß der Tatsache, dass

ich die beste Tochter der Welt habe. Ganz egal, was passiert, dein Vater und ich werden dich immer lieben. Wir sind stolz auf dich. Was du auch tust.«

Ich habe das Gefühl, ein Stück weit wiederhergestellt zu sein, also setze ich mich auf die Bettkante und seufze. »Ich habe Dad gesagt, dass ich euch eine Reise nach Hawaii schulde. Ich glaube, es wird eher die französische Riviera.«

Das warme Lachen meiner Mutter vertreibt die Kälte in mir. »Du schuldest uns gar nichts. Du hast uns bereits so viel gegeben.« An der Stelle täuscht sie sich. »Hast du schon etwas von der Maklerin gehört? Vorausgesetzt, dass du immer noch verkaufen willst?«

So oder so, dieses Haus muss weg. »Nein, immer noch nicht. Aber gut, dass du fragst. Morgen rufe ich sie an. Ich setze es gleich auf meine Liste.«

»Okay. Also, wenn du uns brauchst, weißt du ja, wo du uns findest.«

Mit meiner Mutter zu reden hat mir stets weitergeholfen, doch bis heute war mir nicht bewusst, wie sehr. »Ich hab dich lieb.«

»Ich dich auch.« Gerade als ich auflegen will, sagt sie noch: »Hör auf dein Herz, Lucy. Egal, was kommt, es wird dir den Weg weisen. Du fühlst dich vielleicht selbstsüchtig, weil du dir so viel Zeit nimmst, aber vergiss nicht … es wäre noch viel selbstsüchtiger, dich mit einem von den beiden zusammenzutun, wenn du dir über deine Gefühle für den anderen nicht klar bist.«

Sie beendet das Gespräch, doch ich drücke das Telefon weiter ans Ohr, während ihre Worte in einer Endlosschleife durch meinem Kopf kreisen. Und plötzlich ist mir, als hätte ich eine

Erleuchtung. Bis ich mich ganz zu Saxon bekennen kann, werde ich diesen Schmerz ertragen und feststellen, was genau ich für Sam empfinde. Es war dumm von mir zu glauben, ich könnte alles haben. Ich muss mich entscheiden: entweder Saxon oder Sam. Beide zusammen geht nicht.

Ich weiß, wen ich will. Das war nie die Frage. Womit ich noch ins Reine kommen muss, sind meine »Gefühle« für Sam. Offenbar werden sie nicht einfach verschwinden, also muss ich darüber reden … und zwar mit ihm.

Das dürfte sehr schwierig werden, ist aber der einzige Weg.

Doch vorher muss ich noch eines tun. Da ich buchstäblich nichts mehr zu verlieren habe, rufe ich Saxon an – und lasse mich auf das Chaos ein, genau wie meine Mutter es mir geraten hat.

Es wundert mich nicht, dass sich direkt die Mailbox einschaltet.

»Hi … ich bin's, Lucy.« Ich winde mich. Das klang ja laut noch lahmer als in meinem Kopf. »Ich wollte dir nur sagen, dass ich dich vermisse. Ganz schrecklich. Aber du hattest recht. Mit allem. Du hast gesagt, dass man Reisende … nicht aufhalten soll. Nun, ich lasse jetzt die Vergangenheit hinter mir … und trete die Reise in die Zukunft an. Ich weiß nicht, wie lange das dauern wird … aber ich verspreche dir … diesmal beende ich sie. Ich liebe dich. Und ich denke ständig an dich.« Ich lege auf, denn ich habe alles gesagt, was gesagt werden musste.

Das hätte ich schon vor langer Zeit tun sollen.

Es gibt keine Vorbereitung auf das, was ich vorhabe, und es ist gut möglich, dass es schiefgeht und ich meinen Entschluss bereue, aber ich muss es wenigstens versuchen. Ich kann so nicht weitermachen. Ich bürste mir das Haar, damit ich halbwegs normal aussehe, gebe aber bald wieder auf, weil ich diesen Kampf bereits vor zwei Tagen verloren habe.

Nervöse Energie durchströmt mich, und ich kann nur hoffen, dass sie mir die Kraft gibt durchzuhalten. Wie ferngesteuert gehe ich durchs Haus und suche nach Sam. Es ist Fütterungszeit, also laufe ich die hintere Verandatreppe hinunter und steuere auf die Ställe zu.

Sam ist mit vollen Händen dorthin unterwegs, deshalb beschleunige ich meine Schritte. »Warte, ich helfe dir.«

»Danke.« Er reicht mir einen Eimer mit Leckerbissen für die Pferde, und wir gehen stumm weiter. Kein besonders guter Start, aber ich muss noch Mut schöpfen.

Als wir eintreten, wiehern meine geliebten Araber begeistert. »Dich haben sie immer lieber gemocht«, sagt Sam mit einem Lächeln. Das führt mich zu der Frage, was wir eigentlich mit den Pferden tun sollen, wenn wir schließlich verkaufen. Der Gedanke, sie nicht mehr jeden Tag sehen zu können, deprimiert mich noch mehr.

Sam liest meine Gedanken. »Und deshalb bestehe ich darauf, dass du sie behältst. Ich zahle für ihren Unterhalt. Ich möchte nicht, dass du von ihnen getrennt wirst. Ich weiß doch, wie viel sie dir bedeuten.«

Mein Gott, warum muss er so … nett sein? So typisch Sam? Der mit Gedächtnisschwund war viel leichter zu hassen. Dieser Sam erinnert mich nur immer wieder an die guten Zeiten, die wir hatten.

Ich tätschle Potters Nase, fülle mehrere Handvoll Futter in seinen Trog und finde meine Sprache wieder. »Ich glaube, ich kann sie nicht behalten.«

»Oh.«

Mit dem Rücken zu Sam ist es leichter anzufangen. »Saxon und ich haben uns neulich Abend gestritten, weil …«, ich schlucke, »… weil ich nicht nach Oregon ziehen will.«

»Nicht?«

»Nein. Ich bin in Montana zu Hause. Alles, was ich liebe, ist hier …«

»Tja, das ist verständlich. Saxon kann nicht erwarten, dass du dein Leben hinter dir lässt, wenn du das nicht willst.«

»Das tut er auch nicht«, entgegne ich, atme tief durch und tadele mich selbst, weil ich um das wichtigste Thema herumrede. Sam wartet darauf, dass ich fortfahre. Ich streichle Potters weiche Nüstern und finde die Kraft, es endlich anzugehen. »Anscheinend denkt er, dass … ich unter anderem deinetwegen nicht mit ihm gehen möchte.«

»Meinetwegen?« Sam ist sichtlich überrascht. Ich nicke. Unsicherheit liegt in der Luft. »Und was denkst du?«

Da ist sie. Die Frage aller Fragen.

»Ich denke, dass er … vielleicht recht hat.« Eine Pause entsteht.

Ich hätte mich wirklich ein wenig vorsichtiger herantasten sollen, doch es gibt keine fertige Anleitung dafür, wie man so etwas zur Sprache bringt. Wenn ich diese Sache durchziehen will, kann ich mich nicht immer wieder bremsen. Nachdem ich Potter ein letztes Mal getätschelt habe, drehe ich mich langsam um. Ich bin gespannt, was mich erwartet.

Sam steht mit offenem Mund wie angewurzelt da und wirkt völlig verdutzt. »Ich … verstehe das nicht. Was hast du gerade gesagt?«

Ich hole tief Luft, jetzt oder nie. »Ich habe gesagt …« Oh

Gott, warum ist das so schwer? »Ich wollte sagen, dass es mich genervt hat, dich mit Alicia zu sehen. Und es hat mich auch geärgert, dass du mit ihr ins Diana's und ins O'Malley's gegangen bist. Mir schlägt das auf den Magen. Aber nicht nur wegen Alicia. Wegen allem. Alles war viel einfacher, als du mich noch gehasst hast.«

Erstaunt stößt Sam den Atem aus und weicht einen Schritt zurück. »Da war ich nicht ich. Das weißt du.«

»Ja, aber der, der mich all die Jahre angelogen hat, das warst du schon.« Beschämt senkt er den Kopf. »Trotzdem ist es immer noch so, dass ich …«

»Ja?« Die Luft ist wie elektrisch aufgeladen. Ich schulde es ihm, ehrlich zu sein. Doch was noch wichtiger ist, ich schulde es mir selbst.

»Dass ich … dich liebe. Aber ich weiß nicht mehr, was es bedeutet.« Auch wenn das wahr ist, kommt es mir sehr falsch vor, trotzdem fühle ich mich befreit.

Sam weicht noch einen Schritt zurück und stößt mit geblähten Wangen zweimal den Atem aus. Ich weiß, dass das schwer zu begreifen ist, also lasse ich ihm Zeit, mein Geständnis zu verdauen.

»Ich …« Er hebt einen Finger, damit ich ihn nicht unterbreche. Ich lasse ihn ausreden. »Ich weiß nicht, was ich sagen soll. Du liebst Saxon also nicht?«

Energisch schüttle ich den Kopf und erwidere: »Oh doch, das tu ich, und das ist ja das Problem. Ich kann euch nicht beide lieben. Ich muss herausfinden, was es mit meinen Gefühlen für dich auf sich hat. Ich muss wissen, ob sie echt sind. Oder nur Überbleibsel aus der Vergangenheit, an der mein Herz hängt. Ich habe dich einmal geliebt, Sam. Du warst mein Ein und Alles, doch die Dinge ändern sich. Ich habe mich geändert. Was sich nicht geändert hat, ist, dass ich trotz allem anscheinend nicht aufhören kann, etwas für dich zu empfinden. Deshalb ärgere ich mich wohl auch so oft über dich, denn wenn du mir egal wärst, könnte ich dich einfach zurücklassen. Aber das schaffe ich nicht.«

Es ist heraus. Jetzt kennt er die Wahrheit. Nur erfahre ich nicht, was er davon hält, weil er sich nichts anmerken lässt.

»Wir können auch später ...« Doch mein Vorschlag bleibt mir im Hals stecken, als er vortritt und mir sehr zärtlich eine Haarsträhne von der Wange streicht. Die Berührung hinterlässt ein hauchfeines Kribbeln.

»Ich brauche keine Bedenkzeit, Lucy.«

»Was brauchst du dann?«

Mein Hals scheint sich immer enger zuzuschnüren, aber ich lasse mich nicht unterkriegen. »Dich. Das ist alles, was ich jemals gebraucht habe.« Er hebt mein Kinn an und streicht daran entlang. »Du hast gesagt, dass du mich einmal geliebt hast. Nun, ich liebe dich auch, im Präsens, immer noch, und ich habe nie damit aufgehört.«

Zu hören, wie er gesteht, was alle behauptet haben, macht es mir nicht leichter. Und dass es mich so tief berührt, fühlt sich nicht richtig an.

Ich versuche, ihm auszuweichen, doch er nimmt eilig mein Gesicht in beide Hände und sieht mich flehentlich an, damit ich still halte. »Wenn du uns nicht beide lieben kannst, dann entscheide dich für mich.« Seine Forderung verschlägt mir den Atem, und ich drehe mich weg, allerdings will er mich nicht gehen lassen. »Ich werde für alle Fehler, die ich gemacht habe, büßen, aber bitte, bitte, gib mir noch eine Chance.«

»So einfach ist das nicht, Sam.«

»Warum nicht? Früher war zwischen uns alles einfach. Warum kann es nicht wieder so sein?«

»Du weißt, warum.«

Er ist spürbar getroffen. »Du willst mir also nicht mal mehr eine Chance geben? Dabei waren wir ein so gutes Gespann. Und ja, ich hab's versaut. Komplett versaut, doch meine Liebe zu dir war echt. Ich versuche ja, mich weiterzuentwickeln. Ich habe alles getan, was du von mir wolltest, aber wenn du mir sagst, dass du mich immer noch liebst … kann ich nicht einfach dastehen und …«

Es passiert so schnell. Nach dem aufgeregten Redeschwall stürzt er sich auf mich und versucht, mich zu küssen. Erst da reagiere ich und springe förmlich zurück. »Nein, Sam, nicht.« Erschrocken strecke ich eine Hand vor, um ihn daran zu hindern, sich mir wieder zu nähern. Das habe ich nicht gewollt. Ich wollte ihm nur mitteilen, was ich empfinde, damit wir uns unterhalten können und ich hoffentlich meiner Entscheidung einen Schritt näher komme.

Die Zurückweisung kränkt ihn offenbar. »Was soll ich nicht? Dich lieben? Tja, schade, das kann ich nicht ändern.«

Diese Aussprache ist aus dem Ruder gelaufen, und obwohl ich nicht wusste, was mich erwartet, gefällt mir die Richtung nicht, in die sie geht. Im Grunde bin ich doch immer noch Saxons Freundin, und Sam zu küssen ist absolut falsch.

»Ich muss gehen.« Ich mache auf dem Absatz kehrt, denn dieses Gespräch führt zu nichts. Hastig hält Sam mich fest, nimmt mich in die Arme und drückt sich an meinen Rücken, aber es fühlt sich nach wie vor falsch an.

»Ich werde niemals aufgeben, und wenn es nur einen kleinen Funken Hoffnung gibt, dass du ihn meinetwegen verlässt … kämpfe ich bis zum bitteren Ende.« Erst dann lässt er mich los.

Meine wackligen Beine tragen mich kaum, doch es gelingt mir, unbeschadet aus dem Tor zu staksen. Ich habe Angst, dass Sam mir auch noch folgt, und bin dankbar, als ich mich ganz allein draußen in der Wildnis wiederfinde. Dann frage ich mich, was zum Teufel ich jetzt tun soll.

***

Ich bin rastlos. Wahrscheinlich, weil ich völlig verwirrt bin.

Sam hat mich in Ruhe gelassen, nachdem mein Geständnis dieses Fiasko ausgelöst hat. Ich weiß nicht, was ich mir vorgestellt hatte, aber dass er versuchen würde, mich zu küssen, war nicht dabei. Dennoch hat es mich weitergebracht. Ich muss ausziehen. Ich kann nicht bei ihm bleiben, denn wenn er mit mir redet oder mich berührt, bin ich abgelenkt, und ich brauche einen klaren Kopf.

Nachdem ich das begriffen habe, beschließe ich, Hayley anzurufen. Sie muss doch inzwischen aus dem Urlaub zurück sein. Ich verstehe ja, dass sie wahrscheinlich einen Haufen Papierkram abarbeiten muss, aber ich kann nicht mehr länger warten. Ich ziehe meinen Laptop näher heran, weil ich, bevor ich mit ihr telefoniere, überprüfen will, ob sie mir immer noch keine E-Mail geschickt hat.

Die Nachrichten, die meinen Posteingang füllen, haben allesamt mit der Arbeit zu tun. Ich öffne eine mit dem Vermerk DRINGEND von meiner Kollegin in Syrien und wappne mich für das, was nun wahrscheinlich kommt.

Lucy,
ich weiß, dass Du gesagt hast, Du kannst Montana im Moment nicht verlassen, aber wir könnten dich hier echt gut gebrauchen. Ich würde Dich nicht darum bitten, wenn ich nicht verzweifelt wäre … doch ich weiß nicht mehr weiter.
Morgana

Kurz und knapp, weil es nichts zu beschönigen gibt. Ich wusste, dass es schlecht aussieht. Und diese Mail zeigt mir, dass es sogar schlimmer ist, als ich dachte.

Seufzend greife ich nach meinem Handy und rufe Hayley an. Ich rechne damit, direkt auf ihrer Mailbox zu landen, deshalb bin ich erstaunt, als eine freundliche Stimme antwortet.

»Hayley?«, frage ich überrumpelt und überlege, ob ich mich vielleicht verwählt habe.

»Ja, am Apparat.«

Endlich überwinde ich meine Überraschung. »Hallo, Hayley. Hier ist Lucy. Ich hatte Ihnen ein paar E-Mails geschickt. Tut mir leid, wenn ich Sie zu sehr bombardiert habe.«

Hayley lacht leise. »Ist schon in Ordnung. Wie kann ich Ihnen helfen?«

Ich finde sie nett, und ihre umgängliche Art ermutigt mich. »Es geht um die Ranch, die ich verkaufen möchte. So bald wie möglich. Ich weiß, dass Sie in Urlaub waren …«

»In Urlaub? Pah! Schön wär's. Sind Sie sicher, dass Sie die richtige Nummer gewählt haben? Mein Boss ist ein Sklaventreiber, aber bitte verpfeifen Sie mich nicht.«

An jedem anderen Tag hätte ich über ihren Witz gelacht, doch inzwischen bin ich völlig irritiert. »Ja. Mein Verlobter, also mein Ex-Verlobter …«, korrigiere ich mich hastig, »… hat gesagt, er hätte bei Ihnen angerufen, und Ihr Büro hätte ihm gesagt, Sie wären acht Wochen in Urlaub.« Plötzlich habe ich ein flaues Gefühl im Magen.

»Wir war noch Ihr Nachname?«

»Ich habe ihn nicht erwähnt. Ich heiße Tucker. Lucy Tucker.«

»Und Ihr Ex-Verlobter?«

»Samuel Stone.« Ich höre Hayley in ihren Papieren suchen und halte die Luft an. »Ah ja. Tut mir leid, Lucy, jetzt habe ich Ihren Namen in meinen Unterlagen gefunden. Und Samuels auch.« Erleichtert atme ich aus. Doch ich habe mich zu früh gefreut. »Samuel hat mich angerufen, ehe ich auf Ihre erste Mail antworten konnte.«

»Das glaube ich nicht«, erwidere ich noch verwirrter. »Er hat Sie doch bestimmt angerufen, bevor ich Ihnen geschrieben habe, nicht?«

»Nein. Erst kam Ihre Mail, und dann rief er an.«

Bin ich vielleicht im falschen Film? Ich habe keine Ahnung, was ich davon halten soll. »Und was hat er gesagt?« Sicher bringt Hayley da etwas durcheinander.

Als sie zögert, überläuft mich ein Schauer. »Er hat gesagt, dass Sie beide gerade eine harte Zeit durchmachen, wie es bei allen Paaren vorkomme, und dass Sie …«

»Was?«, frage ich und stehe auf, weil mir die Galle hochkommt.

»Dass Sie im Moment etwas durcheinander seien. Dass er kürzlich einen Unfall gehabt habe und Sie sich noch … erholen müssten.«

»Wovon?« Meine Stimme ist schrill und brüchig, da ich mich frage, was hier vorgeht.

»Von einem … Anfall … der Ihr Urteilsvermögen beeinträchtigt hätte.«

Ich kneife mich in die Nasenwurzel, denn ich bin diese höflichen Umschreibungen ganz und gar leid. »Bitte fassen Sie das nicht falsch auf, Hayley, aber was bitte soll das heißen, verdammt?«

Sie zögert, denn meine Vulgarität war unpassend, doch was zum Teufel ist hier los?

»Er hat gesagt, dass Sie nach seinem Unfall einen Nervenzusammenbruch gehabt hätten, deshalb solle ich nicht auf Ihre Mails reagieren. Ihr Haus stünde nicht zum Verkauf. Ganz egal, was Sie sagen.«

»Das ist unmöglich.« Steif schüttle ich den Kopf.

»Vielleicht habe ich mich ja vertan. Bleiben Sie dran.« Bitte mach, dass sie sich irrt. Aber als Hayley sagt: »Ihr Haus ist Whispering Willows, oder?«, weiß ich, dass ich diejenige bin, die sich geirrt hat – weil es immer schon falsch war, Sam zu vertrauen.

»Ja, so heißt das Haus.« Als aus meiner Unsicherheit Wut wird, beginnt mein Puls zu rasen.

»Es tut mir sehr leid. Ich dachte wirklich … Samuel war sehr überzeugend.«

»Es ist nicht Ihre Schuld. Ich weiß, dass Samuel sehr überzeugend sein kann, wenn er will.« Ich bin der lebende Beweis dafür.

Hayley entschuldigt sich immer wieder, doch ich lege schnell auf, ehe ich die Beherrschung verliere. Ich sollte nicht so unhöflich sein, weil ich schließlich nicht auf sie wütend bin, aber ich brauche eine Minute für mich. Genau genommen sogar zwei.

Ich kann nicht glauben, dass ich schon wieder auf seine Lügen hereingefallen bin. Ich platze vor Wut.

Zornentbrannt werfe ich mein Handy an die Wand, und es zerbirst beim Aufprall. Trotzdem wird mein Zorn immer größer. Laut Hayley hat Sam sie nie kontaktiert. Und als ich es getan habe, hat er ihr gesagt, ich sei verrückt. Kein Wunder, dass Sie nie auf meine Mails geantwortet hat!

Das bringt mich auf einen ungewohnten Gedanken – welche Lügen hat er mir noch aufgetischt? Ich habe ihm die ganze Zeit vertraut, aber was ist, wenn das von Anfang an falsch war?

Es gibt nur eine Möglichkeit, das herauszufinden, und ich will es sofort wissen. Fast reiße ich die Tür aus den Angeln, bevor ich vollgepumpt mit Adrenalin durch den Flur marschiere. Ein Flüstern in Sams Zimmer verrät mir, wo er ist.

Bevor ich hineinstürme, um ihn zur Rede zu stellen, rät mir meine innere Stimme, stehen zu bleiben und zuzuhören, weil ich so vielleicht mehr erfahre. Also belausche ich ihn. »Ich kann sie nicht mehr anlügen. Ich liebe diese Frau.«

Ich presse beide Hände auf den Mund und wage es nicht zu atmen.

»Nein, mir reicht's. Ich sag's ihr. Es war deine Idee, den Unfall und die Blackouts vorzutäuschen und mir diesen beschissenen Gips zu verpassen!« Ich drücke mich an die Wand und spähe um den Türpfosten herum.

Sam dreht mir den Rücken zu, doch seine zusammengesunkenen Schultern verraten mehr als tausend Worte. Mit wem spricht er da?

»Du bist vollkommen irre. Ich glaube, du solltest selbst mal in eine Therapie gehen.« Der unbekannte Gesprächspartner scheint ihn zusammenzustauchen. »Ja, nur zu. Sag's ihm. Ich wusste von Anfang an, dass ich ein toter Mann bin, wenn er dahinterkommt. Aber sie ist es wert. Ich habe das getan, weil ich sie liebe. Aber du, du warst nur auf Rache aus.«

Mir wird so kalt vor lauter Angst, dass ich eine Gänsehaut bekomme.

»Wir sind fertig miteinander. Ruf mich nicht wieder an.« Sam drückt das Gespräch weg, hält sein Handy allerdings weiter fest.

Ich weiß nicht, was ich davon halten soll. Es kommt mir so vor, als würde ich einen Albtraum nach dem anderen erleben. Unfähig, diesen Zustand noch länger zu ertragen, schiebe ich die Tür auf und zeige mich. Schuldbewusst dreht Sam sich um. Er hat begriffen, dass er aufgeflogen ist.

»Wer war das?«

Er streicht sich durchs Haar und seufzt ergeben. »Niemand.«

Ich habe es satt. »Ach wirklich? Nun, ich hatte gerade eine sehr interessante Unterhaltung mit Hayley Regan. Kannst du dich noch erinnern? Das ist die Maklerin, die du anrufen solltest, was du aber nie getan hast.«

Sam legt den Kopf in den Nacken und schüttelt ihn träge. »Ach herrje …«

Kampfbereit verschränke ich die Arme vor der Brust. »Jetzt wäre es an der Zeit, mir alles zu sagen, angefangen damit, wer da gerade am Telefon war.«

Sam bleiben exakt drei Sekunden, um mir alles zu erklären, sonst explodiere ich, und das wird alles andere als schön werden.

»Würdest du dich bitte hinsetzen?«

»Nein, ich will mich nicht setzen«, erwidere ich störrisch.

Am liebsten würde ich frustriert aufseufzen, weil ich das alles schon kenne, aber diesmal bin ich mehr als enttäuscht.

Sam ist anzusehen, dass er sich sammelt, also muss das, was er zu sagen hat, wichtig sein. »Sophia.«

Der Name löst bei mir einen Brechreiz aus. »Was ist mit ihr?«

»Sie war's«, erklärt Sam und sieht mir endlich in die Augen.

»Warum?« Sein Schweigen hilft ihm nicht. »Warum, Sam?«, schreie ich. Ich bin kurz davor, hysterisch zu werden.

»Weil ich es leid bin. Ich will nicht mehr lügen!«, brüllt er quer durch den Raum mit einer Stimme voller Zorn, doch vor allem voller Niedergeschlagenheit.

Aber er kann mich mal. Jetzt nützt es ihm nichts mehr. Er hat mit dieser Lügerei angefangen, und nun ist endgültig Schluss damit. Spontan stürze ich mich auf ihn und schlage ihm mit aller Kraft ins Gesicht. Danach brennt mir die Hand, doch der Schmerz befriedigt mich irgendwie.

Er fasst sich an die Wange und schiebt den Unterkiefer von einer Seite zur anderen. »Ich schätze, das habe ich verdient.«

»Du hast noch viel mehr verdient, du elender Lügner! Was ist mit den Blackouts? Den Kopfschmerzen? Dem Unfall? Und diesem verdammten Gips? War das alles gelogen? Um mich einzuwickeln?« Ich packe sein Handgelenk und reiße seinen angeblich gebrochenen Arm nach oben. »Antworte mir!«

»Ja.«

Ein einziges Wort kann dein Leben für immer verändern. Und genau dieses Wort hätte ich schon vor Wochen zu Saxon sagen sollen.

»Wie konntest du das nur tun?«, presse ich hervor, da ich heiße Tränen der Wut zurückhalten muss.

»Weil ich dich liebe.«

»Wag es ja nicht. Wag es verdammt noch mal nicht, das zu sagen! Ich kann es nicht mehr hören. Du liebst mich nicht. Wenn du mich lieben würdest, würdest du mich nicht immer wieder anlügen!« Ich bin so empört, dass ich am ganzen Leib zittere.

Als Sam auf mich zukommt, weiche ich zurück, denn ich befürchte, dass ich ihn wieder schlage, wenn er mir zu nahe kommt. Er kennt meine aufbrausende Art und bleibt stehen. »Ja, du hast recht«, gesteht er. »Mein Arm ist nicht gebrochen, weil ich gar keinen Unfall hatte. Und die Blackouts und die Kopfschmerzen waren nur eine List, um dich zurückzuholen. Und zum Bleiben zu bewegen.«

Oh mein Gott. Angeekelt presse ich eine Hand auf meinen Mund.

»Es stimmt, dass ich Hayley nicht angerufen habe, obwohl ich es versprochen hatte. Das habe ich erst getan, nachdem du ihr eine E-Mail geschickt hattest. Aber bevor du mich noch mal schlägst, hör dir erst den Grund an.«

Ich balle die Hände zu Fäusten, da ich ihm nichts versprechen kann.

»Ich habe sie nicht angerufen, weil ich wollte, dass du zur Besinnung kommst … du solltest merken, dass du mich immer noch liebst.«

»Und du hast gedacht, um mich davon zu überzeugen, brauchst du ungefähr acht Wochen?«

Er ignoriert meinen Sarkasmus. »Ich wollte, dass du begreifst, was du verlieren würdest.«

Er sieht mich völlig aufrichtig an, aber ich falle nicht mehr darauf herein. »Das war doch schon immer deine Absicht, stimmt's? Zu bleiben. Du hattest nie vor zu gehen. Und du wolltest gar nicht einfach nur mit mir befreundet sein. Ich musste dir klarmachen, dass du noch Gefühle für mich hast. Du bist so dickköpfig, Lucy. Es gab keinen anderen Weg.«

»Ach ja?«, höhne ich und schüttle heftig den Kopf. »Wie wär's, wenn du einmal im Leben ehrlich zu mir gewesen wärst?«

»Hättest du mir denn zugehört? Ich habe getan, was ich tun musste, und ich bereue es nicht. Für dich würde ich lügen, betrügen und stehlen, und ich schäme mich nicht dafür.« Seine Arroganz reizt mich, weil er offenbar nicht versteht, wie viel Schaden er angerichtet hat.

Und als ich genauer darüber nachdenke, fällt mir ein, wie oft er es darauf angelegt hat, dass ich eifersüchtig oder traurig werde. Oh mein Gott. Wie dumm kann man sein?

Ich weiche noch weiter zurück und starre ihn mit großen Augen an. »Du hast mich an der Nase herumgeführt. Die ganze Zeit, und ich habe es für Zufall gehalten. Dass du mein Lieblingsrasierwasser benutzt hast. Dass du das Hemd anhattest, das ich dir zum Geburtstag geschenkt habe. Oder gar keins. Dass du mit Alicia ins Diana's und ins O'Malley's gegangen bist. Dass du dich überhaupt mit Alicia eingelassen hast. Du lieber Gott.« Ich unterbreche mich, da ich Luft schnappen muss. »Und dieser Song, zu dem wir getanzt haben … das gehörte alles zu deinem Plan, nicht wahr? Du hast alles genauso gemacht wie ich … als du dein Gedächtnis verloren hattest und ich alles getan habe, um dich an das zu erinnern, was wir hatten … indem ich dir Fotos zeigte, dein Lieblingsparfum auflegte und über unsere Vergangenheit redete … das hast du jetzt mit mir gemacht, oder? Du wolltest, dass ich mich an unsere gemeinsame Zeit erinnere … so wie ich dich damals.«

»Genau«, sagt er ohne jede Reue, doch damit hatte ich auch nicht gerechnet. »Das war nicht fair. Aber weißt du was? Es ist mir egal, weil es funktioniert hat. Heute hast du mir gesagt, was ich schon immer wusste. Du liebst mich.«

»Also das, was ich im Moment für dich empfinde, ist alles andere als Liebe.« Verächtlich kräusle ich dich Lippen.

»Nur zu. Hass mich. Das macht mir nichts aus. Irgendwann wirst du schon noch verstehen, warum ich nicht anders konnte. Hast du nicht auch alles getan, damit ich mich erinnere, als ich mein Gedächtnis verloren hatte?«

Er streckt eine Hand nach mir aus, doch ich schlage sie weg. »Leider habe ich mein Gedächtnis nicht verloren! Obwohl ich mich mal untersuchen lassen sollte, da ich geglaubt habe, dass du dich geändert hast. Wie naiv und blöde kann man sein? Ich hätte auf Saxon hören sollen.«

»Hast du aber nicht«, kontert Sam. »Weil du weißt, dass wir beide …«, er zeigt mit zwei Fingern zwischen uns hin und her, »… zueinandergehören. Du müsstest nicht umziehen. Wir könnten hierbleiben. Und wieder so leben wie früher. Du weißt doch sicher noch, wie schön das war.«

»Unser Leben war eine Lüge! Verstehst du das nicht? Es hat bereits mit einer Lüge angefangen. Und ich bin offenbar wahnsinnig, auch nur eine Sekunde zu glauben, dass du dich verändern könntest. Dass das, was ich für dich empfunden habe, echt war!«

»Doch das war es«, sagt er gelassen, obwohl ich mehr als wütend bin. »Warum wolltest du sonst unbedingt mit mir befreundet bleiben?«

»Ich weiß es nicht mehr«, fauche ich, da mir nichts Besseres einfällt.

Er grinst. »Und du nennst mich einen Lügner. Ich kann es dir sagen, weil du mich liebst«, behauptet er schlicht und einfach.

Jetzt geht das wieder los … daran hat sich dieses schreckliche Drama doch entzündet.

»Saxon hat dich ja auch angelogen. Welche Lüge war denn jetzt schlimmer?«

»Deine … bei Weitem«, erkläre ich mit fester Stimme. »Warum hast du dich mit Sophia zusammengetan?«

»Weil wir beide dasselbe wollten«, sagt er knapp.

»Und das war?« Ich weiß es, ich will es nur hören. Ich will nicht mehr angelogen werden.

»Dass du nicht länger mit Saxon zusammen bist. Sie hat gehofft, dass er zu ihr zurückkommt, und ich habe gehofft, dass du wieder vernünftig wirst und dahin zurückkehrst, wo du hingehörst.«

Dieses selbstgefällige, überhebliche Arschloch. Und diese hinterlistige, bösartige Soziopathin. Wobei das genau genommen sogar auf beide Beteiligten zutrifft.

Meine Beine zittern so heftig, dass ich kurz davor bin, zu einem untröstlichen Häuflein Elend zusammenzufallen, also lasse ich mich aufs Bett sinken und starre auf einen Punkt am Boden, weil ich es nicht schaffe, das, was ich gerade gehört habe, zu begreifen. »Du sagst, du liebst mich … aber du hast mich auf so vielfältige Weise verletzt, dass man es sich kaum vorstellen kann. Wie hast du mir das mit Saxons Werkstätten und dem Umzug nach Oregon so locker erzählen können? Du musst doch gewusst haben, dass mir das wehtut.«

Betroffen stößt er den Atem aus. »Ich habe wirklich gedacht, er hätte es dir gesagt.«

»Wie soll ich dir noch irgendwas glauben?«, flüstere ich erschöpft. Sam seufzt, nähert sich mir aber Gott sei Dank nicht. »Wolltest du dich überhaupt ernsthaft mit Saxon versöhnen? Oder war das auch gelogen?«

Wenn ich ehrlich bin, kann er nichts mehr sagen, was mich noch schockieren würde. »Am Anfang nicht. Warum auch? Seinetwegen waren wir doch auseinander.« Das ist nicht richtig. Sam war es, der uns auseinandergebracht hat. »Aber später … dann doch. Ich hatte schon lange nichts mehr mit meinem Bruder zu tun. Deshalb war es schön, ihm wieder näherzukommen und zu sehen, was aus ihm geworden ist … schließlich bin ich kein Unmensch, Lucy. Ich weiß, dass du das vielleicht glaubst, aber das, was ich hier mit Saxon und dir gemacht habe … war ehrlich gemeint. Deswegen habe ich Sophia angerufen. Um ihr zu sagen, dass ich nicht mehr mitspiele. Der Abend neulich war wichtig für mich. Es tut mir sehr leid, dass ich dich verletzt habe. Und Saxon.«

Ich bin vielleicht blöde, aber das glaube ich. So etwas Ähnliches hat er ja auch am Telefon gesagt.

»Du kennst mich doch sicher gut genug, um zu merken, dass ich in den letzten zwei Tagen versucht habe, alles wiedergutzumachen. Trotz dem, was ich dir angetan habe, wollte ich dich nie verletzen. Ich habe auch Saxon angerufen, um zu erfahren, ob es ihm gut geht. Ich weiß, dass das zu spät kommt, aber ich habe nicht damit gerechnet, dass es so weit geht.«

Ich sacke zusammen und berge das Gesicht in den Händen.

»Ich habe darauf gewartet, dass du deine Meinung änderst. Ich hätte nie gedacht, dass das Ganze sich so zuspitzt.«

Er kennt mich überhaupt nicht. »Sam, ich weiß, dass es dir vielleicht schwerfällt, das zu verstehen, und dass es so aussieht, als würde ich das alles erst seit ein paar Wochen fühlen, aber Saxon und ich … das war Liebe auf den ersten Blick … in der Bücherei. Auch wenn ich ihn für dich gehalten habe … doch du warst es nicht. Er war es. Und die erste Liebe vergisst man nicht.«

Ich werde niemals imstande sein, dir etwas Neues zu zeigen, denn all deine ersten Male hast du mit meinem Bruder gehabt.

Als Saxon mir das gestanden hat, wusste ich nicht, was ich erwidern sollte. Aber ich hätte ihm sagen sollen, dass er sich täuscht. Dass er mein erster Mann war … der allererste, und dass man jemanden, der so einen Eindruck hinterlassen hat, nie wieder vergisst.

»Und was ist mit mir?«

Ich wische die Tränen weg und begegne Sams Blick. Ich sollte ihn hassen für das, was er getan hat, doch es gelingt mir nicht. Er tut mir leid – weil ich ihn nicht so liebe, wie er mich liebt. Nicht mehr.

Die Antwort war die ganze Zeit da, und meine Mom hatte recht. *Hör auf dein Herz.* Es ist ganz leicht. »Manchmal hängt man an Erinnerungen, nicht an Personen … und du, Sam, bist eine Erinnerung.«

Ich habe ihn verletzt, aber ich habe die Wahrheit gesagt, und nach all den Lügen wird es Zeit, ehrlich zu sein.

»Ich weigere mich, das zu glauben«, widerspricht er kopfschüttelnd, während seine Augen sich mit Tränen füllen. »Küss mich … na los, und dann sag mir, dass du nichts dabei empfindest.«

»Was?«, frage ich angewidert und entsetzt zugleich.

Verzweifelt stürzt er auf mich zu, geht vor mir in die Hocke und macht mir ein letztes Angebot. »Wenn du mich küssen kannst, ohne etwas dabei zu fühlen … lasse ich dich in Ruhe, das verspreche ich dir.«

Ich will ihm ausweichen, doch er hindert mich daran, indem er seine Hände auf meine Schenkel legt. »Lass mich los«, sage ich unruhig, weil mir die Situation plötzlich mehr als unangenehm ist. Aber das stört ihn nicht. Seine Nähe ist erdrückend und lähmt mich irgendwie.

»Nein.« Er hält mich fest und kommt immer näher, obwohl ich mich bemühe, mich ihm zu entwinden. »Wenn das meine letzte Chance ist … wenn das die letzte Erinnerung an mich ist, dann soll sie so sein.« Ich öffne den Mund, doch ehe ich etwas sagen kann, drückt er seine Lippen auf meine.

Zuerst traue ich mich nicht, mich zu rühren, denn es fühlt sich gleichzeitig sehr fremd und sehr vertraut an. Seine Bartstoppeln kitzeln mich, und als er vorsichtig seine Zunge in meinen Mund schiebt, erschaudere ich von Kopf bis Fuß.

Ich bin alles andere als willig, aber Körper und Herz lassen mich im Stich, deshalb bringe ich es nicht über mich, ihn wegzustoßen. Erinnerungen überfluten mich, unzählige Erinnerungen an das, was wir hatten und haben könnten. Sam umfasst meinen Hinterkopf, um mich dazu zu bringen mitzumachen, aber das, was gestern war … ist nicht das, was ich heute will. Er ist nicht mehr der, bei dem mir schon heiß wird, wenn er mich nur berührt.

Ein Kuss kann die ganze Welt verändern, aber bloß, wenn man ihn mit dem Menschen tauscht, zu dem man immer und ewig gehören wird. Und das ist nicht mehr Sam. Ich brauchte einen Kuss, einen einzigen Kuss, um die Verwirrung hinter mir zu lassen und endlich klar zu sehen.

Gerade als ich Sam wegschieben will, um ihm ein für alle Mal zu sagen, dass es mit uns vorbei ist, erschrickt mich eine tonlose Stimme, die mich mitten ins Herz trifft. »Entschuldigung … ich wollte nur wissen, ob es dir gut geht … und das tut es ja offensichtlich.«

Wie geblendet von einem grellen Blitz, blinzle ich mehrmals, während ich langsam begreife, was ich gar nicht begreifen möchte. »Saxon?«

Ich muss mich vergewissern, dass er wirklich da ist und mir nicht bloß von meinen Gewissensbissen vorgegaukelt wird. Sein hypnotischer Blick begegnet meinen Augen, und in diesem Moment weiß ich, dass er vor mir steht, leibhaftig … und gerade mitbekommen hat, wie ich ihm untreu geworden bin.

Hektisch wische ich mir über die Lippen und springe auf, um es ihm zu erklären. Doch als er sichtlich abgestoßen zwei Schritte zurückweicht, bleibe ich stehen und hoffe, dass die Welt aufhört, sich um mich zu drehen.

»Sax … es ist nicht ihre Schuld.« Sam ist auch aufgesprungen und steht wie ein Wächter an meiner Seite. Aber er lügt.

»Doch, es ist meine Schuld, dass es so weit gekommen ist«, sage ich verbittert und ein wenig aufsässig – als hieße es, Sam und ich gegen Saxon. »Bitte lass mich …«

Aber Saxon will nichts mehr hören. »Du musst mir nichts erklären. Ich habe schon verstanden.« Ich hatte mit Wut gerechnet. Und vielleicht Flüchen. Doch da ist nichts. Kein Feuer, keine Gefühle … gar nichts. Das war's.

Obwohl Saxon bestimmt nie wieder mit mir redet, was ich

ihm nicht verdenken kann, muss ich eins noch loswerden. »Nein, hast du nicht. Bitte hör mir zu, dann kannst du dich entscheiden … wie du willst.«

Ich registriere kaum, dass Sam neben mir steht. Mir ist nur eins wichtig, dass Saxon mich versteht. Offensichtlich will er nichts mehr mit mir zu tun haben, aber er kann mich ruhig hassen, Hauptsache, er hört mir zu.

Er hätte das Recht, mich zum Teufel zu jagen, aber ich hoffe, dass er es nicht tut. Ich verschränke die Hände hinter dem Rücken, wenn er nämlich Nein sagt …

»Okay.«

Sofort setze ich mich auf meinen wackligen Beinen in Bewegung und gehe aus dem Zimmer, denn das ist etwas zwischen Saxon und mir, und ich fürchte, wenn Sam uns nachkommen würde, hätte sein Bruder endgültig genug. Saxons schwere Schritte folgen mir, was ein gutes Zeichen ist.

Stumm führe ich ihn durchs Haus und sammle mich, damit ich diese Chance nicht vertue. Drinnen bekomme ich keine Luft mehr, also gehe ich durch die Hintertür nach draußen.

Die kühle Luft, die meine Wangen streift, beruhigt mich, trotzdem weiß ich nicht, wo ich anfangen soll. Nervös laufe ich hin und her, denn dieses Gespräch könnte unser Schicksal besiegeln. Egal, wie weit ich gehe, ich werde den Folgen meiner Taten nicht entkommen können, also bleibe ich stehen und stelle mich.

Ich grabe die Zehen in die Erde, um Kontakt mit Mutter Natur zu bekommen. »Saxon … es tut mir schrecklich leid. Was du gesehen hast … war nicht in Ordnung. So was geht gar nicht.« Ich habe ihm den Rücken zugedreht, weil ich Distanz brauche, um das, was ich sagen muss, sagen zu können. »Es gibt keine Entschuldigung, und ich übernehme die volle Verantwortung für alle meine Taten, aber wenn du fünf Sekunden später durch diese Tür gekommen wärst, wärst du mit dabei gewesen, als ich ihm gesagt hätte, dass er für mich nur noch zur Vergangenheit gehört. Jetzt bin ich mir endlich sicher.« Ich hole Luft, es wird Zeit einzugestehen, dass er die ganze Zeit recht hatte. »Sam hat mich von vorne bis hinten belogen. Er hat nie bei der Maklerin angerufen. Und er wollte auch nicht verkaufen. Er hat mich in den letzten Wochen einfach so behandelt, als hätte ich auch das Gedächtnis verloren.«

Saxon bleibt ruhig – gefährlich ruhig. Trotzdem rede ich weiter.

»Du hast es geahnt. Er hat mir etwas vorgespielt, und ich bin ihm auf den Leim gegangen … schon wieder. Er hat mich küssen können, weil ich diese ganze … unsichere Phase brauchte«, ich reibe mir über die Brust, »… um zu verstehen, dass ich nur noch wegen der Vergangenheit an ihm hänge. Das mit dir und mir … ging so schnell, und dann war Sam wieder ganz der Alte. Ich war einfach durcheinander. Das ist keine Entschuldigung, aber so war es.«

Dass Saxon weiter schweigt, geschieht mir recht, dennoch möchte ich, dass er etwas sagt, irgendetwas. Also drehe ich mich langsam um und warte auf mein Urteil.

Das Erste, was mir auffällt, ist, wie ruhig Saxon wirkt. Doch es kommt mir so vor wie die Ruhe vor einem Sturm. Die Hände tief in den Taschen, den Kopf erhoben, fixiert er mich. Ich frage mich, ob er mir überhaupt zugehört hat, denn der Saxon, den ich zu kennen glaubte, wäre wieder ins Haus gegangen und hätte die Sache mit Sam ein für alle Mal zu Ende gebracht. Aber vielleicht ist er es leid. Vielleicht interessiert es ihn nicht mehr.

»Saxon?«, frage ich schrill und angespannt. Nur ein Zucken unter dem Auge verrät ihn. »Sag doch etwas. Bitte.« Es steht mir nicht zu, etwas von ihm zu fordern, aber sein Schweigen bringt mich fast um.

Scharf fasst er mich ins Auge. »Ich möchte gar nicht recht haben.« Er bezieht sich darauf, dass ich vorhin zugegeben habe, dass er Sam von Anfang an durchschaut hat.

»Es tut mir leid«, flüstere ich und beiße mir in die Wange, damit ich nicht weine.

»Was?« Er ist wütend, und das ist vollkommen verständlich, doch seine Zurückhaltung verletzt mich mehr, als wenn er mich anbrüllte und zur Hölle wünschte.

»Dass ich dich so gequält habe. Dass ich dir nicht gratuliert habe, weil du so ein gutes Geschäft gemacht hast. Dass du das gerade gesehen hast.« Die Liste ist endlos, aber ich beschließe, lieber an dieser Stelle aufzuhören.

Er knurrt leise, als hätte ich einen Nerv getroffen. »Das, was ich mir vorgestellt habe, war schlimmer.«

»Was hast du dir denn vorgestellt?«, stoße ich hervor. »Hier ist nichts passiert. Das war das erste Mal, dass …«

Abwehrend streckt er eine Hand vor. »Okay, das reicht.«

Schnell klappe ich den Mund zu, weil ich nicht noch mehr Schaden anrichten will, doch seine gerunzelte Stirn und die fest zusammengepressten Kiefer lassen mich fürchten, dass ohnehin nichts mehr zu retten ist.

»Es hat nichts bedeutet«, flüstere ich. »Bitte glaub mir, wenn ich dir sage, dass ich immer in dich verliebt war.« Saxon wendet das Gesicht ab, denn mein Geständnis kommt Jahre zu spät. »Alles, was ich dir gesagt habe … kam von Herzen. Ich habe nur zwischendrin was durcheinandergebracht.«

Ich kann diese Distanziertheit nicht länger aushalten. Was auch geschieht, er soll wissen, was ich für ihn empfinde. Schon immer. Es hat vielleicht lange gedauert, aber nun habe ich es endlich begriffen. »Schau nicht weg. Nicht gerade jetzt.« Ich gehe zu ihm, nehme sein Gesicht in beide Hände und zwinge ihn, mir in die Augen zu sehen. Sobald ich ihn berühre, überkommt mich ein Gefühl des Friedens. »Bitte … schließ mich nicht aus. Ich muss wissen, was du fühlst.«

Der unglaubliche Schmerz in seinem Blick trifft mich ins Mark. Er leckt sich über die Lippen und legt seine bebende Hand auf meine. »Du musstest ihn küssen …« Ich hole tief Luft. »Um herauszufinden, dass ich der Richtige bin. Ich habe das von dem Moment an gewusst, in dem ich dich zum ersten Mal gesehen habe.« Meine Scham ist unbeschreiblich. »Wenn wir zusammen waren … hast du mich dann so sehr geliebt wie ihn?« Jetzt muss ich das Gesicht abwenden.

Er fragt mich das, da ich ihn bedränge, mich selbst aber gern drücke.

Ein Teil von mir möchte ihm den Schmerz ersparen, doch wir haben uns zu lange etwas vorgemacht. Inzwischen möchte ich lieber von der Wahrheit verletzt werden als von einer Lüge getröstet. Also muss ich ehrlich sein. Ich kann bloß hoffen, dass das der erste Schritt zu unserer Rettung ist. »Ich liebe Sam … aber dich liebe ich mehr.«

Saxon schließt ganz kurz die Augen, und seine Trostlosigkeit macht uns beiden das Reden schwer. »Das reicht nicht.«

»Ich weiß«, schluchze ich. »Sag mir, was ich tun soll, und ich tu's.«

»Du kannst nichts tun.« Sanft löst er sich von mir.

Ein kehliger Aufschrei entfährt mir, denn ich glaube nicht, dass ich mich von diesem Schlag jemals wieder erholen werde. »Das war's also wirklich? Das ist das Ende?«

Mit angehaltenem Atem warte ich auf seine Antwort. »Ja.« Zwei kleine Buchstaben, in denen ein Leben voller Liebeskummer steckt, können alles verändern, und genau das erlebe ich gerade.

»Nein … nein«, wimmere ich und lasse die Tränen laufen. »Ich weiß, dass du meinst, man soll Reisende nicht aufhalten, aber bitte halt mich fest. Du machst mich zu einem besseren Menschen. Du denkst, ich bin gut, und das treibt mich an. Aber ich bin nicht perfekt. Ich habe einen Fehler gemacht. Einen großen. Du hast mich geliebt, obwohl ich es nicht verdient habe. Und ich verdiene es immer noch nicht, aber bitte … ich liebe dich … Gott, es tut so weh.« Ich schlinge meine Arme um mich, weil ich das Gefühl habe, dass mir gleich das Herz aus der Brust springt.

»Du hast alle Liebe auf der Welt verdient, Lucy. Von Anfang an.« Vorsichtig streicht er meine Tränen weg. »Aber ich kann dich nicht lieben, wenn du mich nur mit halbem Herzen liebst. Ich bin hergekommen, um dir zu sagen, dass ich die Verträge unterschrieben habe und morgen wieder nach Oregon fahre. Nichts wäre mir lieber, als dass du mitkommst … aber nicht so. Das zwischen dir und mir ist anscheinend eine *never ending story*. Trotzdem kommt der Punkt, an dem man sich entscheiden muss, ob man noch eine Seite umblättert oder das Buch zuklappt, und ich möchte dieses lange Kapitel jetzt beenden. Liebe sollte nicht so schwer sein, ist es aber offenbar. Ich bin es leid, mit dir zu streiten. Oder mit Sam. Ich wünschte, alles hätte anders sein können … weil ich dich liebe … sehr.« Verzweifelt drückt er mich an sich.

Seine Umarmung schützt mich vor den Vorwürfen, die ich mir mache.

»Ich habe nie irgendjemanden so sehr geliebt wie dich. Und dass ich dich gehen lasse …« Seine Stimme bricht, und ich finde schon lange keine Worte mehr. »… heißt nicht, dass ich das möchte. Alles andere tut einfach … zu weh.« Das bringt das Fass zum Überlaufen, und ich ersticke in Tränen. »Lächle einfach, wenn du dich an mich erinnerst … ich lächle auch immer, wenn ich an dich denke.«

Ich kann nicht … ich bin zu traurig. Und dieser Schmerz … wird eine Narbe hinterlassen, aber nun weiß ich, was ich tun muss. Narben sind wie Tattoos – nur mit besseren Geschichten dahinter. Meine Liebesgeschichte mit Saxon würde Bücher füllen, und ich werde sie nie vergessen, denn sie ist das Einzige, was in diesem Chaos einen Sinn ergibt und mir zeigt, dass ich mich hätte entscheiden sollen statt ständig schwanken.

Ich klammere mich an Saxon und schnuppere an seinem Hals, um mir einzuprägen, wie es ist, in seinen Armen zu liegen. Und zu ihm zu gehören. »Danke, dass du mir geholfen hast zu vergessen, wie ich war … und mich daran erinnert hast, wie ich wirklich bin. Ich liebe dich. Es fällt mir sehr schwer, mich von dir zu verabschieden.«

»Dann sage ich schnell Auf Wiedersehen … kleine Lucy Tucker.«

Nie ist ein Ende so bittersüß gewesen. Ich will das alles nicht, aber es gibt keinen anderen Weg. Mein Liebster verlässt mich, und erst jetzt begreife ich, dass ich zuerst einmal lernen muss, mich selbst zu lieben.

Bei der Liebe geht es um Opfer, und für mich gibt es kein größeres Opfer, als Saxon gehen zu lassen.

Ich bin bereit für die Reise, die vor mir liegt. Denn nun weiß ich, wo sie hingeht. Also lasse ich meinen Traummann ziehen und hoffe, dass seine Liebe nicht stirbt.

Achtzehn

Eine Woche später

»Hast du auch alles?«

Ich lache und umarme meine Mutter. »Ja, zum hundertsten Mal.« Ich wische ihre Tränen ab und lächle. »Hey, nicht weinen. Es sind so viele Tränen geflossen, dass es uns allen fürs Leben reicht.« Das meine ich ernst.

Man sagt, was dich nicht umbringt, macht dich stärker, und so ist es auch. Mich nach unserem tränenreichen Abschied von Saxon zu trennen war das Schwerste, was ich je im Leben tun musste. Doch er hat recht. Ich kann ihn nicht nur mit halbem Herzen lieben; er hat etwas Besseres verdient. Wir beide haben das.

Nicht weil ich ihn nicht liebe, habe ich ihm Lebewohl gesagt, sondern gerade, weil ich ihn liebe, bin ich entschlossen, das Richtige zu tun. Die Liebe, die ich für Saxon empfunden habe, ist nicht wie durch Zauberhand über Nacht verschwunden. Und ich weiß nicht, ob das jemals geschehen wird. Aber die Tatsache, dass ich hin- und hergerissen war, wenn auch bloß ein klein wenig, zeigt mir, dass es Zeit ist, das zu tun, was ich schon vor Monaten hätte tun sollen – mich für mich zu entscheiden.

Gefangen in einem verhängnisvollen Strudel, habe ich versucht, andere Menschen glücklich zu machen, und dabei die wichtigste Person vergessen – mich. Und deshalb stehe ich jetzt am Flughafen, bereit, eine Reise um die halbe Welt anzutreten.

Vor vielen Monaten, die nun eine Ewigkeit her zu sein scheinen, hat meine Mutter mir den Rat gegeben, dass der einzige Weg, mir darüber klar zu werden, was ich tief im Inneren will, darin besteht, für einen dreimonatigen Hilfseinsatz nach Syrien zu gehen. Um echtes Chaos zu sehen, damit ich lerne, mein behütetes Leben zu schätzen. Ich habe den Rat damals bereits gut gefunden, und inzwischen finde ich ihn sogar noch besser. Eine Zeit lang fern von beiden Brüdern zu sein ist genau das, was ich brauche, und da der Rückflug nicht feststeht, kann ich nur hoffen, dass der Nebel sich gelichtet hat, wenn ich wiederkomme und mir aufgegangen ist, wie meine Zukunft aussehen soll.

Ich habe Saxon nichts von meinen Plänen erzählt, da wir uns darauf geeinigt haben, dass es einfacher wäre, wenn wir den Kontakt abbrechen. Vor ein paar Tagen habe ich einen Spruch gelesen, der mir gefallen hat, weil er auf meinen Fall zutrifft. Hätte ich das bloß früher erkannt.

Wenn zwei Menschen, die sich einmal geliebt haben, Freunde bleiben können, haben sie sich entweder nie geliebt, oder sie lieben sich immer noch.

Mit Saxon kann ich nicht befreundet bleiben … mit Sam schon.

»Ich kümmere mich um alles«, sagt er gerade, während er über sein Handy wischt. »Ich habe deine Telefonnummer und deine E-Mail-Adresse und halte dich auf dem Laufenden, wenn es geht. Du hast ja gesagt, dass die Handyverbindung wahrscheinlich nicht besonders gut ist, ich werde jedenfalls immer wieder versuchen durchzukommen.«

»Danke, mein Freund.« Wir werden wohl stets etwas unbeholfen miteinander umgehen, doch ich liebe ihn nicht mehr, und er schafft es auch nicht mehr, mich zu verwirren. Einmal kann man ja hereinfallen, aber zweimal …

»Hier.« Piper drängt sich an Sam vorbei und reicht mir drei Packungen Kautabletten. »Das sollte reichen. Hoffentlich beruhigt dein Magen sich wieder.« Ich nehme an, dass meine Aufregung sich legt, sobald ich an Bord bin.

Sam tritt beiseite, denn obwohl es uns beiden gelingt, höflich miteinander umzugehen, sind meine Freundin und meine Eltern nicht besonders versöhnlich gestimmt. »Danke, Piper.« Diese Frau ist mit mir durch dick und dünn gegangen. Ich werde mich nie richtig dafür revanchieren können. Aber das ist es ja – sie erwartet es gar nicht. »Ich werde dich vermissen.« Ich werfe meine Arme um sie und drücke sie fest an mich.

»Du bist ja bald wieder da«, flüstert sie, doch wir beide wissen, dass das nicht ganz richtig ist. Mein Einsatz soll drei Monate dauern, aber da das Rückreisedatum nicht feststeht, weiß ich nicht, wann ich wiederkommen werde. Sie küsst mich auf die Wange und unterdrückt ihre Tränen.

Schon tritt mein Dad an ihre Stelle. »Sei vorsichtig, meine Kleine. Und melde dich, wenn du kannst.«

»Mach ich«, verspreche ich ihm. Ich habe mich nie sicherer gefühlt als in den Armen meines Vaters, und als er mich nun umarmt und auf den Scheitel küsst, horte ich diese Erinnerung für harte Zeiten.

Mein Vater macht Platz für meine Mutter, der Tränen über

die Wangen laufen, obwohl sie mir versprochen hat, nicht zu weinen. »Ruf mich an, sobald du gelandet bist.«

»Okay.« Ich habe sie vom ersten Augenblick an geliebt. Sie hat mir ihr Herz und ihr Haus geöffnet und mich zu der Frau gemacht, die ich heute bin. Ihretwegen halte ich meine Tränen zurück und lächle. »Weine nicht, Mom. Ich werde das Chaos suchen, so wie du es mir geraten hast. Ich danke dir. Für alles. Alles, was ich bin … verdanke ich dir.« Sie bricht in Tränen aus und drückt mich an ihre Brust.

Was für ein Glück ich doch habe, dass sich eine so erstaunliche Gruppe von Menschen um mich schart, die ich meine Familie nennen darf. Als die Aufforderung zum Einsteigen aus den Lautsprechern kommt, zieht mein Vater meine Mutter sanft von mir weg.

Obwohl Sam sich offensichtlich dabei nicht wohlfühlt, kommt er auf mich zu. »Also, wir sehen uns dann.«

»Ja, werden wir.« Die Befangenheit zwischen uns bestätigt einmal mehr, dass ich das Richtige tue. »Pass auf dich auf, Sam.« Spontan umarme ich ihn. Und zum ersten Mal im Leben empfinde ich nichts dabei. Meine Liebe scheint einfach vom Winde verweht worden zu sein und wird auch sicher bald nur noch eine Erinnerung sein.

Ich bin diejenige, die sich aus der Umarmung löst und sich freut, es ohne einen Anflug von Bedauern tun zu können. Sam steht seine Liebe zu mir immer noch ins Gesicht geschrieben, deshalb ist es gut für uns beide, dass ich weggehe. Wir zwei werden nie wieder zusammenkommen, das muss er einsehen.

Er hält mich locker an der Taille fest, weil er die Trennung anscheinend bis zum allerletzten Moment hinauszögern will, denn danach ist es mit uns vorbei. Er seufzt, und ich habe plötzlich das Gefühl, dass wir beobachtet werden. Es kommt mir so vor, als würde die Luft um mich herum vibrieren, und ich bekomme eine Gänsehaut.

Nur ein Mann ist imstande, bei mir ein solches Kribbeln auszulösen.

Wie immer reagiert mein Körper unwillkürlich auf ihn, aber ich drehe mich nicht um. Ich habe Angst vor dem, was passieren würde, wenn ich es tue. Bis jetzt bin ich sehr tapfer gewesen, aber wenn ich sehe, dass Saxon gekommen ist, um Auf Wiedersehen zu sagen, brechen bestimmt alle Dämme.

»Tja, ich sollte besser gehen.« Ich schniefe und mache mich darauf gefasst zusammenzubrechen, sobald ich durch die Türen zum Flugsteig gegangen bin. Ein letztes Mal umarme ich meine Lieben und hoffe, dass alles anders sein wird, wenn wir uns das nächste Mal sehen.

Meine Mutter drückt meine Hand. Sie weiß, warum ich mit den Tränen kämpfe. »Liebe kann man nicht verstehen. Sie erwischt einen, wenn man es am wenigsten erwartet. Sie ist unbequem, chaotisch und rücksichtslos, aber das ist ja gerade das Schöne daran. Liebe ist keine Entscheidung, sondern ein Versprechen – das Versprechen, dass jemand diese unbequeme, chaotische, rücksichtslose Liebe mit dir teilt.« Genau das wollte ich hören.

Ob Saxon wirklich da ist oder ob bloß wieder die Träumerin in mir wieder hervorgekommen ist, werde ich nie erfahren. Aber wie auch immer, mir wird warm bei dem Gedanken, dass ich ganz sicher zu ihm zurückkehren werde. Ich sage meiner Familie Lebewohl, trete meine Reise in die Zukunft an und nehme mir vor, nie mehr zurückzuschauen.

***

Ich habe keine Ahnung, wie viel Uhr es ist und welcher Tag, doch nach mehr als dreißig Stunden Flug bin ich endlich angekommen. Sofort nach der Landung habe ich meine Mom angerufen, weil es einige Verspätungen gegeben hat. Danach habe ich mir ein Taxi genommen und bin ins Hotel gefahren, um mich etwas frisch zu machen.

Nachdem ich den Gedanken, etwas zu essen, verworfen hatte, habe ich meine Kollegen angerufen und sie gefragt, wo sie sind. Die Antwort lautete, in einer mobilen Klinik etwa vierzig Minuten entfernt, um bei der Pflege von Kranken zu helfen.

Nach dem letzten Angriff, diesmal einem mit chemischen Waffen, hat es Hunderte von Toten und unzählige Verletzte gegeben. Also bin ich sofort in einen Lastwagen gestiegen, und mein Kollege Johnny hat mich zu einem Ort gefahren, um den die meisten Menschen einen großen Bogen machen würden.

Der Anblick, der sich mir bietet, bricht mir das Herz, denn es ist kaum noch etwas übrig. Syrien liegt in Schutt und Asche. Ich vergesse alles, was vorher war, und springe aus dem Auto, sobald es gefahrlos möglich ist. Das weiße Zelt vor mir ist offen, das Einzige, was die Pfleger und Patienten darin vor dem schlechten Wetter schützt, ist ein spitzes Planendach.

Es herrscht totales Chaos – Helfer laufen durcheinander, Menschen schreien vor Schmerzen. Ich kremple die Ärmel hoch und mache mich bereit. Die Luft ist voller Asche, die von einem stürmischen Wind aufgewirbelt wird.

»Anna!«, rufe ich, als ich meine Kollegin sehe. Sie trägt einen Haufen Verbandsmaterial und andere notwendige Dinge vor sich her. Schnell komme ich ihr zu Hilfe und bestehe darauf, dass sie mir etwas von ihrer Last abgibt.

»Lucy? Wann bist du gekommen?« Dankbar lächelt sie mich an.

»Vor ungefähr einer Stunde«, erwidere ich und folge ihr im Laufschritt ins Zelt. Sobald ich drinnen bin, wird mir das wahre Ausmaß der Katastrophe bewusst. »Oh mein Gott.« Tränen brennen in meinen Augen.

So weit das Auge reicht, reiht sich ein Bett ans andere, und alle sind belegt, hauptsächlich mit Kindern. Sie hängen an Beatmungsgeräten und anderen Apparaten, die ihnen helfen zu atmen. Ärzte eilen von Bett zu Bett und schauen nach, ob ihre Patienten noch leben. Die Bedingungen sind alles andere als ideal, denn der Boden ist übersät von Trümmern, doch immerhin ist die Klinik weit genug entfernt vom Hauptkriegsschauplatz.

»Es ist schlimm, Lucy. Danke, dass du gekommen bist. Wir können deine Hilfe wirklich gebrauchen.«

Wir laufen durch das Zelt zu einem abgegrenzten Bereich und reichen unsere Sachen an Schwestern in blauen OP-Kitteln weiter. Als ein junger Arzt auftaucht, der blutbefleckt ist, wird mir speiübel, und ich kann den Drang, mich zu übergeben, nicht mehr unterdrücken. Ich schaffe es gerade noch rechtzeitig zu einem Abfalleimer, den ich entdeckt habe, und würge, bis nur noch Galle kommt.

»Lucy? Alles in Ordnung?« Anna reibt mir den Rücken, während ich alles, was ich im Magen hatte, wieder von mir gebe. Vornübergebeugt und zu verstört, um etwas zu antworten, nicke ich bloß und mache eine abwehrende Handbewegung, die ihr sagen soll, dass es mir gleich wieder besser gehen wird und dass es Menschen gibt, um die sie sich mehr Sorgen machen muss als um mich.

Als ich glaube, dass der Anfall vorbei ist, richte ich mich langsam wieder auf und wische mir mit dem Handrücken über den Mund. Mir ist am ganzen Leib kalter Schweiß ausgebrochen. Dennoch reiße ich mich zusammen und denke nicht mehr an meine kleinen Wehwehchen.

***

Nach zwölf schrecklichen Stunden machen Anna und ich endlich Feierabend. Eine provisorische Baracke hinter dem Zelt ermöglicht es den Mitarbeitern, ein paar Stunden Schlaf zu bekommen, ehe sie sich wieder ins Getümmel stürzen.

Ich bin völlig erschöpft. Seelisch und körperlich.

Als Anna und ich uns zu unserem Lager schleppen, sieht sie mich besorgt an. »Du musst etwas essen.«

Das bringt mich zum Schmunzeln. »Ja, Mama«, erwidere ich in nicht sehr vielversprechendem Ton.

In unserer Unterkunft für die Nacht stehen fünf Einzelbetten dicht beieinander, damit wir Platz haben, falls wir schnell weglaufen müssen. Das mag nicht viel sein, aber ich bin noch nie so dankbar gewesen, ein Kissen und eine steife graue Decke zu sehen. Hundemüde lassen wir uns auf die dünnen Matratzen fallen. Als ich meine Schuhe wegkicke, wird mir bereits wieder übel.

Ich wühle in meinem Rucksack nach einer Packung Tabletten und fühle mich sofort besser, als ich mir eine in den Mund gesteckt habe. »Ist dir schon lange so schlecht?«, fragt Anna, während sie sich das schmutzige Gesicht mit einem nassen Tuch abwischt.

»Seit ein paar Wochen, schätze ich. Es ist viel passiert.« Das ist wahr.

»Bist du zum Arzt gegangen?«

»Nein, mir ist nur etwas auf den Magen geschlagen. Das wird bestimmt wieder.« Anna wirkt nicht überzeugt. »Was guckst du so?«

Sie scheint ihre Worte abzuwägen. »Du denkst nicht, du könntest …? Ach, vergiss es.«

»Ich könnte was?« Ich setze mich gerader hin und winkle die Beine an.

»Schwanger sein?«

Ich pruste los. »Nein, definitiv nicht. Ich nehme die Pille.«

»Das habe ich auch getan, Schätzchen. Dann kam die kleine Ebony.« Ebony ist Tochter Nummer sieben.

»Nein, das ist nicht möglich«, behaupte ich noch einmal. Ist es doch auch nicht, oder? Ich fühle mich nicht wohl, weil ich in letzter Zeit so viel Stress hatte, denn es war weiß Gott eine Menge.

»Schon gut, du könntest es aber trotzdem überprüfen.«

»Wie denn? Es ist ja nicht so, als könnte ich um Mitternacht mal eben zur Apotheke gehen.« Dieses Gespräch führt bloß dazu, dass ich mich noch unwohler fühle.

»Du könntest doch dein Blut untersuchen lassen. Es würde etwas länger dauern als zu Hause, aber schließlich sind wir von Ärzten umgeben«, sagt Anna und zieht die Decke von ihrem Bett.

»Die Ärzte haben Wichtigeres zu tun, als sich mit meinen Bauchschmerzen zu beschäftigen«, sage ich verstockt, obwohl ich selbst nicht weiß, warum ich mich so aufführe.

»Glaub einer Frau, die acht Kinder geboren hat; je eher du

es herausfindest, desto besser.« Anna legt sich hin und lässt mich an ihren weisen Worten knabbern, die nur wieder einen Brechreiz auslösen.

***

»Mach mal eine Pause, Lucy.«

Das habe ich in den letzten fünf Tagen immer wieder zu hören bekommen.

Nach meinem Gespräch mit Anna ist die Übelkeit immer schlimmer geworden. Trotzdem weigere ich mich nach wie vor zu glauben, dass ich schwanger bin, denn das kann nicht sein. Doch als ich mir den Kalender auf meinem Handy anschaue – der Achtzehnte ist längst vorbei –, merke ich, dass ich nicht darauf wetten sollte. Ich hatte die Verspätung auf den Stress zurückgeführt, aber jetzt bin ich mir nicht mehr so sicher.

Trotzdem kann es nicht wahr sein, weil ich es nicht möchte.

Wortlos reicht Anna mir eine Flasche Wasser. Schnell kippe ich es herunter und freue mich, dass ich es bei mir behalten kann, ohne mich übergeben zu wollen. »Schätzchen, ich sage das nur, weil du mir wichtig bist, aber wenn du dir jetzt von mir kein Blut abnehmen lässt, zapfe ich es dir im Schlaf ab.«

Taktgefühl war noch nie Annas Stärke, doch das gefällt mir an ihr. »Na gut. Ich tu das allerdings bloß, um dir zu beweisen, dass du falschliegst«, sage ich und kremple einen Ärmel hoch. Anna ist eigentlich Krankenschwester, daher traue ich ihr zu, dass sie ihre Drohung wahrmacht.

Ich sitze auf der Bettkante und trinke mein Wasser. Ich habe keine Angst vor Spritzen oder Blut, doch als Anna ihre medizinische Ausrüstung auspackt und eine Nadel und Röhrchen bereitlegt, kommt mir so schnell der Mageninhalt hoch, dass ich die Backen aufblasen muss, um ihn nicht auszuspucken.

Ich kann Anna nicht zusehen, deshalb schaue ich zur Seite und finde mich sehr feige. Es ist schnell vorbei, dennoch wird mir schwindlig, als ich aufstehe. »Schön, vielleicht lässt du mich ja in Ruhe, wenn du siehst, dass der Test negativ ist.«

Anna beschriftet das Röhrchen mit meinem Blut und grinst. »Wir werden sehen.«

Dr. Edgerton kommt herein. Er hat gerade eine Sechzehn-Stunden-Schicht hinter sich, doch das kennen wir alle. »Macht ihr eine Pause, Mädels? Gut. Schließlich habt ihr zwei euch fast die Füße wund gelaufen.« Als er auf den Kaffee zusteuert, bemerkt er das Röhrchen in Annas Hand. »Ist alles in Ordnung?« Plötzlich mache ich mir große Vorwürfe, dass ich dieser Blutprobe zugestimmt habe.

»Könnten Sie vielleicht bei Gelegenheit Lucys Blut untersuchen? Es wäre möglich, dass sie ... schwanger ist.«

»Anna!«, sage ich warnend und peinlich berührt. »Dr. Edgerton, ich verstehe vollkommen, dass Sie Wichtigeres zu tun haben. Und das ist in Ordnung, wirklich.«

Doch der Arzt schüttelt den Kopf, und sein freundlicher Blick ist voller Verständnis. »Natürlich mache ich das. Sie sind ein geschätztes Mitglied des Teams, Lucy. Wenn Sie schwanger sein sollten, ist es am besten, wir stellen es möglichst bald fest. Hier zu sein ist für jeden gefährlich. Sie möchten Ihr ungeborenes Kind doch keinem Risiko aussetzen. Mit Krankheiten in Kontakt zu kommen und ...«

Doch der Satz bleibt unvollendet, weil ein ohrenbetäubendes Dröhnen beinahe unsere Trommelfelle platzen lässt und dunkler Staub uns die Sicht nimmt. Offenbar werden wir angegriffen.

»Runter!« Dr. Edgerton reißt Anna und mich zu Boden und wirft sich über uns.

Dann explodiert alles um uns herum, und die Schmerzensschreie der Zivilbevölkerung mischen sich in das Getöse. So einen Krach habe ich noch nie gehört. Er scheint Stunden anzuhalten, nicht nur Minuten, aber diese Minuten sind die längsten und wichtigsten meines Lebens.

Denn in dieser Zeit zieht es vor meinen Augen vorbei. Von Anfang an. Im Schnelldurchlauf sehe ich mich selbst als kleines Kind und dann die Jahre, in denen ich heranwachse. Dabei taucht ein einziger, sehr schmerzhafter Gedanke in einer Endlosschleife immer wieder auf – wenn ich heute hier sterbe, werde ich nie wieder in seine Augen schauen, diesen liebevollen Blick, der mich ein ums andere Mal aus meinen traurigen Stimmungen gezogen hat, nie wiedersehen. Ich werde nie wieder von ihm berührt werden. Und ihm nie sagen können, wie sehr ich ihn liebe und dass ich ohne ihn langsam zugrunde gehe.

Die Sehnsucht, die mich quält, die Leere, die ich bei jedem Atemzug spüre, ohne ihn ist alles nichts. Ja, wir haben uns darauf geeinigt, alle Brücken abzubrechen, aber ich vermisse ihn … so verdammt heftig. Wieder spüre ich ein Flattern im Bauch, doch diesmal ist es angenehm … so wie das, das man spürt, wenn man sich auf etwas freut.

Mir klingeln die Ohren, doch als der Druck auf meinem Rücken nachlässt, weiß ich, dass der Luftangriff vorbei ist. »Geht es Ihnen gut?« Dr. Edgertons Stimme scheint meilenweit entfernt zu sein, aber ich nicke.

Ich klopfe mich ab und stelle fest, dass ich unverletzt bin, und Anna ist auch nichts passiert. Doch dann höre ich durch die stinkende Luft das hysterische Weinen eines Kindes, und mir wird klar, dass wir zu denen gehören, die Glück gehabt haben. Sofort laufe ich los und suche das schluchzende Kind. Es kauert ein paar Schritte von mir entfernt unter dem Bett, auf dem es vorhin noch gelegen hat.

Die Überlebenden rennen hektisch herum und kümmern sich um die Verletzten, ich habe allerdings bloß Augen für diesen kleinen Jungen. Sein Gesicht ist dreckverschmiert, bloß da, wo seine Tränen herunterlaufen, ist eine saubere Rinne. »Schon gut. Ich komme!«, brülle ich über den Tumult hinweg.

Auch andere Menschen rufen nach Hilfe, doch ich kann nicht zu ihnen, nicht jetzt. Ich eile zu dem Kleinen, falle auf die Knie und strecke die Hände nach ihm aus, um ihm Mut zu machen. So vertrauensselig, wie nur ein Kind sein kann, krabbelt er auf mich zu und sucht Schutz in meinen Armen. Ich verspreche ihm, dass alles gut wird, und streiche ihm über den Rücken, während ich mir die Zerstörung rund um uns herum anschaue.

Dann schirme ich seine Augen ab, um ihm diesen Anblick zu ersparen, damit die schrecklichen Erinnerungen, die er immer an diesen Tag haben wird, nicht noch schlimmer werden. Einige meiner Kollegen helfen den Verwundeten, andere erweisen den Toten den Respekt, der ihnen gebührt.

Mein Magen macht sich wieder bemerkbar, doch nicht, weil mir schlecht wird, sondern weil eine große Ruhe mich erfüllt. Könnte es möglich sein, dass durch eine seltsame Fügung des Schicksals ein Kind entsteht, unser Kind? Kann es in einem so verwüsteten Land etwas so Wundervolles geben? Das Kind, das ich in meinen Armen halte, das trotz der Umstände sein Herz einer völlig Fremden geöffnet hat, ist der Beweis dafür, dass es überall etwas Schönes gibt.

Anna führt diejenigen, die laufen können, zur Hinterseite des Zeltes, wo Krankenwagen und andere Autos darauf warten, sie in Sicherheit zu bringen. Langsam stehe ich auf, und als ich dem Kind, dessen Namen ich noch gar nicht kenne, sagen will, dass wir wegfahren werden, stelle ich überrascht fest, dass es in meinen Armen eingeschlafen ist.

Trotzdem helfe ich anderen Verletzten zu den Wagen und finde endlich meinen Frieden. Endlich weiß ich, wo ich hingehöre.

* * *

Wir sind in einem neuen provisorischen Hospital untergekommen, eine Stunde entfernt von dem Ort, an dem der Luftschlag stattgefunden hat. Die überfüllte Klinik hat nicht genug Betten, aber alle helfen, wo sie können. Rami, der kleine Junge, den ich aufgelesen habe, hat seine Mom wiedergefunden. Die zwei sind bei dem Angriff getrennt worden und nun wie durch ein Wunder wieder vereint.

Die Mutter hat mir wortreich dafür gedankt, dass ich ihren Sohn gerettet habe, sie weiß ja nicht, dass er eigentlich mich gerettet hat. Das Bedürfnis, ihn zu beschützen, kam aus einem Instinkt heraus, der mir zu denken gibt.

Während ich eine Beinwunde verbinde, klingelt das Handy hinten in meiner Hosentasche. Zuerst registriere ich es kaum, weil wir in den letzten fünf Tagen so weit weg von allem waren, dass es keine Telefonverbindung gab. Ich lasse den Anruf auf die Mailbox gehen, denn nichts ist wichtiger als das, was ich gerade tue.

Doch als sich das Handy in den nächsten fünf Minuten immer wieder meldet, beeile ich mich fertigzuwerden. Dann wasche ich mir die Hände und beschließe nachzusehen, wer da anruft, da dieser Mensch anscheinend schwer von Begriff ist. Auf dem Weg durchs Zelt nach draußen, wo ich reden kann, helfe ich ein paar Kollegen. Die Zerstörung ringsherum geht mir immer noch nahe, ganz egal, wie oft ich sie sehe. Diese Ruinen waren einmal das Zuhause von Menschen. Jetzt sind es nur noch zerbrochene Träume, zerfetzt von einem Krieg, den diese Menschen nie gewollt haben.

In diese Gedanken versunken, greife ich nach meinem Handy, entschlossen, das Gespräch kurz zu halten. Aber das, was ich auf dem Bildschirm sehe, lässt all meine Alarmglocken schrillen. Ich habe mehr als fünfzig verpasste Anrufe und über hundert Textnachrichten von einer Nummer, die ich nicht kenne.

Eine Welle der Angst überrollt mich und raubt mir den Atem.

Mit bebenden Fingern versuche ich, die unbekannte Nummer anzurufen, doch in dem Moment leuchtet mein Bildschirm auf, und ich nehme das Gespräch sofort an.

»Hallo?« Stille. »Hallo?«, wiederhole ich und drücke angespannt lauschend das Telefon ans Ohr.

Nach ein paar Sekunden höre ich etwas, das wie mein Name klingt. »Luc…« Aber das ist leider alles. Die Verbindung ist furchtbar schlecht.

»Hallo? Können Sie mich hören?« Nichts. Ein seltsamer lauter Warnton erklingt, deshalb suche ich mir schnell einen anderen Standpunkt. »Hallo?«

»Lu…cy?« Die Verbindung ist immer noch schrecklich,

doch trotz der Störgeräusche bin ich fast sicher, dass ich mit Sam rede.

Ärger steigt in mir auf, denn obwohl er gesagt hat, dass er Kontakt halten würde, habe ich nach meinem Einsatz hier keinen Sinn für solche Übertreibungen. Ich habe keine Zeit, mit ihm zu diskutieren. »Sam, hör mal zu …«

»… Unfall …«

Dieses Wort, dieses eine Wort bringt mich zum Verstummen, denn eine Flut von Gefühlen überschwemmt mich. »Sam … ich kann dich nicht verstehen.« Mein Herz beginnt, unregelmäßig zu klopfen. »Warte mal …« Ich schwenke das Telefon in der Luft herum und schaue dabei auf den Bildschirm, weil ich hoffe, irgendwo einen besseren Empfang zu bekommen. Als die Balken zahlreicher werden, bleibe ich wie angewurzelt stehen und presse das Handy ans Ohr.

»Lucy … ich bin's, Sam. Hörst du mich?« Glücklicherweise ja, doch sein aufgeregter Tonfall führt dazu, dass ich mir über die plötzlich trocken gewordenen Lippen lecken muss.

»Ja, endlich. Was ist passiert?«

Erneute Stille.

Erinnerungen stürmen auf mich ein, aber ich weiß nicht, warum. Dann hört die Welt auf, sich zu drehen, und der schrecklichste Tag meines Lebens beginnt noch einmal von vorn. Nur diesmal … ist es noch viel schlimmer.

»Es hat einen Unfall gegeben.«

Es ist unvorstellbar, wie ein einfaches, alltägliches Wort das Leben eines Menschen für immer verändern kann.

»Lucy? Hörst du mich, Lucy?«, fragt mein Ex-Verlobter Sam. Seine Stimme klingt ängstlich, aber ich kann nicht antworten. Ich kann ihm nicht sagen, dass ich ihn höre, denn in dem Moment, in dem ich das tue, akzeptiere ich, dass dies kein schrecklicher Albtraum ist.

So wie damals.

Ich reiße mich zusammen und weigere mich zu glauben, dass das Schicksal so grausam sein kann. »J-ja, ich höre dich. Was ist passiert?«

Es ist seltsam, an welche Dinge man sich erinnert und an welche nicht. Manchmal kommt Vergessenes durch ein einfaches Wort, einen Geruch oder eine bestimmte Situation wieder an die Oberfläche. Aber das hier werde ich leider nie vergessen, ich werde mich immer an diesen Moment erinnern.

»Es geht um Saxon …«

Lieber Gott, die Wege des Schicksals scheinen wirklich unergründlich zu sein.

Neunzehn

Meine Geschichte wiederholt sich also. Und ich spiele die gleiche Rolle, nur zu einer anderen Zeit. Man sollte nicht glauben, dass das Schicksal so grausam sein kann, aber ich bin der lebende Beweis dafür.

Ich weiß nicht, wie viele Tage es her ist, dass ich das letzte Mal mit Sam gesprochen habe. Drei, vielleicht auch vier. Von dem Augenblick an, in dem er mir gesagt hat, dass Saxon einen Unfall gehabt hat, ist meine Erinnerung verschwommen.

Seine Auskünfte waren ziemlich vage. Saxon ist im St. Mary's Hospital in Portland, und ich soll schnell dorthin kommen.

So ungern ich auch gefahren bin, sobald das Gespräch beendet war, habe ich mich auf den Weg zum Flughafen gemacht, um mir ein Ticket für den Rückflug zu kaufen. Doch wegen der Luftangriffe musste ich ein paar Tage warten.

Von der Außenwelt abgeschnitten zu sein und nichts mitzubekommen ist viel schlimmer, als mit dem, was geschehen ist, konfrontiert zu werden, deshalb war ich völlig erschöpft, als ich endlich in ein Flugzeug steigen konnte. Aber jedes Mal, wenn ich die Augen schloss, beschwor mein Hirn Szenen herauf, die mich nicht schlafen ließen. Also habe ich am Ende bloß reglos dagesessen und die Minuten bis zur Landung gezählt.

Kaum dass ich das Flugzeug verlassen hatte, traf mich der Ernst der Lage wie ein Schlag, daher bin ich so schnell wie nie zuvor nach draußen gelaufen. Die Lichter der Stadt waren aus, und ich hatte keine Ahnung, wie viel Uhr es war. Das hat mich jedoch nicht davon abgehalten, ein Taxi heranzuwinken und den Fahrer zu bitten, mich zum Krankenhaus zu fahren, ohne allzu genau auf die Geschwindigkeitsbegrenzungen zu achten.

Eine halbe Stunde später kamen wir an, und nun stehe ich hier.

Vor einem hohen weißen Gebäude, in dem mein Schicksal entschieden wird. In diesem Haus liegt Saxon, aber was genau erwartet mich dort? Die gepflegten Rasenflächen und Blumen ringsherum sollen Ruhe ausstrahlen, doch das ist eine Illusion, sie dienen nur dazu, Schicksalsschläge abzumildern.

Ich umklammere die Riemen meines Rucksacks und steige die Treppe empor. Ich bin stolz darauf, dass ich nicht wie eine Irre ins Foyer stürze. Ich will nicht überreagieren. Ich möchte positiv denken und alles Negative ausblenden.

Doch als der marmorne Empfangstresen in Sicht kommt, werde ich von Erinnerungen überwältigt und muss ein Wimmern unterdrücken. Die junge Frau hinter dem Tresen trägt Ohrringe, die wie pinke Glitzerkugeln aussehen, und lächelt. Ich konzentriere mich auf das Glitzern und ignoriere den beißenden Desinfektionsgeruch, der mir in die Nase steigt. »Hallo, Miss. Kann ich Ihnen helfen?«

»Hi. Ich würde gern wissen, in welchem Zimmer Saxon Stone liegt.« Nach der Landung hätte ich auch Sam anrufen können, aber mein Handy war nicht mehr aufgeladen, und ich hatte keine Zeit zu verlieren.

»Kein Problem. Ich sehe mal nach.« Sie gibt etwas in ihren Computer ein, während ich meine Fingernägel in die Handflächen bohre. »Er ist in Zimmer 317. Gehen Sie diesen Flur entlang und dann durch den dritten Gang links …« Während sie mir den Weg beschreibt, kann ich bloß daran denken, dass er Gott sei Dank nicht auf der Intensivstation ist. Oder an einem noch schlimmeren Ort. Dann kann es doch nicht so schlecht um ihn stehen, oder?

Als die junge Frau fertig ist, danke ich ihr, ehe ich ihren Anweisungen folge. Natürliches Licht fällt in die langen Flure und bringt die reinweißen Wände zum Leuchten. Ich klammere mich an positive Gedanken, um die Ruhe zu bewahren, doch als ich in den dritten Gang links einbiege, ist es damit vorbei. Je weiter ich vordringe, desto düsterer und bedrückender wird die Umgebung.

Ein dumpfes Beige löst das Weiß ab, und das Licht ist gedimmt. Selbst die Atmosphäre ist gedämpft, die Schwestern flüstern nur noch, und viele Besucher weinen bitterlich. Als ich an einer Kapelle vorbeikomme, geht mir ein Schrei durch Mark und Bein. Dennoch lasse ich mich von der Untergangsstimmung nicht anstecken, bloß meine Schritte werden etwas schneller.

Bitte lass es heller werden, wenn ich um die Ecke komme, wiederhole ich wie ein Mantra.

Doch während ich nach den Nummern über den Türen ausschaue, schwindet mein Optimismus nach und nach, und dann stehe ich vor Zimmer 317. Der Vorhang vor dem Bett ist zugezogen, daher kann ich nicht sehen, wer darin liegt. Ein kleiner Teil von mir hofft, dass das alles ein Missverständnis ist, doch ich muss die Träumerin gehen lassen und die realistische Lucy zu Hilfe rufen, denn die werde ich brauchen, wenn ich über diese Schwelle trete.

Drinnen sind leise Stimmen zu hören – die eines Mannes und einer Frau. »Hat sich nichts verändert? Immer noch keine Lebenszeichen?«

»Nein, leider nicht.«

Unfähig, das noch eine Sekunde länger zu ertragen, stürme ich los, und das Quietschen meiner Turnschuhe auf dem Linoleum kündigt mich an. »Hallo?«

Ein Arzt in einem weißen Kittel steckt den Kopf hinter dem Vorhang hervor. »Hallo? Kann ich Ihnen helfen?«

»Ich bin Saxons … Freundin. Wie geht es ihm?« Ich hasse es, mich so zu bezeichnen, aber wenn ich für das Krankenhaus wichtig wäre, hätte man mich inzwischen sicher kontaktiert.

Die tiefen Falten im Gesicht des Arztes beunruhigen mich. »Im Moment ist er stabil. Haben Sie mit seiner Familie gesprochen?«

»Nur mit seinem Bruder Sam. Ich war auf einem Einsatz in Syrien.« Ich wische mir die Hände an den Klamotten ab und hoffe, dass das mein ungepflegtes Aussehen erklärt, denn ich habe noch keine Gelegenheit gehabt zu duschen oder mich umzuziehen. »Können Sie mir bitte sagen, was passiert ist?«

Das ist wahrscheinlich gegen alle Regeln, doch der Arzt scheint meine Verzweiflung zu spüren. Er tritt vor den Vorhang und zieht ihn hinter sich wieder zu. Das wundert mich und wirft die Frage auf, in welchem Zustand Saxon sich befindet. »Mr. Stone hatte einen Motorradunfall. Er ist von einem Lastwagen angefahren worden und eine sechs Meter hohe Böschung hinuntergestürzt. Dabei hat er sich sehr ernste Kopfverletzungen zugezogen. Im Moment liegt er in einem künstlichen Koma, das seinem Gehirn Zeit geben soll zu heilen.«

»Wie lange liegt er schon in diesem … Koma?« Das Wort macht mir Angst.

»Er ist vor vier Tagen hergebracht worden. Wir haben ihn von der Intensivstation genommen, weil …«

»Ja?«

»Weil sein Zustand sind nicht verändert hat. Er hat sich weder verschlechtert noch verbessert.« Anders ausgedrückt: Sie können Saxon nicht mehr helfen. Lieber geben sie das Bett jemandem, der noch eine Chance hat zu überleben.

»Ist das gut oder schlecht?« Ich kenne die Antwort, ich brauche nur eine Bestätigung.

Der Arzt holt das Krankenblatt aus einem Kasten an der Wand, überfliegt es und seufzt. »Wir hatten gehofft, irgendwann eine Reaktion zu bekommen. Doch es gibt sehr wenig Hirnaktivität.«

Oh Gott. Ich schlinge die Arme um meine Taille und kann nicht glauben, dass das wieder losgeht. »Darf ich ihn sehen?«, frage ich leise, denn das Bedürfnis, ihm nahe zu sein, ist so stark, dass es mir den Atem raubt.

»Natürlich. Die Schwester kümmert sich gerade um ihn. Sie ist gleich fertig.« Da es nichts mehr zu sagen gibt, stellt der Arzt das Krankenblatt wieder zurück und wendet sich zum Gehen. Doch dann hält er inne und berührt mich an der Schulter. »Erschrecken Sie nicht, wenn Sie ihn sehen.« Seine freundliche Warnung macht mir noch mehr Angst, aber ich bin ihm trotzdem dankbar.

Das laute Piepen des Beatmungsgeräts und anderer Maschinen lässt mich ahnen, was mir bevorsteht. Ich habe das zwar schon einmal mitgemacht, doch das hilft mir nicht. »Sie können jetzt reinkommen. Ich bin fast fertig«, sagt eine sanfte Stimme hinter dem Vorhang.

Ich wische meine verschwitzten Hände an meiner Jeans ab, obwohl ich weiß, dass man sich auf das, was mich erwartet, nicht vorbereiten kann, also trete ich einen Schritt vor und ziehe vorsichtig den Vorhang beiseite. Ich brauche einen Moment, um zu begreifen, was ich sehe, denn der Anblick ist unbeschreiblich.

Bestürzt blinzle ich. Ich weiß nicht, ob ich das jemals vergessen kann.

»Alles in Ordnung, Sie können näher kommen.« Aber das Problem ist, ich kann nicht. Ich fürchte, wenn ich auch nur einen Muskel rege, falle ich haltlos zu Boden.

»Das … das kann er nicht sein«, ächze ich mit einer weit entfernten Stimme und weigere mich zu glauben, dass der schwer verletzte Mann, der in diesem Bett liegt, Saxon ist.

»Wir mussten ihm die Haare abrasieren. Im Schädel war zu viel Flüssigkeit, die abgeleitet werden musste.« Das erklärt die Verbände, die eng um seinen Kopf gewickelt sind. »Er hat fünf gebrochene Rippen und eine Halswirbelfraktur. Diese Maschine hilft ihm zu atmen.« Mir ist klar, dass er noch viel mehr Verletzungen haben muss, doch die Schwester erspart mir die Details. »Wir können bloß noch hoffen und beten.«

»Was?«, frage ich, als wäre ich aus einer Trance erwacht. »Mehr nicht?« Die Schwester zieht die steife Bettdecke hoch und stopft sie um Saxon herum fest.

»Wir können nicht viel tun, bis er aufwacht. Aber er ist in guten Händen. Wir haben die beste Schädel-Trauma-Unit im ganzen Land. Sie können sich zu ihm setzen.« Ich habe mich nicht von der Stelle gerührt und bleibe stocksteif stehen, als wäre ich am Boden festgewachsen.

Als die Schwester an mir vorübergeht, sehe ich ihren Gesichtsausdruck – sie hat Mitleid mit mir.

Lange nachdem sie weg ist, setze ich mich endlich in Bewegung und stakse zu Saxons Bett. Je näher ich ihm komme, desto deutlicher sehe ich seine schweren Verletzungen. Sein Gesicht ist grün und blau und wirkt geschwollen, und in seinem Hals steckt ein Schlauch, der ihn mit Luft versorgt. Seine Brust hebt und senkt sich regelmäßig, aber ich weiß, dass das dem Beatmungsgerät zu verdanken ist.

Er hat kaum noch Ähnlichkeit mit dem Mann, den ich mit jeder Faser meines Herzens liebe, doch als ich sein Bett erreiche, fallen mir seine farbenfrohen Tattoos ins Auge. Da trifft die Erkenntnis mich mit einer solchen Wucht, dass ich schluchzend auf einem Stuhl zusammensacke. Ich bin für diesen Unfall verantwortlich. Wenn ich doch härter gekämpft hätte … und darauf bestanden hätte, dass er bleibt. Oder wenn ich bei ihm geblieben wäre.

Das ist der Stoff, aus dem Albträume gemacht sind, aber aus diesem Traum werde ich nicht mehr erwachen, denn er ist real. Ich nehme Saxons Hand, die kalt und leblos ist, und streiche mit dem Daumen über seine aufgeschürften Knöchel. Dann ziehe ich seine Finger an die Lippen, küsse sie einen nach dem anderen und denke daran, wie sie mich bei jeder Gelegenheit liebevoll gestreichelt haben.

»Oh Gott. Das alles ist meine Schuld«, jammere ich leise. Seine Passivität beweist mir, dass er in einer Welt verloren ist, aus der ich ihn wohl nicht mehr herausholen kann. »Aber jetzt bin ich da … und ich verspreche dir, dass ich dich nie wieder verlasse.« Mit Tränen in den Augen betrachte ich die Maschinen, die ihn am Leben halten, und hoffe, irgendein Anzeichen von Besserung zu erkennen. Doch alles, was ich sehe, ist, dass Saxon mir entgleitet. Es ist, als bohrte mir jemand ein Loch ins Herz, in mir ist allerdings nichts als Leere.

Langsam beuge ich mich vor und lege behutsam ein Ohr auf Saxons Brust. Ich muss seinen regelmäßigen Herzschlag hören, um den Schmerz abblocken zu können. Sein besonderer Duft ist schon lange verflogen. Ein scharfer medizinischer Geruch hat den vertrauten, herb männlichen ersetzt. »Nein«, weine ich, krabble aufs Bett, schmiege das Gesicht in seine Halsbeuge. Die Arme um ihn geschlungen, schnuppere ich an ihm und wünsche mir, ich könnte ihm Leben einhauchen.

Unter dem bitteren Geruch gibt es doch noch einen Hauch von ihm. Meinem Liebsten. Meinem Leben. »Es tut mir so leid«, heule ich und drücke ihn so fest an mich, als wollte ich ihn nie wieder loslassen. »Kämpfe … bitte. Lass es nicht so enden. »Ich habe nie …« Mein Brustkorb bebt von der Anstrengung zu sprechen, ohne dass mir die Stimme bricht. »Ich habe nie die Gelegenheit bekommen, dir zu sagen, dass ich dich liebe. Dass du der Richtige für mich bist. Schon immer. Du musst aufwachen. Ich schaff das nicht ohne dich. Das hier bricht mir nicht nur das Herz … es bricht mich. Bitte … komm zurück zu mir.« Ich schluchze weiter und presse mich an seine Seite. »Du hast mich immer beschützt. Jetzt werde ich dich beschützen.«

»Wirst du bei mir bleiben?«
Im Dunkeln lausche ich seinem schweren Atmen.
»Ja«, sagt er nach einer langen Pause.

»Versprichst du mir das?« Ich weiß, dass es nicht immer so weitergehen kann, und das macht mir Angst.
Saxons Antwort ist so ehrlich und nachdrücklich, dass mir die Tränen kommen. »Ja, das verspreche ich dir.«
»Wie lange?«
Pause … »Solange du willst.«
»Für immer«, sage ich statt »Gute Nacht« und falle in einen tiefen Schlaf.

Ich sehe es vor mir, als wäre es gestern gewesen.

»Du hast mir versprochen, dass du für immer bei mir bleibst«, raune ich und reibe meine Nase an seinem Hals. »Also kannst du es nicht so zu Ende gehen lassen.«

»Lucy?« Für den Bruchteil einer Sekunde gestatte ich es mir zu glauben, dass mein Name aus dem Mund meines Liebsten gekommen ist, aber länger kann ich es mir nicht vormachen, es tut zu weh.

»Hi, Sam.« Ich schmiege mich noch enger an Saxon. Es kümmert mich nicht, dass ich wie eine Verrückte wirke. Mir ist nur eins wichtig, ihn zu berühren, um sicher zu sein, dass er noch da ist.

»Seit wann bist du hier?«, fragt Sam, der gerade ins Zimmer gekommen ist.

»Erst seit ein paar Minuten.«

Die Matratze sinkt ein, was mir verrät, dass Sam sich aufs Bett gesetzt hat. »Hast du mit dem Arzt gesprochen?«

»Ja«, sage ich mit geschlossenen Augen.

Die Stille dehnt sich. Wahrscheinlich überlegt Sam, was er sagen soll. Doch es gibt nichts zu sagen. Als er in der gleichen Lage war wie sein Bruder, gab es noch Hoffnung. Jetzt gibt es nur diesen unerträglichen Schmerz, der mir die Luft abschnürt.

»Hat sich irgendetwas verändert?«

»Nein. Er reagiert auf nichts. Kannst du mir mehr über den Unfall sagen? Ich weiß bloß, dass er angefahren wurde.« Die Ähnlichkeit mit Sams Unfall ist verblüffend, aber warum kommt dieser mir viel schrecklicher vor?

»Tja, wer weiß das schon genau? Seine Arbeitskollegen schauen immer wieder mal vorbei. Sie haben erzählt, er wäre ohne Erklärung verschwunden … aber wo er auch hinwollte, er hätte es sehr eilig gehabt.« Diese Information lässt mich eigentlich mit mehr Fragen als Antworten zurück. Was hatte er vor? Wo wollte er hin?

»Er erholt sich wieder, Lucy.« Sam tätschelt mir das Bein, während er diesen leeren Trost spendet. Ein plötzlicher Brechreiz lässt mich so schnell aufspringen und ins Bad rennen, dass er fast einen Herzschlag bekommt.

Als alles aus mir heraus ist, umarme ich die Kloschüssel und lasse meine Tränen auf das Porzellan tropfen. Vor dieser Tragödie hatte ich eine Hoffnung, die mir nun wie das Wichtigste auf der Welt erscheint. Ich spritze mir kaltes Wasser ins Gesicht, betrachte mich im Spiegel und erschrecke selbst darüber, wie erschöpft ich aussehe. Mein Blick ist völlig leblos, denn der Mann meines Lebens liegt in einem Krankenbett, im Koma.

Ich reibe mir den Bauch und denke, dass es Zeit wird, mir endlich Gewissheit zu verschaffen. »Kannst du bei Saxon bleiben? Ich muss nur kurz zur Apotheke«, frage ich Sam, als ich aus dem Bad gehe. Er sitzt auf dem blauen Plastikstuhl neben Saxons Bett.

Auch er wirkt erschöpft. Sein Haar ist wirr, seine Barstoppeln sprießen, und die Tränensäcke unter seinen Augen zeigen, dass er genauso wenig geschlafen hat wie ich. »Natürlich. Ich bin ihm nicht von der Seite gewichen. Und deine Eltern auch nicht.«

»Meine Eltern? Sie sind hier?«

Sam nickt. »Ja. Piper ist zu Hause geblieben und tut ihr Bestes, um auf die Ranch aufzupassen. Aber deine Eltern und ich, wir haben uns hier abgewechselt. Er ist nie allein gewesen.« Zu wissen, dass Saxon immer jemanden bei sich gehabt hat, rührt mich unglaublich und tröstet mich etwas. »Ich dachte, du würdest die beiden auch brauchen.«

Wieder brennen Tränen in meinen Augen. »Ich danke dir, Sam.«

»Wofür denn?«, fragt er ehrlich verdutzt.

»Dass du für ihn da gewesen bist … als ich es nicht sein konnte.«

Sam schlägt die Augen nieder und seufzt voller Reue. »Ich schulde ihm etwas«, gesteht er traurig. Trotz der Vergangenheit, trotz allem, was passiert ist, ist Blut dicker als Wasser. Die beiden Stone-Brüder haben es bewiesen. Sie haben trotz ihrer Differenzen stets zusammengehalten.

Und das ist der Grund, warum ich mich in die beiden verliebt habe. Sie sind mitfühlend und stark, aber vor allem sind sie gute Menschen.

»Ich bin gleich wieder da.«

»Lass dir Zeit.« Es beruhigt mich, dass Sam bei Saxon bleibt.

Als alles vorbei war, ist Saxon ohne ein Wort zu Sam auf seiner Harley davongebraust. Er hätte auch mit seinem Bruder streiten oder sich mit ihm prügeln können, aber wozu? Es hätte nichts geändert. In dieser ganzen schrecklichen Zeit haben Sam und Saxon es immer wieder geschafft, sich zu versöhnen. Selbst wenn es nur für kurze Zeit war. Das habe ich mir nicht eingebildet. Wenn ich es also durch meine Naivität, mein Bedürfnis, die Welt durch eine rosarote Brille zu betrachten, geschafft habe, die beiden zusammenzubringen, habe ich wenigstens eins richtig gemacht.

Die Apotheke ist im Erdgeschoss, deshalb fahre ich mit dem Aufzug nach unten. Die Wände in diesem Haus haben so viel Trauriges gesehen, doch als ich den Schwangerschaftstest aus dem Regal nehme, wird mir klar, dass sie auch einige Wunder erlebt haben. Ich kann bloß hoffen, dass es mir genauso geht.

Ich bezahle für den Test und bitte die Apothekenhelferin, ihn in eine Papiertüte zu stecken. Vor der Wahrheit kann man nicht weglaufen, aber noch möchte ich ihn nicht anwenden. Nicht hier. Falls er positiv sein sollte … der Gedanke ist zu herzzerreißend, um ihn zu Ende zu denken.

Mein Magen rührt sich, und ich weiß nicht, ob das bedeutet, dass er Hunger hat oder dass er sich noch einmal entleeren möchte. Im Moment tippe ich auf eher Letzteres. Auf dem Weg zurück in Saxons Zimmer stelle ich erleichtert fest, dass mein Magen sich wieder beruhigt. Doch die Erleichterung währt nicht lang, denn plötzlich spricht eine hasserfüllte Stimme mich an. »Du hast ja Nerven, dass du hier auftauchst … Du solltest lieber …«

»Cleo! Das reicht.«

Überrascht schaue ich auf und frage mich, ob ich wirklich Cleo und Hogan vor mir habe. Aber als Cleo mit zornsprühendem Blick durch den Flur auf mich zukommt, weiß ich, dass ich richtig sehe. Hogan will sie am Arm festhalten, doch sie schüttelt ihn wütend ab.

»Das alles ist deine Schuld!«, schreit sie und bleibt erst ganz dicht vor mir stehen, aber ich weiche nicht vor ihr zurück. »Wenn du ihn in Ruhe gelassen hättest, läge er jetzt nicht in diesem verdammten Bett!«

Sie hat recht. Es ist meine Schuld. Wenn ich ihn doch nur gebeten hätte zu bleiben. Dann wäre nun alles anders. »Es tut mir leid«, sage ich, erlaube es mir allerdings nicht zu weinen.

»Spar dir deine Entschuldigungen. Das macht ihn auch nicht wieder lebendig.«

Entsetzt stoße ich den Atem aus, doch dann packt mich die Wut. Ich bin kurz davor, ihr ins Gesicht zu schlagen. Wie kann sie es wagen. »Er ist doch lebendig. Ich weiß, dass du aufgeregt bist, das sind wir alle, aber mich anzugreifen bringt uns nicht weiter. Es war ein Unfall, und ja, natürlich mache ich mir Vorwürfe …«

»Das solltest du auch!«, kreischt sie. Hogan steht mit gesenktem Blick hinter ihr. Er sieht so aus, als würde er ihr zustimmen. Ihr Ton mag ihm nicht gefallen, doch er ist ihrer Meinung. Er weiß etwas, beide wissen etwas, und ich möchte herausfinden, was.

»Hogan?« Schuldbewusst sieht er mir in die Augen. »Weißt du, wo Saxon hinwollte?« Nach kurzem Zögern nickt er. »Was hatte er vor? Und warum hast du nicht mit Sam darüber gesprochen?« Ich habe alle Puzzlestücke, aber ich bekomme sie nicht zusammen.

Als Hogan weiter schweigt, reißt mir der Geduldsfaden. Angespannt umklammere ich meine Papiertüte, denn ich habe Angst vor der Wahrheit. »Hogan? Sag's mir.«

Sam kommt aus Saxons Zimmer. Offenbar fragt er sich, was der Aufruhr soll. Ich weiß, dass es einen Grund dafür gibt, dass Hogan ihn nicht eingeweiht hat, und der … bin ich.

»Lucy …«

»Lucy? Sie sind Lucy?« Die Schwester von vorhin kommt auf mich zu und schaut von einem zum anderen. Wir sehen aus, als würden wir uns gleich an die Gurgel gehen. Beschämt reiße ich mich schnell zusammen.

»Ja, genau.«

»Oh, es tut mir sehr leid. Ich habe die Verbindung nicht gleich hergestellt. Könnten Sie mit mir kommen?« Ihre Bitte erstaunt uns alle und beendet den Streit fürs Erste.

»Sicher.« Ehrlich gesagt bin ich verärgert, dass sie sich eingemischt hat, denn Hogan war kurz davor, eine Bombe platzen zu lassen. Und je weiter die Schwester mich führt, desto weiter entferne ich mich von Saxons Zimmer. Aber da ich keine andere Wahl habe, folge ich ihr, nachdem ich Sam durch ein Zeichen zu verstehen gegeben habe, dass es mir gut geht.

Nun, da ich den Kriegsschauplatz verlassen habe, frage ich mich, was die Schwester von mir will. Und welche Verbindung sie nicht hergestellt hat. Doch das werde ich sicher bald erfahren, denn sie öffnet eine Tür und lässt mich in ihr Zimmer. Der Raum ist so klein, dass ich mir wünsche, das, was sie mir mitteilen möchte, könnte auch draußen gesagt werden.

»Kommen Sie rein und machen Sie die Tür hinter sich zu.«

»In Ordnung.« Jetzt bin ich wirklich neugierig.

Die Schwester geht um den hölzernen Schreibtisch herum, auf dem sich die Krankenakten türmen, und setzt sich in ihren ledernen Bürostuhl. »Bitte nehmen Sie Platz.«

»Ich bleibe lieber stehen«, entgegne ich und warte unruhig auf die Erklärung dafür, warum sie mich hierhergebracht hat.

»Ich kümmere mich um Saxon, seit er hier eingeliefert wurde.« Ich nicke und bedeute ihr fortzufahren. »Als Erstes versuchen wir immer herauszufinden, wer der Patient ist.« Sie öffnet eine Schublade und nimmt einen gelben Umschlag heraus. »Sobald wir das wissen, nehmen wir Kontakt zu den nächsten Angehörigen auf.«

Meine Finger graben sich in die Rückenlehne des Lederstuhls vor mir.

»Bei Saxon haben wir seine Brieftasche gefunden, aber auch das hier.« Sie reicht mir den Umschlag, den ich verdutzt betrachte. »Der ist für Sie.«

»Was ist das?«, frage ich und schlucke.

»Ich gebe Ihnen ein paar Minuten«, erwidert die Schwester, was meine Aufregung bloß noch verstärkt. Sie legt den Umschlag so vorsichtig auf den Tisch, als wäre er sehr wertvoll, und schaut mich im Vorbeigehen freundlich an. »Nehmen Sie sich so viel Zeit, wie Sie brauchen.« Ich möchte ihr so viele Fragen stellen, doch nur eine fällt mir spontan ein.

Ehe die Schwester durch die Tür ist, stelle ich sie. »Warum geben Sie das mir? Und nicht Sam?« Sie lächelt, doch es ist ein trauriges Lächeln.

»Ich hatte den Eindruck, dass der Inhalt bloß für Ihre Augen bestimmt ist.« Damit macht sie die Tür hinter sich zu und lässt mich mit meinem Schicksal allein.

Ich beäuge den Umschlag und atme dreimal tief durch. Saxon würde mich auslachen und mich aufziehen, weil ich mich davor fürchte, einen harmlosen Briefumschlag zu öffnen. Ich kann ihn förmlich hören, und das gibt mir die nötige Kraft.

Jede Narbe zeigt uns, dass wir stärker sind als das, was uns zugestoßen ist.

Er hat recht. Wir haben beide Narben, innen und außen, aber wir haben nie aufgegeben. Und ich will verdammt sein, wenn ich es nun tue.

Ich reiße den Verschluss auf, greife hinein und ertaste einen kleineren Umschlag. Und da ist noch etwas, in einer Ecke, etwas Leichtes. Doch zuerst nehme ich den kleinen Umschlag heraus. Er sieht aus wie ein Brief. Warum wird um einen einfachen Brief so ein Geheimnis gemacht?

Ich fahre mit einer Fingerspitze über den Rand, öffne ihn langsam und kann mir meine Frage selbst beantworten, als ich mehrere Bögen Papier mit Saxons ausgeprägter Handschrift herausziehe. Hastig falte ich die Bögen wieder zusammen, weil mir die Tränen kommen. Es gibt keinen Zweifel daran, dass Saxon diesen Brief geschrieben hat.

Auch in dem kleinen Umschlag ist noch etwas, aber ich beschließe, einen Schritt nach dem anderen zu machen.

Egal, wie schlecht deine Erinnerungen sind, sie gehören trotzdem zu deiner Geschichte. Deinem Vermächtnis. Du solltest sie aufschreiben. So kannst du immer zurückschauen und sehen, was du alles überlebt hast. So was gehört zum Leben.

Das war nie wahrer als heute. Ich schulde es ihm weiterzumachen. Ich schulde es uns. Dem Leben, das er gelebt hat, und dem, das er noch leben wird.

Gestärkt durch die Erinnerung an ihn, klappe ich seinen Brief wieder auf und verliere mich in den Worten meiner einzig wahren Liebe.

Liebste Lucy,
es gibt so vieles, das ich Dir sagen möchte, aber ich befürchte, ich vergesse die Hälfte, sobald ich in Deine Augen schaue, denn dann existieren nur noch wir beide. Also schreibe ich es auf, weil ich alles richtig machen will. Und außerdem habe ich meine Gefühle schon immer besser schriftlich ausdrücken können.
Ich hätte nie gedacht, dass es so wehtun könnte, jemanden zu vermissen, doch kaum hatte ich Montana verlassen, war ein großes Loch in meiner Brust. Ich hätte Dich so gern am Flughafen in die Arme genommen und Dich davon abgehalten zu fliegen. Sicher hast Du gespürt, dass ich da war. Wie könnte es anders sein? Du und ich, wir sind irgendwie verbunden. Nenn es Kismet oder Schicksal, es ist mir gleich. Aber was es auch ist, ich weiß einfach, dass mir etwas fehlt, wenn Du fort bist.
Wenn ich zu dem Tag zurückkehren könnte, an dem wir uns begegnet sind, würde ich es tun. Diesmal würde ich Rückgrat zeigen und Dir sagen, dass ich es bin und nicht Sam. Weißt du, all diese Jahre habe ich Sam Vorwürfe gemacht, und ja, er hat Dich getäuscht und leider auch angelogen, doch das habe ich auch. Ich habe Dich belogen, aber vor allem mich. Ich hatte so viel Angst vor der Liebe, die ich empfand, dass ich dachte, ich würde alles falsch machen. Also habe ich gar nichts getan … und das ist genauso schlimm wie Sams Betrug.
Diese ganze Geschichte hat mich gelehrt, dass niemand perfekt ist … nicht einmal Du. Ich war sehr wütend an dem Tag, an dem Du mir gesagt hast, dass Du Sam liebst. Obwohl ich es wusste. Aber es tatsächlich von Dir zu hören hat mich ins Herz getroffen. Trotzdem musste ich es hören, denn nur so konnte ich erkennen, wie sehr ich Dich liebe.

Es ist mir gleich, ob Du noch länger an Deinen Gefühlen für Sam arbeiten musst, weil Du Dich letztlich für mich entschieden hast. Diese Entscheidung hast Du nie infrage gestellt, doch wie Du schon sagtest, zwischendurch ist der Weg etwas holprig gewesen … aber so ist das Leben.
Ich kann nicht böse auf Dich sein, weil Du ehrlich zu mir warst, denn das bist Du die ganze Zeit gewesen. Dein Herz ist so groß, Lucy, und wenn ich weiter wütend auf Dich sein wollte, weil Du meinem Bruder geholfen hast, was für ein Mensch wäre ich dann?
Du hast mir beigebracht, bedingungslos zu lieben und zu verzeihen. Sam zu verzeihen kann zwar die Vergangenheit nicht ändern, aber die Zukunft. Und mir ist klar geworden, dass ich ihm nichts mehr nachtrage – dank Dir. Er hat das alles nur getan, weil er Dich liebt … das kann ich ihm schließlich nicht übel nehmen.
Liebe ist nicht einfach, und man muss Fehler machen, um die richtige Lösung zu finden. Du, Lucy, warst immer die richtige Lösung. Es gibt einen Spruch, der wahr zu sein scheint: Manchmal muss man erst etwas verlieren, um zu merken, wie sehr man es liebt. Und ich will Dich nicht verlieren … nicht schon wieder. Du bist meine Sonne, mein Mond … mein Ein und Alles. Du gibst mir Kraft, doch gleichzeitig bist Du meine größte Schwäche … aber am Ende bereuen wir bloß eins, dass wir die Chancen, die wir hatten, nicht genutzt haben, also werde ich meine jetzt ergreifen.
Es ist mir egal, wo wir wohnen, Hauptsache, ich bin mit Dir zusammen … wir werden uns schon noch einigen.
Ich möchte, dass Du nun runterschaust, denn … ich knie praktisch vor Dir und hoffe, dass du Ja sagst, wenn ich Dich

bitte, meine Frau zu werden. Ich liebe Dich. Und ich werde Dich immer beschützen.
Immer und ewig
Dein Saxon

Oh … Gott.

Als ich wieder zu mir komme, lehne ich an der Wand und weine mir die Augen aus. Den Brief an mein Herz gepresst, bemühe ich mich, gegen die hässlichen Tränen anzuatmen. Diese Zeilen bedeuten mir mehr, als ich sagen kann, denn sie sind meine zweite Chance. Irgendwie ist ein Wunder geschehen, und Saxon will mich heiraten.

Plötzlich fällt mir ein, dass in dem großen Umschlag noch etwas war. Mit bebenden Fingern öffne ich ihn erneut und spähe hinein. Das, was mich erwartet, verschlägt mir den Atem. Ein funkelnder Diamant fängt das Licht ein und bestätigt mir, dass ich nicht geträumt habe.

Ich habe fast Angst, ihn zu berühren, weil ich noch nie etwas Schöneres gesehen habe. So vorsichtig, als könnte er zerbrechen, hole ich ihn aus dem Umschlag und drücke ihn an meine Brust. Ein hohles Stöhnen entfährt mir, weil dieser Moment bittersüß ist.

Saxon hatte vor, mir diesen Brief zu geben. Und diesen Ring. Aber ich glaube nicht, dass er diese Sachen mit der Post schicken wollte.

Neugierig schaue ich nach dem größeren Teil, das noch in dem kleinen Umschlag steckt, denn ich ahne, was es sein wird. Das letzte Puzzlestück ist in Reichweite. Ohne weiteres Zögern hole ich es hervor, und eine einzelne Träne rollt über meine Wange. Es ist Saxons Reisepass.

Er war auf dem Weg zum Flughafen, um mir das hier zu bringen, und jetzt … liegt er im Koma … meinetwegen. Er wollte zu mir kommen, nach Syrien. Und mir sagen, dass es ihm genauso geht wie mir. Doch wieder ist das Schicksal dazwischengekommen und hat mir gezeigt, wie grausam es sein kann.

Ich brauche eine Bestätigung und stürme aus dem Zimmer, um nach Hogan zu suchen. Ich muss hören, was er mir sagen wollte. Er ist nicht schwer zu finden. Er steht an eine Wand gestützt da und streicht sich mit einer Hand übers Gesicht. Offenbar ist wieder etwas Schlimmes passiert.

»Hogan?« Er hebt den Kopf, und seine feuchten Augen verraten, dass es etwas sehr Schlimmes sein muss. »Was ist los?«

»Der Doktor redet mit Sam.« Mehr brauche ich nicht zu wissen. Schnell laufe ich ins Zimmer. Der freundliche Arzt spricht leise mit Sam, der nach Luft zu schnappen scheint.

»Was gibt es?« Sam schaut mich an und schüttelt nur traurig den Kopf.

»Lucy, ich habe Samuel gerade gesagt, dass es Zeit ist, darüber nachzudenken, ob wir bei Saxon mit den lebenserhaltenden Maßnahmen aufhören sollen. Ich weiß, dass das keine leichte Entscheidung ist, aber …«

»Nein«, unterbreche ich ihn empört. »Es ist doch erst vier Tage her!«

»Vier Tage ohne irgendeine Reaktion. Sein Hirn zeigt keine Aktivität, und sein Körper … sein Herz … es kann einfach nicht mehr.«

»Nein, Sam. Sag Nein«, flehe ich und ringe die Hände.

»Ich will nur das Beste für ihn.« Mit dem Handrücken wischt er sich über einen Augenwinkel.

Meine Wut trifft den Falschen, denn er ist offensichtlich genauso entsetzt wie ich, doch ich sehe bloß, dass er Saxon aufgibt, während sein Bruder ihn nie aufgegeben hat. »Zu leben ist das Beste für ihn.« Mit zitternden Fingern zeige ich auf die Maschinen. »Wenn du die abstellen lässt, werde ich dir das nie verzeihen, niemals.« Doch die Entscheidung liegt nicht bei mir. Ich bin nicht Saxons nächste Angehörige.

»Lucy …«

Aber ich will ihm nicht zuhören. »Nein, wir sind fertig miteinander. Du kennst meine Meinung.« Ich kann nicht in diesem Zimmer bleiben, also verlasse ich es, damit ich nicht durchdrehe.

Hogan steht immer noch neben der Tür. »Möchtest du etwas spazieren gehen?«, fragt er, als er merkt, dass ich gleich zusammenbreche.

Automatisch folge ich ihm, während sich in meinem Kopf die Gedanken überschlagen. Hogan lässt mich in Ruhe, aber ich werde keine finden, bis ich ihn gefragt habe, ob mein Bauchgefühl richtig ist. Die kühle Luft draußen hilft nicht gegen die schauerliche Kälte, die wir von drinnen mitbringen.

Ich reibe mir die Arme und traue mich. »Saxon war auf dem Weg zum Flughafen, oder? Als er gestürzt ist. Er wollte zu mir.«

»Ja.«

Die Wahrheit befreit mich nicht. Sie zieht die eisernen Bande um mein Herz nur noch enger an.

»Cleo hatte recht. Es ist meine Schuld.« Ich schließe die Augen, weil ich nicht mehr kann.

»Nein, ist es nicht. Es war ein Unfall.«

»Es ist nett, dass du versuchst, mich zu trösten, aber wenn ich nicht wäre … wäre Saxon nicht da, wo er jetzt ist. Ich habe ihm nicht nur das Herz gebrochen … sondern auch das Rückgrat.« Ich will nicht weinen, aber ich kann meine Gefühle nicht länger unterdrücken. Wie soll ich mit mir leben, nachdem ich weiß, was ich getan habe?

»Hör auf damit, hast du mich verstanden?« Erregt dreht Hogan sich zu mir um. »Du hast diesen Jungen glücklicher gemacht, als er es je im Leben gewesen ist. Er hat nur noch von dir gesprochen, und wenn er es mal nicht getan hat, hat er an dich gedacht. Man konnte es ihm ansehen. Du warst sein Sonnenschein, und wenn er in diesem Bett stirbt …«, ich stöhne trostlos auf, »… sollst du wissen, dass er es sich so ausgesucht hat. Und es wieder so machen würde. Er würde lieber sterben, als ohne dich zu leben.« Ich halte das nicht mehr aus und falle Hogan weinend in die Arme.

»Er wollte um meine Hand anhalten«, verrate ich unter Tränen. Der Beweis steckt in meiner Tasche. »Und er hat mir v-vergeben.«

»Schsch.« Hogan versucht mich zu beruhigen, während ich hemmungslos zu schluchzen anfange.

***

Als ich mich ausgeheult hatte, habe ich mich entschuldigt, weil ich etwas Zeit für mich brauchte. Es gibt nur einen Ort für einen stillen Rückzug, da, wo die meisten Menschen Trost suchen. Doch ehe ich die Ruhe in der Kapelle auf mich wirken lassen konnte, musste ich noch etwas erledigen.

Nun sitze ich auf einer Kirchenbank, mit dem Schwangerschaftstest in der Tasche, und frage mich, was passiert, wenn ich sehe, was er anzeigt. Welches Ergebnis wünsche ich mir denn?

Außer mir ist niemand da, aber ich vermute, in einer Andachtsstätte ist man nie richtig allein. Die Atmosphäre in dem kleinen Raum ist erstaunlich tröstlich und verleiht mir den Mut, den ich brauche. Ich hole tief Luft, greife in meine Tasche und streiche mit den Fingern über den Test – dieser schmale Streifen wird mein Leben für immer verändern.

Doch dann gerate ich plötzlich in Panik und erstarre vor Angst vor dem Ergebnis. *Bitte, wenn irgendjemand da draußen ist und mir zuhört, gib mir ein Zeichen, dass es gut gehen wird, ganz egal, was angezeigt wird.* Ein Sonnenstrahl fällt durch das wunderschöne Buntglasfenster. Ich schaue genauer hin und sehe, dass er ein kleines Kind beleuchtet, das an einer Hand geht. Der hervorgehobene Ausschnitt strahlt so viel Liebe und Glück aus, dass mich ein Gefühl des Friedens überkommt.

Also verabschiede ich mich von meinen Ängsten, ziehe den Test heraus, den ich vorhin mit ins Bad genommen habe, und merke, wie die Welt um mich herum sich verändert. Ich dachte, ich würde mich aufregen. Aber nein, ich bin ganz ruhig.

»Oh mein Gott, Lucy … du bist … schwanger?«, fragt meine Mutter. Sie hat mich genau im richtigen Augenblick gefunden.

»Ja, Mom, das bin ich.« Nie habe ich ihre Umarmung nötiger gebraucht als in diesem Moment. Sie versteht meine stumme Bitte und spendet mir die Liebe, die nur eine Mutter spenden kann – so wie ich es bald tun werde. Sie zieht mich in ihre Arme, als wäre ich fünf Jahre alt, und ich klammere mich an sie, als wäre ich es. Dann verspricht sie mir, dass alles gut werden wird, und das muss es auch. Denn es geht nicht mehr bloß um mich.

»Es tut mir so leid, Schätzchen. Wir sind sofort gekommen, als Sam uns angerufen hat. Wir haben versucht, dich zu erreichen ...«

»Ich weiß. Ist schon in Ordnung. Du brauchst dich nicht zu entschuldigen. Ich bin ja jetzt da, und das ist alles, was zählt.« Ich löse mich von ihr, denn irgendwann muss ich mich der Realität stellen.

Sie scheint genauso müde zu sein wie ich. »In welchem Monat bist du?«

Ich zucke die Achseln und gebe beschämt zu: »Ich weiß es nicht. Mir ist bereits eine ganze Weile übel. Ich dachte bloß, es läge am Stress.«

»Du hast so viel durchgemacht. Das ist wirklich nicht fair.« Zärtlich streicht sie mir über den Arm. »Ich komme gerade aus Saxons Zimmer. Sam hat mir gesagt, was der Arzt vorgeschlagen hat.«

Nervös zupfe ich an einem zerfransten Loch in meiner Jeans. »Und was meinst du?« Von ihrer Antwort hängt für mich sehr viel ab.

»Ich meine, jetzt sollten wir erst recht um Saxon kämpfen.« Sie schaut auf den Test in meinem Schoß. »Er ist stark. Rede mit ihm. Wenn irgendjemand ihn zurückholen kann, dann du. Und nun ...«, sanft legt sie eine Hand auf meinen Bauch und lächelt, »... hat er noch einen Grund mehr aufzuwachen. Er muss einfach wach werden. Schließlich muss er auf mein ... Enkelkind aufpassen.« Die kleine Pause, die sie gemacht hat, war zu viel für mich. Ich kann mich nicht mehr zusammenreißen.

Uns beiden treten Tränen in die Augen, denn trotz der widrigen Umstände haben wir endlich etwas gefunden, das uns zum Lächeln bringt. Anscheinend können Wunder wirklich passieren.

»Oh, tut mir leid. Ich wusste nicht, dass ihr hier seid.«

Schnell wischen meine Mutter und ich die Tränen weg, und ich lasse den Schwangerschaftstest hastig in meiner Tasche verschwinden. »Schon in Ordnung, Sam«, sage ich über die Schulter, da er bereits halb durch die Tür ist. Ich bin zwar gerade dabei, meinen Gefühlen freien Lauf zu lassen, doch ihm noch einmal die Meinung zu sagen und mich mit ihm zu streiten wäre nicht gut.

»Ich geh dann mal.« Meine Mutter küsst mich auf die Stirn und lässt mich mit Sam allein.

Ich schaue nach vorn auf das Buntglasfenster und warte darauf, dass er zu mir kommt. Einen Moment später setzt er sich neben mich. »Es tut mir leid«, sagt er noch einmal nachdrücklich. »Ich möchte keinen Streit.«

»Ich auch nicht.«

Mit beiden Händen fährt er sich durch das wirre Haar und stößt angestrengt den Atem aus. »Ich möchte einfach nichts falsch machen. Sax ist der starke Bruder. Er hat immer gewusst, was zu tun ist. Jetzt sag du es mir.«

Er reicht die Verantwortung an mich weiter, aber ich kann das nicht für ihn entscheiden. »Dann tu das Richtige.« Das ist der einzige Ratschlag, den ich ihm geben kann.

Das hätte er schon in unserer langjährigen Beziehung tun sollen, doch das ist Schnee von gestern. Aber das hier, das ist seine zweite Gelegenheit, etwas wiedergutzumachen. »Ich weiß nicht mehr, was richtig ist. Das alles ist mein Fehler.«

Wir tragen beide schwer an unserer Schuld. »Meiner auch. Und der des Lastwagenfahrers. Und der Straße, auf der die beiden gefahren sind. Niemand sucht sich sein Schicksal aus. Es … passiert einfach. Wofür man sich auch entscheidet, man muss den Rest seines Lebens damit leben. Ich bin sicher, dass du das Richtige tun wirst.«

Sam seufzt, schaut nach oben und drückt die aneinandergelegten Fingerspitzen an die Lippen. Er ist hin- und hergerissen, und niemand kann es ihm vorwerfen. Ich werde ihm Zeit zum Nachdenken geben, denn das hat auch mir geholfen.

Als ich aufstehe, fällt mir etwas ein. Er steht vor einer wichtigen Entscheidung, und ehe er sie trifft, sollte er alles wissen. Ich fasse in meine Tasche und ziehe Saxons Brief heraus. Es fällt mir schwer, ihn herzugeben, aber ich habe ja noch den Verlobungsring, der gut gesichert an meiner Halskette hängt. »Hier. Lies das, bevor du etwas beschließt.« Sam schaut auf den Brief herunter und fährt mit dem Daumen über die beschriebenen Seiten. »Lies es, und dann sag mir, dass du nicht bis zum letzten Atemzug für ihn kämpfen würdest.«

Zwanzig

Im Krankenhaus hat man es aufgegeben zu glauben, dass ich wieder gehen werde. Wenn die Besuchszeit vorüber ist, bricht meine neue Freundin, Schwester Nora, skrupellos die Regeln und gibt mir ein Kissen und eine Decke, ehe sie nach Hause geht. Wenn die Lichter gedimmt werden und die Stille fast unerträglich wird, halte ich Saxons Hand und rede mit ihm.

Ich habe ihm mein Herz ausgeschüttet und kein Detail ausgelassen. Ich habe ihm von dem kleinen Jungen erzählt, den ich in den Armen gehalten habe, von dem Glücksgefühl, das mich durchströmt hat, als ich ihn seiner Mutter zurückgeben konnte, und dass dieser Luftangriff mir gezeigt hat, wie kurz das Leben ist. Dass es dumm von mir war, mich nicht zu bewegen und so viel Angst zu haben. Dass ich das ändern würde, wenn ich könnte. Dass ich hätte Ja sagen sollen. Und diesen Fehler nicht noch einmal machen würde.

Aus irgendeinem Grund habe ich alles ausgeplaudert – bis auf eins. Denn wenn ich ihm sage, dass er Vater werden wird, möchte ich ihm in die Augen schauen, sie aufleuchten sehen und mich mit ihm freuen. Wenn diese Welt perfekt wäre, würde er aufwachen, und es wäre alles wieder gut. Doch stattdessen entfernt er sich jede Sekunde weiter von mir.

Ich bin jetzt seit drei Tagen hier, und es waren die längsten

Tage meines Lebens. Nichts hat sich verändert, aber ich weigere mich, ihn aufzugeben. Er würde mich auch nie aufgeben.

Sam kommt und geht. Seit unserem Gespräch in der Kapelle werde ich das Gefühl nicht los, dass er irgendetwas ausheckt, doch ich habe nicht mehr genug Energie, um ihn danach zu fragen. Ich möchte nur noch an Saxons Bett Wache halten und darauf warten, dass ein Wunder geschieht und er irgendwann aufwacht.

Aber mit jedem Tag verliere ich ein weiteres kleines Stück von ihm – das ich wohl nie zurückbekommen werde. Mein einziger Trost ist es, auf sein Bett zu steigen und mich an ihn zu schmiegen. Wenn ich die Augen fest genug zukneife, kann ich mir fast vormachen, wir wären zu Hause und alles genau so, wie es sein sollte.

Sein Herz klopft langsam an meinem Ohr, das ich auf seine Brust gedrückt habe. Ich wünschte, wir könnten die Plätze tauschen. Ich würde mit Freuden mein Leben für ihn geben.

»Hier.« Noras Stimme reißt mich aus dem Nebel, der mich fast ständig umgibt. »Ich dachte, Sie könnten etwas Kaffee gebrauchen.«

Ich streiche über Saxons stoppliges Kinn und küsse ihn sanft auf die Wange, ehe ich müde aufstehe. »Danke.« Ich nehme den Pappbecher, schnuppere an dem Dampf und hoffe, dass das Koffein mich belebt. Dann nehme ich einen Schluck und sehe zu, wie Schwester Nora mit ihrer täglichen Routine beginnt.

Als sie wie jeden Morgen Saxons Lebenszeichen überprüft, bete ich, dass es heute so weit ist. »Irgendetwas Neues?«

Sie seufzt und notiert etwas auf seinem Krankenblatt. Ihr Schweigen sagt alles. »Sie sollten mal etwas essen.« Nora scheint ungefähr so alt zu sein wie meine Mutter, daher weiß ich, dass das eine Umschreibung dafür ist, dass ich grässlich aussehe. »Sie müssen bei Kräften sein, wenn er wieder wach wird.« Das ist natürlich ein Köder, aber ich habe das Gefühl, dass ich mich heute der Realität nicht stellen kann.

»Ich hole mir was, wenn Sam kommt.«

Sie nickt, beendet ihre Untersuchung und steckt das Blatt wieder in den Halter an der Wand. »Wann kommen eigentlich Saxons Eltern?«

Ich schnaube verächtlich. »Das kann ich nicht sagen.« Nora fragt nicht weiter nach. Greg und Kellie waren im Urlaub in Afrika und wollten den nächsten Flug nehmen. Das war vor einer Woche.

Ich seufze und schaue auf Saxon hinunter. Er wirkt wie eine Hülle des Mannes, der er einmal war. Ich nehme seine Hand und versuche, seine Finger zu wärmen. »Er ist immer so kalt. Was halten Sie davon … von dem, was der Doktor gesagt hat? Dass wir die lebenserhaltenden Geräte abstellen sollen?«

Ich weiß, dass das Krankenhauspersonal Distanz wahren soll, aber Nora ist nicht nur eine gute Pflegerin, sondern hat auch ein weiches Herz. »Ich verstehe seine Gründe, aber manchmal …«, es entgeht mir nicht, dass sie einen mitfühlenden Blick auf unsere verschränkten Hände wirft, »… muss man einfach etwas Vertrauen haben.«

Ich glaube fest *daran, dass Samuel wieder wach wird. Er ist zu dickköpfig, um aufzugeben. Du musst einfach an ihn glauben.*

Das hat Saxon einmal gesagt, und ich befürchte, dass für mich die Grenze zwischen der Vergangenheit und der Gegenwart früher oder später verschwimmt.

»Danke, Nora.« Ich bin gerührt und traurig zugleich. Nora

lässt mich allein, weil sie spürt, dass ich das brauche. Das Loch in meinem Herzen wird immer größer, und bald wird es mich völlig auffressen.

Ich kann dieses unbestimmte Gefühl, dass ein Unheil bevorsteht, nicht abschütteln. Im Moment herrscht zwar Ruhe, doch irgendetwas braut sich zusammen. Ich beschließe, Musik zu machen, um die Stimmung zu heben, und suche in meinem Rucksack nach meinem iPod. Man würde annehmen, dass ich die Lieder abspiele, die Saxon am liebsten mochte, doch ich tue genau das Gegenteil und entscheide mich für eins von Kanye West. Bei Sam hat das nicht funktioniert. Aber vielleicht habe ich diesmal mehr Glück.

»Okay, es wird Zeit, dass du deinen Hintern aus diesem Bett kriegst, Mister, denn ich …« Plötzlich bekomme ich eine Panikattacke. Mir wird eiskalt, und ich kann nicht mehr atmen.

Mein iPod fällt zu Boden, als ich mir, nach Luft ringend, an den Hals fasse. Instinktiv schaue ich zu Saxon hinüber, denn schon ein Blick auf ihn kann mich retten, doch was ich sehe, lässt mich rückwärtstaumeln, weil meine Welt gerade vor meinen Augen untergeht.

Die Alarmglocken der Maschinen sind meine Stimme, denn ich bekomme kein Wort heraus.

Dieses völlig unverständliche Bild wird unauslöschlich in mein Hirn gebrannt sein. Saxons Körper verkrampft sich, als bekäme er elektrische Schläge. Sofort ist mein Beschützerdrang geweckt, und ich kann gar nicht schnell genug zu ihm kommen. »Saxon! Was ist los? Schwester! Hilfe! Bitte, helft mir doch!«

Als ein Schwarm von Menschen durch die Tür stürzt, die

geschäftig im Zimmer herumrennen und Sachen heranholen, von denen ich nicht weiß, wofür sie gut sind, gerate ich wieder in Panik. Trotzdem halte ich in dem Stimmengewirr um mich herum weiter Saxons nun schlaffe Hand. »B-bitte … wach auf.« Ich erkenne meine eigene Stimme kaum wieder, weil sie so brüchig klingt.

»Lucy, kommen Sie, Sie müssen ihn loslassen.« Sanft fasst Nora mich an den Schultern, um mich zum Gehen zu bewegen. Doch ich kann nicht. Ich habe Saxon versprochen, ihn nie wieder zu verlassen.

»Nein!«, schreie ich völlig außer mir und versuche, mich über ihn zu werfen. Aber ich habe keine Chance. Schluchzend halte ich mich so lange wie möglich an ihm fest, bis zwei starke Hände mich wegziehen. Als wir getrennt werden, entringt sich mir ein Schrei abgrundtiefen Leids. Der Anblick ist unerträglich, denn Saxons Hand fällt ergeben herab und bleibt reglos neben ihm liegen.

Unter lautem Geheul werde ich in den Flur geschleppt, obwohl ich mich dagegen wehre. »Lasst mich los! Er braucht mich!« Ohne darauf zu achten, wer mich zurückhält, schlage ich blind um mich. Jedenfalls so lange, bis ich angesprochen werde.

»Schsch, Lucy, ich bin's, Sam. Beruhige dich. Schsch.« Seine Stimme ist Saxons so ähnlich, dass ich einen Moment versucht bin, mich in ein schwarzes Loch zu stürzen und nie wieder hervorzukommen. »So ist es gut. Schsch. Du hast einen Schock. So ist es gut. Alles wird wieder gut.« Sein Ton ist warm und tröstlich – genauso wie seine Hände, die mir über den Rücken streichen. Nach und nach werde ich ruhiger.

Da ich Saxons Hand nicht mehr halten darf, tu ich das

Nächstbeste und umklammere den Ring, der zwischen meinen Brüsten hängt. Der Diamant schneidet mir in die Haut, doch mir macht der Schmerz nichts aus. Meine Atmung wird allmählich langsamer. Aber erst als ich versuche, mich zu bewegen, wird mir klar, dass wir auf dem harten Boden liegen.

»Ich bin o-okay.« Das stimmt nicht, dennoch löse ich mich vorsichtig aus Sams Griff. Er ist blass, und seine Pupillen sind geweitet. Ich kann mir vorstellen, wie sehr er sich erschrocken haben muss.

»Was ist passiert?«, fragt er. Er macht sich nicht die Mühe aufzustehen, sondern krabbelt einfach rückwärts und lehnt sich an die Wand.

Als ich daran denke, wird mir heiß vor Angst. »Ich weiß nicht. In der einen Minute lag er noch still da, und in der nächsten hat er sich in Krämpfen gewunden.« Wieder kommen mir die Tränen. Ich bezweifle, dass das jemals aufhören wird.

»Lucy?« Als Nora den Kopf durch die Tür steckt und verwundert guckt, als sie mich auf dem Boden hocken sieht, springe ich auf und ignoriere den Schwindel, der mich erneut zu Fall zu bringen droht.

»Wie geht's ihm? Was ist passiert? Ist er aufgewacht?«, bestürme ich sie mit Fragen. Sam macht keine Anstalten, sich zu erheben. Er zieht nur die Knie an die Brust.

Nora kommt aus Saxons Zimmer heraus und überlegt einen Moment, ehe sie antwortet. »Nein, ist er nicht. Es tut mir sehr leid, aber dass er so gezuckt hat … liegt daran, dass er einen leichten Herzinfarkt hatte. Das ist nicht ungewöhnlich«, fährt sie fort, während ich erbleiche. »Im Moment ist er stabil.«

»Im Moment?«, wiederhole ich leise. Sie kann nur nicken.

Sam stöhnt und flucht unterdrückt. »Er ist dabei zu sterben, nicht wahr?«

Ich erwarte, dass Nora ihm widerspricht, doch das geschieht nicht. »Es tut mir wirklich sehr leid. Aber wenn das ein Trost ist, er hat keine Schmerzen.« Eine Woge der Trauer begräbt mich unter sich zu, aber im Augenblick empfinde ich es wie eine Erlösung.

Ich presse beide Hände auf den Mund, um mein Wimmern zu dämpfen und meine Verzweiflung zu verbergen, denn schließlich, oh Gott, steht Sam auch unter Schock. »Gehst du mit mir spazieren?«, fragt er mich mit niedergeschlagener, tonloser Stimme. Ich schätze, ich habe keine andere Wahl.

Als er es sich zutraut, stellt er sich auf die Beine und sieht mir in die Augen. Wir brauchen keine Worte. Dieser Schmerz bindet uns für immer aneinander. Wie Schatten unserer selbst gehen wir durch den Flur.

Normalerweise ist frische Luft eine willkommene Erholung, doch ich spüre nichts mehr, absolut gar nichts. Wie ferngesteuert gehe ich zu der ersten Sitzgelegenheit, die ich entdecke, und sacke darauf zusammen. Wie kann das sein? Nun lässt Saxons Herz ihn im Stich; das Einzige, was mir die Kraft gegeben hat weiterzumachen.

»Es tut mir leid, dass ich dich so oft allein gelassen habe.« Zu erschöpft, um zu reden, nicke ich nur. »Aber es gibt einen Grund dafür.« Sam fasst hinten in seine Jeans und zieht einen zusammengefalteten Brief hervor. Doch es ist nicht der, den ich ihm gegeben habe. Das weckt meine Neugier. Hastig greife ich danach.

Ich reiße den Umschlag auf und überfliege die maschinenbeschriebenen Seiten, verstehe allerdings nicht richtig, worum es geht, bis mein Blick auf das Wort *Vollmacht* fällt. »Was ist das?«, frage ich und wende das Blatt, um herauszufinden, ob es sich vielleicht um einen Irrtum handelt.

Doch als Sam sich neben mich setzt und auf die gepunktete Linie deutet, auf der ich unterschreiben soll, begreife ich.

»Ich habe alles in die Wege geleitet, damit du über Saxons Schicksal bestimmen kannst. Er würde es so wollen. Und ich will es auch«, fügt er hinzu, während mir der Mund offen stehen bleibt. »Du hast gesagt, wofür man sich auch entscheidet, man wird den Rest seines Lebens damit leben müssen. Tja, ich kann nicht damit leben, für eine Entscheidung verantwortlich zu sein, die dir zustehen sollte. Du bist Saxons Ein und Alles … das warst du schon immer. Und wenn irgendjemand über ihn bestimmen sollte, dann du.«

Manche würden Sam als einen Schwächling bezeichnen, der sich nur drücken will, aber ich nicht. Das ist das größte Geschenk, das er mir machen konnte. Dafür verzeihe ich ihm alles, doch ich nehme an, dass er sich schon lange entschuldigen wollte. »Ich danke dir, Samuel.«

Das Nächste, was er sagt, rührt mich noch mehr. »Und ich würde bis zum letzten Atemzug für ihn kämpfen«, zitiert er aus unserem letzten Gespräch und gibt mir Saxons Brief zurück. »Deshalb mache ich das ja.«

Damit ist alles klar.

Stumm sitzen wir nebeneinander, und ich lasse meine Gedanken schweifen. Wie Saxon in seinem Bett gezuckt hat, wie traurig Nora geguckt hat, wie das Baby wohl aussieht, das in mir wächst … ich weiß, was ich tun sollte, aber wie soll ich das anstellen? Es gibt keine Anleitung für so etwas. Keinen Saxon, der mir Ratschläge gibt. Ich schiebe alles außer dieser grässlichen Frage beiseite und zeige meine Unsicherheit. »Wie soll ich mich von dem Menschen verabschieden, den ich mehr liebe als alles andere auf der Welt?« Nichts im Leben ist sicher, niemand weiß, was kommen wird. Wir können nicht in eine Kristallkugel schauen. Aber eins weiß ich: Wenn diese Maschinen abgestellt werden, kommt Saxon vielleicht nicht mehr zu mir zurück.

Der Wind trägt den Gedanken mit sich fort und lässt eine noch größere Leere zurück.

»Du hast deine Erinnerungen … die kann dir niemand wegnehmen. Nie. An schlechten Tagen denkst du einfach an die glücklichen Zeiten.« Dass er es auch so gemacht hat, behält er für sich. Die Welt dreht sich weiter, selbst wenn man sich manchmal wünscht, sie würde stehen bleiben – bloß für einen einzigen Augenblick.

»Was machst du hier draußen ohne Mantel, Schatz?« Sam seufzt und wünscht sich offenbar auch, dass die Welt sich nicht weitergedreht hätte.

Kellie und Greg stehen vor uns. Ich dachte, ich würde wütend auf sie sein und vielleicht sogar gewalttätig werden, aber ich fühle rein gar nichts. Sie haben sieben Tage gebraucht, um herzukommen, einhundertachtundsechzig Stunden – eine noch kostbarer als die andere. Mit einem Mal verstehe ich, wie es Saxon geht. Manchmal muss man einfach loslassen.

Ich stehe auf und umarme Greg. Seine Steifheit überrascht mich. »Danke, dass du gekommen bist.« Kellie zu begrüßen erspare ich mir.

»Das ist doch selbstverständlich. Entschuldige, dass wir nicht eher kommen konnten.«

»Schon in Ordnung.«

Kellie gefällt es nicht, ausgeschlossen zu werden. Das überrascht mich nicht. »Wie geht es ihm?« Ich bin froh, dass sie uns verschont und keine Krokodilstränen vergießt.

»Er reagiert nach wie vor auf nichts. Und dass Sam ohne Mantel hier draußen ist…«, nach ihrer oberflächlichen Bemerkung kann ich mir den scharfen Ton nicht verkneifen, »… liegt daran, dass Saxon gerade einen Herzinfarkt gehabt hat.«

Gregs Reaktion macht mich noch trauriger, und selbst Kellie zeigt einen Hauch von Menschlichkeit. »Was haben die Ärzte denn gesagt?«

»Sie haben gesagt, dass es Zeit ist, die lebenserhaltenden Geräte abzustellen.« Ich weiß, dass ich schrecklich direkt bin, aber ich kann ihnen diese Pille nicht versüßen. Es ist unmöglich, so etwas in nette Worte zu packen. »Wenn ihr mich jetzt bitte entschuldigen würdet …«

»Samuel? Was hast du dazu gesagt?«

»Gar nichts«, entgegnet er.

Verwirrt zuckt Kellie zurück. »Was soll das heißen?« Das wird nicht schön werden.

»Ich habe Lucy zur Betreuerin gemacht.«

»Was? Aber, aber du bist sein Bruder.« Dass man Kellie stottern hört, ist selten.

»Und sie ist die Liebe seines Lebens.« Sam leidet immer noch daran, dass unsere Beziehung in die Brüche gegangen ist, daher kann ich nur ahnen, wie schwer es ihm fällt, das zu sagen. Dankbar lächle ich ihn an.

»Das ist ja absurd. Ich rufe Fred an.« Fred Egan ist der Anwalt der Familie.

Sam holt tief Luft. Er ist mehr als wütend. »Wenn du das tust, werde ich es dir nie verzeihen, das schwöre ich dir.«

»Du bist einfach zu emotional und kannst nicht klar denken.« Sie versucht, ihn dazu zu bringen, Vernunft anzunehmen, oder das, was sie dafür hält, aber Sam lässt sich nicht beirren.

»Oh doch, dass kann ich. Ich bin die ganze letzte Woche bei meinem Bruder gewesen und habe zugesehen, wie er vor meinen Augen verfällt. Wo wart ihr?« Erregt breitet er die Arme aus, während Kellie einen Schritt zurücktritt. Greg wendet schuldbewusst den Blick ab.

»Wie kannst du so schnell vergessen, was passiert ist?«

Doch Sam hat genug. Es erstaunt mich, wie aufgebracht er ist. Er stürzt auf Kellie zu und starrt sie zornig an. »Gerade deshalb habe ich es ja getan. Ich schulde ihm das. Ich habe ihn schon einmal enttäuscht. Den Fehler mache ich nicht noch einmal.«

Sam scheint der einzige Mensch zu sein, der es schafft, Kellie zu erschüttern. Sie kneift die zitternden Lippen zusammen. »Immer bin ich die Böse.«

»Dann hör damit auf. Geh da rein und besuch deinen Sohn!« Entnervt stapft Sam davon und fährt sich mit beiden Händen durchs Haar.

Während ich ihm verblüfft nachschaue, geht es weiter mit den Überraschungen. »Was auch immer du beschließt, Lucy, wir unterstützen dich«, sagt Greg. »Saxon liebt dich, das war von Anfang an so. Er würde wollen, dass du die Entscheidung triffst«, sagt er erstickt, und mir treten wieder Tränen in die Augen.

»Danke, Greg. Das bedeutet mir mehr, als ich dir sagen kann.« Kellie ist verstimmt, doch ich glaube, tief im Inneren ist sie nicht nur schlecht. Ein kleiner Teil von ihr liebt Saxon trotz allem. Sonst wäre sie nicht hier. Ich entschuldige mich, weil ich Zeit zum Nachdenken brauche.

Ich beschließe, spazieren zu gehen, ehe ich zu Saxon zurückkehre, und laufe ohne richtiges Ziel einfach dahin, wo meine Füße mich hintragen. Es ist kalt draußen, doch der schneidend kalte Wind passt zu meinen Gefühlen. Sams Geschenk liegt schwer in meiner Tasche, denn nun halte ich Saxons Schicksal in den Händen.

Sam scheint darauf zu vertrauen, dass ich die richtige Entscheidung treffe. Doch alles in mir schreit danach, eine andere Lösung zu finden. Die Vorstellung, Saxons Leben zu beenden … das würde ich mir nie verzeihen können. Dann sehe ich ihn allerdings vor mir, wie er in diesem Bett krampfend um sich geschlagen hat. Wie er dahinsiecht und zu einem Menschen wird, der er nicht ist.

Sein Geist, das, was ihn ausmacht, ist gefangen, eingesperrt in einer Hülle, die dem Tod immer näher kommt. Ganz gleich, wofür ich mich entscheide, ich werde nie damit zufrieden sein, aber was ist das kleinere Übel? Ihn an diesen Maschinen hängen zu lassen und zuzuschauen, wie sie ihn künstlich am Leben halten, oder seine Seele freizulassen?

Ich schlinge die Arme um mich, denn ich weiß, was ich tun sollte, doch wieder einmal sind mein Kopf und mein Herz völlig anderer Meinung. Ich möchte nur … etwas mehr Zeit haben. Ich bin noch nicht bereit, mich von ihm zu verabschieden. Wir haben doch nur wenige Wochen zusammengelebt. Ich schluchze abgehackt, während ich auf dem schmalen Grat zwischen richtig und falsch wandle, aber nichts an dieser Geschichte ist jemals einfach gewesen.

Saxon wird Vater werden … er hat dem kleinen Wesen in mir das Leben geschenkt, und nun bin ich kurz davor, ihm seins zu nehmen. Mit jedem Schritt, den ich gehe, wird mir klarer, was ich tun muss. Nicht, weil ich Saxon nicht liebe … ganz im Gegenteil. Gerade weil ich ihn liebe, bis über den Tod hinaus, werde ich es tun.

Er hat mich viele Dinge gelehrt, und jetzt wird es Zeit, das Einzige zu verinnerlichen, das ich ihm bisher nie geglaubt habe. Ich bin wirklich stark. Und mutig. Das hat er mir immer wieder gesagt. Er hat eine Kraft in mir gesehen, die ich nie gespürt habe, aber ich glaube, nun entdecke ich sie, da er mich von ganzem Herzen geliebt hat. Er hat mich stets unterstützt … Ich habe dieses Leben geschenkt bekommen, weil ich stark genug bin, um es zu leben. Und in Zukunft muss ich stark genug für zwei sein, denn ich bin nicht mehr allein.

Ich reibe mir über den Bauch, und es tröstet mich, dass ein Teil von Saxon immer bei mir bleiben wird. Sein Kind wird groß und stark werden, und da ich ihn so sehr liebe, werde ich ihn freigeben. Aber in meinen Erinnerungen wird er weiterleben und niemand, *niemand*, kann mir das nehmen.

Ein Lichtschimmer – manche würden es vielleicht einen Hoffnungsschimmer nennen – fällt durch die Wolken und erhellt die Welt. Von diesem Augenblick an wird es in meinen schönen Momenten immer auch einen Hauch Dunkelheit geben, doch damit kann ich leben … für ihn … denn das würde er von mir wollen.

Ich drehe mich auf dem Absatz um und kehre zum Krankenhaus zurück, weil ich ihn noch ein letztes Mal sehen möchte. Doch der Mann, der in diesem Bett liegt, ist nicht der Mann, an den ich mich erinnern werde. Und nicht der, in den ich mich verliebt habe, mit jeder Faser meines Herzens. Man kann einen Freigeist wie Saxon Stone nicht einsperren. Es wird Zeit, ihn fliegen zu lassen.

Als ich durch den Flur gehe, sehe ich alles ganz klar, es ist der klarste Moment seit Langem. Ich gehe langsam und atme ruhig. Das könnte zwar auch die Ruhe vor dem Sturm sein, aber selbst Stürme dauern nicht ewig.

Nach all diesen Grübeleien beschließe ich, Sophia eine Mail zu schicken. Sie hat Saxon geliebt, doch obwohl sie nicht fair war, kann ich ihr nicht vorwerfen, dass sie versucht hat, ihn zurückzugewinnen. Ich hätte es auch versucht. Die Liebe lässt einen verrückte Dinge tun ... ich denke, meine Geschichte beweist das. Das hier ist das letzte Kapitel, dann orientiere ich mich neu. Und ich möchte niemandem etwas nachtragen – dafür ist das Leben zu kurz.

Gerade als ich Saxons Zimmer betreten will, dringt Sams wehmütige Stimme an mein Ohr. »Ich wünschte, ich könnte dasselbe für dich tun, was du für mich getan hast. Du hast mich wieder zurückgeholt. Ich weiß, dass jedes einzelne Wort, das du gesagt hast, dazu gedacht war, mich zu retten. Du hast deine Gefühle für Lucy zurückgestellt, weil du sie so sehr geliebt hast. Das begreife ich erst jetzt. Du hast mich immer gerettet, Saxon.« Er schnieft. »Es tut mir sehr leid, dass ich mich nicht revanchieren kann. Ich liebe dich, Mann, und es tut mir leid. Furchtbar leid.«

Anscheinend schließt sich ein Kreis, und nun erkennen wir beide, dass nicht das, was wir verloren haben, sondern das, was wir gelernt haben, uns zu den Menschen macht, die wir werden sollten. Ich lasse Sam Zeit für seinen Abschied, denn auch er weiß, dass wir fast am Ende sind.

Mein Spiegelbild starrt mich aus dem Fenster gegenüber an, und ich sehe die Fremde, die schon immer in mir gesteckt hat. Ich beschließe, mich ein wenig frisch zu machen, ehe ich Nora und Saxons Arzt Bescheid gebe, und gehe auf die Besuchertoilette. Dort spritze ich mir etwas Wasser ins Gesicht und fahre mit den Fingern durch mein wirres Haar. Dann hole ich meinen Labello aus der Tasche und creme mir die Lippen ein. Ich bin so weit.

Mit erstaunlich leichten Schritten steuere ich auf Saxons Zimmer zu. Die Menschen in der Kapelle, an der ich vorbeikomme, sind sicherlich bedrückter. Vielleicht ist es ein sechster Sinn, vielleicht sehe ich aber auch nur alles deutlicher, jedenfalls bleibe ich stehen und spähe hinein. Kellies Designerbluse in der hintersten Reihe ist nicht zu übersehen.

Ich habe sie nie für einen gläubigen Menschen gehalten, doch inzwischen sollte ich wissen, dass nicht alles so ist, wie es zu sein scheint. Sie hat es nicht verdient, aber ich gebe ihr noch eine Chance. »Ich habe mich entschlossen.« Sie setzt sich aufrechter hin, obwohl ihr Rücken sowieso schon kerzengerade ist. »Alle scheinen zu denken, dass ich diese Entscheidung treffen sollte … aber so ist es nicht. Es ist Saxons Entscheidung. Das war es schon immer. Ich kann nicht Gott spielen, aber ich kann ihm die Wahl lassen. Und das habe ich vor. Niemand weiß, was passieren wird. Wenn irgendjemand das Schicksal besiegen kann, dann Saxon.«

Kellie hört mich, sagt aber nichts. Ich weiß gar nicht, warum ich mich mit ihr aufgehalten habe. Doch als ich gehen will, geschieht ein echtes Wunder – sie wendet sich mir zu und legt ihre perfekte Maske ab. Darunter kommen fast menschliche Züge zum Vorschein. »Ich kann verstehen, warum meine beiden Söhne dich so lieben. Und du hast recht … wir wissen nicht, was passieren wird. Saxon ist der dickköpfigste, unerschrockenste Mensch, den ich kenne … und ich hätte mich darüber freuen sollen. Ich wusste nicht damit umzugehen, aber ich hätte es lernen können. Nichts bereue ich mehr, als das nicht getan zu haben. Deshalb solltest du es niemals bereuen, dass du deinem Herzen folgst.«

Es fließen keine Tränen, denn Kellie hat sich etwas von der Seele geredet, und das ist wunderschön. Es bedeutet zwar nicht, dass wir alle eine große glückliche Familie sein werden und alles vergeben und vergessen ist, doch sie wird immer zu meinem Leben gehören, und ich werde sie nie daraus ausschließen. Wir alle haben eine zweite Chance bekommen. Ich kann nicht weiter böse auf sie sein, weil sie Sam beschützt, denn das hat sie ihr ganzes Leben lang getan. Und Saxon hat nie Schutz gebraucht, das scheint sie endlich zu verstehen.

Ich lasse sie mit ihren Gedanken allein und sehe, wie Greg, sich die Tränen abwischend, aus Saxons Zimmer kommt. Wir alle wissen, was als Nächstes geschehen wird. Es liegt in der Luft. »Ich bringe Kellie jetzt nach Hause.« Er hat sich verabschiedet. Sie haben sich beide verabschiedet. »Deine Eltern sind bei Sam.« Er geht als gebrochener Mann.

Mein Herz sehnt sich nach Saxon, das wird es immer tun. Doch ich trete, ohne zu zögern, ein und lächle, als ich die Menschen, die mir am wichtigsten sind, am Bett des Mannes sitzen sehe, den ich bis zu meinem Lebensende lieben werde. Sobald sie mich bemerkt, weiß meine Mutter, wie es weitergehen wird.

»Schätzchen?«

»Hi, Mom.« Sie rechnet mit Tränen, doch die können

warten. »Wie geht s ihm?« Sie tritt zur Seite, damit ich Saxon sehen kann. Er ist weg. Sein Körper mag noch da sein, aber er ist weg.

»Keine Veränderung«, erwidert meine Mutter mit tief gerunzelter Stirn. »Sam hat mir gesagt, was er getan hat. Hast du dich entschieden?«

Alle schauen mich an und warten auf den nächsten Akt in diesem Drama. Meine Mutter kennt die Antwort und die anderen auch. Ohne den Blick von Saxon abzuwenden, sage ich: »Ja.« Dieses einfache Wort ist die ganze Zeit die richtige Antwort gewesen.

Sam seufzt schwer, während meine Mutter einen Schluchzer unterdrückt. Mein Vater ist wie immer unser Fels in der Brandung. »Ich sage nicht Adieu, mein Junge ... sondern Auf Wiedersehen.« Meine Mutter beugt sich vor und küsst Saxon auf die Stirn. Als sie sich wieder aufrichtet, glänzt seine Braue von ihren Tränen. Niemand verabschiedet sich gern für immer von einem Menschen, schon gar nicht von einem, der jeden beeindruckt hat, der ihn kannte.

Meine Eltern nehmen ihre Jacken, umarmen mich sanft und lassen mich allein. Doch ehe sie geht, dreht meine Mutter sich mit einem bittersüßen Lächeln noch einmal zu mir um – es fällt ihr schwer, mich zu verlassen. »Ist schon in Ordnung, Mom. Ich habe das Chaos gesucht, und ich bereue es nicht eine Sekunde.« Das stimmt. Begleitet von den Schluchzern meiner Mutter, treten meine Eltern vor die Tür.

Sam hat sich nicht gerührt, und ich erwarte es auch nicht. Aber dann rafft er sich müde auf, seine Erschöpfung und seine Trauer stehen ihm ins Gesicht geschrieben. »Ich hol mir nur schnell einen Kaffee. Möchtest du irgendwas?«

»Ja.« Ich rede allerdings nicht von Getränken.

Die meisten halten einen Kugelschreiber für einen unschuldigen, unbedeutenden Gebrauchsgegenstand, doch als ich einen in die Hand nehme, kommt mir ein Spruch wahrer vor als jemals zuvor: Die Feder ist mächtiger als das Schwert. Langsam ziehe ich die Vollmacht aus der Tasche, schaue Saxon an und wünsche mir, alles wäre anders. Doch das ist es nicht, und nun muss ich stark sein, für ihn.

Entschlossen entfalte ich das Dokument, benutze die Wand als Unterlage und unterschreibe auf der gepunkteten Linie. Es hat wohl so enden sollen. »Kannst du das Saxons Arzt geben? Ich bin bereit.«

Sam schließt ganz kurz die Augen, nickt aber dann. Ich halte ihm die Vollmacht hin, doch er zögert, als wollte ich ihm eine scharfe Granate geben. Und in gewisser Weise ist es ja auch so. Schließlich streckt er eine zitternde Hand aus. Als er den Rand des Papiers ergriffen hat, tritt er einen Schritt vor und legt tröstend die andere auf meine. Damit will er mir versprechen, dass alles gut werden wird. So bleiben wir stehen, wir brauchen keine Worte.

»Ich lass dir etwas Zeit«, sagt er dann, aber keine Zeit der Welt würde reichen.

Mit der Vollmacht in der Hand geht er aus dem Zimmer, und ich atme einmal tief durch. Endlich bin ich ganz allein mit Saxon. Wie von einer unsichtbaren Kraft angezogen, gehe ich zu ihm, denn wir gehören zusammen. Wie zwei Teile eines Ganzen. Reglos stehe ich vor seinem Bett und präge mir alles an ihm ein. Er ist immer noch so hübsch. Und immer noch der Mann meines Lebens.

Ich werde mich an jeden Schritt, jeden Atemzug erinnern,

den ich von jetzt an mache, denn heute schlage ich ein neues Kapitel auf. Behutsam lasse ich mich auf dem Bettrand nieder. Er wirkt so friedlich, so still. Ich muss ihn berühren, um mich zu vergewissern, dass er noch da ist. Zögernd streiche ich ihm übers Gesicht. Folge der Linie seiner Nase. Den Rundungen seiner Wangen. »Es tut mir leid«, flüstere ich und streichle sein stoppliges Kinn. »Warum hast du mich v-verlassen? Lieber würde ich mich aufgeben … mein Leben. Das ist nicht fair. Kann das wirklich unser Schicksal sein? Was sollte das?«

Ich nehme seine Hand. Ich möchte sie nie mehr loslassen. »Wenn ich gewusst hätte, dass unsere Liebesgeschichte so enden würde, hätte ich dagegen angekämpft. Ich würde mit Freuden alles andere hergeben, nur um zu sehen, wie du diese wunderschönen, faszinierenden Augen noch einmal aufschlägst. Ich möchte, dass du mir sagst, dass ich das Richtige tue, denn es fühlt sich so verdammt falsch an. Ich habe das Gefühl, mit dir zu sterben.« Ein Schluchzen zerreißt mich, und ich gebe auf. »Was wir hatten, war nicht mehr als ein Tropfen im Ozean, weil unsere Zeit zu schnell abgelaufen ist. Aber es war echt. Und es wird für dieses Leben und das nächste reichen.«

Ich kann die Tränen nicht länger zurückhalten. »Aus Tagen werden Jahre werden, aber ich werde mich immer an dich erinnern. Das verspreche ich dir. Ich liebe dich … so sehr.« Ich umklammere den Ring an meiner Halskette. Ich zittere am ganzen Leib. »Ich bereue nicht einen einzigen Augenblick, den ich mit dir verbracht habe, Saxon Stone. Nicht eine Sekunde. Danke, dass du mich erkannt hast … mein wahres Ich, und nie aufgehört hast, an ein glückliches Ende zu glauben.«

Weil ich ihn unbedingt noch ein letztes Mal an mich drücken muss, lege ich mich neben ihn. Dann bette ich den Kopf an seine Schulter, hole tief Luft und komme mir vor, als wäre ich angekommen. »Ich wollte dir das erzählen, wenn du wieder wach bist, aber das Leben entwickelt sich nicht immer so, wie wir es uns wünschen.« Ich nehme seine Hand und drücke sie auf meinen flachen Bauch. »Du hast mir das größte Geschenk gemacht … einen Teil von dir …«, ich ersticke fast an meinen Tränen, »… wenn ich dich vermisse … also immer und ewig, denn so ist das bei der Art von Liebe, die uns verbindet, werde ich in die Augen … deines kleines Kinds schauen, und sein Daddy wird mich daraus ansehen. Sicher wird es genauso wie du, und ich verspreche dir, dass ich …«, mein Herz zerbricht in tausend Stücke, »… ihm erzählen werde, was für ein großartiger Mann sein Vater war und wie sehr ich ihn geliebt habe. Wie gern ich mit ihm zusammengeblieben wäre. Auf Wiedersehen … Saxon«, schluchze ich und hauche einen Kuss auf seinen Hals. »Vergiss mich nicht … denn ich werde dich auch nie vergessen.«

Ich schlinge die Arme um ihn und weine bitterlich. Wie soll ich das ohne ihn schaffen?

»Lucy?« Das ist Nora. Ich weiß, was sie will, aber ich kann nicht. Der Herzschlag an meinem Ohr ist so stark, dass er falsche Hoffnungen weckt. Wenn das hier ein Spielfilm wäre und es solche Wendungen des Schicksals gäbe, hätte Saxon sich in dem Moment bewegt, in dem ich ihm sagte, dass ich schwanger bin. Doch dies ist das wahre Leben, und ich muss mich damit abfinden.

Es wird nie genug Worte geben, um sich von der Person zu verabschieden, die man liebt, also küsse ich Saxon nur zärtlich auf die Wange – als Dank für all das, was er mir gegeben hat.

Als ich aufstehe, sehe ich Sam mit drei Ärzten im Zimmer stehen. Ich unterdrücke meine Trauer und nicke, als sie mich fragen, ob ich das auch wirklich will. Dann wird viel geredet, und ich unterschreibe eine Einwilligung, alles wie in Trance. Nachdem das vorbei ist, rückt Noras freundliches Gesicht in mein Blickfeld, und ich konzentriere mich nur auf sie, nicht auf das, was hinter ihr vorgeht.

»Lucy, ich möchte, dass Sie und Sam draußen warten. Bloß ganz kurz. Ich werde ihn für Sie schön machen.«

Sam legt einen Arm um mich. Steif lehne ich mich an ihn. Er führt mich nach draußen. Er ist mein Kompass in diesem Sturm. »Es tut mir so leid, Lucy. Es tut mir leid, dass ich ihn dir nicht zurückbringen konnte. Ich hab's versucht, aber er …«

Er soll nicht davon anfangen. Nicht gerade jetzt. »Ist schon gut, Samuel. Du brauchst dich für nichts zu entschuldigen. Niemand kommt gegen das Schicksal an.« Eine Träne rollt über seine Wange. Wir sind beide am Boden zerstört.

»Okay, Sie können jetzt kommen.« Nora winkt uns herein, doch nur ich setze mich in Bewegung.

»Du gehst. Ich bleibe hier«, sagt Sam als Antwort auf meine stumme Frage. Ich weiß, warum er das macht, aber die Geschichte hat mit uns dreien angefangen, und so wird sie auch enden.

Ich schiebe meine Hand in seine und lächle. »Nein, das wirst du nicht. Du kommst mit. Saxon und ich wollen das. Und auch … deine zukünftige Nichte oder dein zukünftiger Neffe.« Ich beiße mir auf die Unterlippe, weil ich nicht weiß, wie Sam diese Neuigkeit aufnehmen wird. Trotz aller Trauer gibt es ein bisschen Hoffnung. Und ich habe vor, sie mit allen, die Saxon geliebt haben, zu teilen.

Sam schnappt nach Luft und lässt meine Hand beinahe wieder los. »Du bist schwanger?« Ich nicke. »Du lieber Himmel. Ich werde Onkel?«

»Ja«, bestätige ich und fange wieder an zu weinen, doch diesmal vor Glück.

»Das ist ein Wunder«, sagt er leise und starrt kopfschüttelnd auf meinen Bauch. »Ein echtes Wunder in einem schrecklichen Sturm.« Er drückt meine Hand.

Dann schauen wir zur Tür, denn es ist Zeit. Was auch passiert, dies ist das Ende unserer Geschichte. Mit schweren Schritten betreten wir Saxons ruhiges Zimmer. Die Maschinen schweigen, und der Beatmungsschlauch ist fort.

Nora hat Wort gehalten und Saxons Kopfverbände entfernt. Seine dunklen Barstoppeln kontrastieren mit seiner blassen Haut. »Sie können sich zu ihm setzen«, sagt Nora sanft. Man sollte mal versuchen, mich davon abzuhalten.

Wir bewegen uns wie in Zeitlupe. Doch als ich Saxons Bett näher komme, sehe ich mich plötzlich selbst von oben, als wäre ich in diesem Zimmer zurückgeblieben. Das Erste, was mir auffällt, ist das leichte Auf und Ab seines Brustkorbs. Aber mit jedem Atemzug, den er macht, wird das Auf schwerer und unregelmäßiger.

Erinnerungen daran, wie sein warmer Atem meine Lippen streifte, wenn wir uns küssten, stürmen auf ich mich ein, und ich streiche mir verträumt mit zwei Fingern über den Mund. Wie oft er mir zugeraunt hat, wie sehr er mich liebt. An diesem Atem hat sein Leben gehangen und hin und wieder auch meins.

Saxon hat nicht nur meine Hand gehalten – er hat mich aufrecht gehalten, und das hätte ein Leben lang so weitergehen sollen. »Nein«, jammere ich schmerzerfüllt. »Bitte n-nicht … verlass mich nicht. Verlass uns nicht.« Die Atmosphäre ändert sich, und es wird totenstill.

Mich von mir selbst zu lösen ist die einzige Möglichkeit, das auszuhalten, deshalb sehe ich von oben zu, wie ich einen heiseren Schrei ausstoße, als Saxons Brust sich nicht mehr bewegt. »Es tut mir sehr leid, Lucy … Er ist von uns gegangen.«

Nein. Er würde mich nie verlassen. Niemals …

Der Raum beginnt, sich zu drehen, und mein Herz … trauert um das Leben, das es nun nie haben wird. Um mich herum höre ich Stimmen, kann sie aber nicht verstehen, weil ich wie betäubt bin. Nur »Vielleicht … als Organspender?« dringt zu mir durch.

In dem Augenblick schlägt meine Trauer urplötzlich in Zorn um, und ich bekomme einen so heftigen Wutanfall, dass ich mich selbst vor mir erschrecke. »Nein! Rühren Sie ihn nicht an. Wagen Sie es ja nicht, ihn anzufassen!« Ich schüttle meine Lethargie ab und nehme Saxons Gesicht in beide Hände, denn ich weigere mich zu akzeptieren, dass dies das Ende ist. Er hat mich geliebt, weil ich für das, was ich anstrebe und für richtig halte, kämpfe, und ich will verdammt sein, wenn ich ihn jetzt enttäusche. »Wehr dich! Hörst du mich, du sturer Mistkerl? Komm zu mir zurück!«

Sanfte Hände versuchen, mich von ihm wegzuziehen, doch dazu müssten sie Gewalt anwenden, denn ich werde nirgendwo hingehen. »Du hast mir versprochen, dass du bei mir bleibst. Wehe, du gibst jetzt auf!« Er hat mich zum Leben erweckt, und nun möchte ich dasselbe für ihn tun.

Ich drücke meine Lippen auf seine und ignoriere den stechenden Schmerz, den sein regloses Herz bei mir auslöst. Es ist ein sanfter Kuss und meine letzte Hoffnung. Ich kann ihn nicht gehen lassen. Ich kann nicht. Doch der kühle Kuss ist einseitig und ganz anders als die heißen Küsse früher.

Mein blutendes Herz springt mir fast aus der Brust, und ein markerschütternder Schrei reißt mich in Stücke. Vorsichtig zieht Sam mich weg und drückt mich an seine Brust. Auch er zittert am ganzen Leib und weint mit mir. »Wehe, du verlässt mich«, schluchze ich immer wieder. »Verlass uns nicht …« Aber es ist umsonst. Saxon ist bereits von dieser Welt gegangen.

Von diesem Augenblick an wird alles in meinem Leben von dieser Erfahrung geprägt sein. Die Leere, die ich fühle, ist unbeschreiblich. Wie soll ich weiterleben, wenn ich nur noch sterben will? Es war dumm von mir zu glauben, dass ich ohne ihn zurechtkommen würde. Ein Leben ohne Saxon ist für mich undenkbar.

Die Achterbahnfahrt hat ihren Höhepunkt erreicht, und ich fürchte mich vor dem, was passiert, wenn ich wieder am Boden ankomme. Erinnerungen überrollen mich, und mir wird klar, dass sie alles sind, was ich je haben werde. Ich werde ihn nie wieder lächeln sehen. Oder seine Lippen berühren. Nie wieder einem anderen Menschen so nah sein.

»Oh mein Gott. Nein«, heule ich immer wieder und falle in einen tiefen Abgrund. »Nein, bitte nicht.«

Doch durch den Lärm, den ich veranstalte, höre ich etwas … das mir Hoffnung macht.

»Ich fass es nicht …«

Ich konzentriere mich auf diesen Hoffnungsschimmer, denn er holt mich wieder aus dem Abgrund heraus. Dann höre ich andere Stimmen, die aufgeregt und hektisch klingen, und ein Adrenalinschub bringt mein Herz zum Rasen.

»Oh mein Gott. Er atmet.« Als Sam das sagt, wendet sich das Schicksal wieder zum Guten.

Ich wische mir das tränenüberströmte Gesicht ab und reiße mich von Sam los, um zu überprüfen, ob er die Wahrheit gesagt hat. Ich halte den Atem an, falls er sich getäuscht haben sollte, doch als ich sehe, wie Saxons Brust sich hebt und senkt, kommt es mir so vor, als würde die Welt wieder anfangen, sich zu drehen.

»Was b-bedeutet das?«, frage ich mit rauer Stimme, aber Nora versteht mich trotzdem.

»Das bedeutet, dass er selbstständig atmet.«

»Wie ist das möglich? Er ist also nicht tot?« Das ist natürlich eine lächerliche Frage, ich muss mich allerdings vergewissern, dass ich richtig gehört habe.

»Nein, das war er …« Zischend stoße ich den Atem aus, denn das ist zu schmerzlich, um es sich vorzustellen. »Aber er hat angefangen, von allein zu atmen.«

Ich beiße mir so lange auf die Innenseite meiner Wange, bis ich Blut schmecke, um sicherzugehen, dass das kein Traum ist. Dann schaue ich staunend dem wahren Wunder zu, dass sich vor meinen Augen ereignet. Mir ist ein zweites Leben geschenkt worden, und ich habe die Absicht, jede Minute davon zu genießen. »Wird er wieder ganz gesund?«

»Das liegt an ihm«, sagt der Arzt und schüttelt völlig überrascht den Kopf. »Und es entscheidet sich in den nächsten vierundzwanzig Stunden, aber er ist gerade von den Toten zurückgekommen. Also ist alles möglich.«

Ich muss Saxon anfassen und mich davon überzeugen, dass das wahr ist, also laufe ich quer durchs Zimmer und nehme seine Hand. »Du bist zurückgekommen«, flüstere ich. »Ich bleibe bei dir, um dich zu beschützen. Und ich verspreche dir, ich lasse nie wieder zu, dass dir oder uns etwas passiert. Mach die Augen auf. Du musst unser Kind kennenlernen.« Verstohlen wischt Nora sich die Tränen aus den Augen.

Sam kommt, stellt sich hinter mich und legt eine Hand auf meine Schulter. »Du hast uns einen ganz schönen Schrecken eingejagt, du Blödmann. Wenn du wach wirst, trete ich dir ordentlich in den Hintern.« Ich lache, wir beide lachen, und es ist das schönste Gefühl auf der Welt.

Ich küsse Saxons Handrücken und bin überglücklich, als ich merke, dass seine Haut warm ist. »Du hast dein Versprechen gehalten …«

Wirst du bei mir bleiben?

Ja.

Versprichst du mir das?

Ja, das verspreche ich dir.

Wie lange?

Solange du willst.

Während Saxons Wangen langsam wieder Farbe annehmen, schließe ich mit allem ab, denn die Waage hat sich zu unseren Gunsten geneigt und das Schicksal sich von seiner guten Seite gezeigt. Dies ist nicht das Ende. Nein, es ist nur ein Vorgeschmack auf das, was noch kommen wird.

Epilog

Sechs Monate später

Jemanden, den man liebt, zu verlieren, ganz egal, wie lang man ihn kannte, ist schmerzhafter als alles andere auf der Welt. Man sagt: *Was dich nicht umbringt, macht dich stärker*, aber ein Todesfall bringt dich an deine Grenzen und lässt dich wünschen, dass du noch eine einzige Sekunde mit demjenigen gehabt hättest, den du geliebt hast.

»Möchtest du noch etwas sagen?«

Schniefend schaue ich auf die kleine Schachtel in Saxons Hand, in der unser Goldfisch Goldie liegt.

»Es tut mir leid, dass ich nicht besser auf dich aufgepasst habe. Wie wär's damit?« Saxons belustigtes Lachen ist mein Lieblingsgeräusch, vor allem seit dem Moment, in dem ich dachte, ich würde es nie wieder hören.

Vor sechs Monaten hat sich ein wahres Wunder ereignet – Saxon hat dem Schicksal getrotzt und ist zu mir zurückgekommen. Als er die Augen geöffnet hat, habe ich mir geschworen, dass kein Tag mehr vergehen wird, ohne dass ich in sie hineinschaue. Am Anfang war er verwirrt, und ich hatte Angst, ich würde das, was ich in der Vergangenheit schon mitgemacht hatte, noch einmal durchleben müssen. Aber nachdem sich der Nebel gelichtet hatte, hat er gefragt, ob er mich in den Arm nehmen dürfe. Er wusste nicht, wie es um uns stand, weil so viel passiert war.

Meine Antwort lautete: *Nichts wäre mir lieber*. Keine zehn Pferde hätten mich von ihm losreißen können, denn sobald er mich umschlungen hielt, war ich endlich angekommen.

Er hat die Ärzte überrascht, weil er schon, einen Tag nach dem er aus dem Koma erwacht war, aufstand und herumlief. Doch ich hatte nichts anderes erwartet. Ich konnte gar nicht aufhören, ihn anzufassen, denn ganz kurz war er mir weggenommen worden. Die Erinnerung ist noch so frisch, dass sie mir Tränen in die Augen treibt.

Aber das alles ist vorüber. Saxon ist stark und kerngesund. Mit seinen farbenprächtigen Tattoos, den zerrissenen Jeans und dem vom Schlaf wirren Haar sieht er genauso aus, wie jeder böse Junge aussehen möchte. Niemand würde erraten, was er vor sechs Monaten durchgemacht hat.

»Sei nicht so hart zu dir. Immerhin ist er in Goldfisch-Jahren fast hundert geworden.« Ich verkneife mir ein Schmunzeln, weil er wie so oft versucht, mich zu trösten, und er küsst mich auf den Scheitel.

Goldie war unser erstes gemeinsames Haustier, denn nachdem Saxon entlassen worden war, bin ich natürlich nach Oregon gezogen. Ich habe mal gesagt, dass man dort zu Hause ist, wo das Herz zu Hause ist. Mein Herz will zu Saxon, schon immer, und nachdem ich einmal gedacht habe, ich hätte ihn verloren, habe ich beschlossen, mich nie wieder von ihm zu trennen.

Whispering Willows ist innerhalb einer Woche verkauft worden. Hayley hat dafür gesorgt, dass wir einen guten Handel machen konnten. Die neuen Besitzer, ein junges Paar aus Kalifornien, haben mich sehr an Sam und mich erinnert. Ich weiß, dass sie dort glücklich sein werden, denn ich war es auch. Als wir den Kaufvertrag unterschrieben haben, dachte ich, ich würde traurig sein, doch das war ich gar nicht. Ich hatte ein neues Kapitel aufgeschlagen und war sehr gespannt darauf.

Meine Eltern wissen, wie sehr ich meine Pferde liebe, deshalb haben sie die drei wunderschönen Tiere zu ihrer Herde gestellt. Sie haben gemeint, dann hätte ich eine Entschuldigung, sie gelegentlich zu besuchen, aber Pferde hin oder her, nichts könnte mich daran hindern.

Lächelnd reibe ich mir über den wachsenden Bauch. Es ist unglaublich, wie sehr mein Leben sich verändert hat. Es war nie einfach, und jeder, der es von außen betrachtet, würde wahrscheinlich fragen, warum ich so lange gebraucht habe, um die Antwort zu finden, die immer direkt vor meiner Nase war. Ich nehme an, dass es manchmal so ist, dass die Dinge, die wir nicht ändern können, am Ende uns verändern. Und in dieser langen Zeit habe ich gelernt, dass ich eine Stimme sein möchte, kein Echo. Die neue Lucy ist die Person, die ich werden sollte. Ich musste lediglich begreifen, wie ich mich am besten dazu entwickle.

Der Diamant an meinem Finger funkelt wie ein Regenbogen. Er steht nicht nur für das, was ich bekommen werde, sondern auch für das, was ich fast verloren hätte. Sobald es Saxon wieder gut ging, habe ich ihm gesagt, dass ich seinen Brief gelesen hätte und meine Antwort »Ja« sei. Tausendmal Ja.

Er ist nie im Leben glücklicher gewesen – zumindest bis zu

diesem Moment –, denn als ich ihm eröffnet habe, dass er Vater werden würde, war er im siebten Himmel. Das werde ich nie vergessen.

»Also, ruhe in Frieden, kleiner Mann.« Saxon beugt sich vor, und Thunder schnüffelt an dem kleinen Loch, das der Herr des Hauses unter einem wunderschönen Baum ausgehoben hat. Dann bereiten wir Goldie den Abschied, den er verdient.

Nachdem Saxon etwas Erde über die Schachtel geschoben und ein Gänseblümchen auf das Grab gelegt hat, richtet er sich wieder auf und streicht Thunder leicht über die Mähne. Ich werde es nie leid werden, ihn anzuschauen, nachdem ich ihn fast verloren hätte. Aber er hat sein Versprechen gehalten.

Er hat gesagt, dass er aus der Zeit, in der er im Koma lag, nicht mehr viel weiß. Er sei von einem Rauschen umgeben gewesen und habe sich immer nur auf eine Lautquelle konzentrieren können.

Du hast mir versprochen, dass du bei mir bleibst.«

Dieser Vorwurf hätte ihn aus einem tiefen Loch geholt und dazu bewogen, Himmel und Hölle in Bewegung zu setzen, um mit mir reden zu können. Daher auch seine ersten Worte an mich. *Wir gehören zusammen, deshalb bin ich wieder da. Um dich zu beschützen.«* Bestimmt hat er gehört, wie ich ihm dasselbe versprochen habe, und wollte mir nur die Show stehlen, wie immer.

»Alles in Ordnung?«, fragt er, als ich plötzlich nach Luft schnappe.

Er stellt sich hinter mich und küsst mich auf den Hals. Ich schmiege mich an ihn und schwelge in seinem Duft. »Ja.

Natürlich. Obwohl deine Tochter es offenbar für lustig hält, bei jeder Gelegenheit Pirouetten zu üben.« Zärtlich tätschle ich die kleine Unruhestifterin.

Saxon schlingt die Arme um mich und legt seine Hände auch auf meinen Bauch. »Ich glaube, das ist mein Sohn, der schon mal für Kehrtwendungen mit dem Motorrad probt.« Ich muss lachen, denn vielleicht hat er ja recht.

Als wir herausgefunden haben, dass wir Zwillinge bekommen, einen Jungen und ein Mädchen, habe ich gedacht, dass ich nun wirklich alles habe. Einen schwer verliebten Verlobten, ein neues Zuhause, in dem ich mich unglaublich wohlfühle, und einen guten Freund, dem immer ein kleines Stück von meinem Herzen gehören wird.

Samuel wird immer in meinem Herzen sein und ich in seinem. Ich habe mich so sehr bemüht, nichts zu empfinden, und mich für jede Gefühlsregung geschämt, dass ich die wichtigste Regel vergessen habe, die es bei der Liebe gibt. Sie zeigt sich in vielen verschiedenen Formen und kann nicht in Schubladen gesteckt werden. Sie überfällt dich einfach. Und es macht mir nichts mehr aus.

Samuel gehört zu unserem Leben, weil wir beide es so wollen. Die zwei Brüder haben noch viel aufzuarbeiten, aber das Wichtigste ist, dass sie es beide versuchen möchten. Die Beziehung zu Kellie zu kitten wird länger dauern. Sehr viel länger. Doch als sie erfahren hat, dass sie Großmutter wird, schienen die Schutzwälle, die sie im Laufe der Jahre um sich herum errichtet hat, in sich zusammenzufallen.

Es ist erstaunlich, was zwei kleine Menschen, die noch gar nicht geboren sind, erreichen können. Anscheinend ermöglichen sie uns allen einen neuen Anfang.

Als ich meine Finger mit Saxons verschränke, fällt das Sonnenlicht auf sein neuestes Tattoo. Es fängt direkt unter dem Ellbogen an und reicht bis zur Mitte seines Unterarms. Doch es ist nicht bunt wie die anderen. Es handelt sich um einen schwarz schattierten Anker mit einer Schriftrolle darum herum. Ein schönes Motiv, aber es sind die Worte, die er sich für immer hat einstechen lassen, die mich besonders berühren.

Schwimmen oder untergehen.

Das bezieht sich auf die Schwierigkeiten, mit denen wir konfrontiert waren, allerdings auch darauf, dass wir nie aufgegeben haben. Wir hätten untergehen und nie wieder hochkommen können, aber wenn es ganz schwer wurde – und wie schwer es wurde –, haben wir uns nicht unterkriegen lassen und uns an die Oberfläche zurückgekämpft.

So sehe ich meine Reise mit Saxon. Obwohl wir bis auf den Grund gesunken sind, haben wir es wieder nach oben geschafft, und nun bade ich in Liebe. Wenn das so schwierig ist, lohnt es sich dann, darum zu kämpfen? Ja, verdammt.

»Komm rein. Ich möchte dir etwas zeigen.« Noch einmal küsst er mich sanft auf den Hals.

»Könnte ich nicht vorher eine Fußmassage bekommen?« Saxons amüsiertes Lachen freut mich, aber ich habe es ernst gemeint. Ich bin kugelrund, und wegen meines Heißhungers auf Erdnussbutter müssen meine armen Füße harte Arbeit leisten.

Ohne auf meine Frage einzugehen, zieht Saxon mich mit sich, also watschle ich hinter ihm her die Treppe hoch. Sein Haus – unser Haus – ist wunderschön, und ich fühle mich darin genauso wohl wie beim ersten Mal, als ich es betreten habe. Trotzdem vermisse ich Montana, doch mehr als alles andere meine Familie und Freunde. Aber ich will da sein, wo Saxon ist.

Er führt mich zu dem freien Zimmer, das er immer noch nicht als Kinderzimmer hergerichtet hat. Jedes Mal, wenn ich das Thema anspreche, hat er leider anderes zu tun. Er führt irgendetwas im Schilde. Und als er ein gefaltetes Blatt Papier aus einer Schublade zieht, ahne ich, dass ich gleich herausfinden werde, was.

Wortlos reicht er mir das Papier, und das macht mich nervös. Unruhig schiebe ich die Lippen hin und her, denn ich werde das Gefühl nicht los, dass sich wieder einmal eine große Veränderung anbahnt. Langsam entfalte ich das Blatt und überfliege es, verstehe aber nicht richtig, was ich lese, bis ich unten auf der Seite ankomme. Dann lese ich die Zeilen noch einmal. Und ein drittes Mal, falls ich mich verguckt habe. Doch das habe ich nicht.

»Was ist das?«, frage ich ungläubig.

Sein Grinsen lenkt mich ab, aber ich rufe mich schnell wieder zur Ordnung. »Wie sieht es denn aus?«

Ich drehe das Blatt – den Vertrag – herum und antworte. »Wie ein Kaufvertrag … für dieses Haus. Aber das bilde ich mir sicher nur ein, oder?« Als sein Grinsen noch breiter wird, weiß ich, dass es wirklich so ist, wie ich denke. »Du lieber Himmel. Du verkaufst?«

Er kommt zu mir und küsst mich auf die Nasenspitze. »Nein, wir verkaufen.«

Mir fällt höchst ungraziös der Kiefer herunter. »Das verstehe ich nicht.«

»Ich weiß, dass du Montana vermisst …« Ich versuche, ihm zu widersprechen, doch er legt einen Finger auf meine Lippen und bringt mich zum Schweigen. »Als ich hierhergezogen bin, habe ich mir eingeredet, dass ich von vorn anfangen will, aber inzwischen habe ich das Gefühl, dass ich einfach nur weglaufe. Und das bin ich leid.«

Das geht mir zu schnell. Ich weiß nicht, was ich sagen soll, also sage ich nichts.

»Unsere Freunde und unsere Familien leben in Montana. Beide Familien.« Saxon schluckt. Ich weiß, wie schwer ihm das fällt. »Ich möchte, dass unsere Kinder in einer großen Familie aufwachsen und all die Liebe bekommen, die sie verdienen. Außerdem kann ich es kaum erwarten, Kellies Gesicht zu sehen, wenn wir sie Oma nennen.«

Ich pruste los, obwohl meine Augen tränenfeucht glänzen. »Deshalb hast du das Haus also nicht babysicher gemacht?«

Beschämt nickt er. »Du bist mir doch nicht böse, oder? Ich wollte es dir schon länger sagen, aber ich wusste, dass du denken würdest, dass ich das für dich tue. Dabei tue ich es für mich. Das Leben ist zu kurz, um jeden Morgen mit etwas aufzuwachen, das man bedauert.«

Eine Träne läuft mir über die Wange, als ich daran denke, wie wahr das ist. »Ich bin dir nicht böse«, gebe ich zu. »Aber was ist mit deiner Arbeit?«

»Ich bin der Boss. Ich kann tun, was ich will«, entgegnet er. »Aber wie wär's, wenn wir uns noch eine Werkstatt zulegen. In Montana. Mein Dad hat sich schon umgehört, für alle Fälle.«

»Dein Dad weiß Bescheid?« Ich kann meine Überraschung nicht verbergen.

»Ich habe es ihm erzählt. Und Sam auch.«

»Und was hat Sam gesagt?« Es ist kein Hauch von Feindseligkeit mehr dabei, wenn wir über seinen Bruder sprechen, denn Saxon hat recht – das Leben ist zu kurz für so etwas.

»Er hat gefragt, ob ich einen Lehrling brauche.« Ich kann die Tränen nicht länger zurückhalten, doch ich weine vor Freude. »Das macht dich glücklich, oder?«

Ich schluchze unterdrückt. »Ja, sehr glücklich.« Jetzt habe ich alles, was ich mir jemals gewünscht habe. Es ist fast zu schön, um wahr zu sein. Aber als mir Saxons Tattoo ins Auge fällt, wird mir klar, dass der Weg dahin nicht leicht war. Es gab viele Stolpersteine, doch wir haben uns immer wieder gefangen und uns nicht aufhalten lassen. Das Leben ist das, was man daraus macht, und wir werden uns unseres sehr schön machen.

Manche würden sagen, dass dieser ganze Herzschmerz zu vermeiden gewesen wäre, wenn ich mich bewegt hätte oder Saxon bei mir geblieben wäre. Aber das spielt keine Rolle mehr, denn wie man so schön sagt, jede Reise beginnt mit dem ersten Schritt. Und da ich den nun gemacht habe … werde ich einfach weitergehen.

»Und was passiert jetzt?«, frage ich und fühle mich, als stünde mir die ganze Welt offen.

»Jetzt … kann ich dir die Füße massieren«, erwidert Saxon fröhlich und zwinkert mir zu. »Vielleicht führt das ja zu einem Happy End.«

Bei der Aussicht wird mir ganz heiß. Wie könnte es auch anders sein? Er ist ein Bild von einem Mann, und er gehört mir. Ich gehe zu ihm und lege eine Hand an sein stoppliges Kinn. Dann betrachte ich sein Gesicht und lächle. »Das haben wir doch schon. Das schöne Ende«, sage ich und streichle ihn bewundernd. »Wir hatten Glück.«

Seine ausdrucksvollen Augen, die mich von Anfang an in ihren Bann gezogen haben, werden weich, und er schmiegt das Gesicht an meine Hand. Dann drückt er einen Kuss hinein, kniet sich vor mir hin, legt beide Hände auf meinen Bauch und grinst. »Nein, kleine Lucy Tucker … das ist erst der Anfang.«

Hin und wieder lässt die Liebe in einem ganz normalen Leben ein Märchen wahr werden.

Danksagung

Man sollte meinen, ich sei inzwischen an das Dankesagen gewöhnt, doch es scheint immer schwieriger zu werden. Falls ich jemanden vergesse, möchte ich mich jetzt schon dafür entschuldigen. Es heißt nicht, dass ich denjenigen nicht schätze.

Meinem wunderbaren Mann, Daniel. Ich liebe dich. Danke, dass du an mich geglaubt hast, auch als ich selbst nicht mehr an mich geglaubt habe.

Meinen Eltern, die mich immer unterstützen. Ihr seid die Besten. Euretwegen bin ich so, wie ich bin. Ich liebe euch.

Meiner brillanten Agentin, Kimberly Whalen. Du hast von Anfang an an mich geglaubt. Deine ständige Unterstützung, Beratung und Ermutigung haben mir in schweren Zeiten geholfen, und das werde ich nie vergessen. Danke, dass du so unglaublich bist.

Meiner Lektorin, Jenny Sims. Was kann ich anderes sagen als *Ich hab dich lieb!*? Ich freue mich schon darauf, mit dir an vielen weiteren Büchern zu arbeiten.

Meinen Korrekturleserinnen – Rosa Sharon von iScream Proofreading Services und Lisa Edward. Ihr zwei seid die Besten.

Melissa Gill von MG Bookcovers & Designs. Diese Titelseite ist genau so geworden, wie ich sie haben wollte, nur sehr viel besser. Danke für deine Geduld. Du bist ein echtes Genie!

Lisa Edward – wir sind schon so viele Jahre Freundinnen. Danke, dass du immer für mich da bist.

Louise Mercer – wunderschöner Engel und höchst geschätzte Freundin. Wir haben so viel zusammen durchgemacht, hatten viele Höhen und Tiefen. Danke, dass du mich immer wieder aufgemuntert hast.

Gemma Cawley – du bist mein Sonnenschein.

Christina und Lauren – danke, dass ihr seid, wie ihr seid. Mir tun die Wangen weh, wenn ich nur daran denke, wie viel Spaß wir miteinander hatten. Thanksgiving war einfach großartig! Anna und Rebecca … ich hab euch so lieb!!!

Heyne, Random House, Kinneret Zmora, Hugo & Cie, Planeta, Art Eternal, Carbaccio, Fischer, Harper Brazil, Bookouture, Egmont Bulgaria, USA TODAY/Happy Ever After, Natasha is a Book Junkie, Maryse's Book Blog, Aestas Book Blog, Talkbooks, All is Read, TotallyBooked Blog, The RockStars Of Romance, Gregg Sullivan, Caroline Laird, Giselle from RT Book Reviews, Tina Gephart, Ariana McWillams, Nina Bocci (ich hab dich lieb!!! Danke, dass du mein Leben organisierst – du bist die beste Agentin der Welt!), SC Stephens, Anna Todd, R. K. Lilley, Kylie Scott, Mia Sheridan, Audrey Carlan, Lexi Ryan, Geneva Lee, Kristen Dwyer (Ich höre nur auf dich!), Michelle Stöger, Franziska Kurra, Paula Nascimento, Hugues De Saint Vincent, Benita Rolland, Sylvie Gand, Melusine Huguet, Meire Dias, Mary Matta, Nikki McCombe, Romance Writers of Australia, Paris, New York, My Sinners – ein dicker Kuss an euch alle. Danke für die Unterstützung und den Spaß.

Den endlosen Blogs, die mich vom ersten Tag an unterstützt haben – Leute, ihr rockt meine Welt.

Meiner wundervollen Familie – Mama, Papa meiner Schwester – Fran, Matt, Samantha, Amelia, Gayle, Peter, Luke, Leah, Shirley, Michael, Rob, Elisa, Evan, Alex, Francesca und meinen Tanten, Onkel und Cousins und Cousinen – ich bin der glücklichste Mensch auf der Welt, weil ich euch alle kenne. Ich kann gar nicht beschreiben, wie schön ihr das Leben für mich macht. Samantha und Amelia – ich liebe euch beide von ganzem Herzen.

Meinen Tierbabys – Mama liebt euch ganz doll! Buckwheat, du bist mein bester Freund. Dacca, ich werde dich immer vor dem großen, bösen Bellie in Schutz nehmen. Mitch, für dich gilt dasselbe. Jag, du bist eigentlich ein Wombat. Bellie, du bist eigentlich ein Teufel. Und dann wäre da noch Ninja, danke, dass du auf mich aufpasst.

Falls ich irgendjemanden vergessen habe, tut es mir leid! Es war keine Absicht! Um es wiedergutzumachen, habe ich einen Teil frei gelassen. Bitte tragen Sie Ihren Namen ein, damit ich Sie erwähnen kann.

Monica James dankt ________________ sehr herzlich! Sie schuldet Ihnen einen Kaffee und ganz viele Umarmungen.

Alles Liebe, M x

Und zu guter Letzt möchte ich Ihnen danken! Danke, dass Sie mich aufgenommen und in Ihre Herzen gelassen haben. Meine Leser sind die besten, die man sich nur wünschen kann! Ich liebe euch alle!